OSCAR
FANTASTICA

di George R.R. Martin

nella collezione Oscar

L'arguzia e la saggezza di Tyrion Lannister
Il cavaliere dei Sette Regni
Il Drago di Ghiaccio
La principessa e la regina (con Gardner Dozois)
Il Pianeta dei Venti (con Lisa Tuttle)
I re di sabbia
Le torri di cenere
Il viaggio di Tuf

LE CRONACHE DEL GHIACCIO E DEL FUOCO

Libro primo - *Il Trono di Spade e Il Grande Inverno*
Libro secondo - *Il Regno dei Lupi e La Regina dei Draghi*
Libro terzo - *Tempesta di spade, I fiumi della guerra e Il Portale delle Tenebre*
Libro quarto - *Il Dominio della Regina e L'ombra della profezia*
Libro quinto - *I guerrieri del ghiaccio, I fuochi di Valyria e La Danza dei Draghi*

WILD CARDS

1. L'origine - 2. L'invasione - 3. L'assalto - 4. La missione
5. Nei bassifondi - 6. Il candidato - 7. La mano del morto
8. Il fante con un occhio solo - 9. Il Castello di Cristallo

nella collezione Varia Saggistica

Il mondo del Ghiaccio e del Fuoco (con Elio M. García Jr. e Linda Antonssen)

nella collezione Omnibus

I Canti del Sogno (volume primo)
I Canti del Sogno (volume secondo)
La ragazza nello specchio (con Gardner Dozois)

GEORGE RAYMOND RICHARD MARTIN (Bayonne, New Jersey, 1948) è l'autore delle celebri "Cronache del Ghiaccio e del Fuoco" che hanno ispirato tra l'altro la serie televisiva della HBO *Il Trono di Spade*, vincitrice di ben ventisei Primetime Emmy Awards. Ha scritto anche molte altre opere, tradotte in decine di Paesi, soprattutto romanzi e racconti di fantascienza, horror e fantasy, che gli sono valsi i più importanti premi letterari per questi generi: cinque Hugo, due Nebula, un World Fantasy, undici Locus e numerosi altri. Sceneggiatore per il cinema e la televisione, nel 2011 la rivista «Time» l'ha selezionato tra le cento persone più influenti del pianeta.

GEORGE R.R.
MARTIN

IL TRONO DI SPADE

I FUOCHI DI VALYRIA

Traduzione di Sergio Altieri e G.L. Staffilano

OSCAR MONDADORI

Titolo originale dell'opera: *A Dance with Dragons - Book Five of A Song of Ice and Fire*

I edizione Omnibus aprile 2012
I edizione Oscar bestsellers aprile 2013
I edizione Oscar fantastica marzo 2016

ISBN 978-88-04-66203-7

Questo volume è stato stampato
presso ELCOGRAF S.p.A.
Stabilimento di Cles (TN)
Stampato in Italia. Printed in Italy

Stemmi araldici di Virginia Norey

Anno 2016 - Ristampa 1 2 3 4 5 6 7

I FUOCHI DI VALYRIA

A tutti i miei fan,

per Lodcy, Trebla, Stego, Pod,
Caress, Yags, X-Ray e Mr. X,
Kate, Chataya, Mormont, Mich,
Jamie, Vanessa, Ro,
per Stubby, Louise, Agravaine,
Wert, Malt, Jo,
Mouse, Telisiane, Blackfyre,
Bronn Stone, Coyote's Daughter,
e tutto quel gruppo di pazzi di Brotherhood Without Banners,

per i miei maghi del Web,
Elio e Linda, guide di Westeros,
Winter e Fabio di WIC,
e Gibbs di Dragonstone che hanno fatto partire tutto,

per gli uomini e le donne di Asshai, in Spagna,
che hanno cantato di un orso e di una fanciulla,
e ai favolosi fan italiani,
che mi hanno generosamente rifornito di vino,
ai mei lettori finlandesi, tedeschi,
brasiliani, portoghesi, francesi e olandesi,
e a quei paesi lontani che aspettano ancora questo giro di danza,

a tutti gli amici e fan che ancora devo conoscere,

grazie per la vostra pazienza

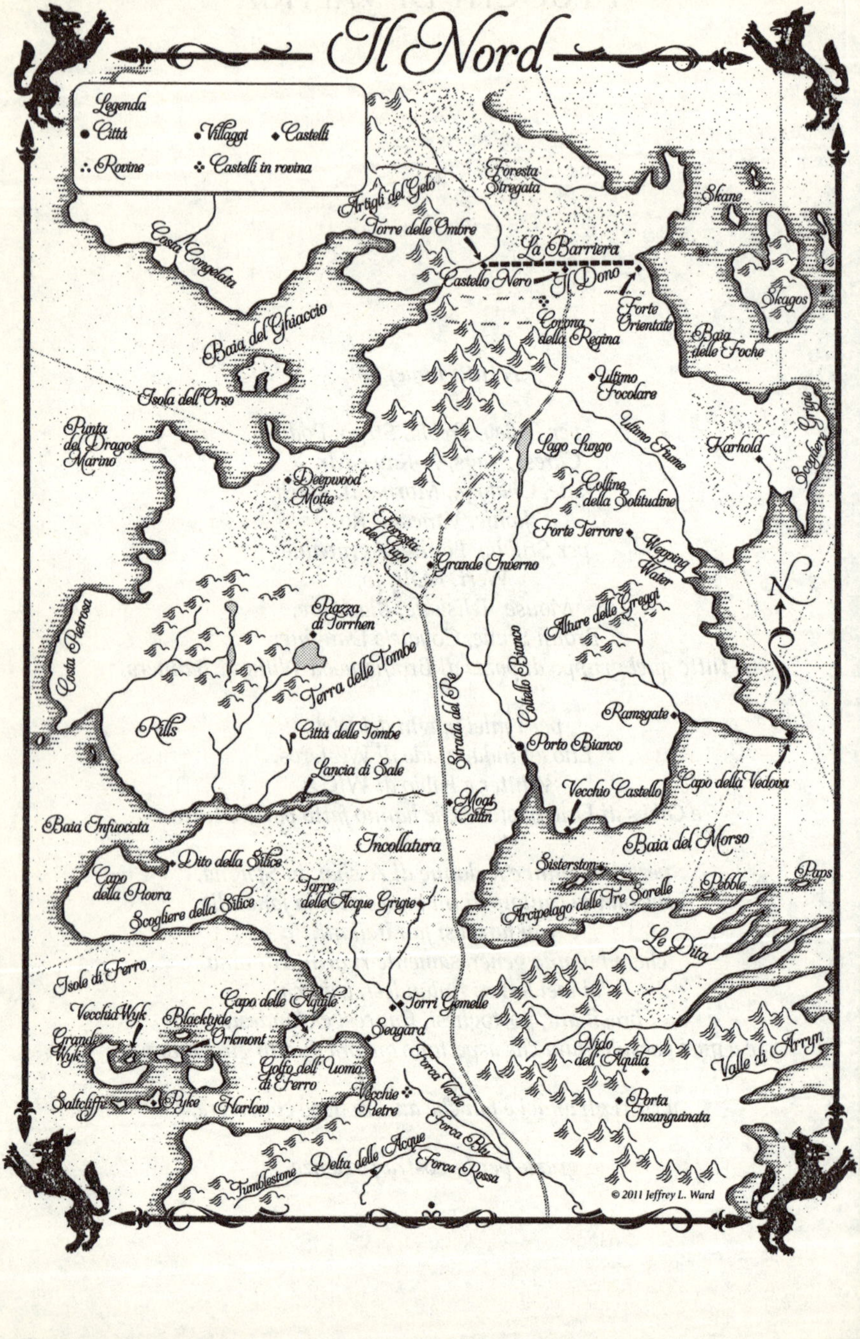
Il Nord
Legenda
Città
Villaggi
Castelli
Rovine
Castelli in rovina
Costa Congelata
Artigli del Gelo
Foresta Stregata
Skane
Torre delle Ombre
La Barriera
Castello Nero
Il Dono
Forte Orientale
Skagos
Corona della Regina
Baia delle Foche
Baia del Ghiaccio
Ultimo Focolare
Isola dell'Orso
Ultimo Fiume
Punta del Drago Marino
Lago Lungo
Karhold
Scogliere Grigie
Deepwood Motte
Colline della Solitudine
Foresta del Lupo
Forte Terrore
Weeping Water
Grande Inverno
Piazza di Torrhen
Alture delle Greggi
Costa Pietrosa
Terra delle Tombe
Coltello Bianco
Strada del Re
Ramsgate
Rills
Città delle Tombe
Porto Bianco
Lancia di Sale
Vecchio Castello
Capo della Vedova
Moat Cailin
Baia Infuocata
Incollatura
Baia del Morso
Dito della Silice
Sisterston
Capo della Piovra
Pebble
Paps
Torre delle Acque Grigie
Arcipelago delle Tre Sorelle
Scogliere della Silice
Le Dita
Isole di Ferro
Capo delle Aquile
Torri Gemelle
Vecchia Wyk
Blacktyde
Orkmont
Seagard
Nido dell'Aquila
Valle di Arryn
Grande Wyk
Golfo dell'Uomo di Ferro
Forca Verde
Vecchie Pietre
Porta Insanguinata
Saltcliffe
Pyke
Harlow
Forca Blu
Delta delle Acque
Forca Rossa
Tumblestone
N
© 2011 Jeffrey L. Ward

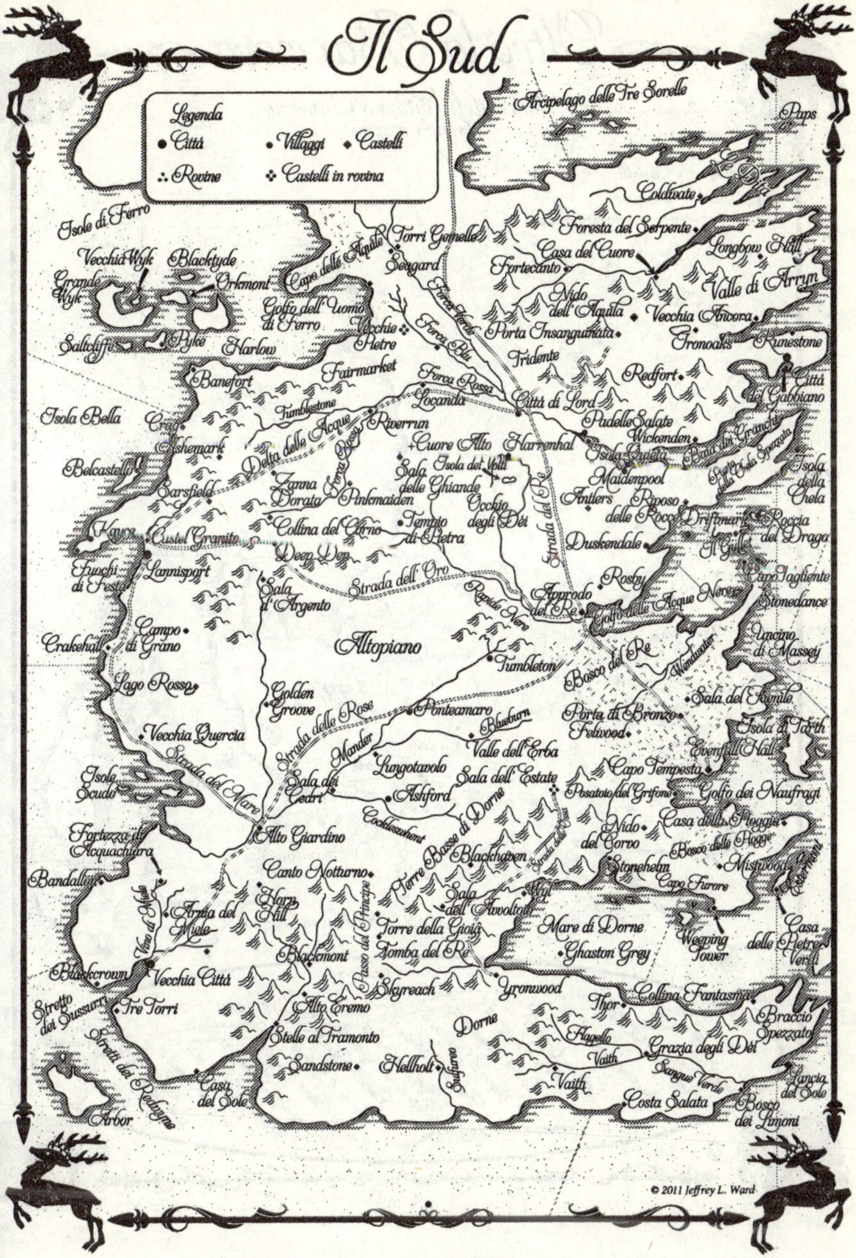
Il Sud
Legenda
Città
Villaggi
Castelli
Rovine
Castelli in rovina
Arcipelago delle Tre Sorelle
Paps
Coldwater
Foresta del Serpente
Longbow Hall
Casa del Cuore
Fortecanto
Valle di Arryn
Nido dell'Aquila
Vecchia Ancora
Ironoaks
Runestone
Porta Insanguinata
Tridente
Redfort
Città del Gabbiano
Isole di Ferro
Torri Gemelle
Seagard
Capo delle Aquile
Vecchia Wyk
Blacktyde
Grande Wyk
Orkmont
Golfo dell'uomo di Ferro
Vecchie Pietre
Forca Verde
Forca Blu
Saltcliffe
Pyke
Harlow
Fairmarket
Forca Rossa
Locanda
Città di Lord
Padelle Salate
Banefort
Tumblestone
Riverrun
Harrenhal
Wickenden
Baia dei Granchi
Isola Bella
Crag
Ashemark
Delta delle Acque
Cuore Alto
Isola dei Volti
Isola Quieta
Sala delle Ghiande
Maidenpool
Isola della Chela
Belcastello
Sarsfield
Zanna Dorata
Pinkmaiden
Occhio degli Dèi
Strada del Re
Antlers
Riposo delle Rocce
Driftmark
Roccia del Drago
Collina del Corno
Tempio di Pietra
Kayce
Castel Granito
Duskendale
Deep Den
Fuochi di Festa
Lannisport
Rosby
Capo Tagliente
Sala d'Argento
Strada dell'Oro
Approdo del Re
Golfo delle Acque Nere
Stonedance
Rapide Nere
Campo di Grano
Crakehall
Altopiano
Uncino di Massey
Tumbleton
Bosco del Re
Wendwater
Lago Rosso
Golden Groove
Sala del Fienile
Strada delle Rose
Ponteamaro
Porta di Bronzo
Felwood
Isola di Tarth
Vecchia Quercia
Blueburn
Valle dell'Erba
Evenfall Hall
Mander
Strada del Mare
Isole Scudo
Lungotavolo
Sala dei Cedri
Sala dell'Estate
Capo Tempesta
Ashford
Posatoio del Grifone
Golfo dei Naufragi
Cockleswhent
Terre Basse di Dorne
Nido del Corvo
Casa della Pioggia
Bosco delle Piogge
Fortezza di Acquachiara
Alto Giardino
Blackhaven
Stonehelm
Mistwood
Canto Notturno
Capo Furore
Bandallon
Horn Hill
Sala dell'Avvoltoio
Wyl
Arbor del Miele
Torre della Gioia
Mare di Dorne
Weeping Tower
Casa delle Pietre Verdi
Passo del Principe
Tomba del Re
Ghaston Grey
Blackmont
Blackcrown
Vecchia Città
Skyreach
Yronwood
Collina Fantasma
Stretto dei Sussurri
Tre Torri
Alto Eremo
Thor
Braccio Spezzato
Dorne
Stelle al Tramonto
Flagello
Grazia degli Dèi
Stretti dei Redwyne
Vaith
Sandstone
Hellholt
Sulfureo
Sangue Verde
Lancia del Sole
Casa del Sole
Costa Salata
Bosco dei Limoni
Arbor
© 2011 Jeffrey L. Ward

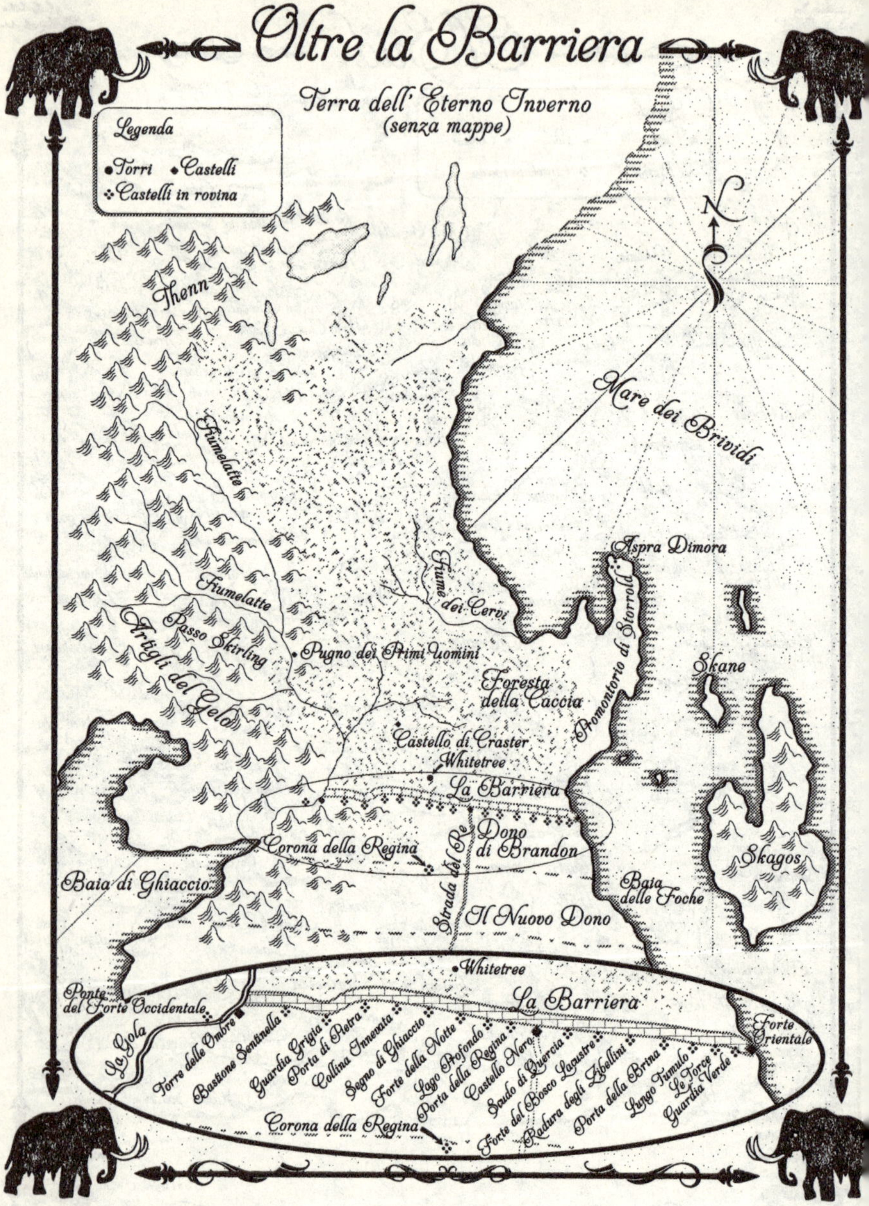
Oltre la Barriera
Terra dell'Eterno Inverno
(senza mappe)
Legenda
Torri
Castelli
Castelli in rovina
Thenn
Fiumelatte
Fiumelatte
Passo Skirling
Artigli del Gelo
Pugno dei Primi Uomini
Fiume dei Cervi
Mare dei Brividi
Aspra Dimora
Promontorio di Storrold
Skane
Skagos
Foresta della Caccia
Castello di Craster
Whitetree
La Barriera
Dono di Brandon
Corona della Regina
Strada del Re
Baia di Ghiaccio
Baia delle Foche
Il Nuovo Dono
Whitetree
La Barriera
Ponte del Forte Occidentale
La Gola
Torre delle Ombre
Bastione Sentinella
Guardia Grigia
Porta di Pietra
Collina Innevata
Segno di Ghiaccio
Forte della Notte
Lago Profondo
Porta della Regina
Castello Nero
Scudo di Quercia
Forte del Bosco Lacustre
Radura degli Libellini
Porta della Brina
Lungo Tumulo
Le Torce
Guardia Verde
Forte Orientale
Corona della Regina

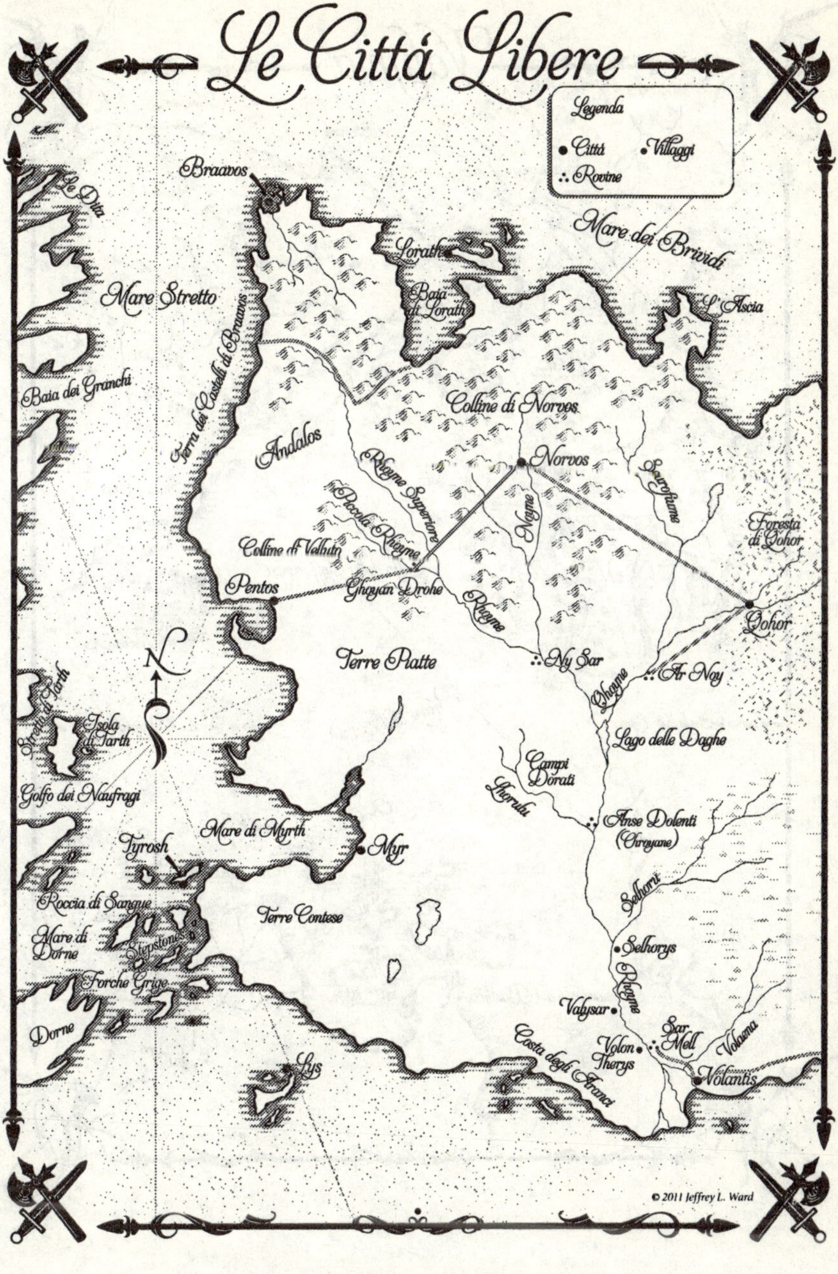

Le Cittá Libere
Legenda
Cittá
Villaggi
Rovine
Braavos
Le Dita
Lorath
Baia di Lorath
Mare dei Brividi
L'Ascia
Mare Stretto
Terra dei Castelli di Braavos
Baia dei Granchi
Colline di Norvos
Andalos
Norvos
Rhoyne Superiore
Piccola Rhoyne
Noyne
Sorrofiume
Foresta di Qohor
Colline di Velluto
Pentos
Ghoyan Drohe
Rhoyne
Qohor
N
Terre Piatte
Ny Sar
Ar Noy
Stretto di Tarth
Isola di Tarth
Lago delle Daghe
Campi Dorati
Golfo dei Naufragi
Lhorulu
Anse Dolenti
(Chroyane)
Mare di Myrth
Myr
Tyrosh
Selhoru
Roccia di Sangue
Terre Contese
Mare di Dorne
Stepstones
Selhorys
Forche Grige
Valysar
Sar Mell
Volaena
Volon Therys
Dorne
Costa degli Aranci
Lys
Volantis
© 2011 Jeffrey L. Ward

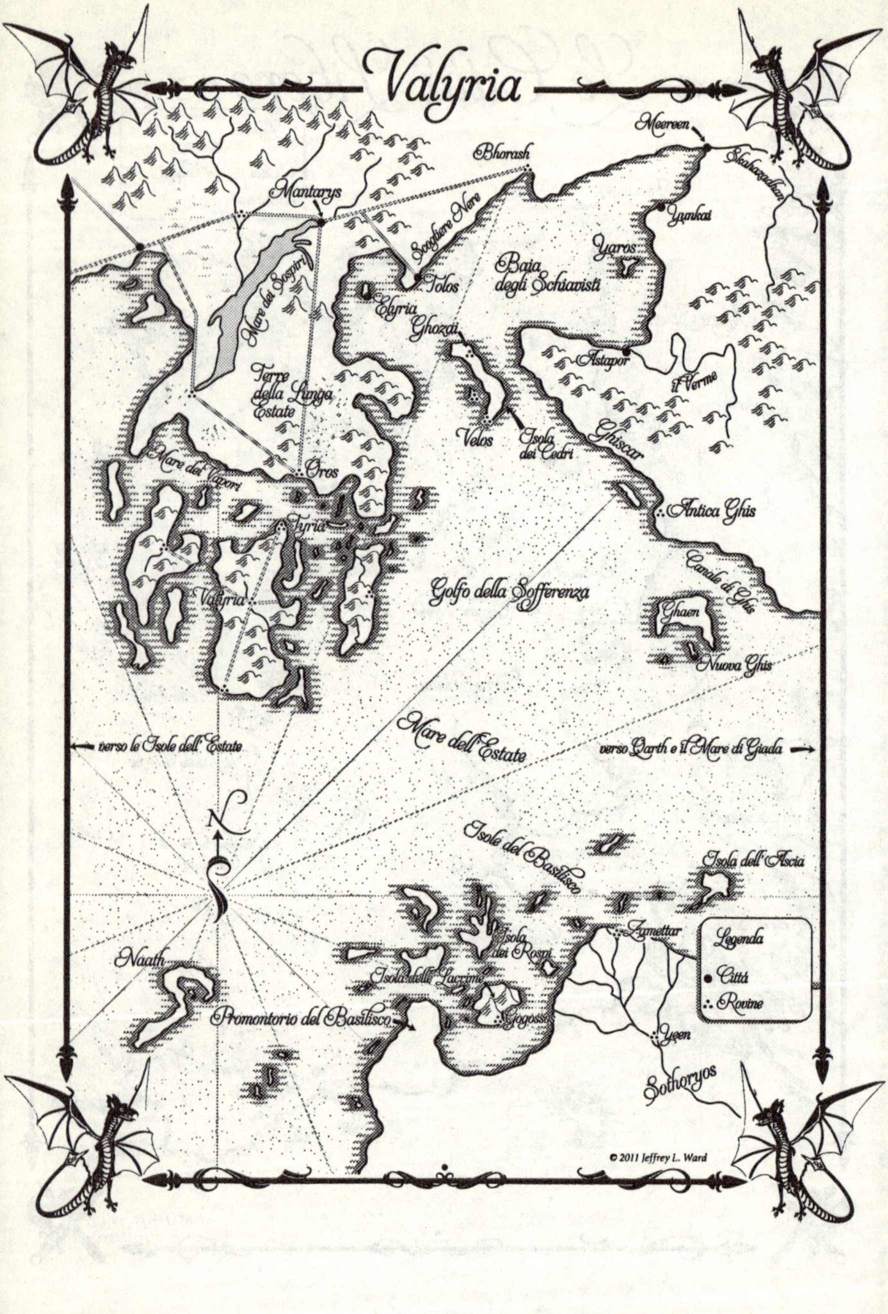

Valyria
Meereen
Bhorash
Mantarys
Skahazadhan
Yunkai
Scogliere Nere
Yaros
Tolos
Baia degli Schiavisti
Mare dei Sospiri
Elyria
Ghozai
Astapor
Terre della Lunga Estate
il Verme
Velos
Isola dei Cedri
Ghiscar
Mare dei Vapori
Oros
Tyria
Antica Ghis
Canale di Ghis
Golfo della Sofferenza
Valyria
Ghaen
Nuova Ghis
Mare dell'Estate
verso le Isole dell'Estate
verso Qarth e il Mare di Giada
N
S
Isole del Basilisco
Isola dell'Ascia
Zamettar
Isola dei Rospi
Legenda
Città
Rovine
Naath
Isola delle Lacrime
Promontorio del Basilisco
Gogossos
Yeen
Sothoryos
© 2011 Jeffrey L. Ward

LA COMPAGNIA DEL VENTO

La voce percorse il campo come un vento caldo.

"Lei sta arrivando. Il suo esercito è in marcia. Adesso punta a sud, verso Yunkai, per mettere a ferro e fuoco la città e passare a fil di spada la popolazione. Noi intanto andiamo a nord per incontrarla."

Ranocchio l'aveva saputo da Dick Paglia che l'aveva saputo dal vecchio Bill Osso che l'aveva saputo da un uomo di Pentos chiamato Myrio Myrakis che aveva un cugino che faceva il coppiere dal Principe Straccione.

«L'ho sentito nella tenda di comando, dalle labbra di Caggo in persona» insisté Dick Paglia. «Ci metteremo in marcia prima che il giorno sia finito, vedrai se non è così.»

Questo almeno si rivelò vero. L'ordine del Principe Straccione venne trasmesso dai suoi capitani e dai suoi sergenti: togliere le tende, caricare i muli, sellare i cavalli, al sorgere del sole marciamo verso Yunkai. «Non che quegli yunkai bastardi ci vogliano nella loro città gialla a girare intorno alle loro figlie» predisse Baqq, il balestriere strabico di Myr, il cui nome significava "fagioli". «A Yunkai faremo provviste, forse prenderemo dei cavalli freschi, e poi andremo a Meereen a danzare con la Regina dei Draghi. Perciò salta veloce, Ranocchio, e affila bene la spada del tuo padrone. Gli potrebbe servire presto.»

A Dorne, Quentyn Martell era stato un principe, a Volantis il servitore di un mercante, ma sulla riva della Baia degli Schiavisti era soltanto Ranocchio, scudiero del grande cavaliere calvo dorniano che i mercenari chiamavano Frattaglie Verdi. Gli uomini della Compagnia del Vento usavano i nomi che volevano e li cambiavano a seconda dell'estro. A lui avevano affibbiato "Ranocchio" perché ogni volta che il bestione gridava un ordine, lui saltava svelto come una rana.

Anche il comandante della Compagnia del Vento teneva il suo vero nome per sé. Alcune compagnie libere erano nate durante il Secolo di Sangue e disordini seguiti al Disastro di Valyria. Altre si erano formate ieri e sarebbero scomparse domani. La Compagnia del Vento esisteva da trent'anni e aveva avuto un solo comandante: il nobile di Pentos dalla voce dolce e gli occhi tristi chiamato il Principe Straccione. Aveva capelli e cotta di maglia color grigio ferro, ma il suo lacero mantello era fatto di pezzi di stoffa variopinta, blu e grigio e viola, rosso e oro e verde, magenta e vermiglio e ceruleo, tutti sbiaditi dal sole. Quando il Principe Straccione aveva ventitré anni, secondo la storia raccontata da Dick Paglia, i magistri di Pentos lo avevano scelto come nuovo principe solo qualche ora dopo aver decapitato il vecchio principe. Lui invece aveva cinto la spada, era montato sul suo cavallo preferito ed era fuggito nelle Terre Contese per non fare più ritorno. Aveva cavalcato con i Secondi Figli, con gli Scudi di Ferro e con gli Uomini della Fanciulla, poi con cinque fratelli d'arme aveva fondato la Compagnia del Vento. Dei sei fondatori, era l'unico sopravvissuto.

Ranocchio non aveva idea se quella storia fosse vera. A Volantis, dopo essersi arruolato nella Compagnia del Vento, aveva visto il Principe Straccione solo da lontano. I dorniani erano gente nuova fra quei mercenari, reclute rozze, carne da frecce, tre in tutto su duemila guerrieri. Il loro comandante frequentava gente di rango più elevato. «Non sono uno scudiero» aveva protestato Quentyn quando Gerris Drinkwater (lì noto come Gerrold di Dorne per distinguerlo da Gerrold Schienarossa e Gerrold il Nero, ma a volte anche noto semplicemente come Drink, da quando il bestione si era sbagliato e l'aveva chiamato così) gli aveva suggerito quello stratagemma. «Mi sono guadagnato gli speroni a Dorne. Sono un cavaliere come te.»

Ma Gerris ne aveva tutti i diritti; lui e Arci erano lì per proteggere Quentyn, il che significava tenerlo al fianco del bestione. «Arci è il miglior combattente di noi tre» aveva rimarcato Drinkwater «ma tu sei il solo a poter sperare di sposare la Regina dei Draghi.»

"O sposarla o combatterla. In un modo o nell'altro, l'affronterò. E presto" pensò Quentyn. Più sentiva parlare di Daenerys Targaryen, più temeva quell'incontro. Gli yunkai sostenevano che nutrisse i draghi con carne umana e che facesse il bagno nel sangue di fanciulle vergini per mantenere la pelle liscia e morbida. Fagioli rideva a quella storia, ma apprezzava l'altra: quella sulla promiscuità dell'argentea regina. «Uno dei suoi capitani proviene da una schiatta dove gli uomini hanno un membro lungo un piede» raccontò «ma neppure lui è abbastanza grosso. La Regina dei Draghi cavalcava con i dothraki e si è abituata a farsi fottere dagli stalloni, perciò adesso nessun uomo può soddisfarla.» E Libri, l'intelligente spadaccino di Volantis che pareva avere sempre il naso ficcato in qualche rotolo di pergamena sbriciolata, pensava che la Regina dei Draghi fosse folle e assassina. «Il suo khal uccise suo fratello per farla diventare regina. Poi lei uccise il khal per diventare lei stessa khaleesi. Pratica sacrifici di sangue, mente con la facilità con cui respira, si rivolta contro i suoi per capriccio. Ha rotto tregue, torturato messaggeri... Anche suo padre era pazzo. La follia scorre nel sangue.»

"Scorre nel sangue." Re Aerys II era pazzo, tutto il continente occidentale lo sapeva. Aveva esiliato due suoi Primi Cavalieri e messo al rogo un terzo. "Se Daenerys è assassina come suo padre, devo comunque sposarla?" Il principe Doran non aveva mai parlato di quella possibilità.

Ranocchio sarebbe stato contento di lasciarsi alle spalle Astapor. La città rossa era la cosa più vicina all'inferno che avesse mai conosciuto. Gli yunkai avevano chiuso le porte per tenere morti e moribondi all'interno delle mura, ma le scene che aveva visto in quelle vie di mattoni rossi avrebbero tormentato per sempre Quentyn Martell. Un fiume ingorgato di cadaveri. La sacerdotessa, con le vesti a brandelli, impalata su una pertica, la sua carcassa assediata da una nube di verdi mosche scintillanti. Uomini morenti che barcollavano per le strade, insanguinati e lordati. Bambini che litigavano per dei cuccioli già mezzo arrostiti. L'ultimo re libero di Astapor, nudo e urlante in una fossa, assalito da una ventina di cani famelici. E incendi, incendi dappertutto. Anche chiudendo gli occhi, li vedeva ancora: fiamme vorticanti salivano da piramidi di mattoni più grandi di qualsiasi castello avesse mai visto, vortici di fumo oleoso si contorcevano come grandi serpenti neri.

Quando il vento soffiava da sud, la puzza di fumo arrivava anche lì, a tre miglia di distanza. Dietro le mura cadenti di mattoni rossi, Astapor bruciava ancora a fuoco lento, anche se ormai la maggior parte dei grandi incendi si era esaurita. Ceneri galleggiavano pigramente nella brezza, simili a grassi fiocchi di neve grigia. Meglio partire.

Il bestione fu d'accordo. «Tempo scaduto» disse, quando Ranocchio lo trovò a giocare a dadi con Fagioli, Libri e il vecchio Bill Osso, perdendo come sempre. I mercenari volevano bene a Frattaglie Verdi, che scommetteva con la stessa temerarietà con cui combatteva, ma con molto meno successo. «Voglio la mia corazza, Ranocchio. Hai raschiato il sangue dalla cotta di maglia?»

«*Aye*, ser.» La cotta di Frattaglie Verdi era vecchia e pesante, più e più volte rattoppata e molto usurata. Lo stesso valeva per l'elmo, la gorgiera, gli schinieri, i guanti e il resto della sua male assortita corazza. Il corredo di Ranocchio era in condizioni solo di poco migliori. Quello di ser Gerris notevolmente peggiori. Acciaio mercenario, l'aveva definito l'armaiolo. Quentyn non aveva chiesto quanti l'avessero usato prima di lui, quanti ci fossero morti dentro. Avevano abbandonato la loro bella corazza a Volantis, insieme al conio e ai loro veri nomi.

Ricchi cavalieri di case d'antico onore non attraversavano il Mare Stretto per mettere la loro spada in vendita, a meno che non fossero stati esiliati per qualche infamia. «Preferisco fare la parte del povero che del malvagio» aveva dichiarato Quentyn quando Gerris aveva esposto loro il piano.

La Compagnia del Vento aveva impiegato meno di un'ora per smontare l'accampamento. «E adesso, corriamo» proclamò dal suo enorme destriero grigio il Principe Straccione in un alto valyriano che era la cosa più prossima a una lingua della Compagnia. I quarti posteriori pomellati del destriero erano coperti di lacere strisce di stoffa, residui delle tuniche degli uomini uccisi dal suo padrone. Il mantello del principe era stato ottenuto cucendo insieme altri stracci simili. Era un uomo anziano, oltre la sessantina, eppure sedeva ancora ben saldo sull'alta sella e aveva una voce così forte da raggiungere ogni angolo del campo.

«Astapor era solo un assaggio» disse. «Meereen sarà il banchetto.»

E i mercenari lanciarono un feroce evviva. Banderuole di seta azzurra sventolavano dalle lance, stendardi a due punte blu e bianche garrivano sopra le loro teste, i vessilli della Compagnia del Vento.

I tre dorniani applaudirono insieme agli altri. Il contrario avrebbe attirato l'attenzione. Ma mentre la Compagnia del Vento cavalcava a nord lungo la strada costiera, alle calcagna di Barba Insanguinata e della Compagnia del Gatto, Ranocchio si accostò al Gerrold dorniano. «Presto» disse nella lingua comune dell'Occidente. Nella Compagnia c'erano altri uomini occidentali, ma non tanti e non a portata d'orecchio. «Dobbiamo farlo presto.»

«Non qui» lo avvertì Gerris, con un vacuo sorriso da guitto. «Ne parleremo stasera, quando ci accamperemo.»

C'erano un centinaio di leghe tra Astapor e Yunkai lungo la vecchia strada costiera di Ghis, e altre cinquanta da Yunkai a Meereen. Le compagnie libere, con delle buone cavalcature, avrebbero potuto raggiungere Yunkai in sei giorni ad andatura spedita, in otto a passo più moderato. Le legioni provenienti da Antica Ghis avrebbero impiegato una volta e mezzo quel tempo, marciando a piedi, quanto agli yunkai e ai loro schiavi soldato… «Con i loro generali c'è da stupirsi che non finiscano dritti in mare» fu il commento di Fagioli.

Gli yunkai non difettavano di comandanti. Un vecchio eroe di nome Yurkhaz zo Yunzak aveva il comando supremo, anche se gli uomini della Compagnia del Vento lo avevano scorto di sfuggita solo da lontano andare e venire su un palanchino talmente gigantesco che ci volevano quaranta schiavi per sollevarlo.

Non potevano però fare a meno di vedere i suoi subalterni. I signorotti yunkai correvano da tutte le parti, come scarafaggi. Metà di loro pareva chiamarsi Ghazdan, Grazdan, Mazdhan o Ghaznak. Distinguere un nome ghiscariano da un altro era un'arte che pochi nella Compagnia del Vento sapevano padroneggiare, perciò avevano attribuito loro dei soprannomi.

Il più notevole era Balena Gialla, un uomo oscenamente grasso che indossava sempre un tokar di seta gialla con frange dorate. Troppo pesante anche solo per stare in piedi senza aiuto, non riusciva a controllare la vescica, perciò puzzava sempre di piscio; un lezzo così forte che neanche i profumi più intensi riuscivano a nasconderlo. Ma si diceva fosse l'uomo più ricco di Yunkai e che avesse una passione per il grottesco; i suoi schiavi includevano un ragazzo con gambe e piedi di capra, una donna barbuta, un mostro a due teste di Mantarys e un ermafrodita che gli scaldava il letto di notte. «Cazzo e fica insieme» disse loro Dick Paglia. «La Balena aveva anche un gigante, e lo guardava scopare le sue giovani schiave. Poi è morto. Ho sentito dire che la Balena sarebbe pronto a pagare una sacca d'oro per averne un altro.»

C'era poi la Ragazza Generale, che montava un cavallo bianco dalla criniera rossa e comandava un centinaio di robusti schiavi soldato da lei stessa allevati e addestrati: tutti giovani, snelli, con i muscoli ben definiti, nudi a parte un perizoma e un mantello giallo e un lungo scudo di bronzo con intarsi erotici. La loro padrona non pareva avere più di sedici anni, e si riteneva la Daenerys Targaryen degli yunkai.

Il Piccolo Piccione non era proprio un nano, ma nella penombra poteva essere preso per tale. Eppure camminava tutto impettito come un gigante, con le sue gambe corte e grassocce e il piccolo petto in fuori. I suoi soldati erano i più alti che la Compagnia del Vento avesse mai visto: il più basso misurava sette piedi, il più alto quasi otto. Avevano tutti facce e gambe lunghe, che i trampoli incorporati nell'ornata corazza slanciavano ulteriormente. Lamine di smalto rosa ricoprivano loro il busto e sulla testa portavano un elmo allungato, completo di becco d'acciaio a punta e di una cresta di piume rosa ballonzolante. Ognuno di loro aveva al fianco una lunga spada ricurva e impugnava una lancia della propria altezza, con la lama sagomata a foglia su entrambe le estremità.

«Il Piccolo Piccione li alleva appositamente» spiegò Dick Paglia. «Compra degli schiavi alti in tutto il mondo, li fa accoppiare e i figli più alti li tiene per gli Aironi. Spera, un giorno, di poter fare a meno dei trampoli.»

«Qualche seduta nelle stanze di tortura potrebbe accelerare i tempi» suggerì il bestione.

Gerris Drinkwater rise. «Un gruppo che incute paura. Niente mi terrorizza più di qualcuno sui trampoli, ricoperto di lamine rosa e piume. Se uno di loro m'inseguisse, riderei talmente forte da non trattenere più la vescica.»

«Alcuni sostengono che gli aironi sono maestosi» disse il vecchio Bill Osso.

«Solo se il tuo re mangia rane reggendosi su una gamba sola.»

«Gli aironi sono codardi» intervenne il bestione. «Una volta io, Drink e Cletus eravamo a caccia e abbiamo sorpreso degli aironi nelle secche che si ingozzavano di rospi e pesciolini. Erano un bello spettacolo, *aye*, ma poi in alto è passato un falco e quelli si sono alzati in volo in fretta e furia come se avessero visto un drago. Hanno sollevato così tanta aria da farmi cadere da cavallo, ma Cletus ha tirato una freccia e ne ha abbattuto uno. Sapeva di anatra, ma era meno grasso.»

Eppure, perfino il Piccolo Piccione e i suoi Aironi impallidivano davanti alla follia dei fratelli che i mercenari chiamavano i Lord Sferraglianti. L'ultima volta che gli schiavi soldato yunkai avevano affrontato gli Immacolati della Regina dei Draghi si erano dati alla fuga. I Lord Sferraglianti allora hanno concepito uno stratagemma per impedire che ciò accadesse di nuovo. Hanno incatenato i soldati a gruppi di dieci, polso con polso, caviglia con caviglia. «Nessuno di quei poveri bastardi può correre, a meno che non lo facciano tutti» spiegò Dick Paglia, ridendo. «E se corrono tutti insieme, non possono correre molto veloci.»

«Neppure marciare molto veloci» osservò Fagioli. «Li senti sferragliare da dieci leghe di distanza.»

Ce n'erano anche altri, tanti altri, quasi altrettanto folli o peggio. Lord Guancecascanti, il Conquistatore Sbronzo, il Padrone di animali, Faccia-di-budino, il Coniglio, l'Auriga, l'Eroe profumato. Alcuni avevano venti soldati, altri duecento, altri ancora duemila, tutti schiavi da loro stessi addestrati ed equipaggiati. Ognuno era ricco, ognuno era arrogante, ognuno era un capitano e un comandante che non rispondeva a nessuno se non a Yurkhaz zo Yunzak, sdegnoso dei semplici mercenari e incline a liti su questioni di priorità che erano continue e incomprensibili.

Nel tempo che la Compagnia del Vento impiegò per percorrere tre miglia a cavallo, gli yunkai erano rimasti indietro di due miglia e mezzo.

«Un branco di stupidi gialli puzzolenti» si lamentò Fagioli. «Non sono ancora riusciti a capire perché i Corvi della Tempesta e i Secondi Figli sono passati alla Regina dei Draghi.»

«Credono sia per l'oro» disse Libri. «Perché pensi che ci paghino così bene?»

«L'oro è dolce, ma la vita è più dolce ancora» replicò Fagioli. «Ad Astapor ballavamo con gli storpi. Vorresti affrontare dei veri Immacolati con quegli inetti al tuo fianco?»

«Ad Astapor abbiamo combattuto contro gli Immacolati» rilevò il bestione.

«Parlavo di Immacolati veri. Mozzare le palle a un ragazzo con una mannaia da macellaio e dargli un copricapo chiodato non lo rende un Immacolato. La Regina dei Draghi ha quelli veri, quelli che non si danno alla fuga quando scoreggi più o meno nella loro direzione.»

«Ha gli Immacolati e anche i draghi.» Dick Paglia diede un'occhiata al cielo, come se la semplice menzione dei draghi bastasse a farli piombare addosso alla Compagnia. «Tenete le spade affilate, ragazzi, che presto avremo una vera battaglia.»

"Una vera battaglia" ripeté fra sé e sé Ranocchio. Quelle parole gli rimasero sullo stomaco. La battaglia sotto le mura di Astapor gli era sembrata già abbastanza vera, pur sapendo che i mercenari la pensavano diversamente. «Quella è stata una mattanza non una battaglia» dichiarò in seguito il bardo guerriero Denzo D'han. Denzo era un capitano, un veterano di cento battaglie. L'esperienza di Ranocchio era limitata al campo d'allenamento e ai tornei, perciò non pensava che toccasse a lui mettere in discussione il verdetto di un guerriero così esperto.

"Però, quando è cominciata, sembrava una battaglia." Ricordò come gli si era contratto lo stomaco quando era stato svegliato a calci all'alba con il bestione che incombeva su di lui. «Il Re Macellaio viene a darci battaglia» aveva tuonato. «Alzati, dormiglione, se non vuoi diventare la prossima carne da macello.»

«Il Re Macellaio è morto» aveva protestato Ranocchio, assonnato. Era la storia che tutti avevano sentito ripetere, quando erano sbarcati dalle navi che li avevano portati lì da Vecchia Volantis. Un secondo re Cleon aveva preso la corona ed era morto a sua volta, presumibilmente, e ora Astapor era governata da una puttana e da un cerusico folle, i cui seguaci combattevano fra loro per il controllo della città.

«Forse hanno mentito» aveva replicato il bestione. «Oppure è un altro macellaio. Potrebbe essere il primo, tornato urlando dalla tomba per uccidere alcuni yunkai. Non fa nessuna maledetta differenza, Ranocchio. Mettiti la corazza e basta.»

Nella tenda dormivano in dieci e ormai erano tutti in piedi a infilarsi brache, stivali e lunghe cotte di maglia ad anelli e piastre pettorali ammaccate, a stringere cinghie di schinieri e di cannoni d'avambraccio, a cercare elmi, scudi e cinturoni con la spada. Gerris, rapido come sempre, fu il primo a finire di vestirsi, Arci lo seguì a ruota. Insieme aiutarono Quentyn a indossare l'armatura.

Trecento iarde più in là, i nuovi Immacolati di Astapor erano usciti a frotte dalle porte e ora si stavano schierando in ranghi sotto le mura sgretolate di mattoni rossi della città: la luce dell'alba si rifletteva sul bronzo degli elmi chiodati e sulla punta delle lunghe lance.

I tre dorniani uscirono insieme dalla tenda per unirsi ai guerrieri che correvano verso i cavalli. "Battaglia." Quentyn si era addestrato con lancia, spada e scudo fin da quando era in grado di camminare, ma adesso tutto questo sembrava non significare niente. «Guerriero, rendimi coraggioso» aveva pregato Ranocchio, mentre i tamburi rullavano in lontananza, *BUM BUM BUM BUM BUM BUM*. Il bestione gli indicò il Re Macellaio, rigidamente seduto su un cavallo protetto da armatura, in una corazza di lamine di rame che brillavano al sole del mattino. Ricordò che Gerris gli si era accostato appena prima che iniziasse lo scontro. «Resta vicino ad Arci, qualsiasi cosa accada. Non dimenticare che, di noi tre, tu sei l'unico che deve arrivare alla ragazza.» Intanto, gli uomini di Astapor stavano avanzando.

Morto o vivo, il Re Macellaio colse comunque i Saggi Padroni di sorpresa. Gli yunkai stavano ancora correndo avanti e indietro nei loro tokar svolazzanti, nel tentativo di dare una parvenza di schieramento ai loro schiavi soldato solo parzialmente addestrati, quando le lance degli Immacolati si schiantarono contro le linee d'assedio. Non fosse stato per i loro alleati e i disprezzati mercenari, probabilmente sarebbero stati sopraffatti all'istante. Ma la Compagnia del Vento e la Compagnia del Gatto furono in sella nel giro di pochi minuti e giunsero al galoppo sul fianco degli uomini di Astapor mentre una legione di Nuova Ghis si apriva la strada nel campo yunkai dall'altro lato, affrontando gli Immacolati lancia contro lancia, scudo contro scudo.

Il resto fu una carneficina, ma stavolta il Re Macellaio si trovava dal lato sbagliato della mannaia. Fu Caggo quello che alla fine lo abbatté, combattendo fra i protettori del re sul suo mostruoso destriero e aprendo Cleon il Grande dalla spalla al fianco con un unico colpo del suo arakh valyriano ricurvo. Ranocchio non lo vide, ma i presenti sostennero che la corazza di rame di Cleon si lacerò come seta, lasciando uscire un orribile fetore e centinaia di vermi che si contorcevano. Cleon in effetti era già morto, in fin dei conti. Gli uomini di Astapor disperati l'avevano tolto dalla tomba, messo dentro l'armatura e legato in sella a un cavallo, nella speranza di rincuorare i propri Immacolati.

La caduta del cadavere di Cleon segnò la fine della storia. I nuovi Immacolati gettarono lance e scudi e fuggirono, per poi scoprire che le porte di Astapor erano state chiuse alle loro spalle. Ranocchio fece la sua parte nel massacro che seguì, abbattendo gli eunuchi terrorizzati insieme al resto della Compagnia del Vento. Galoppò al fianco del bestione, menando colpi a destra e a manca, nel loro assalto a cuneo che penetrava tra gli Immacolati come una punta di lancia. Quando sbucavano dall'altra parte, il Principe Straccione li faceva girare, spingendoli di nuovo verso il nemico. Solo nel tornare indietro, Ranocchio vide bene le facce sotto i bronzei elmi chiodati: per la maggior parte erano uomini non più anziani di lui. "Ragazzi acerbi che chiamano la mamma urlando" aveva pensato. Ma li aveva uccisi tutti ugualmente. Quando lasciò il campo, aveva la spada rossa di sangue e il braccio talmente stanco da non riuscire ad alzarlo.

"Non è stato un vero combattimento" pensò. "Quello vero arriverà presto e noi dobbiamo essere lontano prima che inizi, altrimenti ci troveremo a combattere dalla parte sbagliata."

Quella notte i guerrieri della Compagnia del Vento si accamparono nelle vicinanze della Baia degli Schiavisti. A Ranocchio toccò il primo turno di guardia e fu mandato a tenere d'occhio i cavalli. Gerris lo incontrò appena dopo il tramonto, mentre la mezzaluna si rifletteva sull'acqua.

«Dovrebbe essere qui anche il bestione» disse Quentyn.

«È andato a cercare il vecchio Bill Osso e a perdere il resto del suo argento» rispose Gerris. «Lascialo fuori da questa storia. Farà come abbiamo detto, anche se non gli piace molto.»

«Anzi per niente.»

«Già.» C'erano tante cose in quella faccenda che a Quentyn non piacevano. Salpare a bordo di una nave stracarica e sbattuta dal vento e dalle onde, mangiare pane duro brulicante di curculioni e bere rum nero catramato per raggiungere una sorta di dolce oblio, dormire su sacchi di paglia ammuffita sentendo nelle narici il lezzo di stranieri... tutto quello che si era aspettato quando aveva apposto il suo segno su quel pezzo di pergamena a Volantis, promettendo al Principe Straccione spada e servizio per un anno. Quelle erano le sofferenze da sopportare, il fulcro di ogni avventura.

Ma quello che doveva accadere poi era puro tradimento. Gli yunkai li avevano assoldati a Vecchia Volantis per combattere per la città gialla, ma adesso i dorniani intendevano voltare gabbana e passare all'altra parte. Il che significava abbandonare i loro nuovi fratelli d'arme. Gli uomini della Compagnia del Vento non erano certo il genere di compagni che Quentyn avrebbe scelto, ma con loro aveva attraversato il mare, aveva condiviso carne e idromele, aveva combattuto, con i pochi di cui capiva la lingua aveva scambiato racconti. E se tutte le storie che aveva raccontato erano menzogne, be', quello era il prezzo da pagare per il passaggio fino a Meereen. «Non è propriamente qualcosa di onorevole» li aveva avvertiti Gerris nella Casa del Mercante.

«Daenerys potrebbe già essere a metà strada per Yunkai, con un esercito alle spalle» commentò Quentyn, mentre camminavano fra i cavalli.

«Potrebbe, ma non lo è» replicò Gerris. «Abbiamo già sentito discorsi del genere. Quelli di Astapor erano convinti che Daenerys stesse arrivando a sud con i draghi per spezzare l'assedio. Non arrivò allora e non sta arrivando adesso.»

«Non possiamo saperlo, non per certo. Dobbiamo battercela prima di finire a combattere proprio contro la donna che sono stato mandato a corteggiare.»

«Aspetta fino a Yunkai» disse Gerris, indicando le montagne. «Queste sono le loro terre. Verosimilmente, nessuno darebbe cibo e riparo a tre disertori. A nord di Yunkai è terra di nessuno.»

Non si sbagliava. Eppure, Quentyn si sentiva a disagio. «Il bestione si è fatto troppi amici. Sapeva che il piano era di andare via di soppiatto e raggiungere Daenerys, ma adesso lui non se la sente di abbandonare gli uomini con cui ha combattuto. Se aspettiamo ancora, finirà per sentirsi come se li abbandonassimo alla vigilia dello scontro. Non lo farà più. Lo conosci bene come me.»

«È comunque diserzione» replicò Gerris. «E il Principe Straccione non vede di buon occhio i disertori. Ci farà dare la caccia e i Sette Dèi ci salvino se dovessero prenderci. Se siamo fortunati, ci mozzeranno un piede per assicurarsi che non scapperemo di nuovo. Se siamo sfortunati, ci daranno a Meris la Bella.»

A quell'ultima frase, Quentyn esitò. Era terrorizzato da Meris la Bella. Una donna del continente occidentale più alta di lui, poco meno di sei piedi. Dopo vent'anni fra le compagnie libere, di bello in lei non era rimasto proprio niente, né dentro né fuori.

Gerris lo prese per un braccio. «Aspettiamo ancora qualche giorno, tutto qui. Abbiamo fatto tanta strada, pazienta ancora per qualche lega. Da qualche parte a nord di Yunkai l'occasione giusta si presenterà, vedrai.»

«Se lo dici tu» ribatté Ranocchio, dubbioso...

... ma per una volta tanto, gli dèi stavano ascoltando e l'occasione giusta si presentò prima del previsto.

Successe due giorni più tardi. Hugh Hungerford fermò il cavallo accanto al loro fuoco di cottura e disse: «Dorniano, ti vogliono nella tenda di comando».

«Chi di noi?» chiese Gerris. «Siamo tutti dorniani.»

«Allora tutti e tre» concluse Hungerford.

Scontroso e tetro, con una mano menomata, per un po' era stato l'ufficiale pagatore della Compagnia, fino al giorno in cui il Principe Straccione non l'aveva sorpreso a rubare dai forzieri e gli aveva mozzato tre dita. Adesso era un semplice sergente.

"Di che cosa potrà trattarsi?" Ranocchio nemmeno immaginava che il comandante fosse a conoscenza della sua esistenza. Comunque Hungerford se n'era già andato, per cui non c'era tempo per delle domande. Potevano solo andare a prendere il bestione e presentarsi a rapporto come ordinato.

«Non ammettete niente e siate pronti a combattere» disse Quentyn ai suoi amici.

«Io sono sempre pronto a combattere» ribatté il bestione.

Quando i dorniani arrivarono, il grande padiglione di tela da vele grigio che il Principe Straccione amava chiamare il suo castello di stoffa era gremito. A Quentyn bastò un momento per capire che tutti quelli lì riuniti erano dei Sette Regni o si vantavano di avere sangue occidentale. "Esuli o figli di esuli." Dick Paglia sosteneva che nella Compagnia c'erano almeno sessanta uomini dell'Occidente; un terzo di loro era presente, compresi lo stesso Dick, Hugh Hungerford, Meris la Bella e Lewis Lanster dai capelli d'oro, il miglior arciere della Compagnia.

C'era anche Denzo D'han, con l'enorme Caggo seduto accanto a lui. "Caggo l'Ammazzacadavere" lo chiamavano adesso, ma non glielo dicevano in faccia. S'infiammava facilmente e la spada nera ricurva che portava al fianco era cattiva quanto il suo possessore. Al mondo, c'erano centinaia di spade lunghe valyriane, ma solo una manciata di arakh valyriani. Né Caggo né Nestaris erano dell'Occidente, ma erano entrambi capitani e molto stimati dal Principe Straccione. "Quei due sono il suo braccio destro e il suo braccio sinistro. C'è in ballo qualcosa di grosso."

«Sono arrivati ordini da Yurkhaz» fu lo stesso Principe Straccione a prendere la parola. «A quanto pare, i superstiti di Astapor sono strisciati fuori dai buchi dove si erano rintanati. Ad Astapor non rimane più niente, se non cadaveri, per cui la gente adesso si riversa nelle campagne. Sono centinaia, forse migliaia, tutti affamati e ammalati. Gli yunkai non li vogliono vicino alla loro città gialla. Abbiamo l'ordine di inseguirli e spingerli di nuovo ad Astapor, oppure a nord, verso Meereen. Se la Regina dei Draghi vuole accoglierli, faccia pure. Metà hanno la dissenteria e quelli in buona salute sono comunque bocche da sfamare.»

«Yunkai è più vicino di Meereen» obiettò Hugh Hungerford. «E se non tornano indietro, mio lord?»

«Per questo abbiamo spade e lance, Hugh. Per quanto gli archi sarebbero più utili. State lontano da quelli che mostrano segni di dissenteria. Manderò metà delle nostre forze nelle montagne. Cinquanta pattuglie, ciascuna di venti cavalieri. Barba Insanguinata ha avuto gli stessi ordini, perciò scenderanno in campo anche i Gatti.»

Gli uomini si scambiarono delle occhiate, alcuni borbottarono sottovoce. La Compagnia del Vento e la Compagnia del Gatto erano entrambe sotto ingaggio con Yunkai, ma un anno prima, nelle Terre Contese, si erano ritrovati su fronti opposti della linea di battaglia e fra loro correva ancora cattivo sangue. Barba Insanguinata, il selvaggio comandante dei Gatti, era un florido gigante con un feroce appetito per i massacri, che non nascondeva il proprio disprezzo per i "vecchi barbagrigia ricoperti di stracci".

Dick Paglia si schiarì la gola. «Chiedo perdono, ma qui siamo tutti nati nei Sette Regni. Il mio lord non ha mai diviso la Compagnia in base al sangue o alla lingua. Perché mandarci tutti insieme?»

«Buona domanda. Dovrete cavalcare verso est, nel cuore delle montagne, poi fare un largo giro intorno a Yunkai e puntare su Meereen. Se incontrate uomini di Astapor, spingeteli a nord o uccideteli... ma sappiate che non è questo lo scopo della vostra missione. Al di là della città gialla, è quasi certo che vi imbatterete nelle pattuglie della Regina dei Draghi. Secondi Figli o Corvi della Tempesta. Gli uni o gli altri è lo stesso. Passate dalla loro parte.»

«Passare dalla loro parte?» chiese il cavaliere bastardo, ser Orson Stone della Valle di Arryn. «Vorresti che voltassimo gabbana?»

«Esattamente» confermò il Principe Straccione.

Quentyn Martell quasi scoppiò a ridere. "Gli dèi sono impazziti!"

Gli uomini dell'Occidente erano chiaramente a disagio. Alcuni fissarono il vino che avevano nella coppa, come se sperassero di trovarvi un po' di senno.

Hugh Hungerford corrugò la fronte. «Pensi che la regina Daenerys ci farà entrare...»

«Penso di sì.»

«... ma se lo fa, poi che cosa succede? Siamo spie? Assassini? Emissari? Hai forse intenzione di cambiare schieramento?»

Caggo si accigliò. «Tocca al principe deciderlo, Hungerford. Tu devi solo fare come ti si dice.»

«Sempre.» Hungerford alzò la mano con le due sole dita.

«Siamo franchi» disse Denzo D'han, il bardo guerriero. «Gli yunkai non ispirano nessuna fiducia. Quale che sia il risultato di questa guerra, la Compagnia del Vento dovrebbe condividere le spoglie della vittoria. Il nostro principe è saggio a tenere aperte tutte le strade.»

«Meris avrà il comando» riprese il Principe Straccione. «Conosce le mie intenzioni in questa faccenda... e Daenerys Targaryen potrebbe accettare meglio un'altra donna.»

Quentyn lanciò un'occhiata a Meris la Bella. Quando i suoi gelidi occhi senza vita incrociarono i suoi, ebbe un brivido. "Non mi piace."

Anche Dick Paglia aveva ancora dei dubbi. «La ragazza sarebbe sciocca a fidarsi di noi. Anche con Meris. Soprattutto con Meris. Io per primo non mi fido di lei e l'ho anche scopata un paio di volte.» Sogghignò, ma nessuno rise. Men che meno Meris la Bella.

«Credo che ti sbagli, Dick» disse il Principe Straccione. «Voi venite tutti dall'Occidente. Parlate la stessa lingua, adorate gli stessi dèi. Quanto alle motivazioni, avete tutti subito dei torti da parte mia. Dick, te ti ho frustato più di ogni altro uomo della Compagnia e la tua schiena può dimostrarlo. Hugh ha perso tre dita per via della mia disciplina. Meris è stata stuprata da metà della Compagnia. Non da questa, è vero, ma non è necessario precisarlo. Will dei Boschi, be', tu sei solo lurido. Ser Orson mi biasima perché ho mandato suo fratello nelle Anse Dolenti e ser Lucifero ribolle ancora di rabbia per la giovane schiava che Caggo gli ha portato via.»

«Avrebbe potuto restituirmela dopo averla posseduta» si lamentò Lucifero Long. «Non aveva motivo di ucciderla.»

«Era brutta» disse Caggo. «È un motivo sufficiente.»

Il Principe Straccione andò avanti come se nessuno avesse parlato. «Webber, tu rivendichi delle terre perdute nel continente occidentale. Lanster, ho ucciso quel ragazzo che ti piaceva tanto. Voi tre dorniani siete convinti che vi abbiamo mentito. Il bottino ad Astapor era molto meno di quanto vi era stato promesso a Volantis e io ho fatto la parte del leone.»

«Questo è vero» disse ser Orson.

«Gli stratagemmi migliori hanno sempre un seme di verità» disse il Principe Straccione. «Ognuno di voi ha dei buoni motivi per volermi abbandonare. E Daenerys Targaryen sa che i mercenari sono volubili. I Secondi Figli e i Corvi della Tempesta hanno preso oro yunkai, ma non hanno esitato a unirsi a lei nel momento in cui le sorti della battaglia hanno cominciato a volgere a suo favore.»

«E quando dovremmo partire?» chiese Lewis Lanster.

«Adesso. Fate attenzione ai Gatti e alle Lunghe Lance che potreste incontrare. Nessuno saprà che la vostra defezione è uno stratagemma, a parte le persone presenti in questa tenda. Mostrate le vostre carte troppo presto e sarete mutilati come disertori o sbudellati come voltagabbana.»

I tre dorniani lasciarono la tenda in silenzio. "Venti cavalieri, tutti che parlano la lingua comune" pensò Quentyn. "Bisbigliare è di colpo diventato più pericoloso."

Il bestione gli diede una manata sulla schiena. «Be', Ranocchio, è magnifico. Una caccia al drago.»

LA SPOSA RIBELLE

Asha Greyjoy sedeva nella lunga sala di Galbart Glover, bevendo il vino di Galbart Glover, quando il maestro di Galbart Glover le portò la lettera.

«Milady» la voce del maestro era ansiosa, come succedeva ogni volta che si rivolgeva a lei. «Un corvo messaggero da Barrowton.» Le tese la pergamena come se non vedesse l'ora di liberarsene. Era strettamente arrotolata e sigillata con una goccia di ceralacca rosa.

"Barrowton" pensò Asha. Cercò di ricordare chi ci governava. "Qualche lord del Nord, non mio amico." E quel sigillo… i Bolton di Forte Terrore andavano in battaglia sotto stendardi rosa schizzati di piccole gocce di sangue. C'era solo da capire perché avrebbero dovuto usare della ceralacca rosa anche per i sigilli.

"Quello che ho in mano è veleno" pensò. "Dovrei bruciarlo." Invece ruppe il sigillo. Un pezzo di pelle le volò in grembo. Quando lesse quelle asciutte parole marroni, il suo umore diventò ancora più nero. "Ali oscure, oscure parole." I corvi non portavano mai notizie allegre. L'ultimo messaggio arrivato a Deepwood Motte era stato di Stannis Baratheon: una richiesta di vassallaggio. Questo era peggio ancora. «Gli uomini del Nord hanno preso il Moat Cailin.»

«Il Bastardo di Bolton?» chiese Qarl, seduto al suo fianco.

«Ramsay Bolton, qui si firma lord di Grande Inverno. Ma ci sono anche altri nomi.» Lady Dustin, lady Cerwyn e quattro Ryswell avevano apposto la loro segnatura sotto quella di Bolton. C'era poi il disegno di un rozzo gigante, simbolo di qualche Umber.

Le firme erano vergate con dell'inchiostro di maestro, ricavato da fuliggine e catrame di carbonella, ma il messaggio sovrastante era scarabocchiato in marrone, con caratteri larghi e spigolosi. Parlava della caduta del Moat Cailin, del trionfante ritorno del Protettore del Nord nei suoi domini, di un matrimonio che sarebbe avvenuto presto. Le prime parole erano: "Scrivo questa lettera con il sangue degli uomini di ferro". Le ultime: "Mando a ciascuno di voi un pezzo del principe. Restate nelle mie terre e farete la stessa fine".

Asha credeva che il suo fratellino Theon fosse morto. "Meglio morto che così." Asha raccolse il brandello di pelle umana che le era caduto in grembo, lo accostò alla candela, guardò il fumo arricciarsi. Lo lasciò bruciare finché anche l'ultimo frammento si consumò e la fiamma non le lambì le dita.

Il maestro di Galbart Glover rimase in attesa accanto a lei.

«Non c'è risposta» lo informò Asha.

«Posso condividere le notizie con lady Sybelle?»

«Se così ti compiace.» Non sarebbe stata in grado di dire se Sybelle Glover avrebbe provato gioia per la caduta del Moat Cailin. Lady Sybelle viveva praticamente nel parco degli dèi, pregando per i suoi figli e per il ritorno del marito. "Altre preghiere che probabilmente rimarranno senza risposta. Il suo albero del cuore è sordo e cieco come il nostro Dio Abissale."

Robett Glover e suo fratello Galbart erano andati a sud con il Giovane Lupo. Se anche solo la metà delle storie che avevano sentito sulle Nozze Rosse erano vere, c'erano poche possibilità che tornasse a nord. "I suoi figli almeno sono vivi, grazie a me." Asha li aveva lasciati alle Dieci Torri, affidati alle sue zie. La figlia infante di lady Sybelle era ancora al seno, e l'aveva ritenuta troppo delicata per esporla ai rigori di un'altra traversata tempestosa.

Spinse la lettera in mano al maestro. «Prendila. Lascia che lei trovi qualche conforto qui, se ci riesce. Hai il mio permesso di ritirarti.»

Il maestro chinò la testa e se ne andò. Dopo che si fu allontanato, Tris Botley si rivolse ad Asha. «Se il Moat Cailin è caduto, Piazza di Torrhen seguirà presto. Poi sarà il nostro turno.»

«Non ancora, per un po'. Mascella Spaccata li farà sanguinare.» Piazza di Torrhen non era una rovina come il Moat Cailin, e Dagmar era un uomo di ferro fino al midollo. Sarebbe morto piuttosto che arrendersi.

"Se mio padre fosse stato ancora vivo, il Moat Cailin non sarebbe mai caduto." Balon Greyjoy sapeva che il Moat era la chiave per difendere il Nord. Anche Euron lo sapeva, ma semplicemente se ne fregava. Così come non si curava di quanto sarebbe accaduto a Deepwood Motte o a Piazza di Torrhen. «A Euron non interessano le conquiste di Balon. Mio zio è lontano, a caccia di draghi.» Occhio di Corvo aveva radunato tutte le forze delle Isole di Ferro a Vecchia Wyk ed era salpato verso il vasto Mare del Tramonto, con suo fratello Victarion che lo seguiva come un cane bastonato. A Pyke non era rimasto nessuno cui fare appello, a parte il suo stesso lord marito. «Siamo soli.»

«Dagmar li schiaccerà» insisté Cromm, che non aveva mai amato nessuna donna metà di quanto amava una battaglia. «Sono solo lupi.»

«I lupi sono stati uccisi tutti» disse Asha tormentando con l'unghia del pollice la ceralacca rosa. «Questi sono gli scuoiatori che li hanno trucidati.»

«Dovremmo andare a Piazza di Torrhen e unirci alla lotta» propose Quenton Greyjoy, un suo lontano cugino e capitano della *Ragazza mordace.*

«*Aye*» concordò Dagon Greyjoy, un suo cugino ancora più lontano. Gli uomini lo chiamavano Dagon l'Ubriacone. Ma ubriaco o sobrio, amava combattere. «Perché Mascella Spaccata dovrebbe avere tutta la gloria per sé?»

Due servitori di Galbart Glover portarono l'arrosto, ma quel brandello di pelle aveva fatto passare l'appetito ad Asha. "I miei uomini hanno abbandonato ogni speranza di vittoria" capì tristemente. "Ora tutto ciò che cercano è una buona morte." I lupi li avrebbero accontentati, non aveva dubbi. "Prima o poi verranno a riprendersi questo castello."

Quando lasciò la sala di Galbart Glover, prese con sé la lettera.

Il sole stava calando dietro gli alti pini della Foresta del Lupo mentre Asha saliva gli scalini di legno per andare nella camera da letto che un tempo era stata di Galbart Glover. Aveva bevuto troppo e si sentiva la testa martellare. Asha Greyjoy voleva bene ai suoi uomini, sia ai capitani sia agli equipaggi, ma metà di loro erano degli stupidi. "Stupidi coraggiosi, ma comunque stupidi. Andare da Mascella Spaccata, certo, come se fosse facile..."

Fra Deepwood e Dagmar c'erano molte leghe di distanza, aspre montagne, fitti boschi, fiumi impetuosi e più uomini del Nord di quelli che lei aveva voglia di contare. Asha disponeva di quattro navi lunghe e neppure duecento uomini... compreso Tristifer Botley, sul quale non poteva fare affidamento. Con tutti i suoi discorsi d'amore, non riusciva a immaginare Tris che si precipitava a Piazza di Torrhen per morire al fianco di Dagmar Mascella Spaccata.

Qarl la seguì nella camera da letto di Galbart Glover. «Esci» gli disse. «Voglio stare da sola.»

«No, tu vuoi stare con me.» Cercò di baciarla.

Asha lo respinse. «Toccami di nuovo e...»

«E che cosa?» Qarl estrasse il pugnale. «Spogliati, ragazza.»

«Fottiti, cane imberbe.»

«Preferisco fottere te.» Un rapido fendente le slacciò il farsetto. Asha prese l'ascia, ma Qarl lasciò cadere il pugnale, le afferrò il polso e glielo torse dietro la schiena fino a farle cadere l'arma dalle dita. La spinse indietro, sul letto di Glover, la baciò con violenza e le strappò la veste facendo sbottare fuori i seni. Quando lei cercò di dargli un calcio all'inguine, Qarl si scansò e con le ginocchia la costrinse ad allargare le gambe. «Io ti prendo ora.»

«Provaci» sputò lei «e ti sgozzo mentre dormi.»

Asha era bagnata fradicia quando lui la penetrò. «Maledetto» gli disse. «Maledetto maledetto maledetto.» Qarl le succhiò i capezzoli finché lei non si mise a piangere, metà di dolore, metà di piacere. La sua fica diventò il mondo. Lei dimenticò il Moat Cailin, Ramsay Bolton e il piccolo pezzo di pelle umana scritto con il sangue, dimenticò l'acclamazione di re, il suo fallimento, l'esilio, i nemici e suo marito. Contavano solo le mani di Qarl, la sua bocca, le sue braccia intorno a lei, il suo cazzo dentro di lei. Qarl la scopò fino a farla gridare e poi di nuovo fino a farla piangere, prima di spargerle infine il seme nel ventre.

«Sono maritata» gli ricordò lei dopo. «Mi hai saccheggiato, cane imberbe. Il lord mio marito ti taglierà le palle e ti vestirà da donna.»

Qarl rotolò di lato. «Solo se riuscirà a lasciare lo scranno.»

La stanza era fredda. Asha si alzò dal letto di Galbart Glover e si tolse gli abiti strappati. Per il farsetto sarebbero bastati dei lacci nuovi, ma la tunica era rovinata. "Tanto non mi è mai piaciuta." La gettò nelle fiamme. Il resto lo lasciò in un mucchio vicino al letto. Le facevano male i seni, e il seme di Qarl le colava sulla coscia. Avrebbe dovuto prepararsi un po' di tè della luna o rischiare di mettere al mondo un'altra piovra. "Che importa? Mio padre è morto, mia madre sta morendo, mio fratello lo stanno scuoiando e io non posso fare niente per loro. Sono maritata e portata a letto... ma non dallo stesso uomo."

Quando s'infilò di nuovo sotto le pellicce, Qarl si era addormentato.

«Ora la tua vita è mia. Dove ho messo il pugnale?» Si strinse contro la schiena di lui e lo circondò con le braccia. Nelle isole era conosciuto come Qarl la Fanciulla, in parte per distinguerlo da Qarl il Pastore, Qarl Kenning il Bizzarro, Qarl Ascia-veloce e Qarl lo Schiavo, ma soprattutto per le sue guance lisce. La prima volta che Asha l'aveva incontrato, Qarl stava cercando di farsi crescere la barba. "Peluria di pesca" l'aveva definita lei, ridendo.

Qarl aveva confessato di non avere mai visto una pesca, così lei gli aveva proposto di accompagnarla nel suo prossimo viaggio a sud.

Allora era ancora estate, Robert Baratheon sedeva sul Trono di Spade, Balon Greyjoy rimuginava sul Trono del Mare e i Sette Regni erano in pace. Asha veleggiava sulla *Vento nero* lungo costa e commerciava. Fecero scalo a Isola Bella e a Lannisport e in una ventina di porti più piccoli prima di raggiungere Arbor, dove le pesche erano sempre grosse e dolci. «Vedi» gli aveva detto, la prima volta che aveva avvicinato una pesca alla guancia di Qarl. Quando gli aveva fatto dare un morso, il succo gli era colato sul mento e lei l'aveva baciato tutto per pulirlo.

Avevano trascorso la notte a mangiare pesche e a divorarsi a vicenda, e il giorno dopo Asha era sazia e appiccicosa, e felice come mai prima. "È stato sei o sette anni fa?" L'estate era un ricordo che sbiadiva ed erano passati tre anni dall'ultima volta che aveva gustato una pesca. Però si godeva ancora Qarl. Capitani e re potevano anche non desiderarla, ma lui sì.

Asha aveva avuto altri amanti: alcuni avevano diviso il letto con lei per metà anno, altri per metà notte. Qarl le piaceva più di tutti gli altri messi insieme. Poteva anche radersi una volta ogni quindici giorni, ma una barba ispida non fa l'uomo. Le piaceva la sensazione della sua pelle morbida sotto le dita. Le piaceva il modo in cui i suoi capelli lunghi e lisci sfioravano le spalle. Le piaceva come baciava. Le piaceva come sogghignava quando lei gli passava i pollici sui capezzoli. I peli fra le sue gambe erano del colore della sabbia, più scuri dei capelli, ma sottili come lanugine a confronto del ruvido cespuglio nero che lei aveva intorno al sesso. Le piaceva anche quello. Lui aveva un corpo da nuotatore, lungo e flessuoso, senza cicatrici.

"Un sorriso dolce, braccia forti, dita abili e due spade sicure. Che cosa può desiderare di più una donna?" L'avrebbe sposato volentieri, ma era la figlia di lord Balon e lui un uomo del popolo, nipote di uno schiavo. "Di rango troppo basso perché io lo sposi, ma non troppo basso perché non debba succhiargli il cazzo." Ebbra, sorridente, strisciò sotto le pellicce e glielo prese in bocca. Qarl si agitò nel sonno e, dopo un momento, cominciò a indurirsi. Quando fu di nuovo duro, lui era sveglio e lei bagnata.

Si drappeggiò le pellicce sulle spalle nude e montò sopra di lui, tirandolo dentro di sé così a fondo da non poter dire chi aveva il cazzo e chi la fica. Quella volta raggiunsero insieme l'orgasmo.

«Mia dolce lady» mormorò lui dopo, con voce ancora assonnata. «Mia dolce regina.»

"No" pensò Asha "non sono una regina, non lo sarò mai." «Torna a dormire.»

Lo baciò sulla guancia, attraversò scalza la camera da letto di Galbart Glover e spalancò gli scuri. La luna era quasi piena. Era una notte così serena che si vedevano le montagne, i picchi coronati di neve. "Fredda, desolata e inospitale, ma bellissima nel chiaro di luna." Le loro vette scintillavano pallide e frastagliate come una fila di denti acuminati. Le alture pedemontane e le cime più basse si perdevano nell'oscurità.

Il mare era più vicino, solo cinque leghe a nord, ma Asha non lo poteva vedere. Troppe alture si frapponevano. "E alberi, tanti alberi." Foresta del Lupo era il nome che gli uomini del Nord davano al bosco. La maggior parte delle notti lei poteva sentire i lupi che si lanciavano richiami nel buio. "Un oceano di foglie. Magari fosse un oceano di acqua."

Deepwood Motte era più vicino al mare di Grande Inverno, ma per i suoi gusti rimaneva sempre troppo lontano. L'aria odorava di pini anziché di salmastro. A nordest di quelle sinistre montagne nere c'era la Barriera, dove Stannis Baratheon aveva issato il suo vessillo. "Il nemico del mio nemico è mio amico" si diceva, ma l'altra faccia di quella medaglia era: "Il nemico del mio amico è mio nemico". Gli uomini di ferro erano i nemici dei lord del Nord, di cui quest'ultimo pretendente Baratheon aveva disperato bisogno. "Potrei offrirgli il mio corpo giovane e bello" pensò Asha, togliendosi una ciocca di capelli dagli occhi. Ma Stannis era sposato, e lei anche. Inoltre Stannis e gli uomini di ferro erano nemici antichi. Durante la prima ribellione di suo padre, Stannis aveva schiacciato la Flotta di Ferro al largo di Isola Bella e aveva sottomesso Grande Wyk in nome del fratello.

Le mura possenti di Deepwood Motte racchiudevano un'ampia collina tondeggiante dalla cima piatta, incoronata da una lunga sala cavernosa, con una torre di guardia alta cinquanta piedi. Sotto la collina c'era la corte intermedia, con le stalle, i recinti dei cavalli, la fucina, il pozzo e il recinto per le pecore, difesa da un profondo fossato, un ripido terrapieno e una palizzata. Le difese esterne formavano un ovale, seguendo i contorni del terreno. C'erano due portoni, ciascuno protetto da due torri di legno squadrate, e camminamenti lungo il perimetro. Sulla palizzata del lato sud del castello, il muschio cresceva folto, strisciando fino a metà delle torri. A est e a ovest si aprivano prati brulli. Quando Asha aveva preso il castello, erano coltivati ad avena e orzo, ma durante l'attacco erano stati calpestati. Una serie di rigide brinate aveva ucciso le messi piantate successivamente, lasciando solo fango, cenere e steli marciti.

Era un castello vecchio, ma non solido. Asha l'aveva preso ai Glover, e il Bastardo di Bolton l'avrebbe preso a lei. Il Bastardo però non sarebbe riuscito a scuoiarla. Asha Greyjoy non aveva intenzione di farsi prendere viva. Sarebbe morta come era vissuta, con un'ascia in pugno e una risata sulle labbra.

Per conquistare Deepwood Motte, il lord suo padre le aveva dato trenta navi lunghe. Gliene restavano quattro, contando anche la sua *Vento nero*, e una di esse apparteneva a Tris Botley, che si era unito a lei quando gli altri suoi uomini erano fuggiti. "No. Questo è ingiusto. Non sono fuggiti: hanno fatto vela per tornare in patria e rendere omaggio al loro re. Quella che è fuggita sono io." Ancora se ne vergognava.

«Va'» l'aveva incitata il Lettore, mentre i capitani portavano suo zio Euron ai piedi della Collina di Nagga perché si mettesse in capo la corona di legno levigato dal mare.

«Disse il corvo alla cornacchia: "Vieni, ho bisogno di te per far ribellare gli uomini di Harlaw".» A quel tempo, Asha intendeva combattere.

«Gli uomini di Harlaw sono qui. Quelli che contano. Alcuni invocano il nome di Euron. Non metterò Harlaw contro Harlaw.»

«Euron è pazzo. E pericoloso. Quel suo corno infernale...»

«L'ho sentito. Va', Asha. Una volta incoronato, Euron ti cercherà. Non devi lasciare che il suo occhio cada su di te.»

«Se sto con gli altri miei zii...»

«... morirai in esilio, con tutte le mani levate contro di te. Quando ti sei fatta avanti per il trono, ti sei esposta al giudizio dei capitani. Ora non puoi andare contro quel giudizio. Solo una volta la scelta dell'acclamazione di re è stata ignorata. Leggi Haereg.»

Solo Rodrik il Lettore poteva parlare di un libro antico mentre la loro vita era in bilico sul filo di una spada. «Se tu resti, resto anch'io» gli aveva detto Asha, cocciuta.

«Non essere sciocca. Stasera, Euron mostra al mondo il suo occhio sorridente. Ma domani... Asha, tu sei la figlia di Balon e la tua pretesa è più valida della sua. Finché respiri, per lui sei un pericolo. Se resti, verrai uccisa, o data in moglie al Rematore Rosso. Non so che cosa sarebbe peggio. Adesso, va'. Non avrai un'altra occasione.»

Asha aveva ormeggiato la *Vento nero* sul lato più lontano dell'isola, proprio per una simile eventualità. Vecchia Wyk non era un'isola grande. Asha poteva tornare a bordo prima del sorgere del sole e mettersi in viaggio per Harlaw prima che Euron notasse la sua assenza. Tuttavia aveva esitato, finché suo zio non aveva detto: «Vattene per amore mio, bambina. Non farmi assistere alla tua morte».

Allora era partita. Prima era passata a Dieci Torri, a dire addio a sua madre. «Potrà trascorrere molto tempo prima che io ritorni» l'aveva avvertita Asha. Lady Alannys non aveva capito. «Dov'è Theon?» aveva chiesto. «Dov'è il mio piccino?» Lady Gwynesse voleva solo sapere quando sarebbe tornato lord Rodrik. «Ho sette anni più di lui. Dieci Torri dovrebbe essere mia.»

Asha era ancora a Dieci Torri a fare provviste, quando le era giunta notizia del suo matrimonio. «La mia nipote testarda ha bisogno di essere domata» correva voce che Occhio di Corvo avesse detto «e io conosco l'uomo adatto.» L'aveva data in moglie a Erik il Fabbro, incaricando lo stesso Distruttore di Incudini di governare le Isole di Ferro mentre lui andava a caccia di draghi. Ai suoi tempi, Erik era stato un grande uomo, un intrepido predone che poteva vantarsi di aver navigato con il nonno del nonno di Asha, quello stesso Dagon Greyjoy da cui Dagon l'Ubriacone aveva preso il nome. Le vecchie di Isola Bella ancora spaventavano i nipotini con le storie di lord Dagon e dei suoi uomini. "Ho ferito l'orgoglio di Erik all'acclamazione di re" rifletté Asha. "Non è tipo da dimenticarlo."

Eppure, doveva riconoscere a suo zio quanto gli era dovuto. Con un colpo solo, Euron aveva tramutato un rivale in un sostenitore, messo al sicuro le isole durante la sua assenza e tolto di mezzo la minaccia rappresentata da Asha. "E si è anche spanciato dalle risate." Tris Botley aveva detto che Occhio di Corvo aveva usato una foca al posto di Asha durante le nozze. «Mi auguro che Erik non abbia insistito per consumare il matrimonio» aveva risposto lei.

"Non posso andare a casa" pensò "ma non oso trattenermi ancora qui." La quiete della foresta la innervosiva. Asha aveva passato la vita sulle isole e a bordo di navi. Il mare non era mai silenzioso. Lei aveva nel sangue il rumore delle onde contro gli scogli, ma a Deepwood Motte non c'erano onde... solo alberi, alberi infiniti, pini-soldato e alberi-sentinella, faggi, frassini e querce antiche, castagni, carpini e abeti. Il loro rumore era più delicato di quello del mare e Asha lo sentiva solo quando soffiava il vento. Un mormorio che pareva giungere da tutte le parti intorno a lei, come se gli alberi bisbigliassero in una lingua a lei incomprensibile.

Quella notte, il mormorio pareva più forte del solito. "Un trambusto di morte foglie marroni" pensò Asha. "Rami spogli che scricchiolano nel vento." Voltò le spalle alla finestra, alla foresta. "Ho bisogno di sentire di nuovo una tolda sotto i piedi. O altrimenti di un po' di cibo nello stomaco." Quella sera aveva mandato giù troppo vino, ma troppo poco pane e neanche un boccone di quel grande arrosto al sangue.

Il chiarore della luna era abbastanza vivido da permetterle di trovare i suoi vestiti. Indossò un paio di spesse brache nere, una tunica imbottita e un farsetto di pelle verde con lamine d'acciaio parzialmente sovrapposte. Lasciando Qarl ai suoi sogni, scese la scala esterna del mastio, i gradini scricchiolavano sotto i piedi scalzi. Un uomo di sentinella sui bastioni la vide scendere e alzò la lancia. Asha gli rispose con un fischio. Mentre attraversava la corte interna per recarsi nelle cucine, i cani di Galbart Glover si misero ad abbaiare. "Meglio" pensò Asha. "Almeno coprono il rumore degli alberi."

Stava tagliando un pezzo di formaggio giallo da una forma grande come una ruota di carro, quando Tris Botley entrò nella cucina, avvolto in un mantello di folta pelliccia.

«Mia regina» la salutò.

«Non prendermi in giro.»

«Regnerai sempre sul mio cuore. Nessun coro di stupide grida in un'acclamazione di re può cambiare la realtà.»

"Che cosa devo fare con questo bamboccio?" Asha non dubitava della sua devozione. Non solo era stato il suo campione sulla Collina di Nagga e gridato il suo nome, ma aveva anche attraversato il mare per unirsi a lei, abbandonando il re, i suoi consanguinei e la sua casa. "Ma non ha osato sfidare Euron faccia a faccia." Quando Occhio di Corvo aveva riportato la Flotta di Ferro in mare, Tris si era limitato a restare indietro, cambiando andatura solo quando le altre navi sparivano dalla vista. Anche quello però richiedeva un certo coraggio. Neppure lui sarebbe mai potuto tornare alle isole.

«Formaggio?» gli chiese Asha. «C'è anche prosciutto, e senape.»

«Non è cibo che voglio, milady. Lo sai.» A Deepwood Motte Tris si era fatto crescere una folta barba castana. Sosteneva che gli tenesse la faccia al caldo. «Ti ho visto dalla torre di guardia.»

«Se sei di guardia, che cosa ci fai qui?»

«Lassù c'è Cromm. E anche Hagen del Corno. Di quanti occhi abbiamo bisogno per guardare le foglie stormire al chiaro di luna? Dobbiamo parlare.»

«Di nuovo?» sospirò Asha. «Conosci la figlia di Hagen, quella con i capelli rossi. Regge il timone di una nave come un uomo, e di viso non è certo brutta. Ha diciassette anni e l'ho vista che ti guardava.»

«Non voglio la figlia di Hagen.» Mosse la mano per toccarla, poi ci ripensò. «Asha, è ora di partire. Il Moat Cailin era l'unica cosa che tratteneva ancora la marea. Se restiamo qui, gli uomini del Nord ci uccideranno tutti, lo sai.»

«Vorresti che fuggissi?»

«Vorrei che tu continuassi a vivere. Ti amo.»

"No" pensò lei "tu ami una fanciulla innocente che vive solo nella tua testa, una bambina spaventata che ha bisogno della tua protezione." «Io invece non ti amo» replicò aspramente Asha «e non scappo.»

«A parte i pini, il fango e i nemici, che cosa c'è che ti trattiene qui con tanta forza? Abbiamo le nostre navi. Salpa con me, e ci faremo una nuova vita in mare.»

«Come pirati?» L'idea era quasi allettante. "Lascia ai lupi le loro buie foreste e riprendi il mare aperto."

«Come mercanti» insisté Tris. «Andremo a est, la stessa rotta di Occhio di Corvo, ma torneremo con sete e spezie al posto di un corno di drago. Un solo viaggio nel Mare di Giada e saremo ricchi come dèi. Potremo avere una casa a Vecchia Città, o in una delle città libere.»

«Tu, io e Qarl?» Al nome di Qarl, lo vide trasalire. «Alla figlia di Hagen potrebbe piacere l'idea di salpare con te per il Mare di Giada. Io sono ancora la figlia della piovra. Il mio posto è...»

«... dove? Non puoi tornare alle isole. A meno di sottometterti al lord tuo marito.»

Asha cercò d'immaginarsi a letto con Erik il Fabbro, schiacciata sotto il suo peso, a patire i suoi abbracci. "Meglio lui che il Rematore Rosso o Lucas Codd il Mancino." Un tempo il Distruttore di Incudini era stato un brutale gigante, spaventosamente forte, assolutamente fedele e indomito. "Forse non sarebbe poi male. È probabile che muoia la prima volta che cerca di assolvere al suo dovere di marito." Se fosse accaduto, anziché la moglie di Erik, lei sarebbe stata la vedova di Erik. Il che poteva essere meglio o molto peggio, a seconda dei suoi nipoti. "E di mio zio. Alla fine, ogni vento mi spinge di nuovo verso Euron."

«Ho degli ostaggi, a Harlaw» Asha ricordò a Tris. «E c'è sempre Punta del Drago Marino... Se non posso avere il reame di mio padre, perché non farmene uno tutto mio?»

Punta del Drago Marino non era sempre stata scarsamente popolata come adesso. Tra le montagne e gli acquitrini si trovavano ancora delle vecchie rovine, i resti di antiche fortezze dei primi uomini. Nei luoghi più alti c'erano dei cerchi di alberi-diga lasciati dai figli della foresta.

«Ti aggrappi a Punta del Drago Marino come chi annegando si aggrappa a un relitto. Che cos'ha di desiderabile Punta del Drago Marino? Non ci sono miniere, non c'è oro, argento, né stagno o ferro. La terra è troppo umida per coltivare mais o frumento.»

"Non ho intenzione di piantare mais o frumento." «Vuoi sapere che cosa c'è lì? Te lo dico subito. Due lunghe linee costiere, centinaia di calette nascoste, lontre nei laghi, salmoni nei fiumi, molluschi lungo la riva, colonie di foche al largo, alti pini per costruire navi.»

«E chi costruirà quelle navi, mia regina? Dove vostra grazia troverà i sudditi per il suo regno, se gli uomini del Nord ti consentiranno di averlo? O conti forse di governare un regno di lontre e foche?»

Asha rise mestamente. «È più facile governare le lontre che non gli uomini, te l'assicuro. E le foche sono più intelligenti. No, forse hai ragione. La rotta migliore per me potrebbe ancora essere tornare a Pyke. A Harlaw c'è ancora chi mi accoglierebbe con piacere. Anche a Pyke. Ed Euron quando ha ucciso lord Baelor non si è di certo fatto degli amici a Blacktyde. Potrei cercare mio zio Aeron, far sollevare le isole.»

Dopo l'acclamazione di re sulla Collina di Nagga, nessuno aveva più visto Capelli Bagnati, ma i suoi seguaci, gli Annegati, sostenevano che si nascondesse a Grande Wyk e che presto sarebbe tornato allo scoperto, a evocare lo sdegno del Dio Abissale contro Occhio di Corvo e i suoi tirapiedi.

«Anche il Distruttore di Incudini è alla ricerca di Capelli Bagnati. Dà la caccia agli Annegati. Beron Blacktyde il Cieco è stato preso e interrogato. Perfino il vecchio Gabbiano Grigio è stato messo ai ferri. Come farai a trovare il sacerdote, quando tutti gli uomini di Euron hanno fallito?»

«È sangue del mio sangue, fratello di mio padre.» Era una risposta debole e Asha lo sapeva.

«Sai che cosa penso?»

«No, ma ho l'impressione che tra poco me lo dirai.»

«Penso che Capelli Bagnati sia morto. Penso che Occhio di Corvo gli abbia tagliato la gola. La ricerca di Erik il Fabbro serve solo a farci credere che il sacerdote gli sia sfuggito. Euron ha paura di essere considerato un assassino di consanguinei.»

«Non farti mai sentire da mio zio a parlare così. Prova a dirgli che Occhio di Corvo ha paura di uccidere consanguinei, e lui ucciderà uno dei suoi stessi figli solo per dimostrare che non è vero.» Ormai si sentiva quasi sobria. Tristifer Botley aveva quell'effetto su di lei.

«Anche se trovassi tuo zio Capelli Bagnati, insieme fallireste comunque. Facevate parte del Concilio, quindi non puoi dire che è stato convocato illegalmente, come ha fatto Torgon. Siete legati alle decisioni del Concilio secondo tutte le leggi degli dèi e degli uomini. Tu...»

«Un momento» Asha corrugò la fronte. «Quale Torgon?»
«Torgon il Ritardatario.»
«Ha regnato durante l'Età degli Eroi.» Asha ricordava quello e ben poco d'altro. «Che cosa c'entra?»
«Torgon Greyiron era il figlio maggiore del re. Ma il re era vecchio e Torgon era un irrequieto, fu così che quando suo padre morì, lui stava facendo scorrerie lungo il Mander, tra la sua fortezza e Scudo Grigio. I fratelli non lo informarono e convocarono d'urgenza il Concilio, pensando che uno di loro sarebbe stato scelto per portare la corona di legno levigato. Ma i capitani e i re scelsero invece come sovrano Urragon Buonfratello. La prima decisione del nuovo re fu di ordinare che tutti i figli del vecchio sovrano fossero messi a morte. E così avvenne. Dopo di che, gli uomini lo chiamarono Malfratello, anche se in realtà quelli non erano suoi consanguinei. Regnò per quasi due anni.»
Asha ora ricordò. «Torgon tornò a casa...»
«... e dichiarò che l'esito dell'acclamazione di re era illegale, poiché lui non era presente a fare la sua rivendicazione. Malfratello aveva dimostrato di essere tanto meschino quanto crudele e sulle isole era rimasto con pochi amici. I sacerdoti lo denunciarono, i lord si sollevarono contro di lui e i suoi stessi capitani lo fecero a pezzi. Così Torgon il Ritardatario diventò re e governò per quarant'anni.»
Asha afferrò Tris Botley per le orecchie e lo baciò sulla bocca. Quando lo lasciò andare, lui era rosso e senza fiato. «Cos'era?»
«Un bacio, lo chiamano così. Possa io annegare come una stupida, Tris, mi sarei dovuta ricordare che...» Asha s'interruppe di colpo. Quando Tris aprì bocca, lo zittì e tese l'orecchio. «Questo è un corno di guerra. Hagen.» In un primo momento aveva pensato che fosse suo marito. Possibile che Erik il Fabbro avesse fatto tutta quella strada per reclamare la sua moglie testarda? «Il Dio Abissale dopotutto mi vuole bene. Mi stavo chiedendo che cosa fare e lui mi ha mandato dei nemici da combattere.» Si alzò e rimise il pugnale nel fodero. «La battaglia è arrivata da noi.»

Asha Greyjoy raggiunse di corsa la corte intermedia del castello, con Tris alle calcagna. Ma arrivò troppo tardi. Lo scontro era terminato. Asha trovò due uomini del Nord sanguinanti ai piedi del muro orientale, non lontano dalla posterla, con attorno Lorren Lunga Ascia, Harl Sei Dita e Linguatetra che li sovrastavano.
«Cromm e Hagen li hanno visti scavalcare il muro» spiegò Linguatetra.

«Questi due soltanto?» chiese Asha.

«Erano cinque. Due li abbiamo uccisi prima che riuscissero a saltare di là dal muro, Harl ne ha ucciso un altro sul camminamento. Questi due erano arrivati nel cortile.»

Uno dei due era morto, sangue e cervella lordavano l'ascia lunga di Lorren, l'altro respirava ancora, a sussulti. La lancia di Linguatetra l'aveva inchiodato al terreno in una pozza di sangue che si allargava sempre più. Tutt'e due indossavano delle giubbe di cuoio bollito e un mantello a chiazze marrone, verde e nero, con ramoscelli e foglie cuciti intorno alla testa e alle spalle.

«Chi sei?» chiese Asha al ferito.

«Un Flint. E tu chi sei?»

«Asha della Casa Greyjoy. Questo è il mio castello.»

«Deepwood è sede di Galbart Glover. Non rifugio per piovre.»

«Oltre a voi, ce ne sono altri?» chiese Asha. Il ferito non rispose. Asha afferrò la lancia di Linguatetra e la rigirò nella ferita. L'uomo del Nord gridò di dolore, altro sangue dilagò sul terreno. «Che cosa siete venuti a fare qui?»

«La lady» disse il Flint, tremando. «Dèi, basta... Siamo venuti per la lady. Per portarla in salvo. Eravamo solo noi cinque.»

Asha lo fissò negli occhi. Vi lesse la menzogna, rigirò ancora la lancia. «Quanti? Dimmelo o ti farò durare fino all'alba.»

«Tanti» singhiozzò alla fine l'uomo fra le urla. «Migliaia. Tremila, quattromila... aaaah... ti prego...»

Asha estrasse la lancia e la conficcò a due mani in quella gola piena di menzogne. Il maestro di Galbart Glover sosteneva che i clan delle montagne erano troppo litigiosi per riunirsi in bande senza uno Stark a guidarli. "Può darsi che non abbia mentito. Potrebbe semplicemente essersi sbagliato." Si era fatta un'idea di quello che ciò significava al Concilio di suo zio.

«Quei cinque sono stati mandati ad aprire le nostre porte prima dell'attacco principale» dichiarò. «Lorren, Harl, portatemi lady Glover e il suo maestro.»

«Interi o sanguinanti?» chiese Lorren Lunga Ascia.

«Interi e illesi. Linguatetra, sali su quella torre tre volte maledetta e di' a Cromm e Hagen di tenere gli occhi ben aperti. Se vedono anche solo una lepre, voglio esserne informata.»

La corte intermedia di Deepwood Motte era piena di persone spaventate. I suoi uomini si affannavano a indossare l'armatura o salivano sui camminamenti. La gente di Galbart Glover guardava con faccia atterrita e si scambiava bisbigli. L'attendente di Glover dovette essere portato su dallo scantinato, avendo perso una gamba quando Asha aveva preso il castello. Il maestro protestò rumorosamente finché Lorren non gli piantò un pugno coperto di maglia di ferro in mezzo alla faccia.

Lady Glover uscì dal parco degli dèi sottobraccio della sua serva scaldaletto. «Ti avevo avvertito che questo giorno sarebbe arrivato, milady» disse vedendo i cadaveri sul terreno.

Il maestro venne avanti, con il sangue che gli gocciolava dal naso fratturato. «Lady Asha, ti supplico, ammaina i vessilli e lascia che sia io a negoziare per la tua vita. Ci hai trattati in modo giusto e onorevole. Lo farò loro presente.»

«Ti scambieremo con i bambini» disse Sybelle Glover. Aveva gli occhi rossi per le lacrime e le notti insonni. «Gawen adesso ha quattro anni. Non abbiamo potuto festeggiare il giorno del suo compleanno. E la mia dolce bambina... rendimi i figli e non ti sarà fatto alcun male. Né a te né ai tuoi uomini.»

L'ultima parte era una menzogna, Asha lo sapeva. Lei sarebbe stata scambiata, forse, e rispedita nelle Isole di Ferro, fra le amorevoli braccia di suo marito. Anche i suoi cugini sarebbero stati riscattati, al pari di Tris Botley e forse qualche altro della sua compagnia, quelli i cui consanguinei avevano conio sufficiente per ricomprarli. Per tutti gli altri ci sarebbero stati l'ascia, il cappio o la Barriera. "Tuttavia hanno il diritto di scegliere" pensò Asha.

Salì su un barile in modo che tutti la potessero vedere. «I lupi stanno arrivando su di noi con le zanne snudate. Saranno alle nostre porte prima che spunti il sole. Getteremo a terra lance e asce, e supplicheremo che ci risparmino?»

«No» gridò Qarl la Fanciulla estraendo la spada. «No» lo imitò Lorren Lunga Ascia. «No» tuonò Rolfe il Nano, un orso d'uomo che superava di una testa ogni altro membro del suo equipaggio. «Mai.» E dall'alto risuonò ancora il corno di Hagen, riecheggiando nella corte intermedia.

AHooooooooooooooooooooooo, gridò il corno di guerra, un suono lungo e profondo da far cagliare il sangue. Asha aveva cominciato a odiare il suono dei corni. A Vecchia Wyk l'infernale corno di suo zio aveva suonato un presagio di morte per i suoi sogni. E ora Hagen stava suonando quella che forse sarebbe stata la sua ultima ora sulla terra. "Se devo morire, morirò con un'ascia in pugno e una maledizione sulle labbra."

«Alle mura!» ordinò Asha Greyjoy ai suoi uomini.

Si diresse verso la torre di guardia, con Tris Botley a un passo dietro di lei. La torre di legno era la struttura più alta da quel lato delle montagne: superava di venti piedi gli svettanti pini-soldato e alberi-sentinella dei boschi intorno.

«Là, capitano» indicò Cromm, quando lei arrivò sulla piattaforma.

Asha vide solo alberi e ombre, le alture illuminate dalla luna e dietro i picchi innevati. Poi si accorse che gli alberi, lentamente, si stavano avvicinando.

«Ah, ah» rise. «Le capre di montagna si sono ammantate con rami di pino.»

I boschi erano in movimento, strisciavano verso il castello come una lenta marea verde. Asha ripensò a una storia sentita da bambina, sui figli della foresta e le loro battaglie con i primi uomini, quando i figli della foresta avevano trasformato gli alberi in guerrieri.

«Non possiamo combattere con così tanti nemici» disse Tris Botley.

«Possiamo combattere con tutti quelli che si fanno avanti, bamboccio» replicò Cromm in tono deciso. «Più ce ne sono, più c'è gloria. Gli uomini canteranno di noi.»

"*Aye*, ma canteranno del vostro coraggio o della mia follia?" Il mare era lontano cinque leghe buone. Non avrebbero fatto meglio a resistere e combattere dietro i profondi fossati e le mura di legno di Deepwood Motte? "Ai Glover, queste stesse mura di legno sono servite a ben poco, quando ho preso il loro castello" rammentò Asha a se stessa. "Perché dovrebbero aiutarmi di più?"

«Domani banchetteremo sotto il mare» disse Cromm, lisciando la scure, quasi non potesse più aspettare.

Hagen abbassò il corno. «Se moriamo con i piedi asciutti, come troveremo la strada per le magioni sommerse del Dio Abissale?»

«Quei boschi sono pieni di torrenti» gli assicurò Cromm. «Tutti portano a dei fiumi, e tutti i fiumi portano al mare.»

Asha non era pronta a morire, non lì, non ancora. «Un uomo vivo può trovare il mare più facilmente di un uomo morto. Che i lupi si tengano i loro boschi lugubri. Noi andiamo alle nostre navi.»

Si domandò chi fosse al comando dei nemici. "Se fossi io, prima di dare l'assalto a Deepwood, occuperei la riva e darei fuoco alle nostre navi lunghe."

Ma per i lupi non sarebbe stata un'impresa facile, soprattutto non avendo navi proprie. Asha non portava mai a riva più di metà della flotta. Il resto restava al sicuro in mare aperto, con l'ordine di alzare le vele e dirigersi a Punta del Drago Marino se gli uomini del Nord avessero preso la riva.

«Hagen, suona il corno e fa' tremare la foresta. Tris, mettiti una cotta di maglia, è ora di collaudare la tua splendida spada.» Quando vide com'era pallido, gli pizzicò la guancia. «Fa' schizzare insieme a me un po' di sangue sulla luna, e ti prometto un bacio per ogni uomo che ucciderai.»

«Mia regina» disse Tristifer «qui ci sono le mura, ma se arriviamo al mare e scopriamo che i lupi si sono presi le nostre navi o le hanno fatte allontanare...»

«... moriremo» completò lei allegramente. «Ma almeno moriremo con i piedi bagnati. Gli uomini di ferro combattono meglio con gli spruzzi salmastri nelle narici e il rumore delle onde alle spalle.»

Hagen suonò il corno, tre suoni brevi in rapida successione, il segnale che avrebbe richiamato gli uomini di ferro alle navi. Dal basso giunsero delle grida, sferragliare di lance e spade, nitriti di cavalli.

"Troppi pochi cavalli e troppi pochi cavalieri" pensò Asha.

Si diresse verso le scale. Nella corte intermedia trovò Qarl la Fanciulla in attesa: le aveva portato la sua giumenta saura, l'elmo da guerra e le asce da lancio. Gli uomini di ferro stavano facendo uscire i cavalli dalle stalle di Galbart Glover.

«Un ariete!» gridò una voce dalle mura. «Hanno un ariete!»

«A quale porta?» chiese Asha, montando in sella.

«La nord!» Da lontano, oltre le muschiose mura di legno di Deepwood Motte, giunse un improvviso squillo di trombe.

"Trombe?" pensò Asha. "Lupi con le trombe?" C'era qualcosa che non andava, ma non aveva il tempo di pensarci. «Aprite la porta sud» ordinò, mentre quella nord veniva scossa dall'impatto con l'ariete. Dalla cinghia di traverso sulla spalla, Asha staccò un'ascia da lancio con il manico corto. «L'ora del gufo è passata, fratello mio. Adesso arriva l'ora della lancia, della spada, dell'ascia. Tutti schierati. Torniamo a casa.»

Da un centinaio di gole provenne un ruggito. «*Casa!*» e «*Asha!*»

Tris Botley la raggiunse al galoppo su un destriero roano. Nella corte intermedia, i suoi uomini serrarono le fila, tenendo alti gli scudi e le lance. Qarl la Fanciulla, senza cavallo, prese posto fra Linguatetra e Lorren Lunga Ascia. Mentre Hagen scendeva di corsa gli scalini della torre da guardia, una freccia scagliata dai lupi lo colpì al ventre facendolo sfracellare a terra. Sua figlia corse da lui, gemendo.

«Trascinatela via» ordinò Asha.

Non era tempo per piangere i morti. Rolfe il Nano trascinò la ragazza in sella, i capelli di lei come una nube rossa nel vento. Asha sentì la porta nord cigolare sotto un altro colpo di ariete. "Forse dovremo aprirci la strada in mezzo a loro" pensò, mentre la porta sud si spalancava. Invece la via era sgombra. "Ma per quanto?"

«Fuori!» Asha cacciò i talloni nei fianchi della giumenta.

Uomini e cavalli trottavano insieme quando raggiunsero gli alberi, sul lato più lontano del campo fradicio dove germogli morti di frumento invernale marcivano sotto la luna. Asha tenne i suoi cavalieri di retroguardia, per far avanzare gli sbandati e non abbandonare indietro nessuno. Alti pini-soldato e vecchie querce nodose si chiusero intorno a loro. Deepwood, bosco profondo, era il nome giusto. Gli alberi erano enormi e scuri, in qualche modo minacciosi. I rami s'intrecciavano e scricchiolavano a ogni alito di vento. Quelli più alti graffiavano la faccia della luna. "Prima saremo fuori di qui e meglio mi sentirò" pensò Asha. "Gli alberi odiano tutti noi, nel profondo del loro cuore di legno."

Si diressero rapidamente a sud e poi a sudovest, finché le torri di legno di Deepwood Motte non sparirono alla vista e gli squilli delle trombe non furono inghiottiti dalla vegetazione. "I lupi hanno di nuovo il loro castello" pensò Asha. "Forse saranno contenti di lasciarci andare."

Tris Botley le trottò al fianco. «Stiamo andando nella direzione sbagliata» disse indicando la luna che scrutava dal baldacchino di rami. «Per arrivare alle navi dobbiamo girare a nord.»

«Prima a ovest» insisté Asha. «A ovest finché non sorge il sole. Poi a nord.» Si rivolse a Rolfe il Nano e a Roggon Barba Rugginosa, i suoi cavalieri migliori. «Andate in avanscoperta e assicuratevi che la strada sia libera. Non voglio sorprese, quando arriveremo alla riva. Se vi imbattete nei lupi, tornate a riferire.»

«Se proprio dobbiamo...» promise Roggon, muovendo l'enorme barba rossa.

Quando i due esploratori si furono addentrati nel bosco, gli altri uomini di ferro ripresero la marcia, ma con un'andatura più lenta. Gli alberi nascondevano la luna e le stelle, il fondo della foresta era nero e infido. Prima di aver fatto un altro mezzo miglio, la giumenta del cugino di Asha, Quenton, finì in una buca e si spezzò la zampa anteriore. Quenton dovette tagliarle la gola per porre fine ai nitriti di dolore.

«Dovremmo fare delle torce» suggerì Tris.

«I fuochi attirerebbero gli uomini del Nord» replicò Asha. Imprecò sottovoce, domandandosi se non avessero sbagliato a lasciare il castello. "No. Se fossimo rimasti a combattere, magari a quest'ora saremmo già tutti morti." Ma non era bello nemmeno avanzare alla cieca nel buio. "Questi alberi ci uccideranno tutti, se possono." Si tolse l'elmo e spinse indietro i capelli bagnati di sudore. «Fra qualche ora il sole sarà alto. Fermiamoci qui e riposiamo fino allo spuntare del giorno.»

Fermarsi si rivelò semplice, riposare fu più difficile. Nessuno dormì, nemmeno Dale Occhi Chiusi, un rematore noto per appisolarsi fra un colpo di remo e l'altro. Alcuni condivisero un otre di sidro di Galbart Glover, passandoselo di mano in mano. Chi aveva portato del cibo lo spartì con chi non aveva niente. I cavalieri diedero da mangiare e da bere ai cavalli. Quenton Greyjoy, cugino di Asha, mandò tre uomini sugli alberi per scorgere eventuali segni di torce nei boschi. Cromm affilò l'ascia e Qarl la Fanciulla la spada. I cavalli brucavano foglie secche ed erbacce. La ragazza dai capelli rossi, la figlia di Hagen, prese per mano Tris Botley con l'intenzione di portarselo fra gli alberi. Quando Tris rifiutò, si allontanò con Harl Sei Dita.

"Potessi fare lo stesso" pensò Asha. Le sarebbe piaciuto perdersi fra le braccia di Qarl per un'ultima volta. Aveva una brutta sensazione alla bocca dello stomaco. Avrebbe sentito ancora la tolda della *Vento nero* sotto i piedi? E in tal caso, dove l'avrebbe portata la nave? "Le isole mi sono precluse, a meno di piegare il ginocchio, allargare le gambe e patire gli abbracci di Erik il Fabbro, e nessun porto del continente occidentale darebbe il benvenuto alla figlia della piovra." Avrebbe potuto diventare mercante, come aveva proposto Tris, o altrimenti dirigersi alle Stepstones e unirsi ai pirati. "Oppure..."

«Mando a ciascuno di voi un pezzo di principe» borbottò.

Qarl sogghignò. «Preferirei un pezzo di te» bisbigliò. «Quel dolce pezzo che è...»

Qualcosa volò dai cespugli e atterrò con un soffice tonfo in mezzo a loro, rimbalzando e rotolando. Era un oggetto rotondo, scuro e bagnato, con lunghi peli che giravano mentre roteava in aria. Quando finì contro le radici di una quercia, Linguatetra esclamò: «Rolfe il Nano si è rimpicciolito».

Metà degli uomini di ferro erano già balzati in piedi, per impugnare scudi, lance e asce. "Nemmeno loro accendono delle torce" ebbe tempo di pensare Asha "e conoscono questi boschi molto meglio di noi."

Poi gli alberi intorno a loro vomitarono ombre, e gli uomini del Nord arrivarono in massa, ululando. "Lupi" pensò Asha. "Ululano come dei lupi maledetti. Il grido di guerra del Nord." I suoi uomini di ferro risposero con ringhi e grida, e la lotta iniziò.

Nessun bardo avrebbe composto una canzone su quella battaglia. Nessun maestro avrebbe scritto un resoconto per uno degli amati libri del Lettore. Non garrirono stendardi, non risuonarono corni di guerra, nessun grande lord chiamò intorno a sé i suoi uomini per pronunciare un ultimo discorso roboante.

Combatterono nel buio che precede l'alba, ombra contro ombra, inciampando in radici e sassi, con il fango e le foglie marce sotto i piedi. Gli uomini di ferro indossavano cotte di maglia e cuoio macchiate di salsedine, gli uomini del Nord erano coperti da pellicce, pelli e fronde di pino. La luna e le stelle guardarono la strage: la loro pallida luce filtrava nell'intrico di rami spogli che si torcevano in alto.

Il primo uomo del Nord ad avventarsi contro Asha Greyjoy morì ai suoi piedi, con un'ascia da lancio in mezzo agli occhi. Asha ebbe così il tempo sufficiente per infilare il braccio nella cinghia dello scudo. «A me!» gridò, ma non avrebbe saputo dire con certezza se chiamasse i suoi uomini o i nemici.

Un uomo del Nord armato d'ascia si stagliò davanti a lei. Mulinò l'arma in un fendente a due mani, ululando in una furia senza parole. Asha alzò lo scudo per parare il colpo, poi contrattaccò con la daga e lo sventrò. L'ululato cambiò tono mentre l'uomo cadeva. Asha si girò di scatto e si trovò di fronte un altro lupo. Lo colpì di taglio sulla fronte, appena sotto l'elmo. Il colpo del lupo la prese sotto il seno, ma la cotta di maglia lo deviò. Asha spinse la punta della daga nella gola del lupo e lo lasciò ad annegare nel suo stesso sangue.

Una mano le afferrò i capelli, troppo corti per consentire una buona presa e tirarle indietro la testa. Asha gli piantò il tacco dello stivale sul collo del piede e si divincolò mentre lui lanciava un grido di dolore. Quando tornò a girarsi, l'uomo era a terra, morente, che stringeva ancora una ciocca dei suoi capelli. Qarl gli fu addosso, con la spada lunga che grondava rosso e il chiaro di luna che gli brillava negli occhi.

Linguatetra stava contando gli uomini del Nord man mano che li uccideva. Gridò: «Quattro» mentre uno crollava a terra. «Cinque» un attimo dopo. I cavalli nitrivano, scalciavano e roteavano gli occhi, atterriti, impazziti per il massacro e per l'odore di sangue... Tutti tranne il grande destriero roano di Tris Botley. Tris era riuscito a montare in sella. Il roano s'impennò, torcendosi su se stesso, mentre Tris menava colpi di spada. "Gli dovrò qualche bacio prima che la notte finisca" pensò Asha.

«Sette» gridò Linguatetra, ma accanto a lui Lorren Lunga Ascia crollò in modo scomposto, con una gamba distorta sotto di sé. E dalla foresta, le ombre continuavano ad arrivare, gridando e frusciando. "Stiamo combattendo contro delle piante" pensò Asha, mentre apriva il ventre di un uomo che aveva addosso più foglie di molti degli alberi lì intorno. A quel pensiero scoppiò a ridere. Quella risata le attirò addosso altri lupi, che lei sterminò l'uno dopo l'altro. Si domandò se non dovesse cominciare a contarli anche lei. "Sono una donna sposata e qui c'è il mio poppante." Spinse la daga nel petto di un uomo del Nord, trapassando pelliccia, lana e cuoio bollito. La faccia dell'uomo era talmente vicino alla sua che sentì il fetore acre del suo alito. La sua mano le stringeva la gola. Asha sentì il ferro raschiare contro l'osso, quando la punta della sua daga scivolò su una costola. L'uomo ebbe uno spasmo e morì. Nel lasciare andare il corpo, Asha si sentì così debole che rischiò di cadergli addosso.

Più tardi si trovò schiena contro schiena con Qarl, ascoltando i grugniti e le imprecazioni tutt'intorno a loro: uomini coraggiosi che strisciavano fra le ombre piangendo per la propria madre. Un cespuglio l'assalì con una lancia abbastanza lunga da perforare il ventre a lei e la schiena a Qarl, trafiggendoli insieme. "Meglio che morire da sola" pensò, ma suo cugino Quenton uccise l'uomo con la lancia prima che li raggiungesse. Un attimo più tardi, un altro cespuglio uccise Quenton alle spalle, con un colpo d'ascia alla base del cranio.

Dietro di lei Linguatetra gridò: «Nove, maledetti tutti». La figlia di Hagen sbucò, nuda, da sotto gli alberi, con due lupi alle calcagna. Asha afferrò un'ascia da lancio e la scagliò colpendo uno dei due alla schiena. Quando l'uomo schiantò a terra, la figlia di Hagen si lasciò cadere sulle ginocchia, afferrò la spada del morto, trafisse il secondo uomo, poi si rialzò, sporca di sangue e di fango, con i lunghi capelli rossi al vento, e si rituffò nella mischia.

A un certo punto, nel flusso e riflusso della battaglia, Asha perse di vista Qarl, Tris, tutti quanti. Erano sparite anche la sua daga e tutte le asce da lancio; adesso impugnava una spada, una spada corta dalla lama larga e spessa, una specie di mannaia. Neanche a costo della vita avrebbe saputo dire come le fosse capitata in mano. Aveva il braccio indolenzito, il sapore del sangue in bocca e le tremavano le gambe. Strali della pallida luce dell'alba penetravano di sbieco fra gli alberi. "È da così tanto che stiamo combattendo?"

Il suo ultimo nemico era un uomo del Nord armato d'ascia, un bruto calvo e barbuto, con addosso un usbergo di maglia rattoppata e arrugginita che poteva indicare solo che era un capo o un campione. Non fu contento di trovarsi a combattere contro una donna. «Fica di merda!» ruggiva a ogni fendente, schizzandole le guance di saliva. «Fica di merda! Fica di merda!»

Asha avrebbe voluto inveire contro di lui, ma aveva la gola talmente secca che riusciva appena a grugnire. L'ascia del nemico le stava facendo a pezzi lo scudo, scheggiando il legno a ogni fendente e strappando lunghe schegge chiare quando poi risaliva. Presto Asha avrebbe avuto solo un intrico di stuzzicadenti al braccio.

Arretrò, si sbarazzò dello scudo devastato, quindi arretrò ancora un po' e danzò a sinistra e a destra e di nuovo a sinistra per evitare il fendente dell'ascia.

E poi si trovò a picchiare la schiena contro un albero. Fine delle danze: non avrebbe più potuto schivare i colpi. Il lupo alzò l'ascia sopra la testa per spaccare in due quella di lei. Asha cercò di schivare alla sua destra, ma aveva i piedi impigliati nelle radici, era in trappola. Si contorse, perse l'appoggio e l'ascia le sbatté contro la tempia, con uno stridore di acciaio sull'acciaio. Il mondo diventò rosso e nero e di nuovo rosso. Sentì il dolore risalirle la gamba come una folgore, e da molto lontano udì l'uomo del Nord latrare: «Maledetta fica di merda!», mentre alzava l'ascia per il colpo conclusivo.

Uno squillo di tromba.

"C'è qualcosa che non va" pensò Asha. "Non ci sono trombe nelle magioni sommerse del Dio Abissale. Sotto le onde, le lance sommerse salutano il loro lord soffiando nelle conchiglie."

Sognò cuori rossi in fiamme e un cervo nero in un bosco dorato, con delle fiamme che fuoriuscivano dalle corna ramificate.

TYRION

Mentre stavano per raggiungere Volantis, il cielo era violaceo a ovest e nero a est, e cominciavano a spuntare le stelle. "Le medesime stelle che brillano in Occidente" rifletté Tyrion Lannister.

Avrebbe potuto trarre un po' di conforto da questa considerazione, se non fosse stato legato come un pollo e agganciato a una sella. Aveva rinunciato a contorcersi. I nodi erano troppo stretti. Per cui si era afflosciato come un sacco di farina. "Così conservo le forze" aveva pensato, ma non avrebbe saputo dire in vista di che cosa.

Volantis chiudeva le porte al calare del buio e le guardie alla porta nord stavano mugugnando, irritate con i ritardatari. Si misero in coda dietro a un carro carico di arance e limoni.

Le guardie mossero le torce per far passare il carro, ma scrutarono attentamente il grosso andalo sul destriero, con la spada lunga e la cotta di maglia. Chiamarono il capitano. Mentre lui e il cavaliere scambiavano qualche parola nella lingua di Volantis, una guardia si tolse il guanto munito di artigli e lisciò la testa a Tyrion.

«Porto tantissima fortuna, io» gli disse Tyrion. «Taglia queste corde, amico, e sarai ricompensato.»

L'uomo che lo aveva catturato lo udì. «Conserva le menzogne per quelli che parlano la tua lingua, Folletto» disse quando le guardie gli fecero segno di procedere.

Allora avanzarono, attraverso la porta e oltre le mura massicce della città. «Tu parli la mia lingua. Posso smuoverti con delle promesse o sei deciso a comprarti un titolo di lord… con la mia testa?»

«Ero un lord, per diritto di nascita. Non sono interessato a titoli vuoti.»

«Saranno tutto ciò che otterrai dalla mia dolce sorella.»

«Ho sentito dire che un Lannister ripaga sempre i propri debiti.»

«Oh, certo, fino all'ultimo conio… però mai una moneta d'argento di più, mio lord. Avrai il pasto per cui hai mercanteggiato, ma non sarà insaporito da nessuna gratitudine, e alla fine non ti nutrirà.»

«Forse quello che voglio è solo che tu paghi per i tuoi crimini. Un assassino di consanguinei è maledetto agli occhi degli dèi e degli uomini.»

«Gli dèi sono ciechi e gli uomini vedono solo quello che vogliono vedere.»

«Io ti vedo abbastanza chiaramente, Folletto.» Qualcosa di tenebroso si era insinuato nel tono del cavaliere. «Ho fatto cose di cui non mi vanto, cose che hanno portato vergogna alla mia casa e al nome di mio padre... ma uccidere il proprio padre? Come può un uomo fare questo?»

«Dammi una balestra e tirati giù le brache, che te lo dimostro.» "Con gioia."

«Pensi che sia tutto uno scherzo?»

«La vita è uno scherzo. La tua, la mia, quella di ognuno.»

Dentro le mura della città oltrepassarono sedi di gilde, mercati e bagni pubblici. Fontane spruzzavano e gorgogliavano al centro di ampie piazze dove gli uomini sedevano ai tavolini di pietra, muovendo i pezzi della cyvasse e sorseggiando vino da calici di vetro mentre gli schiavi accendevano eleganti lanterne per scacciare le tenebre. Palme e cedri crescevano lungo le strade acciottolate e a ogni incrocio monumenti si ergevano.

Gran parte delle statue era senza testa, notò il Folletto, eppure anche decapitate riuscivano ad apparire imponenti nel viola del crepuscolo.

Man mano che il destriero costeggiava il fiume verso sud, le botteghe diventarono più piccole e misere, gli alberi lungo le strade lasciarono il posto a una fila di ceppi. I ciottoli sotto gli zoccoli del cavallo furono sostituiti dalla gramigna, poi da fango molle color merda di infante. I ponticelli sopra i torrenti che alimentavano la Rhoyne emettevano allarmanti cigolii sotto il loro peso. Dove un tempo si ergeva un forte a sovrastare il fiume, adesso c'era un portale distrutto, spalancato come la bocca sdentata di una vecchia. Si vedevano delle capre che scrutavano dai parapetti.

"La Vecchia Volantis, prima figlia di Valyria" meditò il nano. "L'orgogliosa Volantis, regina della Rhoyne e signora del Mare dell'Estate, dimora di nobili lord e incantevoli dame del sangue più antico." Continuarono ad avanzare, senza badare alle frotte di bambini nudi che vagavano per le vie, strillando con voci acute, o ai brutti ceffi fermi sulla soglia delle taverne a tormentare l'elsa della spada, o agli schiavi con la schiena ricurva e la faccia tatuata che correvano da tutte le parti come scarafaggi. "Possente Volantis, la più vasta e popolosa delle nove città libere." Antiche guerre tuttavia avevano spopolato gran parte della città e vaste zone di Volantis avevano iniziato ad affondare nel fango su cui sorgeva. "Splendida Volantis, città di fiori e fontane." Ma adesso la metà delle fontane era asciutta, la metà delle cisterne era crepata e stagnante. Viticci di rigogliosi rampicanti si infilavano in ogni fessura dei muri e dei pavimenti, e giovani alberi avevano messo radici nelle pareti di botteghe abbandonate e templi scoperchiati.

E poi c'era l'odore. Un lezzo restava sospeso nell'aria calda e umida, intenso, acre, pervasivo. "Sa di pesce, fiori e anche un po' di merda d'elefante. Un misto di dolce, rustico e qualcosa di morto e putrescente."

«Questa città puzza come una vecchia baldracca» dichiarò Tyrion. «Come una puttana ormai sfatta che affoga nel profumo le parti intime per soffocare il tanfo fra le gambe. Non che mi stia lamentando. Parlando di puttane, quelle giovani hanno un odore molto migliore, ma quelle vecchie conoscono più trucchi.»

«In questo campo devi essere più esperto di me.»

«Ah, certo, il bordello dove ci siamo incontrati l'avevi preso per un tempio? Era la tua sorella vergine quella che ti si dimenava in grembo?»

A quelle parole il cavaliere si accigliò. «Da' un po' di riposo alla lingua, se non vuoi che ci faccia un nodo.»

Tyrion deglutì la risposta. Aveva ancora le labbra gonfie dall'ultima volta che aveva esagerato nel rimbeccare il cavaliere corpulento. "Mani pesanti e scarso senso dell'umorismo si sposano malissimo." L'aveva imparato sulla strada da Selhorys. Ripensò al suo stivale, ai funghi ancora nascosti nella punta. Il cavaliere non l'aveva perquisito con la dovuta attenzione. "Ho sempre quella via di scampo. Cersei almeno non mi avrà vivo."

Ancora più a sud, cominciarono a ricomparire segni di prosperità. Si vedevano meno spesso edifici abbandonati, i bambini nudi erano scomparsi, i bravacci agli ingressi sembravano più ben vestiti. Alcune locande davanti a cui erano passati parevano dei posti dove si potesse dormire senza temere di ritrovarsi con la gola sgozzata. Le lanterne pendevano dai ganci di ferro lungo la strada del fiume dondolando ai soffi di vento. Le vie diventarono più larghe, gli edifici più imponenti. Alcuni erano sormontati da grandi cupole di vetro colorato. Nel crepuscolo sempre più scuro, le cupole risplendevano di blu, rosso, verde e viola per i fuochi accesi all'interno.

Eppure, nell'aria c'era qualcosa che metteva Tyrion a disagio. Sulla riva occidentale della Rhoyne, lo sapeva, i moli di Volantis brulicavano di marinai, schiavi e mercanti, e le taverne, le locande e i bordelli erano tutti per loro. A est era meno frequente vedere dei forestieri provenienti dalle terre d'oltremare. "Qui non siamo desiderati" si rese conto il nano.

La prima volta che passarono davanti a un elefante, Tyrion non poté fare a meno di fissarlo. Da bambino, a Lannisport, ne aveva visto uno nel serraglio, ma l'animale era morto quando lui aveva sette anni... e questo colosso grigio sembrava grande il doppio di quello.

Proseguendo, finirono per trovarsi dietro un elefante più piccolo, bianco come un vecchio osso, che tirava un carretto. «Un carro trainato da buoi resta un carro trainato da buoi anche se mancano i buoi?» chiese Tyrion al cavaliere. Battuta che non ottenne risposta. Il nano tornò a contemplare in silenzio il posteriore dondolante dell'elefante nano che li precedeva.

Volantis era infestata di elefanti nani bianchi. Mentre si avvicinavano alla Muraglia Nera e agli affollati quartieri nella zona del Lungo Ponte, ne videro più di una decina. Anche i grandi elefanti grigi non erano rari: bestie enormi con un palanchino sul dorso. E, nella debole luce della sera, erano venuti fuori i carretti per il letame, trainati da schiavi seminudi che avevano il compito di raccogliere con le pale le masse fumiganti lasciate da elefanti grandi e piccini. Sciami di mosche seguivano i carretti, per cui gli schiavi per la raccolta del letame avevano delle mosche tatuate sulla guancia, per marchiarli per ciò che erano. "Ecco il mestiere adatto alla mia dolce sorella" meditò Tyrion. "Starebbe così bene con una pala in mano e delle mosche tatuate sulle sue dolci guance rosate."

Avevano rallentato e andavano al passo. Sulla strada del fiume c'era molto traffico, quasi tutto verso sud. Il cavaliere seguì il flusso, come un tronco in balia della corrente. Tyrion guardò la folla che passava. Nove uomini su dieci avevano sulle guance un marchio da schiavo.

«Tutti questi schiavi... chissà dove vanno.»

«I preti rossi accendono dei falò al tramonto. Il gran sacerdote terrà un discorso. Se potessi, lo eviterei, ma per arrivare al Lungo Ponte dobbiamo passare davanti al Tempio Rosso.»

Tre isolati più avanti la via sfociò in un'enorme piazza illuminata dalle torce. Era là che sorgeva il tempio. "I Sette mi salvino, quello è di sicuro il triplo del Grande Tempio di Baelor."

Un'infinità di colonne, scale, contrafforti, ponti, cupole e torri che si intersecavano gli uni negli altri come se fossero stati cesellati in una roccia immane, il tempio del Signore della Luce si stagliava come l'Alta Collina di Aegon. Centinaia di sfumature di rosso, giallo, oro e arancione si incrociavano e si fondevano sui muri del tempio, dissolvendosi come nubi al tramonto. Le torri slanciate si torcevano in alto, come fiamme congelate che danzavano protese verso il cielo. "Fuoco trasmutato in pietra." Enormi falò ardevano accanto alle gradinate del tempio ed era lì che il gran sacerdote aveva iniziato a parlare.

"Benerro." Il sacerdote era in cima a un pilastro di pietra rossa, collegato da un esile ponte di pietra all'alta terrazza dove stavano i sacerdoti di rango inferiore e gli accoliti. Questi ultimi indossavano tuniche giallo chiaro e arancione brillante, mentre i sacerdoti e le sacerdotesse vestivano di rosso.

La folla nella grande piazza era compatta come un muro. Molti fedeli portavano un brandello di stoffa rossa appuntato sulla manica o stretto intorno alla fronte. Tutti gli occhi erano puntati sul gran sacerdote.

«Fate passare» ringhiò il cavaliere, mentre il cavallo fendeva la folla. «Fate largo.»

La gente si spostava, risentita, con brontolii di protesta e occhiate torve.

La voce tonante di Benerro arrivava lontano. Alto e magro, il sacerdote aveva il viso tirato e la pelle bianca come latte. Le fiamme tatuate sulle guance, sul mento e sulla testa rasata formavano una vivida maschera rossa con un'apertura intorno agli occhi e che avvolgeva la bocca quasi priva di labbra.

«È un tatuaggio da schiavo?» chiese Tyrion.

Il cavaliere annuì. «Il Tempio Rosso li compra bambini e li fa sacerdoti o prostitute del tempio, oppure guerrieri. Guarda là.» Indicò la gradinata, dove una fila di uomini in un'elaborata armatura e cappa arancione era schierata davanti al portale del tempio, reggendo lance dalla punta simile a fiamme guizzanti. «La Mano di Fuoco. Le sacre milizie del Signore della Luce, difensori del tempio.»

"Cavalieri di fuoco." «E, di grazia, quante dita ha questa mano?»

«Mille. Mai una di più, mai una di meno. Una nuova fiamma viene attizzata ogni volta che una si estingue.»

Benerro puntò con un dito la luna, strinse il pugno, allargò le braccia. Quando la sua voce si alzò in un crescendo, le fiamme gli scaturirono dalle dita con un sibilo improvviso. La folla restò senza fiato. Il sacerdote tracciò anche delle lettere infuocate nell'aria.

"Geroglifici di Valyria" pensò Tyrion. Ne riconobbe due su dieci circa. Uno significava distruzione, l'altro tenebre.

Alte grida si levarono dalla folla. Le donne piangevano, gli uomini agitavano il pugno. "Ho dei brutti presagi" pensò il nano. Ripensò al giorno in cui Myrcella era salpata per Dorne e mentre loro tornavano alla Fortezza Rossa erano scoppiate le sommosse.

Haldon il Mezzo-maestro aveva parlato di usare il sacerdote rosso a vantaggio di Griff il Giovane, ricordò Tyrion. Ora che aveva visto e ascoltato quell'uomo, gli parve una pessima idea. Si augurò che Griff avesse più buonsenso. "Alcuni alleati sono più pericolosi dei nemici. Ma lord Connington lo capirà da solo. Quanto a me, sarò solo una testa su una picca."

Il sacerdote stava indicando la Muraglia Nera dietro al tempio, e i parapetti da dove una manciata di guardie in armatura guardava verso il basso.

«Che cosa sta dicendo?» chiese Tyrion al cavaliere.

«Che Daenerys è in pericolo. L'occhio tenebroso è caduto su di lei e i servi della notte complottano per distruggerla, pregando i loro falsi dèi in templi dell'inganno... cospirando il tradimento con forestieri senza dio...»

Tyrion si sentì rizzare i capelli sulla nuca. "Qui il principe Aegon non troverà dei sostenitori."

Il sacerdote rosso parlava di un'antica profezia, che annunciava l'arrivo di un eroe per liberare il mondo dalle tenebre. "Un eroe, non due. Daenerys ha i draghi, Aegon no." Non bisognava essere dei profeti per prevedere come Benerro e i suoi seguaci avrebbero reagito a un secondo Targaryen. "Di sicuro anche Griff lo capirà" pensò, sorpreso di scoprire quanto gli importasse.

Il cavaliere si era aperto a forza la strada tra la folla in fondo alla piazza, senza badare alle imprecazioni lanciate al loro passaggio. Un uomo si mise davanti al destriero, ma il cavaliere impugnò l'elsa della spada lunga e la estrasse quanto bastava per mostrare un piede d'acciaio. L'uomo si dileguò e, tutto a un tratto, davanti a loro si aprì un viale. Il cavaliere spinse il destriero al trotto e si lasciarono la ressa alle spalle. Per un po' Tyrion sentì ancora la voce di Benerro, sempre più debole, e i rombi provocati dalle sue parole, come tuoni improvvisi.

Arrivarono a una stalla. Il cavaliere smontò e bussò alla porta finché uno schiavo macilento con una testa di cavallo tatuata sulla guancia non arrivò di corsa. Il nano fu tirato giù dalla sella senza tanti complimenti e legato a un palo. Il cavaliere svegliò il padrone della stalla e contrattò sul prezzo del destriero e della sella. "Costa meno vendere un cavallo che trasportarlo in nave a mille leghe di distanza." Tyrion sentì che nel suo immediato futuro c'era una nave. Forse, alla fin fine, era davvero un profeta.

Terminata la contrattazione, il cavaliere si mise in spalla armi, scudo e bisaccia da sella e chiese indicazioni per il fabbro più vicino. Anche quella bottega risultò chiusa, ma al richiamo del cavaliere si aprì abbastanza in fretta. Il fabbro diede una rapida occhiata a Tyrion, annuì e accettò un pugno di conio.

«Vieni qui» disse il cavaliere al prigioniero. Estrasse il pugnale e tagliò le funi.

«Grazie» disse Tyrion, massaggiandosi i polsi.

Il cavaliere rise. «Risparmia i ringraziamenti per chi se li merita, Folletto. Il prossimo passo non ti piacerà.»

Non si sbagliava.

Le manette erano di ferro nero, spesse e pesanti: almeno due libbre ciascuna, stimò il nano. La catena aggiungeva dell'altro peso.

«Devo essere più temibile di quello che pensavo» confessò Tyrion, quando l'ultimo anello fu chiuso a martellate e ogni colpo gli mandò una scossa su per il braccio fino alla spalla. «O forse temevi che corressi via sulle mie gambette rachitiche?»

Il fabbro non alzò nemmeno gli occhi dal lavoro, ma il cavaliere ridacchiò in modo sinistro. «Quello che mi preoccupa è la tua bocca, non le tue gambe. In ceppi sei uno schiavo: nessuno ascolterà una parola di quello che dici, neanche chi parla la lingua dell'Occidente.»

«Non c'è bisogno di tutti questi ferri» protestò Tyrion. «Sarò un bravo prigioniero, promesso, promesso.»

«Allora dimostralo, tenendo la bocca chiusa.»

Così il nano chinò la testa e si morsicò la lingua, mentre le catene venivano fissate, da polso a polso, da polso a caviglia, da caviglia a caviglia. "Questi maledetti affari pesano più di me." Ma almeno respirava ancora. Il cavaliere avrebbe potuto mozzargli la testa altrettanto facilmente. In fin dei conti Cersei chiedeva quella. Non averla mozzata all'istante era stato il primo errore del cavaliere. "Tra Volantis e Approdo del Re c'è ancora tanta strada. E lungo il cammino, ser, molte cose possono accadere."

Da lì in poi proseguirono a piedi, con Tyrion che sferragliava nello sforzo di tenere il passo delle lunghe, impazienti falcate del cavaliere. Ogni volta che il nano restava indietro, il cavaliere afferrava le catene e lo strattonava con forza, costringendo Tyrion a zoppicare e saltellare al suo fianco. "Potrebbe anche andare peggio. Potrebbe incitarmi a colpi di frusta."

Volantis si trovava a cavallo di una delle foci della Rhoyne, dove il fiume baciava il mare, e le sue due metà erano collegate dal Lungo Ponte. La parte più antica e ricca della città era a est del fiume, ma lì mercenari, barbari e altri forestieri incivili non erano i benvenuti, perciò Tyrion e il cavaliere avrebbero dovuto varcare il ponte verso ovest.

L'accesso al Lungo Ponte era segnato da un'arcata di pietra nera scolpita con sfingi, manticore, draghi e creature ancora più strane. Sotto quell'arco si estendeva la grande campata che Valyria aveva costruito all'apice della sua gloria, una strada di pietra fusa sostenuta da piloni massicci. La strada aveva giusto la larghezza necessaria per permettere il passaggio di due carri affiancati, per cui quando un carro diretto a ovest ne incrociava uno diretto a est, entrambi dovevano procedere molto lentamente.

Per fortuna, loro andavano a piedi. A un terzo del ponte, un carro carico di meloni aveva agganciato le ruote di un altro che trasportava alte pile di tappeti di seta, provocando l'arresto di tutto il traffico su ruote. Anche il traffico a piedi si era in gran parte fermato, con tutti che guardavano i conducenti imprecare e scambiarsi grida. Il cavaliere non aveva tempo da perdere: afferrò la catena di Tyrion e aprì per entrambi un varco tra la folla. In mezzo alla calca, un ragazzo allungò la mano verso il suo borsello. Un duro colpo di gomito pose fine al tentativo e appiattì il naso sanguinante del ladro.

Gli edifici si susseguivano su entrambi i lati: botteghe e templi, taverne e locande, saloni da cyvasse e bordelli. Per la maggior parte erano di tre o quattro piani, costruiti in modo che il piano superiore sporgesse più di quello inferiore. Gli ultimi piani quasi si toccavano. Attraversare il ponte dava l'impressione di passare in un tunnel illuminato dalle torce. Lungo la campata c'erano botteghe e chioschi d'ogni tipo. Tessitori e merlettai mettevano in mostra i loro prodotti, accanto a soffiatori di vetro, candelai e pescivendole che vendevano ostriche e anguille. Ogni orefice aveva una guardia alla porta e ogni mercante di spezie ne aveva due, in quanto i suoi beni valevano il doppio. Qua e là fra le botteghe, un viaggiatore poteva cogliere uno scorcio del fiume che stava attraversando. Verso nord la Rhoyne era un largo nastro scuro tempestato di vivide stelle, cinque volte più ampio delle Acque Nere ad Approdo del Re. A sud del ponte, il fiume si apriva verso il mare salmastro.

Nella parte centrale della campata, le mani mozzate di ladri e tagliaborse erano appese come reste di cipolla a pali di ferro lungo la strada. Erano esposte anche tre teste: due uomini e una donna, i loro crimini erano scarabocchiati su delle tavolette appese sotto. Due lancieri, con elmi lucidi e cotte di maglia argentata, montavano la guardia. Sulle guance avevano striature di tigre verdi come giada. Di tanto in tanto, agitavano la lancia per allontanare gheppi, gabbiani e cornacchie che facevano la corte ai defunti. Poco dopo gli uccelli tornavano a beccare le teste.

«E quelli che cos'hanno fatto?» chiese Tyrion in tono innocente.

Il cavaliere lanciò un'occhiata alle scritte. «La donna era una schiava che ha alzato le mani sulla padrona. L'uomo più anziano era accusato di fomentare la ribellione e di fare la spia per la Regina dei Draghi.»

«E il giovane?»

«Ha assassinato il proprio padre.»

Tyrion diede una seconda occhiata alla testa in decomposizione. "Ma tu guarda: sembra quasi che le sue labbra stiano sorridendo."

Più avanti, il cavaliere si fermò brevemente a esaminare un diadema ingemmato su un letto di velluto viola. Passò oltre ma, dopo qualche passo, si fermò di nuovo a contrattare per un paio di guanti nel chiosco di un pellaio. Tyrion accolse con piacere quei momenti di riposo. L'andatura sostenuta gli aveva fatto venire il fiatone e i ceppi gli avevano scorticato i polsi.

Dalla fine del Lungo Ponte, c'era ancora solo un breve tratto attraverso i quartieri brulicanti sulla riva occidentale del fiume, lungo vie illuminate da torce e affollate di marinai, tra schiavi e ubriachi. Passò un elefante con sopra una decina di giovani schiave seminude che salutavano dal palanchino e stuzzicavano i passanti mostrando per un attimo le tette e gridando: «Malaquo, Malaquo». Costituivano uno spettacolo così allettante che Tyrion rischiò di finire in una fumante pila di sterco che l'elefante aveva appena lasciato per marcare il suo passaggio. Fu salvato all'ultimo istante dal cavaliere che lo tirò da parte, dandogli uno strattone così forte da farlo barcollare e inciampare.

«Quanto manca?» chiese il nano.

«Siamo quasi arrivati. Piazza della Pescheria.»

La loro destinazione risultò essere la Casa del Mercante, una mostruosità di quattro piani sbracata fra i magazzini, i bordelli e le taverne del lungofiume come una laida grassona circondata da bambini. La sala comune era più ampia delle grandi sale di metà dei castelli dell'Occidente: un labirinto fiocamente illuminato con un centinaio di nicchie e angoli nascosti, i cui soffitti di travi annerite e crepate echeggiavano il frastuono di marinai, mercanti, capitani, cambiavalute, spedizionieri e schiavisti che mentivano, imprecavano e cercavano di truffarsi l'un l'altro in una cinquantina di lingue diverse.

Tyrion approvò la scelta della locanda. Prima o poi la *Fanciulla pudica* sarebbe arrivata a Volantis. Quella era la più grande locanda della città, preferita da spedizionieri, capitani e mercanti. Molti affari si concludevano in quel susseguirsi di nicchie e caverne. Tyrion conosceva Volantis quanto bastava per saperlo. Se Griff, Papero e Haldon si fossero presentati lì, in breve lui sarebbe stato di nuovo libero.

Nell'attesa, sarebbe stato paziente. L'occasione giusta sarebbe arrivata.

Le stanze ai piani superiori, invece, si rivelarono meno che sfarzose, in particolare quelle a buon mercato al quarto piano. Incuneata in un angolo dell'edificio sotto il tetto inclinato, la camera affittata dal cavaliere aveva il soffitto basso, un letto di piume infossato maleodorante e un pavimento di legno pendente che a Tyrion ricordò il tetro soggiorno al Nido dell'Aquila. "Almeno questa cella ha tutte le pareti." Aveva anche le finestre; erano la sua principale qualità, insieme all'anello di ferro infisso nella parete, così utile per incatenare gli schiavi. Il cavaliere si fermò giusto il tempo per accendere la candela di sego prima di incatenare Tyrion all'anello.

«È proprio necessario?» protestò il nano, sferragliando debolmente. «Dove vuoi che vada, fuori della finestra?»

«Perché no?»

«Siamo al quarto piano, e non so volare.»

«Potresti sempre cadere di sotto. Ti voglio vivo.»

"*Aye*, e perché? A Cersei di certo non importa." Mosse rumorosamente le catene. «So chi sei, ser.» Non era stato difficile indovinarlo. L'orso sulla sua sopravveste, i simboli sullo scudo, il titolo perduto di lord cui aveva accennato. «So anche che cosa sei. E se tu sai chi sono io, sai anche che ero il Primo Cavaliere del re e sedevo nel Concilio a fianco a fianco con il Ragno Tessitore. Ti interesserebbe sapere che è stato l'eunuco a spedirmi in questo viaggio?» "Lui e Jaime, ma lascerò fuori mio fratello da questa storia." «Sono una sua creatura quanto lo sei tu. Ser Jorah, non dovremmo essere uno contro l'altro.»

Ser Jorah Mormont non gradì affatto quel discorso. «Ho preso il conio del Ragno, non lo nego, ma non sono mai stato una sua creatura. E ora la mia fedeltà è altrove.»

«Cersei? Allora sei ancora più stupido. Tutto quello che mia sorella chiede è la mia testa e tu hai una buona spada affilata. Perché non finisci questa farsa e togli il fastidio a entrambi?»

Il cavaliere rise. «Un trucco da nano? Implori la morte nella speranza che ti lasci vivere?» Andò alla porta. «Ti porterò qualcosa dalle cucine.»

«Gentile da parte tua. Aspetterò qui.»

«Non lo dubito.» Ma quando ser Jorah uscì, chiuse la porta con una pesante chiave di ferro. La Casa del Mercante era famosa per le sue serrature. "Sicura come una prigione" pensò il nano amaramente "ma almeno ci sono le finestre."

Sapeva che c'erano ben poche possibilità di liberarsi dalle catene, ma si sentiva comunque obbligato a tentare. Gli sforzi di far scivolare una mano fuori dalla manetta servirono solo a lasciare altra pelle sul ferro e ritrovarsi con il polso viscido di sangue, e nonostante tutti i tentativi non riuscì a estrarre l'anello di ferro dalla parete.

"In culo" pensò, lasciandosi scivolare all'indietro, per il massimo consentito dalle catene. Cominciava ad avere i crampi alle gambe. Sarebbe stata una notte infernalmente scomoda. "La prima di tante, non ho dubbi."

La stanza era soffocante e il cavaliere aveva aperto gli scuri per lasciar entrare un filo d'aria. Compressa in un angolo dell'edificio sotto le grondaie, andava già bene che la camera avesse delle finestre. Una si affacciava sul Lungo Ponte e la Muraglia Nera, nel cuore stesso di Vecchia Volantis al di là del fiume. L'altra dava sulla piazza sottostante. Piazza della Pescheria l'aveva chiamata ser Jorah. Per quanto strette fossero le catene, Tyrion scoprì di poter guardare fuori da quest'ultima finestra piegandosi sul fianco e usando l'anello di ferro come punto d'appoggio. "Non sarebbe una caduta come dalle celle di Lysa Arryn" pensò "ma ci resterei comunque secco. Forse, se fossi ubriaco..."

La piazza era affollata anche a quell'ora di marinai schiamazzanti, puttane in cerca di clienti e mercanti impegnati a concludere affari. Una sacerdotessa rossa passò in fretta, accompagnata da una decina di accoliti muniti di torce, con le vesti che vorticavano intorno alle caviglie. Altrove due giocatori di cyvasse si sfidavano davanti a una taverna. Uno schiavo accanto a loro reggeva una lanterna per illuminare il tavolo. Tyrion sentì una donna cantare. Parole strane, una musica delicata e triste. "Se sapessi che cosa canta, forse piangerei." Più vicino, una folla si stava radunando intorno a due giocolieri che si lanciavano delle torce ardenti.

Il suo carceriere tornò presto, portando due boccali e un'anatra arrosto. Richiuse la porta con un calcio, tagliò l'anatra in due e ne gettò metà a Tyrion. Il nano l'avrebbe presa al volo, ma le catene gli impedirono di alzare le mani. La mezza anatra gli finì sulla testa e scivolò, calda e unta, sul suo viso. Tyrion fu costretto ad accucciarsi e allungarsi con uno sferragliamento di catene. Al terzo tentativo l'afferrò e vi affondò i denti con gusto.

«Un po' di birra per mandarla giù?»

Mormont gli passò un boccale. «Gran parte di Volantis si sta ubriacando, puoi farlo anche tu.»

Anche la birra era buona. Sapeva di frutta. Tyrion bevve una lunga sorsata e ruttò sonoramente. Il boccale era di peltro, pesava parecchio. "Svuotalo e poi spaccaglielo in testa" pensò Tyrion. "Se sono fortunato, potrei rompergli il cranio. Se sono ancora più fortunato, lo manco e lui mi bastona a morte." Bevve un'altra sorsata. «È un giorno di festa?»

«Il terzo giorno delle elezioni. Durano dieci giorni. Dieci giorni di follia. Marce a lume di torcia, discorsi, guitti e menestrelli e danzatrici, bravacci che si affrontano in duelli all'ultimo sangue in onore dei propri candidati, elefanti con il nome dei futuri triarchi dipinti sui fianchi. Quei giocolieri in piazza si esibiscono per Methyso.»

«Ricordami allora di votare qualcun altro.» Tyrion si leccò l'unto dalle dita. In basso, la folla tirava monetine ai giocolieri. «Tutti i candidati offrono spettacoli di guitti?»

«Offrono quello che pensano faccia ottenere voti» rispose Mormont. «Cibi, bevande, spettacoli... Alios ha mandato per le strade cento graziose schiavette a giacere con i votanti.»

«Allora voto per lui» decise Tyrion. «Portami una di quelle schiavette.»

«Quelle sono per gli uomini liberi nati a Volantis e con ricchezze sufficienti per votare. A ovest del fiume, i votanti sono pochissimi.»

«E va avanti così per dieci giorni?» Tyrion rise. «Questo sistema politico potrebbe piacermi, anche se, con tre re, due sono di troppo. M'immagino governare i Sette Regni insieme alla mia dolce sorella e al mio prode fratello. Uno di noi ucciderebbe gli altri due nel giro di un anno. Sono sorpreso che i triarchi non facciano lo stesso.»

«Alcuni ci hanno provato. Può darsi che i furbi siano loro e noi gli stupidi. Volantis ha conosciuto la sua parte di follie, ma non ha mai dovuto sopportare un triarca bambino. Quando viene eletto un pazzo, i suoi colleghi lo rinchiudono finché il suo anno non è terminato. Pensa ai morti che potrebbero essere ancora vivi se solo Aerys il Folle avesse avuto due re con cui condividere il governo.»

"Invece aveva il mio caro padre" pensò Tyrion.

«Nelle città libere, alcuni pensano che sul nostro lato del Mare

Stretto siamo tutti selvaggi» continuò ser Jorah. «Quelli che non ci ritengono dei bambini che piangono alla ricerca di una forte guida paterna.»

«O materna?» "A Cersei l'idea piacerà. Specialmente quando lui le farà dono della mia testa." «Si direbbe che conosci bene questa città.»

«Ho trascorso qui quasi un anno» ser Jorah agitò il fondo di birra nel suo boccale. «Quando Stark mi cacciò in esilio, fuggii a Lys, con la mia seconda moglie. Braavos sarebbe stata meglio, ma Lynesse voleva un posto caldo. Anziché servire quelli di Braavos, li combattei sulla Rhoyne, anche se per ogni moneta d'argento che guadagnavo, mia moglie ne spendeva dieci. Quando tornai a Lys, lei si era trovata un amante, il quale molto gentilmente mi comunicò che se non avessi rinunciato a lei e lasciato la città sarei finito in schiavitù per debiti. Così venni a Volantis... a un passo dalla schiavitù, con soltanto la mia spada e i vestiti che avevo addosso.»

«E adesso non vedi l'ora di tornare a casa.»

Ser Jorah bevve le ultime gocce di birra. «Domani cercherò una nave. Il letto è mio. Tu puoi prenderti qualsiasi pezzo di pavimento le catene ti permetteranno di raggiungere. Dormi, se ci riesci. Altrimenti, conta i tuoi crimini. Dovrebbe bastarti fino al mattino.»

"Anche tu hai dei crimini di cui rispondere, Jorah Mormont" pensò il nano, ma ritenne più saggio tenerselo per sé.

Ser Jorah appese il cinturone con la spada a una colonna del letto, si tolse gli stivali, la cotta di maglia, gli abiti di lana e di pelle e la sottotunica macchiata di sudore. Aveva un torace muscoloso, segnato da cicatrici e ricoperto di peli neri. "Se lo potessi scuoiare, potrei vendere la sua pelle per una cappa di pelliccia" pensò Tyrion, mentre Mormont si lasciava cadere sul letto di piume, comodo anche se mezzo sfondato e un po' puzzolente.

Dopo qualche minuto già russava, lasciando la preda da sola con le sue catene. Dalle finestre aperte della stanza entravano i deboli raggi della luna, mentre dalla piazza arrivavano i canti degli ubriachi, il miagolio di una gatta in calore e il lontano tintinnio dell'acciaio contro l'acciaio. "Qualcuno sta per morire" pensò Tyrion Lannister.

Aveva un dolore pulsante al polso scorticato e le catene gli impedivano di mettersi seduto, per cui poteva solo sdraiarsi. Il meglio che riuscì a fare fu torcersi di lato contro la parete, e in breve cominciò a perdere sensibilità alle mani. Quando si spostò per alleviare la tensione, la sentì ritornare, sotto forma di sofferenza. Strinse i denti per non gridare. Si domandò quanto avesse sofferto suo padre quando il dardo gli aveva trapassato le viscere, che cosa avesse provato Shae quando lui le aveva stretto intorno al collo la catena da Primo Cavaliere, che cosa avesse sentito Tysha mentre quei soldati la stupravano a turno. La sua sofferenza non era niente a confronto delle loro, ma quel pensiero non lo faceva sentire meglio. "Fatelo smettere."

Ser Jorah si era girato sul fianco, per cui Tyrion poteva vedere solo la sua schiena irsuta e muscolosa. "Anche se riuscissi a liberarmi delle catene, dovrei arrampicarmi su di lui per arrivare al cinturone. Forse, se potessi raggiungere la daga..." Altrimenti avrebbe potuto cercare la chiave, aprire la porta, strisciare giù per le scale e attraverso la sala comune. "... Per andare dove? Non ho amici, non ho conio, non parlo nemmeno la lingua locale."

Alla fine lo sfinimento ebbe la meglio sul dolore e Tyrion cadde in un sonno agitato. Ma ogni volta che un crampo gli contraeva il polpaccio, gridava nel sonno e tremava.

Si svegliò con tutti i muscoli doloranti e scoprì che il mattino entrava dalle finestre, radioso e dorato come il leone dei Lannister. Dal basso, sentiva arrivare le grida dei pescivendoli e il fracasso delle ruote bordate di ferro sui ciottoli.

Jorah Mormont era in piedi, sopra di lui. «Se ti stacco dall'anello, farai come ti dico?»

«C'entra la danza? Troverei difficile danzare. Non sento più le gambe. Potrebbero essermi cadute. Per il resto, sono la tua creatura. Sul mio onore di Lannister.»

«I Lannister non hanno onore.» Ser Jorah gli allentò comunque le catene.

Tyrion mosse due passi incerti e cadde per terra. Quando il sangue tornò a circolargli nelle mani, non riuscì a trattenere le lacrime. Si morsicò il labbro. «Dovrai farmi rotolare.»

Invece il grosso cavaliere lo portò di peso, sollevandolo dalla catena fra i polsi.

La sala comune della Casa del Mercante era un oscuro labirinto di nicchie e caverne, costruito intorno a un cortile centrale dove un graticcio di rampicanti in fiore creava intricati disegni sul pavimento lastricato, e il muschio verde e viola cresceva fra le pietre. Giovani schiave si affaccendavano fra luce e ombra, portando boccali di birra e di vino, e di una bevanda verde ghiacciata che sapeva di menta. Solo un tavolo su venti era occupato, a quell'ora del mattino.

A uno di quelli occupati sedeva un nano. Barba rasata e guance rosee, un ciuffo di capelli castani, fronte marcata, naso appiattito, se ne stava appollaiato su un alto scranno, con un cucchiaio di legno in mano, a contemplare con gli occhi cerchiati di rosso una ciotola di farinata violacea. "Brutto piccolo bastardo" pensò Tyrion.

L'altro nano si sentì osservato. Quando alzò la testa e vide Tyrion, il cucchiaio gli scivolò di mano.

«Mi ha visto» disse Tyrion a Mormont.

«E allora?»

«Mi conosce. Sa chi sono.»

«Nel senso che dovrei infilarti in un sacco, in modo che nessuno ti veda?» Ser Jorah toccò l'elsa della spada lunga. «Se intende prenderti, ci provi pure.»

"Ci lasci pure il collo, intendi dire" pensò Tyrion. "Che minaccia può rappresentare per un uomo grande e grosso come te? È solo un nano."

Ser Jorah scelse un tavolo in un angolo appartato e ordinò da mangiare e da bere. Fecero colazione con morbide focacce calde, caviale rosa, salsicce al miele e locuste fritte, il tutto mandato giù con birra scura dal gusto agrodolce. Tyrion mangiò come uno mezzo morto di fame.

«Hai un bell'appetito, stamani» osservò il cavaliere.

«Dicono che giù nei Sette Inferi il cibo sia orrendo» replicò Tyrion.

Lanciò un'occhiata alla porta: era appena entrato un uomo. Alto e curvo, con la barba a punta tinta a chiazze viola. "Un mercante di Tyrosh." Da fuori arrivò una ventata di suoni: le strida dei gabbiani, una risata femminile, le voci dei pescivendoli. Per un attimo, Tyrion credette di scorgere Illyrio Mopatis, ma era solo uno di quegli elefanti nani bianchi che passava davanti alla porta.

Mormont spalmò un po' di caviale rosa su una fetta di pane e diede un morso. «Aspetti qualcuno?»

Tyrion si strinse nelle spalle. «Non si sa mai chi potrebbe portare dentro il vento: il mio unico vero amore, il fantasma di mio padre, un papero.» S'infilò in bocca una locusta e la sgranocchiò. «Non male, per essere un insetto.»

«Ieri notte qui si parlava solo dell'Occidente. Un lord in esilio ha assoldato la Compagnia Dorata per riconquistare le sue terre. Metà dei capitani di Volantis sta risalendo il fiume verso Volon Therys per offrire la propria nave.»

Tyrion aveva appena inghiottito un'altra locusta. Rischiò di soffocare. "Si sta prendendo gioco di me? Che cosa può sapere di Griff e di Aegon?"

«In culo» disse «pensavo anch'io di assoldare la Compagnia Dorata per riprendermi Castel Granito.» "E se fosse uno stratagemma di Griff, false informazioni diffuse di proposito? A meno che..." E se il principino del drago avesse inghiottito l'esca? Portandoli a ovest, anziché a est, abbandonando le speranze di sposare la regina Daenerys? "Abbandonare i draghi... Griff avrebbe permesso una cosa del genere?" «Assolderei volentieri anche te, ser. Lo scranno di mio padre mi appartiene di diritto. Metti la tua spada al mio servizio e quando l'avrò ripreso, ti annegherò nell'oro.»

«Una volta ho visto un uomo annegato nell'oro. Non era un bello spettacolo. Se tu dovessi mai avere la mia spada, l'avresti nelle budella.»

«Una cura infallibile per la stitichezza» affermò Tyrion. «Chiedi a mio padre.»

Prese il boccale e bevve lentamente, per nascondere qualsiasi cosa gli si potesse leggere in faccia. Di sicuro era uno stratagemma concepito per attenuare i sospetti della gente di Volantis. "Imbarcare uomini con quel falso pretesto e impadronirsi delle navi non appena la flotta sarà al largo. Era quello il piano di Griff?" Poteva anche funzionare. La Compagnia Dorata contava diecimila uomini, esperti e disciplinati. "Nessuno di loro, però, è marinaio. Griff dovrà tenere una spada contro ogni gola e se arrivassero nella Baia degli Schiavisti e dovessero combattere..."

Tornò la ragazza che serviva ai tavoli. «Sei tu il prossimo a incontrare la vedova, nobile ser. Hai portato un regalo per lei?»

«Sì, grazie» ser Jorah le mise in mano una moneta e la mandò via.

Tyrion corrugò la fronte. «La vedova di chi?»

«La vedova del lungofiume. A est della Rhoyne la chiamano ancora la puttana di Vogarro, ma non in sua presenza.»

Il nano ne sapeva tanto quanto prima. «E Vogarro era...?»

«Un elefante, sette volte triarca, ricchissimo, una potenza dei moli. Mentre altri costruivano navi e salpavano, lui costruiva moli di pietra e magazzini, faceva il mediatore di carichi, cambiava conio, assicurava i padroni delle navi contro i pericoli del mare. Commerciava anche in schiavi. Quando si infatuò di una di loro, una schiava da letto addestrata a Yunkai nell'arte dei sette sospiri, ci fu un grande scandalo... e uno scandalo ancora maggiore quando la liberò e la prese in moglie. Dopo la sua morte, fu lei a condurre le sue imprese. Nessun liberto può risiedere all'interno della Muraglia Nera, per cui lei fu costretta a vendere la magione di Vogarro. Si stabilì nella Casa del Mercante. Avvenne trentadue anni fa, ma ancora oggi risiede qui. Dietro di te, nel cortile, e tiene corte al solito tavolo. No, non voltarti a guardare. Adesso c'è qualcuno con lei. Quando avrà finito, sarà il nostro turno.»

«E in che modo ti aiuterà quella vecchiaccia?»

«Guarda e vedrai» ser Jorah si alzò. «Quell'individuo se ne sta andando.»

Con uno sferragliare di catene Tyrion saltò giù dallo scranno. "Penso che sarà illuminante."

C'era qualcosa di volpino nel modo in cui la donna sedeva nel suo angolo di cortile e qualcosa di rettiliano nello sguardo. I suoi capelli bianchi erano talmente radi da lasciar intravedere il rosa del cuoio capelluto. Sotto un occhio aveva ancora delle leggere cicatrici lasciate dal coltello che le aveva asportato le lacrime tatuate. Sul tavolo erano rimasti i resti del suo pasto del mattino: teste di sardine, noccioli di olive, briciole di focacce. Tyrion non mancò di notare la bella posizione del "solito tavolo" della donna: solida pietra alle spalle, una nicchia ornata di rampicanti su un lato per le entrate e le uscite, ottima visuale della porta della locanda, eppure così in ombra che lei stessa risultava quasi invisibile.

Nel vedere Tyrion la vecchia sorrise. «Un nano» gorgogliò, con voce sinistra ma vellutata. Parlava la lingua comune, con appena un leggero accento. «Ultimamente, a quanto pare, Volantis è stata invasa dai nani. Questo fa dei trucchi?»

"Sì" avrebbe voluto risponderle Tyrion. "Dammi una balestra, che ti mostro il mio trucco preferito."

«No» rispose ser Jorah.

«Peccato. Un tempo avevo una scimmietta che sapeva fare giochi di tutti i tipi. Il tuo nano un po' ci assomiglia. È un regalo?»

«No. A te ho portato questi» ser Jorah tirò fuori i guanti che aveva appena preso e li mise sul tavolo, accanto agli altri regali che la vedova aveva ricevuto quel mattino: un calice d'argento, un ventaglio intagliato in foglie di giada talmente sottili da essere trasparenti, un'antica daga di bronzo con incise delle rune. Rispetto a simili tesori, quei guanti parevano miseri e pacchiani.

«Guanti per le mie povere vecchie mani rugose. Che bellezza.» La vedova non fece neanche il gesto di toccarli.

«Li ho comprati sul Lungo Ponte.»

«Sul Lungo Ponte si può comprare quasi tutto: guanti, schiavi, scimmie.» Gli anni le avevano incurvato la spina dorsale, facendole spuntare una gobba da vecchia sulla schiena, ma gli occhi erano luminosi e neri. «Ora, cavaliere, di' pure a questa anziana vedova in che modo può esserti utile.»

«Ci serve un passaggio veloce a est, verso Meereen.»

Una sola parola. Il mondo di Tyrion Lannister si capovolse.

Una sola parola. "Meereen." O aveva capito male?

Una sola parola. "Meereen, ha detto Meereen, mi sta portando a Meereen." Meereen significava vita. O almeno speranza di vita.

«Perché ti rivolgi a me?» chiese la vedova. «Io non ho navi.»

«Ma molti capitani sono in debito con te.»

"Dice che mi consegna alla regina. *Aye*, ma quale regina? Non mi sta vendendo a Cersei... Mi vuole consegnare a Daenerys Targaryen. Per questo non mi ha mozzato la testa. Stiamo andando a est, e Griff e il suo principe stanno andando a ovest, quegli idioti."

Oh, era davvero troppo. "Intrighi su intrighi, ma tutte le strade finiscono per portare nella gola del drago." Una risata gli salì alle labbra, e a un tratto Tyrion Lannister non riuscì più a smettere di ridere.

«Il tuo nano ha una crisi» osservò la vedova.

«Il mio nano farà silenzio, altrimenti gli metto un bavaglio.»

Tyrion si mise le mani sulla bocca. "Meereen!"

La vedova del lungofiume decise di non prestargli attenzione. «Beviamo una coppa?» chiese.

Particelle di polvere galleggiavano nell'aria mentre la serva riempiva due coppe di vetro verde per ser Jorah e la vedova. Tyrion aveva la gola secca, ma non ci fu nessuna coppa per lui. La vedova prese un sorso, rigirò il vino in bocca, deglutì. «Tutti gli altri esuli stanno salpando verso ovest, così almeno hanno sentito le mie vecchie orecchie. E tutti i capitani che hanno debiti con me si azzuffano per portarli laggiù e spillare un po' d'oro dai forzieri della Compagnia Dorata. I nostri nobili triarchi hanno impegnato per la causa una decina di navi da guerra, così da assicurarsi che la flotta arrivi sana e salva fino alle Stepstones. Perfino il vecchio Doniphos ha dato il proprio assenso. Un'avventura così gloriosa. E tu invece, ser, vorresti andare nella direzione opposta.»

«I miei affari sono a oriente.»

«E chissà quali potrebbero essere, mi chiedo. Non certo gli schiavi. L'argentea regina ha posto fine al traffico di schiavi. Ha chiuso anche le fosse da combattimento, perciò non si tratta del gusto per il sangue. Cos'altro Meereen potrebbe offrire a un cavaliere dell'Occidente? Mattoni? Olive? Draghi? Ah, ecco.» Il sorriso della megera diventò funereo. «Ho sentito dire che l'argentea regina li nutre con carne d'infante, mentre lei stessa si bagna nel sangue di vergini e prende un amante diverso ogni notte.»

La bocca di ser Jorah assunse una piega dura. «Gli yunkai ti versano veleno nelle orecchie, mia signora. Non dovresti dare credito a simile nefandezze.»

«Non sono una signora, ma anche la puttana di Vogarro conosce il sapore della falsità. Però questo è vero... la Regina dei Draghi ha dei nemici... Yunkai, Nuova Ghis, Tolos, Qarth... *aye*, e ben presto anche Volantis. Vorresti andare a Meereen? Basta che aspetti un po', ser. Fra non molto ci sarà richiesta di spade, quando le navi da guerra punteranno la prua a oriente per deporre l'argentea regina. Le tigri amano tirar fuori gli artigli e, se minacciati, anche gli elefanti uccidono. Malaquo ha sete di gloria e Nyessos deve gran parte della sua ricchezza al commercio di schiavi. Lascia che Alios, Parquello o Belicho diventino triarchi e le flotte salperanno.»

Ser Jorah si accigliò. «Se Doniphos viene rieletto...»

«Prima di lui verrebbe rieletto Vogarro, e il mio caro lord è morto da trent'anni.»

Dietro di loro, un marinaio sbraitava forte. «E questa la chiamano birra? Cazzo. Il piscio di una scimmia sarebbe meglio.»

«E tu lo berresti» replicò un altro.

Tyrion si guardò intorno, augurandosi contro ogni speranza che a replicare fossero stati Papero e Haldon. Invece vide due stranieri... e il nano, fermo qualche piede più in là, che lo stava fissando di proposito. C'era qualcosa di familiare, in lui.

La vedova sorseggiò il vino con grazia. «Alcuni dei primi elefanti erano donne» disse «quelle che destituirono le tigri e posero fine alle vecchie guerre. Trianna venne rieletta quattro volte. Questo, purtroppo, accadeva trecento anni fa. Da allora Volantis non ha più avuto donne fra i triarchi, anche se alcune hanno il diritto di voto. Donne di nobile nascita che abitano antichi palazzi all'interno della Muraglia Nera, non creature come me. L'antico sangue farebbe votare cani e bambini, piuttosto che un liberto. No, verrà eletto Belicho, o forse Alios, ma in entrambi i casi sarà guerra. O almeno così pensano.»

«E tu che cosa pensi?» chiese ser Jorah.

"Bravo" approvò Tyrion tra sé. "Bella domanda."

«Oh, anch'io penso che sarà guerra, ma non quella che vogliono loro.» La vedova si sporse in avanti, con un luccichio negli occhi. «Penso che in questa città il rosso R'hllor abbia più adoratori di tutti gli altri dèi insieme. Hai sentito Benerro predicare?»

«Ieri sera.»

«Benerro può vedere il domani nelle fiamme» continuò la vedova. «Il triarca Malaquo ha tentato di assoldare la Compagnia Dorata, lo sapevi? Voleva spazzare via il Tempio Rosso e passare Benerro a fil di spada. Non osava utilizzare i mantelli tigrati: la metà di loro adora il Signore della Luce. Oh, sono giorni atroci a Vecchia Volantis, anche per le vecchie vedove incartapecorite. Ma non certo come a Meereen, credo. Allora, ser, dimmi... perché cerchi l'argentea regina?»

«Riguarda solo me. Posso pagare il passaggio, pagare bene. Ho l'argento.»

"Stupido" pensò Tyrion. "La vecchia non vuole conio, vuole rispetto. Non hai ascoltato neanche una parola di ciò che ha detto?" Lanciò di nuovo un'occhiata da sopra la spalla. Il nano si era avvicinato al loro tavolo. E pareva avere in mano un coltello. Tyrion sentì un formicolio alla nuca.

«Tieniti il tuo argento. Io ho l'oro. E risparmiami le tue occhiate torve, ser. Sono troppo vecchia per farmi spaventare da un fosco cipiglio. Sei un uomo duro, vedo, e senza dubbio abile con quella spada lunga che porti al fianco, ma questo è il mio regno. Mi basta flettere un dito e potresti trovarti a viaggiare per Meereen incatenato a un remo, nel ventre di una galea.»

La vedova sollevò il ventaglio di giada e lo aprì. Ci fu un fruscio di foglie: un uomo sbucò dall'arcata fitta di rampicanti alla loro sinistra. Il suo viso era una massa di cicatrici, e in una mano reggeva una spada, corta e massiccia come una mannaia. «Cerca la vedova sul lungofiume, ti avrà detto qualcuno, ma avrebbe anche dovuto avvertirti di stare attento ai figli della vedova. Però è una mattina così bella, che te lo chiederò di nuovo. Perché stai cercando Daenerys Targaryen, che mezzo mondo vuole morta?»

Jorah Mormont diventò nero di rabbia, ma rispose. «Per servirla. Difenderla. Morire, se necessario, per lei.»

La vedova scoppiò a ridere. «Vuoi salvarla, è questo il succo? Da più nemici di quanti si possano nominare, con un numero di spade incalcolabile... Questo vorresti far credere a una povera vedova? Che sei un vero e cavalleresco uomo dell'Occidente, che fa tanta strada per correre in aiuto di quella... be', non è più vergine, anche se potrebbe essere ancora bella.» La vedova rise ancora. «Credi che il tuo nano le piacerà? Farà il bagno nel sangue del nano, pensi, o si accontenterà di lisciargli la testa perché le porti fortuna?»

Ser Jorah esitò. «Il nano è...»

«... so chi è il nano e so che cosa è.» I suoi occhi neri, duri come la pietra, fissarono Tyrion. «Assassino di consanguinei, assassino di re, omicida, voltagabbana. Lannister.» Sibilò l'ultima parola come se fosse un'imprecazione oscena. «Allora, piccolo uomo, che cosa conti di offrire alla Regina dei Draghi?»

"Il mio odio" avrebbe voluto rispondere, Tyrion. Invece allargò le mani quanto i ceppi gli permettevano. «Qualsiasi cosa ella possa avere da me. Saggio consiglio, atroce umorismo, qualche capriola. Il mio uccello, se lo desidera. La mia lingua, in caso contrario. Guiderò i suoi eserciti o le accarezzerò i piedi, come vorrà lei. E per unica ricompensa, chiederò il suo regale consenso a stuprare e uccidere mia sorella.»

La vecchia ritrovò il sorriso. «Costui almeno è onesto» dichiarò. «Mentre tu, ser... Ho conosciuto una decina di cavalieri dell'Occidente e un migliaio di avventurieri della stessa genia, ma nessuno così puro come tu dipingi te stesso. Gli uomini sono bestie, egoisti e brutali. Per quanto gentili possano essere a parole, sotto ribollono sempre motivi più oscuri. Non mi fido di te, ser.» Mosse il ventaglio per allontanarli, come se intorno alla sua testa ci fossero solo mosche ronzanti. «Se vuoi andare a Meereen, raggiungila a nuoto. Non ho nessun aiuto da darti.»

Allora i Sette Inferi si scatenarono tutti insieme.

Ser Jorah fece per alzarsi, la vedova chiuse di scatto il ventaglio, lo sfregiato emerse dall'ombra... dietro di loro una ragazza urlò.

Tyrion si girò appena in tempo per vedere il nano correre verso di lui. "È una femmina" capì all'improvviso. "Una nana in abiti maschili. E intende sventrarmi con quel coltello."

Per qualche secondo, ser Jorah, la vedova e lo sfregiato restarono immobili come pietra. Alcuni perditempo guardavano dai tavoli vicini, sorseggiando birra e vino, ma nessuno si mosse per intervenire.

Tyrion doveva muovere le due mani insieme, però le catene gli permettevano solo di arrivare fino al boccale sul tavolo. Lo afferrò, si voltò di scatto, gettò il contenuto in faccia alla nana che lo stava per attaccare, poi si buttò di lato per evitare il coltello. Il boccale andò in frantumi sotto di lui, mentre il pavimento si alzava colpendolo in testa. Poi la nana si avventò di nuovo. Tyrion rotolò da una parte mentre lei piantava la lama nelle assi del pavimento, la liberava, l'alzava di nuovo...

... e all'improvviso venne sollevata da terra, le sue gambe scalciavano selvaggiamente nel tentativo di divincolarsi dalla presa di ser Jorah. «No!» gemette, nella lingua comune dell'Occidente. «Lasciami andare!»

Tyrion sentì la tunica che si lacerava, mentre la nana lottava per liberarsi.

Mormont la teneva con una mano per la collottola e con l'altra le strappò il pugnale. «Basta!»

A quel punto entrò in scena il proprietario, con in pugno un randello. Vide il boccale in pezzi, imprecò furibondo e chiese che cosa era successo. «Un combattimento di nani» rispose il mercante di Tyrosh con la barba viola, ridacchiando.

Tyrion fissò con sorpresa la ragazza gocciolante, che si dibatteva a mezz'aria. «Perché?» chiese. «Che cosa ti ho fatto?»

«Lo hanno ucciso.» La nana perse di colpo tutta la voglia di lottare. Restò inerte nella stretta di Mormont e gli occhi le si riempirono di lacrime. «Mio fratello. L'hanno preso e l'hanno ucciso.»

«Chi l'ha ucciso?» chiese Mormont.

«Dei marinai. Marinai dei Sette Regni. Erano in cinque, ubriachi. Ci hanno visto giostrare nella piazza e ci hanno seguito. Quando hanno capito che ero una femmina, mi hanno lasciato andare, ma hanno preso mio fratello e l'hanno ucciso. Gli hanno mozzato la testa.»

Tyrion ebbe un improvviso sussulto. "Ci hanno visto giostrare nella piazza." Capì allora chi era la ragazza. «Tu cavalcavi il maiale?» le chiese. «O il cane?»

«Il cane» singhiozzò lei. «Oppo cavalcava sempre il maiale.»

"I nani del matrimonio di Joffrey." Era stato il loro spettacolo che aveva dato inizio a tutti i guai quella notte. "Che strano, incontrarli di nuovo a mille leghe di distanza." Ma forse non era poi così strano. "Se avevano la metà della furbizia del loro maiale, erano fuggiti da Approdo del Re la notte in cui Joff era morto, prima che Cersei affibbiasse loro una parte di colpa per la morte di suo figlio."

«Mettila giù, ser» disse a Mormont. «Non ci farà più male.»

Ser Jorah la lasciò cadere a terra. «Mi dispiace per tuo fratello, ma noi non c'entriamo niente con il suo assassinio.»

«Lui sì.» La ragazza si mise in ginocchio, coprendosi con la tunica strappata i seni piccoli e chiari. «Volevano lui. Pensavano che Oppo fosse lui.» Adesso stava piangendo, supplicando aiuto da chiunque la stesse a sentire. «Dovrebbe morire com'è morto il mio povero fratello. Vi prego. Qualcuno mi aiuti. Qualcuno lo uccida.» Il padrone della locanda la prese brutalmente per il braccio e la tirò in piedi, gridando nella lingua di Volantis, chiedendo chi avrebbe pagato i danni.

La vedova del lungofiume rivolse a Mormont un'occhiata glaciale. «I cavalieri difendono i deboli e proteggono gli innocenti, si dice. E io sono la fanciulla più bella di tutta Volantis.» La sua risata era piena di disprezzo. «Come ti chiami, bambina?»

«Penny.»

La vecchia chiamò il padrone, parlando nella lingua di Volantis. Tyrion riuscì a capire che gli stava dicendo di portare la nana nelle sue stanze, di darle del vino e di trovarle qualche abito che le andasse bene.

Quando si furono allontanati, la vedova scrutò Tyrion, con i suoi occhi neri e scintillanti. «I mostri dovrebbero essere più grandi, secondo me. Nel continente occidentale, tu vali un titolo di lord, ometto. Qui, purtroppo, il tuo valore è un po' minore. Ma, in fin dei conti, penso che sia meglio aiutarti. Volantis non è un posto sicuro per i nani, a quanto pare.»

«Sei troppo cortese.» Tyrion le rivolse il suo sorriso più soave. «Forse saresti così cortese da farmi togliere anche questi incantevoli braccialetti di ferro? Il mostro ha solo mezzo naso e gli prude terribilmente. Le catene sono troppo corte per grattarmelo. Te ne farò dono volentieri.»

«Davvero gentile. Ma io stessa ho portato il ferro ai miei tempi e ora ho scoperto di preferire l'oro e l'argento. E poi, triste a dirsi, questa è Volantis, dove ceppi e catene costano meno del pane vecchio di un giorno. Ed è proibito aiutare uno schiavo a fuggire.»

«Io non sono uno schiavo.»

«Ogni uomo caduto in mano agli schiavisti canta sempre la stessa triste canzone. Non oso aiutarti... qui.» Si sporse verso di lui. «Fra due giorni, la cocca *Selaesori Qhoran* farà vela per Qarth, via Nuova Ghis, con un carico di stagno, ferro, balle di lana e merletti, cinquanta tappeti di Myr, un cadavere conservato nel ghiaccio, venti giare di peperoncini piccanti e un prete rosso. Trovatevi a bordo, quando salpa.»

«Ci saremo» disse Tyrion. «E grazie.»

Ser Jorah si accigliò. «Qarth non è la nostra destinazione.»

«Non arriverà mai a Qarth. Benerro l'ha visto nei suoi fuochi.» La vedova sorrise, con espressione volpina.

«Come tu dici» sogghignò Tyrion. «Se fossi di Volantis e libero, e avessi il sangue, voterei te come triarca, mia signora.»

«Non sono una signora» replicò la vedova «solo la puttana di Vogarro. Quanto a voi due, farete bene a essere lontano da qui prima che arrivino le tigri. Se per caso raggiungerai la tua regina, dalle un messaggio da parte degli schiavi di Vecchia Volantis.»

La vedova si toccò la sbiadita cicatrice sulla guancia rugosa, dove erano state raschiate via le lacrime.

«Dille che la stiamo aspettando. Dille di arrivare presto.»

All'udire l'ordine, ser Alliser Thorne distorse la bocca in una parvenza di sorriso, ma i suoi occhi rimasero freddi e duri come selce. «Così il ragazzo bastardo ha deciso di mandarmi fuori a morire.»

«*Morire*» gracchiò il corvo di Mormont. «*Morire, morire, morire.*»

"Non sei di nessun aiuto." Jon Snow con una manata allontanò l'uccello. «Il ragazzo bastardo ha deciso di mandarti fuori a esplorare. A cercare i nostri nemici e a ucciderli, se occorre. Sei abile con una lama in pugno, ser. Sei stato maestro d'arme, qui e al Forte Orientale.»

Thorne toccò l'elsa della sua spada lunga. «*Aye.* Ho sprecato un terzo della vita nel tentativo di insegnare i rudimenti della scherma a zappaterra, teste di rapa e infami. Mi sarà di scarso vantaggio in queste foreste.»

«Dywen verrà con te, insieme a un altro ranger esperto.»

«Ti insegneremo noi quello che c'è da sapere, ser» disse Dywen a Thorne, ridacchiando. «Ti insegneremo a pulirti il nobile culo con le foglie, proprio come un vero ranger.»

Kedge Occhiobianco rise alla battuta, Jack Bulwer il Nero sputò.

Ser Alliser si limitò a dire: «Tu vorresti che rifiutassi. Così potresti tagliarmi la testa, come hai fatto con Slynt. Ma da me non avrai questo piacere, bastardo. Ti conviene pregare che a uccidermi sia la spada di un bruto, però. Quelli uccisi dagli Estranei non restano morti e... ricordano. Ritornerò, lord Snow».

«Pregherò che tu ritorni» rispose Jon.

Non avrebbe mai considerato ser Alliser Thorne un amico, però era pur sempre un confratello dei guardiani della notte. "E nessuno ha mai detto che devi provare simpatia per i tuoi confratelli."

Non era facile mandare degli uomini in quelle terre selvagge: c'erano buone probabilità che non tornassero più. "Sono tutti uomini esperti" Jon ripeté a se stesso... ma suo zio Benjen e i suoi ranger erano altrettanto esperti e la Foresta Stregata li ha inghiottiti senza lasciare traccia. Quando alla fine, due di loro sono tornati alla Barriera barcollando, erano ridotti a orridi esseri non-morti. Non era la prima volta né l'ultima che Jon Snow si ritrovava a chiedersi che cosa ne fosse stato di Benjen Stark. "Forse i ranger si imbatteranno in qualche segno di lui" cercava di convincersi, senza crederci realmente.

Dywen avrebbe guidato un gruppo di esploratori, Jack Bulwer il Nero e Kedge Occhiobianco gli altri due. Loro almeno erano ansiosi di fare il loro dovere.

«Farà un bell'effetto avere di nuovo un cavallo tra le gambe» disse Dywen sulla soglia, succhiandosi i denti di legno. «Chiedo scusa, mio lord, ma tutti noi avevamo le schegge nelle natiche a furia di stare seduti.»

Nessuno nel Castello Nero conosceva meglio di lui i boschi, gli alberi e i torrenti, le piante commestibili, le abitudini dei predatori e delle prede. "Thorne è in mani migliori di quanto non si meriti."

Jon osservò i cavalieri partire dalla sommità della Barriera: tre gruppi, ognuno di tre uomini, ognuno con due corvi. Visti da così in alto, i loro destrieri parevano non più grandi di formiche e Jon non riusciva a distinguere un ranger dall'altro. Però li conosceva tutti. Ogni nome era inciso nel suo cuore. "Otto bravi uomini" pensò "più un... be', vedremo."

Quando l'ultimo cavaliere fu scomparso fra gli alberi della Foresta Stregata, Jon Snow entrò nella gabbia dell'argano, insieme a Edd l'Addolorato. Mentre scendevano lentamente, qualche rado fiocco di neve danzava nelle raffiche di vento. Un fiocco seguì la gabbia fin giù, posandosi appena oltre le sbarre. Scendevano più in fretta di loro, e ogni tanto sparivano sotto la gabbia. A momenti, una folata li sospingeva di nuovo in alto. Jon avrebbe potuto infilare la mano tra le sbarre e afferrarli, se avesse voluto.

«Ieri notte ho fatto un sogno orribile, mio lord» confessò Edd l'Addolorato. «Tu eri il mio attendente, mi portavi da mangiare e ripulivi gli avanzi. Io ero il lord comandante, senza mai un momento di pace.»

Jon non sorrise. «Il tuo incubo è la mia vita.»

Le galee di Cotter Pyke riferivano di un numero sempre maggiore di individui del popolo libero in movimento lungo le rive boscose a nord e a est della Barriera. Erano stati avvistati accampamenti, zattere lasciate a metà, perfino lo scafo di una cocca che qualcuno aveva cominciato a riparare. Nel momento in cui venivano individuati, i bruti svanivano nuovamente nei boschi, ma certo solo per riemergere appena le navi di Pyke erano passate. Intanto da Torre delle Ombre ser Denys Mallister continuava a vedere fuochi nella notte a nord della Gola. I comandanti delle fortezze alle estremità della Barriera chiedevano entrambi più uomini.

"E dove li prendo?" Jon aveva mandato a entrambi dieci bruti di Città della Talpa: ragazzi imberbi, vecchi, alcuni feriti e infermi, ma tutti in grado di eseguire qualche compito. Ben lungi dall'essere soddisfatti, sia Pyke sia Mallister avevano scritto lamentandosi. "Quando ho chiesto degli uomini, pensavo a uomini dei guardiani della notte, addestrati e disciplinati, della cui fedeltà non avrei avuto motivo di dubitare" scrisse ser Denys. Cotter Pyke era stato ancora più esplicito. "Potrei farli penzolare dalla Barriera come ammonimento per tenere lontano altri bruti, ma non vedo altro modo per utilizzarli" aveva scritto per lui maestro Harmune. "Non mi fiderei di gente simile nemmeno per farmi pulire il vaso da notte. Inoltre, dieci non bastano."

Scricchiolando, sferragliando, la gabbia di ferro continuò a scendere, appesa alla lunga catena. Alla fine, si arrestò con un sussulto alla base della Barriera, ondeggiando a un piede dal suolo. Edd l'Addolorato aprì la grata e saltò giù per primo, spezzando con gli stivali la crosta di neve. Jon lo seguì.

Davanti all'armeria, Emmett il Ferrigno stava ancora pungolando i suoi allievi nel cortile degli addestramenti. Il clangore dell'acciaio contro l'acciaio risvegliò la memoria in Jon. Gli ricordò i giorni più caldi e più semplici, di quando era ragazzo a Grande Inverno e incrociava la spada con Robb, sotto l'occhio attento di ser Rodrik Cassel. Anche ser Rodrik era caduto, ucciso da Theon il Voltagabbana e dai suoi uomini di ferro in un ultimo, disperato tentativo di riprendere Grande Inverno. La grande fortezza della Casa Stark era solo una tetra rovina. "Tutti i miei ricordi sono veleno."

Quando Emmett il Ferrigno lo vide, alzò un braccio e interruppe l'addestramento. «Lord comandante. Come possiamo servirti?»

«Con i tuoi tre allievi migliori.»

Emmett sogghignò. «Arron. Emrick. Jace.»

Hareth detto Cavallo e Hop-Robin portarono le imbottiture per il lord comandante, oltre a un usbergo di maglia ad anelli da indossare sopra, schinieri, gorgiera e mezzo elmo. Uno scudo nero bordato di ferro per il braccio sinistro, una spada lunga smussata per la mano destra. Nella luce dell'alba, la lama brillava di un grigio argento: era pressoché nuova. "Una delle ultime uscite dalla for-

gia di Donal. Peccato che non sia vissuto abbastanza per affilarla."
La lama era più corta di Lungo artiglio, ma fatta di acciaio normale, e quindi più pesante. I colpi sarebbero stati un po' più lenti.

«Va bene.» Jon si girò per affrontare gli avversari. «Fatevi avanti.»

«Chi vuoi per primo?» chiese Arron.

«Tutti e tre insieme.»

«Tre contro uno?» Jace era incredulo. «Non sarebbe giusto.»

Faceva parte dell'ultimo gruppo reclutato da Conwy ed era figlio di un ciabattino di Isola Bella. Forse questo spiegava tutto.

«Vero, non è giusto. Forza.»

Quando andò all'attacco, Jon lo colpì di lato alla testa e lo scaraventò a terra. In un battibaleno, il ragazzo aveva uno stivale piantato sul petto e la punta di una spada contro la gola. «La guerra non è mai giusta» disse Jon. «Adesso è due contro uno e tu sei morto.»

Dallo scricchiolio della ghiaia capì che stavano arrivando i gemelli. "Questi due però diventeranno ranger."

Ruotò su se stesso in un lampo, bloccando con il bordo dello scudo il fendente di Arron e colpendo con la spada quello di Emrick. «Non sono delle lance» gridò. «Venite più vicino.»

Passò all'attacco per mostrare loro come bisognava fare. Per primo Emrick. Menò fendenti alla testa e alle spalle, a destra e a sinistra e ancora a destra. Il ragazzo alzò lo scudo, tentando un goffo contrattacco. Jon pestò lo scudo contro quello di Emrick e abbatté il ragazzo con un colpo alla parte inferiore della gamba... appena in tempo, perché Arron gli fu addosso, con un forte colpo di taglio al polpaccio che lo mandò in ginocchio. "Gli resterà un livido." Jon parò il colpo successivo con lo scudo, si rialzò e spinse Arron verso il centro del cortile. "È rapido" pensò, mentre le spade lunghe si toccavano una, due, tre volte "ma deve diventare più robusto."

Quando percepì un lampo di sollievo negli occhi di Arron, capì di avere Emrick alle spalle. Jon si girò e gli vibrò un fendente sulla schiena che lo mandò a sbattere contro il fratello.

Jace si era rimesso in piedi, ma Jon lo atterrò di nuovo. «Detesto i cadaveri che si rialzano. Capirai che cosa voglio dire, il giorno che affronterai un non-morto.» Arretrò e abbassò la spada.

«Il corvo grosso può beccare i corvi piccoli» ringhiò una voce alle sue spalle «ma ha abbastanza coraggio da affrontare un uomo?»

Rattleshirt se ne stava appoggiato al muro. Una barba corta e ispida gli copriva le guance smunte, e il vento gli spingeva un ciuffo di sottili capelli castani sugli occhi, piccoli e gialli.

«Non montarti la testa» rispose Jon.

«*Aye*, ma potrei smontare te.»

«Stannis ha bruciato l'uomo sbagliato.»

«No» il bruto sogghignò, mettendo in mostra i denti scuri e spezzati. «Ha bruciato l'uomo che doveva bruciare, perché tutti vedano. Facciamo quello che dobbiamo fare, Snow. Anche i re.»

«Emmett, trovagli una corazza. Lo voglio vestito d'acciaio, non di vecchie ossa.»

Una volta indossate cotta di maglia e piastre, il Lord delle Ossa parve avere un portamento un po' più eretto. Sembrava anche più alto, con le spalle più robuste e forti di quanto non si sarebbe detto.

"È l'armatura, non l'uomo" pensò Jon. "Perfino Sam sembrerebbe imponente, vestito dalla testa ai piedi dell'acciaio di Donal Noye."

Il bruto allontanò lo scudo che Cavallo gli offriva. Chiese invece una grande spada a due mani. «Ha un bel suono» disse, facendo sibilare la lama nell'aria. «Starnazza più vicino, corvo Snow. Voglio farti volare via le penne.»

Jon si scagliò con forza contro di lui.

Rattleshirt arretrò di un passo, rispose all'assalto e assestò un fendente a due mani. Se Jon non avesse frapposto lo scudo, forse il colpo gli avrebbe ammaccato la piastra pettorale e rotto metà delle costole. L'urto lo fece barcollare per un momento, e sentì una forte scossa salire su per il braccio. "Colpisce più duramente di quanto non pensassi." Anche la rapidità del Lord delle Ossa fu una spiacevole sorpresa. Girarono l'uno intorno all'altro, scambiandosi colpo su colpo. Il Lord delle Ossa restituiva quello che riceveva. A rigor di logica, la grande spada a due mani avrebbe dovuto essere molto più ingombrante della spada lunga di Jon, ma il bruto la maneggiava con incredibile destrezza.

All'inizio, le reclute di Emmett il Ferrigno incoraggiavano con le grida il loro lord comandante, ma l'implacabile velocità dell'attacco di Rattleshirt li costrinse presto al silenzio. "Non può mantenere a lungo questo ritmo" si consolò Jon, bloccando un altro colpo talmente forte da strappargli un grugnito. Anche se smussata, la grande spada gli incrinò lo scudo di legno di pino e piegò il bordo di ferro. "Presto si stancherà. Non può reggere."

Jon puntò alla faccia del bruto, ma Rattleshirt tirò indietro la testa. Allora tentò un colpo al polpaccio, Rattleshirt evitò la lama con un salto. La grande spada piombò sulla spalla di Jon, così forte da far risuonare lo spallaccio e intorpidirgli il braccio.

Jon arretrò. Il Lord delle Ossa lo pressò, ridacchiando. "Non ha scudo, e quella spada gigante è troppo goffa per le parate. Dovrei mettere a segno due colpi per ognuno dei suoi."

Ma per qualche ragione non ci riusciva, e i colpi che metteva a segno non erano efficaci. Il bruto pareva muoversi sempre o indietro o di lato. La spada lunga di Jon finiva ogni volta per colpire di striscio una spalla o un braccio.

In breve Jon si ritrovò a cedere terreno nel tentativo di evitare i poderosi colpi dell'avversario, per metà del tempo senza riuscirci. Aveva lo scudo ormai ridotto a un ammasso di schegge. Se lo tolse dal braccio. Sentiva il sudore colargli sul viso e bruciargli gli occhi sotto l'elmo. "È troppo forte e troppo veloce" si rese conto "e con quello spadone ha peso e allungo superiori." Se avesse avuto Lungo artiglio, sarebbe stato tutto molto diverso ma…

L'occasione si presentò nel successivo colpo di rovescio di Rattleshirt. Jon si lanciò avanti e addosso all'avversario. Caddero insieme, con le gambe intrecciate. L'acciaio cozzò sull'acciaio. Entrambi persero la spada, rotolando sul terreno. Il bruto lo colpì con il ginocchio fra le gambe. Jon rispose pestando con il pugno coperto di maglia di ferro.

In tutti quei movimenti furibondi, Rattleshirt finì sopra di lui, con la testa di Jon serrata fra le mani. La sbatté con forza contro il terreno, poi si aprì la visiera. «Se avessi un pugnale, ora avresti un occhio in meno» ringhiò, prima che Cavallo e Emmett il Ferrigno lo tirassero via dal lord comandante. «Lasciatemi, maledetti corvi» ruggì il Lord delle Ossa.

Jon si tirò a fatica in ginocchio. Sentiva la testa ronzargli, aveva la bocca piena di sangue. Lo sputò nel ghiaccio. «Bel combattimento.»

«Non montarti la testa, corvo. Non ho versato neanche una goccia di sudore.»

«La prossima volta lo farai.»

Edd l'Addolorato aiutò Jon a rimettersi in piedi e gli sganciò l'elmo. Jon notò diverse ammaccature che non c'erano quando l'aveva indossato.

«Lasciatelo andare.» Jon lanciò l'elmo a Hop-Robin, che mancò la presa.

«Mio lord» disse Emmett il Ferrigno «ha minacciato la tua vita, abbiamo sentito tutti. Ha detto che se avesse avuto un pugnale…»

«Ha un pugnale. Nella cintura.» "C'è sempre qualcuno più svelto e più forte" ser Rodrik aveva detto una volta a Jon e a Robb. "Ed è quello l'avversario che vuoi affrontare nel cortile d'addestramento, prima di vedertela con uno come lui su un campo di battaglia."

«Lord Snow?» disse una voce mite.

Si girò, e c'era Clydas sotto l'arcata in rovina. Aveva in mano una pergamena. «Da Stannis?» chiese Jon. Sperava di avere notizie dal re. I guardiani della notte si mantenevano neutrali, lo sapeva, e a lui non sarebbe dovuto importare quale re avesse riportato il trionfo. In qualche modo però gli importava.

«Viene da Deepwood?»

«No, mio lord» Clydas gli tese la pergamena, strettamente arrotolata e sigillata, con una goccia di ceralacca rosa.

"Solo Forte Terrore usa la ceralacca rosa" pensò Jon. Si tolse il guanto, prese la lettera e spezzò il sigillo. Quando vide la firma, dimenticò i colpi ricevuti da Rattleshirt.

"Ramsay Bolton, lord di Hornwood" era scritto con una grafia grande e spigolosa. L'inchiostro marrone venne via a scaglie, quando Jon lo toccò con il pollice. Sotto la firma di Bolton, anche lord Dustin, lady Cerwyn e quattro Ryswell avevano apposto il proprio marchio e sigillo. Una mano più rozza aveva disegnato il gigante della Casa Umber.

«Potremmo sapere cosa dice, mio lord?» chiese Emmett il Ferrigno.

Jon non vide motivo per non dirglielo. «Il Moat Cailin è caduto. I cadaveri scuoiati degli uomini di ferro sono stati inchiodati a dei pali lungo la Strada del Re. Roose Bolton convoca a Barrowton i lord per confermare fedeltà al Trono di Spade e celebrare il matrimonio del figlio con...» Sentì il cuore fermarsi per un momento. "No, è impossibile. È morta ad Approdo del Re, con nostro padre."

«Lord Snow?» Clydas lo scrutò attentamente, con i suoi occhi rosa velati. «Non... non ti senti bene? Sembri...»

«Sta per sposare Arya Stark. La mia sorellina.» Quasi se la vedeva davanti, il viso allungato e l'aria goffa, tutta ginocchia e gomiti appuntiti, la faccia sporca e i capelli arruffati. L'avrebbero lavata e pettinata, non aveva dubbi, ma non riusciva a immaginare Arya in abito da sposa, men che meno nel talamo di Ramsay Bolton. "Non importa quanta paura abbia, non la farà vedere mai. Se proverà a metterle una mano addosso, Arya si batterà."

«Tua sorella» disse Emmett il Ferrigno «quanti anni ha...»

"Ora ne avrebbe undici. Ancora una bambina."

«Non ho nessuna sorella» dichiarò. «Solamente confratelli. Solamente voi.» Lady Catelyn si sarebbe rallegrata a sentire quelle parole, lo sapeva. Questo non rendeva più facile dirle. Jon strinse le dita intorno alla pergamena.

"Magari queste dita potessero stringere con altrettanta facilità la gola di Ramsay Bolton."

Clydas si schiarì la gola. «C'è una risposta?»

Jon scosse la testa e si allontanò.

La sera i lividi ricevuti da Rattleshirt erano violacei. «Saranno gialli, prima di svanire» disse al corvo di Mormont. «Diventerò olivastro come il Lord delle Ossa.»

«*Ossa*» convenne il corvo. «*Ossa, ossa.*»

Jon sentiva un mormorio di voci giungere dall'esterno, troppo debole per distinguere le parole. "Sembrano lontani mille leghe." Erano lady Melisandre e i suoi seguaci intorno al falò. Al crepuscolo, la Donna Rossa guidava i suoi fedeli nella preghiera della sera, chiedendo al dio del fuoco di proteggerli nel buio. "Perché la notte è oscura e piena di terrori."

Ripartiti per il Sud Stannis e gran parte degli uomini della regina, anche il gregge di Melisandre si era notevolmente rimpicciolito: una cinquantina di fedeli del popolo libero di Città della Talpa, la manciata di guardie lasciata dal re, forse una decina di confratelli in nero che si erano convertiti al dio rosso.

Jon si sentiva rigido come un uomo di sessant'anni. "Sogni tenebrosi" pensò "e sensi di colpa." Ripensò ad Arya. "Non ho modo per aiutarla. Ho rinunciato a tutti i parenti, il giorno in cui ho pronunciato il giuramento della confraternita in nero. Se uno dei miei uomini mi dicesse che sua sorella è in pericolo, gli direi che non lo riguarda." Una volta pronunciati i voti, il sangue diventava nero. "Nero come il cuore di un bastardo." Una volta aveva detto a Mikken, il fabbro di Grande Inverno, di fare una spada per Arya, una lama da braavosiano, più piccola perché potesse stare in mano una bambina. "Ago, lei l'aveva chiamata così". Si domandò se ce l'avesse ancora. "Colpisci con la parte appuntita" le aveva detto. Ma se avesse cercato di colpire il Bastardo, forse ci avrebbe rimesso la vita.

«*Snow*» borbottò il corvo di lord Mormont. «*Snow, snow.*»

All'improvviso, Jon non poté più sopportare di stare là dentro, a rimuginare su cose perdute, cose morte.

Trovò Spettro fuori della porta, intento a rosicchiare un osso di bue, determinato ad arrivare fino al midollo. «Quando sei tornato?» Il meta-lupo albino si alzò, lasciando l'osso per seguire Jon.

Mully e Kegs erano al di qua della porta, appoggiati alle lance. «Fuori fa un freddo micidiale, mio lord» lo avvertì Mully, parlando tra l'arruffata barba arancione. «Starai fuori a lungo?»

«Non molto, ho solo bisogno di una boccata d'aria.»

Jon uscì nella notte. Il cielo era pieno di stelle e il vento soffiava a raffiche lungo la Barriera. Anche la luna pareva congelata. Jon sentì la pelle d'oca sulla faccia. La prima raffica di vento lo investì, penetrando sotto gli strati di lana e cuoio, facendogli battere i denti.

Attraversò il cortile, dritto nelle fauci di quel vento. La cappa gli sbatteva rumorosamente sulle spalle. Spettro gli andò dietro. "Dove sto andando? Che cosa sto facendo?" Il Castello Nero era quieto e silenzioso, le sale e le torri immerse nell'oscurità. "Il mio scranno" rifletté Jon Snow. "La mia sala, la mia casa, il mio comando. Un'unica rovina."

Nell'ombra della Barriera, il meta-lupo si strofinò contro le sue dita. Per un istante, la notte si rianimò di mille odori. Jon Snow sentì lo scricchiolio della crosta su una chiazza di neve vecchia. Aveva qualcuno alle spalle, capì d'un tratto. Qualcuno che profumava di caldo come una giornata d'estate.

Quando si girò, vide Ygritte.

Stava al riparo delle pietre bruciate della Torre del Lord comandante, avvolta dalle tenebre e dalla memoria. La luce della luna si rifletteva sui suoi capelli, capelli rossi baciati dal fuoco. Nel vederli, Jon si sentì balzare il cuore in gola.

«Ygritte...»

«Lord Snow.» Non era Ygritte. La voce era di Melisandre.

La sorpresa lo fece ritrarre. «Lady Melisandre.» Fece un passo indietro. «Ti avevo scambiata per un'altra persona.» "Di notte tutte le vesti sono grigie." Eppure all'improvviso le sue erano rosse. Jon non riusciva a capire come avesse fatto a prenderla per Ygritte. Melisandre era più alta, più magra, più vecchia, anche se il chiaro di luna le cancellava gli anni dal viso. La condensa si alzava dalle sue narici, dalle pallide mani nude alla notte.

«Ti congelerai le dita» l'avvertì Jon.

«Se questa è la volontà di R'hllor. I poteri della notte non possono toccare chi ha il cuore immerso nel sacro fuoco del dio.»

«Il tuo cuore non mi riguarda. Solo le tue mani.»

«Il cuore è tutto ciò che conta. Non disperare, lord Snow. La disperazione è un'arma del nemico il cui nome non può essere pronunciato. Tua sorella non è perduta per te.»

«Non ho nessuna sorella.» Parole taglienti come daghe. "Che ne sai tu del mio cuore, sacerdotessa? Che ne sai di mia sorella?"

Melisandre parve quasi divertita. «Come si chiama, questa sorellina che non hai?»

«Arya» rispose Jon, con voce roca. «Sorellastra, in realtà...»

«... perché sei nato bastardo. Non l'ho dimenticato. Ho visto tua sorella nei miei fuochi: fugge dal matrimonio predisposto per lei. Ora sta venendo qui, da te. Una bambina in grigio su un cavallo morente, l'ho visto chiaro come il giorno. Non è ancora accaduto, ma accadrà.» Guardò Spettro. «Posso toccare il tuo... lupo?»

Un pensiero mise Jon a disagio. «Meglio di no.»
«Non mi farà niente. Lo chiami Spettro, sì?»
«Sì, ma…»
«Spettro.» Melisandre rese musicale quella parola.
Il meta-lupo le si avvicinò. Diffidente, le girò intorno, annusando. Quando lei tese la mano annusò anche quella, poi spinse il muso contro le sue dita.
Jon lasciò uscire un respiro bianco. «Non sempre è così…»
«… caloroso? Calore chiama calore, Jon Snow.» I suoi occhi erano due stelle rosse, scintillanti nelle tenebre. Intorno alla gola risplendeva il rubino, un terzo occhio più scintillante degli altri. Jon aveva visto gli occhi di Spettro brillare di rosso allo stesso modo, quando erano colpiti dalla giusta luce.
«Spettro» chiamò. «Qua!»
Il meta-lupo lo guardò come se fosse un estraneo.
Jon corrugò la fronte, incredulo. «Questo è… strano.»
«Pensi?» Melisandre si inginocchiò, e grattò Spettro dietro l'orecchio. «La tua Barriera è uno strano palazzo, Jon Snow. Ma qui c'è potere, se tu sarai disposto a usarlo. Potere in te e in questo animale. Tu opponi resistenza, ecco il tuo errore. Abbraccia il potere. Usalo.»
"Non sono un lupo" pensò Jon. «E come dovrei fare?»
«Posso mostrartelo.» Melisandre passò il braccio intorno al collo di Spettro e il meta-lupo le leccò il viso. «Il Signore della Luce nella sua saggezza ci ha fatti maschio e femmina, due parti di un'unica, grande entità. Nel nostro congiungimento c'è potere. Potere di creare vita. Potere di creare luce. Potere di proiettare ombre.»
«Ombre.» Il mondo parve di colpo più scuro, quando Jon ripeté la parola.
«Ogni uomo che cammina sulla terra getta un'ombra sul mondo. Alcune sono deboli e sottili, altre sono lunghe e scure. Guarda dietro di te, lord Snow. La luna ti bacia, e ha inciso sul ghiaccio la tua ombra alta venti piedi.»
Jon lanciò un'occhiata alle sue spalle. L'ombra era lì, proprio come lei aveva detto, incisa dal chiaro di luna sulla Barriera. "Una bambina in grigio su un cavallo morente" pensò Jon. "Che viene qui, da te. Arya." Si girò di nuovo verso la sacerdotessa. Poteva sentire il suo calore. "Ha potere." Il pensiero gli giunse spontaneo, afferrandolo con denti di ferro, ma quella non era una donna con cui volesse trovarsi in debito, nemmeno per la sua sorellina. «Una volta Dalla mi disse una cosa. Sorella di Val, moglie di Mance Rayder. Mi disse che la stregoneria è come una spada senza impugnatura, non c'è un modo sicuro di brandirla.»

«Una donna saggia.» Melisandre si rialzò, le sue vesti rosse furono agitate dal vento. «Però una spada senza impugnatura rimane pur sempre una spada. E una spada è una buona cosa da avere quando si hanno intorno dei nemici. Adesso ascoltami, Jon Snow. Nove corvi sono volati nel bosco bianco a cercare per te i tuoi nemici. Tre sono morti. Non sono ancora morti, anche se la loro morte è la fuori ad aspettarli e stanno cavalcando a incontrarla. Li hai mandati avanti perché fossero i tuoi occhi nelle tenebre, ma quando torneranno da te non avranno più occhi. Ho visto nelle fiamme la loro faccia pallida e morta: orbite vuote che piangono sangue.» Si spinse indietro i capelli rossi, e i suoi occhi rossi luccicavano. «Tu non mi credi. Be', mi crederai. Il costo per credermi saranno tre vite. Un prezzo modesto per avere la saggezza, potrebbe dire qualcuno... ma un prezzo che non dovevi pagare. Ricordalo quando vedrai la faccia cieca e devastata dei tuoi morti. E arrivato quel giorno, prendi la mia mano.»

La bruma si levò dalla sua pallida carne e per un momento parve che delle pallide fiamme stregate le danzassero intorno alle dita.

«Prendi la mia mano» ripeté Melisandre «e lascia che io salvi tua sorella.»

DAVOS

Anche se la Tana del Lupo era avvolta dalle tenebre, quel mattino Davos Seaworth percepì che qualcosa non andava.

Fu svegliato da un suono di voci e cercò di origliare attraverso la porta della cella, ma il legno era così spesso che non riuscì a distinguere le parole. L'alba era arrivata, a differenza del porridge che ogni mattina Garth gli portava per colazione. Questo già lo rendeva ansioso. Nella Tana del Lupo, tutti i giorni scorrevano uguali, e qualsiasi cambiamento generalmente era in peggio. "Oggi potrebbe essere l'ultimo giorno della mia vita. Proprio ora Garth starà usando la cote per affilare Lady Lu."

Il Cavaliere delle Cipolle non aveva dimenticato le ultime parole di Wyman Manderly. «Cugino, porta quest'essere alla Tana del Lupo e mozzagli la testa e le mani» così aveva ordinato il lord Anguilla, troppo grasso per stare in sella. «Non riuscirò a mangiare un boccone finché non vedrò su una picca la testa di quel contrabbandiere, con una cipolla fra i suoi denti di mentitore.» Ogni sera Davos andava a dormire con quelle parole in testa e ogni mattina si svegliava ossessionato dal loro ricordo. E se mai se ne fosse dimenticato, c'era sempre Garth pronto a ricordargliele: per lui era "il Morto". «Ecco qui il porridge per il Morto» diceva, quando entrava la mattina, e: «Spegni la candela, Morto» concludeva la sera.

Una volta, Garth aveva portato con sé le sue dame, da presentare al Morto. «La Baldracca non è proprio una bellezza» aveva detto, accarezzando una sbarra di ferro nero e freddo. «Ma quando l'arroventerò e le farò baciare il tuo cazzo, chiamerai la mamma. E questa è la mia Lady Lu. Sarà lei a mozzarti la testa e le mani, quando lord Wyman darà l'ordine.» Davos non aveva mai visto un'ascia così grande né altrettanto affilata. Garth passava la giornata a passarla sulla cote, dicevano le altre guardie. "No, non implorerò la loro misericordia" decise Davos Seaworth. Sarebbe morto da cavaliere, avrebbe chiesto solo che gli tagliassero la testa prima delle mani. Neanche Garth sarebbe stato così crudele da negargli quel favore, sperava.

I rumori che arrivavano dalla porta erano deboli, soffocati. Davos si alzò e iniziò a passeggiare avanti e indietro. Come prigione, la cella era spaziosa e stranamente comoda. Forse, sospettava Davos, era stata la camera da letto di un signorotto; era grande il triplo della sua cabina di capitano sulla *Betha nera*, e perfino più ampia di quella di Salladhor Saan sulla *Valyrian*. L'unica finestra era stata murata anni prima con dei mattoni, ma una parete ospitava ancora un focolare abbastanza grande per contenere un caldaio, e in un angolo era stata costruita una vera e propria latrina. Il pavimento era di assi imbarcate e scheggiate, il giaciglio puzzava di muffa, ma quei disagi erano nulla rispetto a quello che Davos si era aspettato di trovare in una segreta.

Anche il vitto era stato una sorpresa. Anziché brodaglia d'avena, pane secco e carne putrida, il consueto cibo delle prigioni, le guardie gli portavano pesce fresco, pane appena sfornato, montone insaporito con spezie, rape, carote, e perfino granchi. Garth non ne era affatto contento. «I morti non devono mangiare meglio dei vivi» aveva brontolato più di una volta. Davos aveva pellicce per tenersi caldo la notte, legna per alimentare il fuoco, abiti puliti, una grassa candela di sego. Quando aveva chiesto carta, penna e inchiostro, il giorno seguente Therry gli aveva portato tutto. Quando aveva chiesto un libro per continuare a leggere, Therry gli aveva portato *La stella a sette punte*.

Malgrado tutte quelle comodità, però, la sua cella rimaneva comunque una cella. Le pareti erano di solida pietra, muri così spessi da non far trapelare alcun rumore del mondo esterno. La porta era di quercia e ferro, e le guardie la tenevano sbarrata. Quattro serie di pesanti ceppi di ferro dondolavano dal soffitto, in attesa del giorno in cui lord Manderly avesse deciso di farlo incatenare e di consegnarlo alla Baldracca. "Potrebbe essere oggi" pensò Davos. "La prossima volta che Garth aprirà la porta, forse non sarà per portarmi il porridge."

Sentì lo stomaco brontolare, chiaro segno che il mattino era ormai quasi passato, e ancora nessuna traccia di cibo in vista. "La cosa peggiore non è morire, è non sapere quando o come." Nei suoi giorni da contrabbandiere aveva visitato alcune prigioni e galere dall'interno, ma allora le aveva sempre condivise con altri carcerati, per cui aveva sempre trovato con chi parlare, con chi spartire timori e speranze. Là dentro, no. A parte le guardie, nella Tana del Lupo Davos Seaworth era solo.

Sapeva che, nelle viscere della fortezza, esistevano vere e proprie segrete: camere di tortura e umidi pozzi dove enormi ratti neri zampettavano nelle tenebre. I suoi carcerieri sostenevano che al momento non erano occupate. «Qui ci siamo solo noi, Cipolla» gli aveva detto ser Bartimus. Era il capo delle guardie, un cavaliere dall'aspetto cadaverico, con una gamba sola, la faccia sfregiata, cieco da un occhio. Quando ser Bartimus aveva alzato troppo il gomito, e accadeva quasi ogni giorno, si vantava di aver salvato la vita a lord Wyman nella Battaglia del Tridente. Come ricompensa, aveva avuto la Tana del Lupo.

Il resto di quel "solo noi" consisteva in una cuoca che Davos non vedeva mai, sei guardie nei baraccamenti al livello del suolo, un paio di lavandaie e i due guardiani che sorvegliavano il prigioniero. Therry era quello giovane, un ragazzo di quattordici anni, figlio di una delle lavandaie. Garth era il vecchio, enorme, calvo e taciturno, che portava ogni giorno lo stesso bisunto farsetto di cuoio e aveva sempre quello sguardo da mastino idrofobo.

Gli anni da contrabbandiere avevano lasciato a Davos Seaworth la capacità di capire quando una persona era infame, e Garth era infame. In sua presenza, il Cavaliere delle Cipolle stava attento a tenere a freno la lingua. Con Therry e con ser Bartimus era meno reticente. Li ringraziava per il cibo, li esortava a parlare delle loro speranze e della loro storia, rispondeva con gentilezza alle loro domande e non li incalzava troppo con le proprie. Quando avanzava delle richieste, erano cose da poco: una bacinella d'acqua e un pezzo di sapone, un libro da leggere, qualche candela in più. Quasi tutti quei favori gli venivano concessi, e Davos si mostrava debitamente grato.

Nessuno dei due parlava mai di lord Manderly o di re Stannis o dei Frey, i loro argomenti erano altri. Therry voleva andare in guerra, appena avesse raggiunto l'età per farlo, combattere in battaglia e diventare cavaliere. Gli piaceva anche lamentarsi di sua madre. Andava a letto con due guardie, confidò: avevano turni diversi, e l'uno non sapeva dell'altro, ma prima o poi uno dei due uomini d'arme avrebbe capito, e allora sarebbe corso sangue. Certe sere, il ragazzo portava un otre di vino in cella e, mentre bevevano, faceva a Davos un sacco di domande sulla sua vita da contrabbandiere.

Ser Bartimus non s'interessava al mondo esterno, o meglio, a niente di quanto era successo da quando aveva perso la gamba per un cavallo senza cavaliere e la sega di un maestro. Tuttavia, era arrivato ad amare la Tana del Lupo, e adorava parlare della sua lunga storia sanguinosa. La Tana era molto più antica di Porto Bianco, aveva raccontato a Davos. Era stata costruita da re Jon Stark per difendere la foce del Coltello Bianco dai razziatori provenienti dal mare. Più di uno dei giovani figli del Re del Nord ne aveva fatto la propria dimora, più di un fratello, più di uno zio, più di un cugino. Alcuni avevano poi tramandato il castello a figli e nipoti, ed erano sorti così dei rami cadetti della Casa Stark; i Greystark erano stati i più duraturi, e avevano tenuto la Tana del Lupo per cinque secoli, finché non avevano osato allearsi a Forte Terrore nella ribellione contro gli Stark di Grande Inverno.

Dopo la loro caduta, il castello era passato per molte altre mani. Casa Flint l'aveva tenuto per un secolo, Casa Locke quasi per altri due. Gli Slate, i Long, gli Holt, gli Ashwood vi avevano governato, incaricati da Grande Inverno di rendere il fiume sicuro. Una volta, i predoni delle Tre Sorelle avevano preso il castello, facendone il loro punto d'appoggio nel Nord. Durante le guerre tra Grande Inverno e la Valle di Arryn, la Tana del Lupo fu cinta d'assedio da Osgood Arryn, il Vecchio Falco, e quindi data alle fiamme da suo figlio, il guerriero ricordato come il Rostro. Quando il vecchio re Edrick Stark era diventato troppo debole per difendere il suo regno, la Tana del Lupo era caduta nelle mani degli schiavisti delle Stepstones. Loro marchiavano i prigionieri con il ferro rovente e li domavano con la frusta prima di trasportarli al di là del mare, e quelle mura di pietra nera erano testimoni di tutto ciò.

«Poi arrivò un lungo e rigido inverno» aveva continuato a raccontare ser Bartimus. «Il Coltello Bianco gelò e perfino l'estuario cominciò a ghiacciarsi. Il vento ululava da nord e spingeva gli schiavisti a raccogliersi intorno ai fuochi all'interno del castello. E proprio mentre cercavano di scaldarsi, piombò loro addosso il nuovo re. Si trattava di Brandon Stark, pronipote di Edrick Barba-di-neve, quello chiamato Occhi di Ghiaccio. Egli si riprese la Tana del Lupo, denudò gli schiavisti e li consegnò agli schiavi trovati in catene nelle segrete. Si racconta che abbiano appeso le loro viscere ai rami dell'albero del cuore, come offerta agli dèi. Gli antichi dèi, quelli venerati anche dai figli della foresta, non i nuovi dèi arrivati dal Sud. «I vostri Sette Dèi non conoscono l'inverno, e l'inverno non conosce loro.»

Davos non aveva argomenti per controbattere la verità di quelle parole. E da quanto aveva visto al Forte Orientale, non aveva alcuna voglia di conoscere il lungo inverno. «E tu, ser» chiese il cavaliere con una gamba sola «a quali dèi t'inchini?»

«A quelli antichi.» Quando ser Bartimus sogghignò, il suo volto deturpato sembrava proprio un teschio. «Io e i miei antenati eravamo qui prima dei Manderly. È possibile che i miei predecessori abbiano appeso all'albero le viscere degli schiavisti.»

«Non sapevo che gli uomini del Nord facessero sacrifici di sangue ai loro alberi del cuore.»

«Sono molte le cose del Nord che voi meridionali non conoscete» replicò ser Bartimus.

Non si sbagliava. Davos era seduto vicino alla candela, e guardava le lettere che aveva vergato, parola dopo parola, nelle giornate di prigionia. "Ero meglio come contrabbandiere che come cavaliere" aveva scritto a sua moglie "meglio come cavaliere che come Primo Cavaliere del re, meglio come Primo Cavaliere del re che come marito. Mi dispiace molto. Marya, io ti ho amato. Perdona, ti prego, i torti che ti ho fatto. Se Stannis dovesse perdere la guerra, anche noi perderemo le nostre terre. Salpa attraverso il Mare Stretto, porta i bambini a Braavos, insegna loro a pensare bene di me, se così vorrai. Se invece Stannis dovesse conquistare il Trono di Spade, Casa Seaworth sopravviverà e Devan resterà a corte. Ti aiuterà a sistemare gli altri ragazzi presso nobili lord, dove potranno servire come paggi e scudieri e diventare cavalieri." Era il miglior consiglio che le potesse dare, anche se gli sarebbe piaciuto che potesse suonare più saggio.

Aveva anche scritto a ognuno dei tre figli superstiti, perché si ricordassero del padre che aveva comprato loro un nome pagandolo con le falangi delle sue dita. Le lettere per Steffon e per il giovane Stannis erano brevi, impacciate; a dire il vero, non li conosceva bene come i suoi primi figli, quelli che erano morti bruciati o annegati nella battaglia del Fiume delle Acque Nere. A Devan scrisse una lettera più lunga, dicendogli quanto fosse orgoglioso di saperlo scudiero del re e ricordandogli che, come figlio maggiore, aveva il dovere di proteggere la madre e i fratelli più piccoli. "Riferisci a sua grazia che ho fatto del mio meglio" concluse. "Mi dispiace averlo deluso. La mia sfortuna è iniziata quando ho perso la piccola sacca di cuoio con dentro le ossa delle mie dita, il giorno in cui il fiume andò in fiamme sotto Approdo del Re."

Davos sfogliava lentamente le lettere che aveva scritto, rileggendo ciascuna diverse volte, domandandosi se non fosse il caso di cambiare una parola qui, di aggiungerne un'altra là. Si dovrebbe avere di più da dire, quando si guarda la fine della propria vita, pensò. Ma le parole gli venivano con difficoltà. "Non me la sono poi cavata tanto male" cercò di convincersi. "Dai putridi bassifondi di Approdo del Re sono riuscito a diventare Primo Cavaliere del re, e ho imparato a leggere e scrivere."

Mentre era ancora chino sulle lettere, udì le chiavi di ferro tintinnare dentro un anello. Un attimo dopo, la porta della cella si aprì.

L'uomo che entrò non era uno dei carcerieri. Alto e dinoccolato, aveva il viso solcato da rughe profonde, una massa di capelli brizzolati. Portava una spada lunga al fianco e indossava un mantello rosso scarlatto scuro, fissato alla spalla da una pesante fibbia d'argento a forma di pugno rivestito di maglia.

«Lord Seaworth, non abbiamo molto tempo» disse. «Seguimi, per favore.»

Davos guardò lo sconosciuto con diffidenza. Rimase un po' confuso da quel "per favore". Chi era in procinto di perdere la testa e le mani di solito non veniva trattato con tanta gentilezza. «E tu chi sei?»

«Robett Glover, se ti compiace, mio lord.»

«Glover. La tua sede era Deepwood Motte.»

«Quella era la sede di mio fratello Galbart; lo era e lo è, grazie al tuo re Stannis. Ha ripreso Deepwood alla cagna che se n'era impossessata e intende restituirlo ai suoi legittimi proprietari. Molte cose sono successe mentre eri confinato fra queste mura, lord Davos. Moat Cailin è caduto e Roose Bolton è tornato al Nord insieme alla figlia minore di Ned Stark. Un esercito di Frey è con lui. Bolton ha mandato avanti i corvi, per convocare a Barrowton tutti i lord del Nord. Pretende che gli si faccia atto di sottomissione, vuole degli ostaggi... e dei testimoni per il matrimonio di Arya Stark con il suo figlio bastardo Ramsay Snow, un matrimonio attraverso cui i Bolton intendono avanzare pretese su Grande Inverno. Ora, vieni con me, oppure no?»

«Quale scelta ho, mio lord? Venire con te o restare con Garth e Lady Lu?»

«Chi è Lady Lu?» chiese Glover. «Una delle lavandaie?» Cominciava a spazientirsi. «Tutto ti sarà spiegato, basta che tu mi segua.»

Davos si alzò. «Se dovessi morire, mio lord, ti supplico di far consegnare le mie lettere.»

«Hai la mia parola... ma se morirai non sarà per mano di Glover o di lord Wyman. Presto, ora: seguimi.»

Lo guidò in un corridoio poco illuminato, poi giù per una rampa di scalini consunti. Attraversarono il parco degli dèi del castello, dove l'albero del cuore era cresciuto così tanto da soffocare tutte le querce, gli olmi e le betulle, e i suoi grossi rami pallidi premevano contro le pareti e le finestre che si aprivano sul bosco sacro.

Le radici erano spesse come il girovita di un uomo, il tronco talmente largo che il volto in esso scolpito appariva grasso e feroce. Superato l'albero-diga, Glover aprì un cancello di ferro arrugginito e si fermò ad accendere una torcia. Quando la fiamma fu calda e vivida, condusse Davos giù per altri scalini, fino a un sotterraneo con il soffitto a volta e le pareti umide incrostate di sale, con l'acqua di mare che sciabordava a ogni passo sotto i loro piedi. Oltrepassarono vari sotterranei, file di celle umide, piccole, fetide, molto diverse da quella dove Davos era stato rinchiuso. Arrivarono davanti a un muro di pietra liscia che, quando Glover allungò una mano e spinse, ruotò su stesso. Al di là c'era un tunnel lungo e stretto, e in fondo un'altra rampa di scalini. Questa volta verso l'alto.

«Dove ci troviamo?» chiese Davos mentre salivano. Nel buio appena rischiarato dalla torcia, le sue parole rimbalzarono in deboli echi.

«Dei gradini sotto i gradini. Questo tunnel corre sotto la scala del castello e porta in alto, al Castello Nuovo. È un passaggio segreto. Non devono vederti, mio lord. A tutti gli effetti, tu sei morto.»

"Porridge per il morto." Davos continuò a salire.

Oltrepassarono un altro muro girevole, che però dall'altra parte era rivestito di assi e intonaco. Entrarono in una stanza confortevole, calda e ben arredata, con un tappeto di Myr sul pavimento e candele di cera d'api accese su un tavolo. Davos udiva a poca distanza una musica di flauti e violini. Su una parete era appesa una pelle di pecora, con disegnata la mappa del Nord, dipinta a colori sbiaditi. Sotto la mappa sedeva Wyman Manderly, il gigantesco lord di Porto Bianco.

«Prego, siediti.» Lord Manderly era riccamente vestito: farsetto di morbido velluto verde blu, con ricami in filo d'oro al bordo, alle maniche e al colletto; mantello d'ermellino, fissato sulla spalla da un fermaglio d'oro a forma di tridente. «Hai fame?»

«No, mio lord. I tuoi carcerieri mi hanno nutrito bene.»

«C'è del vino, se hai sete.»

«Parlerò con te, mio lord, come il mio re mi ha ordinato. Non sono obbligato a bere con te.»

Lord Wyman sospirò. «Ti ho trattato in modo ignobile, ne sono consapevole. Avevo le mie ragioni, ma ora... per favore, siediti e bevi. Bevi al ritorno di mio figlio Wylis, il mio primogenito ed erede. Adesso è a casa. Quella che senti è la festa per il suo ritorno. Nella Corte del Tritone stanno mangiando pasticcio di lampreda e carne di cervo con castagne arrostite. Wynafryd sta danzando con il Frey che sposerà. Gli altri Frey alzano coppe di vino e brindano alla nostra amicizia.»

Sotto la musica, Davos udiva il brusio di molte voci, il cozzare di coppe e vassoi di metallo. Non disse niente.

«Ho appena lasciato la tavola alta» continuò lord Wyman. «Ho mangiato troppo, come sempre, e tutti a Porto Bianco sanno che le mie budella sono malandate. I miei amici Frey non si insospettiranno per una mia lunga visita alle latrine, speriamo.» Capovolse la coppa. «Ecco, tu berrai e io no. Siediti. Il tempo è poco, e abbiamo molte cose da dire. Robett, vino per il Primo Cavaliere del re, se ti compiace. Lord Davos, tu non lo sai, ma sei morto.»

Robett Glover riempì una coppa e la porse al Primo Cavaliere del re. Davos la prese, annusò il vino, bevve. «Come sono morto, se posso chiederlo?»

«Giustiziato con l'ascia. La tua testa e le tue mani sono state appese sopra la Porta delle Foche, con la faccia girata in modo che gli occhi guardino al di là del porto. Ormai sei già putrefatto, anche se abbiamo immerso la tua testa nel catrame prima d'infilzarla in cima a una picca. Cornacchie e uccelli marini si sono disputati i tuoi occhi, a quanto si dice.»

Davos cambiò posizione, a disagio. Era una sensazione bizzarra, essere morto. «Se compiace al mio lord, chi è morto al posto mio?»

«Ha importanza? La tua faccia, lord Davos, è assolutamente ordinaria. Senza offesa, è chiaro. L'uomo aveva il tuo colorito, un naso della stessa forma, due orecchie non molto diverse, una barba lunga che poteva essere tagliata e sagomata come la tua. Puoi stare tranquillo che l'abbiamo incatramato a dovere, e la cipolla fra i denti è servita ad alterare i lineamenti. Ser Bartimus ha provveduto a fargli accorciare le dita della mano sinistra come le tue. Quell'uomo era un criminale, se può esserti di consolazione. La sua morte potrebbe avere effetti più benefici di qualsiasi atto egli abbia mai compiuto in vita. Mio lord, io non ho nulla contro di te. Il rancore mostrato nella Corte del Tritone era solo una farsa da guitto recitata per compiacere i nostri amici Frey.»

«Il mio lord dovrebbe dedicarsi alle pantomime» disse Davos. «La scena è stata molto convincente. Tua figlia pareva volermi morto a qualsiasi costo, e la bambina...»

«Wylla» sorrise lord Wyman. «Hai visto com'è stata brava? Perfino quando ho minacciato di farle mozzare la lingua, mi ha ricordato il debito di Porto Bianco verso gli Stark di Grande Inverno, un debito che non potrà mai essere ripagato. Wylla ha parlato col cuore, come lady Leona. Perdonala se puoi, mio lord. Leona è una donna sciocca e spaventata, e suo figlio Wylis è tutto per lei. Non tutti gli uomini hanno dentro di sé la forza eroica del principe Aemon, il Cavaliere del Drago, o di Symeon Occhi-di-stelle, né tutte le donne possono essere coraggiose come la mia Wylla e sua sorella Wynafryd... la quale sapeva, ma ha retto impavida la sua parte.

«Quando tratta con dei bugiardi, anche un uomo onesto deve mentire. Non ho osato sfidare Approdo del Re finché il mio ultimo figlio vivente era loro prigioniero. Lord Tywin Lannister in persona mi aveva scritto per dirmi che avevano catturato Wylis. Se volevo che lui lo liberasse senza fargli male, diceva, avrei dovuto pentirmi del mio tradimento, cedere la mia città, dichiarare fedeltà al re bambino sul Trono di Spade... e fare atto di sottomissione a Roose Bolton, il Protettore del Nord. Se avessi rifiutato, Wylis sarebbe stato messo a morte come traditore, Porto Bianco sarebbe stato assalito e saccheggiato, il mio popolo avrebbe patito la stessa sorte dei Reyne di Castamere.

«Sono grasso, e tanti pensano che questo mi renda debole e ottuso. Forse Tywin Lannister era uno di quelli. Gli avevo rimandato un corvo per dirgli che mi sarei sottomesso e avrei aperto le porte della mia città solo dopo la restituzione di mio figlio, non prima. Le cose erano a questo punto quando Tywin morì. In seguito, ecco arrivare i Frey con le ossa di Wendel... per stipulare la pace e sigillarla con un patto di matrimonio, sostenevano, ma io non ero disposto a dare loro quello che volevano finché non avessi avuto indietro Wylis sano e salvo, e i Frey non intendevano darmi Wylis fino a quando non avessi dato prova della mia fedeltà. Il tuo arrivo mi ha permesso di dare loro quella prova. Per questo sono stato così scortese con te nella Corte del Tritone, e per questo una testa e due mani vanno ora in putrefazione sulla Porta delle Foche.»

«Hai corso un grave rischio, mio lord» commentò Davos. «Se i Frey avessero subodorato l'inganno...»

«Nessun rischio. Se un Frey si fosse preso la briga di arrampicarsi sulla porta per controllare da vicino l'uomo con la cipolla in bocca, avrei incolpato i miei carcerieri dell'errore e ti avrei consegnato per placarli.»

Davos sentì un brivido lungo la spina dorsale. «Capisco.»

«Già. Dicevi che anche tu hai dei figli.»

"Tre" pensò Davos "ma ne ho generati sette."

«Adesso devo tornare al banchetto per brindare ai miei amici Frey» continuò Manderly. «Mi sorvegliano, ser. Giorno e notte hanno gli occhi puntati su di me, fiutano l'aria per sentire odore di tradimento. Li hai visti, l'arrogante ser Jared e suo nipote Rhaegar, quel verme dal sorriso affettato che porta un nome di drago. Dietro di loro c'è Symond, sempre pronto a far tintinnare il conio. Costui ha comprato e pagato parecchi miei servi e due miei cavalieri. Una delle ancelle di sua moglie è riuscita addirittura a infilarsi nel letto del mio giullare. Se Stannis si stupisce che le mie pergamene dicano così poco è perché non oso fidarmi nemmeno del mio maestro. Theomore è tutto testa e niente cuore. Lo hai sentito anche tu, nella mia sala del trono. Quando indossano la catena del loro ordine, i maestri dovrebbero mettere da parte le proprie vecchie fedeltà ma non posso dimenticare che Theomore è per nascita un Lannister di Lannisport, e vanta una remota parentela con i Lannister di Castel Granito. Sono circondato da nemici e da falsi amici, lord Davos. Infestano la mia città come scarafaggi e la notte me li sento strisciare addosso.» Lord Wyman serrò il pugno, con un tremolio del doppio mento. «Mio figlio Wendel è arrivato alle Torri Gemelle come ospite. Ha mangiato il pane e il sale di lord Walder Frey, e ha appeso la spada alla parete per banchettare fra amici. E i Frey lo hanno assassinato. Assassinato, dico. E possano quindi strangolarsi con tutte le loro menzogne. Io bevo con Jared, scherzo con Symond, prometto a Rhaegar la mano della mia adorata nipote... ma non credere che ciò significhi che ho dimenticato. Il Nord ricorda, lord Davos. Il Nord ricorda e ormai la farsa di guitti è quasi conclusa. Mio figlio è a casa.»

Qualcosa, nel tono di lord Wyman, raggelò Davos fino al midollo. «Se ciò che vuoi è giustizia, mio lord, fa appello a re Stannis. Nessuno è più giusto di lui.»

«La tua fedeltà ti rende onore, mio lord» intervenne Robett Glover «ma Stannis Baratheon resta il tuo sovrano, non il nostro.»

«Il vostro sovrano è morto» gli ricordò Davos. «Assassinato alle Nozze Rosse, al fianco del figlio di lord Wyman.»

«Il Giovane Lupo è morto» concesse Manderly «ma quel coraggioso giovanotto non era l'unico figlio di lord Eddard. Robett, porta qui il ragazzo.»

«Come tu comandi, mio lord» Glover uscì.

"Il ragazzo?" Era possibile che un fratello di Robb Stark fosse sopravvissuto alla distruzione di Grande Inverno? E che Manderly avesse un erede di Stark nascosto nel suo castello? "Un ragazzo ritrovato o un finto ragazzo?" Il Nord si sarebbe sollevato tanto per l'uno quanto per l'altro, sospettava Davos... ma Stannis Baratheon non avrebbe mai fatto causa comune con un impostore.

Il ragazzo che entrò dalla porta dopo Robett Glover non era uno Stark, non sarebbe mai potuto passare per uno Stark. Era più vecchio dei fratelli assassinati del Giovane Lupo, sui quattordici o quindici anni a giudicare dall'aspetto, e i suoi occhi erano ancora più vecchi. Sotto una massa di capelli castano scuro, c'era una faccia quasi ferina, con la bocca larga, il naso affilato e il mento aguzzo. «Chi sei?» chiese Davos.

Il ragazzo guardò Robett Glover.

«È muto, ma gli stiamo insegnando a leggere e scrivere» disse Glover. «Impara in fretta.» Tolse dalla cintura un pugnale e lo diede al ragazzo. «Scrivi il tuo nome per lord Seaworth.»

Nella stanza non c'era della pergamena. Il ragazzo incise le lettere su una trave di legno della parete. W... E... X. Calcò a fondo sulla X. Poi lanciò il pugnale in aria, lo afferrò al volo e rimase ad ammirare il proprio lavoro.

«Wex è un uomo di ferro per nascita. Era scudiero di Theon Greyjoy a Grande Inverno.» Glover si sedette. «Quanto sa, lord Stannis, di ciò che è accaduto a Grande Inverno?»

Davos ripensò alle voci che erano circolate in quei giorni. «Theon Greyjoy, un tempo protetto di lord Stark, si è impadronito della fortezza; ha messo a morte Brandon e Rickon, i due figli minori di Stark, e ha esposto le loro teste sulle mura. Quando gli uomini del Nord giunsero per scacciarlo, passò a fil di spada l'intero castello, fino all'ultimo bambino, prima di essere a sua volta ucciso dal bastardo di lord Bolton.»

«Non ucciso» lo corresse Glover. «Preso prigioniero e riportato a Forte Terrore. Il Bastardo l'ha scuoiato vivo.»

Lord Wyman annuì. «La storia che racconti l'abbiamo sentita tutti, ed è piena di menzogne come un pudding è pieno d'uva passa. È stato il Bastardo di Bolton a passare a fil di spada Grande Inverno... Ramsay Snow, veniva chiamato a quel tempo, prima che il re bambino lo rendesse un Bolton. Ma Snow non uccise tutti. Risparmiò le donne, le legò insieme e le portò a Forte Terrore per fare un po' di movimento.»

«Di movimento?»

«Ramsay è un grande cacciatore» continuò Wyman Manderly «e le donne sono la sua preda preferita. Le spoglia e le lascia libere nei boschi. Concede loro mezza giornata di vantaggio, poi si mette a caccia, con corni e segugi. Di tanto in tanto una di loro riesce a scappare e lo può raccontare. La maggioranza è meno fortunata. Quando Ramsay le cattura, le stupra, le scuoia, getta i cadaveri in pasto ai suoi cani e riporta la pelle a Forte Terrore come trofeo. Se le ragazze lo hanno fatto divertire, prima di scuoiarle taglia loro la gola. Altrimenti fa il contrario.»

Davos impallidì. «Sacri dèi, come può un uomo...»
«La malvagità gli scorre nel sangue» dichiarò Robett Glover. «È un bastardo nato da uno stupro: uno Snow, checché ne dica il re bambino.»
«La neve è mai stata così nera?» chiese lord Wyman. «Ramsay si è impadronito delle terre di lord Hornwood sposando a forza la sua vedova, poi l'ha rinchiusa in una torre e si è dimenticato di lei. Si dice che la poveretta sia arrivata al punto di mangiarsi le dita... e il concetto che i Lannister hanno della giustizia del re è di ricompensare il suo assassino dandogli in moglie la figlia minore di Ned Stark.»
«I Bolton sono sempre stati tanto crudeli quanto astuti» intervenne Glover «ma costui sembra una belva in pelle umana.»
Il lord di Porto Bianco si protese in avanti. «I Frey non sono migliori. Parlano di lupi delle tenebre, di metamorfi, dicono che è stato Robb Stark a uccidere il mio Wendel. Quanta arroganza! In realtà non si aspettano che il Nord creda alle loro menzogne, ma pensano che dobbiamo comunque fingere di farlo, o morire. Roose Bolton mente sulla parte da lui sostenuta nelle Nozze Rosse e il suo bastardo mente sulla caduta di Grande Inverno. Ma finché tenevano Wylis in ostaggio, non ho avuto altra scelta se non mandare giù tutta questa merda e decantarne il sapore.»
«E adesso, mio lord?» chiese Davos.
Aveva sperato che lord Wyman dicesse: "Adesso mi dichiarerò per re Stannis". Invece il grassone sorrise, con uno strano luccichio negli occhi: «Adesso devo presenziare a un matrimonio. Sono troppo grasso per montare in sella a un cavallo, come chiunque abbia occhi può vedere. Da bambino adoravo cavalcare, e da giovane conducevo i cavalli abbastanza bene da ottenere qualche piccola acclamazione nei tornei, ma quei giorni sono passati. Il mio corpo è diventato una prigione più dura della Tana del Lupo. Tuttavia devo andare a Grande Inverno. Roose Bolton mi vuole in ginocchio al suo cospetto, e sotto il guanto di velluto nasconde il pugno di ferro. Farò il viaggio in chiatta e portantina, scortato da un centinaio di cavalieri e dai miei buoni amici delle Torri Gemelle. I Frey sono arrivati qui via mare. Non hanno cavalli con sé, perciò fornirò a ciascuno di loro un palafreno come dono d'ospitalità. Usa ancora nel Sud fare un regalo agli ospiti?».
«Alcuni lo fanno, mio lord. Il giorno in cui l'ospite parte.»
«Allora forse capisci.» Wyman Manderly si mise faticosamente in piedi. «È più di un anno che costruisco navi da guerra. Alcune le hai viste, ma ce ne sono molte altre nascoste nel Coltello

Bianco. Malgrado le perdite subite, ho ancora più cavalleria pesante di qualsiasi altro lord a nord dell'Incollatura. Le mie mura sono solide, e i miei forzieri sono pieni d'argento. Antico Castello e Capo della Vedova seguiranno la mia guida. Tra i miei alfieri ci sono una decina di piccoli lord e un centinaio di cavalieri con terre. Posso portare a re Stannis la fedeltà di tutte le terre a est del Coltello Bianco, da Capo della Vedova e da Porta dell'Ariete fino alle Colline Testa d'Agnello e alle sorgenti del Ramo Spezzato. Io sono disposto a fare tutto questo, se tu accetterai il mio prezzo.»

«Posso presentare al re le tue condizioni, ma...»

Lord Wyman lo interruppe. «Se tu accetterai il mio prezzo, ho detto, non Stannis. Non mi serve un re, ma un contrabbandiere.»

Robett Glover proseguì: «Forse non sapremo mai che cosa accadde a Grande Inverno, quando ser Rodrik Cassel cercò di riprendere il castello occupato dagli uomini di ferro di Theon Greyjoy. Il Bastardo di Bolton sostiene che Greyjoy abbia ucciso ser Rodrik durante un abboccamento. Wex dice di no, e fino al giorno in cui non avrà imparato a scrivere altre lettere non potremo sapere la verità... ma il ragazzo è arrivato da noi che già conosceva il sì e il no, e con queste due parole si può fare tanta strada, se uno riesce a trovare le domande giuste».

«È stato il Bastardo ad assassinare ser Rodrik e gli uomini di Grande Inverno» disse lord Wyman. «Trucidò anche gli uomini di ferro di Greyjoy. Wex ha visto uccidere uomini che cercavano di arrendersi. Quando gli abbiamo chiesto come era riuscito a scappare, ha preso un pezzetto di gesso e ha disegnato un albero con una faccia.»

Davos rifletté su quelle parole. «Gli antichi dèi lo hanno salvato?»

«In un certo senso. Il ragazzo si è arrampicato sull'albero del cuore e si è nascosto in mezzo alle fronde. Gli uomini di Bolton hanno frugato due volte il parco degli dèi, uccidendo tutti quelli che trovavano, ma nessuno ha pensato di arrampicarsi sugli alberi. È andata così, Wex?»

Il ragazzo lanciò in aria il pugnale di Glover, lo riprese al volo e annuì.

«È rimasto parecchio tempo sull'albero» riprese Glover. «Ha dormito sui rami, senza osare scendere. Alla fine ha udito delle voci in basso.»

«Le voci dei morti» aggiunse Wyman Manderly.

Wex aprì la mano, toccò i cinque polpastrelli col pugnale, poi piegò quattro dita e toccò di nuovo la punta dell'ultimo.

«Erano sei?» chiese Davos. «Sei.»

«Due di loro erano i figli assassinati di Ned Stark.»

«Come ha fatto a dirtelo, se è muto.»

«Col gesso. Ha disegnato due ragazzi... e due lupi. Quasi certamente dei meta-lupi.»

«Il ragazzo è nato nelle Isole di Ferro, perciò ha ritenuto meglio non farsi vedere» disse Glover. «Però ha ascoltato. I sei non si sono trattenuti a lungo fra le rovine di Grande Inverno. Quattro sono andati da una parte, due dall'altra. Wex ha seguito di nascosto questi ultimi, una donna e un ragazzo. Si è tenuto sottovento, in modo che il lupo non fiutasse il suo odore.»

«E sa dove sono andati» concluse lord Wyman.

Davos capì. «E tu vuoi quel ragazzo.»

«Roose Bolton ha la figlia di lord Eddard. Per controbilanciarlo, Porto Bianco deve avere il figlio di Ned... e il suo meta-lupo. Il lupo dimostrerà che il ragazzo è chi dice di essere, nel caso Forte Terrore tentasse di negare la sua identità. Questo è il mio prezzo, lord Davos. Riportami di nascosto il mio lord e io prenderò Stannis Baratheon come mio sovrano.»

La vecchia abitudine spinse Davos Seaworth a tastarsi la gola. Le ossa delle sue dita erano state il suo amuleto e in qualche modo sapeva che avrebbe avuto bisogno di molta fortuna per fare quello che lord Wyman Manderly chiedeva. Solo che quelle ossicine non le aveva più. «Hai uomini migliori di me al tuo servizio» disse. «Cavalieri, lord e maestri. Perché vuoi un contrabbandiere? Hai le navi».

«Sì, ho le navi» convenne lord Wyman. «Ma gli equipaggi sono formati da uomini di fiume o pescatori che non sono mai andati al di là del Morso. Per questa missione mi serve un uomo che abbia fatto vela in acque più pericolose, e che sappia superare i pericoli senza farsi vedere e attaccare.»

«Dov'è il ragazzo?» Davos sentiva che la risposta non gli sarebbe piaciuta. «Dove vuoi che vada a cercarlo, mio lord?»

Robett Glover fece un cenno con il mento: «Wex, fagli vedere».

Il ragazzo muto lanciò in aria il pugnale, lo prese al volo, poi lo scagliò contro la mappa di pelle di pecora che decorava la parete di lord Wyman. Il coltello si conficcò e continuò a vibrare. Il ragazzo muto sorrise.

Per un attimo, Davos Seaworth pensò di chiedere a Wyman Manderly di farlo riportare nella Tana del Lupo, da ser Bartimus con i suoi racconti e da Garth con le sue dame letali. Nella Tana anche i prigionieri mangiavano porridge al mattino. Ma esistevano anche altri luoghi del mondo dove si sapeva che gli uomini facevano colazione mangiando carne umana.

DAENERYS

Ogni mattina, dai bastioni occidentali, la regina contava le vele nella Baia degli Schiavisti.

Quel giorno ne contò venticinque, anche se alcune erano molto lontano e in movimento, per cui non si poteva essere del tutto certi. A volte ne tralasciava una, oppure qualcuna la contava due volte. "Che importa? Per strangolare bastano dieci dita." Tutto il commercio era fermo, nemmeno i pescatori osavano inoltrarsi nella baia. I più coraggiosi continuavano a calare qualche rete nel fiume, ma perfino questo era pericoloso; la maggior parte delle barche rimaneva ormeggiata sotto le mura di mattoni multicolori che racchiudevano Meereen.

Al largo della baia c'erano anche vascelli meerensi, navi da guerra e galee mercantili i cui capitani avevano preso il mare appena l'esercito di Dany aveva cinto d'assedio la città; adesso erano rientrati, accrescendo le flotte arrivate da Qarth, Tolos e Nuova Ghis.

Quanto al consiglio del suo ammiraglio, si era dimostrato peggio che inutile. «Lascia che vedano i tuoi draghi» aveva detto Groleo. «Lascia che gli yunkai assaggino il loro fuoco, e il commercio riprenderà.»

«Quelle navi ci stanno strangolando, e tutto ciò che il mio ammiraglio sa fare è parlare di draghi» aveva replicato Dany. «Perché tu sei il mio ammiraglio, vero?»

«Un ammiraglio senza navi.»

«E allora costruiscile.»

«Le navi da guerra non sono fatte di mattoni, nobile regina. Gli schiavisti hanno bruciato tutti gli alberi nel raggio di venti leghe dalla città.»

«Allora vai a ventidue leghe. Ti darò carri, operai, muli, tutto quello che vuoi.»

«Sono un marinaio, non un carpentiere. Sono stato mandato per riportare vostra grazia a Pentos. Invece tu ci hai portati qui, facendo a pezzi la mia *Saduleon* per avere un po' di chiodi e qualche tavola di legno. Non vedrò mai più una nave come quella. Probabilmente non rivedrò mai più la mia casa né la mia vecchia moglie. Non sono stato io a rifiutare le navi che Daxos ti aveva offerto. Non posso combattere contro le navi di Qarth usando delle barche da pesca.»

La sua amarezza la lasciò costernata, e Dany cominciò a domandarsi se il brizzolato pentoshi non fosse uno dei tre che l'avrebbero tradita. "No, è solo un vecchio, lontano da casa e malato di nostalgia." «Ci deve pur essere qualcosa che possiamo fare.»

«*Aye*, e io ti ho già detto che cosa. Quelle navi sono fatte di corda, pece e tela, abete della foresta di Qohorik e teak di Sothoros, quercia stagionata di Grande Norvos, tasso e frassino e abete rosso; legno, vostra grazia. E il legno brucia. I tuoi draghi...»

«Non voglio più sentir nominare i miei draghi. Puoi andare. Prega i tuoi dèi di Pentos che una tempesta mandi a fondo i nostri nemici.»

«Nessun uomo di mare invoca delle tempeste, vostra grazia.»

«Sono stanca di ascoltare quello che non farai, Groleo. Ora vattene.»

Ser Barristan rimase. «Per il momento, le nostre provviste sono abbondanti» le ricordò l'anziano guerriero «e vostra grazia ha fatto piantare fagioli, vigne, frumento. I tuoi dothraki hanno scacciato gli schiavisti dalle montagne e liberato dai ceppi i loro schiavi. Adesso anch'essi coltivano la terra, e porteranno a Meereen i raccolti per il mercato. E tu avrai l'amicizia di Lhazar.»

"Un'amicizia, per quel che vale, guadagnata per me da Daario Naharis." «Gli uomini agnello, certo. Ah, se gli agnelli avessero le zanne!»

«Renderebbero indubbiamente i lupi più cauti.»

Dany rise. «Come stanno i tuoi orfani, ser?»

Il vecchio cavaliere sorrise. «Bene, vostra grazia. È bello che tu lo chieda.» Era orgoglioso dei suoi ragazzi. «Quattro o cinque hanno la stoffa per diventare cavalieri, forse addirittura una decina.»

«Anche uno solo basterebbe, se fosse valoroso come te.» Presto sarebbe arrivato il giorno in cui Daenerys avrebbe avuto bisogno di tutti i cavalieri. «Sarebbero disposti a disputare una quintana per me? Mi piacerebbe vederli.» Molto tempo prima, suo fratello Viserys le aveva parlato dei tornei cui aveva assistito nei Sette Regni, ma Dany non aveva mai visto giostrare nessuno.

«Non sono ancora pronti, vostra grazia. Al momento buono saranno compiaciuti di dimostrarti il loro valore.»

«Mi auguro che quel momento giunga presto.» Avrebbe voluto dare al vecchio cavaliere un bacio sulla guancia, ma proprio in quel momento Missandei comparve sotto l'arco dell'ingresso. «Missandei?»

«Vostra grazia. Skahaz attende che tu gli conceda udienza.»

«Fallo salire.»

Il Testarasata era accompagnato da due Belve d'Ottone.

Uno portava una maschera da falco, l'altro da sciacallo. Solo gli occhi erano visibili sotto l'ottone. «Vostro splendore, ieri sera Hizdahr zo Loraq è stato visto entrare nella piramide di Zhak; ne è uscito solo a notte inoltrata.»

«Quante piramidi ha visitato?» volle sapere Dany.

«Undici.»

«E quanti giorni sono trascorsi dall'ultimo omicidio?»

«Ventisei.» Gli occhi del Testarasata mandavano lampi di furore. Era stata sua l'idea che le Belve d'Ottone seguissero il promesso sposo della regina e prendessero nota delle sue attività.

«Per il momento Hizdahr ha mantenuto le promesse.»

«Come? I Figli dell'Arpia hanno posato le loro lame, questo è vero, ma per quale motivo? Forse perché il nobile Hizdahr lo ha chiesto con cortesia? Lui è uno di loro, te lo dico io. Per questo gli ubbidiscono. Anzi, l'Arpia potrebbe addirittura essere lui stesso.»

«Se esiste davvero un'Arpia.» Skahaz era convinto che, da qualche parte a Meereen, i Figli dell'Arpia avessero un capo supremo di nobile nascita, un generale segreto al comando di un esercito di ombre. Dany non condivideva questa idea. Le Belve d'Ottone avevano preso decine di Figli dell'Arpia, e chi era sopravvissuto alla cattura, sotto interrogatorio aveva fatto dei nomi... troppi nomi, secondo lei. Sarebbe stato confortante pensare che tutte quelle morti fossero opera di un solo nemico, che poteva essere catturato e ucciso, ma Dany sospettava che la verità fosse un'altra. "I miei nemici sono una legione." «Hizdahr zo Loraq è un uomo persuasivo con tanti amici. Ed è ricco. Forse ha comprato con l'oro questa pace per noi, o ha convinto gli altri nobili che il nostro matrimonio è nel loro interesse.»

«Se lui non è l'Arpia, deve comunque conoscerla. Posso dimostrare abbastanza facilmente la verità di questa affermazione. Dammi il permesso di interrogare Hizdahr e ti porterò una confessione.»

«No» disse Dany. «Non presto credito a questo genere di confessioni. Me ne hai portate già troppe, tutte inutili.»

«Ma vostro splendore...»

«Ho detto di no.»

Il Testarasata si accigliò, rendendo la sua brutta faccia ancora più brutta. «Un errore. Il Grande Padrone Hizdahr si prende gioco di te. È una serpe che vuoi nel tuo letto?»

"Voglio Daario nel mio letto, ma l'ho mandato via per prestare fede a te e ai tuoi." «Puoi continuare a sorvegliare Hizdahr zo Loraq, ma non deve accadergli niente di male. Hai capito?»

«Non sono sordo, magnificenza. Obbedisco.» Skahaz estrasse dalla manica un rotolo di pergamena. «Esamina questo, vostra eccellenza. È un elenco di tutte le navi meerensi del blocco e dei loro capitani. Sono tutti Grandi Padroni.»

Dany esaminò la pergamena. Vi comparivano tutte le famiglie dominanti di Meereen: Hazkar, Merreq, Quazzar, Zhak, Rhazdar, Ghazeen, Pahl, anche Reznak e Loraq. «Che cosa me ne faccio di un elenco di nomi?»

«Ogni uomo in quell'elenco ha parenti in città. Figli e fratelli, mogli e figlie, madri e padri. Lascia che le mie Belve d'Ottone li prendano in custodia. Le loro vite ti faranno ottenere quelle navi.»

«Se mando le Belve d'Ottone nelle piramidi, in città sarà guerra aperta. Devo fidarmi di Hizdahr. Devo nutrire speranze di pace.» Daenerys mise la pergamena sopra una candela e guardò i nomi andare in fumo, mentre Skahaz la fissava con ostilità.

Più tardi, ser Barristan le disse che suo fratello Rhaegar sarebbe stato orgoglioso di lei. Dany ricordò le parole di ser Jorah Mormont dopo la battaglia ad Astapor: «Rhaegar ha combattuto con valore, Rhaegar ha combattuto con nobiltà, Rhaegar ha combattuto con onore. E Rhaegar è morto».

Quando scese nella sala di marmo viola la trovò pressoché vuota. «Oggi non ci sono postulanti?» chiese a Reznak mo Reznak. «Nessuno chiede giustizia o argento per una pecora?»

«No, vostra eminenza. La città ha paura.»

«Non c'è niente da temere.»

Ma in realtà c'era da temere di tutto e di più, come Daenerys apprese quella medesima sera. I suoi giovani ostaggi Miklaz e Kezmya le stavano servendo una cena leggera di verdure autunnali e minestra allo zenzero, quando Irri annunciò che Galazza Galare era tornata dal tempio, in compagnia di tre grazie azzurre.

«È arrivato anche Verme Grigio, khaleesi. Chiedono di parlarti con la massima urgenza.»

«Che entrino. Fa' venire anche Reznak e Skahaz. La Grazia Verde ha detto di che cosa si tratta?»

«Di Astapor» rispose Irri.

Verme Grigio cominciò a fare rapporto. «È comparso, dalle nebbie mattutine, un cavaliere su un cavallo chiaro, moribondo. La giumenta barcollava nell'avvicinarsi alle porte della città, aveva i fianchi coperti di schiuma insanguinata, gli occhi sbarrati di terrore. Il cavaliere ha gridato: "Sta bruciando, sta bruciando", poi è caduto di sella. Mi hanno mandato a chiamare, ho ordinato che il cavaliere fosse portato dalle grazie azzurre. Quando i tuoi servi l'hanno fatto entrare in città, l'uomo ha gridato di nuovo: "Sta bruciando". Sotto il tokar era ridotto a uno scheletro, tutto ossa, la carne arrossata dalla febbre.»

Da quel punto in avanti, continuò a riferire una delle grazie azzurre. «Gli Immacolati hanno portato quell'uomo al tempio. Lo abbiamo spogliato e bagnato con acqua fredda. Aveva abiti luridi e le mie sorelle gli hanno trovato un pezzo di freccia nella coscia. Lui aveva spezzato l'asta, ma la punta era rimasta dentro e la ferita era andata in cancrena, riempiendolo di veleni. È morto nel giro di un'ora, sempre gridando che sta bruciando.»

«Sta bruciando» ripeté Daenerys. «Chi?»

«Astapor, vostro splendore» rispose un'altra grazia azzurra. «Una volta l'ha detto: "Astapor sta bruciando".»

«Forse delirava per la febbre.»

«Vostro splendore parla con saggezza» disse Galazza Galare «ma Ezzara ha visto anche dell'altro.»

La grazia azzurra di nome Ezzara giunse le mani. «Mia regina» mormorò «la sua febbre non era causata dalla freccia. Il poveretto si era lordato, non una, ma parecchie volte. Le macchie gli arrivavano fino alle ginocchia, e tra gli escrementi c'era del sangue rappreso.»

«Verme Grigio ha detto che il suo cavallo sanguinava.»

«Questo è vero, vostra grazia» confermò il guerriero eunuco. «La giumenta perdeva sangue per i colpi di sperone.»

«Può darsi, vostro splendore» riprese Ezzara «ma il sangue era mischiato alle sue feci, gli lordava la biancheria.»

«Perdeva sangue dalle viscere» spiegò Galazza Galare.

«Non possiamo esserne certi» disse Ezzara «ma c'è il rischio che ora Meereen debba temere un pericolo ancora peggiore delle lance degli yunkai.»

«Dobbiamo pregare» disse la Grazia Verde. «Gli dèi ci hanno mandato quell'uomo. Viene a noi come araldo. Ci porta un segno.»

«Un segno di cosa?» chiese Dany.

«Di collera e rovina.»

Daenerys non voleva crederci. «Era un uomo solo, un uomo ammalato, con una freccia nella gamba. A portarlo qui è stato un cavallo, non un dio.» "Una giumenta pallida." Si alzò bruscamente. «Ti ringrazio per il tuo parere e per tutto ciò che hai fatto per quel poveretto.»

«Pregheremo per Astapor.» La Grazia Verde baciò le dita di Dany e si congedò.

"E per me. Oh, prega anche per me, mia lady." Se Astapor era caduta, niente ormai poteva impedire che gli yunkai puntassero a nord.

La regina si rivolse a ser Barristan. «Manda degli uomini fra le montagne a cercare i miei cavalieri di sangue. Richiama anche Ben Plumm il Marrone e i Secondi Figli.»

«E i Corvi della Tempesta, vostra grazia?»

"Daario." «Sì, certo.» Solo tre notti prima, Dany aveva sognato Daario Naharis: giaceva morto sul ciglio della strada, con gli occhi sbarrati rivolti al cielo, i corvi che si contendevano brandelli strappati dal suo cadavere. Altre notti si agitava nel letto, immaginando che Daario l'avesse tradita, così come un tempo aveva tradito i suoi compagni d'arme dei Corvi della Tempesta. "Mi ha portato le loro teste." E se invece Daario avesse riportato a Yunkai i suoi mercenari, se l'avesse venduta per un vaso d'oro? "No, Daario questo non lo farebbe... Davvero non lo farebbe?" «Anche i Corvi della Tempesta. Manda subito dei cavalieri a chiamarli.»

I Secondi Figli furono i primi a tornare, otto giorni dopo che la regina li aveva richiamati. Quando ser Barristan disse che il capitano desiderava parlarle, Dany pensò per un momento che si trattasse di Daario e sentì il battito del cuore accelerare. Ma il capitano a cui ser Barristan si riferiva era Ben Plumm il Marrone.

Ben il Marrone aveva il viso segnato dalle intemperie, pelle colore teak stagionato, capelli quasi bianchi e reticoli di rughe agli angoli degli occhi. Dany fu talmente contenta di vedere la sua faccia coriacea che lo abbracciò. Lui sbarrò gli occhi divertito. «Avevo sentito dire che vostra grazia stava per prendere marito» disse «anche se... nessuno mi ha informato che aveva scelto me.» Risero insieme, mentre Reznak farfugliava qualcosa, ma l'allegria cessò quando Ben il Marrone soggiunse: «Abbiamo catturato tre astaporiani. È meglio che vostra eminenza ascolti quello che hanno da dire».

«Portali qui.»

Daenerys li ricevette nello sfarzo della sala grande, dove alte candele pulsavano tra le colonne di marmo. Dany si accorse che i tre sembravano mezzo morti di fame, ordinò che si desse loro da mangiare. Quei tre erano gli unici superstiti del gruppetto di dodici fuggiti dalla città rossa: un muratore, una tessitrice e un ciabattino.

«Che cos'è accaduto agli altri?» chiese la regina.

«Uccisi» rispose il ciabattino. «Mercenari degli yunkai si aggirano tra le montagne a nord di Astapor, dando la caccia a quelli che fuggono dalle fiamme.»

«Allora la città è caduta? Era cinta da grandi mura.»

«Grandi mura, certo» confermò il muratore, un uomo dalla schiena curva e con gli occhi cisposi. «Ma anche vecchie, pronte a sgretolarsi.»

La tessitrice alzò la testa. «Ogni giorno ci dicevamo che la Regina dei Draghi stava tornando.» Aveva le labbra sottili e gli occhi vacui, infossati in una faccia stretta ed emaciata. «Cleon ti aveva mandato a chiamare, si diceva, e tu stavi arrivando.»

"Mi ha mandato a chiamare" pensò Dany. "Almeno questo è vero."

«Fuori delle mura gli yunkai divoravano le nostre messi e macellavano i nostri armenti» continuò il ciabattino. «Dentro le mura, noi morivamo di fame. Mangiavamo gatti, topi e cuoio. Una carcassa di cavallo era un banchetto. Il Re Tagliagola e la Regina Puttana si accusavano a vicenda di banchettare con chi restava ucciso. Uomini e donne si riunivano in segreto per tirare a sorte e ingozzarsi della carne di chi si ritrovava con il sassolino nero. La piramide di Nakloz è stata spogliata e data alle fiamme da quelli che attribuivano a Kraznys mo Nakloz la colpa di tutte le nostre disgrazie.»

«Altri se la prendevano con Daenerys» disse la tessitrice «ma la maggior parte di noi ti voleva ancora bene. "La Madre è per strada" ci dicevamo l'un l'altro. "Sta arrivando alla testa di un grande esercito e porta da mangiare per tutti."»

"Riesco appena a sfamare il mio popolo. Se fossi accorsa in aiuto di Astapor, avrei perso Meereen."

Il ciabattino riferì che il corpo del Re Macellaio era stato disseppellito e rivestito con una corazza di rame, dopo che la Grazia Verde di Astapor aveva appreso da una visione che li avrebbe liberati dagli yunkai. Armato e puzzolente, il cadavere di Cleon il Grande era stato legato sulla sella di un cavallo denutrito per guidare in una sortita i resti dei suoi nuovi Immacolati, ma finirono giusto in bocca a una legione di Nuova Ghis e furono tutti sterminati, fino all'ultimo.

«In seguito la Grazia Verde fu impalata sulla Piazza del Castigo e lasciata lì a morire. Nella piramide di Ullhor, i sopravvissuti organizzarono un grande banchetto che andò avanti metà della notte, e annaffiarono gli ultimi bocconi di cibo con del vino avvelenato in modo che nessuno di loro dovesse svegliarsi al mattino. Poco dopo arrivò il morbo: una dissenteria emorragica che uccide tre persone su quattro e, infine, una folla di morenti impazzì e uccise le guardie della porta principale.»

Il vecchio muratore intervenne. «No, quella fu opera di uomini sani che volevano scappare per sfuggire alla dissenteria.»

«Ha importanza?» replicò il ciabattino. «Le guardie furono fatte a pezzi e le porte vennero spalancate. Le legioni di Nuova Ghis si riversarono dentro Astapor, seguite dagli yunkai e dai mercenari a cavallo. La Regina Puttana morì battendosi contro di loro con una maledizione sulle labbra. Il Re Tagliagola si arrese e venne gettato in un pozzo da combattimento, dove fu sbranato da un branco di cani famelici.»

«Perfino allora alcuni dicevano che saresti arrivata» intervenne la tessitrice. «Giuravano di averti vista in groppa a un drago, sorvolare gli accampamenti yunkai. Ti aspettavamo ogni giorno.»

"Non potevo venire" pensò la regina. "Non ho osato."

«E quando la città è caduta?» domandò Skahaz. «Poi che cos'è successo?»

«È iniziato il massacro. Il Tempio delle Grazie era pieno di ammalati che erano venuti a chiedere agli dèi di guarirli. Le legioni hanno sbarrato le porte e hanno dato fuoco al tempio con le torce. Nel giro di un'ora c'erano incendi in ogni angolo della città: divampavano e poi si univano gli uni con gli altri, fino a diventare un unico rogo. Le vie erano piene di gente che correva da tutte le parti per sfuggire alle fiamme, ma non c'era modo di uscire. Gli yunkai sorvegliavano le porte.»

«Voi però siete fuggiti» disse il Testarasata. «Come avete fatto?»

«Di mestiere faccio il muratore» rispose il vecchio «come mio padre e suo padre prima di me. Mio nonno costruì la nostra casa a ridosso delle mura della città. È bastato sfilare qualche mattone ogni notte. Quando l'ho detto ai miei amici, mi hanno aiutato a puntellare il cunicolo in modo che non crollasse. Eravamo convinti tutti quanti che sarebbe stato utile avere una via d'uscita.»

"Vi ho lasciato con un consiglio di saggi perché vi governaste da soli" pensò Dany. "Un guaritore, un dotto e un sacerdote." Ricordava ancora la città rossa come l'aveva vista la prima volta, arida e polverosa dietro le mura di mattoni purpurei, immersa in sogni crudeli, eppure pullulante di vita. "C'erano isole nel fiume Verme dove gli amanti si baciavano, ma nella Piazza del Castigo scuoiavano la gente e la lasciavano appesa per le mosche." «È un bene che siate venuti qui» disse ai tre astaporiani superstiti. «A Meereen sarete al sicuro.»

Il ciabattino la ringraziò, il vecchio muratore le baciò il piede, ma la tessitrice la guardò con occhi duri come ardesia. "Lei sa che mento" pensò la regina. "Sa che non posso offrire alcuna garanzia. Astapor sta bruciando, e presto sarà la volta di Meereen."

«Ce ne sono altri in arrivo» annunciò Ben il Marrone, quando gli astaporiani furono condotti via. «Quei tre avevano dei cavalli. La maggioranza è a piedi.»

«Quanti sono?» chiese Reznak.

Ben il Marrone si strinse nelle spalle. «Centinaia. Migliaia. Alcuni malati, altri ustionati, altri ancora feriti. Mercenari dei Gatti e della Compagnia del Vento imperversano fra le colline con lance e fruste, spingendoli a nord e uccidendo i più lenti.»

«Bocche che camminano» disse Reznak. «E anche malati?» Si torse le mani. «Vostra eminenza, non permettere che entrino in città.»

«Lo penso anch'io» disse Ben Plumm il Marrone. «Non sono un maestro, certo, ma so che bisogna separare le mele marce da quelle buone.»

«Queste non sono mele, Ben» replicò Dany. «Sono uomini e donne, malati, affamati e spaventati.» "Miei figli." «Sarei dovuta andare ad Astapor.»

«Vostra grazia non avrebbe potuto salvarli» intervenne ser Barristan. «Avevi avvisato re Cleon di non fare guerra a Yunkai. Quell'uomo era uno stolto e le sue mani erano lorde di sangue.»

"E le mie sono forse più pulite?" Dany ripensò alle parole di Daario: "Tutti i re devono essere macellai oppure diventano carne da macello". «Cleon era il nemico del nostro nemico. Se mi fossi unita a lui e ai Corni di Hazzat, forse insieme avremmo schiacciato gli yunkai.»

Il Testarasata non era d'accordo. «Se tu avessi portato gli Immacolati a sud fino a Hazzat, i Figli dell'Arpia...»

«Lo so, lo so. Si sarebbe ripetuta la fine di Eroeh.»

Ben Plumm era confuso. «Chi è?»

«Una ragazza che pensavo di aver salvato dallo stupro e dalla tortura. Ma alla fine, riuscii solo a procurarle una sorte peggiore. E quello che ho fatto ad Astapor è stato creare altre diecimila Eroeh.»

«Vostra grazia non poteva sapere...»

«Sono la regina. Era mio dovere sapere.»

«Ciò che è fatto, è fatto» disse Reznak mo Reznak. «Vostra eminenza, ti prego, prendi subito il nobile Hizdahr come tuo re. Lui può parlare con i Saggi Padroni, negoziare la pace per noi.»

«In quali termini?» "Attenta al siniscalco profumato" aveva detto Quaithe: la donna mascherata aveva previsto l'arrivo della giumenta pallida, che avesse ragione anche sul nobile Reznak? «Posso essere una fanciulla inesperta di guerra, ma non sono un agnello che entra belando nel covo dell'Arpia. Ho ancora i miei Immacolati. Ho ancora i Corvi della Tempesta e i Secondi Figli. E ho tre compagnie di liberti.»

«Tutti loro e in più i draghi» sogghignò Ben Plumm il Marrone.

«Incatenati nel pozzo» si lagnò Reznak mo Reznak. «A che cosa servono dei draghi che non si possono controllare? Perfino gli Immacolati hanno paura ogni volta che devono aprire la porta per dare loro da mangiare.»

«Ma come, parli male degli animaletti della regina?» Ben il Marrone socchiuse gli occhi, divertito. Il capitano brizzolato dei Secondi Figli era una creatura delle compagnie libere, un bastardo nelle cui vene scorreva il sangue di una decina di popoli diversi, ma era sempre stato affezionato ai draghi, e i draghi a lui.

«Animaletti?» strillò Reznak. «Mostri, piuttosto. Mostri che si cibano di bambini. Non possiamo...»

«Silenzio» ordinò Daenerys. «Basta parlare di loro.»

Reznak si allontanò da lei, trasalendo per la furia del suo tono. «Chiedo perdono, vostra magnificenza, non intendevo...»

Ben Plumm il Marrone ne approfittò. «Vostra grazia, gli yunkai hanno tre compagnie libere contro le nostre due, e corre voce che faranno arrivare la Compagnia Dorata da Volantis. Quei bastardi schierano diecimila uomini. Gli yunkai hanno anche quattro legioni di ghiscari, forse di più, e ho sentito dire che hanno mandato cavalieri nel Mare Dothraki per convincere forse qualche grande khalasar ad attaccarci. Per come la vedo io, abbiamo bisogno dei draghi.»

«Mi dispiace, Ben.» Dany sospirò. «Non oso liberare i draghi.» Ma capì che quella non era la risposta che lui voleva.

Plumm si grattò i favoriti sale e pepe. «Se non ci sono draghi sulla bilancia, be'... allora dovremmo andarcene prima che i bastardi yunkai chiudano la trappola... fa' almeno in modo che gli schiavisti paghino per vedere la nostra schiena. Quelli pagano i khal perché lascino in pace le loro città, perché non dovrebbero pagare anche noi per lasciarla e basta? Rivendi loro Meereen e vattene all'Ovest con carri pieni d'oro, gemme e altra roba.»

«Tu vuoi che io saccheggi Meereen e mi dia alla fuga? No, non farò niente di tutto questo. Verme Grigio, i miei liberti sono pronti alla battaglia?»

«Non sono degli Immacolati, ma non ti faranno vergognare.» L'eunuco incrociò le braccia sul petto. «Te lo giuro sulla lancia e sulla spada, vostra eminenza.»

«Bene. Così va meglio.» Daenerys scrutò l'espressione degli uomini che le stavano attorno. Il Testarasata e il suo cipiglio. Ser Barristan con le sue rughe e i tristi occhi blu. Reznak mo Reznak, pallido, sudato. Ben il Marrone, con i capelli brizzolati, brontolone, duro come vecchio cuoio. Verme Grigio, guance lisce, flemmatico, impassibile. "Daario dovrebbe essere qui e anche i miei cavalieri di sangue" pensò. "Se battaglia sarà, il sangue del mio sangue dovrebbe essere al mio fianco." E, stranamente, sentiva anche la mancanza di ser Jorah Mormont. "Mi ha mentito, mi ha tradito, però mi voleva bene e mi ha sempre dato buoni consigli." «Già una volta ho sconfitto gli yunkai. Li sconfiggerò di nuovo. Ma dove? Come?»

«Vuoi scendere in campo?» esclamò il Testarasata, incredulo. «Sarebbe una follia. Le nostre mura sono più alte e più robuste di quelle di Astapor, e i nostri difensori sono più valorosi. Gli yunkai non prenderanno facilmente questa città.»

Ser Barristan dissentì. «Penso che non dovremmo permettere loro di assediarci. Sono un esercito a dir poco male assortito. Quegli schiavisti non sono dei soldati. Se li cogliamo di sorpresa...»

«È poco verosimile» disse il Testarasata. «Gli yunkai hanno molti amici qui in città. Verranno informati.»

«Quanti uomini possiamo chiamare a raccolta?» chiese Dany.

«Con il tuo regale perdono, non abbastanza» dichiarò Ben Plumm il Marrone. «Naharis che cosa dice? Se arriviamo allo scontro, abbiamo bisogno dei suoi Corvi della Tempesta.»

«Daario è ancora sul campo.» "Oh, dèi, cos'ho fatto? L'ho mandato a morire?" «Ben, mi servono i tuoi Secondi Figli per fare una ricognizione dei nostri nemici. Dove si trovano, con quale rapidità stanno avanzando, quanti uomini contano e come sono schierati.»

«Ci occorreranno provviste, e anche dei cavalli freschi.»

«Certamente. Ser Barristan provvederà.»

Ben il Marrone si grattò il mento. «Potremmo convincerne alcuni a passare dalla nostra parte. Se vostra grazia potesse fare a meno di qualche sacchetto d'oro e di gemme... giusto per dare ai loro capitani un assaggio... be', chissà?»

«Comprarli, perché no?» concordò Dany. Traffici del genere avvenivano di continuo fra le compagnie libere delle Terre Contese, e lei lo sapeva. «Sì, benissimo. Reznak, provvedi. Appena i Secondi Figli saranno usciti a cavallo, sbarrate le porte e raddoppiate le guardie sulle mura.»

«Sarà fatto, vostra magnificenza» disse Reznak mo Reznak. «E per gli astaporiani?»

"I miei figli." «Vengono in cerca di aiuto, di soccorso e di protezione. Non possiamo voltare loro le spalle.»

Ser Barristan si accigliò. «Vostra grazia, so che quando la dissenteria dilaga senza essere arginata, distrugge interi eserciti. Il siniscalco ha ragione. Non possiamo far entrare gli astaporiani a Meereen.»

Dany lo guardò, impotente. Era un bene che i draghi non potessero piangere. «E sia. Li terremo fuori delle mura finché questa... questo flagello non si sarà esaurito. Preparate per loro un accampamento vicino al fiume, a ovest della città. Manderemo loro tutto il cibo che potremo. Forse riusciremo a separare i sani dagli ammalati.» Tutti la guardavano. «Devo ripetervelo? Andate e fate ciò che vi ho ordinato.» Dany si alzò, passò davanti a Ben il Marrone e risalì i gradini verso la dolce solitudine della sua terrazza.

Duecento leghe dividevano Astapor da Meereen, eppure le pareva che il cielo a sudovest fosse più scuro, caliginoso e imbrattato dal fumo della morte della città rossa. "Mattoni e sangue hanno costruito Astapor, e mattoni e sangue sono il suo popolo." La vecchia poesia le risuonò nella testa. "Cenere e ossa sono Astapor, e cenere e ossa sono il suo popolo." Cercò di riportare alla mente il viso di Eroeh, ma i lineamenti della ragazza morta continuavano a mutarsi in fumo.

Quando finalmente Daenerys si voltò, ser Barristan Selmy era in piedi accanto a lei, avvolto nel bianco mantello per proteggersi dal fresco della sera.

«Possiamo indire una battaglia per questo?» gli chiese Dany.

«Gli uomini possono sempre combattere, vostra grazia. La domanda è se possiamo vincere. Morire è facile, ma ottenere la vittoria è difficile. I tuoi liberti sono addestrati a metà e non hanno ancora avuto il battesimo del sangue. I tuoi mercenari erano al servizio dei tuoi nemici, e chi ha cambiato vessillo una volta non avrà scrupoli a cambiarlo una seconda. Hai due draghi che non si possono controllare, e un terzo che forse ormai hai perduto. Dietro queste mura i tuoi unici amici sono i lhazareni, che non sono affatto propensi alla guerra.»

«Però le mie mura sono solide.»

«Non più solide di quando noi eravamo all'esterno di esse. E i Figli dell'Arpia sono all'interno delle mura insieme a noi. E anche i Grandi Padroni, sia quelli che hai risparmiato sia i figli di quelli che hai ucciso.»

«Lo so» sospirò la regina. «Che cosa consigli, ser?»

«Battaglia» rispose ser Barristan. «Meereen è sovraffollata, piena di bocche affamate, e tu hai troppi nemici interni. Purtroppo non possiamo sostenere un assedio. Lascia che io affronti il nemico quando arriva a nord, su un terreno di mia scelta.»

«Affrontare il nemico con dei liberti addestrati a metà e che non hanno ancora avuto il battesimo del sangue» ripeté Dany, usando le parole dell'anziano cavaliere.

«Abbiamo tutti combattuto per la prima volta, vostra grazia. Gli Immacolati li aiuteranno a farsi le ossa. Se avessi cinquecento cavalieri...»

«O cinque. E se ti do gli Immacolati, avrò solo le Belve d'Ottone per tenere Meereen.» Ser Barristan non obiettò, e Dany chiuse gli occhi. "Dèi" pregò "avete preso Khal Drogo, che era il mio sole-e-stelle. Avete preso il nostro coraggioso figlio prima ancora che facesse il primo respiro su questa terra. Avete avuto il mio sangue. Adesso, vi imploro, venite in mio aiuto. Datemi la saggezza per riconoscere la via da seguire e la forza per fare tutto quello che posso per proteggere i miei figli."

Gli dèi non le risposero.

Quando Daenerys riaprì gli occhi, disse: «Non posso combattere due nemici, uno all'interno e uno all'esterno. Se voglio tenere Meereen, devo avere l'appoggio della città, di tutta la città. Ho bisogno... ho bisogno di...». Non riusciva a dirlo.

«Vostra grazia?» la incitò con gentilezza ser Barristan.

"Una regina non appartiene a se stessa, ma al suo popolo."

«Ho bisogno di Hizdahr zo Loraq.»

MELISANDRE

Nelle stanze di Melisandre non era mai realmente buio.

Tre candele di sego ardevano sul davanzale della finestra per tener lontani i terrori della notte. Altre quattro emettevano una luce tremolante accanto al letto, due per lato. Il camino era acceso giorno e notte. La prima cosa che imparavano i suoi servitori era che non bisognava mai, per nessun motivo, lasciare estinguere le fiamme.

La sacerdotessa rossa chiuse gli occhi e recitò una preghiera, poi li riaprì e guardò il focolare. "Ancora una volta." Doveva essere sicura. Molti sacerdoti e sacerdotesse prima di lei erano stati rovinati da false visioni, perché vedevano ciò che desideravano vedere anziché ciò che il Signore della Luce aveva inviato. Stannis stava marciando a sud, verso il pericolo, il re che portava sulle spalle il destino del mondo, Azor Ahai che ritorna. Di sicuro R'hllor le avrebbe concesso una visione fugace di ciò a cui il re stava andando incontro. "Mostrami Stannis, Signore" pregò Melisandre. "Mostrami il tuo re, il tuo strumento."

Le visioni danzavano davanti a lei, oro e scarlatto, strane sagome terrificanti e seducenti guizzavano, si formavano e si fondevano, dissolvendosi l'una nell'altra. Melisandre vide di nuovo i volti senza occhi che la fissavano da orbite lacrimanti sangue. Vide le torri sulla riva del mare sgretolarsi nella marea scura che le inondava, sorgendo dagli abissi. Ombre a forma di teschio, maschere scheletriche che si mutavano in nebbia, corpi intrecciati nella lussuria che si contorcevano, si rotolavano, si artigliavano. Tra cortine di fuoco, grandi ombre alate roteavano contro un duro cielo azzurro.

"La ragazza. Devo trovare di nuovo la ragazza grigia sul cavallo moribondo." Jon Snow si aspettava questo da lei, e subito. Non bastava dire che la ragazza stava fuggendo. Lui voleva sapere di più, voleva sapere quando e dove, e lei non era in grado di dargli quelle risposte. Aveva visto la ragazza solo una volta. "Una ragazza grigia come la cenere, e proprio mentre la guardavo si è dissolta ed è volata via."

Un viso prese forma nel focolare. "Stannis?" pensò Melisandre per un momento… invece no, quello non era il suo viso. "Una faccia di legno, di un bianco cadaverico." Il nemico? Mille occhi rossi fluttuarono nel crescendo delle fiamme. "Mi vede." Accanto a lui, un ragazzo con la faccia da lupo gettò indietro la testa e ululò.

La sacerdotessa rossa rabbrividì. Un rivolo di sangue le colò sulla coscia, nero e fumante. Il fuoco era dentro di lei, un'agonia, un'estasi, la riempiva, la bruciava, la trasformava. Scintille di calore le tracciavano disegni sulla pelle, insistenti come la mano di un amante. Da giorni perduti nel tempo, strane voci la chiamavano. «Melony» udì gridare una donna. Una voce maschile annunciò: «Lotto numero sette». Melisandre piangeva, e le sue lacrime erano fiamma. E lei assorbì altro fuoco.

Fiocchi di neve turbinavano da un cielo scuro e ceneri si alzavano a incontrarli, il grigio e il bianco mulinavano l'uno intorno all'altro, mentre frecce fiammeggianti descrivevano un arco sopra un muro di legno e creature morte si aggiravano in silenzio nel gelo, sotto un grande dirupo grigio dove dei fuochi ardevano nelle caverne, in centinaia di caverne. Poi si alzò il vento e arrivò la nebbia bianca, incredibilmente gelida. A uno a uno i fuochi si estinsero. Allora rimasero soltanto i teschi.

"Morte" pensò Melisandre. "I teschi sono la morte."

Le fiamme crepitavano sommessamente e, nel loro scoppiettio, Melisandre le udì sussurrare un nome: "Jon Snow". Il suo viso lungo fluttuò davanti a lei, miniato in lingue di rosso e di arancione, comparendo e scomparendo, un'ombra intravista dietro un sipario tremolante. Ora uomo, ora lupo, ora di nuovo uomo. Ma c'erano anche dei teschi tutt'intorno a lui. Melisandre aveva già visto che Snow era in pericolo, aveva cercato di avvertire il ragazzo. "È circondato da nemici, pugnali nel buio." Ma Snow non stava a sentire.

I miscredenti non stavano mai a sentire, finché non era troppo tardi.

«Che cosa vedi, mia lady?» chiese il ragazzo a bassa voce.

"Teschi, un migliaio di teschi, e di nuovo il giovane bastardo: Jon Snow." Ogni volta che le chiedevano che cosa vedeva nei suoi fuochi, la risposta di Melisandre era sempre la stessa: «Di tutto e di più», ma le visioni non erano mai semplici come quelle parole suggerivano. Vedere era un'arte, e come tutte le arti richiedeva padronanza, disciplina, studio. "Anche dolore." R'hllor parlava ai suoi eletti mediante il fuoco sacro, in un linguaggio di cenere e scorie e di fiamma cangiante che solo un dio poteva realmente comprendere. Melisandre aveva fatto pratica nella sua arte per innumerevoli anni e ne aveva pagato il prezzo. Nessuno, nemmeno nel suo ordine, aveva una simile abilità nel vedere i segreti in parte mostrati e in parte nascosti dalle fiamme sacre.

Eppure, adesso le pareva di non riuscire a trovare il suo re. "Prego di avere un'apparizione di Azor Ahai, e R'hllor mi mostra solo Snow." «Devan» chiamò «dammi da bere.» Aveva la gola infiammata e riarsa.

«Subito, mia lady. Il ragazzo versò una coppa d'acqua dall'orcio di pietra accanto alla finestra e gliela portò.

«Ti ringrazio.» Melisandre bevve un sorso, inghiottì, rivolse al ragazzo un sorriso. Notò che arrossiva. Era mezzo innamorato di lei, e lei lo sapeva. "Mi teme, mi desidera e mi venera."

Al tempo stesso Devan non era contento di trovarsi lì. Il ragazzo aveva prestato servizio con grande orgoglio come scudiero del re e, quando Stannis gli aveva ordinato di restare al Castello Nero, ne aveva sofferto. Come ogni ragazzo della sua età, aveva la testa piena di sogni di gloria; indubbiamente doveva aver fantasticato sul coraggio che avrebbe dimostrato a Deepwood Motte. Altri ragazzi della sua età erano andati a sud per servire come scudieri i cavalieri del re e cavalcare al loro fianco in battaglia. A Devan quell'esclusione era di certo apparsa come un rimprovero, una punizione per qualche pecca da parte sua, o forse di suo padre.

In realtà, Devan era lì perché l'aveva voluto Melisandre. I quattro figli maggiori di Davos Seaworth erano morti nella Battaglia delle Acque Nere, quando la flotta del re era stata distrutta dal fuoco verde dei piromanti. Devan era il quinto nato, e sarebbe stato più al sicuro con lei che non al fianco del re. Lord Davos non l'avrebbe ringraziata per questo, e del resto nemmeno il ragazzo, ma a lei era parso che Seaworth avesse già sofferto abbastanza. Per quanto mal consigliato, era impossibile dubitare della sua fedeltà a Stannis. Questo lei lo aveva visto nelle fiamme.

Devan era sveglio, svelto e abile, che era più di quanto si potesse dire della maggior parte dei suoi servitori. Quando aveva marciato verso sud, Stannis aveva lasciato indietro una decina di uomini a servirla, ma nella pratica molti di essi erano inutili. Sua grazia aveva bisogno di ogni singola spada disponibile, perciò aveva potuto rinunciare solo a uomini anziani o menomati. Un uomo era rimasto accecato da un colpo alla testa durante la battaglia alla Barriera, un altro zoppicava perché il suo cavallo cadendo gli aveva spezzato le gambe. Il sergente di Melisandre aveva perso un braccio, colpito dalla mazza di un gigante. Tre delle sue guardie erano castrati che Stannis aveva punito per aver stuprato donne dei bruti. Poteva contare anche su due ubriaconi e su un codardo. Quest'ultimo avrebbe dovuto essere impiccato, come Stannis in persona aveva ammesso, ma apparteneva a una nobile famiglia, e suo padre e i suoi fratelli erano sempre stati sostenitori del re.

La presenza di guardie intorno a lei avrebbe indubbiamente contribuito a rendere i confratelli in nero più rispettosi, la sacerdotessa rossa lo sapeva, ma se si fosse trovata in reale pericolo nessuno degli uomini lasciati da Stannis le sarebbe stato di grande aiuto. Non aveva importanza. Melisandre di Asshai non temeva per se stessa. R'hllor l'avrebbe protetta.

Bevve un altro sorso d'acqua, poi posò la coppa, batté le palpebre, si stiracchiò e si alzò dallo scranno; i suoi muscoli erano tesi e indolenziti. Dopo aver scrutato a lungo le fiamme, le occorreva qualche istante per abituare la vista alla penombra. Aveva gli occhi secchi e stanchi, ma strofinandoli avrebbe solo peggiorato la situazione.

Notò che il fuoco languiva. «Devan, altra legna. Che ore sono?»

«È quasi l'alba, mia lady.»

"L'alba. Ci viene concesso un altro giorno, grazie a R'hllor. I terrori della notte recedono." Aveva trascorso la notte sulla sedia accanto al fuoco, come faceva spesso. Da quando Stannis era andato via, il suo letto la vedeva raramente. Non aveva tempo per dormire, con tutto il peso del mondo sulle spalle. E aveva paura di sognare. "Il sonno è una piccola morte, i sogni sono il bisbiglio dell'Altro, che è pronto a trascinarci tutti nella sua notte eterna." Preferiva rimanere seduta, immersa nel bagliore rossastro delle sacre fiamme del suo signore, con le guance arrossate dalle ondate di calore come dai baci di un innamorato. Certe notti si appisolava, mai però per più di un'ora. Un giorno, pregava Melisandre, non avrebbe dormito affatto. Un giorno sarebbe stata libera dei sogni. "Melony" pensò. "Lotto numero sette."

Devan alimentò il fuoco con dell'altra legna, finché le fiamme non tornarono ad ardere alte, feroci e furiose, ricacciando le ombre negli angoli della stanza e divorando tutti i suoi sogni indesiderati. "Il buio recede di nuovo… per un po'. Ma al di là della Barriera il nemico diventa sempre più forte e, qualora dovesse vincere, l'alba smetterà di sorgere." Melisandre si domandò se non fosse stato proprio il volto del nemico, quello che l'aveva fissata tra le fiamme. "No. Certamente no. Il suo volto sarebbe molto più spaventoso, algido e nero, e troppo orribile perché un uomo possa sopravvivere dopo averlo guardato." Però aveva scorto di sfuggita l'uomo di legno e il ragazzo con la faccia da lupo... Quelli erano indubbiamente i servitori del nemico... così come Stannis era il suo campione.

Andò alla finestra, aprì gli scuri. Fuori l'oriente aveva appena iniziato a schiarire, ma le stelle del mattino brillavano ancora in un cielo scuro come la pece. Al Castello Nero già fervevano le attività, uomini col mantello nero attraversavano la corte per andare a far colazione con una scodella di porridge, prima di dare il cambio ai confratelli sulla Barriera. Alcuni fiocchi di neve passarono lentamente davanti alla finestra aperta, trasportati dal vento.

«La mia lady desidera far colazione?» chiese Devan.

"Cibo. Sì, dovrei mangiare qualcosa." Certi giorni se ne dimenticava. R'hllor forniva al suo corpo tutto il nutrimento necessario, ma questo era meglio tenerlo nascosto agli uomini mortali.

Melisandre di Asshai aveva bisogno di Jon Snow, non di pane fritto e pancetta, anche se sarebbe stato inutile mandare Devan dal lord comandante. Snow non avrebbe risposto alla convocazione, preferiva ancora dormire dietro l'armería, in due modeste stanze un tempo occupate dal fabbro della confraternita. Forse non si riteneva degno della Torre del Re, o forse non gli importava e basta. Il suo errore era quello: la falsa umiltà giovanile che è di per sé una sorta d'orgoglio. Non era mai saggio che un comandante evitasse i simboli del potere, perché il potere stesso arriva in non piccola misura da essi.

Ma il ragazzo era tutt'altro che ingenuo. Non era così sprovveduto da recarsi nelle stanze di Melisandre come un supplice, e insisteva affinché fosse lei a rivolgersi a lui se aveva bisogno di parlargli. Inoltre, il più delle volte, quando la Donna Rossa voleva incontrarlo, Snow la faceva aspettare o addirittura rifiutava di riceverla. Questo, quanto meno, era un comportamento avveduto.

«Prenderò del tè di ortica, un uovo sodo e qualche fetta di pane imburrato» rispose Melisandre. «Pane fresco, per favore, non fritto. Vammi anche a cercare quel bruto. Digli che gli devo parlare.»

«Rattleshirt, mia lady?»

«Lui. E in fretta.»

Mentre il ragazzo era via, Melisandre si lavò e cambiò le vesti. Nelle maniche c'erano tasche nascoste, e lei le controllò con cura, come ogni mattina, per accertarsi che tutte le sue polveri fossero al posto giusto. Polveri per colorare il fuoco di verde, blu o argento, polveri per far crepitare e sibilare le fiamme, e farle guizzare più alte di un uomo, polveri per creare fumo. Un fumo per la sincerità, un fumo per la libidine, un fumo per la paura e il fitto fumo nero in grado di stroncare di colpo la vita di un uomo. La sacerdotessa rossa si rifornì di un pizzico di ciascuna di quelle polveri.

Lo scrigno intagliato che aveva portato con sé oltre il Mare Stretto era ormai vuoto per più di tre quarti. E anche se sapeva come prepararsi le polveri, non aveva a disposizione molti dei rari ingredienti necessari. "Dovrò accontentarmi dei miei incantesimi." Lì, alla Barriera, Melisandre era ancora più potente che ad Asshai. Ogni sua parola e ogni suo gesto aveva più forza, permettendole di compiere cose che non aveva mai fatto in precedenza. "Le ombre che evoco qui saranno tremende e nessuna creatura del buio potrà resistervi." Con simili stregonerie a disposizione, presto non avrebbe più avuto bisogno dei miseri trucchi di alchimisti e piromanti.

Richiuse lo scrigno, girò la chiave nel lucchetto e la nascose in un'altra tasca segreta. Bussarono alla porta. Era il sergente con un braccio solo, a giudicare dal suono incerto. «Lady Melisandre, il Lord delle Ossa è arrivato.»

«Fallo entrare.» Melisandre prese posto di nuovo nella poltrona vicino al caminetto.

Il bruto portava un farsetto senza maniche di cuoio bollito, punteggiato di borchie di bronzo, sotto un liso mantello a chiazze verdi e marroni. "Niente ossa." Anche lui era ammantato di ombre, ciuffi di grigia nebbia sfilacciata, appena intravista, che a ogni passo gli scivolavano sulla faccia e sulla figura. "Cose brutte, come le ossa che indossa di solito." Attaccatura dei capelli a punta, occhi scuri ravvicinati, guance incavate, baffi ritorti come vermi sopra una bocca piena di denti marroni e scheggiati.

Melisandre sentì un tepore nell'incavo della gola, dovuto alla reazione del rubino alla vicinanza del suo schiavo. «Vedo che hai messo da parte la tua veste d'ossa» osservò la Donna Rossa.

«Quello sbatacchiare stava per farmi diventare pazzo.»

«Le ossa ti proteggono» gli ricordò Melisandre. «I confratelli in nero non ti amano. Devan mi ha detto che non più tardi di ieri, durante la cena, hai litigato con alcuni di loro.»

«Un paio. Stavo mangiando la mia zuppa di fagioli e pancetta, e Bowen Marsh continuava a parlare dei vantaggi di combattere da una posizione elevata. La vecchia melagrana ha pensato che lo stessi spiando e ha dichiarato che non avrebbe permesso a degli assassini di partecipare alle loro riunioni di consiglio. Gli ho detto che, in tal caso, forse non avrebbero dovuto tenerle intorno al fuoco. Bowen è diventato paonazzo e ha farfugliato qualcosa, ma non è andato oltre.» Il Lord delle Ossa sedette sul bordo del davanzale, estraendo il pugnale dal fodero. «Se qualche corvo vuole infilarmi un coltello fra le costole mentre sto mangiando una scodella di stufato, che ci provi pure. La sbobba di Hobb avrebbe un gusto migliore, con l'aggiunta di un po' di sangue.»

Melisandre non badò all'acciaio snudato. Se il bruto avesse avuto intenzione di farle del male, l'avrebbe letto nelle fiamme. I pericoli per la sua persona erano la prima cosa che aveva imparato a vedere, fin da quando era poco più che una bambina, una schiavetta legata per la vita al grande tempio rosso. E i pericoli continuavano a essere la prima cosa che cercava quando scrutava nel fuoco. «È dei loro occhi che ti dovresti preoccupare, non dei loro coltelli» lo ammonì.

«L'incantesimo, *aye*.» Il rubino incastonato nel ceppo di ferro nero intorno al suo polso parve pulsare. Rattleshirt gli diede un colpetto con la punta della lama. L'acciaio produsse un debole *click* contro la pietra. «Quando dormo lo sento. Il suo calore mi arriva anche attraverso il ferro. Morbido come un bacio di donna. Il tuo bacio. A volte, però, nei miei sogni, comincia a bruciare e le tue labbra si trasformano in denti. Ogni giorno penso quanto sarebbe facile toglierlo, ma non lo faccio. Devo portare anche quelle maledette ossa?»

«L'incantesimo è fatto d'ombra e di suggestione. Gli uomini vedono quello che si aspettano di vedere. Le ossa sono un aspetto di tutto ciò.» "Ho forse sbagliato a risparmiarlo?" «Se l'incantesimo svanisce, loro ti uccideranno.»

Il bruto cominciò a pulirsi con la punta del coltello le unghie incrostate di terriccio. «Ho cantato le mie canzoni, combattuto le mie battaglie, bevuto il vino dell'estate, gustato la moglie del dorniano. Un uomo dovrebbe morire così come è vissuto. Nel mio caso, con l'acciaio in pugno.»

"Sogna la morte? Che sia stato toccato dal nemico? La morte è il suo dominio, i morti i suoi soldati." «Avrai abbastanza presto lavoro per il tuo acciaio. Il nemico si sta muovendo, il nemico vero. E i ranger di lord Snow torneranno prima che il giorno finisca, con i loro occhi ciechi e iniettati di sangue.»

Rattleshirt socchiuse le palpebre. Occhi grigi, occhi castani: Melisandre vedeva il colore cambiare a ogni pulsazione del rubino. «Cavare gli occhi è compito del Piagnone» disse il bruto. «Il corvo migliore è un corvo cieco, ama sempre dire. A volte penso che gli piacerebbe cavarsi anche i propri, da come gli si inumidiscono in continuazione e gli prudono. Snow pensava che il popolo libero si sarebbe rivolto a Tormund come guida, perché questo è quello che lui farebbe. Aveva simpatia per Tormund, e quel vecchio imbroglione lo ricambiava. Se però scegliessero il Piagnone sarebbe un bel guaio. Per Snow e anche per noi.»

Melisandre annuì con aria solenne, come se avesse fatto tesoro di quelle parole, ma il Piagnone non c'entrava. Nessuno del popolo libero contava per lei. Quella era gente perduta, condannata, destinata a sparire dalla faccia della terra, così come erano spariti i figli della foresta. Ma Rattleshirt non avrebbe apprezzato un discorso simile, e Melisandre non poteva rischiare di perdere il bruto, non adesso. «Quanto conosci il Nord?»

Rattleshirt rinfoderò il coltello. «Come ogni razziatore. Alcune parti meglio di altre. Il Nord è grande. Perché?»

«La ragazza» disse Melisandre. «Una ragazza grigia su un cavallo moribondo. La sorella di Jon Snow.» Chi altri poteva essere? Stava andando da lui in cerca di protezione, almeno questo la Donna Rossa l'aveva visto chiaramente. «L'ho vista nelle mie fiamme, ma una volta soltanto. Dobbiamo conquistarci la fiducia del lord comandante, e l'unico modo per farlo è salvare la ragazza.»

«Vuoi che io, il Lord delle Ossa, la salvi?» Rise. «Nessuno si è mai fidato di Rattleshirt, a parte gli stupidi. E Snow non è affatto uno stolto. Se sua sorella deve essere salvata, manderà i suoi corvi. Io farei così.»

«Lui non è te. Ha pronunciato i voti della confraternita e intende onorarli. I guardiani della notte non prendono parte alcuna. Ma tu non sei un guardiano della notte. Tu puoi fare quello che lui non può fare.»

«Se il tuo ostinato lord comandante lo permetterà. Le tue fiamme hanno mostrato dove trovare la ragazza?»

«Ho visto dell'acqua, profonda, azzurra e immota, con sopra uno strato di ghiaccio sottile appena formato. Pareva non aver fine.»

«Il Lago Lungo. E cos'altro hai visto intorno alla ragazza?»

«Alture, campi, alberi. Una volta un cervo. Pietre. Lei si tiene lontano dai villaggi. Quando può, segue il letto di piccoli corsi d'acqua per far perdere le tracce agli inseguitori.»

«Questo renderà tutto più difficile.» Rattleshirt si incupì. «La ragazzina sta venendo verso nord, hai detto. Il lago era alla sua destra o alla sua sinistra?»

Melisandre chiuse gli occhi, cercando di ricordare meglio. «Sinistra.»

«Allora non ha preso la Strada del Re. Ragazza furba. Dall'altra parte ci sono meno occhi che controllano, ed è più riparato. E ci sono alcuni rifugi che a volte ho usato anch'io e...» Rattleshirt si interruppe udendo il suono di un corno da guerra e balzò in piedi. In tutto il Castello Nero, Melisandre lo sapeva, era calato lo stesso silenzio improvviso, e ogni uomo o ragazzo si era girato verso la Barriera, tendendo l'orecchio, in attesa. Un lungo squillo del corno indicava il ritorno di ranger, ma due…

"Il giorno è arrivato" pensò la sacerdotessa rossa. "Adesso lord Snow mi dovrà ascoltare."

Il lungo grido lamentoso del corno svanì lentamente. Il silenzio parve durare un'ora. Alla fine il bruto spezzò l'incanto. «Uno solo, dunque. Ranger di ritorno.»

«Ranger morti.» Anche Melisandre si alzò. «Va' a prendere quelle ossa e aspettami. Tornerò.»

«Dovrei venire con te.»

«Non dire sciocchezze. Quando avranno trovato quello che troveranno, la sola vista di un bruto li farà inferocire. Resta qui finché il loro sangue non si sarà sbollito.»

Mentre Melisandre scendeva le scale di pietra della Torre del Re incrociò Devan che saliva, affiancato da due delle guardie lasciate da Stannis per proteggerla. Il ragazzo aveva su un vassoio la colazione di cui lei si era quasi dimenticata. «Ho aspettato che Hobb togliesse dal forno le pagnotte appena cotte, mia lady» disse il ragazzo. «Il pane è ancora caldo.»

«Lascia tutto nelle mie stanze.» Probabilmente l'avrebbe mangiato il bruto. «Lord Snow ha bisogno di me al di là della Barriera.» "Lui ancora non lo sa, ma presto…"

Fuori aveva cominciato a cadere una neve leggera. Un piccolo drappello di confratelli in nero era radunato intorno al portale. Quando Melisandre e la sua scorta arrivarono, i guardiani della notte fecero largo alla sacerdotessa rossa. Il lord comandante l'aveva preceduta: si era incamminato attraverso il ghiaccio, accompagnato da Bowen Marsh e da venti lancieri. Jon Snow aveva anche mandato una decina di arcieri sulla sommità della Barriera, qualora ci fossero dei nemici nascosti nei boschi vicini. Le guardie all'ingresso del portale non erano uomini della regina, ma lasciarono comunque passare Melisandre.

Faceva freddo ed era buio, nello stretto cunicolo sinuoso che attraversava la Barriera di ghiaccio. Morgan precedeva Melisandre con una torcia. Merrel, armato d'ascia, la seguiva. Erano entrambi ubriaconi senza speranza, ma a quell'ora del mattino erano ancora sobri. Uomini della regina, almeno di nome, avevano una salutare paura di Melisandre e, quando non era ebbro, Merrel sapeva essere un combattente formidabile. Melisandre non avrebbe avuto bisogno di loro quel giorno, ma riteneva importante farsi accompagnare da due guardie ovunque andasse. Era un messaggio preciso. "I simboli del potere."

Quando i tre emersero a nord della Barriera la neve cadeva più fitta. Una coltre bianca sfilacciata ammantava l'irregolare e torturata terra di nessuno che dalla Barriera si estendeva fino al limitare della Foresta Stregata. Jon Snow e i suoi confratelli in nero erano radunati attorno a tre lance, una ventina di iarde più in là.

Le lance erano lunghe otto piedi e di frassino. Quella di sinistra mostrava una leggera incurvatura, mentre le altre due erano lisce e diritte. In cima a ognuna era conficcata una testa mozzata. Le barbe erano incrostate di ghiaccio e la neve, cadendo, aveva depositato su quei crani un cappuccio bianco. Dove c'erano stati gli occhi, rimanevano solo delle orbite vuote, neri fori insanguinati che fissavano in muta accusa.

«Chi erano?» chiese Melisandre ai corvi.

«Jack Bulwer il Nero, Hal il Peloso e Garth Piumagrigia» rispose il lord attendente Bowen Marsh in tono solenne. «Il terreno è semicongelato. I bruti ci avranno messo metà della notte per conficcare le lance così in profondità. Potrebbero essere ancora nei dintorni. A osservarci.» Marsh scrutò il limitare del bosco.

«Là fuori potrebbero essercene altri cento» disse il confratello in nero con la faccia triste «o anche mille.»

«No» Jon Snow scosse la testa. «Hanno lasciato i loro doni nel cuore della notte e sono fuggiti.» Il suo enorme meta-lupo albino girò intorno a quelle aste, annusando, poi alzò la zampa e pisciò sulla lancia che reggeva la testa di Jack Bulwer il Nero. «Spettro fiuterebbe il loro odore, se fossero ancora là fuori.»

«Mi auguro che il Piagnone abbia bruciato i cadaveri» disse l'uomo con la faccia triste, che chiamavano Edd l'Addolorato. «Altrimenti potrebbero venire a cercare la propria testa.»

Jon Snow afferrò la lancia con il cranio di Garth Piumagrigia e la strappò con violenza dal terreno. «Tirate giù le altre due» ordinò, e quattro corvi si affrettarono a ubbidire.

Bowen Marsh aveva le guance arrossate dal freddo. «Non avremmo mai dovuto mandare fuori i ranger.»

«Non è il momento né il luogo per rigirare il coltello in quella piaga» replicò Snow. «Non qui, mio lord. Non adesso.» Agli uomini che si occupavano delle lance disse: «Prendete le teste e bruciatele. Tenete solo le ossa». Solo allora parve accorgersi di Melisandre. «Mia lady, vieni a fare due passi con me, se vuoi.»

"Finalmente." «Se così compiace al lord comandante.»

Mentre camminavano ai piedi della Barriera, Melisandre lo prese sottobraccio. Morgan e Merrel li precedevano, Spettro li seguiva in cerca di prede. La sacerdotessa rossa non parlava, ma rallentò deliberatamente il passo e, dove posava i piedi, il ghiaccio cominciava a lacrimare. "Snow non mancherà di notarlo."

Vicino alla grata di una trincea difensiva, Jon Snow ruppe il silenzio, come si aspettava che avrebbe fatto. «Notizie degli altri sei?»

«Non li ho visti» rispose Melisandre.

«Li cercherai nelle tue fiamme?»

«Certo, mio lord.»

«È arrivato un corvo messaggero di ser Denys Mallister da Torre delle Ombre» la informò Jon Snow. «I suoi uomini hanno visto dei fuochi sul versante più lontano della Gola. Una concentrazione di bruti, secondo ser Denys. Pensa che cercheranno ancora di forzare il Ponte dei Teschi.»

«Forse alcuni.» E se i teschi che aveva visto si riferivano a quel ponte? Melisandre però pensava non fosse così. «Se dovesse accadere, quell'attacco sarà solo un diversivo. Ho visto torri in riva al mare, sommerse da una marea nera e sanguigna. Quello è il punto su cui si abbatterà l'attacco maggiore.»

«Il Forte Orientale?»

"Era davvero quel luogo?" pensò Melisandre. Aveva visitato il Forte Orientale con re Stannis. Era il luogo in cui sua grazia aveva lasciato la regina Selyse e la loro figlia Shireen, quando aveva riunito i suoi cavalieri per marciare sul Castello Nero. Le torri che aveva visto nel fuoco erano diverse, ma nelle sue visioni accadeva spesso. «Sì, mio lord. Il Forte Orientale.»

«Quando?»

Melisandre allargò le braccia. «Domani, la prossima luna, tra un anno, o magari potresti con il tuo intervento evitare del tutto ciò che ho visto.» "Altrimenti, a cosa servirebbero le visioni?"

«Bene» disse Snow.

La massa di corvi neri oltre il portale si era ingrossata, circa una quarantina di uomini, quando riemersero a sud della Barriera. I confratelli si avvicinarono. Melisandre ne conosceva alcuni per nome: il cuoco Hobb Tre Dita, Mully dai bisunti capelli arancione, il ragazzo ritardato di mente chiamato Owen il Muflone, l'ubriacone septon Cellador.

«È vero, mio lord?» disse Hobb Tre Dita.

«Chi sono?» chiese Owen il Muflone. «Non Dywen, spero?»

«Né Garth» soggiunse l'uomo della regina che Melisandre conosceva come Alf di Runnymudd, uno dei primi ad abbandonare i Sette Falsi Dèi per convertirsi alla verità di R'hllor. «Garth è troppo furbo per i bruti.»

«Quanti?» chiese Mully.

«Tre» disse Jon. «Jack il Nero, Hal il Peloso e Garth.»

Alf di Runnymudd gridò così forte da svegliare chi stava dormendo nella Torre delle Ombre. «Mettilo a letto e fagli bere un po' di vino caldo aromatizzato» ordinò Jon a Hobb Tre Dita.

«Lord Snow» disse piano Melisandre. «Verresti con me alla Torre del Re? Ho altro da riferirti.»

Jon la fissò a lungo, con i suoi freddi occhi grigi. Strinse la mano destra a pugno, riaprì le dita, le serrò di nuovo. «Come tu desideri. Edd, riporta Spettro nei miei alloggi.»

Melisandre lo prese come un segnale e congedò anche la sua scorta. Attraversarono insieme la corte, loro due da soli. Tutt'intorno cadeva la neve. La sacerdotessa rossa camminava al fianco di Jon Snow, tanto vicino da percepire la diffidenza che emanava da lui come una bruma oscura. "Non prova affetto per me, non ne proverà mai, ma si servirà di me. Benissimo." Melisandre di Asshai aveva danzato quella medesima danza anche con Stannis Baratheon, tempo addietro. A dire il vero, il giovane lord comandante e il suo re avevano in comune più di quanto essi fossero disposti ad ammettere. Stannis era stato un figlio minore cresciuto nell'ombra del fratello più grande, proprio come Jon Snow, bastardo di nascita, era sempre stato oscurato dal fratello legittimo, l'eroe ucciso a tradimento che le genti dei Sette Regni chiamavano il Giovane Lupo. Erano entrambi scettici per natura, diffidenti e sospettosi. Gli unici dèi che adoravano veramente erano l'onore e il dovere.

«Non hai chiesto di tua sorella» riprese Melisandre mentre salivano la scala a chiocciola della Torre del Re.

«Te l'ho già detto. Non ho sorelle. I guardiani della notte mettono da parte qualsiasi parentela, quando pronunciamo il loro giuramento. Non posso aiutare Arya, così come non...»

Appena entrarono nelle stanze di lei, Snow s'interruppe di colpo. Rattleshirt, seduto a tavola, stava imburrando col suo coltello una fetta di pane caldo. Aveva indossato l'armatura di ossa, notò con piacere Melisandre. Il mezzo teschio di gigante che gli serviva da elmo era posato sul divanetto sotto la finestra.

Jon Snow si irrigidì. «Tu.»

«Lord Snow» il bruto sogghignò, mettendo in mostra una fila di denti scuri e spezzati. Il rubino che teneva al polso scintillava nella luce del mattino come una fioca stella rossa.

«Che cosa fai qui?»

«Colazione. Favorisci pure.»

«Non spezzerò il pane con te.»

«Sei tu quello che ci rimetti. La pagnotta è ancora calda. Questo almeno Hobb lo sa fare.» Rattleshirt diede un morso. «Potrei farti visita con altrettanta facilità, mio lord. Le guardie alla tua porta sono una burla. Chi ha scalato la Barriera una cinquantina di volte può arrivare senza difficoltà a qualsiasi finestra. Ma che vantaggio avrei a ucciderti? I corvi non farebbero che scegliersi qualcuno di peggiore.» Masticò, deglutì. «Ho sentito dei tuoi ranger. Avresti dovuto mandare me con loro.»

«Così li avresti consegnati direttamente al Piagnone?»

«Vuoi parlare di tradimenti? Come si chiama la tua donna dei bruti, Snow? Ygritte, giusto?» Il Lord delle Ossa si rivolse a Melisandre. «Avrò bisogno di cavalli. Una mezza dozzina di buone cavalcature. E non posso farcela da solo. Dovrete procurarmi alcune mogli di lancia rinchiuse a Città della Talpa. Ci vogliono delle donne, è più facile che la ragazza si fidi di loro, inoltre mi aiuteranno a realizzare il piano che ho in mente.»

«Ma che cosa sta dicendo?» chiese lord Snow a Melisandre.

«Parla di tua sorella.» La Donna Rossa gli posò la mano sul braccio. «Tu non la puoi aiutare, ma lui sì.»

Snow ritrasse il braccio. «Assolutamente no. Tu non conosci quest'uomo. Anche se si lavasse le mani cento volte al giorno, avrebbe ancora il sangue sotto le unghie. È più facile che stupri e uccida Arya, anziché la salvi. No. Se è questo che hai visto nei tuoi fuochi, mia lady, di sicuro deve esserti entrata della cenere negli occhi.» Accennò a Rattleshirt. «Se prova a lasciare Castello Nero senza il mio consenso, gli mozzo io stesso la testa.»

"Non mi dà altra scelta. Così sia." «Devan, lasciaci soli» ordinò Melisandre. Lo scudiero si affrettò a uscire, chiudendosi la porta alle spalle.

Melisandre sfiorò il rubino che portava al collo e pronunciò una parola.

Il suono rimbalzò stranamente dagli angoli della stanza e si contorse come un verme nelle loro orecchie. Il bruto udì una parola, il corvo un'altra. Nessuna delle due era quella uscita dalle labbra di Melisandre. Il rubino al polso del bruto diventò scuro, e i brandelli di luce e ombra intorno a lui si avvizzirono e sbiadirono.

Le ossa restarono: le costole sbatacchiarono, e anche gli artigli e i denti lungo le braccia e le spalle, e la grande clavicola ingiallita di traverso sulla schiena, il teschio di gigante rimase un teschio di gigante, ingiallito e fessurato, con un ghigno di denti macchiati e selvaggi.

Ma i capelli con l'attaccatura a punta sulla fronte si dissolsero. I baffi castani, il mento bitorzoluto, la carne olivastra e giallastra, e i piccoli occhi scuri, tutto si fuse. Dita grigie strisciarono tra i lunghi capelli castani. Rughe ironiche comparvero agli angoli della bocca. D'un tratto, l'uomo era più grosso di prima, più largo di petto e di spalle, lungo di gambe e magro, con la faccia rasata e bruciata dal vento.

Jon Snow sbarrò gli occhi. «Mance?»

«Lord Snow» Mance Rayder non sorrise.

«*Quella donna ti ha bruciato!*»

«Ha bruciato il Lord delle Ossa.»

Jon Snow si rivolse a Melisandre. «Che stregoneria è questa?»

«Chiamala come vuoi: incantesimo, apparenza, illusione. R'hllor è il Signore della Luce, e i suoi servitori possono tessere con la luce come altri tessono con il filo.»

Mance Rayder, il Re oltre la Barriera, ridacchiò. «Avevo dei dubbi anch'io, Snow, ma perché non lasciarla tentare? O quello o lasciarmi arrostire da Stannis.»

«Le ossa aiutano» disse Melisandre. «Le ossa ricordano. I sortilegi più potenti si fondano proprio su oggetti simili: gli stivali di un morto, un ciuffo di capelli, un sacchetto con le ossa delle dita. Sussurrando un incantesimo e con la preghiera, l'ombra di un uomo può essere sottratta a lui e drappeggiata come un mantello addosso a un altro. L'essenza di chi la indossa non cambia, muta solo la sua apparenza.»

Lo disse come se fosse una cosa semplice, e facile. Loro non avrebbero mai saputo quanto era stato difficile, né quanto le era costato. Melisandre aveva imparato molto prima di Asshai quella lezione: più la stregoneria appare spontanea, più la gente teme lo stregone. Quando le fiamme avevano lambito Rattleshirt, il rubino che lei portava al collo era diventato così incandescente da farle temere che la sua stessa carne cominciasse a emettere fumo e ad annerirsi. Per fortuna, lord Snow l'aveva liberata con le sue frecce da quella sofferenza. Mentre Stannis ribolliva per la sfida, lei rabbrividiva di sollievo.

«Il nostro falso re è permaloso» disse Melisandre, rivolgendosi a Jon Snow «ma non ti tradirà. Abbiamo suo figlio, non dimenticarlo. Inoltre, a te deve la vita.»

«A me?» Snow sembrava sorpreso.

«A chi se no, mio lord? Egli avrebbe potuto pagare per i suoi crimini solo a costo della vita, dicono le tue leggi, e Stannis Baratheon non è un uomo che va contro la legge... ma come tu hai saggiamente detto, le leggi degli uomini finiscono alla Barriera. Ti dissi che il Signore della Luce avrebbe ascoltato le tue preghiere. Volevi un modo per salvare la tua sorellina e mantenere quell'onore che per te significa così tanto, il giuramento che hai prestato al cospetto del tuo dio di legno.» Indicò con un dito pallido. «Eccolo qui, lord Snow. La liberazione di Arya Stark. Un dono del Signore della Luce... e mio.»

REEK

Prima udì le ragazze che correvano verso casa abbaiando. Poi, il rimbombare degli zoccoli sul lastricato lo fece schizzare in piedi, con uno sferragliare di catene. Quella che aveva tra le caviglie era lunga meno di due palmi, e gli accorciava il passo, obbligandolo a trascinare i piedi. In quelle condizioni era difficile muoversi in fretta, ma lui fece meglio che poté, saltellando rumorosamente fuori dal suo giaciglio. Ramsay Bolton era tornato e avrebbe voluto che il suo Reek fosse pronto a servirlo.

All'esterno, sotto un freddo cielo autunnale, i cacciatori si stavano riversando dentro i portoni. Ben Bones in testa, con attorno le ragazze che abbaiavano e latravano. Dietro di lui c'erano Skinner, Alyn l'Acido e Damon-danza-per-me, con la sua lunga frusta oleata, poi i Walder in sella ai puledri grigi ricevuti da Lady Dustin. Sua eminenza montava Sangue, uno stallone sauro dal temperamento simile al padrone. Ramsay Bolton stava ridendo. Reek sapeva che quello poteva essere un ottimo segno, oppure un pessimo segno.

I cani gli furono addosso prima che lui li potesse riconoscere, attirati dal suo odore. Gli volevano molto bene: Reek dormiva spesso con loro, e ogni tanto Ben Bones gli lasciava addirittura mangiare lo stesso cibo. La muta sfrecciò sul selciato, abbaiando, lo circondò, saltava a leccargli la faccia lurida, gli mordicchiava le gambe. Helicent gli prese fra la mano sinistra i denti, la strinse con tale forza che Reek temette di perdere altre due dita. Jeyne la Rossa gli si buttò addosso e lo sbatté a terra. Era snella, soda e muscolosa, mentre Reek era flaccido, aveva la pelle grigia e le ossa fragili, un uomo macilento con i capelli bianchi.

I cavalieri stavano già smontando quando Reek riuscì ad allontanare Jeyne la Rossa e a rimettersi faticosamente in piedi. Ventiquattro uomini erano usciti a cavallo e ventiquattro erano rientrati: la caccia era stata deludente. Brutta cosa. Ramsay non apprezzava il sapore dell'insuccesso. "Avrà voglia di far del male a qualcuno."

Negli ultimi tempi il lord aveva dovuto trattenersi, perché Barrowton era piena di uomini necessari a Casa Bolton, e Ramsay sapeva di dover stare attento quando in giro c'erano i Dustin, i Ryswell e altri signorotti. Con loro era sempre cortese e sorridente. Ma dietro le porte chiuse era un'altra persona.

Ramsay Bolton era abbigliato come si conviene al lord di Hornwood ed erede di Forte Terrore. Il mantello era di pelli di lupo cucite insieme e chiuso sulla spalla destra contro il gelo autunnale dai denti ingialliti di una testa di lupo. A un fianco portava una grossa falce, con la lama spessa e pesante come quella di una mannaia; all'altro, un lungo pugnale e un piccolo coltello per scuoiare, ricurvo e dalla punta uncinata, affilato come un rasoio. Tutte e tre avevano il manico di osso ingiallito. «Reek» esordì sua eminenza dall'alto della sella di Sangue «tu puzzi. Sento il tuo odore fin da questa parte della corte.»

«Lo so, mio lord» fu costretto a rispondere Reek. «Ti supplico di perdonarmi.»

«Ti ho portato un regalo» replicò Ramsay. Si girò, allungò il braccio, estrasse qualcosa dalla sella e glielo lanciò. «Prendi al volo!»

Tra la catena, i ceppi e le dita mancanti, Reek era più impacciato di quanto non fosse stato prima d'imparare il proprio nome. La testa mozzata colpì le mani mutilate, rimbalzò lontano dai monconi delle dita e atterrò ai suoi piedi, in una pioggia di vermi da decomposizione. Era talmente incrostata di sangue rappreso da essere irriconoscibile.

«Ti avevo detto di prenderla al volo» disse Ramsay. «Forza, raccoglila!»

Reek cercò di sollevare la testa afferrandola per un orecchio. Niente da fare. La carne era verdastra e putrida, e l'orecchio gli si spaccò fra le dita. Piccolo Walder rise, e un momento dopo anche gli altri ridevano. «Ah, lascia stare» disse Ramsay. «Pensa invece a Sangue. L'ho sfiancato, povero animale.»

«Sì, mio lord. Lo faccio subito.» Reek arrancò fino al cavallo, lasciando la testa mozzata ai cani.

«Oggi puzzi come merda di maiale, Reek» rilevò Ramsay.

«Per lui è già un miglioramento» commentò Damon-danza-per-me sorridendo mentre avvolgeva la sua frusta.

Piccolo Walder volteggiò a terra. «Provvedi anche al mio cavallo, Reek. E anche a quello del mio cuginetto.»

«Al mio cavallo ci posso badare da solo» ribatté il Grande Walder.

Il Piccolo Walder era lo scudiero preferito di lord Ramsay e diventava ogni giorno più simile a lui, invece il più piccolo dei Frey aveva un'indole differente e di rado partecipava agli scherzi crudeli del cugino.

Reek non badò agli scudieri. Condusse Sangue verso le stalle, schivandolo con un balzo laterale quando lo stallone cercò di scalciarlo. I cacciatori entrarono nel salone a grandi passi, tutti tranne Ben Bones che stava imprecando contro i cani per farli smettere di litigare per la testa mozzata.

Il Grande Walder lo seguì nelle stalle, portando sottomano il proprio cavallo. Reek gli lanciò di nascosto un'occhiata mentre toglieva il morso a Sangue. «Chi era?» chiese a voce bassa, in modo che gli altri stallieri non sentissero.

«Nessuno.» Il Grande Walder tolse la sella al suo grigio. «Solo un vecchio che abbiamo incontrato per strada, tutto qui. Spingeva una vecchia capra e quattro capretti.»

«Sua eminenza l'ha ucciso per le capre?»

«Sua eminenza l'ha ucciso perché il vecchio l'ha chiamato lord Snow. Le capre, però, ci hanno fatto comodo. Abbiamo munto la madre e arrostito i piccoli.»

"Lord Snow." Reek annuì, tra lo sferragliare delle catene mentre armeggiava con le cinghie della sella di Sangue. "Per tutti gli dèi, Ramsay non è uno a cui stare vicino quando è arrabbiato. Nemmeno quando non lo è." «Avete trovato i vostri cugini, mio lord?»

«No, né ho mai creduto che sarebbe successo. Sono morti. Lord Wyman li ha fatti uccidere. Al posto suo lo avrei fatto anch'io.»

Reek non disse niente. Certi discorsi erano un'imprudenza, anche nelle stalle quando sua eminenza era nella sala grande. Una parola sbagliata poteva costargli un altro dito del piede, o anche della mano. "Non la lingua, però. Quella non me la taglierà mai. A lui piace sentirmi supplicare di risparmiarmi altre sofferenze. Gli piace farmelo dire."

I cavalieri erano andati a caccia per sedici giorni, mangiando solo pane duro e manzo salato, oltre a qualche capretto rubato dove capitava, per cui quella sera lord Ramsay ordinò un banchetto per celebrare il suo ritorno a Barrowton. Il loro ospite, Harwood Stout, un brizzolato lord di secondo rango con un braccio solo, ebbe il buonsenso di accondiscendere, anche se ormai le sue dispense dovevano essere quasi vuote. Reek aveva sentito i servi di Stout brontolare che il Bastardo e i suoi uomini stavano consumando tutte le scorte per l'inverno. «Dicono che si scoperà la figlia di lord Eddard» si era lamentata la cuoca di Stout, senza accorgersi che Reek stava ascoltando «ma quando arriverà la neve, saremo noi a essere fottuti, tenetevelo bene a mente.»

Tuttavia lord Ramsay aveva ordinato un banchetto, quindi banchetto doveva essere. Nel salone di Stout furono montati dei tavoli su cavalletti, venne macellato un bue, e quella sera, al tramonto, i cacciatori tornati a mani vuote mangiarono arrosto e costolette, pane d'orzo, passato di carote e piselli, il tutto annaffiato da enormi quantità di birra.

Il Piccolo Walder doveva provvedere che la coppa di lord Ramsay fosse sempre piena, mentre il Grande Walder mesceva per tutti gli altri alla tavola alta. Reek era incatenato vicino alla porta, in modo che il suo tanfo non togliesse l'appetito ai commensali. Lui avrebbe mangiato più tardi i resti che lord Ramsay si fosse degnato di mandargli. I cani invece vennero lasciati liberi di scorrazzare nel salone, e offrirono il miglior divertimento della serata, quando Maude e Jeyne la Grigia attaccarono uno dei cani da caccia di lord Stout per strappargli un osso particolarmente succulento lanciato loro da Will il Corto. Reek fu l'unico nella sala a non seguire il combattimento fra i cani. Teneva lo sguardo fisso su Ramsay Bolton.

Il combattimento andò avanti finché il cane del loro ospite venne sbranato. Il vecchio cane da caccia di Stout non avrebbe mai potuto farcela. Era da solo contro due, e le cagne di Ramsay erano giovani, forti e feroci. Ben Bones, che amava più i cani del loro padrone, aveva detto a Reek che portavano i nomi di tutte le contadine che Ramsay aveva cacciato, stuprato e ucciso quando era ancora un bastardo, e se la faceva con il primo Reek. «Ma solo di quelle che lo hanno fatto divertire. Quelle che piangono, supplicano e non scappano, non ottengono poi di tornare come cagne.» La prossima figliata nei canili di Forte Terrore avrebbe incluso una Kyra, Reek non ne dubitava. «Le ha addestrate a uccidere anche i lupi» aveva confidato Ben Bones. Reek non aveva fatto commenti. Sapeva quali lupi le cagne dovevano uccidere, ma non aveva nessuna voglia di vederle litigare per una delle sue dita del piede mozzate.

Due servitori stavano portando via la carcassa del bracco morto e una vecchia aveva tirato fuori straccio, spazzolone e secchio per ripulire la paglia imbevuta di sangue, quando di colpo la porta del salone si spalancò con un turbine d'aria fredda e dodici uomini in cotta di maglia grigia e mezzo elmo entrarono con passo deciso, spingendo da parte le giovani guardie di Stout impallidite in brigantina di cuoio e cappa color oro e ruggine. Un improvviso silenzio scese sui commensali… tutti tranne lord Ramsay, che gettò via l'osso che stava spolpando, si ripulì la bocca sulla manica, atteggiò le labbra unte a un viscido sorriso e disse: «Padre».

Il lord di Forte Terrore lanciò un'occhiata indolente ai resti del banchetto, al cane morto, agli arazzi sulle pareti, a Reek in ceppi e catene. «Fuori» ordinò ai commensali, con voce bassa come un sussurro. «Tutti e subito.»

Gli uomini di lord Ramsay si alzarono dai tavoli, abbandonando coppe e taglieri. Ben Bones richiamò le cagne, che lo seguirono trotterellando, alcune con un osso ancora tra le fauci. Harwood Stout si inchinò rigidamente e abbandonò la propria sala senza fiatare. «Togli la catena a Reek e portalo via» ringhiò Ramsay ad Alyn l'Acido, ma suo padre mosse la mano in un breve gesto: «No, lascialo».

Anche le guardie personali di lord Roose si ritirarono, chiudendosi le porte alle spalle. Quando l'eco morì, Reek si ritrovò da solo nella sala grande con i due Bolton, padre e figlio.

«Quindi non sei riuscito a trovare i Frey dispersi.» Roose Bolton lo disse più come una constatazione che come una domanda.

«Siamo tornati dove quel sacco di lardo del Lord Lampreda dice che si sono separati, ma le ragazze non sono riuscite a fiutare una pista.»

«Hai chiesto di loro nei villaggi e nei fortini?»

«Parole sprecate. I contadini potrebbero anche essere ciechi per quello che vedono.» Ramsay si strinse nelle spalle. «È importante? Il mondo non sentirà la mancanza di qualche Frey. Ce ne sono molti altri, giù alle Torri Gemelle, nel caso ce ne servisse uno.»

Lord Roose strappò un pezzetto di pane e lo mangiò. «Hosteen e Aenys sono in ansia.»

«Vadano loro a cercarli, se vogliono.»

«Lord Wyman biasima se stesso. A sentirlo, aveva preso Rhaegar in grande simpatia.»

Lord Ramsay stava andando in collera. Reek glielo leggeva nel taglio della bocca, nella smorfia delle labbra carnose, nel modo in cui risaltavano i tendini della gola. «Quegli idioti di Frey sarebbero dovuti restare con Manderly.»

Roose Bolton scrollò le spalle. «La sua portantina si muove a passo di lumaca… e ovviamente la salute e la stazza di lord Wyman non consentono a sua eminenza di viaggiare più di qualche ora al giorno, con frequenti soste per i pasti. I Frey erano ansiosi di arrivare a Barrowton e di ricongiungersi con i loro parenti. Puoi biasimarli di essere andati avanti?»

«Se è davvero questo che hanno fatto. Tu ti fidi di Manderly?»

Nei pallidi occhi del padre ci fu uno scintillio. «Ti ho dato questa impressione? Già. Sua eminenza è assai sconvolto.»

«Non così tanto da perdere l'appetito. Lord Maiale avrà portato con sé metà delle scorte di Porto Bianco.»

«Quaranta carri pieni di derrate alimentari. Botti di vino e ippocrasso, barili di lamprede appena pescate, un gregge di capre, un centinaio di maiali, casse di granchi e ostriche, un merluzzo enorme… Come forse avrai notato, lord Wyman ama mangiare.»

«Quello che ho notato è che non ha preso ostaggi.»

«L'ho notato anch'io.»

«Che cosa conti di fare in proposito?»

«È un bel dilemma.» Lord Roose trovò una coppa vuota, la ripulì con un lembo della tovaglia, si versò da bere. «A quanto pare, Manderly non è il solo a dare banchetti.»

«Avresti dovuto organizzarlo tu, per festeggiare il mio ritorno» si lamentò Ramsay. «E si sarebbe dovuto tenere a Barrow Hall, non in questo cesso di castello.»

«Non posso disporre di Barrow Hall e le sue cucine non sono al mio servizio» replicò con calma suo padre. «Là sono solo un ospite. Il castello e il villaggio appartengono a lady Dustin, e lei non ti sopporta.»

Ramsay si rabbuiò. «Se le mozzo le tette e le do in pasto alle mie ragazze, dici che mi sopporterà? O se la scuoio, e con la sua pelle mi faccio fare un paio di stivali?»

«Lo dubito. E quegli stivali sarebbero molto cari. Ci costerebbero Barrowton, Casa Dustin e i Ryswell.» Roose Bolton si sedette di fronte al figlio. «Barbrey Dustin è la sorella minore della mia seconda moglie, figlia di Rodrik Ryswell, sorella di Roger, Rickard e di quello col mio stesso nome, Roose, cugina degli altri Ryswell. Aveva simpatia per il mio compianto figlio e sospetta che tu abbia giocato un ruolo nella sua dipartita. E lady Barbrey è una donna che sa come nutrire il rancore. Dovresti esserle grato per questo. Barrowton sostiene i Bolton in gran parte perché lei incolpa ancora Ned Stark per la morte di suo marito.»

«Sostiene i Bolton?» Ramsay ribolliva di rabbia. «Tutto ciò che fa è sputarmi addosso. Verrà il giorno che darò fuoco alla sua preziosa cittadina di legno. Che sputi su quello, vediamo se estingue le fiamme.»

Roose Bolton fece una smorfia, come se la birra che stava bevendo fosse di colpo inacidita. «Certe volte, Ramsay, mi induci a chiedermi se sei davvero del mio seme. I miei progenitori erano molte cose, ma non stupidi. No, fa' silenzio, adesso, ho sentito abbastanza. Certo, per il momento sembriamo forti. Abbiamo amici potenti tra i Lannister e i Frey, abbiamo il sostegno riluttante di gran parte del Nord... ma che cosa immagini accadrebbe se dovesse ricomparire uno dei figli di Ned Stark?»

"I figli di Ned Stark sono tutti morti" pensò Reek. "Robb è stato assassinato nelle Torri Gemelle, quanto a Bran e Rickon... abbiamo immerso le loro teste nel catrame..." Gli martellavano le tempie. Non voleva pensare a quello che era successo prima che lui imparasse il suo nuovo nome. Erano ricordi troppo penosi, pensieri dolorosi quasi quanto il coltello di Ramsay per scuoiare...

«I lupacchiotti Stark sono morti» disse Ramsay facendo roteare la birra nella coppa. «E morti resteranno. Lascia solo che mostrino le loro brutte facce e le mie ragazze faranno a brandelli quei lupi deformi. Prima saltano fuori e prima li ucciderò di nuovo.»

Il Bolton più anziano sospirò. «*Di nuovo?* Sono sicuro che hai sbagliato a parlare. Non sei stato tu a uccidere i figli di lord Eddard, quei due bravi ragazzi ai quali volevamo tanto bene. È stato Theon il Voltagabbana, ricordi? Quanti dei tuoi amici recalcitranti pensi che potresti mantenere, se si sapesse la verità? Solo lady Barbrey, che trasformeresti in un paio di stivali... peraltro di scarsa qualità. La pelle umana non è resistente come quella di bue e non dura altrettanto. Per decreto del re adesso sei un Bolton. Cerca di comportarti come tale. Girano delle voci su di te, Ramsay. Le sento dappertutto. La gente ti teme.»

«Bene.»

«Sbagli. Non è affatto un bene. Su di me non è mai girata nessuna voce. Pensi che in caso contrario sarei qui seduto a parlarti? I tuoi divertimenti riguardano te solo, non dirò niente su questo, ma devi usare maggiore discrezione. Una terra pacifica, un popolo tranquillo. Questa è sempre stata la mia regola. Fa' che diventi anche la tua.»

«È per questo che hai lasciato lady Dustin e quella flaccida scrofa di tua moglie? Per arrivare fin qui e dirmi di starmene *tranquillo*?»

«Niente affatto. Ci sono alcune notizie che devi sapere. Lord Stannis ha finalmente lasciato la Barriera.»

Ramsay quasi balzò in piedi, con un sorriso sulle carnose labbra umide e luccicanti. «Sta marciando su Forte Terrore?»

«Purtroppo, no. Arnolf Karstark non capisce perché. Giura di aver fatto tutto il possibile per munire la trappola di esca.»

«Mi meraviglio. Gratta un Karstark e troverai uno Stark.»

«Dopo il trattamento che il Giovane Lupo ha riservato a lord Rickard, forse questo non è più tanto vero. Comunque sia: lord

Stannis ha strappato Deepwood Motte agli uomini di ferro e l'ha ridato a Casa Glover. Peggio ancora, i clan delle montagne si sono uniti a lui, Wull, Norrey, Liddle e tutti gli altri. La sua forza sta crescendo.»

«La nostra è superiore.»

«Per adesso.»

«Allora è il momento giusto per schiacciarlo. Lascia che io marci su Deepwood.»

«Dopo che ti sarai sposato.»

Ramsay sbatté la coppa sul tavolo e, quanto restava della birra, schizzò sulla tovaglia. «Sono stanco di aspettare. Abbiamo una ragazza, abbiamo un albero e abbiamo lord sufficienti per fare da testimoni. La sposo domani, le pianto un figlio in mezzo alle gambe e mi metto in marcia prima che il suo sangue virginale si sia seccato.»

"Pregherà perché tu parta presto" pensò Reek "e che tu non debba mai tornare nel suo letto."

«Le pianterai un figlio nel ventre» rispose Roose Bolton «ma non qui. Ho deciso che sposerai la ragazza a Grande Inverno.»

Lord Ramsay non parve gradire quella prospettiva. «Ho devastato Grande Inverno, o te lo sei scordato?»

«No, a quanto pare hai la memoria corta... Sono gli uomini di ferro che hanno devastato Grande Inverno e massacrato tutti i suoi abitanti. Theon il Voltagabbana.»

Ramsay lanciò a Reek un'occhiata sospettosa. «*Aye*, è stato lui. Tuttavia... uno sposalizio in quella rovina?»

«Anche se in rovina, Grande Inverno resta la casa di lady Arya. Quale posto migliore per sposarla, impalmarla e avanzare la tua pretesa? Questa, però, è solo metà della questione. Saremmo degli stolti a marciare contro Stannis. Lasciamo che sia Stannis a marciare contro di noi. È troppo prudente per venire a Barrowton... ma *dovrà* venire a Grande Inverno. I suoi clan non abbandoneranno la figlia del loro prezioso Ned a uno come te. Per non perdere il sostegno dei clan delle montagne del Nord, Stannis sarà costretto a reagire... e da comandante prudente qual è chiamerà a raccolta tutti i suoi amici e alleati. Convocherà Arnolf Karstark.»

Ramsay si leccò le labbra screpolate. «E noi lo sconfiggeremo.»

«Se gli dèi lo vorranno.» Roose Bolton si alzò. «Ti sposerai a Grande Inverno. Informerò i lord che ci metteremo in marcia fra tre giorni e li inviterò ad accompagnarci.»

«Tu sei il Protettore del Nord. Ordinalo!»

«Un invito otterrà lo stesso risultato. Il potere ha un sapore migliore quando è addolcito dalla cortesia. Farai meglio a ricordartelo, Ramsay, se un giorno speri di governare.» Il lord di Forte Terrore diede un'occhiata a Reek. «Oh, e togli le catene al tuo prediletto. Lo porto via.»

«Lo porti via? E dove? Lui è mio. Non puoi prendertelo.»

Roose pareva quasi divertito dalla sua reazione. «Tutto quello che hai te l'ho dato io. Faresti bene a ricordartelo, bastardo. In quanto a questo... Reek... se non l'hai rovinato senza possibilità di recupero, può ancora tornarci utile. Prendi le chiavi e togligli quelle catene, prima di farmi pentire del giorno in cui ho stuprato quella baldracca di tua madre.»

Reek vide la smorfia di Ramsay, la saliva che gli luccicava tra le labbra. Ebbe paura che balzasse al di là del tavolo, con la lama in pugno. Invece diventò paonazzo, distolse i pallidi occhi da quelli ancora più pallidi del padre e andò a prendere le chiavi. Ma mentre era chino per aprire i ceppi intorno ai polsi e alle caviglie di Reek, gli si accostò e sussurrò: «Non dirgli niente e ricorda tutto quello che dice. Io ti avrò di ritorno, qualsiasi cosa dirà quella puttana di una Dustin. Chi sei?».

«Reek, mio lord. Il tuo uomo. Sono Reek, che fa rima con *sneak*, la spia.»

«Esatto. Quando mio padre ti riporterà, ti prenderò un altro dito. Lascerò a te scegliere quale.»

Senza volerlo, Reek cominciò a piangere. «*Perché?*» la sua voce è spezzata. «Non gli ho chiesto io di portarmi via. Farò tutto quello che vuoi, ti servirò, ti ubbidirò, ti... no, ti supplico...»

Ramsay gli mollò un ceffone. «Prenditelo» disse a suo padre. «Non è nemmeno un uomo. Il suo lezzo mi disgusta.»

Quando uscirono la luna si stava alzando oltre le mura di legno di Barrowton. Reek poteva udire il vento soffiare sulle pianure ondulate oltre il villaggio. C'era meno di un miglio da Barrow Hall alla modesta fortezza di Harwood Stout vicino alla porta orientale. Lord Bolton gli offrì un cavallo. «Riesci a stare in sella?»

«Io... mio lord, io... io credo di sì.»

«Walton, aiutalo a montare.»

Anche libero dai ceppi, Reek si muoveva come un vecchio. La pelle gli pendeva dalle ossa, e Alyn l'Acido e Ben Bones dissero che aveva le convulsioni. E il suo odore... perfino la giumenta che gli avevano portato si tirò indietro quando cercò di montare in sella.

Ma era un cavallo mite, e conosceva la strada per Barrow Hall. Una volta oltrepassate le porte, Lord Bolton si affiancò a Reek. La loro scorta si tenne a una certa distanza. «Come vuoi che ti chiami?» chiese lord Bolton, mentre trottavano lungo le ampie strade dritte di Barrowton.

"Reek, sono Reek, che fa rima con *wreak*, lo sfogo." «Reek» disse «se compiace il mio lord.»

«*Milord.*» Bolton dischiuse le labbra quel tanto da mostrare un quarto di pollice di denti. Poteva essere stato un sorriso.

Reek non capì. «Mio lord? Ho detto...»

«... *mio lord,* mentre avresti dovuto dire *milord.* La tua lingua tradisce la tua origine a ogni parola che pronunci. Se vuoi sembrare un vero contadino, parla come se avessi del fango in bocca, o come se tu fossi troppo stupido per renderti conto che sono due parole, non una sola.»

«Se compiace il mio... *milord.*»

«Così va meglio. Il tuo tanfo è davvero terribile.»

«Sì, *milord.* Ti chiedo perdono, *milord.*»

«Perché? Il modo in cui puzzi è colpa di mio figlio, non tua. Lo so benissimo.»

Passarono davanti a una stalla e a una locanda chiusa, con un covone di grano dipinto sull'insegna. Reek sentì della musica provenire dalle finestre.

«Ho conosciuto il primo Reek» riprese lord Bolton. «Puzzava, ma non perché non si lavava. A dire il vero, non ho mai conosciuto una persona più pulita. Faceva il bagno tre volte al giorno e portava fiori nei capelli come una fanciulla. Una volta, quando la mia seconda moglie era ancora in vita, fu sorpreso a rubare profumi dalla sua camera da letto. Ordinai che lo frustassero per quello, una decina di frustate. Anche il suo sangue aveva un odore sbagliato. L'anno seguente ci riprovò. Quella volta bevve il profumo e rischiò di morire avvelenato. Non cambiò niente. Il puzzo era connaturato in lui. Una maledizione, diceva la gente. Gli dèi avevano fatto in modo che puzzasse affinché gli uomini sapessero che la sua anima era marcia. Il mio vecchio maestro insisteva che era indice di malattia, anche se il ragazzo era forte come un vitello. Nessuno riusciva a stargli vicino, perciò lui dormiva con i maiali... fino al giorno in cui la madre di Ramsay comparve alla mia porta a chiedere un servitore per il mio bastardo, che stava diventando dissoluto e turbolento. Così le diedi Reek. L'idea era nata per scherzo, ma lui e Ramsay diventarono inseparabili. Adesso però mi domando... se sia stato Ramsay a corrompere Reek, o viceversa.» Guardò il nuovo Reek, con occhi pallidi e strani come due lune bianche. «Che cosa ti ha mormorato mentre ti toglieva le catene?»

«Ha... ha detto...» "Ha detto di non dirti niente." Il nuovo Reek sentì le parole incepparsi in gola, cominciò a tossire e soffocare.

«Respira a fondo. So benissimo che cosa ti ha detto. Di spiarmi e di mantenere i suoi segreti.» Bolton ridacchiò. «Come se lui avesse dei segreti. Alyn l'Acido, Luton, Skinner e tutti gli altri... da dove pensa che arrivino? Crede davvero che siano *suoi* uomini?»

«Suoi uomini» ripeté Reek come un'eco. Il Lord Sanguisuga sembrava aspettarsi un commento, ma lui non sapeva che cosa dire.

«Il mio bastardo ti ha mai detto come l'ho avuto?»

Questo, almeno, lo sapeva. «Sì, mio... *milord.* Hai incontrato sua madre mentre eri fuori a cavallo e sei rimasto incantato dalla sua bellezza.»

«Incantato?» Bolton rise. «Ha usato quella parola? Il ragazzo ha un'anima da cantastorie... ma se tu credi alla sua canzone forse sei più stupido del primo Reek. Anche l'antefatto è sbagliato. Stavo cacciando una volpe lungo le sponde dell'Acqua Piangente, quando mi imbattei per caso in un mulino e vidi una ragazza che lavava i panni nel ruscello. Il vecchio mugnaio si era preso una nuova giovane moglie, una ragazza con la metà dei suoi anni. Alta e snella, piena di salute. Gambe lunghe e piccole tette sode come due susine mature. Con una certa grossolana bellezza. Appena posai gli occhi su di lei, la desiderai. Mi spettava. I maestri ti diranno che re Jaehaerys, per accontentare la sua petulante regina, abolì il diritto della prima notte, ma nei luoghi dove regnano gli antichi dèi permangono le vecchie usanze. Anche gli Umber mantengono il diritto della prima notte, anche se vogliono negarlo. Lo stesso vale in certi clan delle montagne, e sull'isola di Skagos... be', solo gli alberi del cuore possono avere un'idea di quello che succede a Skagos.

«Quel mugnaio si era sposato senza chiedere il mio consenso e senza informarmi. Mi aveva ingannato. Così ordinai che fosse impiccato e reclamai i miei diritti sotto l'albero dal quale penzolava. A dire la verità, la ragazza non valeva nemmeno il costo della fune. Anche la volpe riuscì a fuggire e, durante il ritorno a Forte Terrore, il mio corsiero preferito si azzoppò, quindi alla fine dei conti fu una giornata infame.

«Un anno dopo, quella ragazza ebbe l'impudenza di presentarsi a Forte Terrore con uno strillante mostriciattolo dalla faccia rossa che lei sosteneva essere mio figlio. Avrei dovuto frustare la madre e gettare il piccolo in un pozzo... ma il bambino aveva in effetti i miei occhi. Lei mi disse che il fratello di suo marito, vedendo quegli occhi, l'aveva picchiata a sangue e cacciata dal mulino. La cosa m'infastidì, perciò diedi a lei il mulino e mozzai la lingua del cognato, in modo da essere sicuro che non andasse di corsa a Grande Inverno a raccontare storie che avrebbero potuto turbare lord Rickard. Ogni anno mandavo alla donna qualche maialino, del pollame e un sacchetto di stelle, con l'intesa che non rivelasse mai al bambino chi l'aveva generato. Una terra pacifica, un popolo tranquillo: questa è sempre stata la mia regola.»

«Una buona regola, *milord.*»

«La donna, però, mi disubbidì. Tu stesso vedi che cosa è diventato Ramsay. È lei che lo ha ridotto così, lei e Reek, continuando a mormorargli all'orecchio dei suoi diritti. Si sarebbe dovuto accontentare di macinare il grano. Pensa davvero di poter, un giorno, governare il Nord?»

«Combatte per te» si lasciò sfuggire Reek. «È forte.»

«I tori sono forti. Gli orsi sono forti. Ho visto il mio bastardo combattere. Non è interamente da biasimare. Reek è stato il suo tutore, il primo Reek, e Reek non era mai stato addestrato nell'uso delle armi. Ramsay è feroce, te lo concedo, ma muove la spada come un macellaio taglia la carne.»

«Non ha paura di nessuno, *milord.*»

«Invece dovrebbe. In questo mondo di tradimenti e inganni, la paura è ciò che tiene in vita un uomo. Perfino qui, a Barrowton, i corvi volano in cerchio, aspettando di banchettare con la nostra carne. Sui Cerwyn e sui Tallhart non si può fare affidamento, il mio grasso amico lord Wyman complotta il tradimento, quanto al Flagello delle puttane… gli Umber possono sembrare dei sempliciotti, ma non sono privi di una certa primitiva astuzia. Ramsay dovrebbe temere tutti loro, come faccio io. La prossima volta che lo vedi, diglielo.»

«Devo dirgli… di avere paura?» Reek si sentì male solo all'idea. «*Milord,* se io… se io lo facessi, lui mi…»

«Lo so.» Lord Bolton sospirò. «Ha sangue cattivo. Dovrebbe essere salassato. Le sanguisughe succhiano via il sangue cattivo, assieme a tutta la rabbia e alla sofferenza. Nessuno riesce a pensare quando è così pieno di rabbia. Ramsay, però… temo che il suo sangue infetto avvelenerebbe perfino le sanguisughe.»

«È il tuo unico figlio.»

«Per il momento. Ne avevo un altro, in passato. Domeric. Un ragazzo tranquillo, ma molto in gamba. Ha servito per quattro anni come paggio di lady Dustin e altri tre nella Valle di Arryn come scudiero di lord Redfort. Suonava l'arpa alta, leggeva libri di storia e cavalcava come il vento. I cavalli… il ragazzo andava pazzo per i cavalli, lady Dustin può confermartelo. Neanche la figlia di lord Rickard riuscì a batterlo nella corsa e quella ragazza era lei stessa un mezzo cavallo. Redfort disse che sembrava molto portato per le quintane. Un grande giostratore dev'essere innanzitutto un ottimo cavallerizzo.»

«Sì, *milord*. Domeric. Ho... ho sentito il suo nome...»

«Ramsay lo ha ucciso. Una malattia delle viscere, dice maestro Uthor, ma io dico veleno. Nella Valle, Domeric aveva passato il tempo in compagnia dei figli di Redfort. Voleva avere un fratello al suo fianco, così risalì il corso dell'Acqua Piangente per cercare il mio bastardo. Glielo vietai, ma Domeric era ormai diventato un uomo e credeva di avere più buonsenso di suo padre. Adesso le sue ossa riposano sotto Forte Terrore, insieme a quelle dei suoi fratelli morti ancora nella culla, e a me rimane Ramsay. Dimmi, mio lord... se l'assassino di consanguinei è maledetto, che cosa deve fare un padre quando un figlio ammazza l'altro?»

Quella domanda lo spaventò. Una volta aveva sentito Skinner dire che il Bastardo aveva ucciso il proprio fratello legittimo, ma non aveva osato crederci. "Forse si sbaglia. I fratelli talvolta muoiono, non significa che siano stati assassinati. I miei fratelli sono morti, ma non li ho uccisi io. «Mio lord ha una nuova moglie da cui avere dei figli.»

«E pensi che al mio bastardo piacerebbe? Lady Walda è una Frey e ha una predisposizione alla fertilità. Ho preso stranamente in simpatia la mia piccola e grassa moglie. Le due precedenti non emettevano mai un suono a letto, questa invece geme e freme. Lo trovo delizioso. Se sforna figli come inforna torte, presto Forte Terrore sarà pieno di Bolton. Ramsay li ucciderà tutti, ovviamente. Meglio così. Non vivrò abbastanza a lungo da vedere i miei figli diventare adulti, e i lord bambini sono la sventura di qualsiasi casata. A Walda, però, dispiacerà vederli morire.»

Reek aveva la gola secca. Sentiva il vento flagellare i rami spogli degli olmi che fiancheggiavano la strada. «Mio lord, se...»

«*Milord*, ricordi?»

«*Milord*, se posso chiedere... perché hai voluto portarmi via con te? Non sono utile a nessuno, non sono neppure un uomo, sono mutilato... e poi la puzza che...»

«Un bagno e degli abiti puliti miglioreranno il tuo odore.»

«Un bagno?» Reek provò una stretta alle viscere. «Preferirei... preferirei di no, milord. Ti prego. Ho... delle ferite, io... questi vestiti, lord Ramsay me li ha dati, e... ha detto che non me li sarei dovuti togliere mai, salvo ordine suo...»

«Indossi degli stracci» rispose lord Bolton, in tono calmo e paziente. «Abiti luridi, laceri, macchiati e puzzolenti di sangue e orina. E leggeri. Hai certamente freddo. Ti rivestiremo di lana d'agnello, morbida e calda. E magari un mantello foderato di pelliccia. Ti piacerebbe?»

«No.» Reek non poteva permettere che prendessero i vestiti che lord Ramsay gli aveva dato. Non poteva permettere che lo *vedessero.*

«Preferisci forse vestirti di seta e di velluto? Un tempo ricordo che ti piacevano molto.»

«No» insisté con voce stridula. «No, voglio solo questi vestiti. I vestiti di Reek. Io sono Reek, che fa rima con *peek*, il furtivo.» Sentiva il cuore battere come un tamburo e la sua voce si alzò in uno strillo di paura. «Non voglio fare il bagno. Ti prego, *milord*, non portarmi via i vestiti.»

«Ci permetterai almeno di lavarli?»

«No, *milord*. Ti scongiuro.» Si strinse la veste al petto con le due mani e s'ingobbì sulla sella, temendo che Roose Bolton potesse ordinare alle guardie di strappargli subito i vestiti in mezzo alla strada.

«Come vuoi.» I pallidi occhi di Bolton parevano vacui nel chiaro di luna, come se dietro non ci fosse nessuno. «Non intendo farti male, capisci? Io ti devo molto, davvero.»

«Tu?» Una voce nella sua testa stava gridando: "È una trappola, sta giocando con te, il figlio è solo l'ombra del padre". Lord Ramsay giocava sempre con le sue speranze. «Che… che cosa mi devi, *milord*?»

«Il Nord. Gli Stark finirono e furono annientati la notte che tu ti impadronisti di Grande Inverno.» Fece un gesto con la pallida mano per tagliare corto. «Il resto è solo una disputa sul bottino.»

Il loro breve tragitto terminò a ridosso delle mura di legno di Barrow Hall. Gli stendardi garrivano dalle torri quadrate, schioccando al vento: l'uomo scuoiato di Forte Terrore, l'ascia da guerra dei Cerwyn, i pini dei Tallhart, il tritone dei Manderly, le chiavi incrociate del vecchio lord Locke, il gigante degli Umber e la mano di pietra dei Flint, l'alce degli Hornwood. Per gli Stout, scaglione di rossiccio e oro, e per gli Slate, un campo grigio con doppio bordo bianco. Quattro teste di cavallo proclamavano i quattro Ryswell dei Rills: una grigia, una nera, una dorata, una marrone. La battuta era che i Ryswell non potevano essere d'accordo nemmeno sul colore del proprio simbolo. Sopra tutti fluttuava l'emblema cervo e leone del bambino che sedeva sul Trono di Spade, a mille leghe di distanza.

Mentre passavano sotto il corpo di guardia, Reek udì il rumore delle pale del vecchio mulino a vento. Entrarono in una corte erbosa, i ragazzi di stalla accorsero per occuparsi dei cavalli. «Da questa parte, prego.» Lord Bolton lo condusse verso il mastio, dove gli stendardi erano quelli del defunto lord Dustin e della sua vedova. Lo stendardo del lord mostrava una corona a punte sopra a due asce incrociate; quello della lady inquartava quegli stessi simboli con la testa di cavallo dorata di Rodrik Ryswell.

Nel salire l'ampia scalinata di legno che portava al salone, Reek cominciò a sentirsi tremare le gambe. Fu costretto a fermarsi per ritrovare l'equilibrio, fissando i pendii erbosi di Great Barrow, il grande tumulo. Alcuni sostenevano che fosse la tomba del Primo Re, colui che aveva guidato i primi uomini in Occidente. Altri replicavano che là sepolto, a giudicare dalle dimensioni della cripta, doveva esserci un re dei giganti. Altri ancora, non molti, dicevano che non fosse un tumulo, ma semplicemente una collina. In questo caso era una collina solitaria: gran parte del territorio attorno a essa era piatto e spazzato dal vento.

Nel salone, una donna vicino al caminetto si scaldava le mani protendendole verso le braci di un fuoco morente. Era tutta vestita di nero, dalla testa ai piedi, non portava né ori né gioielli, ma era di nobile nascita, lo si vedeva chiaramente. Anche se aveva qualche ruga agli angoli della bocca e altre ancora più fitte attorno agli occhi, era ancora dritta, alta e piacente. I suoi capelli erano castani e grigi in egual misura, e li portava legati alla nuca in una crocchia da vedova.

«Chi è costui?» disse. «Dov'è il ragazzo? Il tuo bastardo si è rifiutato di cederlo? Questo vecchio è il suo... oh, dèi misericordiosi, che cos'è questo *odore*? Se l'è fatta addosso?»

«Lui è stato con Ramsay. Lady Barbrey, permettimi di presentarti il legittimo lord delle Isole di Ferro, Theon della Casa Greyjoy.»

"No" pensò "no, non dire quel nome, Ramsay ti sentirà, lui saprà, saprà! E mi farà ancora male."

La donna sporse le labbra. «Non è ciò che mi aspettavo.»

«È ciò che abbiamo.»

«Il tuo bastardo che cosa gli ha fatto?»

«Gli ha tolto un po' di pelle, immagino. Alcune piccole parti. Niente d'indispensabile.»

«È pazzo?»

«Può darsi. Ha importanza?»

Reek non poteva più ascoltare. «Vi prego, *milord, milady,* c'è stato di sicuro un errore.» Cadde in ginocchio, tremando come una foglia in una tempesta invernale, con le lacrime che gli rigavano le guance devastate. «Io non sono lui, non sono il Voltagabbana, lui è morto a Grande Inverno. Il mio nome è Reek.» Non doveva dimenticare il suo *nome.* «Fa rima con *freak,* lo sgorbio.»

TYRION

La *Selaesori Qhoran* aveva lasciato Volantis già da sette giorni, quando Penny finalmente emerse dalla cabina, salendo sul ponte con cauta lentezza, come una timida creatura dei boschi al risveglio dal lungo letargo invernale.

Era il crepuscolo e il prete rosso aveva acceso il fuoco per la notte nel grande braciere di ferro a mezza nave. L'equipaggio vi si era radunato intorno a pregare. La voce del sacerdote era un basso tamburo che pareva rullare da qualche parte nel suo torace massiccio. «Ti siamo grati per il tuo sole che ci tiene caldi» pregava Moqorro. «Ti siamo grati per le tue stelle che vegliano su di noi mentre navighiamo questo mare freddo e nero.» Era un uomo enorme, più alto di ser Jorah e largo almeno il doppio. Indossava una veste scarlatta con fiamme di seta arancione ricamate sulle maniche, sull'orlo e sul colletto. Aveva la pelle nera come la pece e i capelli bianchi come la neve; le fiamme tatuate sulle guance e sulla fronte erano gialle e arancioni. Il suo bastone di ferro era lungo quanto lui, incoronato da una testa di drago; quando batteva l'estremità inferiore sul ponte, dalle fauci del drago scaturiva una fiamma verde crepitante.

Le sue guardie, cinque schiavi combattenti della Mano di Fuoco, guidavano le risposte. Salmodiavano nella lingua di Vecchia Volantis, ma Tyrion aveva ascoltato quanto bastava per cogliere l'essenza di quelle preghiere. "Accendi il nostro fuoco e proteggici dal buio, bla bla bla, illuminaci la via e mantienici al caldo, la notte è oscura e piena di terrori, salvaci dalle creature spaventose e da altro ancora, bla bla bla."

Il buonsenso gli suggeriva di tenersi per sé quei pensieri. Tyrion Lannister non sapeva che farsene delle divinità, ma su quella nave era più saggio mostrare un certo rispetto per il rosso R'hllor. Una volta al largo, Jorah Mormont aveva tolto a Tyrion ceppi e catene, e il Folletto non voleva dargli alcun motivo di cambiare idea e incatenarlo di nuovo.

La *Selaesori Qhoran* era una sguazzante balena di cinquecento tonnellate, con una stiva profonda, alti castelli a prora e a poppa, un unico albero maestro al centro della tolda. Dal castello di prua si protendeva una polena grottesca, un'eminenza di legno divorato dai vermi, dall'aspetto dissenterico e con un rotolo di pergamena sotto il braccio. Tyrion non aveva mai visto una nave più brutta. L'equipaggio non era meglio. Il capitano, un uomo dalla bocca cattiva, crudele, con il ventre a botte, gli occhi ravvicinati, lo sguardo avido, giocava male a cyvasse e non sapeva perdere. Sotto di lui aveva quattro secondi, tutti liberti, e cinquanta schiavi legati alla nave, ognuno con una rozza versione della polena tatuata su una guancia. I marinai si divertivano a chiamare Tyrion "Naso Mozzo", anche se aveva loro ripetuto più volte che il suo nome era Hugor Hill.

Tre dei secondi e più di tre quarti dell'equipaggio erano ferventi adoratori di R'hllor, Signore della Luce. Tyrion era meno certo del capitano, il quale presenziava sempre alle preghiere della sera, senza però prendervi parte. Ma Moqorro restava il vero padrone della *Selaesori Qhoran*, almeno per quel viaggio.

«Signore della Luce, benedici il tuo schiavo Moqorro e illumina la sua via nelle zone tenebrose del mondo» declamò il prete rosso. «E difendi il tuo legittimo schiavo Benerro. Concedi a lui il coraggio. Concedi a lui la saggezza. Riempi di fuoco il suo cuore.»

Fu in quel momento che Tyrion notò Penny, intenta a seguire la ridicola cerimonia dalla scaletta di legno che portava sotto il castello di prua. Era su uno degli scalini più bassi, tanto che di lei si vedeva solamente la parte superiore della testa. Sotto il cappuccio, i suoi occhi brillavano grandi e bianchi nella luce del fuoco notturno. Aveva con sé il grosso cane grigio che cavalcava nelle finte giostre.

«Mia lady» la chiamò Tyrion a bassa voce. In realtà non era una lady, ma non riusciva proprio a pronunciare il suo stupido nome, e non se la sentiva di chiamarla "ragazza" oppure "nana".

Penny si ritrasse. «Non... non ti avevo visto.»

«Be', sono piccolo.»

«Non... non sono stata bene...» Il cane abbaiò.

"In preda all'angoscia, intendi." «Se posso esserti d'aiuto...»

«No.» E un attimo dopo, scomparve di nuovo sottocoperta, ritirandosi nella cabina che condivideva con il cane e la scrofa. Tyrion non poteva biasimarla. L'equipaggio della *Selaesori Qhoran* era stato abbastanza contento quando lui era salito a bordo; un nano, dopotutto, porta fortuna. Gli avevano lisciato la testa così spesso e con tale vigore che era un miracolo se non era diventato calvo. Invece Penny aveva incontrato una reazione più mista. Anche lei era una nana, ma era anche femmina, e a bordo delle navi le femmine portavano sfortuna. Per un marinaio che cercava di lisciarle la testa, tre borbottavano maledizioni a mezza voce quando passava.

"E la mia vista non fa che mettere sale sulla sua ferita. Hanno mozzato la testa a suo fratello nella speranza che fosse la mia, e adesso io sono qui, come un maledetto gargoyle, a offrirle vuote consolazioni. Fossi in lei, avrei solo voglia di buttare me in mare."

Tyrion provava solo compassione per la nana. Non meritava l'orrore che le era successo a Volantis, non più di quanto l'avesse meritato suo fratello. L'ultima volta che l'aveva vista, poco prima di lasciare il porto, aveva gli occhi rossi di pianto: due rossi buchi spettrali in una faccia pallida, esangue. Da quando avevano dispiegato la grande vela, Penny era rimasta chiusa in cabina con il cane e il maiale, ma di notte la si sentiva piangere. Giusto il giorno prima, Tyrion aveva udito uno dei secondi in comando dire che avrebbero fatto meglio a scaraventarla fuori bordo, prima che le sue lacrime allagassero la nave. Tyrion non era del tutto certo che stesse scherzando.

Una volta terminate le preghiere della sera, l'equipaggio tornò a disperdersi: alcuni montarono di guardia, altri andarono a mangiare, bere rum o dormire in branda. Moqorro rimase vicino al fuoco, come faceva ogni notte. Il prete rosso riposava di giorno, ma rimaneva sveglio nelle ore notturne, per sorvegliare le fiamme sacre in modo che il sole potesse tornare all'alba.

Tyrion si accovacciò di fronte a lui e si scaldò le mani in previsione del freddo della notte. All'inizio Moqorro nemmeno si accorse della sua presenza. Stava fissando il contorcersi delle fiamme, perduto in chissà quale visione. "Vedrà davvero i giorni a venire, come sostiene?" In tal caso, era un dono terrificante. Dopo un po' il sacerdote alzò la testa, e i suoi occhi incontrarono quelli del Folletto. «Hugor Hill» disse, inchinando solennemente la testa. «Sei venuto a pregare con me?»

«Qualcuno mi ha detto che la notte è oscura e piena di terrori. Tu che cosa vedi nelle fiamme?»

«Draghi.» Moqorro rispose nella lingua comune dell'Occidente. La parlava benissimo, quasi senza inflessione. Di sicuro era uno dei motivi per cui l'Alto Sacerdote Benerro aveva scelto lui per portare il culto di R'hllor a Daenerys Targaryen. «Draghi vecchi e draghi giovani, veri e falsi, della luce e delle tenebre. E vedo te, un piccolo uomo con una grande ombra, ringhiare in mezzo a tutto questo.»

«Ringhiare? Una persona affabile come me?» Tyrion era quasi lusingato. "E senza dubbio intende proprio questo. Ogni stolto ama sentirsi dire quanto è importante." «Forse hai visto Penny. Lei e io ci assomigliamo.»

«No, amico mio.»

"Amico mio? Da quando in qua, mi chiedo." «Hai visto anche quanto tempo ci metteremo per arrivare a Meereen?»

«Sei ansioso di vedere la salvatrice del mondo?»

"Sì e no. La salvatrice del mondo potrebbe tagliarmi la testa o gettarmi ai suoi draghi come spuntino." «Non più di tanto» rispose Tyrion. «Per me, tutto dipende dalle olive. Anche se temo di diventare vecchio e di morire prima di riuscire ad assaggiarne una. Nuotando a cagnolino potrei andare più veloce che a vela. Dimmi, *Selaesori Qhoran* era un triarca o una tartaruga?»

Il prete rosso ridacchiò. «Né l'uno né l'altra. Un *qhoran* è... non qualcuno che governa, ma qualcuno che serve e consiglia chi governa, aiutandolo a condurre i suoi affari. Voi occidentali lo chiamereste "attendente" o "magister".»

"Primo Cavaliere del re?" Un'idea che divertì il Folletto. «E *selaesori*?»

Moqorro si toccò il naso. «Imbevuto di un aroma gradevole. Voi direste profumato? Fragrante?»

«Allora *Selaesori Qhoran* significa grosso modo "Fetido attendente"?»

«Semmai "Profumato attendente".»

Tyrion fece una smorfia. «Preferisco "Fetido", ma ti ringrazio per la lezione.»

«Lieto di averti illuminato. Forse un giorno mi permetterai d'insegnarti anche la verità di R'hllor.»

«Un giorno» annuì Tyrion. "Quando sarò una testa su una picca."

Lo spazio che condivideva con ser Jorah poteva essere definito a stento una cabina: in quello sgabuzzino umido, buio, mefitico c'era giusto lo spazio per appendere due amache l'una sopra l'altra. Trovò Mormont che dondolava lentamente in quella inferiore, assecondando il rollio della nave. «La ragazza ha finalmente messo il naso sul ponte» gli riferì Tyrion. «Mi ha visto ed è tornata di corsa giù.»

«Non sei un bello spettacolo.»

«Non possiamo essere tutti avvenenti come te, nobile cavaliere. Quella ragazza è disperata. Non mi sorprenderebbe se la povera creatura cercasse di arrivare di nascosto alla murata, per poi saltare in acqua e lasciarsi annegare.»

«La povera creatura si chiama Penny.»

«Lo so.» Tyrion odiava quel nome. Il defunto fratello della nana si faceva chiamare Groat, anche se il suo vero nome era Oppo. *Groat* e *Penny* erano le due monete più piccole, quelle di minor valore. Il peggio era che si erano scelti quei nomi da soli. Questo lasciava a Tyrion l'amaro in bocca. «A prescindere dal nome, ha bisogno di un amico.»

Ser Jorah si alzò a sedere sull'amaca. «E allora diventa suo amico. Puoi anche sposarla, per quanto mi riguarda.»

Anche queste parole gli lasciarono l'amaro in bocca. «Simili con simili, è questo il concetto? Allora intendi trovarti come moglie un'orsa, ser?»

«Sei stato tu a insistere che la portassimo con noi.»

«Ho detto che non la potevamo abbandonare a Volantis. Ciò non significa che me la voglia scopare. Quella mi vuole morto, l'hai forse dimenticato? Sono l'ultima persona che vorrebbe come amico.»

«Siete entrambi dei nani.»

«Sì, e lo era anche suo fratello, che è stato decapitato perché alcuni stupidi ubriachi l'hanno preso per me.»

«Ti senti in colpa?»

«No.» Tyrion fremette. «Ho già abbastanza peccati di cui rispondere per conto mio; con quello non c'entro. Avrei potuto nutrire del risentimento nei confronti suoi e del fratello per la parte che hanno giocato la notte dello sposalizio di Joffrey, ma non ho mai augurato loro niente di male.»

«Sei una creatura inoffensiva, certo. Innocente come un agnellino.» Ser Jorah si mise in piedi. «La nana è un tuo fardello. Baciala, uccidila o evitala, come preferisci. Per me non rappresenta niente.» Passò davanti a Tyrion e uscì dalla cabina.

"È stato esiliato due volte, il prode cavaliere, e non c'è da stupirsi" pensò il Folletto. "Lo manderei in esilio anch'io, se potessi. Quell'uomo è freddo, cupo, astioso, senza senso dell'umorismo. E questi sono gli aspetti positivi." Ser Jorah passava la maggior parte delle sue ore di veglia percorrendo avanti e indietro il castello di prua, oppure appoggiato alla murata a fissare il mare. "Cerca la sua argentea regina. Cerca Daenerys e vorrebbe che la nave andasse più veloce. Be', se ci fosse Tysha ad aspettarmi a Meereen, forse mi sentirei così anch'io."

E se la Baia degli Schiavisti fosse dove andavano le puttane? Sembrava poco verosimile. Stando a quello che aveva letto, le città schiaviste erano il posto da cui le puttane arrivavano. "Mormont avrebbe dovuto comprarsene una." Una bella schiava gli avrebbe senz'altro migliorato l'umore... in particolare una con i capelli d'argento, come la baldracca che gli sedeva sull'uccello quel giorno a Selhorys.

Nel tragitto lungo il fiume, Tyrion aveva dovuto sopportare Griff, ma almeno si era divertito a risolvere il mistero della vera identità del capitano e la compagnia del resto del gruppetto sul barcone era decisamente più simpatica. Ma qui, a bordo della *Selaesori Qhoran*, ognuno era purtroppo solo ciò che appariva, non c'era nessuno di particolarmente simpatico, e solo il prete rosso era interessante. "Lui e forse Penny. Ma la ragazza mi odia, e ha ragione."

Tyrion aveva concluso che la vita a bordo della *Selaesori Qhoran* era semplicemente noiosa. La parte più entusiasmante della sua giornata consisteva nel punzecchiarsi con un coltello le dita delle mani e dei piedi. Sul fiume c'erano meraviglie da ammirare: tartarughe giganti, rovine di città, uomini di pietra, septa nude. Non si poteva mai sapere che cosa si celava al di là della prossima ansa. I giorni e le notti in mare erano sempre uguali. Lasciata Volantis, il vascello all'inizio si era mantenuto in vista della terraferma, così Tyrion aveva potuto guardare i promontori che incontravano, osservare i nugoli di uccelli marini che si alzavano dalle scogliere e dalle torri di guardia diroccate, contare le brulle isole marroni che oltrepassavano. Aveva visto anche molte altre imbarcazioni: pescherecci, lenti mercantili, splendide galee, i cui remi sferzavano le onde riducendole a bianca spuma. Ma una volta giunti al largo, c'erano solo mare e cielo, aria e acqua. L'acqua era solo acqua. Il cielo era solo cielo. A volte c'era una nuvola. "Troppo azzurro."

E la notte era peggio ancora. Nel migliore dei casi Tyrion dormiva comunque male, e quel caso era ben lontano dall'essere tra i migliori. Dormire significava per lo più sognare, e nei sogni lo aspettavano le Anse Dolenti, e un re di pietra con la faccia di suo padre. Per cui aveva ben poco da scegliere o mettersi sull'amaca e ascoltare Jorah Mormont che russava sotto di lui, o rimanere sul ponte a contemplare il mare. Nelle notti senza luna l'acqua era nera come l'inchiostro dei maestri, da orizzonte a orizzonte. Scura, profonda e minacciosa, con un suo gelido fascino, ma se la guardava troppo a lungo, Tyrion si ritrovava a rimuginare su quanto sarebbe stato facile scivolare al di là della falchetta e cadere in quella oscurità. Un tonfo insignificante, e la piccola storia patetica che era la sua vita sarebbe presto terminata. "Ma se gli inferi esistessero davvero, e mio padre fosse là ad aspettarmi?"

Il momento migliore della serata era sempre la cena. Il cibo non era particolarmente buono, però era abbondante, così il Folletto decise di andare a mangiare. La cambusa dove consumava i pasti era un locale scomodo e angusto, con il soffitto talmente basso che i passeggeri più alti rischiavano sempre di picchiare la testa, un rischio al quale parevano particolarmente portati i robusti schiavi soldato della Mano di Fuoco. Per quanto Tyrion amasse ridere di quegli incidenti, era giunto a preferire di consumare i pasti da solo. Sedere a un tavolo affollato di gente che non parla la tua lingua, ascoltare gli altri chiacchierare e fare battute incomprensibili era diventato troppo faticoso. In particolare perché si chiedeva sempre se le battute e le risate erano dirette a lui.

La cambusa era anche il locale dove venivano custoditi i libri della nave. Essendo il capitano particolarmente amante della lettura, a bordo c'erano ben tre volumi: una raccolta di poesie marinare che andavano dal brutto all'orrendo, un tomo molto consumato sulle avventure erotiche di una giovane schiava in una casa di piacere a Lys, e il quarto tomo, e conclusivo, della *Vita del triarca Belicho,* un famoso patriota volantiano, la cui ininterrotta serie di conquiste e trionfi era terminata in modo piuttosto brutale quando era stato divorato dai giganti. Tyrion li aveva terminati tutti già al terzo giorno di navigazione. Poi, in mancanza d'altro, aveva cominciato a leggerli di nuovo. La storia della schiava era quella scritta peggio, ma anche la più avvincente, e fu il libro che portò con sé da leggere durante la cena a base di bietole al burro, stufato di pesce freddo e gallette che potevano essere usate per piantare dei chiodi.

Stava leggendo il racconto del giorno in cui la ragazza e sua sorella erano state fatte schiave, quando entrò nella cambusa Penny. «Oh!» esclamò. «Pensavo… non volevo disturbare, signore, io…»

«Non mi disturbi affatto. Spero che non cercherai ancora di uccidermi.»

«No.» Penny distolse lo sguardo e arrossì.

«In tal caso, apprezzo un po' di compagnia. Ce n'è ben poca, a bordo di questa nave.» Il Folletto chiuse il libro. «Coraggio, siediti. Mangia.» La ragazza aveva lasciato quasi tutti i suoi pasti intonsi, fuori dalla porta della cabina. Ormai doveva avere una fame da lupo. «Lo stufato è quasi commestibile. Il pesce, almeno, è fresco.»

«No, io… ho rischiato di soffocare con una lisca, una volta, non posso mangiare pesce.»

«Prendi un po' di vino, allora.» Tyrion riempì una coppa e la spinse verso di lei. «Offre il nostro capitano. Per la verità, più vicino al piscio che all'oro di Arbor, ma perfino il piscio ha più gusto del rum nero catrame che bevono i marinai. Potrebbe aiutarti a dormire.»

La ragazza non fece nemmeno il gesto di prendere la coppa. «Grazie, signore, ma no.» Si tirò indietro. «Non dovrei essere qui a disturbarti.»

«Vuoi passare tutta la vita a scappare?» le chiese Tyrion, prima che potesse varcare la soglia.

Quelle parole la bloccarono: «Anche tu».

«È vero» ammise Tyrion. «Ma io scappo *verso* e tu *via da*. C'è una bella differenza!»

«Non avremmo avuto alcun bisogno di scappare, se non fosse stato per causa tua.»

"Ha un bel coraggio a dirmelo in faccia." «Ti riferisci ad Approdo del Re o a Volantis?»

«A entrambi.» Grosse lacrime le scintillavano negli occhi. «A tutto quanto. Perché non potevi *semplicemente* giostrare con noi come voleva il re? Non ti saresti fatto niente. Che cosa ti sarebbe costato salire in groppa al cane e fare il torneo per compiacere il re bambino? Era solo un gioco. Avrebbero riso e sarebbe finita lì.»

«Avrebbero riso di me» ribatté Tyrion. "Ho fatto in modo che invece ridessero di Joff. Non è stata una manovra astuta?"

«Mio fratello dice che è buona cosa far ridere la gente. Una cosa nobile e onorevole. Mio fratello dice… lui…» Le lacrime rigarono le guance di Penny.

«Mi dispiace per tuo fratello» disse Tyrion. Glielo aveva già detto quando erano a Volantis, ma lei allora era troppo addolorata, e Tyrion non credeva che avesse sentito.

Adesso sentì. «Ti dispiace, ti dispiace.» Le tremavano le labbra, aveva il viso umido, i suoi occhi erano dei buchi orlati di rosso. «Lasciammo Approdo del Re quella stessa notte. Mio fratello disse che era meglio andare via, prima che qualcuno si chiedesse se eravamo implicati nella morte del re e decidesse di torturarci per scoprirlo. Andammo prima a Tyrosh. Mio fratello pensava che fosse abbastanza lontano, ma non era così. Laggiù conoscevamo un giocoliere. Per numerosi anni si era esibito ogni giorno davanti alla Fontana del Dio Abissale. Era vecchio, per cui le sue mani non avevano più la destrezza di un tempo, e a volte lasciava cadere le palline e doveva rincorrerle in giro per la piazza, ma i tyroshi ridevano e gli gettavano ugualmente qualche moneta. Un mattino, però, venimmo a sapere che il suo cadavere era stato trovato nel Tempio di Trios. Trios ha tre teste e accanto alle porte del tempio c'è una sua grande statua. Il vecchio era stato tagliato in tre, e infilato nelle bocche di Trios. Solo che, quando le parti vennero ricomposte, mancava la testa.»

«Un regalo per la mia dolce sorella. Era anche lui un nano.»

«Un ometto, *aye*. Come te e Oppo. Groat. Ora ti dispiace anche per quel giocoliere?»

«Fino a un attimo fa non sapevo nemmeno che esistesse… però, sì, mi dispiace che sia morto.»

«È morto per colpa tua. Il suo sangue lorda le tue mani.»

L'accusa, a così breve distanza dalle parole di Jorah Mormont, lo ferì. «Il suo sangue lorda le mani di mia sorella, e quelle dei bruti che hanno ucciso tuo fratello. Le mie…» Tyrion si guardò le mani, le rigirò, le esaminò, le strinse a pugno «… le mie sono incrostate di sangue antico, *aye*. Chiamami assassino di consanguinei e non sbaglierai; regicida, e io risponderò anche a quel nome. Ho ucciso madri, padri, nipoti, amanti, uomini e donne, sovrani e baldracche. Una volta un menestrello m'irritò, così feci cuocere quel bastardo in umido. Ma non ho mai ucciso né un giocoliere né un nano, e non posso essere biasimato per ciò che è accaduto al tuo fottutissimo fratello.»

Penny prese la coppa di vino che lui le aveva riempito e gliela svuotò in faccia. "Proprio come la mia dolce sorella." Tyrion sentì sbattere la porta della cambusa, ma non la vide uscire. Gli bruciavano gli occhi, e il mondo gli appariva sfocato. "Ecco il risultato, a voler fare amicizia."

Tyrion Lannister non aveva molta esperienza con altri nani. Il lord suo padre non aveva mai gradito chi gli ricordava la deformità del figlio e, per non incorrere nella sua collera, i guitti che annoveravano dei nani nelle loro compagnie avevano imparato ben presto a tenersi lontano da Lannisport e da Castel Granito. Crescendo, Tyrion aveva sentito parlare di un giocoliere nano presso la sede del dorniano lord Fowler, di un maestro nano a servizio nelle Dita e di un nano femmina tra le sorelle del silenzio, ma non aveva mai sentito il desiderio di andarli a conoscere. Gli erano giunte all'orecchio anche storie meno verosimili, di un nano che infestava una montagna nelle Terre dei Fiumi, di una baldracca nana ad Approdo del Re, rinomata per accoppiarsi con i cani. La sua dolce sorella gli aveva parlato di quest'ultima e si era offerta di trovargli una cagna in calore, qualora Tyrion fosse stato interessato a provare. Quando le aveva educatamente chiesto se si riferiva a se stessa, Cersei gli aveva tirato in faccia una coppa di vino. "Quello era rosso, se ben ricordo, mentre questo è dorato." Tyrion si asciugò il viso con la manica. Gli bruciavano ancora gli occhi.

Non rivide più Penny fino al giorno della tempesta.

Quel mattino, l'aria salmastra era immobile e pesante, ma il cielo a occidente era di un rosso fuoco, striato di nubi sempre più basse che brillavano come il cremisi acceso dei Lannister. I marinai avevano un gran daffare a rinforzare i boccaporti con serrette, svolgere gomene, sgombrare i ponti, legando con delle funi tutto ciò che non era già assicurato. «Brutto vento in arrivo» disse uno di loro. «Naso Mozzo dovrebbe andare giù di sotto.»

Tyrion si ricordò della tempesta in cui era incappato durante la traversata del Mare Stretto, come il ponte che gli sussultava sotto i piedi, gli orrendi scricchiolii e cigolii della nave, il sapore infame di vino e vomito. «Naso Mozzo resterà quassù» dichiarò il Folletto. Se gli dèi volevano prenderselo, preferiva morire annegato che soffocato dal suo stesso vomito. In alto, la vela della cocca s'increspò lentamente, come la pelliccia di una grande bestia che si risveglia da un lungo sonno, poi si gonfiò con uno schiocco improvviso, facendo voltare tutte le teste a bordo della nave.

Il vento spinse in avanti la *Selaesori Qhoran*, molto lontano dalla rotta prescelta. Alle loro spalle, le nubi nere si ammassavano l'una sull'altra, contro un cielo rosso sangue. A metà mattino videro delle folgori balenare a occidente, seguite dal lontano rombo dei tuoni. Il mare diventò molto agitato, e onde scure si alzarono a schiantarsi contro lo scafo della *Fetido attendente*. Fu più o meno allora che l'equipaggio cominciò ad ammainare le vele. Tyrion era d'impaccio a mezza nave, così salì sul castello di prua e si accovacciò, gustandosi le sferzate di pioggia gelida sulle guance. La cocca andava su e giù, sgroppava in modo più selvaggio di qualsiasi cavallo che lui avesse mai montato, sollevandosi a ogni onda per poi scivolare nell'avvallamento liquido al di là, scuotendolo fin nelle ossa. Comunque, era sempre meglio rimanere lì dove poteva vedere che non sotto coperta, chiuso in una cabina soffocante.

Quando si scatenò la tempesta era ormai quasi sera, e Tyrion Lannister era fradicio fino alle mutande, eppure si sentiva in qualche modo euforico… soprattutto più tardi, quando trovò in cabina un Jorah Mormont ubriaco in una pozza di vomito.

Il nano si trattenne nella cambusa anche dopo cena, a festeggiare di essere sopravvissuto dividendo qualche cicchetto di rum nero catrame con il cuoco di bordo, un grosso e grasso tanghero di

Volantis che nella lingua comune sapeva dire un'unica parola ("cazzo"), ma che giocava ferocemente d'attacco a cyvasse, soprattutto quando era ubriaco. Quella notte fecero tre partite. Tyrion vinse la prima, ma perse le altre due. Poi decise di essersi stufato e tornò barcollando sul ponte, per snebbiarsi la mente da rum ed elefanti.

Trovò Penny sul castello di prua, dove così spesso aveva visto ser Jorah, in piedi vicino al parapetto, di fianco a quell'orrenda polena mezza putrefatta, che fissava il mare nero come l'inchiostro. Vista da dietro pareva piccola e vulnerabile come una bambina.

Tyrion decise che era meglio lasciarla stare, ma ormai era tardi. Penny l'aveva sentito. «Hugor Hill.»

«Se ti compiace.» "Sappiamo tutti e due come stanno le cose." «Scusa, non volevo disturbarti. Me ne vado subito.»

«No.» Aveva il viso pallido e triste, anche se non dava l'impressione di aver pianto. «Volevo scusarmi anch'io. Per il vino. Non sei stato tu a uccidere mio fratello, né quel povero vecchio a Tyrosh.»

«Sono coinvolto, ma non per mia scelta.»

«Mi manca tantissimo. Mio fratello. Ho...»

«Capisco.» Tyrion si ritrovò a pensare a Jaime. "Ritieniti fortunata. Tuo fratello è morto prima che potesse tradirti."

«Pensavo di voler morire» riprese Penny «ma oggi, quando è scoppiata la tempesta, e ho pensato che la nave sarebbe affondata, io... io...»

«Hai capito che dopotutto volevi vivere.» "Ci sono passato anch'io. Un'altra cosa che abbiamo in comune."

Penny aveva i denti storti, per cui sorrideva di rado, ma ora sorrise. «Davvero hai cotto un menestrello in umido?»

«Chi, io? No, io non cucino.»

Quando Penny ridacchiò, sembrò la giovane ragazzina che era... diciassette anni, diciotto, non più di diciannove. «Cosa ti aveva fatto, quel menestrello?»

«Aveva scritto una canzone su di me.» "Lei era il suo segreto tesoro, la sua vergogna e la sua benedizione, a nulla valgono una catena e un maniero in confronto al bacio di una donna." Strano come le parole gli fossero tornate subito alla mente. Forse non lo avevano mai lasciato. "Sempre fredde sono le mani d'oro, sempre calde quelle di una donna."

«Deve essere stata una canzone molto brutta.»

«Non proprio. Di certo non paragonabile alle *Piogge di Castamere*, ovvio, ma alcune parti... be'...»

«Come faceva?»

Tyrion rise. «No, non ti conviene sentirmi cantare.»

«Mia madre cantava sempre per noi, quando eravamo bambini. Mio fratello e io. Diceva che non importa com'è la tua voce, se ami la canzone.»

«Lei era...?»

«... una nana? No, abbiamo preso da nostro padre. Suo padre lo vendette come schiavo quando aveva solo tre anni, ma crescendo diventò un guitto così famoso che si comprò la propria libertà. Viaggiò in tutte le città libere e anche in Occidente. A Vecchia Città lo chiamavano Salta-fagiolo.»

"Ma certo, il guitto" pensò Tyrion. Cercò di non trasalire.

«Ormai è morto» continuò Penny. «Anche mia madre. Oppo... era quello che restava della mia famiglia, e ora è morto anche lui.» Girò la testa e puntò con lo sguardo al di là del mare. «Che cosa farò? Dove andrò? Non ho un mestiere, so solo fare lo spettacolo della giostra, e per quello bisogna essere in due.»

"No" pensò Tyrion. "Cambia strada, ragazza. Non chiederlo a me. Non pensarci nemmeno." «Trovati un orfano che faccia al caso tuo» le suggerì.

Penny parve non sentirlo. «L'idea di rappresentare delle giostre venne a mio padre. Fu lui a addestrare la prima scrofa, ma alla fine era troppo malato per cavalcarla e così Oppo prese il suo posto. Io ho sempre montato il cane. Una volta abbiamo dato spettacolo per il lord ammiraglio di Braavos e lui ha riso così tanto che alla fine ha fatto a ciascuno di noi un... un magnifico regalo.»

«È là che vi ha trovato mia sorella? A Braavos?»

«Tua sorella?» Parve confusa.

«La regina Cersei.»

Penny scosse la testa. «Lei non è mai... è stato un uomo a venire da noi, a Pentos. Osmund. No, Oswald. Un nome del genere. Ci aveva parlato Oppo, non io. Era lui che prendeva tutti gli accordi. Mio fratello sapeva sempre che cosa avremmo fatto, dove saremmo andati.»

«La nostra prossima meta è Meereen.»

Lei lo guardò perplessa. «Qarth, vuoi dire. Stiamo andando a Qarth, passando per Nuova Ghis.»

«Meereen. Cavalcherai il tuo cane per la Regina dei Draghi e te ne andrai col tuo peso in oro. Meglio che cominci a mangiare, così sarai bella grassoccia quando ti esibirai davanti a sua grazia.»

Penny non ricambiò il sorriso. «Da sola posso tutt'al più girare in tondo. E se anche la regina ridesse, dopo dove andrò? Non stavamo mai a lungo in un posto. La prima volta che la gente ci vede ride a crepapelle, ma alla quarta o alla quinta volta sanno già in anticipo che cosa faremo. Allora smette di ridere, così dobbiamo andare in un altro posto. Facciamo più conio nelle grandi città, ma ho sempre preferito i villaggi. Lì la gente non ha argento, ma ci accoglie alla loro tavola e i bambini ci vengono dietro da tutte le parti.»

"Perché non hanno mai visto un nano, in quelle latrine di villaggi" pensò Tyrion. "I maledetti marmocchi seguirebbero una capra a due teste, se ne spuntasse una. Finché non si stufano dei belati e la macellano per la cena." Ma non voleva farla piangere di nuovo, per cui disse: «Daenerys è di buon cuore e generosa». Era quello che lei aveva bisogno di sentire. «Ti troverà un posto a corte, ne sono certo. Un posto sicuro, fuori dalla portata di mia sorella.»

Penny si girò verso di lui. «E ci sarai anche tu.»

"A meno che Daenerys non decida che le occorre un po' di sangue Lannister, per ripagare il sangue Targaryen versato da mio fratello." «Sì.»

Da allora, la nana non si fece più vedere spesso sul ponte. Il giorno dopo Tyrion la incontrò nel pomeriggio con la sua scrofa pezzata a mezza nave, quando l'aria era calda e il mare calmo. «Si chiama Carina» gli disse timidamente la ragazza.

"Carina la scrofa e Penny la ragazza" pensò. "Qualcuno ne dovrà pur rispondere." Penny gli diede alcune ghiande, e Tyrion lasciò che Carina le mangiasse dalla sua mano. "Non pensare che non capisca che cosa stai facendo, ragazza" pensò, mentre la grossa scrofa respirava rumorosamente e grugniva.

Presto cominciarono a mangiare insieme. Certe sere a cena erano loro due soli; altre volte si aggregavano alle guardie di Moqorro. Tyrion li soprannominò "le dita". Dopotutto erano uomini della Mano di Fuoco, ed erano in cinque. Penny rise alla battuta, un suono dolce che però lui non sentì spesso. La ferita era troppo fresca, il cordoglio troppo profondo.

In breve, anche Penny si mise a chiamare la nave *Fetido attendente*, ma si arrabbiò un po' quando Tyrion chiamò Carina "Pancetta affumicata". Per farsi perdonare, lui provò a insegnarle a giocare a cyvasse, ma si rese ben presto conto che era fatica sprecata. «No» le ripeté una decina di volte «quello che vola è il drago, non l'elefante.»

Quella stessa sera la ragazza si decise e gli chiese se avrebbe voluto giostrare con lei. «No» rispose Tyrion. Solo più tardi gli venne in mente che forse giostrare non significava esattamente giostrare. Avrebbe comunque risposto no, ma forse non in modo così brusco.

Tornato nella cabina che divideva con Jorah Mormont, Tyrion si rigirò nella sua amaca per ore, prendendo sonno e poi risvegliandosi. I suoi sogni erano pieni di grigio, mani di pietra che si protendevano verso di lui uscendo dalla bruma viscida e una scalinata che saliva verso suo padre.

Alla fine rinunciò a dormire e risalì sul ponte a prendere una boccata d'aria notturna. La *Selaesori Qhoran* aveva ammainato per la notte la grande vela a righe e il ponte era pressoché deserto. Uno dei secondi era sul castello di poppa, e a mezza nave Moqorro sedeva accanto al braciere, dove corte fiamme danzavano ancora in mezzo ai tizzoni.

Solo le stelle più luminose erano visibili, tutte a occidente. Un esangue bagliore rossastro illuminava il cielo a nordest, il colore di un livido. Tyrion non aveva mai visto una luna più grande di quella. Mostruosa, gonfia, come se avesse inghiottito il sole e si fosse svegliata con la febbre. La sua gemella galleggiava sul mare al di là della nave, emanando riflessi rossi a ogni onda. «Che ora è?» chiese a Moqorro. «Non può essere l'alba, a meno che l'oriente non si sia spostato. Come mai il cielo è così rosso?»

«Il cielo è sempre rosso sopra Valyria, Hugor Hill.»

Tyrion sentì un brivido gelido lungo la schiena. «Siamo vicini?»

«Più di quanto l'equipaggio vorrebbe» rispose Moqorro con voce profonda. «Conoscete le storie, nei vostri Regni del Tramonto?»

«So soltanto che, secondo certi marinai, chiunque osi posare gli occhi su quella costa è condannato.» Il Folletto non credeva a simili storie, non più di quanto ci avesse creduto suo zio. Gerion Lannister aveva fatto vela verso Valyria quando Tyrion aveva diciotto anni, con l'intento di recuperare l'antica spada perduta della Casa Lannister e qualsiasi altro tesoro fosse sopravvissuto al Disastro. Tyrion aveva desiderato ardentemente di poter andare con lui, ma il lord suo padre aveva definito quel viaggio una "ricerca insensata" e gli aveva proibito di partire.

"E forse non aveva tutti i torti" ammise Tyrion. Erano passati quasi dieci anni da quando la *Leone ridente* era salpata da Lannisport, e Gerion non aveva mai fatto ritorno. Gli uomini inviati da lord Tywin a cercarlo avevano seguito la sua rotta fino a Volantis, dove metà degli uomini dell'equipaggio aveva disertato e Gerion aveva comprato degli schiavi per sostituirli. Nessun uomo libero avrebbe scelto spontaneamente di imbarcarsi su una nave il cui capitano parlava apertamente di raggiungere il Mare Fumante. «Allora quelli che vediamo sono i fuochi delle Quattordici Fiamme riflessi dalle nubi?»

«Quattordici o quattordicimila. Quale uomo oserebbe contarle?

Non è saggio, per i mortali guardare troppo attentamente quei fuochi, amico mio. Quelli sono i fuochi della collera del dio stesso, e nessuna fiamma accesa dagli esseri umani può eguagliarli. Siamo infime creature, noi uomini.»

«E alcuni sono più infimi di altri.» "Valyria." Era stato scritto che nel giorno del Disastro ogni montagna per cinquecento miglia all'intorno si era spaccata in mille pezzi, riempiendo l'aria di cenere, fumo e fuoco, vampate così calde che perfino i draghi nel cielo erano stati avvolti e annientati. Grandi squarci si erano aperti nella terra, inghiottendo palazzi, templi, intere città. I laghi ribollivano o diventavano corrosivi, le montagne esplodevano, le fontane di fuoco schizzavano roccia fusa a mille piedi da terra, nubi rosse versavano vetro di drago e sangue nero di demoni, e a nord il terreno si spaccò, crollò e ricadde su se stesso e un mare rabbioso si precipitò nel baratro. In un istante, la più splendida città del mondo sparì e il suo favoloso impero svanì in un giorno, le Terre della Lunga Estate bruciarono, rimasero sommerse e appassirono.

"Un impero costruito sul sangue e sul fuoco. I valyriani hanno raccolto quello che avevano seminato." «Il nostro capitano intende quindi mettere alla prova la maledizione?»

«Il nostro capitano preferirebbe trovarsi cinquanta leghe più al largo, ben lontano da quella riva maledetta, ma io gli ho ordinato di seguire la rotta più breve. Anche altri stanno cercando Daenerys.»

"Griff, con il suo giovane principe." E se tutto quel parlare della Compagnia Dorata che era salpata verso occidente fosse stata una finta? Tyrion pensò di accennare alla cosa, ma poi cambiò idea. Aveva l'impressione che nella profezia tramandata dai preti rossi ci fosse posto per un solo eroe. Un secondo Targaryen avrebbe creato confusione. «E questi altri di cui parli, li hai visti nelle tue fiamme?» chiese cautamente.

«Solo le loro ombre» rispose Moqorro. «Una in particolare. Una figura alta e distorta, con un solo nero occhio e dieci lunghe braccia, che veleggiava in un mare di sangue.»

La luna era una falce, sottile e affilata come una lama di coltello. Un sole pallido si levò, tramontò, si levò di nuovo. Foglie rosse mormoravano nel vento. Nubi scure riempirono i cieli e si mutarono in tempeste. Lampi balenarono e tuoni rombarono, e morti con mani nere e vividi occhi azzurri si trascinarono intorno a una fenditura sul pendio, ma non potevano entrare. Sotto la collina, il bambino con la schiena spezzata, seduto su un trono ricavato da un albero-diga, ascoltava i sussurri nel buio, mentre i corvi gli zampettavano su e giù per le braccia.

"No, non potrai più camminare" gli aveva predetto il corvo con tre occhi "però potrai volare." A volte il suono del canto saliva lentamente da molto in basso. I figli della foresta: così la Vecchia Nan avrebbe chiamato quei cantori, ma "quelli che cantano il canto della terra" era il loro nome nella vera lingua, che nessun essere umano sapeva parlare. I corvi, però, la parlavano. I loro piccoli occhi neri erano pieni di segreti, e gli gracchiavano e gli beccavano la pelle ogni volta che udivano i canti.

La luna era tonda e piena. Le stelle ruotavano in un cielo nero. Cadde la pioggia e gelò, e i rami degli alberi si spezzarono sotto il peso del ghiaccio. Bran e Meera inventarono dei nomi per quelli che cantavano il canto della terra: Frassino, Foglia e Scaglie, Coltello Nero e Candide Ciocche e Braci. I loro nomi veri erano troppo lunghi per le lingue umane, disse Foglia. Solo lei poteva parlare la lingua comune, perciò Bran non seppe mai che cosa pensassero gli altri di quei nomi.

Dopo il freddo da gelare le ossa delle terre al di là della Barriera, nelle grotte regnava un tepore benedetto e, quando il gelo entrava strisciando nella roccia, i cantori accendevano dei fuochi per cacciarlo via di nuovo. Là sotto non c'era vento, non c'era neve, non c'era ghiaccio, non c'erano creature morte che cercavano di afferrarti, solamente sogni, una luce fioca e i baci dei corvi. E colui che sussurrava nel buio.

L'ultimo essere verde, lo chiamavano i cantori, ma nei sogni di Bran era sempre un corvo con tre occhi. Quando Meera Reed gli aveva chiesto il suo vero nome, emise un suono spettrale che poteva anche essere una risata. «Ho avuto molti nomi quando ancora potevo muovermi, e perfino io un tempo ebbi una madre, e il nome che mi diede tenendomi al seno era Brynden.»

«Io ho uno zio che si chiama Brynden» disse Bran. «In realtà è lo zio di mia madre. Brynden Pesce Nero.»

«Forse è a tuo zio che hanno dato il mio nome. Alcuni lo portano ancora. Molti meno di un tempo. Gli uomini dimenticano. Solo gli alberi ricordano.» La sua voce era talmente bassa che Bran doveva sforzarsi per udirla.

«La maggior parte di lui è finita nell'albero» spiegò il cantore che Meera aveva chiamato Foglia. «È vissuto oltre la sua durata mortale, eppure resta qui. Per noi, per voi, per i reami dell'uomo. Solo un'esile forza permane nella sua carne. Ha mille occhi e un occhio, ma c'è molto da sorvegliare. Un giorno saprai.»

«Che cosa saprò?» chiese Bran più tardi ai fratelli Reed, quando giunsero con le torce ardenti per riportarlo in una piccola camera fuori della grande caverna dove i cantori avevano preparato per loro dei giacigli dove dormire. «Che cosa ricordano gli alberi?»

«I segreti degli antichi dèi» disse Jojen Reed. Il cibo, il fuoco e il riposo l'avevano aiutato a riprendersi dalle fatiche del viaggio, ma adesso pareva più triste, più accigliato, con uno sguardo stanco e tormentato. «Verità che i primi uomini conoscevano, dimenticate ora a Grande Inverno... ma non nell'umida regione selvaggia. Nelle nostre paludi, sulle nostre palafitte, noi viviamo più vicino al verde, e ricordiamo. Terra e acqua, suolo e pietra, querce e olmi e salici esistevano ben prima di noi e continueranno a esistere quando noi ce ne saremo andati.»

«Come continuerai a esistere tu» aggiunse Meera. Quel commento rattristò Bran. "E se io non volessi restare, quando voi ve ne sarete andati?" pensò e fu sul punto di chiederlo, ma inghiottì le parole. Era quasi un uomo, ormai, e non voleva che Meera lo ritenesse un bamboccio piagnucoloso. Invece disse: «Forse potreste diventare anche voi degli esseri verdi».

«No, Bran.» Adesso Meera pareva triste.

«A pochi è dato di bere da quella fontana verde ancora in carne mortale, di udire il mormorio delle foglie e di vedere come gli alberi vedono, come gli dèi vedono» disse Jojen. «La maggior parte di noi non è così benedetta. A me gli dèi hanno concesso solo i sogni verdi. Il mio compito era di condurti qui. La mia parte in questo è compiuta.»

La luna era un buco nero nel cielo. I lupi ululavano nel bosco, annusando i cumuli di neve in cerca di creature morte. Uno stormo di corvi eruttò dal pendio, lanciando strida acute, nere ali che battevano sopra un mondo bianco. Un sole rosso si levò, tramontò, si levò di nuovo, dipingendo sulle nevi varie sfumature di rosa. Sotto la collina, Jojen meditava, Meera si angosciava e Hodor vagava per le gallerie buie, con una spada nella destra e una torcia nella sinistra. O forse era Bran che vagava?

"Nessuno lo dovrà mai sapere."

La grande caverna che si apriva sull'abisso era nera come la pece, nera come il catrame, più nera delle penne di un corvo. La luce entrava come un intruso, indesiderata e sgradita, e in breve spariva di nuovo: fuochi, candele e paglia bruciavano per un po', poi anch'essi si estinguevano, la loro breve vita si era conclusa.

I cantori fecero anche per Bran un trono come quello su cui sedeva lord Brynden: bianco legno d'albero-diga punteggiato di rosso, rami morti intrecciati con radici vive. Lo misero nella grande caverna vicino all'abisso, dove l'aria nera echeggiava il suono dell'acqua che scorreva in basso. Rivestirono il sedile di morbido muschio grigio. Dopo avervi adagiato Bran, lo ricoprirono di calde pellicce.

Bran restò lì seduto, ad ascoltare i rochi sussurri del maestro. «Non temere mai le tenebre, Bran.» Le parole del lord furono accompagnate da un debole fruscio di legno e foglie, un leggero movimento della testa. «Gli alberi più forti affondano le loro radici nei luoghi oscuri della terra. Le tenebre saranno il tuo mantello, il tuo scudo, il tuo latte materno. Le tenebre ti renderanno forte.»

La luna era una falce, sottile e affilata come una lama di coltello. Lenti fiocchi di neve scesero senza rumore, ammantarono di bianco i pini-soldato e gli alberi-sentinella. I tumuli di neve diventarono così alti da ricoprire l'ingresso delle grotte, lasciando una bianca muraglia che Estate era costretto a scavare ogni volta che usciva per unirsi al branco e andare a caccia. In quei giorni, Bran non andava quasi mai con loro, ma certe notti li osservava dall'alto.

Volare era addirittura meglio di arrampicarsi.

Scivolare nella pelle di Estate per lui era ormai facile come era stato indossare un paio di brache prima di spezzarsi la schiena. Cambiare la propria pelle con le penne nere di un corvo si era rivelato più arduo, ma non quanto aveva temuto, almeno non con quei corvi. «Uno stallone selvaggio s'impenna e scalcia quando un uomo tenta di montarlo, e cerca di mordere la mano che gli infila il morso fra i denti» aveva detto lord Brynden «ma un cavallo che ha già conosciuto un cavaliere ne accetterà un altro. Giovani o vecchi, quegli uccelli sono stati tutti cavalcati. Ora scegline uno e vola.»

Bran scelse un uccello e poi un altro, senza successo, ma il terzo corvo lo guardò con perspicaci occhi neri, inclinò la testa e lanciò un *craaa*, e in quello stesso istante Bran non era più un ragazzo che guardava un corvo, ma un corvo che guardava un ragazzo. Il canto del fiume diventò all'improvviso più forte, le torce ardevano un po' più vivaci di prima e l'aria era piena di strani odori. Quando cercò di parlare, quello che emise fu un verso gracchiante, e il suo primo volo terminò quando andò a sbattere contro una parete e dovette rientrare nel suo corpo martoriato. Il corvo non riportò danni. Volò verso di lui e gli si appollaiò sul braccio. Bran accarezzò le sue penne e scivolò di nuovo dentro di lui. In breve, cominciò a volare in tondo nella caverna, serpeggiando fra i lunghi denti di pietra che scendevano dal soffitto, sorvolando perfino l'abisso e lanciandosi in picchiata nel suo ventre buio e freddo.

Poi si rese conto di non essere solo.

«Nel corvo c'era qualcun altro» riferì a lord Brynden, una volta tornato nella propria pelle. «Una ragazza. L'ho sentita.»

«Una donna, di quelli che cantano il canto della terra» gli spiegò il maestro. «Morta da tempo. Eppure una parte di lei rimane, così come una parte di te rimarrebbe in Estate se la tua giovane carne dovesse morire domani. Un'ombra sull'anima. Non ti farà alcun male.»

«Tutti quegli uccelli hanno dentro di sé dei cantori?»

«Tutti» disse lord Brynden. «Sono stati i cantori a insegnare ai primi uomini a mandare messaggi tramite i corvi... però a quei tempi gli uccelli ripetevano le parole. Gli alberi ricordano, ma gli uomini dimenticano, così adesso questi scrivono i messaggi su fogli di pergamena e li legano alla zampa di uccelli dei quali non hanno mai condiviso la pelle.»

Una volta la Vecchia Nan gli aveva raccontato quella medesima storia, ricordò Bran, ma quando lui aveva chiesto a Robb se era vera, suo fratello si era messo a ridere e gli aveva domandato se credeva anche agli elfi. Avrebbe voluto che adesso Robb fosse lì con loro. "Gli direi che posso volare, ma lui non mi crederebbe e così dovrei mostrarglielo. Scommetto che anche lui potrebbe imparare. Lui, Arya e Sansa, anche il piccolo Rickon e Jon Snow. Potremmo essere tutti corvi e vivere nell'uccelliera del maestro Luwin."

Ma quello era solo un altro stupido sogno. Certe volte Bran si domandava se non fosse tutto un sogno. Forse si era addormentato nella neve e aveva sognato di trovarsi in un posto caldo e sicuro. "Devi svegliarti" diceva a se stesso "devi svegliarti subito, altrimenti scivolerai dal sonno alla morte." Un paio di volte si era pizzicato il braccio, con forza, ma tutto quello che aveva ottenuto era stato un braccio dolorante. All'inizio aveva cercato di contare i giorni, segnando quando era sveglio e quando dormiva. Ma laggiù sonno e veglia avevano un modo di fondersi bizzarro. I sogni diventavano lezioni, le lezioni diventavano sogni, le cose accadevano all'improvviso o non accadevano affatto. Una cosa era successa davvero o l'aveva solamente sognata?

«Soltanto un uomo su mille nasce con la capacità di cambiare pelle» disse un giorno lord Brynden, dopo che Bran aveva imparato a volare «e solo un metamorfo su mille può appartenere ai figli della foresta.»

«Pensavo che gli esseri verdi fossero gli stregoni dei figli della foresta» disse Bran. «Intendo i cantori.»

«In un certo senso lo sono. Quelli che tu chiami i figli della foresta hanno occhi dorati come il sole, ma una volta ogni molto tempo, su un albero nel profondo della foresta, nasce tra loro uno con gli occhi rossi come il sangue o verdi come il muschio. Gli dèi marcano con quei segni quelli che hanno scelto per ricevere il dono. I prescelti non sono robusti e hanno pochi anni di vita sulla terra, perché ogni canto deve avere il suo equilibrio. Ma una volta che sono entrati a fare parte del legno restano qui davvero a lungo. Un migliaio d'anni, un centinaio di pelli, una saggezza profonda come le radici di alberi antichi. *Gli esseri verdi.*»

Bran non capì, perciò chiese ai Reed. «Ti piacciono i libri, Bran?» replicò Jojen.

«Alcuni, sì. Mi piacciono le storie di combattimento. Mia sorella Sansa preferisce le storie d'amore, ma a me sembrano sciocchezze.»

«Chi legge vive mille vite prima di morire» disse Jojen. «Chi non legge mai, ne vive solo una. I cantori della foresta non avevano libri. Niente inchiostro né pergamena né lingua scritta. Invece avevano gli alberi, e soprattutto gli alberi-diga. Quando morivano, entravano nel legno, nelle foglie, nei rami e nelle radici, e gli alberi ricordavano. Tutti i loro canti e i loro incantesimi, le loro storie e le loro preghiere, tutto quello che sapevano di questo mondo. I maestri ti diranno che gli alberi-diga sono sacri agli antichi dèi. I cantori credono di *essere* gli antichi dèi. Quando i cantori muoiono, diventano parte di quell'essenza divina.»

Bran sbarrò gli occhi. «Mi uccideranno?»

«No» disse Meera. «Jojen, lo stai spaventando.»

«Non è lui quello che deve avere paura.»

La luna era tonda e piena. Estate vagò in cerca di prede nei boschi silenziosi, una lunga ombra grigia che diventava a ogni caccia più magra, perché non si riuscivano a trovare prede vive. L'incantesimo sulla grotta reggeva ancora: i morti non potevano entrare. La neve aveva di nuovo sepolto la maggior parte di loro, ma erano ancora lì, nascosti, congelati, in attesa. Altre creature morte si erano aggiunte a loro, creature che un tempo erano state uomini e donne, anche bambini. Dei corvi morti erano appollaiati su nudi rami marrone, le ali incrostate di ghiaccio. Un orso delle nevi si aprì rumorosamente il varco tra i cespugli, enorme e scheletrico, con metà della testa scarnificata fino a mostrare le ossa del cranio. Estate e il resto del branco si avventarono su di lui e lo fecero a pezzi. Dopo s'ingozzarono, anche se la carne era marcia e mezzo congelata, e continuava ancora a muoversi mentre la mangiavano.

Sotto la collina c'era cibo in abbondanza. Laggiù crescevano cento tipi diversi di funghi. Bianchi pesci ciechi nuotavano nel fiume nero, ma una volta cucinati avevano lo stesso sapore di quelli con gli occhi. Avevano formaggio e latte dalle capre che dividevano le grotte con i cantori, oltre a un po' di avena, orzo e frutta secca messi da parte durante l'estate. Quasi ogni giorno mangiavano stufato di sangue, addensato con orzo, cipolle e pezzetti di carne. Jojen pensò che potesse essere carne di scoiattolo e Meera disse che era carne di topo. Bran non ci fece caso. Era carne ed era anche buona. La cottura in umido la rendeva tenera.

Le grotte erano senza tempo, vaste, silenziose. Ospitavano più di sessanta cantori viventi, oltre alle ossa di migliaia di morti, e si addentravano fin nelle profonde viscere della collina cava. «Gli uomini non dovrebbero venire in questo posto» li avvertì Foglia. «Il fiume che sentite è rapido e nero, scorre sempre più giù, fino a un mare senza sole. E ci sono alcuni passaggi che scendono ancora più in profondità, pozzi senza fondo e condotti inattesi, percorsi dimenticati che conducono al centro stesso della terra. Neppure la mia gente li ha esplorati tutti, eppure viviamo qui da migliaia di migliaia dei vostri anni-uomo.»

Anche se gli uomini dei Sette Regni li chiamavano figli della foresta, Foglia e il suo popolo non avevano un aspetto infantile. "Piccoli saggi della foresta" sarebbe stato un nome più appropriato. Erano piccoli a confronto degli uomini, come è piccolo un lupo rispetto a un meta-lupo, ma ciò non significa che sia un cucciolo. Avevano la pelle color noce, con delle chiazze più chiare, come il pelo dei daini, e grandi orecchie che potevano udire suoni impercettibili all'uomo. Anche i loro occhi erano grandi, grossi occhi dorati da gatto che potevano vedere in zone dove gli occhi di un ragazzo vedevano solo tenebre. Le mani avevano solo tre dita più il pollice, con al posto delle unghie neri artigli aguzzi.

E in effetti cantavano davvero. Cantavano nella vera lingua, per cui Bran non capiva le parole, ma la loro voce era pura come l'aria d'inverno. «Dove sono gli altri?» domandò una volta a Foglia.

«Se ne sono andati, giù nella terra» rispose lei. «Nelle pietre, negli alberi. Quando ancora non erano arrivati i primi uomini, tutta questa regione che chiamate Occidente era la nostra dimora, eppure anche allora eravamo in pochi. Gli dèi ci hanno dato lunga vita, ma hanno contenuto il nostro numero, affinché non popolassimo troppo il mondo come i cervi invaderebbero un bosco se non ci fossero lupi a dare loro la caccia. Era l'alba dei tempi, quando il nostro sole si alzò. Ora sta calando, e questo è il nostro lungo tramonto. Anche i giganti sono quasi scomparsi, loro che erano la nostra rovina e anche i nostri fratelli. I grandi leoni delle colline d'occidente sono stati uccisi, gli unicorni si sono ormai estinti, i mammut sono ridotti a poche centinaia. I meta-lupi sopravviveranno a noi tutti, ma arriverà anche il loro giorno. Nel mondo creato dagli uomini non c'è posto per loro, e nemmeno per noi.»

Foglia pareva triste nel dirlo, e così anche Bran si rattristò. Solo più tardi pensò: "Gli uomini non sarebbero tristi. Gli uomini sarebbero furibondi. Gli uomini sarebbero pieni d'odio e giurerebbero sanguinosa vendetta. I cantori cantano tristi canti, mentre gli uomini lotterebbero e ucciderebbero".

Un giorno Meera e Jojen decisero di andare a vedere il fiume sotterraneo, malgrado gli avvertimenti di Foglia.

«Voglio venire anch'io» disse Bran.

Meera gli lanciò un'occhiata dolente. Il fiume, spiegò, si trovava seicento piedi più in basso, in fondo a ripidi pendii e oltre passaggi tortuosi. Per l'ultimo tratto bisognava calarsi con una fune. «Hodor non potrebbe mai fare la discesa con te sulla schiena. Mi dispiace, Bran.»

Bran ricordò quando nessuno, nemmeno Robb o Jon, era bravo ad arrampicarsi come lui. Una parte di sé avrebbe voluto inveire contro di loro perché lo abbandonavano, un'altra parte avrebbe voluto piangere. Ma ormai era quasi un uomo, per cui rimase in silenzio. Non appena, però, se ne furono andati, scivolò nella pelle di Hodor e li seguì.

Il grosso ragazzo di stalla non reagiva più alla sua presenza come aveva fatto la prima volta, nella torre del lago durante la tempesta. Come un cane che a forza di colpi di frusta ha perso la voglia di ribellarsi, Hodor si rannicchiava e si nascondeva ogni volta che Bran cercava di entrare in lui. Il suo nascondiglio era in qualche angolo del suo spirito, un pozzo dove nemmeno Bran poteva raggiungerlo. "Nessuno vuole farti del male, Hodor" disse silenziosamente Bran all'uomo-bambino del cui corpo si era impossessato. "Voglio solo essere di nuovo forte per un po'. Ti restituirò il corpo, come ho sempre fatto."

Nessuno sapeva mai quando lui indossava la pelle di Hodor. Bran doveva solo sorridere, fare quello che gli dicevano e di tanto in tanto borbottare «Hodor», e così poté seguire Meera e Jojen, ridacchiando felice, senza che nessuno sospettasse la sua presenza. Spesso li seguiva passo passo, che lo volessero o no. Alla fine, i Reed furono contenti che ci fosse anche lui. Jojen scese facilmente il tratto di fune, ma dopo che Meera aveva catturato un pesce cieco bianco con la sua lancia da rane e fu il momento di risalire, cominciarono a tremargli le braccia e non ce l'avrebbe mai fatta ad arrivare in cima, così dovettero legargli una corda intorno alla vita e lasciare che Hodor lo tirasse su. «Hodor» borbottò Bran a ogni strattone. «Hodor, Hodor, Hodor.»

La luna era una falce, sottile e affilata come una lama di coltello. Estate dissotterrò un braccio mozzato, nero e ricoperto di brina, le cui dita si aprivano e chiudevano mentre avanzava sulla neve ghiacciata. C'era ancora abbastanza carne per riempire la sua pancia vuota e, una volta che l'ebbe spolpato, spezzò le ossa per mangiare anche il midollo. Solo allora il braccio ricordò di essere morto.

Bran mangiò con Estate e il suo branco, mangiò come lupo. Come corvo volò con lo stormo, disegnando dei cerchi intorno alla collina al tramonto, attento a eventuali nemici, sentendo il gelido impatto con l'aria. Come Hodor esplorò le grotte. Trovò caverne piene di ossa, pozzi che sprofondavano nella terra, un posto dove gli scheletri di giganteschi pipistrelli pendevano a testa in giù dal soffitto. Attraversò anche il sottile ponte di pietra che si inarcava sopra l'abisso e scoprì altri passaggi e caverne sul lato opposto. Una era piena di cantori, avvolti come Brynden in nidi di radici d'albero-diga che s'intrecciavano sopra, intorno e dentro il loro corpo. I più sembravano morti, ma quando passò loro davanti, aprirono gli occhi, seguendo la luce della torcia; uno di essi mosse le labbra avvizzite come se cercasse di parlare. «Hodor» gli disse Bran, e sentì che il vero Hodor si agitava giù nel suo rifugio.

Assiso sul suo trono di radici nella grande caverna, per metà cadavere e per metà albero, lord Brynden pareva non tanto un uomo quanto una spettrale statua fatta di legno contorto, vecchio osso e lana marcia. L'unica cosa che sembrava ancora viva nella pallida rovina della sua faccia era l'unico occhio rosso, ardente come l'ultima brace di un fuoco ormai estinto, circondato da radici ritorte e brandelli di pelle bianca e coriacea penzolante da un teschio ingiallito.

Il suo aspetto spaventava ancora Bran: le radici d'albero-diga che strisciavano dentro e fuori la sua carne disseccata, i funghi che gli spuntavano dalle guance, il pallido verme del legno che fuoriusciva dall'orbita dell'altro occhio. Bran preferiva quando le torce erano spente. Nel buio poteva fingere che fosse il corvo dai tre occhi a bisbigliargli, e non un macabro cadavere parlante.

"Un giorno sarò come lui." Quel pensiero lo terrorizzò. Era già abbastanza difficile avere la schiena spezzata, le gambe inutilizzabili. Doveva davvero perdere anche il resto, trascorrere tutti i suoi anni con un albero-diga che cresceva dentro e attraverso di lui? Lord Brynden prendeva la sua vita dall'albero, aveva detto Foglia. Non mangiava, non beveva. Dormiva, sognava, osservava. "Sarei diventato un cavaliere" ricordò Bran. "Correvo, mi arrampicavo e combattevo." Pareva fossero passati mille anni.

Adesso chi era? Solo Bran il ragazzo spezzato, Brandon della Casa Stark, principe di un regno perduto, lord di un castello bruciato, erede di macerie. Aveva pensato che il corvo con tre occhi fosse uno stregone, un vecchio mago in grado di risanargli le gambe, ma adesso si rese conto che quello era solo il sogno di uno stupido bambino. "Sono ormai diventato troppo grande per simili fantasticherie" disse a se stesso. "Mille occhi, cento pelli, una saggezza profonda come le radici degli alberi antichi." Era bello come essere un cavaliere. O quasi.

La luna era un buco nero nel cielo. Fuori della grotta il mondo andava avanti. Fuori della grotta il sole si levò e tramontò, la luna cambiò, i venti gelidi ulularono. Sotto la collina, Jojen Reed diventò ancora più tetro e solitario, con grande dispiacere di sua sorella. Spesso Meera si sedeva con Bran vicino al loro fuocherello, parlando di tutto e di nulla, coccolando Estate quando dormiva in mezzo a loro, mentre suo fratello vagava per le caverne da solo. Jojen aveva iniziato ad arrampicarsi anche fino all'ingresso della grotta, nelle ore più luminose della giornata. Rimaneva lì per ore, a guardare la foresta all'esterno, avvolto nelle pellicce, eppure tremando di freddo.

«Vuole andare a casa» disse Meera a Bran. «Non proverà nemmeno a combattere il suo destino. Dice che i sogni verdi non mentono.»

«È coraggioso» disse Bran. "L'unico momento in cui un uomo può essere coraggioso è quando ha paura" gli aveva detto una volta suo padre, molto tempo prima, il giorno in cui avevano trovato i cuccioli di meta-lupo nella neve estiva. Se lo ricordava ancora.

«È stupido» disse Meera. «Speravo che una volta trovato il tuo corvo con tre occhi… mi domando perché siamo venuti.»

"Per me" pensò Bran. «Per i suoi sogni verdi» disse invece.

«Per i suoi sogni verdi» ripeté Meera, in tono amaro.

«Hodor» disse Hodor.

Meera cominciò a piangere.

Bran odiò allora la propria menomazione. «Non piangere» disse. Avrebbe voluto cingerla con le braccia, stringerla come faceva sua madre quando erano a Grande Inverno e lui si era fatto male. Meera era lì, a solo qualche spanna da lui, eppure era come se fosse lontana cento leghe. Per toccarla avrebbe dovuto trascinarsi a forza di braccia, tirandosi dietro le gambe inerti. Il pavimento era ruvido e irregolare, avrebbe proceduto lentamente, con tanti graffi e lividi. "Potrei indossare la pelle di Hodor" pensò. "Hodor potrebbe tenerla stretta e accarezzarla sulla schiena." Quell'idea fece a Bran uno strano effetto, ma ci stava ancora riflettendo quando d'un tratto Meera si allontanò dal fuoco e sparì nel buio dei tunnel. Bran udì i suoi passi affievolirsi, finché rimasero solo le voci dei cantori.

La luna era una falce, sottile e affilata come una lama di coltello. I giorni passarono, l'uno dopo l'altro, ciascuno più corto del precedente. Le notti si allungarono. La luce del sole non raggiungeva le caverne sotto la collina. Nessun chiaro di luna lambiva quelle sale di pietra. Anche le stelle là sotto erano sconosciute. Quelle erano cose che appartenevano al mondo di sopra, dove il tempo scorreva in cicli ferrei, da giorno a notte a giorno a notte a giorno.

«È il momento» disse lord Brynden.

Qualcosa nella sua voce fece scorrere il gelo lungo la schiena di Bran. «Il momento per cosa?»

«Per il prossimo passo: perché tu superi il cambiamento di pelle e impari che cosa significa diventare un essere verde.»

«Gli alberi glielo insegneranno» disse Foglia. A un suo cenno, si fece avanti uno dei cantori, la donna con i capelli bianchi che Meera aveva chiamato Candide Ciocche. Aveva in mano una ciotola di legno d'albero-diga, in cui erano intagliate più di dieci facce come quelle degli alberi del cuore. All'interno, una pasta bianca, densa e pesante, con venature rosso scuro. «Devi mangiarla» disse Foglia. Porse a Bran un cucchiaio di legno.

Bran guardò la ciotola, titubante. «Che cos'è?»

«Una crema di semi d'albero-diga.»

Il suo aspetto per Bran era rivoltante. Le venature rosse dovevano essere resina d'albero-diga, immaginò, ma nella luce di torcia sembravano sangue. Immerse il cucchiaio nella crema, esitò. «Questa roba mi renderà un essere verde?»

«Il tuo sangue ti rende un essere verde» gli rispose lord Brynden. «Questa ti aiuterà a risvegliare il tuo dono e ti sposerà agli alberi.»

Bran non voleva sposare un albero… ma chi altri avrebbe voluto un ragazzo menomato come lui? "Mille occhi, cento pelli, una saggezza profonda come le radici degli alberi antichi. Un essere verde."

Mangiò.

La crema aveva un gusto amaro, ma non come le ghiande schiacciate. La prima cucchiaiata fu la più difficile da mandare giù. Bran rischiò di vomitarla subito. La seconda andò meglio. La terza gli sembrò quasi dolce. Bran mangiò il resto con entusiasmo. Perché aveva pensato che fosse amara? Sapeva di miele, di neve appena caduta, di pepe e di cannella e dell'ultimo bacio di sua madre. La ciotola vuota gli scivolò dalle dita e cadde rumorosamente a terra. «Non mi sento affatto diverso. E adesso che succede?»

Foglia gli toccò la mano. «Gli alberi ti insegneranno. Gli alberi ricordano.» Alzò la mano e gli altri cantori cominciarono a muoversi per la caverna, spegnendo le torce a una a una. La tenebra s'infittì e strisciò verso di loro.

«Chiudi gli occhi» disse il corvo con tre occhi. «Scivola fuori dalla tua pelle, come fai quando ti unisci a Estate. Ma questa volta entra invece nelle radici. Seguile nel terreno fino agli alberi sulla collina e dimmi che cosa vedi.»

Bran chiuse gli occhi e uscì dalla sua pelle. "Nelle radici" pensò. "Nell'albero-diga. Diventa l'albero." Per un istante riuscì a vedere la caverna avvolta nel suo mantello nero, udì il fiume scorrere più in basso.

Poi, d'un tratto, fu di nuovo a casa.

Lord Eddard Stark sedeva su un masso accanto al profondo stagno nero nel parco degli dèi. Le pallide radici dell'albero del cuore lo avvolgevano come le ossute braccia di un vecchio. Teneva di traverso sulle ginocchia la grande spada Ghiaccio e stava pulendo la lama con un panno oleato.

«Grande Inverno» mormorò Bran.

Suo padre alzò gli occhi. «Chi c'è?» disse, voltandosi...

... e Bran, spaventato, si ritrasse. Suo padre, lo stagno nero e il parco degli dèi sbiadirono e svanirono. Bran fu di nuovo nella caverna, le grosse e pallide radici del suo trono d'albero-diga gli cullavano le membra come una madre fa col figlioletto. Si accese una torcia davanti a lui.

«Raccontaci che cos'hai visto.» Da lontano, Foglia pareva quasi una ragazzina, non più grande di Bran o di una delle sue sorelle; ma da vicino sembrava molto più vecchia. Sosteneva di aver visto due centinaia d'anni.

Bran aveva la gola secca. Deglutì. «Grande Inverno. Ero di nuovo a Grande Inverno. Ho visto mio padre. Non è morto, no, l'ho visto, è tornato a Grande Inverno, è ancora vivo.»

«No» disse Foglia. «Se n'è andato, ragazzo. Non cercare di richiamarlo dalla morte.»

«L'ho visto.» Bran sentiva il legno ruvido premergli contro la guancia. «Stava pulendo Ghiaccio.»

«Hai visto quello che desideravi vedere. Il tuo cuore si strugge per tuo padre e per la tua casa, perciò hai visto questo.»

«Un uomo deve saper guardare, prima di sperare di vedere» aggiunse lord Brynden. «Quelle erano ombre dei giorni passati, Bran. Stavi guardando attraverso gli occhi dell'albero del cuore nel tuo parco degli dèi. Il tempo è differente per un albero che per un uomo. Sole, terra e acqua: sono queste le cose che un albero-diga capisce, non giorni, anni e secoli. Per gli uomini, il tempo è un fiume. Siamo intrappolati nel suo flusso, corriamo dal passato al presente, sempre nella stessa direzione. La vita degli alberi è differente. Loro attecchiscono, crescono e muoiono in un solo posto e il fiume del tempo non li smuove. La quercia è la ghianda, la ghianda è la quercia. E l'albero-diga... mille anni umani per un albero-diga sono un attimo, e da queste porte tu e io possiamo scrutare nel passato.»

«Lui però» protestò Bran «mi ha sentito!»

«Ha sentito un sussurro nel vento, un fruscio tra le foglie. Non puoi parlare con lui, anche se ci provi. Lo so. Anch'io ho i miei fantasmi privati, Bran. Un fratello che amavo, un fratello che odiavo, una donna che desideravo. Attraverso gli alberi li vedo ancora, ma nessuna delle mie parole li ha mai raggiunti. Il passato resta passato. Possiamo trarne un insegnamento, anche se non lo possiamo modificare.»

«Vedrò di nuovo mio padre?»

«Quando sarai padrone dei tuoi talenti, potrai guardare dove vorrai e vedere ciò che hanno visto gli alberi, che sia ieri, l'anno scorso o mille anni fa. Gli uomini vivono le loro vite chiusi in un eterno presente, fra le nebbie della memoria e il mare d'ombra che è tutto ciò che conosciamo dei giorni a venire. Certe falene vivono un solo giorno, eppure a loro quel piccolo lasso di tempo sembra lungo come a noi anni e decenni. Una quercia può vivere trecento anni, una sequoia tremila. Un albero-diga vivrà per sempre, se lasciato indisturbato. Per loro le stagioni trascorrono in un battito d'ali di falena, passato, presente e futuro sono una cosa sola. E la tua vista non sarà limitata al tuo parco degli dèi. I cantori hanno scolpito degli occhi nei loro alberi del cuore per risvegliarli, e sono quelli i primi occhi che un nuovo essere verde impara a usare… Col tempo, però, vedrai ben al di là degli alberi stessi.»

«Quando?» Bran voleva sapere.

«In un anno, o tre, o dieci. Non ci ho fatto caso. Avverrà col tempo, te l'assicuro. Ma ora sono stanco e gli alberi mi stanno chiamando. Riprenderemo domani.»

Hodor riportò Bran nella sua caverna, borbottando «Hodor» a voce bassa, mentre Foglia li precedeva con una torcia. Bran aveva sperato che Meera e Jojen fossero lì, così avrebbe potuto raccontare subito quello che aveva visto, ma la loro comoda nicchia nella roccia era fredda e vuota. Hodor sistemò Bran sul letto, lo coprì con le pellicce e accese un fuoco. "Mille occhi, cento pelli, una saggezza profonda come le radici degli alberi antichi."

Guardando le fiamme, Bran decise di restare sveglio finché Meera non fosse tornata. Jojen ci sarebbe rimasto male capì, però Meera sarebbe stata contenta per lui. Non ricordò di aver chiuso gli occhi…

… ma poi, in qualche modo, fu di nuovo a Grande Inverno, nel parco degli dèi. Guardava suo padre. E questa volta lord Eddard pareva molto più giovane. Aveva capelli castani, senza tracce di grigio, teneva il capo chino. «… Che crescano uniti come fratelli, legati solo dall'amore» pregava «e che la lady mia moglie trovi nel cuore la forza di perdonare…»

«Padre.» La voce di Bran fu un sussurro nel vento, un fruscio tra le foglie. «Padre, sono io. Sono Bran. Brandon.»

Eddard Stark sollevò la testa e guardò a lungo l'albero-diga, con la fronte aggrottata, ma non parlò. "Non mi può vedere" capì Bran disperato. Avrebbe voluto protendere le mani e toccarlo, poteva, però, soltanto guardare e ascoltare. "Sono nell'albero. Sono dentro l'albero del cuore, guardo attraverso i suoi occhi rossi, ma l'albero-diga non può parlare, perciò neppure io."

Eddard Stark riprese a pregare. Bran sentì i suoi occhi riempirsi di lacrime. Ma erano lacrime sue o dell'albero-diga? "Se io piango, anche l'albero comincerà a lacrimare?"

Le parole di suo padre poi si persero in un improvviso cozzare di legno contro legno. Eddard Stark si dissolse come nebbia nel sole del mattino. Ora due bambini gridavano e duellavano nel parco degli dèi, usando rami secchi a mo' di spada. La femmina era la maggiore e la più alta dei due. "Arya!" pensò Bran con nostalgia, guardandola saltare su un sasso e vibrare un fendente al maschio. Ma doveva esserci un errore. Se la bambina era Arya, il bambino era Bran stesso... e lui non aveva mai avuto i capelli così lunghi. "E Arya non mi ha mai battuto a scherma come sta facendo quella bambina." Lei mise a segno un fendente alla coscia così forte che il bambino perse l'appoggio e finì nel laghetto, cominciando a schizzare acqua e a gridare. «Sta' zitto, sciocco» disse la bambina, gettando via il ramo. «È solo *acqua*. Vuoi che la Vecchia Nan ti senta e corra a dirlo a nostro padre?» Si mise in ginocchio per tirare fuori il fratello, ma prima che ci riuscisse erano tutt'e due scomparsi.

Le visioni successive diventarono sempre più veloci, e alla fine Bran si sentiva confuso e stordito. Non rivide né suo padre né la bambina che assomigliava ad Arya, ma una donna gravida emerse, nuda e gocciolante, dal nero laghetto, si inginocchiò davanti all'albero e supplicò gli antichi dèi di darle un figlio maschio che la vendicasse. Poi arrivò una ragazza con i capelli castani, esile come una lancia, che si alzò sulla punta dei piedi per baciare le labbra di un giovane cavaliere alto come Hodor. Un giovane con gli occhi scuri, pallido e fiero, tagliò tre rami dell'albero-diga e ne ricavò tre frecce. L'albero stesso si stava rimpicciolendo, diventava sempre più giovane a ogni visione, mentre gli alberi minori si riducevano ad arboscelli e svanivano, solo per essere rimpiazzati da altri alberi che rimpicciolivano e a loro volta svanivano. E i lord che Bran scorgeva ora erano alti e rudi, severi uomini in pelliccia e maglia d'acciaio. Alcuni avevano facce che lui ricordava dalle statue nella cripta, ma scomparirono prima che potesse collegarle a un nome.

Poi, mentre stava guardando, un uomo barbuto costrinse un prigioniero a inginocchiarsi davanti all'albero del cuore. Una donna con i capelli bianchi avanzò verso di loro in un turbinio di foglie rosso scuro, impugnando un falcetto di bronzo.

«No» disse Bran «no, non farlo!» Non potevano, però, udirlo, così come non l'aveva udito suo padre. La donna afferrò il prigioniero per i capelli, avvicinò il falcetto alla gola e tagliò. E attraverso la nebbia dei secoli il ragazzo spezzato poté solo guardare mentre i piedi dell'uomo percuotevano il terreno... ma nel momento in cui la vita dell'uomo sfuggiva in una marea rossa, Brandon Stark sentì il sapore del sangue.

JON

Verso mezzogiorno il sole riuscì ad aprirsi un varco tra le nuvole, dopo sette giorni di cieli scuri e tempeste di neve. Alcuni tumuli erano più alti di un uomo, ma gli attendenti avevano spalato tutto il giorno per ripulire i camminamenti. Riflessi e riverberi baluginavano sulla Barriera, ogni fenditura, ogni crepaccio scintillava di una tenue sfumatura azzurra.

Da settecento piedi di altezza, la sommità della muraglia di ghiaccio, Jon Snow scrutava la Foresta Stregata. Un vento da nord flagellava gli alberi, strappando esili piume bianche di neve cristallizzata dai rami più alti, come glaciali vessilli. Al di fuori di questo non si muoveva niente. "Non un segno di vita." La cosa non era del tutto rassicurante. Non erano i vivi che Jon Snow temeva. E al tempo stesso...

"Il sole splende. Non nevica più. Potrebbe passare un intero ciclo di luna prima di avere un'altra opportunità come questa. O addirittura un'intera stagione."

«Che Emmett raduni subito tutte le sue reclute» ordinò a Edd l'Addolorato. «Ci servirà una scorta. Dieci ranger, armati di vetro di drago. Voglio che siano pronti a muoversi nel giro di un'ora.»

«*Aye*, milord. E chi li comanderà?»

«Io.»

Le labbra di Edd si arcuarono ancora più del solito. «Secondo alcuni il lord comandante farebbe meglio a starsene al sicuro e al caldo a sud della Barriera. Non parlo per me, ma alcuni potrebbero pensarla così.»

Jon sorrise. «Alcuni farebbero meglio a non dire certe cose in mia presenza.»

Un'improvvisa raffica di vento fece sbattere rumorosamente il mantello di Edd. «Meglio tornare di sotto, milord. Questo vento è capace di buttarci giù dalla Barriera, e io non ho mai imparato come si fa a volare.»

Tornarono giù, utilizzando la gabbia appesa all'argano. Il vento stava aumentando, gelido come il respiro del drago di ghiaccio delle storie raccontate dalla Vecchia Nan quando Jon era bambino. La pesante gabbia ondeggiava. A tratti, il vento la faceva sfregare contro la Barriera, creando nuvolette di cristalli di ghiaccio che brillavano ai raggi del sole, come schegge di vetro frantumato.

"Il vetro" rifletté Jon "potrebbe esserci di grande aiuto. Il Castello Nero ha bisogno di avere delle serre di vetro, come quelle di Grande Inverno. Potremmo coltivare verdure anche in pieno inverno." Il vetro migliore arrivava da Myr, ma una lastra di buona fattura valeva il proprio peso in spezie, e delle lastre colorate in verde o in giallo non sarebbero andate ugualmente bene. "Oro, ecco quello che ci serve. Se avessimo abbastanza conio, potremmo assoldare apprendisti soffiatori di vetro e artigiani di Myr, portarli a nord, offrendo loro la libertà in cambio dell'insegnamento della propria arte ad alcune delle nostre reclute." Quella sarebbe stata la giusta strategia. "Se avessimo dell'oro… che non abbiamo."

Alla base della Barriera, Jon trovò Spettro che si rotolava in un cumulo di neve. Il grande lupo albino sembrava adorare la neve fresca. Appena vide Jon balzò sulle zampe, scrollandosi il pulviscolo bianco dalla pelliccia. «Il lupo viene con te?» domandò Edd l'Addolorato.

«Sì.»

«Lui è un lupo intelligente. E io?»

«Tu resti qui.»

«Sei un lord intelligente, tu. Meglio portare Spettro. Io non ho più i denti per mordere i bruti.»

«Se gli dèi sono misericordiosi, non incontreremo nessun bruto. Monterò il castrato grigio.»

Le voci al Castello Nero si spargevano in fretta. Edd stava ancora sellando il cavallo grigio, quando Bowen Marsh entrò a grandi passi nelle stalle per affrontare di petto Jon. «Mio lord, vorrei che tu riconsiderassi la tua decisione. Le nuove reclute possono prestare benissimo giuramento nel tempio.»

«Il tempio è la casa dei nuovi dèi. Gli antichi dèi vivono nella foresta, quelli che li onorano prestano il loro giuramento al cospetto degli alberi-diga. E tu ne sei consapevole quanto me.»

«Satin viene da Vecchia Città, e Arron ed Emrick dalle terre occidentali. Gli antichi dèi non sono i loro dèi.»

«Io non dico agli uomini quali dèi devono adorare. Sono liberi di scegliere i Sette o il Signore della Luce della Donna Rossa. Invece hanno scelto gli alberi, con tutti i pericoli che questo comporta.»

«Il Piagnone potrebbe ancora essere là fuori, in agguato.»

«Da qui alla radura degli alberi-diga sono meno di due ore di cavallo, sia pure con la neve. Dovremmo riuscire a rientrare verso mezzanotte.»

«Troppo tempo. È poco saggio.»

«Non è saggio» ribatté Jon «ma necessario. Questi uomini stanno per consacrare la loro vita ai guardiani della notte, entrando a fare parte di una confraternita che si tramanda ininterrotta da migliaia di anni. Il giuramento ha un peso, e così queste tradizioni. Ci legano gli uni agli altri, di nobili origini e di basse origini, giovani e vecchi, umili e aristocratici. Quelle parole ci rendono fratelli.» Jon posò una mano sulla spalla di Marsh. «Prometto che ritorneremo.»

«*Aye*, mio lord» rispose il lord attendente «ma ritornerete come uomini vivi oppure come teste infilate su delle picche, con gli occhi strappati? Sarete costretti a rientrare nel cuore della notte. In certi punti la neve arriva fino alla cintola. Vedo che porti con te alcuni confratelli esperti, e questo è bene, ma anche Jack Bulwer il Nero conosceva bene queste foreste. E così Benjen Stark, tuo zio, il quale…»

«Io ho qualcosa che loro non avevano.» Jon girò la testa e lanciò un fischio. «*Spettro*. Qui.» Il meta-lupo albino si scrollò di dosso le ultime tracce di pulviscolo nevoso e trotterellò al fianco di Jon. I ranger fecero ala per lasciarlo passare, anche se alla vista del meta-lupo una giumenta nitrì e indietreggiò, fino a che Rory non le diede una secca strappata di redini. «La Barriera è tua, lord Bowen.» Jon Snow prese il cavallo per le briglie e lo condusse fino al portale del tunnel scavato nel ghiaccio che si insinuava nelle viscere della Barriera.

Al di là del ghiaccio, gli alberi si ergevano alti e silenziosi, stretti nelle loro spesse coltri bianche. Spettro rimase al fianco di Jon, mentre ranger e reclute formavano i ranghi. D'un tratto, il meta-lupo si fermò e fiutò, il suo respiro si condensava nell'aria gelida.

«Che cosa c'è?» chiese Jon. «Hai sentito qualcuno?» La foresta appariva vuota fino a dove il suo sguardo riusciva ad arrivare, il che non era comunque a grande distanza.

Spettro balzò verso gli alberi, scivolò tra due pini ammantati di bianco e svanì in una nuvola di neve. "Vuole andare a caccia, ma di che cosa?" Jon non temeva tanto per il meta-lupo quanto per i bruti che avrebbe potuto incontrare. "Un lupo bianco in una foresta bianca, silenzioso come un'ombra. Non lo sentiranno neanche arrivare." Sapeva che era inutile cercare di inseguirlo. Spettro avrebbe fatto ritorno quando voleva, e non prima.

Jon diede di speroni. Gli uomini in nero si allinearono sulla sua scia, gli zoccoli delle loro cavalcature frantumavano la crosta ghiacciata, affondando nella neve soffice sotto di essa. Entrarono nella foresta, con i cavalli al passo, mentre la Barriera svaniva alle loro spalle.

I pini-soldato e gli alberi-sentinella erano ricoperti da dense cappe bianche, e stalattiti di ghiaccio drappeggiavano le spoglie biforcazioni marroni dei rami inferiori. Anche se la pista fino alla radura degli alberi-diga era battuta e familiare, Jon mandò comunque Tom Barleycorn in avanscoperta. Il Grande Liddle e Luke di Lunga Città deviarono rispettivamente nel sottobosco a est e a ovest della colonna. Avrebbero fiancheggiato la colonna, lanciando l'allarme in caso di avvicinamenti sospetti. Erano tutti ranger veterani, armati sia di ossidiana sia di acciaio, con i corni di guerra appesi alle selle per poter chiedere rinforzi.

Anche gli altri erano uomini validi. "Bravi combattenti, quanto meno, e leali verso i loro confratelli." Jon non sapeva che cosa avessero fatto prima di arrivare alla Barriera, però era pronto a scommettere che la maggior parte di quegli individui aveva un passato nero quanto i loro mantelli. Ma lì, erano proprio gli uomini che Jon voleva avere a coprirgli le spalle. Tenevano i cappucci sollevati contro i morsi del vento, e alcuni avevano delle sciarpe attorno al volto che celavano i loro lineamenti. Jon però li conosceva. Ogni nome era scolpito nel suo cuore. Erano i suoi uomini, i suoi fratelli.

Insieme a loro cavalcavano altri sei, un misto di giovani e vecchi, grandi e piccoli, veterani e inesperti. "Sei che presteranno giuramento." Cavallo era nato e cresciuto a Città della Talpa, Arron ed Emrick venivano da Isola Bella, Satin dai bordelli di Vecchia Città, all'estremo sud dell'Occidente. Erano tutti ragazzi. Cinghia e Jax erano più anziani, figli della Foresta Stregata con figli e nipoti. Erano due dei sessantatré bruti che avevano seguito Jon Snow alla Barriera il giorno in cui aveva pronunciato il suo appello, e fino ad allora gli unici che avessero deciso di prendere il nero dei guardiani della notte. Emmett il Ferrigno, il maestro d'armi del Castello Nero che aveva preso il posto di ser Alliser Thorne, diceva che erano tutti pronti, per quanto lo sarebbero mai stati. Lui, Jon e Bowen Marsh avevano soppesato ognuno di loro, assegnandolo a un diverso reparto della confraternita: Cinghia, Jax ed Emrick ai ranger, Cavallo ai costruttori, Arron e Satin agli attendenti. Adesso era arrivato per loro il tempo di prestare giuramento.

Emmett il Ferrigno cavalcava alla testa della colonna, in sella al cavallo più brutto che Jon avesse mai visto, una bestia irsuta che sembrava tutta pelo e zoccoli. «Gira voce che la notte scorsa c'è stata una rissa alla Torre della Puttana» disse il maestro d'armi.

"Vuoi dire alla Torre di Hardin!" Dei sessantatré bruti che erano tornati con Jon da Città della Talpa, diciannove erano donne e ragazze. Jon le aveva sistemate nella torre abbandonata dove lui stesso aveva dormito quando era arrivato alla Barriera. Dodici di quelle donne erano mogli di lancia, più che in grado di difendere se stesse e le ragazze più giovani dalle attenzioni indesiderate dei confratelli in nero. Alcuni degli uomini respinti avevano così ribattezzato la Torre di Hardin con il nuovo nome provocatorio di Torre della Puttana. Una burla che Jon Snow non intendeva tollerare. «Tre idioti ubriachi hanno scambiato la Torre di Hardin per un bordello. Quei tre ora si trovano nelle celle di ghiaccio, a meditare sul proprio errore.»

Emmett il Ferrigno fece una smorfia. «Gli uomini sono uomini, i giuramenti sono parole e le parole sono vento. Dovresti mettere delle guardie attorno alle donne.»

«E chi farà la guardia alle guardie?» "Tu non sai niente, Jon Snow." Alla fine, però, qualcosa l'aveva imparato, ed era stata proprio Ygritte a insegnarglielo. Se lui stesso non era stato in grado di onorare il giuramento, come poteva aspettarsi che lo facessero i suoi confratelli? Cercare, però, di approfittarsi delle donne dei bruti era pericoloso. "Un uomo può possedere una donna e può possedere un coltello" gli aveva detto una volta Ygritte "ma nessuno può possedere entrambi nello stesso momento." Quanto a Bowen Marsh, non si era sbagliato: la Torre di Hardin era un'esca in attesa della scintilla.

«Intendo riaprire altri tre fortilizi» dichiarò Jon. «Lago Profondo, Radura degli Zibellini e Lungo Tumulo. Tutte guarnigioni composte dal popolo libero, ma sotto il comando dei nostri ufficiali. A Lungo Tumulo saranno tutte donne, a parte il comandante e l'attendente capo.» Ci sarebbero comunque stati degli intrallazzi, non aveva dubbi, anche se le distanze erano abbastanza grandi da renderli quanto meno difficoltosi.

«E chi sarà quel poveretto cui toccherà in sorte il posto di comandante?»

«Sta giusto cavalcando al mio fianco.»

L'espressione di orrore e delizia che passò sulla faccia di Emmett il Ferrigno valeva più di una sacca d'oro. «Dimmi, mio lord, che cosa ho fatto perché tu mi odi tanto?»

Jon rise. «Non temere, non sarai solo. Intendo darti Edd l'Addolorato come tuo secondo in comando e attendente.»

«Chissà le mogli di lancia come saranno felici. Tanto vale dare uno di quei fortilizi al maknar di Thenn.»

Il sorriso di Jon svanì. «Lo farei... se solo potessi fidarmi di lui. Temo che Sigorn mi ritenga responsabile della morte di suo padre. Peggio ancora, è stato educato e addestrato a dare ordini, non a prenderli. Non confondere i thenn con il resto del popolo libero. Nell'antica lingua, *maknar* significa "signore", a quanto mi è stato riferito, ma per la sua gente Styr era più una specie di divinità, e suo figlio è della stessa stoffa. Io non chiedo agli uomini di inginocchiarsi, però mi devono ubbidire.»

«*Aye*, mio lord, ma è meglio che pensi al maknar. Se li ignori, i thenn ti daranno dei guai.»

"I guai sono il dovere di un lord comandante" avrebbe potuto rispondere Jon. La sua visita a Città della Talpa ne era stato un esempio, e le donne non erano certo il guaio peggiore. Halleck si stava rivelando sanguinario come Jon aveva temuto, e alcuni dei confratelli in nero erano intrisi di odio per il popolo libero fin nel midollo. Nel cortile degli addestramenti, uno dei seguaci di Halleck aveva già mozzato l'orecchio di un costruttore, e questo con ogni probabilità era solamente un assaggio del bagno di sangue venturo. Quanto a Jon, doveva riaprire al più presto i fortilizi, in modo che il fratello di Harma Testa di Cane potesse essere inviato nella guarnigione di Lago Profondo o di Radura degli Zibellini. Al momento, però, nessuno nei due avamposti era utilizzabile come abitazione umana e Othell Yarwyck e i suoi costruttori stavano ancora cercando di restaurare il Forte della Notte. Certe notti Jon Snow si domandava se impedire a Stannis di sterminare tutti i bruti non fosse stato un drammatico errore. "Io non so niente, Ygritte, e forse non saprò mai niente."

A mezzo miglio dalla radura, lunghe lame rossastre di sole autunnale calavano in obliquo tra i rami degli alberi spogli, colorando di rosa i tumuli di neve. Gli uomini a cavallo attraversarono un torrente gelato, tra due massi frastagliati ricoperti di ghiaccio, per poi seguire verso nordest una contorta pista di animali. Ogni volta che aumentava il vento, spruzzi di neve sottile si levavano in aria e li pungevano negli occhi. Jon sollevò la sciarpa a proteggersi naso e bocca, e tirò su anche il cappuccio del mantello. «Non manca molto» disse agli altri. Nessuno rispose.

Jon percepì l'odore di Tom Barleycorn ancora prima di vederlo. O forse era Spettro ad averlo fiutato? Ultimamente Jon aveva l'impressione che lui e il meta-lupo fossero una cosa sola, anche da sveglio. Il grande lupo albino apparve per primo, scuotendosi la neve di dosso. Pochi istanti dopo comparve anche Tom. «Bruti» disse a Jon, a bassa voce. «Nella radura.»

Jon fece fermare la colonna. «Quanti sono?»

«Io ne ho contati nove. Nessuna sentinella. Alcuni forse sono morti, o addormentati. Per lo più sembrano essere donne. C'è un bambino, ma c'è anche un gigante. Proprio quello che avevo visto. Hanno acceso un fuoco, il fumo sale tra gli alberi. Stolti.»

"Nove, e io ho diciassette uomini." Quattro dei quali, però, erano ragazzi inesperti, e nessun gigante.

Jon, però, non aveva intenzione di ripiegare alla Barriera. "Se i bruti sono ancora vivi, forse possiamo arruolarli con noi. E se invece sono morti, be'... un cadavere o due potrebbero anche tornarci utili."

«Proseguiamo a piedi» ordinò, volteggiando con agilità sul terreno gelato. «Rory, Pate, voi restate con i cavalli.» Un compito che avrebbe potuto affidare alle reclute, ma dovevano ricevere al più presto il battesimo del sangue e dell'acciaio. Tanto valeva che accadesse ora.

«Allargatevi e disponetevi a semicerchio. Voglio serrare la morsa attorno alla radura da tre lati. Tenete bene in vista sia l'uomo alla vostra destra sia quello alla vostra sinistra, in modo da non allargare gli spazi vuoti. La neve dovrebbe attutire il rumore dei nostri passi. Se li cogliamo di sorpresa ci sono meno rischi di spargimento di sangue.»

La notte calava rapidamente. Le lame di luce erano svanite insieme all'ultimo frammento di sole, inghiottito dietro le foreste a occidente. I tumuli di neve tinti di rosa stavano tornando bianchi, il colore si stingeva con l'oscurarsi del mondo. Il cielo della sera aveva assunto la tonalità sbiadita di un vecchio mantello grigio lavato troppe volte, e nel cielo cominciarono ad apparire le prime, deboli stelle.

Più avanti, Jon notò un tronco livido, incoronato di foglie rosso scuro che poteva solo essere di un albero-diga. Sollevò il braccio ed estrasse Lungo artiglio dal fodero di traverso alla schiena. Guardò a destra e a sinistra, annuì a Satin e a Cavallo, osservandoli passare a loro volta il cenno agli altri confratelli. Si avventarono insieme nella radura, alzando vortici di neve antica senza alcun suono a parte quello del loro respiro. Spettro correva con loro, una pallida ombra al fianco di Jon.

Gli alberi-diga si ergevano in cerchio lungo i margini della radura. Nove alberi, tutti più o meno della medesima età e delle medesime dimensioni. Nel tronco di ciascuno di essi era scolpito un volto, ognuno diverso dall'altro. Alcuni sorridevano, altri urlavano, altri ancora inveivano contro di lui. Al calare delle tenebre i loro occhi apparivano neri, ma alla luce del giorno sarebbero stati rosso sangue, Jon lo sapeva. "Occhi come quelli di Spettro."

Il fuoco al centro della radura era piccolo e triste: ceneri, braci e pochi rami spezzati che ardevano lentamente, con molto fumo. Eppure, era più vitale dei bruti raccolti attorno a esso. Solamente uno di loro reagì quando Jon emerse dal folto: era il bambino, che si mise a piangere, aggrappandosi alla cappa lacera della madre. La donna alzò lo sguardo ed emise un gemito. Ormai la radura era circondata dai ranger, che si erano spinti oltre la cerchia degli alberi bianchi come ossa, con l'acciaio che scintillava nelle loro mani guantate di nero, pronti alla strage.

Il gigante fu l'ultimo a notare i guardiani della notte. Stava dormendo, raggomitolato vicino al fuoco, ma qualcosa lo aveva svegliato: il pianto del bambino, lo scricchiolare della neve sotto gli stivali, un respiro bloccato all'improvviso. Quando si mosse, fu come un macigno che prende vita. Si mise in posizione seduta con un grugnito, strofinandosi gli occhi con mani grosse come prosciutti... finché vide Emmett il Ferrigno, con la spada luccicante in mano. Il gigante balzò in piedi con un ruggito, una delle sue mani titaniche afferrò una mazza da guerra e la sollevò.

Spettro snudò le zanne in risposta. Jon afferrò il meta-lupo per la collottola. «Non vogliamo fare battaglia.» Sapeva che i suoi uomini, alla fine, avrebbero abbattuto il gigante, ma a caro prezzo. E una volta che il primo sangue fosse stato versato, anche gli altri bruti si sarebbero gettati nella mischia. La maggior parte di essi, o forse tutti, sarebbero morti in quella radura, ma pure alcuni dei suoi confratelli.

Il gigante ruggì una seconda volta, un suono che fece tremare le foglie degli alberi, e pestò la mazza sul terreno. L'impugnatura era lunga sei piedi, di quercia nodosa, la testa di pietra era grossa quanto una forma di pane. All'impatto, anche la terra tremò. Alcuni dei bruti si precipitarono a impugnare le armi.

Jon Snow si preparò a brandire Lungo artiglio. Poi, dall'estremo più lontano della radura, Cinghia parlò. Le sue parole suonavano aspre e gutturali, ma Jon ne percepì la musicalità e riconobbe l'antica lingua. Fu un discorso abbastanza lungo. Quando ebbe finito, il gigante rispose. Pareva di ascoltare dei ringhi punteggiati da grugniti. Jon non capì neanche una parola. Ma Cinghia indicò gli alberi-diga e aggiunse qualcosa, allora anche il gigante indicò gli alberi, digrignò i denti e lasciò cadere la mazza.

«Tutto a posto» disse Cinghia. «Nemmeno loro vogliono combattere.»

«Ottimo. Che cosa gli hai detto?»

«Che questi sono anche i nostri dèi. Che siamo venuti per pregare.»

«E così faremo. Mettete via l'acciaio, tutti quanti. Qui non verrà versato sangue questa notte.»

Nove bruti, aveva detto Tom Barleycorn, ed erano nove, solo che due erano morti, e un terzo era talmente indebolito da far dubitare che avrebbe visto l'alba. I sei rimanenti comprendevano una madre e un bambino, due anziani, un thenn ferito con ancora addosso una corazza di bronzo ammaccata, e un uomo dei piedi di corno, i cui piedi scalzi erano così martoriati dal gelo che a Jon bastò un'occhiata per capire che non sarebbe più stato in grado di camminare. Più tardi, apprese che quando erano arrivati nella radura, i più non si conoscevano tra loro; dopo che Stannis Baratheon aveva sbaragliato l'esercito di Mance Rayder, si erano rifugiati nella foresta per sfuggire al massacro, avevano vagato per un po', perdendo parenti e amici per via del freddo e della fame, e poi erano arrivati in quel luogo sacro, troppo stremati e provati per continuare. «Qui abitano gli dèi» disse uno dei vecchi. «Questo era un posto per morire buono come un altro.»

«La Barriera si trova solo a qualche ora di marcia a sud di qui» rispose Jon. «Perché non andate a cercare rifugio là? Altri si sono arresi. Perfino Mance.»

I bruti si scambiarono delle occhiate. Alla fine uno disse: «Abbiamo sentito certe storie. I corvi hanno bruciato tutti quelli che si sono arresi».

«Anche Mance» aggiunse la donna.

"Melisandre" rimuginò Jon "tu e il tuo dio rosso avrete questo e molto altro di cui rispondere." «Chi di voi lo vorrà potrà tornare con noi. Al Castello Nero ci sono cibo e riparo, e la Barriera vi proteggerà dalle cose che infestano la foresta. Nessuno verrà bruciato: avete la mia parola.»

«La parola di un corvo nero» la donna strinse il suo piccolo al petto. «Ma chi ci dice che poi la mantieni? Tu chi sei?»

«Il lord comandante dei guardiani della notte, e figlio di Eddard Stark di Grande Inverno.» Jon si rivolse a Tom Barleycorn. «Che Rory e Pate portino qui i cavalli. Non intendo fermarmi in questo luogo un minuto più del dovuto.»

«Come comandi, mio signore.»

Restava un'ultima cosa da fare prima di partire: la cosa per cui erano venuti. Emmett il Ferrigno ordinò alle reclute di venire avanti e di inginocchiarsi al cospetto dei pallidi alberi ancestrali, mentre gli altri osservavano a rispettosa distanza. Nel frattempo l'ultima luce del giorno era svanita: l'unico chiarore proveniva dalle stelle in alto e dal debole pulsare rosso del fuoco morente al centro della radura.

Con i loro mantelli e gli spessi cappucci neri, i sei uomini sembravano scolpiti nella materia delle ombre. Le loro voci si levarono insieme, piccole rispetto alla vastità della notte.

«Cala la notte, e ha inizio la mia guardia» dissero, come migliaia di altri uomini avevano detto prima di loro. La voce di Satin era delicata come un canto, quella di Cavallo roca e imperiosa, quella di Arron un berciare nervoso. «Non si concluderà fino alla mia morte.»

"Possano quelle morti non sopraggiungere per molto tempo." Jon Snow posò un ginocchio nella neve. "Dèi dei miei padri, proteggete questi uomini. E proteggete anche Arya, la mia piccola sorella, ovunque si trovi. A voi la mia preghiera: lasciate che Mance riesca a trovarla e me la riporti sana e salva."

«Io non avrò moglie, non possederò terra, non sarò padre di figli» promisero le reclute, con voci che risalivano indietro negli anni, nei secoli. «Non porterò corona e non vorrò gloria. Vivrò e morirò al mio posto.»

"Dèi della foresta, datemi la forza di fare lo stesso" pregò Jon Snow in silenzio. "Concedetemi la saggezza di comprendere ciò che deve essere fatto e il coraggio per farlo."

«Sono la spada nelle tenebre» proseguirono i sei, e a Jon parve di percepire un mutamento nelle loro voci: erano più forti, più determinate. «Sono la sentinella che veglia sul muro. Sono il fuoco che arde contro il freddo, la luce che porta l'alba, il corno che risveglia i dormienti, lo scudo che protegge i regni degli uomini.»

"Lo scudo che protegge i regni degli uomini." Spettro gli strofinò il muso contro la spalla, e Jon passò un braccio attorno al meta-lupo albino. Poteva sentire il lezzo delle brache non lavate di Cavallo, il profumo dolciastro che Satin aveva sparso sulla propria barba, l'odore acre della paura, il tanfo di muschio emanato dal gigante. Poteva sentire il battito del proprio cuore. Quando alzò lo sguardo e scrutò la radura, la donna con il bambino in braccio, i due anziani con la barba grigia, l'uomo dei piedi di corno con i piedi martoriati, tutto quello che vide furono degli esseri umani.

«Consacro la mia vita e il mio onore ai guardiani della notte, per questa notte e per tutte le notti a venire.»

Jon Snow fu il primo a rimettersi in piedi. «Adesso alzatevi come uomini dei guardiani della notte.» Tese la mano a Cavallo per aiutarlo a tirarsi su.

Si stava alzando il vento. Era ora di andare.

Tornare alla Barriera richiese molto più tempo di quello impiegato per raggiungere la radura. A dispetto della lunghezza e della circonferenza delle sue gambe, il gigante avanzava lentamente, continuando a fermarsi per far cadere la neve dai rami più bassi con la sua mazza. La donna montò in sella con Rory, il figlio con Tom Barleycorn, i due vecchi con Cavallo e Satin. Il thenn invece aveva paura dei cavalli e preferì arrancare a piedi, nonostante le ferite. L'uomo dei piedi di corno non era in grado di stare in sella, per cui venne legato di traverso sul dorso come un sacco di granaglie; stessa sorte per la vecchia con il viso terreo, le membra magre come esili rami, che nessuno era stato in grado di scuotere dal torpore.

E così fecero anche con i due cadaveri, nonostante la perplessità di Emmett il Ferrigno. «Ci rallenteranno e basta, mio lord» disse a Jon. «Dovremmo tagliarli a pezzi e bruciarli.»

«No» disse Jon «li portiamo con noi. So che cosa farne.»

Non avevano la luna a indicare loro la strada di casa, solo di tanto in tanto qualche costellazione nel cielo scuro. Il mondo era bianco e nero e immoto. Fu una lunga, lenta marcia, senza fine. La neve rimaneva aggrappata agli stivali e alle brache, e il vento scuoteva i pini, facendo schioccare e vorticare i mantelli. Molto, molto in alto, Jon intravide il rosso viandante degli astri, che attraverso i rami spogli dei grandi alberi li osservava passare là sotto. Il Ladro, così il popolo libero chiamava la cometa rosso sangue. Il momento migliore per rubare una donna, sosteneva Ygritte, era quando il Ladro si trovava nella costellazione della Fanciulla di Luna. Non aveva però mai detto quale fosse il momento migliore per rubare un gigante. "O due uomini morti."

Era quasi l'alba quando arrivarono in vista della Barriera.

Il corno di una sentinella diede loro il benvenuto mentre si avvicinavano, riecheggiando dalla sommità del ghiaccio come il grido di un immane uccello roco, un solo, lungo squillo, che significava ranger che rientrano. Il Grande Liddle sollevò il proprio corno di guerra e rispose. Giunti al portale, dovettero aspettare alcuni istanti prima che Edd Tollett l'Addolorato apparisse a far scorrere i chiavistelli e aprire poi le sbarre di ferro. Quando vide il malridotto gruppo di bruti, Edd increspò le labbra e lanciò una lunga occhiata al gigante. «Mi sa, mio lord, che quello, per farlo passare nel tunnel, bisogna cospargerlo di burro. Vuoi che mandi qualcuno in dispensa?»

«No, credo che ce la farà. Senza burro.»

E in effetti il gigante... passò carponi, trascinandosi e arrancando. "Un bel bestione. Ancora più grosso di Mag il Possente." Mag era caduto in combattimento proprio sotto quel ghiaccio, in uno scontro mortale con Donal Noye. "Un uomo valoroso. La confraternita ha perso troppi uomini come lui." Jon prese Cinghia da parte. «Occupati tu di lui. Parli la sua lingua. Assicurati che riceva da mangiare e che abbia un posto caldo attorno al fuoco. E poi, stagli vicino. Fa' in modo che nessuno lo provochi.»

«*Aye.*» Cinghia esitò. «Mio signore.»

Jon mandò i bruti superstiti a farsi curare le ferite e le piaghe da congelamento. Con un po' di cibo e degli abiti caldi la maggior parte di loro ce l'avrebbe fatta, o almeno così sperava, anche se quasi certamente l'uomo dei piedi di corno avrebbe perso entrambi i piedi. Fece mettere i cadaveri nelle celle di ghiaccio.

Clydas era passato e se n'era andato, notò Jon appendendo il mantello al piolo vicino alla porta. Sul tavolo del suo solarium era stata lasciata una lettera. "Forte Orientale o Torre delle Ombre" ipotizzò a un primo sguardo. Ma la ceralacca era dorata, non nera. Il sigillo mostrava una testa di cervo dentro a un cuore fiammeggiante. "Stannis." Jon spezzò la cera indurita, appiattì il rotolo di pergamena e lesse. "La mano è quella di un maestro, ma le parole sono del re."

Stannis aveva preso Deepwood Motte, e i clan delle montagne del Nord erano confluiti nel suo esercito. Flint, Norrey, Wull, Liddle, tutti quanti.

> E abbiamo ricevuto altro aiuto, inatteso ma quanto mai gradito, dalla figlia dell'Isola dell'Orso. Alysane Mormont, che i suoi uomini chiamano l'Orsa, ha nascosto dei guerrieri in un gruppo di barche da pesca, cogliendo gli uomini di ferro di sorpresa mentre questi cercavano di lasciare la costa. Le navi lunghe dei Greyjoy sono state bruciate o catturate, gli equipaggi uccisi o fatti prigionieri. Per quanto riguarda capitani, cavalieri, guerrieri illustri e altri di elevato lignaggio verrà chiesto un riscatto, o di loro si farà un uso diverso; gli altri intendo impiccarli...

I guardiani della notte giuravano di non prendere alcuna parte negli scontri e nei conflitti del reame. Tuttavia Jon Snow non poté fare a meno di provare una certa soddisfazione. Andò avanti a leggere.

... e mentre si sparge la notizia della nostra vittoria, altri uomini del Nord ingrossano le nostre schiere. Pescatori, guerrieri erranti, uomini delle colline, contadini dal profondo della Foresta del Lupo, abitanti dei villaggi costretti a lasciare le loro case lungo la costa pietrosa per sfuggire agli uomini di ferro, superstiti della battaglia fuori delle porte di Grande Inverno, uomini che un tempo avevano giurato fedeltà agli Hornwood, ai Cerwyn, ai Tallhart. Mentre scrivo il nostro esercito è di cinquemila uomini, un numero che cresce di giorno in giorno. E ci è giunta notizia che Roose Bolton, con tutte le sue truppe, è in marcia verso Grande Inverno, dove intende far sposare il suo bastardo con la tua sorellastra. Non bisogna permettergli di riportare il castello alla forza di un tempo. Marceremo contro di lui. Arnolf Karstark e Mors Umber si uniranno a noi. Salverò tua sorella, se posso, e troverò per lei un partito migliore di Ramsay Snow. Tu e i tuoi confratelli dovrete tenere la Barriera fino al mio ritorno.

Quindi la firma, vergata da una mano diversa.

Scritto nella Luce del Signore, sotto l'emblema e il sigillo di Stannis, della nobile Casa Baratheon, il primo del suo nome, re degli andali, dei rhoynar e dei primi uomini, lord dei Sette Regni e Protettore del Reame.

Appena Jon posò la pergamena, questa tornò ad arrotolarsi, quasi fosse ansiosa di proteggere i propri segreti. Non era del tutto certo di come si sentiva riguardo a quanto aveva appena letto. In passato, molte battaglie erano state combattute a Grande Inverno, mai nessuna però senza che, da una parte o dall'altra, ci fosse uno Stark. «Il castello è in rovina» disse. «Non è più Grande Inverno, ma il suo fantasma.» Era doloroso anche solo pensarlo, peggio ancora dirlo ad voce alta. Eppure...

Jon si domandò quanti uomini il vecchio Cibo di Corvo avrebbe messo in campo e quante spade Arnolf Karstark sarebbe riuscito a raccogliere. Metà degli Umber sarebbe stata dall'altra parte del campo, al fianco del Flagello delle puttane, combattendo sotto l'uomo scuoiato di Forte Terrore, e il grosso della forza militare delle due casate, Umber e Bolton, si sarebbe diretto a sud con Robb Stark, senza più fare ritorno. Ma Grande Inverno, benché in rovina, avrebbe comunque dato un notevole vantaggio a chiunque vi si fosse attestato per primo. Robert Baratheon lo avrebbe compreso subito e si sarebbe quindi mosso per assicurarsi il castello, avanzando con quelle marce forzate e quelle cavalcate notturne che lo avevano reso celebre. Suo fratello sarebbe stato altrettanto audace?

"È improbabile." Stannis era un comandante cauto, e il suo esercito una zuppa mal digerita di uomini dei clan delle montagne, cavalieri del Sud, uomini del re e uomini della regina, il tutto condito da alcuni nobili del Nord. "Dovrebbe andare a Grande Inverno subito, oppure non andarci affatto" pensò Jon. Anche se non era compito suo dare suggerimenti al re...

Diede un'altra occhiata alla pergamena. "Salverò tua sorella, se posso." Un sentimento sorprendentemente tenero da parte di Stannis, anche se mutilato da quel brutale "se posso" finale, e dall'aggiunta conclusiva "e troverò per lei un partito migliore di Ramsay Snow". Ma se Arya non fosse stata là per essere salvata? Se le fiamme di lady Melisandre avessero detto la verità? Se Arya fosse davvero riuscita a fuggire dai suoi persecutori? "Come potrebbe però averlo fatto? Arya è sempre stata veloce e intelligente, ma alla fine è pur sempre una ragazzina, e Roose Bolton non è certo il tipo da farsi tanti riguardi con un simile trofeo tra le mani."

E se invece Bolton non avesse mai avuto Arya tra le mani? Quel matrimonio poteva essere semplicemente un espediente per attirare Stannis in una trappola. Per quanto Jon ne sapeva, Eddard Stark non aveva mai avuto motivo di lamentarsi del lord di Forte Terrore, anche se non si era mai fidato di lui, con la sua voce sussurrata e quegli occhi pallidissimi.

"Una ragazza grigia su un cavallo moribondo, che fugge dal proprio matrimonio." Era per la forza di quelle parole che aveva mandato in missione Mance Rayder e sei mogli di lancia nel Nord. "Che siano giovani e attraenti" aveva detto Mance. Il re risparmiato al rogo aveva suggerito qualche nome, Edd l'Addolorato aveva fatto il resto, portando di nascosto le donne dei bruti fuori da Città della Talpa. Ora, tutto questo sembrava una follia. Avrebbe fatto meglio a infilzare Mance nel momento stesso in cui si era rivelato. Ma, sia pure a denti stretti, Jon provava una certa ammirazione nei confronti del Re oltre la Barriera, anche se Mance era uno spergiuro e un voltagabbana. Ancora di meno si fidava di Melisandre. Eppure, adesso riponeva proprio in loro le sue speranze. "Tutto per salvare mia sorella. Ma gli uomini dei guardiani della notte non hanno sorelle."

A Grande Inverno, quando Jon era piccolo, il suo eroe era il Giovane Drago, il re bambino della dinastia del drago, che a quattordici anni aveva conquistato Dorne. A dispetto della sua condizione di bastardo, o forse a causa di essa, Jon Snow sognava di condurre gli uomini alla gloria proprio come aveva fatto re Daeron Targaryen, fantasticando di diventare a propria volta un conquistatore. Adesso Jon Snow era cresciuto e la Barriera era sua, eppure dentro di sé non aveva altro che dubbi. E su quelli non sembrava proprio essere in grado di avere la meglio.

DAENERYS

Il tanfo dell'accampamento era così terribile che Dany dovette farsi forza per non vomitare.

Ser Barristan Selmy arricciò il naso e disse: «Vostra grazia non dovrebbe trovarsi qui, a respirare questi umori malefici».

«Io sono il sangue del drago» gli ricordò Dany. «Hai mai visto un drago con la dissenteria?» Viserys, il suo defunto fratello, diceva spesso che i Targaryen erano immuni dalle pestilenze che affliggevano i comuni mortali e, per quanto la riguardava, fino a quel momento era stato così. Ricordava di aver avuto freddo, fame e paura, ma non si era mai ammalata.

«Eppure» riprese l'anziano cavaliere «mi sentirei meglio se vostra grazia rientrasse in città.» Le mura di Meereen, con i loro mattoni multicolori, si ergevano mezzo miglio dietro di loro. «La maledetta dissenteria è stata la rovina di tutti gli eserciti fin dal Tempo dell'Alba. Distribuiamo il cibo, vostra grazia.»

«Domani mattina. Ora sono qui. Voglio vedere.» Affondò i talloni nei fianchi della purosangue argentata. Il resto del suo seguito le andò dietro al trotto. Jhogo cavalcava davanti a lei, Aggo e Rakharo appena dietro, con la lunga frusta dothraki stretta in pugno, pronto a usarla per tenere a distanza malati e moribondi. Ser Barristan era alla sua destra, in sella a un pezzato grigio. Alla sua sinistra c'erano Symon Schiena Striata della compagnia dei Fratelli Liberi e Marselen degli Uomini della Madre. A breve distanza dai loro capitani, seguivano una sessantina di soldati, per proteggere i carriaggi con il cibo. Tutti erano a cavallo, dothraki, Belve d'Ottone e liberti, accomunati solo dalla repulsione verso quel dovere che erano chiamati ad assolvere.

I transfughi di Astapor li seguivano in una processione spettrale, che andava ingrossandosi a ogni iarda. Alcuni parlavano lingue che Daenerys non comprendeva. Per altri, il tempo delle parole si era ormai concluso. Molti protendevano le braccia verso di lei, o si prostravano in ginocchio al passaggio della purosangue. «Madre» la invocavano nei dialetti di Astapor, Lys, Vecchia Volantis, nella gutturale lingua dothraki, nelle liquide sillabe di Qarth, persino nella lingua comune dell'Occidente.

«Madre... t'imploro... madre, aiuta mia sorella... dammi del cibo per i miei piccoli... ti prego, il mio vecchio padre... aiutalo... aiutala... aiutami...»

"Non ho più aiuto da dare" pensava Dany disperata.

La gente di Astapor non aveva un luogo dove andare. A migliaia rimanevano fuori dalle spesse mura di Meereen: uomini, donne e bambini, vecchi, fanciulle e infanti. Molti erano ammalati, i più soffrivano la fame, tutti erano destinati alla morte. Daenerys non osava aprire loro le porte della città. Aveva cercato di fare quello che poteva. Aveva mandato fra loro dei guaritori, grazie azzurre, incantatori e barbieri-chirurghi, alcuni dei quali si erano a loro volta ammalati, e nessuna delle loro arti era stata in grado anche solo di rallentare il galoppante spargersi della dissenteria arrivata con la pallida giumenta. Non era stato nemmeno utile separare i sani dagli infermi. I suoi Scudi Coraggiosi ci avevano provato, allontanando i mariti dalle mogli, i figli dalle madri, mentre gli astaporiani piangevano, scalciavano e li bersagliavano di pietre. Appena pochi giorni più tardi, gli ammalati erano morti e i sani erano ammalati. Dividere gli uni dagli altri non era servito a niente.

Ora, perfino nutrirli diventava difficile. Ogni giorno, Daenerys distribuiva quello che poteva, ma ogni giorno le bocche aumentavano e il cibo diminuiva. Inoltre, era sempre più difficile reperire carrettieri disposti a consegnare le derrate. Troppi degli uomini inviati da Daenerys negli accampamenti avevano contratto la dissenteria. Altri erano stati assaliti dalla folla mentre rientravano in città. Il giorno prima un carro era stato rovesciato e due soldati erano rimasti uccisi, così quel giorno la Regina dei Draghi aveva deciso di portare il cibo di persona. Tutti i suoi consiglieri, da Reznak al Testarasata, a ser Barristan, avevano cercato di dissuaderla con veemenza, ma Daenerys non aveva ceduto. «Non volterò loro le spalle» si era ostinata. «Una regina deve conoscere le sofferenze del suo popolo.»

L'unica cosa che non scarseggiava era la sofferenza. «Quasi non si vedono più in giro cavalli, né muli, anche se molti sono arrivati da Astapor a dorso di un animale» l'aveva informata Marselen. «Se li sono mangiati tutti, vostra grazia. Si sono mangiati anche i ratti e i cani che divorano le carcasse. Adesso c'è anche chi ha cominciato a mangiare i propri morti.»

«L'uomo non deve mangiare la carne di un altro uomo» aveva commentato Aggo.

«È risaputo» concordò Rakharo. «Saranno maledetti.»

«Quelli sono oltre la maledizione» aveva concluso Symon Schiena Striata.

Bambini con il ventre gonfio per la fame seguivano la colonna, troppo deboli o troppo spaventati anche solo per mendicare. Uomini scavati con gli occhi infossati stavano accovacciati fra sabbia e pietre, defecando la loro vita in putridi fiotti marroni lordati di rosso. Molti ormai cacavano dove dormivano, troppo sfiniti per strisciare fino ai fossati cloacali che Daenerys aveva dato ordine di scavare. Due donne litigavano per un osso annerito. Lì accanto, un bambino di dieci anni mangiava un ratto. Lo teneva in una mano mentre con l'altra impugnava un bastone appuntito, nel caso qualcuno avesse cercato di portargli via il festino. Cadaveri insepolti erano disseminati ovunque. Dany notò un uomo che giaceva nel pantano ricoperto da una cappa nera, ma nel momento in cui il suo cavallo lo superò, il mantello si dissolse in milioni di mosche. Madri scheletriche sedevano per terra, stringendo infanti in agonia. I loro sguardi seguirono il suo passaggio. Quelle che ne avevano la forza, invocavano. «Madre… ti prego, madre… che tu sia benedetta, madre…»

"Che io sia benedetta" pensò Dany amaramente. "La vostra città è ridotta a cenere e ossa, la vostra gente muore attorno a voi. Io non posso offrirvi riparo né medicamenti né speranze. Ho solamente pane raffermo e carne piena di vermi, del formaggio indurito e un po' di latte. Certo, che io sia benedetta, che io sia benedetta…"

Che razza di madre non ha neppure del latte per i propri figli?

«Troppi morti» dichiarò Aggo. «Bisogna bruciarli.»

«E chi li brucia?» ribatté ser Barristan. «La dannata dissenteria è dovunque. Ne muoiono cento ogni notte.»

«Non è bene toccare i morti» disse Jhogo.

«È risaputo» Aggo e Rakharo, all'unisono.

«Sarà anche risaputo» intervenne Dany «ma bisogna comunque fare qualcosa.» Rifletté per qualche istante. «Gli Immacolati non hanno paura dei cadaveri. Parlerò con Verme Grigio.»

«Vostra grazia» insisté ser Barristan. «Gli Immacolati sono i nostri guerrieri migliori. Non possiamo rischiare che vengano infettati da questo morbo. Lascia che siano gli astaporiani a cremare i loro defunti.»

«Sono troppo deboli» osservò Symon Schiena Striata.

«Il cibo forse li renderà più forti» disse Dany.

Symon scosse la testa. «Vostra magnificenza, il cibo non dovrebbe essere sprecato con i moribondi. Già non ne abbiamo abbastanza per nutrire i vivi.»

Non aveva torto, e lei lo sapeva, ma questo non contribuì a rendere quelle parole più facili da ascoltare. «Basta, fermiamoci» ordinò la regina. «Li nutriremo qui.» Sollevò una mano. I carriaggi dietro di lei si arrestarono sussultando, e i cavalieri della scorta si disposero attorno a essi, per impedire che gli astaporiani si avventassero sul cibo. Non appena la colonna si arrestò, la folla cominciò a addensarsi, i disperati ad arrancare verso i carri. I soldati a cavallo tagliarono la loro avanzata. «Aspettate il vostro turno» gridavano. «Non spingete. Indietro. State indietro. C'è pane per tutti. Aspettate il vostro turno.»

Dany non poté fare altro che sedersi e osservare. «Ser» disse a Barristan Selmy «non c'è davvero altro che possiamo fare? Tu hai delle provviste.»

«Provviste per i soldati di vostra grazia. Potremmo trovarci ad affrontare un lungo assedio. I Corvi della Tempesta e i Secondi Figli possono attaccare gli yunkai, ma non saranno in grado di costringerli alla ritirata. Se vostra grazia mi consentisse di mettere assieme un esercito...»

«Se battaglia dovrà essere, preferisco affrontarla da dietro le mura di Meereen. Che tentino pure, gli yunkai, a dare l'assalto alle mie fortificazioni.» La regina passò lo sguardo sullo scenario attorno a lei. «Se solo potessimo dividere il nostro cibo equamente...»

«... gli astaporiani finirebbero con il divorare la loro parte nel giro di pochi giorni, e noi avremmo quella parte in meno in caso di assedio.»

Dany scrutò oltre l'accampamento, fino ai mattoni multicolori di Meereen. L'aria era densa di grida e di mosche. «Gli dèi hanno inviato questa pestilenza per rendermi più umile. Così tanti morti... No, non permetterò che mangino i cadaveri.» Fece cenno ad Aggo di avvicinarsi. «Torna subito alle porte della città e portami Verme Grigio con cinquanta dei suoi Immacolati.»

«Khaleesi, il sangue del tuo sangue obbedisce.» Aggo diede un colpo di speroni e si allontanò al galoppo.

Ser Barristan si guardò attorno con malcelata apprensione. «Non dovresti trattenerti qui troppo a lungo, vostra grazia. Gli astaporiani vengono nutriti, proprio come tu hai ordinato. Non c'è altro che possiamo fare per questi poveri esseri. Dovremmo rientrare nelle mura della città.»

«Va', se è questo che desideri. Non intendo trattenerti. Non intendo trattenere nessuno di voi.» Dany smontò da cavallo. «Non posso risanarli, però posso mostrare loro che la Madre li ha nel cuore.»

Jhogo inspirò rumorosamente. «Khaleesi, no!» La campanella che portava nella lunga treccia tintinnò lievemente mentre il guerriero smontava a sua volta. «Non devi avvicinarti più di così. Non permettere che ti tocchino! Non farlo!»

Dany lo superò, senza badare a lui. C'era un vecchio a terra, a pochissima distanza da loro, che gemeva e fissava la pancia grigia delle nubi incombenti. Daenerys si inginocchiò accanto a lui, arricciando il naso per il tanfo. Gli spinse indietro i capelli, toccandogli la fronte.

«Ha la carne in fiamme. Mi serve dell'acqua per rinfrescarlo. L'acqua di mare andrà bene. Marselen, ne vuoi andare a prendere un po'? E mi serve anche dell'olio per la pira. Chi mi aiuterà a bruciare i morti?»

Quando Aggo ritornò insieme a Verme Grigio e ai cinquanta Immacolati, Dany aveva spinto per la vergogna tutti ad aiutarla. Symon Schiena Striata e i suoi uomini dividevano i vivi dai morti, ammucchiando i cadaveri. Jhogo, Rakharo e i loro dothraki aiutavano quelli ancora in grado di camminare, spingendoli verso la spiaggia per lavarsi e sciacquare i loro vestiti. Aggo fissò la scena come se avesse di fronte un gruppo di dementi, ma Verme Grigio andò a inginocchiarsi accanto alla regina e disse: «Questo guerriero aiuterà».

Prima del mezzogiorno, non meno di una dozzina di roghi stavano crepitando. Colonne di denso fumo nero salivano ad ammorbare l'impietoso cielo azzurro. Quando Dany si allontanò dalle pire, i suoi abiti da cavallerizza erano chiazzati e anneriti dalla caligine.

«Vostra magnificenza» disse Verme Grigio «questo guerriero e i suoi fratelli chiedono il tuo consenso di lavarsi nell'acqua salmastra del mare una volta che il nostro lavoro qui sarà compiuto, in modo che possiamo essere purificati secondo le leggi della nostra grande dea.»

La Regina dei Draghi non aveva mai saputo che gli eunuchi avessero una loro dea. «E chi è questa dea? Una delle divinità di Ghis?»

Verme Grigio parve turbato. «La dea è chiamata con molti nomi. È la Signora delle Lance, la Sposa della Battaglia, la Madre degli Eserciti, ma il suo vero nome appartiene solo a questi sventurati che hanno bruciato la loro virilità sul suo altare. A noi non è concesso parlare di lei con gli altri. Questo guerriero implora il tuo perdono.»

«Come preferisci. Sì, lavatevi pure nel mare, se lo desiderate. Vi ringrazio per il vostro aiuto.»

«Questo guerriero vive per servirti.»

Quando Daenerys fece ritorno alla sua piramide, con le membra dolenti e il cuore dolorante, trovò Missandei che leggeva un rotolo antico, mentre Irri e Jhiqui litigavano a proposito di Rakharo. «Sei troppo magra per lui» stava dicendo Jhiqui. «Sembri un ragazzo. Rakharo non va a letto con i ragazzi. È risaputo.» Irri ribatté duramente: «E tu è risaputo che sembri una mucca. E Rakharo non va a letto con le mucche».

«Rakharo è sangue del mio sangue. La sua vita appartiene a me, non a voi» disse Dany a entrambe.

Nel tempo che aveva trascorso lontano da Meereen, Rakharo era cresciuto di almeno mezzo piede, ed era tornato con braccia e gambe muscolose e con quattro campanelle nei capelli. Adesso era più alto sia di Aggo sia di Jhogo, e le sue ancelle lo avevano chiaramente notato. «Ora basta. Devo farmi un bagno.» Dany non si era mai sentita così sporca. «Jhiqui, aiutami a togliere questi abiti, poi portali via e bruciali. Irri, va' a dire a Qezza di trovarmi qualcosa di fresco e leggero da indossare. È stata una giornata caldissima.»

Sulla terrazza spirava un vento lieve. Dany emise un sospiro di piacere mentre s'immergeva nell'acqua della vasca. Dietro suo ordine, Missandei si tolse i vestiti ed entrò con lei. «Questa scriba ha udito gli astaporiani raspare le mura, la notte scorsa» disse la piccola scrivana, lavando la schiena di Dany.

Irri e Jhiqui si scambiarono un'occhiata. «Nessuno raspava» disse Jhiqui. «Raspare... e come farebbero?»

«Con le mani» rispose Missandei. «I mattoni sono vecchi e si sgretolano. Cercano di aprirsi un varco per entrare nella città.»

«Impiegherebbero degli anni» disse Irri. «Le mura sono molto spesse. È risaputo.»

«È risaputo» concordò Jhiqui.

«Li sogno anch'io» Dany prese la mano di Missandei tra le sue. «Il campo è almeno a mezzo miglio dalla città, mia cara. Nessuno stava raspando le mura.»

«Vostra grazia sa meglio di tutti» replicò Missandei. «Vuoi che ti lavi i capelli? È quasi ora. Reznak mo Reznak e la Grazia Verde stanno venendo per discutere...»

«... dei preparativi delle nozze.» Dany si mise a sedere sollevando spruzzi d'acqua. «Me ne ero quasi dimenticata.» "O forse lo volevo dimenticare." «E dopo averli incontrati, cenerò con

Hizdahr.» Sospirò. «Irri, portami il tokar verde, quello di seta con le frange di Myr.»

«Lo stanno riparando, khaleesi. Il merletto era strappato. Il tokar blu è stato pulito.»

«Allora quello blu. Ne saranno ugualmente compiaciuti.»

Questo fu vero solo in parte. La sacerdotessa e il siniscalco erano in effetti compiaciuti di vederla indossare un tokar, per una volta tanto come un'autentica nobildonna di Meereen, ma quello che volevano in realtà era spogliarla nuda. Daenerys ascoltò le loro ragioni, incredula. Quando ebbero finito, disse: «Non desidero arrecare alcuna offesa, ma io non mi presenterò nuda alla madre e alle sorelle di Hizdahr».

«Ma, vostra magnificenza» Reznak mo Reznak ammiccò «tu devi farlo. Prima di un matrimonio è tradizione che le donne della casa dello sposo esaminino il grembo della sposa e… anche le sue parti intime. Per constatare che siano ben conformate e…»

«… fertili» completò Galazza Galare. «Un rituale antico, vostro splendore. Tre grazie presenzieranno all'esame in qualità di testimoni, innalzando al contempo le appropriate preghiere.»

«Sì» confermò Reznak «e poi, una torta speciale! Una torta solo per le donne, preparata esclusivamente per le nozze. Agli uomini non è permesso assaggiarla. Mi dicono che sia deliziosa. Magica.»

"E qualora il mio grembo fosse avvizzito e il mio sesso indegno, ci sarà comunque una torta speciale?" «Hizdahr zo Loraq potrà verificare le mie parti intime una volta che saremo sposati.» "Khal Drogo non trovò alcun difetto, per quale motivo lui dovrebbe trovarne?" «Che sua madre e le sue sorelle si esaminino pure a vicenda, gustandosi quella torta così speciale. Da parte mia, non intendo mangiarla. Né intendo lavare i piedi del nobile Hizdahr.»

«Magnificenza, tu non comprendi» protestò Reznak. «Il lavaggio dei piedi è consacrato dalla tradizione. Significa che sarai l'ancella di tuo marito. Lo stesso abito nuziale è pieno di simboli. La sposa porta veli rosso scuro sopra un tokar di seta bianca con frange di perline.»

"La regina dei conigli non può sposarsi senza le sue orecchie flosce." «Tutte quelle perle mi faranno tintinnare a ogni passo.»

«Le perle simbolizzano la fertilità. Quante più perle vostra magnificenza indosserà, tanto più numerosi saranno i figli in salute che avrà.»

«E perché dovrei voler dare vita a cento bambini?» Dany si voltò verso la Grazia Verde. «Se ci sposassimo secondo il rituale dell'Occidente…»

«Gli dèi di Ghis non la considererebbero una vera unione.» Il viso di Galazza Galare era nascosto da un velo di seta verde. Si vedevano soltanto gli occhi, verdi, saggi e tristi. «Agli occhi della città, tu saresti solo la concubina del nobile Hizdahr, non sua moglie per diritto di nozze. I vostri figli sarebbero dei bastardi. Vostra magnificenza sposerà Hizdahr nel Tempio delle Grazie, con la nobiltà di Meereen al completo quale testimone della vostra unione.»

"Porta i capi di tutte le nobili casate fuori dalle loro piramidi con un pretesto qualsiasi" le aveva detto Daario Naharis. "Le parole del drago sono fuoco e sangue." Dany respinse il pensiero. Non era degno di lei. «Sia come tu desideri» sospirò. «Sposerò Hizdahr nel Tempio delle Grazie, avvolta in un tokar bianco ornato di piccole perle. C'è altro?»

«Solo un'ultima, trascurabile questione, vostra magnificenza» riprese Reznak. «Per celebrare le tue nozze, sarebbe cosa buona e giusta se tu decidessi la riapertura delle fosse da combattimento. Sarebbe il tuo dono di nozze sia a Hizdahr sia al tuo amato popolo, un chiaro segno che hai abbracciato le antiche vie e le antiche usanze di Meereen.»

«Compiacendo al tempo stesso anche gli dèi» aggiunse la Grazia Verde con la sua voce soffice e gentile.

"Il prezzo di una sposa pagato con il sangue." Daenerys era cauta nel combattere quella battaglia. Nemmeno ser Barristan Selmy riteneva che potesse vincere. «Nessun sovrano può rendere un popolo migliore di quello che è» le aveva detto l'anziano guerriero. «Baelor il Benedetto pregava e digiunava, erigendo ai Sette Dèi il tempio più splendido che qualsiasi divinità potesse mai desiderare, eppure non riuscì mai a porre fine né alla guerra né alla crudeltà.»

"Una regina deve ascoltare il suo popolo" ricordò Dany a se stessa. «Dopo le nozze, Hizdahr sarà re. Che sia lui a riaprire le fosse da combattimento, se proprio ci tiene. Io non voglio saperne.» "Che il sangue grondi dalle sue mani, non dalle mie." Daenerys si alzò. «Inoltre, se mio marito desidera che io gli lavi i piedi, dovrà prima essere lui a lavare i miei. Glielo dirò questa sera.»

Si domandò come il suo promesso sposo avrebbe preso quella proposta.

Ma non c'era ragione di preoccuparsi. Hizdahr zo Loraq arrivò un'ora dopo il tramonto. Indossava un tokar color porpora, con una striscia dorata e una frangia di biglie d'oro. Dany gli riferì del suo incontro con Reznak e con la Grazia Verde, mentre gli versava una coppa di vino.

«Questi rituali sono vuoti» dichiarò Hizdahr «proprio il genere di cose che dobbiamo accantonare. È da troppo tempo che Meereen si fonda su simili vecchie e sciocche tradizioni.» Le baciò la mano e aggiunse: «Daenerys, mia regina, ti laverò con piacere dalla testa ai piedi, se è questo che devo fare per essere il tuo re e consorte».

«Per essere il mio re e consorte, devi solo portarmi la pace. Skahaz mi dice che recentemente ti sono giunti dei messaggi.»

«È così.» Hizdahr accavallò le lunghe gambe. Appariva compiaciuto di se stesso. «Yunkai è pronta a fare pace con noi, ma a un prezzo. L'interruzione del commercio degli schiavi ha causato gravi danni in tutto il mondo civilizzato. Quello che Yunkai e i suoi alleati ci chiedono è un indennizzo, pagabile in oro e pietre preziose.»

Oro e pietre preziose, era semplice. «Che altro?»

«Gli yunkai riprenderanno lo schiavismo come prima. Astapor verrà ricostruita, come città schiavista. E tu non dovrai interferire.»

«Gli yunkai avevano ripreso lo schiavismo dopo che mi ero allontanata dalla loro città di neanche due leghe. Sono forse tornata indietro a fermarli? Re Cleon mi ha implorato di allearmi con lui contro di loro, ma io sono rimasta sorda ai suoi appelli. Non voglio nessuna guerra con Yunkai! Quante altre volte sarò costretta a ripeterlo? Quali promesse vogliono?»

«È questa la spina nel fianco, mia regina» rispose Hizdahr zo Loraq. «Triste a dirsi, ma Yunkai non si fida delle tue promesse. Pizzicano sempre la stessa corda dell'arpa: un certo loro emissario a cui i tuoi draghi hanno dato fuoco.»

«Solamente il suo tokar è bruciato» precisò Dany tetramente.

«Comunque sia, Yunkai non ha fiducia. E gli uomini di Nuova Ghis la pensano allo stesso modo. Le parole sono vento, come tu stessa hai spesso ribadito. Nessuna tua parola potrà mai assicurare la pace a Meereen. I tuoi avversari chiedono dei fatti. Vogliono vederci sposati e vogliono vedere me incoronato come re, per regnare al tuo fianco.»

Dany tornò a riempirgli la coppa, anche se avrebbe desiderato versargli l'intera caraffa sul cranio, annegando quel suo sorriso compiaciuto. «Matrimonio o massacro. Nozze o guerra. Sarebbero quindi queste le mie scelte?»

«Io vedo un'unica possibilità, vostro splendore. Pronunciamo i nostri giuramenti al cospetto degli dèi di Ghis e costruiamo una nuova Meereen, insieme.»

La regina stava per rispondere, quando alle sue spalle udì un rumore di passi. "Il cibo" pensò. I cuochi avevano promesso di servire al nobile Hizdahr la sua pietanza preferita: cane al miele, ripieno di prugne e peperoni. Ma quando Dany si voltò, vide ser Barristan Selmy lì in piedi, appena lavato e ripulito, vestito di bianco, con la spada lunga al fianco.

«Vostra grazia» esordì, con un inchino «mi dispiace disturbarti, ma ho ritenuto che tu dovessi essere informata al più presto. I Corvi della Tempesta hanno fatto ritorno in città, con notizie sul nemico. Le truppe di Yunkai sono in marcia, proprio come temevamo.»

Un lampo di ostilità contrasse gli aristocratici lineamenti di Hizdahr zo Loraq. «La regina sta cenando. Quei mercenari possono aspettare.»

Ser Barristan lo ignorò. «Ho chiesto a lord Daario di fare rapporto a me, come vostra grazia ha ordinato. Lord Daario ha riso, rispondendo che sarà lieto di scriverlo con il proprio sangue, se vostra grazia gli manda la sua piccola scriba a insegnargli come vergare lettere.»

«Con il sangue?» Dany era orripilata. «Ma cos'è, uno scherzo? No, non mi rispondere. Lo vedrò di persona.» Era una giovane fanciulla, ed era sola, e le giovani fanciulle hanno il diritto di cambiare idea. «Raduna i miei capitani e i miei comandanti, ser Barristan. Hizdahr, so che mi perdonerai.»

«Meereen deve venire prima di qualsiasi altra cosa.» Hizdahr le rivolse un sorriso affabile. «Avremo altre notti. Migliaia di notti.»

«Ser Barristan ti scorterà.»

Dany corse fuori dalla sala, chiamando le ancelle. Non avrebbe accolto il suo capitano indossando un tokar. Si ritrovò a scartare una dozzina di abiti prima di trovare quello che le piaceva, ma rifiutò la corona che Jhiqui le offrì.

Giunto al suo cospetto, Daario Naharis piegò il ginocchio a terra. Daenerys sentì il cuore accelerare i battiti. I capelli di Daario erano incrostati di sangue rappreso. Su una tempia, scintillava un taglio profondo, rosso e brutale. La manica destra era sporca di sangue quasi fino al gomito. «Tu sei ferito» ansimò.

«Questa?» Daario si tastò la tempia. «Un balestriere ha tentato di piantarmi un dardo nell'occhio, ma io sono corso via al galoppo. Volevo tornare dalla mia regina, per crogiolarmi nel calore del suo sorriso.» Scosse la manica, disperdendo piccole gocce cremisi. «Questo sangue non è mio. Uno dei miei sergenti ha detto che avremmo dovuto passare dalla parte degli yunkai, così gli ho infilato la mano giù per la gola e gli ho strappato il cuore. Volevo portarlo in dono alla mia argentea regina, ma quattro dei Gatti mi hanno tagliato la strada, digrignando i denti e soffiando dietro di me. Per poco, uno di loro non mi ha preso, così gli ho gettato il cuore in faccia.»

«Molto valoroso» ma il tono di ser Barristan suggeriva l'esatto contrario «hai davvero notizie per sua grazia?»

«Notizie pessime, ser Nonno. Astapor è finita, e gli schiavisti stanno marciando in forze verso nord.»

«Notizie vecchie e stantie» ringhiò il Testarasata.

«Stessa cosa che tua madre diceva dei baci di tuo padre» ribatté Daario. «Dolce regina, sarei stato qui ben prima, ma le colline brulicano di mercenari al soldo degli yunkai. Quattro compagnie libere. L'esercito yunkai sta risalendo la strada costiera, insieme a quattro legioni di Nuova Ghis. Hanno elefanti da guerra, almeno un centinaio, corazzati e con una torretta sul dorso. Ci sono anche frombolieri da Tolos e corpi cammellati da Qarth. Altre due legioni di Ghis sono salpate da Astapor. Se quanto confessano i nostri prigionieri corrisponde al vero, attraccheranno oltre il fiume Skahazadhan, così da tagliarci la via verso il Mare Dothraki.»

Mentre Daario faceva il suo resoconto, di quando in quando una goccia di sangue rosso vivo cadeva sul pavimento di marmo, e Dany socchiudeva gli occhi.

«Quanti uomini sono rimasti uccisi?» chiese quando Daario ebbe finito.

«Dei nostri? Non mi sono fermato a contarli. Ma ne abbiamo guadagnati più di quanti ne abbiamo perduti.»

«Altri voltagabbana?»

«Altri guerrieri coraggiosi attirati dalla tua nobile causa. Alla mia regina piaceranno. Uno di loro è un guerriero d'ascia delle Isole del Basilisco, un bruto, ancora più grosso di Belwas il Forte. Ci sono anche alcuni uomini dell'Occidente, una ventina o anche di più. Disertori della Compagnia del Vento, scontenti degli yunkai. Saranno dei validi Corvi della Tempesta.»

«Se lo dici tu.» Dany preferì non argomentare. Ben presto, Meereen avrebbe avuto bisogno di qualsiasi spada.

Ser Barristan guardò Daario aggrottando la fronte. «Capitano, hai parlato di quattro compagnie libere. Noi ne conosciamo solamente tre: la Compagnia del Vento, le Lunghe Lance, la Compagnia del Gatto.»

«Bravo ser Nonno: sai anche contare. I Secondi Figli sono passati con gli yunkai.» Daario Naharis voltò la faccia e sputò. «Questo per Ben Plumm il Marrone. La prossima volta che mi trovo davanti la sua brutta faccia, lo apro dalla gola all'inguine e gli strappo il suo cuore nero.»

Dany aprì la bocca e non trovò le parole. Ripensò al volto di Ben, così come l'aveva visto l'ultima volta. "Un viso caldo, una faccia di cui mi fidavo." Pelle scura e capelli bianchi, naso storto, rughe agli angoli degli occhi. Perfino i suoi draghi erano affezionati al vecchio Ben il Marrone, a cui piaceva vantarsi di avere nelle vene qualche goccia di sangue del drago. Tre tradimenti dovrai conoscere. Uno per l'oro, uno per il sangue, uno per l'amore. Quale di questi era Ben Plumm? Il secondo, o forse il terzo? E quale era stato ser Jorah Mormont, quel ruvido vecchio orso? E lei? Avrebbe mai avuto un vero amico di cui potersi fidare? "A che cosa servono le profezie, se non è possibile interpretarle? Se sposassi Hizdahr prima del sorgere del sole, davvero tutti questi eserciti si dissolverebbero come rugiada del mattino, permettendomi di regnare in pace?"

L'annuncio di Daario aveva scatenato il caos nella sala. Reznak piagnucolava, il Testarasata mugugnava cupamente, i cavalieri di sangue di Dany ringhiavano vendetta. Belwas il Forte si pestò il pugno contro il ventre arabescato di cicatrici e spergiurò di divorare il cuore di Ben Plumm il Marrone accompagnato da prugne e cipolle. «Vi prego» disse Dany, ma solamente Missandei parve udirla. La Regina dei Draghi balzò in piedi. «Silenzio! Ho sentito abbastanza.»

«Vostra grazia.» Ser Barristan piegò il ginocchio a terra. «Attendiamo i tuoi ordini. Che cosa desideri che facciamo?»

«Continuate secondo i piani. Raccogliete tutto il cibo possibile.» "Se mi volto indietro, sono perduta." «Dobbiamo chiudere le porte della città e mettere sulle mura ogni uomo in grado di combattere. Che nessuno entri e nessuno esca.»

Nella sala regnò per un attimo il silenzio. Gli uomini si guardarono a vicenda. Poi Reznak disse: «Che cosa ne facciamo degli astaporiani?».

Daenerys avrebbe voluto urlare. Avrebbe voluto digrignare i denti e strapparsi i vestiti di dosso e pestare i piedi sul marmo. Invece rispose: «*Chiudete le porte della città.* Devo ripeterlo per la terza volta?». Erano i suoi figli, là fuori, ma adesso non poteva aiutarli. «Siete congedati. Daario, tu invece rimani. Quella ferita deve essere lavata. Inoltre, ho altre domande da farti.»

Tutti gli altri fecero un inchino e se ne andarono. Daenerys condusse Daario su per le scale che portavano alla sua camera da letto, dove Irri ripulì con l'aceto la ferita alla tempia che poi Jhiqui fasciò con bende di lino bianco. Quando le ancelle ebbero finito, Dany congedò anche loro.

«I tuoi vestiti sono macchiati di sangue» disse a Daario. «Toglìteli.»
«Solo se anche tu toglierai i tuoi.» Daario la baciò.

I suoi capelli sapevano di sangue, di fumo e di cavallo. La sua bocca era torrida e dura contro quella di lei. Dany tremò fra le sue braccia. Quando ristabilirono le distanze, lei disse: «Pensavo che saresti stato tu a tradirmi. Uno per il sangue, uno per l'oro, uno per l'amore, così dissero gli stregoni... non avevo mai pensato a Ben Plumm. Perfino i miei draghi sembravano fidarsi di lui». Afferrò il suo capitano per le spalle. «Prometti che non ti rivolterai mai contro di me. Non potrei sopportarlo. Promettimelo.»

«Mai, amore mio.»

Dany gli credette. «Ho giurato di sposare Hizdahr zo Loraq se mi avesse dato novanta giorni di pace, però adesso... Ti ho desiderato fin dal primo istante in cui ti ho visto, ma eri un mercenario, pericoloso, infido. Ti vantavi di aver avuto cento donne.»

«Cento?» Dietro la barba tinta di viola, Daario Naharis sogghignò. «Ti ho mentito, dolce regina. Ne ho avute mille. Ma nessuna di loro era un drago.»

Daenerys sollevò le labbra contro quelle di lui. «Allora, che cosa aspetti?»

IL PRINCIPE DI GRANDE INVERNO

Il focolare era incrostato di cenere nera e fredda, la stanza riscaldata solo dalle candele. Ogni volta che la porta si apriva, le fiamme ondeggiavano e tremavano. Anche la sposa stava tremando. L'avevano vestita con lana d'agnello e ornamenti di merletti. Sulle maniche e nel corpetto erano cucite perle d'acqua dolce, ai piedi portava delle babbucce di pelle di cerbiatto… graziose, ma non calde. Il suo viso era pallido, esangue.

"Una faccia scolpita nel ghiaccio" pensò Theon Greyjoy, mentre drappeggiava sulle spalle della fanciulla un mantello bordato di pelliccia. "Un cadavere sepolto nella neve." «Mia lady, è tempo.» La musica, oltre la porta, li stava chiamando: liuto e flauti e tamburo.

La sposa sollevò lo sguardo. Occhi castani, splendenti alla luce delle candele. «Sarò per lui una moglie brava e f-fedele. Io… gli darò piacere e dei figli maschi. Sarò una moglie migliore di come la vera Arya sarebbe potuta essere, lui se ne accorgerà.»

"Parla così e verrai sgozzata, se non peggio." Theon questo lo aveva imparato quando era ancora Reek. «Tu sei la vera Arya, mia lady. Arya della Casa Stark, figlia di lord Eddard, erede di Grande Inverno.» Quella fanciulla doveva conoscere il suo *nome*. «Arya Sempre-tra-i-piedi. Tua sorella Sansa era solita chiamarti Arya Faccia-da-cavallo.»

«Quel nome l'avevo inventato io. La sua faccia era lunga e cavallina. La mia non lo è. Io ero graziosa.» Poi le lacrime sgorgarono dai suoi occhi. «Non sono mai stata bella come Sansa, ma tutti dicevano che ero graziosa. Lord Ramsay pensa che io sia graziosa?»

«Certo» mentì Theon. «Me l'ha detto.»

«Però sa chi sono. Chi sono realmente. Me ne rendo conto ogni volta che mi guarda. Sembra sempre così pieno di rabbia, anche quando sorride, ma non è colpa mia. Dicono che gli piaccia far male alla gente.»

«Mia lady, non devi prestare credito a simili… menzogne.»

«Dicono che ha fatto del male anche a te. Le tue mani e…»

Theon aveva la bocca secca. «Io… me lo meritavo. L'avevo fatto arrabbiare. Tu non devi farlo arrabbiare. Lord Ramsay è… un uomo dolce e gentile. Cerca di compiacerlo, e lui sarà buono con te. Cerca di essere una brava moglie.»

«Aiutami.» La sposa si aggrappò a lui. «Ti prego. Ti guardavo, nel cortile del castello, quando ti addestravi alla spada. Eri così avvenente.» Gli strinse il braccio. «Se fuggissimo insieme, io potrei essere tua moglie, o la… tua puttana… quello che desideri. E tu potresti essere il mio uomo.»

Theon liberò il braccio dalla stretta di lei. «Io non… non sono l'uomo di nessuno.» "Un uomo saprebbe aiutarla." «Tu… sei Arya Stark, sua moglie. Cerca di compiacerlo, o… cerca di compiacerlo e basta, e non parlare più di essere qualcun altro.» "Jeyne, il suo nome è Jeyne, che fa rima con *chain*, catene." La musica stava diventando più insistente. «È tempo. Asciugati le lacrime dagli occhi.» "Occhi castani. Dovrebbero essere grigi. Qualcuno lo vedrà. Qualcuno ricorderà." «Brava. Adesso sorridi.»

La fanciulla ci provò. Le sue labbra, tremanti, si increspar ono verso l'alto e si bloccarono, Theon intravide i suoi denti. "Bei denti bianchi. Ma se lo farà arrabbiare, non resteranno belli a lungo." Quando Theon aprì la porta, tre delle quattro candele si spensero. Accompagnò la sposa nella nebbia, dove gli invitati alle nozze stavano aspettando.

«Perché io?» aveva domandato Theon quando lady Dustin gli aveva detto che avrebbe dovuto scortare la sposa.

«Suo padre è morto, e anche i suoi fratelli. La madre ha perso la vita alle Torri Gemelle. I suoi zii sono o dispersi o prigionieri.»

«Ma ha ancora un fratello.» "In realtà ha ancora tre fratelli" avrebbe potuto aggiungere Theon. «Jon Snow è con i guardiani della notte.»

«Un fratellastro, un bastardo, e alla Barriera per sempre. Tu eri il protetto di suo padre, il parente più prossimo che lei abbia ancora in vita. È quindi giusto che sia tu a concedere la sua mano in matrimonio.»

"Il parente più prossimo che lei abbia ancora in vita." Theon Greyjoy era cresciuto con Arya Stark. Lui era in grado di distinguere il vero dal falso. Nel momento in cui fosse stato visto accettare la fanciulla che Roose Bolton spacciava per Arya, i lord del Nord intervenuti alle nozze non avrebbero avuto alcuna ragione di mettere in dubbio la sua legittimità. Gli Stout e gli Slate, Umber il Flagello delle puttane, i litigiosi Ryswell, gli uomini degli Hornwood e i cugini Cerwyn, il grasso lord Wyman Manderly... nessuno di loro aveva conosciuto le figlie del defunto Ned Stark bene quanto lui. E se anche alcuni di essi nutrivano dubbi nel privato, sarebbero stati sufficientemente saggi da non dare loro voce, ne era pressoché certo.

"Mi stanno usando per celare il loro inganno, stanno mettendo la mia faccia sulla loro menzogna." Ecco perché lord Roose Bolton aveva cominciato a chiamarlo di nuovo lord: per fargli recitare la parte in quella macabra farsa da guitti. E una volta che quella farsa si fosse conclusa, una volta che la loro falsa Arya fosse stata sposata e impalmata, Bolton non avrebbe avuto più bisogno di Theon il Voltagabbana. «Tu adesso aiutaci e, una volta che Stannis sarà stato sconfitto, discuteremo di come riportarti sullo scranno di tuo padre.» Così aveva detto il Lord Sanguisuga con la sua voce leggera, fatta per le menzogne e i sussurri. Theon non aveva mai creduto a una sola delle sue parole. Avrebbe danzato quella danza perché non aveva scelta, ma poi... "Mi riconsegnerà a Ramsay" pensò "e lui si prenderà qualche altro mio dito e mi tramuterà ancora in Reek." A meno che gli dèi non fossero misericordiosi, e Stannis Baratheon fosse calato su Grande Inverno e avesse passato tutti quanti a fil di spada, lui compreso. Questa era la cosa migliore che Theon Greyjoy potesse sperare.

Cosa strana a dirsi, nel parco degli dèi faceva più caldo che fuori. Al di là dei suoi confini, un duro strato di ghiaccio stringeva le rovine di Grande Inverno. I sentieri erano resi infidi da un ghiaccio nerastro, e la brina scintillava al chiaro di luna sui resti frantumati delle finestre dei giardini di vetro. Tumuli di neve sporca si ammassavano lungo le mura, riempiendo qualsiasi angolo e nicchia. Alcuni di quei tumuli erano così alti da nascondere le porte che c'erano dietro. Sotto la neve, cenere grigia e residui carbonizzati, qua e là una trave annerita o un mucchio d'ossa con brandelli di pelle e ciocche di capelli. Stalattiti di ghiaccio lunghe come lance pendevano dalle fortificazioni, disegnando delle frange attorno ai torrioni, come i baffi, rigidi e incolti, di un vecchio. Invece all'interno del parco degli dèi il terreno non gelava, e dalle sorgenti termali si alzava un vapore, caldo come il respiro di un bimbo.

La sposa era vestita in bianco e grigio, i colori che la vera Arya Stark avrebbe indossato se fosse vissuta abbastanza a lungo da sposarsi. Theon indossava nero e oro, con il mantello fissato alla spalla dal rozzo fermaglio di ferro a forma di piovra che un fabbro di Barrowton aveva forgiato per lui. Ma sotto il cappuccio, i suoi capelli erano bianchi e sottili, e la pelle aveva una sfumatura grigiastra da vecchio. "In fondo sono uno Stark." Lui e la sposa, avanzando a braccetto, superarono un portale di pietra ad arco, mentre refoli di nebbia turbinavano fra le loro gambe. Il battere del tamburo era incerto come il cuore di una vergine, i flauti alti, dolci e suadenti. In alto, sopra le cime degli alberi, una luna crescente fluttuava nel cielo buio, parzialmente oscurata dalla nebbia, come un occhio che scruta attraverso un velo di seta.

Theon Greyjoy non era nuovo a quel parco degli dèi. Qui aveva giocato da bambino, saltando da una pietra all'altra nello stagno di acqua scura e fredda sotto l'albero-diga, nascondendo i suoi tesori nel cavo di una quercia ancestrale, dando la caccia agli scoiattoli con un arco che si era costruito da solo. Più tardi, passati gli anni, alla fine di molte sessioni di addestramento alla spada, assieme a Robb Stark, Jory Cassel e Jon Snow, aveva dato sollievo ai lividi nelle sorgenti calde. Tra quei castagni, quegli olmi, quei pini-soldato aveva scoperto posti segreti in cui nascondersi quando voleva restare solo. La prima volta che aveva baciato una ragazza era stato là. In seguito, un'altra ragazza aveva fatto di lui un uomo su una trapunta sdrucita, all'ombra di quell'alto alberosentinella grigioverde.

Theon non aveva mai visto un altro parco degli dèi così grigio e spettrale, pieno di vapori caldi, luci cangianti e voci sussurrate che sembravano provenire da ovunque e da nessun luogo. Sotto gli alberi, sorgenti termali fumavano. Caldi vapori salivano dalle viscere della terra avvolgendo gli alberi con il loro umido respiro, risalendo i muri per disegnare grigi tendaggi sulle finestre intente a osservare.

C'era una sorta di sentiero, un tracciato serpeggiante di pietre spaccate ricoperte di muschio, semisepolto sotto il terriccio trasportato dal vento e le foglie cadute, e reso insidioso dalle spesse radici marroni che affioravano dal sottosuolo. Fu lungo quel sentiero che Theon guidò la sposa. "Jeyne, il suo nome è Jeyne, che fa rima con *pain*, dolore." No, non doveva pensare a questo. Se il nome Jeyne fosse uscito dalle sue labbra, gli sarebbe costato un dito o un orecchio. Theon camminò lentamente, prestando attenzione a ogni passo. Quando accelerava, le dita mozzate dei piedi lo facevano barcollare, e non poteva rischiare di inciampare. Se avesse deturpato le nozze con un passo falso, lord Ramsay avrebbe potuto punire quella goffaggine scuoiando il piede che l'aveva provocata.

Le nebbie erano talmente fitte che si distinguevano soltanto gli alberi più vicini; più avanti, c'erano solo lunghe ombre e deboli luci. Le candele fiancheggiavano il sentiero sinuoso e risalivano indietro, fra gli alberi: pallide lucciole fluttuanti in una calda zuppa grigia. Sembrava di trovarsi in uno strano universo sotterraneo, un luogo fuori dal tempo, sospeso tra i due mondi, dove i dannati vagavano per un certo periodo nella disperazione prima di trovare la strada per scendere nell'inferno che si erano guadagnati con i loro peccati. "Allora siamo già morti? Stannis è arrivato e ci ha sterminati nel sonno? E la battaglia, deve ancora esserci, oppure è già stata combattuta e perduta?"

Qua e là una torcia famelica proiettava il suo riflesso purpureo sulle facce degli invitati alle nozze. La bruma distorceva quel bagliore cangiante in modo tale che le loro fattezze apparivano animalesche, semiumane, contorte. Lord Stout diventava un mastino, il vecchio lord Locke un avvoltoio, Umber il Flagello delle puttane un gargoyle, il Grande Walder Frey una volpe, il Piccolo Walder Frey un toro rosso, gli mancava solo l'anello al naso. La faccia di Roose Bolton era una maschera grigio pallido, con due rostri di ghiaccio sporco al posto degli occhi.

Sopra le loro teste, gli alberi erano pieni di corvi appollaiati con le piume arruffate sugli spogli rami marroni, intenti a scrutare la nobiltà radunata sotto di loro. "Gli uccelli del maestro Luwin." Lui era morto, la sua torre come maestro data alle fiamme, eppure i corvi erano rimasti. "Questa è la loro casa." Theon si domandò come doveva essere, avere una casa.

La bruma si diradò come un sipario che si apre su una farsa da guitti, rivelando così un nuovo scenario. L'albero del cuore apparve davanti a loro, con i rami scheletrici spalancati. Le foglie cadute giacevano in cordoli rossi e marroni tutto attorno all'ampio tronco bianco. In quel punto, i corvi si addensavano più numerosi, gracchiando tra loro in quello che sembrava un segreto linguaggio di assassini. Ramsay Bolton era in attesa sotto di loro, con gli alti stivali di morbido cuoio grigio, il farsetto di velluto nero attraversato in obliquo da inserti di seta rosa e disseminato di granati rosso sangue. Sulla sua faccia aleggiava un sorriso. «Chi viene?» Aveva le labbra umide, il collo arrossato al di sopra del collare. «Chi viene al cospetto del dio?»

Theon rispose: «Arya della Casa Stark viene qui per il suo sposalizio. Una donna cresciuta e in salute, di sangue puro e di nobile lignaggio, che viene a implorare la benedizione degli dèi. Chi viene a chiederla in sposa?».

«Io» rispose Ramsay. «Ramsay della Casa Bolton, lord di Hornwood, erede di Forte Terrore. Io la chiedo in sposa. Chi viene a consegnarmela?»

«Theon della Casa Greyjoy, che fui il protetto di suo padre, lord Eddard Stark.» Si voltò verso la sposa. «Lady Arya, intendi prendere quest'uomo come tuo sposo?»

La fanciulla levò lo sguardo verso di lui. "Occhi castani, non grigi. Sono davvero tutti così ciechi?" Per un lungo momento, la fanciulla non parlò, ma i suoi occhi imploravano. "Ecco, è la tua occasione" pensò Theon. "Dillo. Dillo ora. Urla il tuo vero nome a tutti. Di' loro che non sei Arya Stark, che tutto il Nord sappia in che modo sei stata costretta a interpretare questo ruolo." Naturalmente avrebbe significato la sua morte, e anche quella di Theon. Ma forse Ramsay, nel suo furore, li avrebbe uccisi in modo rapido. Forse gli antichi dèi del Nord avrebbero fatto loro quella piccola concessione.

«Prendo quest'uomo» disse la sposa in un sussurro.

Tutto attorno a loro, fra le brume scintillavano le luci di cento candele, pallide come stelle offuscate. Theon fece un passo indietro, e Ramsay e la sua sposa intrecciarono le mani e si inginocchiarono al cospetto dell'albero del cuore, chinando il capo in atto di sottomissione. Gli occhi rossi e scavati dell'albero-diga li fissarono, la sua grande bocca era spalancata come in una risata di scherno. Sui rami in alto un corvo gracchiò.

Dopo un momento di preghiera silenziosa, l'uomo e la donna si rialzarono. Ramsay slacciò le stringhe del mantello che poco prima Theon aveva drappeggiato sulle spalle della sposa, il pesante mantello di lana bianca bordato di pelliccia grigia con l'emblema del meta-lupo, blasone della Casa Stark. Al suo posto, Ramsay affibbiò una cappa di colore rosa, disseminata di granati rossi identici a quelli del suo farsetto. Sul retro della cappa c'era l'uomo scuoiato di Forte Terrore in rigido cuoio rosso, tetro e atroce.

E, in un attimo, tutto fu compiuto. I matrimoni al Nord erano molto più veloci. Theon ipotizzò che doveva essere per l'assenza di officianti religiosi, ma a prescindere dalla ragione, gli parve un atto misericordioso. Ramsay Bolton prese in braccio la sposa e si aprì la strada nella bruma insieme a lei. Dietro di loro si avviarono lord Bolton e la sua lady Walda Frey, poi tutti gli altri. I musicanti ripresero a suonare, il bardo Abel si mise a cantare *Due cuori che battono come uno solo*. Due voci femminili si unirono a quella di Abel, creando una dolce melodia.

Theon si ritrovò a domandarsi se dire o meno una preghiera. "Gli antichi dèi mi ascolteranno?" Non erano i suoi dèi, non lo erano mai stati. Lui era un uomo di ferro, un figlio di Pyke, il suo dio era il Dio Abissale delle Isole... ma Grande Inverno si trovava a molte leghe di distanza dal mare. Era trascorsa una vita intera dall'ultima volta che un dio qualsiasi lo aveva ascoltato. Non sapeva più chi era, che cosa era, perché era ancora vivo, perché mai era nato.

«Theon» sembrò sussurrargli una voce.

La sua testa si alzò di scatto verso l'alto. «Chi mi parla?» Tutto quello che poteva vedere erano gli alberi e la bruma che li copriva. La voce era stata evanescente come il fruscio delle foglie, gelida come l'odio. "La voce di un dio o di uno spettro." Quanti erano morti il giorno in cui aveva preso Grande Inverno? E quanti altri il giorno in cui l'aveva perduto? "Quel giorno, Theon Greyjoy è morto, per risorgere come Reek. Reek, Reek, che fa rima con *shriek*, urlo."

Di colpo non volle più trovarsi là.

Fuori dal parco degli dèi, il freddo calò su di lui come un lupo famelico, conficcandogli le sue zanne gelide nella carne. Theon abbassò la testa contro vento e si diresse verso la sala grande, affrettandosi a seguire la lunga fila di candele e di torce. Il ghiaccio scricchiolava sotto i suoi stivali, e un improvviso sussulto di vento gli rovesciò indietro il cappuccio del mantello, come se uno spettro glielo avesse strappato con dita glaciali, uno spettro deciso a guardarlo dritto in faccia.

Grande Inverno era pieno di spettri per Theon Greyjoy.

Quel luogo aveva cessato di essere il castello che lui ricordava dall'estate della sua giovinezza. Era un luogo pieno di cicatrici e degradato, più simile a una rovina che a una fortezza, un ricettacolo per corvi e cadaveri. Le grandi doppie mura esterne erano ancora in piedi, perché il granito non cede facilmente al fuoco, ma la maggior parte dei masti e dei torrioni all'interno erano senza tetto. Alcuni erano crollati. La paglia e il legname erano stati, in tutto o in parte, consumati dagli incendi, e dietro alle finestre rotte del giardino di vetro, la frutta e la verdura che avrebbero dovuto nutrire il castello durante l'inverno erano morte, annerite e congelate. Le tende riempivano tutto il cortile, mezze sepolte dalla neve. Roose Bolton aveva portato il suo esercito fin dentro le mura, assieme ai suoi amici Frey. Si ammassavano a migliaia tra le rovine, affollando ogni corte, dormendo nei sotterranei e sotto le torri scoperchiate, in strutture abbandonate da secoli.

Nubi di fumo grigio salivano dalle cucine restaurate e sopra i baraccamenti dai tetti rifatti del maniero. Fortificazioni e merlature erano incappucciate di neve, e invase dalle stalattiti di ghiaccio. Tutti i colori avevano abbandonato Grande Inverno, lasciando soltanto il grigio e il bianco. "I colori degli Stark." Theon non sapeva se doveva considerare quell'aspetto sinistro, oppure rassicurante. Perfino il cielo era grigio. "Grigio, grigio e ancora più grigio. Tutto il mondo è grigio, ovunque si guardi, tutto grigio... tranne gli occhi della sposa." Quelli erano castani. "Grandi, castani e sbarrati dalla paura." Non era giusto che chiedesse proprio a lui di salvarla. Che cosa pensava, che gli sarebbe bastato fare un fischio e chiamare un cavallo alato, per poi volare via come l'eroe di una di quelle favole che lei e Sansa adoravano? Ma se non riusciva nemmeno a salvare se stesso? "Reek, Reek, che fa rima con *meek*, mansueto."

Il cortile era disseminato di cadaveri mezzi congelati appesi all'estremità di funi di canapa, le facce gonfie e livide ricoperte di brina. Grande Inverno brulicava di derelitti da quando l'avanguardia di Bolton aveva preso possesso del castello. Più di venti erano stati allontanati con le lance dalle tane che si erano ricavati nei fortini e nei torrioni semidiroccati. I più temerari e i più violenti erano stati impiccati subito, gli altri erano stati messi ai lavori forzati. "Servite bene" aveva detto loro lord Bolton "e io sarò misericordioso." Pietra e legname abbondavano, con la Foresta del Lupo così vicina. Per primi, erano stati costruiti nuovi portali robusti, per rimpiazzare quelli distrutti dal fuoco. Poi era stato smantellato il tetto crollato della sala grande e ricostruito in fretta e furia. Una volta completato quel lavoro, lord Bolton aveva impiccato i derelitti rimasti. Fedele alla parola data, si era dimostrato misericordioso e non aveva scuoiato nessuno.

A quel punto, era arrivato anche il resto dell'esercito dei Bolton. Il vessillo con il cervo e il leone di re Tommen venne issato sulle mura di Grande Inverno, mentre il vento si alzava ululando da nord, e sotto di esso lo stendardo con l'uomo scuoiato di Forte Terrore. Theon arrivò con la carovana di lady Barbrey Dustin, al fianco della signora, dei suoi sudditi di Barrowton e della promessa sposa. Lady Dustin aveva insistito per avere la custodia di lady Arya fino al tempo delle nozze, ma ora quel tempo era passato. "Ora lei appartiene a Ramsay. Ha pronunciato le parole di rito." Con quel matrimonio, Ramsay sarebbe diventato lord di Grande Inverno. E finché Jeyne non gli avesse dato motivo di adirarsi, lui non avrebbe avuto motivo di farle del male. "Arya. Il suo nome è Arya."

Perfino dentro ai guanti imbottiti di pelo, le mani di Theon avevano cominciato a pulsare di dolore. Spesso, le mani erano la parte che gli doleva di più, soprattutto le dita amputate. Era davvero esistito un tempo in cui le donne desideravano essere accarezzate da lui? "Mi sono autoproclamato principe di Grande Inverno" pensò "e da quell'atto è derivato tutto questo." Theon aveva pensato che gli uomini avrebbero cantato le sue gesta per centinaia di anni e narrato i suoi atti di coraggio. Ma ora, quando si parlava di lui, era solo per chiamarlo Theon il Voltagabbana, e le storie che venivano raccontate erano quelle legate al suo tradimento. "Questa non è mai stata la mia casa. Qui ero un ostaggio." Lord Stark non lo aveva mai trattato in modo crudele, ma tra loro c'era sempre stata l'ombra della sua grande spada. "Era gentile con me, ma mai affettuoso. Sapeva che un giorno avrebbe potuto essere costretto a condannarmi a morte."

Nell'attraversare il cortile, Theon tenne gli occhi bassi, serpeggiando tra le tende. "In questo cortile ho imparato a combattere." Ricordava i caldi giorni d'estate passati a duellare con Robb e Jon Snow sotto lo sguardo attento dell'anziano ser Rodrik. Allora Theon era ancora intero, poteva impugnare una spada come tutti gli altri. Eppure, quel medesimo cortile custodiva anche ricordi oscuri. Come quando aveva radunato la gente degli Stark la notte dopo che Bran e Rickon erano fuggiti dal castello. A quel tempo, Ramsay era Reek, in piedi al suo fianco, a bisbigliargli che doveva scuoiare i prigionieri per far loro confessare dov'erano andati i due ragazzi. «Nessuno verrà scuoiato finché io sarò il principe di Grande Inverno» aveva risposto Theon Greyjoy, non immaginando quanto breve sarebbe stato il suo dominio. "Nessuno di loro mi ha aiutato. Li conoscevo da una vita, e nessuno mi ha aiutato." Eppure, lui aveva fatto del suo meglio per proteggerli, ma una volta che Ramsay aveva gettato la maschera di Reek, aveva sterminato tutti, anche gli uomini di ferro di Theon. "Ha dato fuoco al mio cavallo." Era stata l'ultima immagine che aveva visto il giorno in cui era caduta la fortezza: Sorriso che bruciava, le fiamme che divampavano dalla criniera del suo destriero mentre si alzava sulle zampe posteriori, scalciava e nitriva, con gli occhi bianchi di terrore. "Proprio qui, in questo cortile."

Le porte della sala grande si ergevano davanti a lui: erano appena state rifatte, in sostituzione di quelle distrutte dalle fiamme, però erano brutte e rozze, delle assi grezze messe insieme troppo in fretta. Di guardia c'erano due lancieri, rattrappiti e tremanti sotto spessi mantelli di pelliccia, con le barbe incrostate di ghiaccio. Fissarono Theon con risentimento mentre arrancava su per gli scalini, spinse l'anta di destra e scivolò all'interno.

La sala calda e illuminata dalle torce fu una specie di benedizione; era affollata come mai l'aveva vista prima.

Theon si lasciò inondare dal calore, poi si diresse verso la parte anteriore. Gli uomini sedevano sulle panche, gli uni con le ginocchia contro quelle dell'altro, così ammassati che i servitori facevano fatica a passare. Perfino i cavalieri e i lord sulla piattaforma riservata all'alto lignaggio avevano meno spazio del solito.

Ai piedi della piattaforma, Abel pizzicava il liuto cantando *Belle fanciulle dell'estate.* "Si definisce un bardo. In verità è più che altro un lenone." Lord Manderly aveva portato con sé dei musicanti da Porto Bianco, ma nessuno di loro era un cantastorie, per cui quando Abel si era presentato alle porte del castello con il liuto e sei coriste, era stato il benvenuto. «Due sorelle, due figlie, una moglie e la mia vecchia madre» aveva dichiarato il trovatore, anche se nessuna delle donne gli assomigliava. «Alcune danzano, altre cantano, una suona il flauto e una i tamburi. E in più sono anche brave lavandaie.»

Bardo o lenone, Abel aveva una voce passabile e suonava in modo discreto. Tra quelle rovine, era quanto di meglio ci si potesse aspettare.

Alle pareti erano appesi degli stendardi: le teste di cavallo dei Ryswell in oro, marrone, grigio e nero; il gigante furioso che spezza le catene della Casa Umber, la mano di pietra della Casa Flint delle Dita, l'alce degli Hornwood e il tritone dei Manderly, l'ascia nera da battaglia dei Cerwyn e i pini dei Tallhart. Eppure, tutti quei colori vivaci non riuscivano a coprire il muro retrostante annerito, né le assi inchiodate sui vuoti dove, un tempo, c'erano le finestre. Perfino il tetto era malfatto, il legname delle travature grezze nuove era troppo chiaro e lucido, a differenza dell'antica struttura quasi nera dopo secoli di fumo.

Gli stendardi più grandi si trovavano dietro la piattaforma, dove il meta-lupo degli Stark e l'uomo scuoiato di Forte Terrore campeggiavano alle spalle della sposa e dello sposo. "Sbagliato, questo è sbagliato, come è sbagliato il colore degli occhi di lei." Il simbolo araldico della Casa Poole era un piatto blu su sfondo bianco, incorniciato da un bordo grigio. Era quello lo stendardo che avrebbero dovuto appendere.

«Theon il Voltagabbana» disse qualcuno al suo passaggio. Altri quando lo vedevano si voltavano dall'altra parte. Un uomo sputò. "E perché no?" Lui era il traditore che aveva preso Grande Inverno con l'inganno, assassinato i fratelli acquisiti, lasciato che la sua gente venisse scuoiata al Moat Cailin e abbandonato la sorellastra nel letto di lord Ramsay. Roose Bolton poteva anche essersi servito di lui, ma i veri uomini del Nord lo disprezzavano comunque.

Le dita amputate del piede sinistro lo costringevano a camminare in modo goffo, comico a vedersi. Udì una donna ridere alle sue spalle. Perché perfino là dentro, in quel castello funereo mezzo ibernato e assediato da neve, ghiaccio e morte, c'erano delle donne. "Lavandaie." Era un modo cortese per definire le "aggregate alla truppa", che a sua volta era un modo cortese per definire le puttane.

Theon non sapeva da dove venissero. Erano comparse e basta, come i vermi su una carcassa o i corvi dopo una battaglia. Ogni esercito le attirava. Alcune erano baldracche incallite, capaci di chiavare venti uomini a notte e di farli ubriacare fino a non reggersi più in piedi. Altre sembravano innocenti come verginelle, ma era solo un trucco del mestiere. Altre ancora erano spose di guerra, legate ai soldati da parole sussurrate a questo o quel dio, destinate a essere dimenticate a guerra finita. Di notte scaldavano il letto di un uomo, di giorno gli rattoppavano i buchi negli stivali, la sera gli preparavano da mangiare, e dopo la battaglia depredavano il suo cadavere. Alcune, ogni tanto, lavavano anche i panni. Da loro, il più delle volte, uscivano figli bastardi, luride creature infami nate in questo o quell'accampamento. Eppure, perfino quella genia derideva Theon il Voltagabbana. "Ma sì, ridete pure." Il suo orgoglio era perito lì, a Grande Inverno; nelle segrete di Forte Terrore non c'era posto per l'orgoglio. Una volta che si è provato il bacio di una lama da scuoiatore, nessuna risata può più farti soffrire.

Lignaggio e discendenza gli assicuravano uno scranno sulla piattaforma, all'estremità della tavola alta, vicino al muro. Alla sua sinistra sedeva lady Dustin, vestita come sempre di lana nera, un abito dalla foggia severa e senza orpelli. Alla sua destra nessuno. "Hanno tutti paura che il disonore possa loro restare appiccicato addosso." Se avesse potuto, si sarebbe messo a ridere.

Alla sposa era riservato il posto d'onore, tra Ramsay e suo padre. Teneva gli occhi bassi, mentre Roose Bolton esortava i commensali a brindare a lady Arya. «Attraverso i suoi figli» concionò «le nostre due grandi casate diventeranno una sola, e la lunga inimicizia tra Stark e Bolton avrà fine.» La sua voce era talmente bassa che nella sala calò il silenzio per poter sentire quello che diceva.

«Mi dispiace che il nostro amico Stannis non abbia ritenuto opportuno essere qui con noi» proseguì lord Bolton, accompagnato da parecchie risate «perché so che Ramsay sperava di regalare a lady Arya la sua testa, come dono di nozze.» Le risate aumentarono. «Ma quando Stannis arriverà, gli daremo comunque uno splendido benvenuto, da veri uomini del Nord. Fino a quel giorno però, mangiamo, beviamo e stiamo allegri... perché l'inverno è quasi arrivato, amici miei, e molti di noi non vedranno la primavera.»

Era stato il lord di Porto Bianco a offrire cibo e bevande: birra di malto scura e birra chiara, vini rossi, dorati e viola, trasportati dal caldo Sud con imbarcazioni dal fondo piatto e lasciati invecchiare in cantine profonde. Gli invitati s'ingozzarono di torte di merluzzo e zucca invernale, montagne di rape e grandi forme di formaggio, bistecche di montone fumanti e costolette di manzo abbrustolite, e, per concludere, tre grandi torte salate nuziali, grandi quanto delle ruote di carro, con le croste friabili piene da scoppiare di carote, cipolle, rape, pastinache e pezzetti di maiale marinato, il tutto condito da una scura salsa speziata. Ramsay ne tagliò diverse fette con la sua spada dalla lama ricurva e Wyman Manderly in persona servì, offrendo le prime porzioni fumanti a Roose Bolton e alla sua grassa moglie Frey, e quelle successive a ser Hosteen e a ser Aenys, figli di lord Walder Frey.

«Il migliore sformato che abbiate mai gustato, miei lord» dichiarò l'obeso Lord Lampreda. «Mandatelo giù con del vino dorato di Arbor e assaporate ogni boccone. Io almeno farò così.»

Fedele a quelle parole, lord Wyman divorò sei porzioni, due da ciascuna delle tre torte salate, facendo schioccare la lingua sul palato e dandosi delle pacche sul ventre, e strafogandosi fino a quando il davanti della sua tunica non diventò per metà marrone di chiazze di salsa e la sua barba non fu disseminata di frammenti di pasta sfoglia. Perfino la grassa Walda Frey non riuscì a eguagliare la sua golosità, pur essendo arrivata a ingurgitare tre fette. Anche Ramsay mangiò di gusto, invece la sua pallida sposa si limitò a fissare la porzione che le era stata messa davanti. Quando alzò la testa e incontrò lo sguardo di Theon, in fondo ai suoi grandi occhi castani c'era solo paura.

Nella sala non erano state ammesse spade lunghe, ma tutti i commensali portavano al fianco un pugnale, perfino Theon Greyjoy. Altrimenti come avrebbe potuto tagliare la carne? Ogni volta che guardava la fanciulla che un tempo si chiamava Jeyne Poole sentiva la presenza dell'acciaio. "Non posso salvarla" pensava "ma non mi sarebbe difficile ucciderla. Nessuno se lo aspetterebbe. Potrei implorarla di concedermi l'onore di un ballo e tagliarle la gola. Sarebbe un gesto gentile, vero? E se gli antichi dèi ascoltano le mie preghiere, Ramsay nell'ira mi ucciderebbe all'istante." Theon non aveva paura di morire. Ramsay gli aveva insegnato quella lezione, giù nelle nere viscere di Forte Terrore, mozzandogli un dito di mani e piedi dopo l'altro, e non poteva certo dimenticarsela.

«Non stai mangiando» notò lady Dustin.

«No.» Mangiare per lui era difficile. Ramsay gli aveva rotto così tanti denti che masticare era un'agonia. Bere era più facile, anche se doveva reggere la coppa con entrambe le mani per non farla cadere.

«Non assaggi il maiale in crosta, mio lord? Il miglior sformato di maiale che hai mai gustato, almeno così vuole farci credere il nostro grasso amico.» Lady Dustin accennò con la sua coppa di vino verso lord Manderly. «Hai mai visto un ciccione altrettanto felice? Sta quasi ballando. E serve di persona.»

Era vero. Il lord di Porto Bianco era proprio il ritratto dell'uomo grasso gioviale, che ride e sorride, scherza con gli altri lord distribuendo pacche sulle spalle, chiedendo ai musicanti questa o quella melodia.

«Cantastorie, dacci *La notte che finì*» tuonò lord Wyman. «Alla sposa piacerà di certo. Oppure cantaci del giovane e coraggioso Danny Flint, e facci piangere.» Guardandolo, sembrava che fosse lui a essersi appena sposato.

«È ubriaco» commentò Theon.

«Sta tentando di annegare le sue paure. È codardo fino al midollo.»

Davvero? Theon non ne era sicuro. Anche i figli di lord Wyman erano grassi, ma in battaglia non si erano mai coperti di vergogna. «Anche gli uomini di ferro banchettano prima di andare in battaglia. Un ultimo piacere della vita, qualora la morte fosse in agguato. Se Stannis arriva...»

«Arriverà. Deve arrivare.» Lady Dustin ridacchiò. «E allora il grassone si piscerà sotto. Uno dei suoi figli è morto alle Nozze Rosse, eppure lui ha condiviso il pane e il sale con i Frey, li ha ospitati sotto il suo tetto, ha promesso una delle sue nipoti in sposa. Arriva addirittura a servire loro da mangiare. I Manderly fuggirono un tempo dal Sud, scacciati dalle loro terre e dai loro castelli dai nemici. Il sangue non mente. Quel grassone vorrebbe ucciderci tutti, non ho dubbi, ma gli manca il fegato per farlo, nonostante il suo panzone. Sotto tutta quella carne sudaticcia batte un cuore di codardo e servile come... be'... come il tuo.»

Quell'ultima frase fu una frustata, ma Theon non osò rispondere per le rime. Il prezzo di qualsiasi insolenza era un lembo della sua pelle. «Se la mia lady ritiene che lord Manderly voglia tradirci, allora dovrebbe dirlo a lord Bolton.»

«E tu credi che Roose non lo sappia? Ragazzo stolto. Guardalo. Guarda come guarda Manderly. Nessuna pietanza arriva alle sue labbra finché lord Wyman non l'ha assaggiata per primo. Non sorseggia del vino finché non vede lord Wyman bere per primo dallo stesso otre. Credo che sarebbe addirittura contento se quel grassone provasse a tradire. Lo divertirebbe. Roose non ha sentimenti, capisci? Quelle sanguisughe che adora tanto gli hanno risucchiato già da anni tutte le passioni. Non ama, non odia, non soffre. Tutto questo è per lui solo un gioco, appena divertente. Alcuni vanno a caccia, altri allevano falconi, altri ancora giocano a dadi. Roose Bolton gioca con gli esseri umani. Tu e io, i Frey, lord Manderly, la sua flaccida nuova moglie, persino quel suo figlio bastardo, siamo dei giocattoli.» Vicino a loro stava passando un servitore. Lady Dustin gli porse la coppa da riempire, poi indicò anche quella di Theon.

«In verità» riprese lady Dustin «lord Bolton aspira a qualcosa di più che a un semplice titolo di lord. Perché non re del Nord? Tywin Lannister è morto, lo Sterminatore di Re è mutilato, il Folletto è fuggito. I Lannister sono una forza stremata, e tu sei davvero stato gentile a togliergli dai piedi gli Stark. Il vecchio Walder Frey non avrà da obiettare a che la sua piccola e grassa Walda diventi regina. Qualora lord Manderly dovesse sopravvivere alla battaglia che si prepara, Porto Bianco potrebbe diventare un problema... ma sono pressoché certa che lord Manderly non sopravviverà. E nemmeno Stannis. Roose eliminerà entrambi, come ha fatto con il Giovane Lupo. Per cui, chi altro rimane?»

«Tu» rispose Theon. «Rimani tu. La lady di Barrowton, una Dustin per matrimonio, una Ryswell per nascita.»

Questo parve compiacerla. Bevve un sorso di vino, i suoi occhi scuri mandavano lampi. «La *vedova* di Barrowton» puntualizzò. «E... sì, se volessi, anch'io potrei diventare un ostacolo. Naturalmente, Roose lo sa, ecco perché cerca di blandirmi.»

Forse si sarebbe spinta oltre, però a quel punto notò i maestri. Entrarono insieme dalla porta dei lord, dietro alla piattaforma. Erano in tre: uno alto, uno grasso, uno molto giovane, ma con le loro tuniche e le catene dell'ordine appese al collo, sembravano tre fave grigie in un bacello nero. Prima della guerra, Medrick serviva lord Hornwood, Rhodry lord Cerwyn e il giovane Henyl lord Slate. Roose Bolton li aveva portati tutti e tre a Grande Inverno perché si occupassero dei corvi del defunto maestro Luwin, in modo che i messaggi potessero essere nuovamente inviati e ricevuti anche dalla fortezza in rovina.

Maestro Medrick pose un ginocchio a terra, bisbigliando qualcosa all'orecchio di Bolton. Lady Dustin contrasse le labbra in una smorfia di disgusto. «Fossi io regina, la prima cosa che farei sarebbe uccidere tutti quei ratti grigi. Corrono dappertutto, campano degli avanzi dei loro lord, si squittiscono a vicenda, sussurrano all'orecchio dei loro padroni. Ma, in realtà, chi sono i padroni e chi i servitori? Ogni grande lord ha il proprio maestro, ogni lord minore aspira ad averne uno. Se non hai un maestro, viene dato per scontato che non vali nulla. I ratti grigi leggono e scrivono le nostre lettere, perfino per quei lord che non sanno leggere, e chi può dire con certezza che non distorcano le parole per i loro fini occulti? A che cosa servono i maestri, ti chiedo?»

«Guariscono» rispose Theon. Sembrava essere la risposta che ci si aspettava da lui.

«Certo che guariscono. Non ho mai detto che non siano abili. Si occupano di noi quando siamo malati o feriti, oppure sconvolti per l'infermità di un genitore o di un figlio. Ogni volta che siamo più deboli e vulnerabili, loro arrivano. A volte riescono a guarirci, e noi siamo grati di questo. Quando invece non ci riescono, ci offrono un sostegno consolatorio nella nostra sofferenza, e noi siamo grati anche di questo. È in nome di tale gratitudine che li ospitiamo sotto il nostro tetto e confidiamo loro tutte le nostre vergogne, tutti i nostri segreti, che li facciamo partecipare ai nostri concili. Così, nel giro di poco tempo, il dominatore diventa il dominato.

«È andata così con lord Rickard Stark. Il suo ratto grigio si chiamava maestro Walys. E non è astuto che i maestri si facciano chiamare con un solo nome, perfino quelli che arrivano per la prima volta alla Cittadella ne hanno due? Così non possiamo sapere chi sono realmente, né da dove arrivano... ma informandosi si riesce comunque a scoprirlo. Prima che forgiasse la catena del suo ordine, maestro Walys era conosciuto come Walys Flowers. Flowers, Hill, Rivers, Snow... i nomi che diamo ai bambini nati bastardi per indicare chi sono, anche se i maestri sono sempre molto rapidi a celare quei nomi. La madre di Walys Flowers era una ragazza Hightower... e il padre un arcimaestro della Cittadella, o almeno così si diceva. I ratti grigi non sono affatto casti come vorrebbero farci credere. E i maestri di Vecchia Città sono i peggiori di tutti. Una volta che Wylis ebbe forgiato la propria catena, il suo padre segreto e gli amici esitarono a mandarlo a Grande Inverno, così da riempire le orecchie di lord Rickard di parole velenose dolci come il miele. Il matrimonio con i Tully era stata idea sua, non c'erano dubbi. Lui...»

Lady Dustin s'interruppe: Roose Bolton si era alzato in piedi, i suoi occhi pallidi riflettevano i bagliori delle torce.

«Amici miei» esordì, e nella sala calò il silenzio, un silenzio così profondo che Theon poteva sentire il vento percuotere le assi inchiodate alle finestre. «Stannis Baratheon e i suoi cavalieri hanno lasciato Deepwood Motte, innalzando il vessillo del loro nuovo dio rosso. I clan delle colline settentrionali sono con lui in sella ai loro ronzini dal pelo lungo e ispido. Se il clima si mantiene, potrebbero essere qui nel giro di due settimane. Intanto, Umber Cibo di Corvo marcia verso sud lungo la Strada del Re, e i Karstark si avvicinano da est. Intendono unirsi a lord Stannis e toglierci questo castello.»

Ser Hosteen Frey spinse indietro lo scranno e si alzò a sua volta. «Allora dovremmo montare in sella e andare loro incontro. Perché consentire loro di unire le forze?»

"Perché Arnolf Karstark aspetta solo un cenno da lord Bolton per voltare gabbana" pensò Theon. Intanto, gli altri lord cominciavano a chiedere a gran voce che si tenesse un concilio di guerra. Lord Bolton alzò le mani, imponendo il silenzio. «La sala, miei lord, non è il posto adatto per simili discussioni. Troviamoci quindi nel solarium, mentre mio figlio consuma il suo matrimonio. Che gli altri restino pure a mangiare e bere.»

Il lord di Forte Terrore lasciò la sala grande, seguito dai tre maestri. Lord e capitani si alzarono per andare con loro. Si incamminò anche Hother Umber, il vecchio macilento chiamato il Flagello delle puttane, con un'espressione tetra in viso e la fronte aggrottata. Lord Manderly era talmente ubriaco che ci vollero quattro uomini robusti per aiutarlo a uscire dalla sala.

«Una canzone sul Cuoco dei Topi» borbottava il Lord Lampreda, arrancando davanti a Theon, sorretto dai suoi cavalieri. «Cantastorie, dacci una canzone sul Cuoco dei Topi.»

Lady Dustin fu una delle ultime a muoversi. Quando anche lei se ne fu andata, la sala parve di colpo soffocante. Theon non si rese conto di quanto aveva bevuto finché non cercò di mettersi in piedi. Barcollando lontano dal tavolo, urtò la caraffa che una servetta teneva in mano. Il vino gli si sparse sugli stivali e sulle brache, una marea rosso scuro.

Una mano lo afferrò per la spalla, cinque dita dure come il ferro affondarono nella sua carne. «Sei richiesto, Reek» disse Alyn l'Acido, il suo fiato fetido odorava di denti marci. Di rinforzo aveva Dick Cazzo Giallo e Damon-danza-per-me. «Ramsay dice che gli devi portare la sposa nel letto.»

Theon fu attraversato da un brivido di paura. "Ho recitato la mia parte" pensò. "Perché io?" Ma aveva imparato che era meglio non obiettare.

Lord Ramsay aveva già lasciato la sala. La sua sposa, malinconica e come dimenticata, sedeva ingobbita e silenziosa sotto lo stendardo della Casa Stark, stringendo un calice d'argento con entrambe le mani. Forse sperava che, se fosse riuscita a bere abbastanza, l'ordalia le sarebbe stata risparmiata. Theon però non si faceva illusioni. «Lady Arya» le disse. «Vieni. È tempo che tu faccia il tuo dovere.»

Sei scherani del Bastardo li scortarono quando Theon accompagnò la ragazza uscendo dal retro della sala, e poi attraverso il gelido cortile della Grande Fortezza. Per arrivare alla stanza di lord Ramsay, una di quelle meno danneggiate dagli incendi, bisognava fare tre rampe di scale di pietra. Mentre salivano, Damon-danza-per-me fischiettava, Skinner invece si vantava che lord Ramsay gli aveva promesso un pezzo del lenzuolo insanguinato, come un favore particolare.

La camera da letto era stata addobbata per la consumazione del matrimonio. Tutti i mobili erano nuovi, fatti arrivare da Barrowton con la colonna di salmerie. Il letto a baldacchino aveva il materasso di piume e le tende di velluto rosso sangue. Il pavimento di pietra era coperto con pelli di lupo. Il fuoco ardeva nel caminetto, una candela scintillava sul tavolino accanto al letto. Su una credenza c'erano una caraffa di vino, due coppe e una mezza forma di formaggio con venature di muffa.

C'era anche uno scranno, di quercia nera scolpita, con la seduta di cuoio rosso. Quando entrarono lord Ramsay era seduto lì. La saliva scintillava sulle sue labbra. «Ed ecco, la mia dolce fanciulla. Ben fatto, ragazzi. Adesso potete andare. Tu no, Reek. Tu rimani.»

"Reek, Reek, che fa rima con *peek*, guardone." Sentiva dei crampi alle dita amputate: due della mano sinistra, una della mano destra. E al suo fianco riposava il pugnale, dormiente nel fodero, ma pesante, quanto era pesante. "Alla mano destra mi manca solo il mignolo" si rammentò Theon. "Posso ancora impugnare un coltello." «Mio signore, come posso servirti?»

«Sei stato tu a portarmi la donzella. Chi meglio di te può ora aprire il regalo? Diamo un'occhiata alla pargoletta di Ned Stark.»

"Lei non è una discendente di lord Eddard" fu sul punto di ribattere Theon. "Ramsay lo sa. Lo deve sapere. Che razza di gioco crudele è mai questo?" La ragazza era in piedi vicino a una delle colonne del baldacchino, tremante come una cerbiatta. «Lady Arya, se vuoi cortesemente voltarti, devo slacciarti il corpetto.»

«No.» Ramsay versò del vino in una delle coppe. «Quelle stringhe sono uno spreco di tempo. Taglia tutto.»

Theon estrasse il pugnale. "Devo solo girarmi e pugnalarlo. Io ho il coltello in mano." Allora capì il gioco. "È un'altra trappola" si disse ricordando Kyra, con le sue chiavi. "Vuole che io cerchi di ucciderlo. E dopo che avrò fallito, scuoierà la pelle dalla mano che ho usato per impugnare la lama." Theon afferrò la stoffa dell'abito nuziale. «Non muoverti, mia lady.» L'abito sotto il girovita era lasco, allora Theon infilò lì la lama, e poi salì lentamente per non ferire la ragazza. L'acciaio scivolò tra lana e seta con un rumore tenue, simile a un sussurro. La ragazza stava tremando. Theon dovette afferrarle il braccio per tenerla ferma. «Non muoverti.»

Alla fine l'abito squarciato cadde a terra, un pallido tumulo attorno ai suoi piedi.

«Adesso il resto» ordinò Ramsay. Reek obbedì.

Quando ebbe finito, la sposa restò immobile, nuda, il suo ricco abito nuziale era ridotto a un mucchio di stracci bianchi e grigi sulla pietra. Aveva seni piccoli e appuntiti, i fianchi stretti, da ragazzina, le gambe scarne come quelle di un uccello. "Una bambina." Theon si era dimenticato di quanto fosse giovane. "Ha gli stessi anni di Sansa. Arya ne avrebbe ancora meno." Nonostante il caminetto acceso, la camera da letto era gelida. La pelle pallida di Jeyne era percorsa da brividi. Ci fu un momento, in cui le sue mani si sollevarono, come per coprirsi i seni, ma Theon muovendo solo le labbra le disse un silenzioso no. Jeyne capì e lasciò immediatamente ricadere le mani.

«Allora, Reek, che te ne pare?» chiese lord Ramsay.

«Lei... è...» "Che risposta vuole?" Cosa aveva detto quella ragazzina, nel parco degli dèi? "Tutti dicevano che ero carina." Adesso non era carina. Theon notò sulla sua schiena una ragnatela di linee sottili, dove qualcuno l'aveva frustata.

«... è bella... molto bella...»

Ramsay sorrise, con quel suo sorriso viscido. «Ti fa venire il cazzo duro, Reek? Lo senti che preme contro i lacci delle brache? Ti andrebbe di chiavartela per primo?» Rise. «Il principe di Grande Inverno dovrebbe avere questo diritto, tutti i lord del passato ce l'avevano. La prima notte. Ma tu non sei un lord, o sbaglio? Sei solamente Reek. A dire il vero, non sei nemmeno un uomo.» Mandò giù un altro sorso di vino, poi scaraventò la coppa contro il muro dall'altra parte della stanza. Rivoli rossi colarono lungo la pietra. «Lady Arya, sali sul letto. Sì, sui cuscini, da brava mogliettina. Adesso apri le gambe. Vediamo la tua fregna.»

La ragazza obbedì, senza dire niente. Theon fece un passo indietro, verso la porta. Lord Ramsay si sedette accanto alla sposa, fece scivolare la mano tra le sue cosce, poi le piantò dentro due dita. La ragazza emise un gemito di dolore. «Sei asciutta come un vecchio osso.» Ramsay ritirò la mano e le mollò un ceffone. «Mi avevano detto che sai come si fa a dare piacere a un uomo. È forse una menzogna?»

«No... no, mio lord. Io sono stata is... istruita.»

Ramsay si alzò, le fiamme risplendevano sulla sua faccia. «Reek, vieni qui. Preparala tu per me.»

Per un momento, Theon non riuscì a capire. «Io... intendi... milord, io non ho...»

«Con la bocca» precisò lord Ramsay. «E fa in fretta. Se quando mi sarò spogliato non è bagnata, ti taglio quella tua inutile lingua e la inchiodo al muro.»

Da qualche parte nel parco degli dèi un corvo gracchiò. Lui aveva ancora la lama in pugno.

Rimise la lama nel fodero.

"Reek, il mio nome è Reek, che fa rima con *weak*, debole."

Reek si chinò in avanti e fece il suo dovere.

L'OSSERVATORE

"Esaminiamo dunque questa testa" comandò il suo principe.

Areo Hotah fece scorrere la mano lungo l'impugnatura liscia dell'ascia lunga, la sua moglie di cenere e ferro, senza mai smettere di osservare. Osservò il Cavaliere Bianco, ser Balon Swann, e gli altri che erano arrivati insieme a lui. Osservò le Serpi delle Sabbie, ognuna di loro seduta a un tavolo diverso. Osservò i lord e le lady, i servitori, l'anziano siniscalco cieco, il giovane maestro Myles, con la sua barba serica e il sorriso servile. Erano metà in luce e metà in ombra, studiò tutti loro. "Servire. Proteggere. Obbedire." Erano questi i suoi doveri.

Per il resto aveva occhi solo per lo scrigno. Era d'ebano scolpito, con i fermagli e i cardini d'argento. Una bella scatola, indubbiamente, anche se molti di quelli che si erano radunati nell'Antico Palazzo di Lancia del Sole presto sarebbero potuti morire per via del suo contenuto.

Maestro Caleotte attraversò la sala con le sue babbucce che sussurravano sul pavimento, diretto verso ser Balon Swann. Il piccolo uomo paffuto indossava splendide vesti ornate da ampie bande grigio opaco e noce cinereo e strisce rosse più sottili. Con un inchino, il maestro prese lo scrigno dalle mani del Cavaliere Bianco e lo portò sulla piattaforma, dove Doran Martell, principe di Dorne, sedeva sul suo scranno con le ruote, tra la figlia Arianna ed Ellaria Sand, compagna e amante del defunto fratello, il principe Oberyn Martell. Non meno di cento candele aromatiche profumavano l'aria. Pietre preziose scintillavano alle dita dei lord, sui corpetti e nelle reticelle per capelli delle lady. Areo Hotah aveva lucidato la sua giubba di scaglie di rame, in modo da brillare anche lui alla luce delle candele.

Nella sala era calato il silenzio. "Dorne sta trattenendo il fiato."

Maestro Caleotte posò lo scrigno sul pavimento, a lato dello scranno del principe Doran. Le dita del maestro, solitamente così sicure e abili, diventarono di colpo impacciate mentre faceva scattare il fermaglio e sollevava il coperchio, rivelando al suo interno un teschio.

Hotah udì qualcuno schiarirsi la gola. Uno dei gemelli Fowler sussurrò qualcosa all'altro gemello. Ellaria Sand chiuse gli occhi e mormorò una preghiera.

Ser Balon Swann, notò il capitano delle guardie, era teso come la corda di un arco lungo. Il nuovo Cavaliere Bianco non era alto e avvenente come il suo predecessore, ma aveva il torace più largo, la corporatura più massiccia, le braccia gonfie di muscoli. Il suo mantello color della neve era chiuso alla gola da un fermaglio d'argento a forma di due cigni. Uno era d'avorio, l'altro di onice, e ad Areo Hotah davano l'impressione di guerreggiare tra loro. Anche l'uomo che li indossava sembrava un guerriero. "Non morirà facilmente come l'altro. Né si avventerà contro la mia ascia come ha fatto ser Arys Oakheart. Rimarrà dietro al suo scudo, facendo in modo che sia io ad attaccare." Se bisognava arrivare a quello, Hotah era pronto. La sua ascia lunga era così affilata che avrebbe potuto usarla come rasoio.

Si permise di dare una rapida occhiata dentro lo scrigno. Il teschio riposava su un'imbottitura di feltro nero, sogghignante. Tutti i teschi sogghignavano, ma questo sembrava più contento degli altri. "E anche più grosso." Il capitano delle guardie del principe di Dorne, infatti, non aveva mai visto un teschio di quelle dimensioni. Le arcate sopraccigliari erano spesse e pesanti, la mascella massiccia. Le ossa scintillavano nella luce delle candele, bianche come il mantello di ser Balon.

«Mettilo sul piedistallo» ordinò il principe. Aveva le lacrime agli occhi.

Il piedistallo era una colonna di marmo nero, tre piedi più alta di Caleotte. Anche se il maestro piccolo e grassoccio si mise sulla punta dei piedi, non riuscì comunque a raggiungere la sommità. Areo Hotah stava per aiutarlo, ma Obara Sand si mosse per prima. Anche senza la frusta e lo scudo, la Serpe delle Sabbie aveva comunque un aspetto ferocemente mascolino. Al posto dell'abito da sera, indossava brache da uomo e una tunica di lino lunga fino al polpaccio, stretta in vita da una cintura con dei soli di rame. I capelli castani erano raccolti a crocchia. Obara tolse il teschio dalle morbide mani rosate del maestro, collocandolo in cima alla colonna di marmo.

«La Montagna che cavalca ha smesso di cavalcare» rilevò il principe con voce greve.

«La sua morte, ser Balon, è stata lunga e difficile?» chiese Tyene Sand, nel medesimo tono in cui una vergine domanderebbe se l'abito che indossa è grazioso.

«Ha urlato per giorni, mia lady» replicò il Cavaliere Bianco, ma era palese quanto poco gli piacesse dirlo. «Urla che potevamo udire per tutta la Fortezza Rossa.»

«E questo ti turba, ser?» chiese lady Nym: indossava un abito di seta gialla così sottile e delicata che la luce delle candele vi passava attraverso, rivelando l'oro lavorato e i gioielli a diretto contatto con la sua pelle. Quell'abbigliamento era talmente indecente che il Cavaliere Bianco sembrava a disagio solo a guardarla, Hotah invece approvava. Nymeria, quando era nuda, era meno pericolosa. Altrimenti si poteva essere certi che aveva con sé almeno una dozzina di lame.

«Ser Gregor Clegane era un bruto sanguinario, su questo sono tutti d'accordo. Se qualcuno meritava di soffrire, era lui.»

«Questo potrà anche essere, mia lady» rispose Balon Swann «ma ser Gregor Clegane era pur sempre un cavaliere, e un cavaliere dovrebbe morire con la spada in pugno. Il veleno è un modo di uccidere sporco e infame.»

Lady Tyene sorrise. Il suo abito era crema e verde, con lunghe maniche di pizzo, così castigato e innocente da indurre qualsiasi uomo a pensare di avere di fronte la più casta delle vergini. Areo Hotah conosceva però la verità. Le mani morbide e pallide di Tyene erano letali quanto quelle callose di Obara, se non di più. Hotah la scrutò attentamente, pronto a cogliere ogni piccolo movimento delle sue dita.

Il principe Doran corrugò la fronte. «Ciò che dici è vero, ser Balon, tuttavia lady Nym ha ragione: se un uomo ha mai meritato di morire urlando, quell'uomo era Gregor Clegane. Ha macellato la mia buona sorella, sfracellato la testa di suo figlio infante contro un muro. Io prego solo che adesso ser Gregor stia bruciando negli inferi, e che Elia e i suoi figli siano in pace. Questa è la giustizia che Dorne bramava da tempo. Alla fine, ripagando questo vecchio debito di sangue, i Lannister hanno comprovato la verità delle loro affermazioni.»

Il principe lasciò che fosse Ricasso, il siniscalco cieco, ad alzarsi e a proporre il brindisi. «Lord e lady, beviamo tutti a Tommen, il primo del suo nome, re degli andali, dei rhoynar e dei primi uomini, lord dei Sette Regni.»

Mentre il siniscalco parlava, i servitori avevano cominciato a girare tra gli ospiti, riempiendo le coppe con delle caraffe di forte vino dorniano, scuro come il sangue e dolce come la vendetta. Il capitano delle guardie non ne bevve. Non beveva mai ai banchetti. Non bevve neppure il principe. Lui aveva un vino speciale, preparato dal maestro Myles e opportunamente corretto con dell'estratto di papavero, per attenuare la sofferenza causata dalle articolazioni rigonfie.

Il Cavaliere Bianco invece bevve con gli altri, per una mera questione di cortesia. E così i suoi compagni. Anche la principessa Arianne, lady Jordayne, il lord di Grazia degli Dèi, il cavaliere di Bosco dei Limoni, la lady della Collina degli Spettri... bevve perfino Ellaria Sand, l'amante del principe Oberyn, che era con lui ad Approdo del Re quando era morto. Ma Areo Hotah prestò maggiore attenzione a quelli che non bevvero: ser Daemon Sand, lord Tremond Gargalen, i gemelli Fowler, Dagos Manwoody, gli Uller di Hellholt, i Wyl della Strada delle Ossa. "In caso di problemi, potrei cominciare da uno di loro." Dorne era una terra piena di rabbia e divisa, e il dominio del principe Doran non era solido come avrebbe dovuto essere. Molti dei suoi stessi lord lo consideravano un debole, e sarebbero stati ben contenti di scendere in guerra aperta contro i Lannister e il re bambino sul Trono di Spade.

Alla testa di tutti loro c'erano le Serpi delle Sabbie, le figlie bastarde del defunto principe Oberyn, la Vipera Rossa, tre delle quali erano al banchetto. Doran Martell era un principe di grande saggezza, e spettava certamente al capitano delle sue guardie metterne in dubbio le decisioni, ma Areo Hotah non poteva fare a meno di domandarsi perché avesse ordinato di rilasciare Obara, Nymeria e Tyene dalle loro solitarie celle nella Torre della Lancia.

Tyene declinò il brindisi di Ricasso con un mormorio e lady Nym con un cenno della mano. Obara lasciò che la sua coppa venisse riempita fino all'orlo, poi finì per versare il vino sul pavimento. Quando una servetta si inginocchiò a pulire, Obara lasciò la sala. Dopo un momento, la principessa Arianne chiese licenza di congedarsi e la seguì. "Obara non sfogherebbe mai la sua rabbia sulla piccola principessa" di questo Hotah era certo. "Sono cugine, e Obara le vuole molto bene."

Il banchetto si protrasse fino a tarda notte, sovrastato dal teschio sogghignante in cima al pilastro di marmo nero. Vennero servite sette portate, in onore dei Sette Dèi e dei sette confratelli della Guardia reale. La zuppa era fatta con uova e limoni, e i lunghi peperoni verdi ripieni di formaggio e cipolle. C'erano poi pasticcio di lampreda, capponi glassati al miele, un pesce baffo dai fondali del Sangue Verde talmente grosso che ci vollero quattro servitori per trasportarlo fino al tavolo. Dopo di che fu servito uno stufato di serpente: tranci di sette tipi di rettili diversi, cucinati a fuoco lento con peperoncini di drago e arance sanguinelle, con l'aggiunta di una punta di veleno, giusto per rendere il tutto più gustoso. Lo stufato era piccantissimo, Hotah ne era certo, anche senza assaggiarlo. Seguì un sorbetto per rinfrescare il palato. Come dolce, a ogni ospite venne servito un teschio di zucchero candito. Sotto la crosta, il ripieno era composto da crema pasticcera, con pezzetti di prugne e di ciliegie.

La principessa Arianne tornò in tempo per i peperoni ripieni. "La mia piccola principessa" pensò Hotah, ma Arianne adesso era una donna. Le sete scarlatte che indossava lasciavano adito a pochi dubbi in proposito. Negli ultimi tempi, in lei avevano avuto luogo anche altri mutamenti. Il suo complotto per incoronare Myrcella era stato smascherato con il tradimento e represso, il suo Cavaliere Bianco era perito in modo cruento per mano di Hotah, e Arianne stessa era stata confinata nella Torre della Lancia, condannata alla solitudine e al silenzio. Tutto questo l'aveva duramente castigata. Ma c'era anche dell'altro, un segreto che suo padre le aveva confidato prima di lasciarle abbandonare la sua reclusione. Il capitano ignorava di che cosa si trattasse.

Il principe aveva collocato la principessa tra sé e il Cavaliere Bianco, un posto di grande onore. Mentre si sedeva di nuovo sullo scranno, Arianne sorrise e mormorò qualcosa all'orecchio di ser Balon Swann. Il cavaliere evitò di rispondere. Mangiava poco, osservò Hotah: un cucchiaio di zuppa, un pezzetto di peperoni, una coscia di cappone, un po' di pesce. Rifiutò la lampreda e assaggiò appena lo stufato. Il che fu comunque sufficiente a imperlare la sua fronte di sudore. Hotah capiva quello che provava. Quando era arrivato a Dorne, tutte quelle spezie incendiarie gli avevano attorcigliato le viscere e bruciato la lingua. Ma questo accadeva molti anni prima; adesso i suoi capelli erano bianchi, e lui era in grado di mangiare tutto quello che mangiavano i dorniani.

Quando vennero serviti i teschi di zucchero candito, ser Balon serrò le labbra, lanciando uno sguardo penetrante al principe Doran, per vedere se si trattava di uno scherzo. Doran Martell non se ne accorse; invece sua figlia lo notò. «È una piccola facezia del cuoco, ser Balon» disse Arianne. «Neppure la morte è sacra per i dorniani. Non sarai arrabbiato con noi, vero?» Con le dita sfiorò il dorso della mano del cavaliere. «E spero tu abbia apprezzato il tempo trascorso a Dorne.»

«Sono stati tutti quanto mai ospitali, mia lady.»

Arianne toccò il fermaglio che assicurava il mantello bianco del cavaliere, i due cigni litigiosi. «Ho sempre amato i cigni. Da questo lato delle Isole dell'Estate, non esistono uccelli altrettanto belli.»

«Il tuoi pavoni potrebbero non essere d'accordo» rispose ser Balon.

«È vero» proseguì Arianne. «Ma i pavoni sono creature vanesie, orgogliose, che mettono in mostra tutti quei colori così vividi. Meglio allora un sereno cigno bianco o un bel cigno nero.»

Ser Balon annuì e bevve un sorso di vino. "Questo cavaliere non si lascia sedurre facilmente come il suo confratello" pensò Hotah. "Ser Arys, a dispetto dei suoi anni, era un ragazzo. Questo è un uomo, e cauto." Al capitano era bastata una sola occhiata per intuire che il Cavaliere Bianco non era a proprio agio. "Questo luogo gli è estraneo, e gli piace poco." Hotah lo comprendeva. Quando era sbarcato qui con la sua principessa, molti anni addietro, anche a lui il regno di Dorne era apparso come luogo bizzarro. Prima di mandarlo in spedizione, i preti barbuti lo avevano fatto esercitare molto nel linguaggio comune. I dorniani, però, parlavano comunque troppo rapidamente perché lui riuscisse a capire. Le donne dorniane erano laide, i vini dorniani erano aspri, il cibo dorniano era pieno di spezie sconosciute. E il sole dorniano era molto più caldo del sole pallido e opaco della città libera di Norvos.

Il viaggio di ser Balon Swann era stato più breve, anche se altrettanto problematico, il capitano ne era consapevole. Tre cavalieri, otto scudieri e venti armigeri, più parecchi tra stallieri e servitori lo avevano accompagnato da Approdo del Re, ma una volta valicate le montagne e raggiunta Dorne, la loro marcia era stata rallentata da una serie di feste, cacce e celebrazioni in ogni singolo castello che avevano incontrato. E ora che avevano finalmente raggiunto Lancia del Sole, ad accoglierli non c'erano né la principessa Myrcella né ser Arys Oakheart. "Il Cavaliere Bianco sa che manca qualcosa" Hotah lo percepiva "e non solo." Forse era la presenza delle Serpi delle Sabbie a turbarlo. In tal caso, il ritorno di Obara nella sala del banchetto dovette essere per lui come aceto su una ferita. Obara tornò al proprio posto senza dire una parola e restò lì seduta torva e scostante, senza sorridere né parlare.

Era quasi mezzanotte quando il principe Doran si voltò verso il Cavaliere Bianco. «Ser Balon, ho letto la lettera che mi hai portato da parte della nostra graziosa regina. Posso presumere che ne conosci il contenuto?»

Hotah vide il cavaliere irrigidirsi. «Sì, mio signore. Sua grazia la regina reggente Cersei mi ha informato che potrei essere chiamato a scortare sua figlia ad Approdo del Re. Re Tommen sente la mancanza della sorella e vorrebbe che la principessa Myrcella tornasse per una breve visita.»

La principessa Arianne fece una faccia triste. «Oh, ma anche noi ci siamo affezionati tantissimo a Myrcella. Lei e mio fratello Trystane sono diventati inseparabili.»

«Anche il principe Trystane sarà il benvenuto ad Approdo del Re» rispose Balon Swann. «Sono sicuro che re Tommen sarà ben lieto di conoscerlo. Sua grazia ha così pochi compagni della sua età.»

«I legami che si formano nell'adolescenza possono accompagnare un uomo per la vita» disse il principe Doran. «Una volta che Myrcella e Trystane si saranno sposati, lui e Tommen saranno come fratelli. La regina Cersei ha pienamente ragione: i due ragazzi dovrebbero incontrarsi, diventare amici. Dorne sentirà la mancanza di Trystane, ma è tempo che lui veda un po' il mondo oltre le mura di Lancia del Sole.»

«Sono sicuro che Approdo del Re lo accoglierà molto calorosamente.»

"E adesso perché mai sta sudando?" si domandò il capitano che stava a osservare. "La sala è abbastanza fresca, e non ha neppure assaggiato lo stufato."

«Riguardo all'altra questione sollevata dalla regina Cersei» stava dicendo il principe Doran «è vero, lo scranno di Dorne nell'ambito del concilio ristretto è rimasto vuoto dalla morte di mio fratello, ed è tempo che venga nuovamente occupato. Sono lusingato che sua grazia ritenga che i miei consigli possano tornarle utili, anche se mi domando se sono abbastanza in forze da affrontare un viaggio simile. E se magari arrivassimo via mare?»

«Per nave?» Ser Balon parve sorpreso. «Ma... sarebbe prudente, mio principe? L'autunno è una stagione brutta per via delle tempeste, almeno così ho udito, e... i pirati delle Stepstones...»

«I pirati, certo. Potresti avere ragione, ser. È più sicuro tornare dalla strada per cui siete venuti.» Il principe Doran sorrise con accondiscendenza. «Parliamone ancora domattina. Quando arriveremo ai Giardini dell'Acqua lo diremo a Myrcella. Immagino come sarà eccitata. Anche lei avrà di certo nostalgia del fratello.»

«Io stesso sono ansioso di rivederla» replicò ser Balon. «E anche di visitare i vostri Giardini dell'Acqua. Ho sentito dire che sono molto belli.»

«Belli e tranquilli» rispose il principe. «Brezze fresche, acque scintillanti e le risate dei bambini. I Giardini dell'Acqua, ser, sono il luogo che preferisco al mondo. Uno dei miei antenati li fece costruire per compiacere la sua sposa Targaryen e liberarla dalla polvere e dal calore di Lancia del Sole. Si chiamava Daenerys. Era sorella di re Daeron il Buono, e fu il suo matrimonio a rendere Dorne parte dei Sette Regni. L'intero reame sa che la fanciulla amava, riamata, Daemon Blackfyre, il fratello bastardo di Daeron, ma il re fu abbastanza saggio da capire che il bene della gente deve venire prima dei desideri di due persone, per quanto a lui molto care. Fu Daenerys a riempire i giardini di bambini ridenti. All'inizio furono i suoi figli, ma in seguito vennero accolti anche i figli e le figlie degli altri lord e dei cavalieri con terre, così da tenere compagnia ai ragazzi e alle ragazze di sangue principesco. E in una torrida giornata d'estate, Daenerys venne mossa a compassione dai bambini degli stallieri, dei cuochi, dei servitori, e invitò anche loro a bagnarsi nelle fontane e nelle vasche, una tradizione che perdura fino ai nostri giorni.» Il principe afferrò le ruote del suo scranno e lo spinse all'indietro, allontanandosi dal tavolo. «Ma adesso, cavaliere, devi scusarmi. Obara, vuoi essere così gentile da aiutarmi ad andare a letto? Nymeria, Tyene, venite anche voi ad augurare un'affettuosa buona notte a vostro zio.»

Così toccò a Obara Sand spingere lo scranno del principe fuori della sala dei banchetti di Lancia del Sole, per poi percorrere una lunga galleria, fino al suo solarium. Areo Hotah la seguì insieme alle sorelle, cui si unirono anche la principessa Arianne ed Ellaria Sand. Maestro Caleotte caracollava dietro di loro con le babbucce, tenendo il teschio della Montagna che cavalca in braccio come un infante.

«Non puoi pensare seriamente di mandare Trystane e Myrcella ad Approdo del Re» disse Obara, mentre spingeva lo scranno. I suoi passi erano lunghi e rabbiosi, fin troppo rapidi, e le grandi ruote di legno dello scranno battevano rumorosamente nelle scanalature fra le pietre del pavimento. «Così facendo, non rivedremo mai più la ragazza, e tuo figlio passerà il resto dei suoi giorni come ostaggio del Trono di Spade.»

«Mi prendi forse per uno stolto, Obara?» Il principe sospirò. «Ci sono molte cose che non sai. Cose che è meglio non discutere qui, dove tutti possono sentire. Se terrai a freno la lingua, te lo posso anche spiegare.» Strinse gli occhi. «Più piano, in nome dell'affetto che hai per me. Quell'ultimo sussulto mi ha conficcato una lama nel ginocchio.»

Obara dimezzò la velocità. «Allora che cosa farai?»

Fu sua sorella Tyene a rispondere. «Quello che fa di solito» sussurrò. «Differire, dissimulare, tergiversare. Oh, questo nessuno lo sa fare bene come il nostro coraggioso zio.»

«Non gli stai rendendo giustizia» intervenne Arianne.

«State zitte tutte quante» ordinò Doran Martell.

Una volta che le porte del solarium furono ormai chiuse alle loro spalle il principe di Dorne fece voltare lo scranno a ruote, per affrontare le donne. Quello sforzo bastò a lasciarlo senza fiato. Inoltre, la coperta di Myr che gli copriva le gambe rimase impigliata tra raggi, per cui dovette afferrarla per evitare che si strappasse. Sotto la coperta, le sue gambe erano pallide, molli, cadaveriche. Entrambe le ginocchia erano arrossate e gonfie, le dita dei piedi quasi violacee, grosse il doppio del normale. Areo Hotah le aveva viste migliaia di volte, eppure non gli fece piacere guardarle.

Si fece avanti la principessa Arianne. «Lascia che ti aiuti, padre.»

Il principe riuscì a liberare la coperta. «Sono ancora in grado di sistemarmi la coperta da solo. Almeno questo.» Non era granché. Da tre anni le sue gambe erano delle inutili appendici, ma gli era rimasta ancora un po' di forza nelle mani e nelle spalle.

«Mio signore, vuoi che ti prepari una coppetta di latte di papavero?» chiese maestro Caleotte.

«Con questi dolori, mi ci vorrebbe un secchio. Grazie, meglio di no. Voglio essere nel pieno possesso di tutte le mie facoltà. Non avrò più bisogno di te per questa notte.»

«Molto bene, mio principe.» Maestro Caleotte fece un inchino, sempre con il cranio di ser Gregor tra le sue piccole mani rosate.

«Questo lo prendo io.» Obara Sand gli portò via il teschio e lo osservò, tenendolo con il braccio teso davanti a sé. «Che aspetto aveva la Montagna? Come facciamo a sapere che sia proprio lui? Avrebbero potuto immergere il cranio nel catrame. Perché spolparlo fino all'osso?»

«Il catrame avrebbe rovinato lo scrigno» suggerì lady Nymeria, mentre maestro Caleotte si allontanava a passi corti e rapidi. «Nessuno ha visto la Montagna morire e nessuno ha visto la sua testa essere rimossa. Questa cosa, confesso, mi turba, ma quella baldracca di regina che cosa può sperare di ottenere ingannandoci? Se Gregor Clegane è ancora vivo, prima o poi la verità verrà a galla. Quell'uomo era alto otto piedi, non c'è nessun altro come lui in tutto il continente occidentale. E se qualcuno del genere dovesse riapparire, Cersei Lannister verrebbe additata come bugiarda in tutti i Sette Regni. Sarebbe un'idiota a correre un rischio del genere. Che cosa potrebbe sperare di ottenere?»

«Il teschio è abbastanza grosso, nessun dubbio» disse il principe. «E noi sappiamo che Oberyn ha gravemente ferito Clegane. Tutti i racconti avuti finora dicono che Gregor Clegane è morto lentamente, tra atroci sofferenze.»

«Proprio come voleva nostro padre» dichiarò Tyene. «Sorelle, in verità, io so che veleno ha usato. Se solo la sua lancia avesse scalfito la pelle della Montagna, Clegane sarebbe morto, a dispetto delle sue dimensioni. Dubita pure della tua sorellina, se così ti aggrada, ma non dubitare mai del nostro sire.»

Obara drizzò il pelo. «Non ho mai dubitato né mai dubiterò.» Diede al teschio un bacio di scherno. «Questo non è che un inizio, poco ma sicuro.»

«Un inizio?» esclamò Ellaria Sand incredula. «Gli dèi ci scampino. Io vorrei che fosse una fine. Tywin Lannister è morto. E così anche Robert Baratheon, Amory Lorch e adesso Gregor Clegane, tutti quelli che hanno partecipato all'assassinio di Elia e dei suoi bambini. Perfino Joffrey, che quando Elia è morta non era ancora nato. Ho visto il ragazzo morire con i miei occhi, afferrandosi la gola nel tentativo di respirare. Chi altro resta da uccidere? Dovranno forse morire anche Myrcella e Tommen perché gli spiriti di Rhaenys e Aegon possano trovare la pace? Dove finirà?»

«Finirà nel sangue, così come è cominciato» rispose lady Nym. «Finirà quando Castel Granito sarà spaccato in due, in modo che il sole possa risplendere sui vermi e sugli scarafaggi che brulicano all'interno. Finirà con la rovina totale di Tywin Lannister e di tutto ciò che ha generato.»

«Quell'uomo è morto per mano del suo stesso figlio» ribatté duramente Ellaria. «Che cosa puoi volere di più?»

«Potrei volere che fosse morto per mano mia.» Lady Nym si sistemò su uno scranno, con la lunga treccia bruna che le scendeva lungo la spalla fino al grembo. Aveva l'attaccatura dei capelli a punta uguale a suo padre. Sotto di essa, i suoi occhi erano grandi e scintillanti. Le labbra rosso vino s'incurvarono in un sorriso serico. «In tal caso, la sua morte non sarebbe stata così rapida.»

«Povero ser Gregor, ma tu guarda com'è solo soletto» riprese Tyene nella sua melodiosa voce da septa. «Sono certa che vorrebbe un po' di compagnia.»

Le gote di Ellaria erano bagnate di lacrime, i suoi occhi scuri scintillavano. "Perfino quando piange, c'è in lei della forza" osservò il capitano.

«Oberyn voleva vendicare Elia. Ora voi tre volete vendicare lui. Vi ricordo che io ho quattro figlie. Le vostre sorelle. La mia Elia ha quattordici anni, è quasi una donna. Obella ne ha dodici, sulle soglie di diventarlo. Vi adorano, così come Dorea e Loreza adorano loro. Se voi doveste morire, El e Obella dovrebbero vendicarvi, e poi Dorea e Loree dovrebbero vendicare loro? Va avanti così, un giro di morte dopo l'altro, all'infinito? Ve lo chiedo di nuovo: dove finisce?» Ellaria Sand posò la mano sul cranio della Montagna. «Ho visto vostro padre morire. Ecco il suo assassino. Posso forse portare questo teschio a letto con me, perché mi conforti la notte? Mi farà ridere, mi scriverà delle canzoni, si prenderà cura di me quando sarò vecchia e malata?»

«Secondo te che cosa dovremmo fare, mia lady?» chiese lady Nym. «Deporre le nostre lance e sorridere, dimenticando tutti i torti che abbiamo subito?»

«Ci sarà una guerra, che noi lo vogliamo o no» disse Obara. «Un re bambino siede sul Trono di Spade. Lord Stannis tiene la Barriera e sta raccogliendo uomini del Nord per la sua causa. Due regine si accapigliano per Tommen come cagne per un osso da spolpare. Gli uomini di ferro hanno preso le Isole Scudo e stanno facendo scorrerie lungo il Mander, spingendosi nel cuore dell'Altopiano, il che significa che anche Alto Giardino ha dei problemi. I nostri nemici sono allo sbando. È il momento di colpire!»

«Colpire per che cosa? Per avere altri teschi?» Ellaria Sand si voltò verso il principe. «Si rifiutano di capire. E io non posso più stare a sentire.»

«Torna pure dalle tue figliole, Ellaria» le disse il principe. «Ti giuro che nessuno farà loro del male.»

«Mio principe.» Ellaria lo baciò sulla fronte e se ne andò. Ad Areo Hotah dispiacque vederla lasciare la stanza. "È una brava donna."

Una volta che se ne fu andata, lady Nym disse: «So che ha molto amato nostro padre, ma evidentemente non ha mai capito chi era».

Il principe le lanciò uno sguardo strano. «Ha capito più di quello che riuscirai mai a capire tu, Nymeria. E ha reso tuo padre felice. Alla fine, un cuore gentile può valere più dell'orgoglio e dell'onore. Al tempo stesso, ci sono cose che Ellaria non sa e non deve sapere. La guerra è già iniziata.»

Obara rise. «*Aye*, ci ha pensato la nostra dolce Arianne.»

La principessa arrossì, e a Hotah non sfuggì l'espressione di rabbia che apparve sul volto di suo padre. «Quello che lei ha fatto» disse il principe di Dorne «lo ha fatto tanto per voi quanto per se stessa. Non sarei tanto affrettato a schernire.»

«La mia era una lode» insisté Obara. «Procrastina, dissimula, tergiversa, smantella e ritarda finché vuoi, zio, ma ser Balon finirà comunque per ritrovarsi faccia a faccia con Myrcella ai Giardini dell'Acqua, e allora difficilmente gli sfuggirà che alla fanciulla manca un orecchio. E quando la fanciulla gli dirà che il tuo capitano ha sventrato il suo confratello Arys Oakheart dalla gola al pube con la sua moglie d'acciaio, be', a quel punto...»

«No, cugina.» La principessa Arianne si sollevò dall'ampio cuscino su cui sedeva, e mise una mano sul braccio di Areo Hotah. «Le cose non sono andate così. Ser Arys è stato ucciso da Gerold Dayne.»

Le Serpi delle Sabbie si scambiarono delle occhiate. «Stella Nera?»

«Proprio lui» rispose la piccola principessa. «Ha anche cercato di uccidere la principessa Myrcella. Come lei stessa dirà a ser Balon.»

Nym sorrise. «Questo, quanto meno, è vero.»

«È tutto vero» disse il principe con una smorfia di dolore. "È la gotta che lo fa soffrire, o la menzogna?" «E ora, ser Gerold è fuggito ad Alto Eremo, dove non possiamo raggiungerlo.»

«Stella Nera» mormorò Tyene, ridacchiando. «Perché no? È stato l'autore di tutto. Ma ser Balon ci crederà?»

«Sì, se sarà Myrcella a dirglielo» si ostinò Arianne.

Obara emise un grugnito di scetticismo. «Myrcella potrà mentire oggi e mentire domani, ma prima o poi dirà la verità. Se si permetterà a ser Balon di tornare a riferire ad Approdo del Re, presto riecheggeranno i tamburi e scorrerà il sangue. Non bisogna permettergli di andarsene.»

«Potremmo ucciderlo, certo» disse Tyene «ma allora dovremmo sterminare anche il resto del suo gruppo, compresi quei dolci giovani scudieri. Il che sarebbe... oh, così *disdicevole*.»

Il principe Doran chiuse gli occhi, poi li riaprì. Hotah poteva vedere che, sotto la coperta, le sue gambe tremavano. «Se non foste le figlie di mio fratello, vi getterei di nuovo tutte e tre nelle vostre celle e vi lascerei là dentro fino a quando le vostre ossa non saranno diventate grigie. Invece, intendo portarvi con noi ai Giardini dell'Acqua. Ci sono delle lezioni da apprendere... se avrete il senno di apprenderle.»

«Lezioni?» chiese Obara. «Tutto quello che ho visto ai Giardini dell'Acqua sono dei bambini nudi.»

«*Aye*» disse il principe. «A ser Balon ho raccontato la storia, ma non tutta. Mentre i bambini sguazzavano nelle vasche, Daenerys li osservava dagli alberi di arance e si rese conto di una cosa. Non era in grado di distinguere i figli dei nobili da quelli delle persone umili. Nudi, erano solo dei bambini. Tutti innocenti, tutti vulnerabili, tutti meritevoli di lunga vita, amore, protezione. "Ecco il tuo reame" disse al proprio figlio ed erede "ricordati di loro, in tutto ciò che fai." Le medesime parole mi disse mia madre quando fui abbastanza grande da lasciare quelle vasche. Per un principe, chiamare a raccolta le lance di guerra è facile, ma alla fine il prezzo lo pagano sempre i bambini. Per la loro salvezza, il principe saggio non farà mai una guerra senza una giusta causa, né s'impegnerà in una guerra che sa di non poter vincere.

«Non sono né cieco né sordo. So bene che tutte voi mi considerate debole, spaventato, fragile. Vostro padre aveva ben altra idea. Oberyn era una vipera in tutto e per tutto: letale, pericoloso, imprevedibile. Nessuno osava calpestarlo. Io ero l'erba: piacevole, compiacente, odorosa, ondeggiante a ogni soffio di vento. Chi mai ha timore di camminare sull'erba? Mentre è l'erba che nasconde la vipera ai suoi nemici e le offre rifugio fino al momento di colpire. Vostro padre e io collaboravamo molto più strettamente di quanto voi non immaginiate... ma adesso lui se n'è andato. La domanda è: posso fidarmi delle sue figlie, perché mi servano al posto suo?»

Hotah le osservò, studiandole l'una dopo l'altra. Obara, borchie arrugginite e cuoio bollito, con i suoi occhi furenti, ravvicinati, i capelli castani simili al pelo di un ratto. Nymeria, languida, elegante, dalla pelle olivastra, con una lunga treccia nera trattenuta da un filo d'oro. Tyene, occhi azzurri, bionda, una donna bambina con le sue mani morbide e i suoi risolini.

E fu proprio Tyene a rispondere a nome di tutte. «È il non fare niente che è difficile, zio. Dacci un compito, quello che vuoi, e ci troverai più leali e obbedienti di quanto un principe può mai desiderare.»

«Mi fa piacere sentirtelo dire» rispose il principe Doran «ma le parole sono vento. Siete figlie di mio fratello, e io vi voglio bene, ma ho imparato a non fidarmi di voi. Voglio un vostro giuramento. Giurate di servirmi, di fare quello che io vi comanderò?»

«Se proprio dobbiamo» rispose lady Nym.

«E allora giurate subito, sulla tomba di vostro padre.»

La faccia di Obara si incupì. «Se tu non fossi mio zio...»

«Io *sono* tuo zio. E il tuo principe. Giura, oppure vattene.»

«Lo giuro» cedette Tyene. «Sulla tomba di mio padre.»

«Lo giuro» disse lady Nymeria. «Su Oberyn Martell, la Vipera Rossa di Dorne e un uomo migliore di te.»

«*Aye*» acconsentì Obara. «Anch'io. Per mio padre. Lo giuro.»

Il corpo del principe si rilassò un po'. Hotah lo vide assestarsi sullo scranno. Allungò una mano, e la principessa Arianne si avvicinò. «Diglielo, Padre.»

Il principe Doran trasse un respiro incerto. «Dorne ha ancora degli amici a corte. Amici che ci comunicano cose che non dovremmo sapere. Questo invito da parte di Cersei è un inganno. Trystane non arriverebbe mai ad Approdo del Re. Sulla via del ritorno, da qualche parte nel Bosco del Re, il gruppo di ser Balon verrà attaccato dai fuorilegge, e mio figlio morirà. Io sono invitato a corte solo per poter vedere lo scontro con i miei occhi e quindi assolvere la regina da qualsiasi colpa. Oh, e quei fuorilegge? Durante l'attacco grideranno: "Mezzo-uomo, Mezzo-uomo". E nella mischia ser Balon potrebbe addirittura avere una fugace visione del Folletto, anche se sarà l'unico ad averla.»

Areo Hotah non avrebbe mai pensato che fosse possibile sconvolgere le Serpi delle Sabbie. Capì di essersi sbagliato.

«Sette Dèi, salvateci» sussurrò Tyene. «*Trystane?* E perché?»

«Quella donna dev'essere pazza» disse Obara. «È ancora un bambino.»

«È mostruoso» aggiunse lady Nym. «Non me lo sarei mai aspettato, non da parte di un cavaliere della Guardia reale.»

«Giurano obbedienza, come il mio capitano» ribatté il principe. «Io stesso ne dubitavo, ma avrete notato l'esitazione di ser Balon quando ho proposto di arrivare via mare. Un vascello avrebbe sconvolto tutti i piani della regina.»

Il viso di Obara era in fiamme. «Ridammi la mia lancia, zio. Cersei ci ha mandato una testa. Noi gliene rimanderemo un sacco pieno.»

Il principe Doran alzò una mano. Le sue nocche erano scure come ciliegie, e quasi altrettanto grosse. «Ser Balon è ospite sotto il mio tetto. Ha mangiato il mio pane e sale. Non gli farò alcun male. No. Noi andremo ai Giardini dell'Acqua, dove lui sentirà la versione di Myrcella, e poi invierà un corvo messaggero alla sua regina. La fanciulla gli chiederà di dare la caccia all'uomo che le ha fatto del male. Se Swann è l'uomo che penso sia, non potrà opporsi. Obara: tu lo condurrai fino ad Alto Eremo, per affrontare Stella Nera nella sua tana. Non è ancora tempo che Dorne sfidi apertamente il Trono di Spade, ecco perché dobbiamo restituire Myrcella a sua madre, ma io non la accompagnerò. Questo compito spetta a te, Nymeria. I Lannister non lo gradiranno, così come non gradirono quando mandai loro Oberyn al mio posto, ma non oseranno rifiutare. Ci serve una voce nel concilio e un orecchio a corte. Sii cauta, però. Approdo del Re è una fossa di serpenti.»

Lady Nymeria sorrise. «E allora, zio? Io adoro i serpenti.»

«E io?» chiese Tyene.

«Tua madre era una septa. Una volta Oberyn mi disse che, quando ancora eri nella culla, lei ti leggeva dei brani tratti dalla *Stella a sette punte.* Voglio che anche tu sia ad Approdo del Re, ma sull'altra collina. Il culto delle spade e delle stelle è stato riformato, e il nuovo Alto Septon non è una marionetta come i suoi predecessori. Cerca di entrare nelle sue grazie.»

«Perché no? Il bianco mi dona. Sembro così... pura.»

«Bene» disse il principe «bene.» Esitò. «Se... dovessero verificarsi certi eventi, informerò ciascuna di voi. Le cose mutano rapidamente nel gioco del trono.»

«So che non ci deluderete, cugine.» Arianne andò da loro, l'una dopo l'altra, le prese per mano, le baciò delicatamente sulle labbra. «Obara, così valorosa. Nymeria, sorella mia. Tyene, tesoro. Vi amo tutte. Che il sole di Dorne sia con voi.»

«Mai inchinati, mai piegati, mai spezzati» ripeterono le Serpi delle Sabbie all'unisono.

La principessa Arianne rimase dopo che le sue cugine se ne furono andate. Anche Areo Hotah rimase, com'era suo dovere.

«Sono proprio figlie di loro padre» commentò il principe.

La piccola principessa sorrise. «Tre Oberyn con le tette.»

Il principe Doran rise. Era da molto tempo che Hotah non lo sentiva fare una risata, e ne aveva quasi dimenticato il suono.

«Continuo a dire che dovrei essere io ad andare ad Approdo del Re, non lady Nym» aggiunse Arianne.

«È troppo pericoloso. Tu sei la mia erede, sei il futuro di Dorne. Il tuo posto è al mio fianco. Ben presto, avrai un altro compito.»

«Quella parte, riguardo al messaggio. Hai saputo qualcosa di nuovo?»

Il principe Doran le rivolse un sorriso malizioso. «Da Lys. Una grande flotta è pronta a salpare. Per lo più navi di Volantis, con a bordo un esercito. Nessuna informazione su chi siano né dove vadano. Si parla anche di elefanti.»

«Niente draghi?»

«Elefanti. Anche se non è difficile nascondere un giovane drago nella stiva di un grosso cargo. Daenerys è più vulnerabile in mare. Se fossi in lei, terrei me stessa e le mie intenzioni nascoste il più a lungo possibile, così da cogliere Approdo del Re di sorpresa.»

«Pensi che Quentyn sia con loro?»

«Potrebbe, o anche no. Lo capiremo in base a dove sbarcheranno, sempre che il continente occidentale sia la loro destinazione. Quentyn, potendo, le farà risalire il Sangue Verde. Ma parlare non serve a nulla. Dammi un bacio. Partiremo per i Giardini dell'Acqua alle prime luci del giorno.»

"Allora finiremo per partire a mezzogiorno" pensò Hotah.

Più tardi, quando anche Arianne se ne fu andata, Hotah depose l'ascia lunga e portò il principe Doran a letto. «Finché la Montagna non ha fracassato la testa di mio fratello, nessun dorniano era ancora morto nella guerra dei Cinque Re» mormorò il principe, mentre Hotah stendeva una coperta sopra di lui. «Dimmi, capitano, è questa la mia vergogna o la mia gloria?»

«Non spetta a me stabilirlo, mio principe.» "Servire. Obbedire. Proteggere. Giuramenti semplici per uomini semplici." Lui non sapeva altro.

JON

Val era in attesa vicino al portale, nel gelo prima dell'alba, avvolta in una pelle d'orso così grande che sarebbe andata bene a Sam Tarly. Accanto a lei c'era un ronzino, già sellato e con le briglie, un grigio dal pelo lungo e ispido con un occhio solo. C'erano anche Mully e Edd l'Addolorato, due guardie assai improbabili. Il loro respiro si condensava nella fredda aria scura.

«Le avete dato un cavallo cieco?» Jon era incredulo.

«Solo da un occhio, milord» spiegò Mully. «Per il resto è robusto.» Diede un paio di colpetti sul collo del ronzino.

«Il cavallo sarà anche mezzo cieco, ma io no» disse Val. «So dove devo andare.»

«Mia lady, non sei obbligata a farlo. Il rischio...»

«... è solamente mio, lord Snow. E io non sono una lady del Sud, ma una donna del popolo libero. Conosco la foresta meglio di tutti i vostri ranger con il mantello nero. Per me non ha fantasmi.»

"Lo spero proprio." Jon contava su questo, confidando che Val potesse riuscire là dove Jack Bulwer il Nero e i suoi avevano fallito. Val non aveva nulla da temere dal popolo libero, o almeno così lui sperava... ma tutti e due sapevano anche troppo bene che tra quei boschi a nord della Barriera non c'erano in agguato soltanto i bruti.

«Hai abbastanza cibo?»

«Pane duro, formaggio stagionato, gallette d'orzo, merluzzo, manzo e montone salati, e un otre di vino dolce per sciacquarmi la bocca da tutto quel sale. Non morirò di fame.»

«Allora è tempo che tu vada.»

«Hai la mia parola, lord Snow: ritornerò, con Tormund o senza di lui.» Val levò lo sguardo al cielo. La luna era a metà. «Aspettami il primo giorno di luna piena.»

«Lo farò.» "Non ingannarmi" pensò Jon "o Stannis avrà la mia testa.” «Ho la tua parola che terrai d’occhio la nostra principessa?» aveva detto il re, e Jon aveva promesso. “Solo che Val non è una principessa, glielo avrò detto almeno cento volte.” Era una debole scusa, un misero straccio avvolto attorno a un giuramento infranto. Suo padre non avrebbe approvato. “Sono lo scudo che protegge i regni degli uomini” Jon ricordò a se stesso “e questo, alla fine, deve valere più dell’onore.”

Il sentiero sotto la Barriera era buio e gelido come il ventre di un drago di ghiaccio e contorto come un serpente. Edd l’Addolorato faceva strada con una torcia in mano. Mully aveva le chiavi dei tre portali, dove sbarre di ferro nero grosse quanto l’avambraccio di un uomo chiudevano il passaggio. I lancieri di guardia a ogni portale si toccarono la fronte in segno di rispetto per Jon, ma guatavano apertamente Val e il ronzino.

Quando emersero sul versante nord della Barriera, varcando una spessa porta di legno fresco, la principessa dei bruti si fermò per un lungo momento a scrutare il campo di battaglia innevato dove re Stannis aveva sconfitto il popolo libero. Al di là, la Foresta Stregata aspettava, tenebrosa e silente. Il chiarore della luna conferiva ai capelli biondo miele di Val una sfumatura argento pallido, lasciando le sue gote bianche come neve.

Val inspirò a fondo. «L’aria è dolce.»

«Ho la lingua troppo intorpidita per sentirlo. Tutto quello che sento è il freddo.»

«Il freddo?» Val fece una breve risata. «No. Quando è freddo, fa male anche solo respirare. E quando arrivano gli Estranei…»

Un pensiero inquietante. Sei dei ranger che Jon aveva mandato fuori di pattuglia erano ancora dispersi. “È troppo presto. Potrebbero ancora rientrare.” Ma un’altra parte di lui insisteva: “Sono morti, tutti quanti. Li hai mandati a morire, e adesso stai mandando a morire anche Val”.

«Ripeti a Tormund quello che ti ho detto.»

«Potrà non essere d’accordo con le tue parole, ma almeno le sentirà.» Val gli sfiorò la guancia con un bacio. «Hai tutta la mia gratitudine, lord Snow. Per il cavallo mezzo cieco, per il merluzzo salato, per l’aria libera. E per la speranza.»

I loro respiri si mescolarono, una nuvola bianca nell’aria. Jon Snow ristabilì le distanze: «L’unica gratitudine che voglio…».

«… è quella di Tormund Veleno dei Giganti. *Aye*.» Val sollevò il cappuccio di pelle d’orso. La pelliccia marrone era ampiamente punteggiata di grigio. «Una domanda, prima di andare. Sei stato tu a uccidere Jarl, mio lord?»

«Jarl è stato ucciso dalla Barriera.»

«L'avevo sentito dire, ma dovevo esserne certa.»

«Hai la mia parola: non l'ho ucciso io.» "Però lo avrei fatto, se le cose fossero andate diversamente."

«Questo è dunque un addio» aggiunse Val, in tono leggero.

Jon Snow non era dell'umore giusto. "Troppo freddo, troppo buio per scherzare, ed è troppo tardi." «È solo un addio momentaneo. Tu ritornerai, se non altro per il bambino.»

«Il figlio di Craster?» Val alzò le spalle. «Non siamo parenti.»

«Ti ho sentito cantare per lui.»

«Stavo cantando da sola. È colpa mia se lui ascolta?» Sulle sue labbra affiorò un sorriso. «Lo fa ridere. Oh, va bene. È un dolce, piccolo mostro.»

«Mostro?»

«Il suo nome di latte. Dovevo pure chiamarlo in qualche modo. Fa' che rimanga al sicuro e al caldo. Nel nome di sua madre e anche mio. E tienilo lontano dalla Donna Rossa. Lei sa chi è. E vede cose tra le fiamme.»

"Arya" pensò Jon, sperando che Melisandre vedesse davvero. «Ceneri e braci.»

«Re e draghi.»

"Ancora draghi." Per un momento anche Jon poté quasi vederli, aggrovigliati nella notte, le loro ali oscure stagliate contro un mare di fuoco.

«Se lo sapesse» riprese Jon «ci avrebbe portato via il bambino. Il bambino di Dalla, non il tuo mostro. Una parola all'orecchio del re, e sarebbe stata la sua fine.» "E anche la mia. Stannis lo avrebbe considerato tradimento." «Perché non sarebbe intervenuta, se sapeva?»

«Perché andava bene per i suoi piani. Il fuoco è mutevole. Nessuno può mai sapere con certezza quale direzione prenderà la fiamma.» Val infilò un piede nella staffa, passò l'altra gamba dall'altra parte e lo guardò dall'alto della sella. «Ricordi quello che ti disse mia sorella?»

«Sì, che la stregoneria è come una spada senza impugnatura, non c'è un modo sicuro di brandirla. Ma Melisandre ha ragione. Quando sei circondato dai nemici, anche una spada senza impugnatura è meglio di una mano vuota.»

«Bene.» Val fece girare il ronzino verso nord. «Alla prima notte di luna piena, allora.»

Jon la guardò allontanarsi a cavallo, e si domandò se l'avrebbe rivista. *Io non sono una lady del Sud*, udiva ancora le sue parole, *ma una donna del popolo libero*.

«A me non importa quello che dice» mugugnò Edd l'Addolorato mentre Val svaniva dietro un gruppo di pini-soldato. «L'aria è così fredda che fa male a respirare. Io smetterei anche di respirare, ma farebbe ancora peggio.» Edd fregò le mani l'una contro l'altra. «Qui finisce male.»

«Tu dici sempre così.»

«*Aye,* milord. E di solito ho ragione.»

Mully si schiarì la gola. «Milord? La principessa dei bruti, lasciarla andare così, gli uomini potrebbero dire...»

«... che anch'io sono un mezzo bruto, un voltagabbana che intende vendere il reame a predoni, cannibali e giganti.» Jon non aveva bisogno di scrutare tra le fiamme per sapere che cosa si diceva di lui. Il peggio è che non si sbagliavano, non del tutto. «Le parole sono vento, e alla Barriera il vento soffia sempre. Vieni.»

Era ancora buio quando Jon tornò nei suoi alloggi dietro l'arsenale. Spettro non era ancora rientrato, notò. "Sarà ancora a caccia." Negli ultimi tempi il grande meta-lupo albino era molto spesso fuori, e si spingeva sempre più lontano in cerca di preda. Tra gli uomini della confraternita e i bruti a Città della Talpa, le colline e i campi attorno al Castello Nero erano già stati ripuliti della poca selvaggina che c'era. "L'inverno sta arrivando" rimuginò Jon. "E presto, troppo presto." Si domandò se avrebbero visto un'altra primavera.

Edd l'Addolorato andò nelle cucine e ritornò con un boccale di birra scura e un piatto coperto. Sotto il coperchio Jon trovò tre uova d'anatra in guazzetto, una fetta di pancetta affumicata, due salsicce, un sanguinaccio e mezza forma di pane ancora calda. Mangiò del pane e mezzo uovo. Avrebbe mangiato anche la pancetta, ma il corvo fu più veloce di lui. «Ladro» lo apostrofò Jon, mentre l'uccello svolazzava fino alla trave sopra la porta a divorare il suo bottino.

«*Ladro*» ripeté poi il corvo.

Jon assaggiò una salsiccia. Stava sciacquandosi la bocca con un sorso di birra scura quando riapparve Edd a dirgli che fuori c'era Bowen Marsh in attesa di un colloquio. «Con lui c'è Othell, e anche septon Cellador.»

"Non hanno perso tempo." Jon si domandò chi facesse trapelare le notizie, o magari erano più di uno. «Falli entrare.»

«*Aye,* mio lord. Meglio però che tieni d'occhio le tue salsicce, quelli hanno l'aria affamata.»

Jon non li avrebbe descritti così. Septon Cellador pareva confuso e intontito, e con un gran bisogno di qualche scaglia di quel drago che lo aveva bruciato, mentre Othell Yarwyck aveva l'aspetto di uno che ha appena ingoiato qualcosa che non riesce a digerire. Quanto a Bowen Marsh era furibondo. Jon lo capì dallo sguardo, dalle labbra strette, dal rossore sulle guance arrotondate. "Quel rossore non è dovuto al freddo." «Prego, accomodatevi» esordì Jon. «Posso offrirvi qualcosa da mangiare o da bere?»

«Abbiamo appena servito la colazione nella sala comune» rispose Marsh.

«Accetto volentieri.» Yarwyck si lasciò cadere su uno scranno. «Grazie, molto gentile.»

«Magari un po' di vino?» suggerì septon Cellador.

«*Grano*» gracchiò il corvo dall'architrave. «*Grano, grano.*»

«Del vino per il septon e un piatto per il nostro primo costruttore» disse Jon a Edd l'Addolorato. «Niente per il corvo.» Tornò a rivolgersi ai visitatori. «Siete qui per Val.»

«E altre questioni» precisò Bowen Marsh. «Gli uomini sono preoccupati, mio lord.»

"E chi ti ha incaricato di fare da loro portavoce?" «Lo sono anch'io. Othell, come procedono i lavori al Forte della Notte? Mi è arrivata una pergamena da ser Axell Florent, che si firma Primo Cavaliere della regina. Dice che la regina Selyse non è soddisfatta dei suoi quartieri al Forte Orientale e che desidera sistemarsi al più presto nella nuova sede di re Stannis. È fattibile?»

Yarwyck alzò le spalle. «Abbiamo restaurato la maggior parte del castello e cambiato il tetto delle cucine. La regina avrà bisogno di cibo, mobili e legna da ardere, ma si può fare. Certo, non ci sono tante comodità come al Forte Orientale. E se sua grazia dovesse decidere di lasciarci è anche lontano dalle navi, ma... *aye,* la regina potrebbe vivere al Forte della Notte, anche se ci vorranno degli anni prima di poterlo chiamare un vero castello. Meno, se avessi più costruttori.»

«Posso darti un gigante.»

Othell sussultò. «Vuoi dire quel mostro nel cortile?»

«Cinghia dice che il suo nome è Wun Weg Wun Dar Wun. Lo so, c'è da attorcigliarsi la lingua. Cinghia lo chiama Wun Wun, che è già meglio.»

Wun Wun aveva ben poco a che vedere con i giganti delle storie raccontate dalla Vecchia Nan, enormi creature selvagge che aggiungevano del sangue nel porridge del mattino e divoravano tori, con tanto di pelo, pelle e corna. Questo gigante particolare non mangiava nessun tipo di carne, ma impazziva davanti a una gerla di tuberi e adorava sgranocchiare cipolle, rape e perfino le dure rutabaghe crude con i suoi grossi denti squadrati.

«È un lavoratore più che disponibile, anche se non è sempre facile fargli capire che cosa si vuole. Parla una variante dell'antica lingua, ma neanche una parola della lingua comune. Però è instancabile e di una forza prodigiosa. Potrebbe fare da solo il lavoro di una dozzina di uomini.»

«Mio lord... i nostri uomini non accetterebbero... i giganti pare che mangino carne umana... no, mio lord, ti ringrazio, ma non ho abbastanza uomini per sorvegliare una creatura simile, lui...»

Jon non era sorpreso. «Come preferisci. Terremo il gigante qui.» A dire il vero, gli sarebbe dispiaciuto separarsi da Wun Wun. "Tu non sai niente, Jon Snow" avrebbe commentato Ygritte, ma Jon parlava ogni volta che poteva con il gigante, con Cinghia o con gli altri del popolo libero che aveva portato con sé dalla radura a fare da interpreti, e stava imparando delle cose su quella gente e la loro storia. Come avrebbe voluto che Sam fosse lì con loro per trascrivere quei dialoghi.

Questo però non significava che Jon ignorasse il pericolo rappresentato da Wun Wun. Se minacciato, il gigante reagiva con violenza, e quelle enormi mani potevano tranquillamente spezzare un uomo in due. A Jon ricordava Hodor. "Un Hodor grosso il doppio, forte il doppio e intelligente la metà. Ecco un'idea che farebbe diventare sobrio perfino septon Cellador. Ma se Tormund ha dei giganti con sé, Wun Weg Wun Dar Wun potrebbe aiutarci a trattare con loro."

Il corvo di Mormont gracchiò il proprio disappunto quando la porta sotto di lui si aprì, annunciando il ritorno di Edd l'Addolorato, con in mano una caraffa di vino e un piatto di uova e salsicce. Bowen Marsh attese con evidente impazienza mentre Edd versava da bere, riprendendo a parlare solo dopo che se ne fu andato.

«Tollett è un bravo confratello» disse a quel punto «ed Emmett il Ferrigno è un eccellente maestro d'armi. Eppure si dice che tu stia per allontanarli entrambi.»

«Ci servono uomini validi a Lungo Tumulo.»

«Il Buco delle Puttane, così gli uomini si sono messi a chiamare quel fortilizio» continuò Marsh «ma sia come tu decidi. È vero che intendi sostituire Emmett con quel selvaggio di Cinghia come nostro maestro d'armi? Quello è un ruolo che è spesso stato ricoperto da cavalieri, o quanto meno da ranger.»

«Cinghia è un selvaggio» riconobbe pacatamente Jon. «Lo posso confermare. L'ho affrontato personalmente nel cortile degli addestramenti. Con un'ascia di pietra in pugno è altrettanto letale quanto la maggior parte dei cavalieri che brandiscono acciaio di forgia. È vero, non è paziente come vorrei, e alcuni ragazzi ne sono terrorizzati… ma questo non è una cosa negativa. Un giorno anche loro si ritroveranno in un vero combattimento, e avere già avuto il battesimo del terrore tornerà loro utile.»

«È un *bruto.*»

«Lo era, fino a quando non ha pronunciato il giuramento dei guardiani della notte. Adesso è un nostro confratello. Ed è in grado di insegnare ai ragazzi qualcosa di più dell'arte della spada. Non sarebbe male che imparassero qualche parola dell'antica lingua e anche qualcosa sugli usi e costumi del popolo libero.»

«*Libero*» intervenne il corvo. «*Grano. Re.*»

«Gli uomini non si fidano di lui.»

"Quali uomini?" avrebbe voluto chiedere Jon. "Quanti sono?" Ma domande del genere lo avrebbero condotto su una strada che non intendeva percorrere. «Mi dispiace sentirlo. C'è altro?»

Fu il turno di septon Cellador. «Quel Satin… si dice che tu intenda farne il tuo attendente e scudiero, al posto di Tollett. Mio lord, quel ragazzo è un *catamite*… un… come posso dire… un noto travestito dei postriboli di Vecchia Città.»

"E tu sei un ubriacone." «Quello che Satin era a Vecchia Città non ci riguarda. Impara in fretta ed è molto arguto. Sulle prime, le altre reclute lo disprezzavano, ma lui è riuscito a farsi ben volere e ora sono tutti suoi amici. È senza paura in combattimento, e sa leggere e scrivere piuttosto bene. Dovrebbe essere quindi in grado di andare a prendere i miei pasti e di sellare il mio cavallo, non pensi?»

«Indubbiamente» l'espressione di Bowen Marsh era marmorea «ma questo agli uomini non piacerà. Per tradizione, gli scudieri del lord comandante sono giovani di alto lignaggio che vengono addestrati al comando. Il mio lord ritiene forse che i guardiani della notte seguirebbero in battaglia un uomo che faceva la puttana?»

Jon ne ebbe abbastanza. «Hanno seguito ben di peggio. Il Vecchio Orso ha lasciato delle note di avvertimento riguardo ad alcuni dei nostri confratelli. A Torre delle Ombre c'è un cuoco che aveva la passione di stuprare le septa. Si marchiava a fuoco una stella a sette punte per ognuna che riusciva a possedere con la forza. Il suo braccio sinistro è pieno di stelle dal polso fino al gomito, e ne ha anche sui polpacci. Al Forte Orientale abbiamo un uomo che ha appiccato il fuoco alla casa del padre e ha sbarrato la porta. Tutta la sua famiglia è bruciata viva: nove persone. Qualunque cosa Satin possa avere fatto a Vecchia Città, adesso è un nostro confratello, e *sarà* il mio scudiero.»

Septon Cellador bevve un sorso di vino. Othell Yarwyck infilzò una salsiccia con il pugnale. Bowen Marsh rimase seduto, rosso in faccia. Il corvo sbatté le ali: «*Grano, grano, uccidi*». Alla fine, il lord attendente si schiarì la voce. «Il mio lord sa quello che è giusto, ne sono certo. Posso chiederti di quei cadaveri nelle celle di ghiaccio. Mettono gli uomini a disagio. E bisogna guardarli a vista? Di certo due valide sentinelle sono uno spreco, a meno che tu non tema...»

«... che risorgano? Io prego che lo facciano.»

Septon Cellador impallidì. «Sette Dèi salvateci.» Un rigagnolo di vino rosso gli colò lungo il mento. «Lord comandante, i non-morti sono esseri mostruosi, creature contronatura. Abominii agli occhi degli dèi. Tu... non vorrai cercare di... *parlare* con loro?»

«*Possono* parlare?» chiese Jon Snow. «Io penso di no, ma non me la sento di affermarlo con certezza. Saranno anche mostri, ma prima di morire erano uomini. Quanto rimane in loro? L'intenzione del non-morto che io stesso uccisi con il fuoco era quella di assassinare il lord comandante Mormont. Ricordava esattamente chi era il Vecchio Orso e dove alloggiava.»

Maestro Aemon avrebbe trovato il suo proposito ripugnante, Jon non ne dubitava, ma avrebbe comunque capito; Samwell Tarly ne sarebbe rimasto orripilato, ma anche lui avrebbe capito.

«Il lord mio padre mi ha insegnato che un uomo deve conoscere i propri nemici. Noi sappiamo poco dei non-morti, e ancora meno degli Estranei. Dobbiamo imparare.»

Quella risposta non piacque a nessuno dei tre. Septon Cellador tastò il cristallo che portava appeso al collo e disse: «Lord Snow, penso che la tua idea non sia affatto saggia. Pregherò la Vecchia, implorandola di illuminarti con la lampada della saggezza per ricondurti sulla retta via».

La pazienza di Jon Snow era esaurita. «Sono sicuro che un po' di saggezza in più gioverebbe a tutti.» "Tu non sai niente, Jon Snow." «Ora, vogliamo parlare di Val?»

«Quindi è vero?» esclamò Marsh. «L'hai lasciata andare.»

«Oltre la Barriera.»

Septon Cellador inspirò rumorosamente. «Il trofeo di re Stannis. Sua grazia sarà costernato quando scoprirà che se n'è andata.»

«Val ritornerà.» "Prima di Stannis, se gli dèi sono misericordiosi."

«Come fai a saperlo?» chiese Marsh.

«Me lo ha detto lei.»

«E se avesse mentito? Se andasse incontro a una disavventura?»

«Be', avreste la possibilità di scegliere un lord comandante di vostro gradimento. Ma fino ad allora, temo che dovrete sopportarmi.» Jon bevve un sorso di birra. «L'ho mandata a cercare Tormund Veleno dei Giganti e portargli la mia offerta.»

«E quale sarebbe, se possiamo saperlo?»

«La stessa che ho fatto ai bruti di Città della Talpa: cibo, riparo e pace, a patto che Tormund unisca le sue forze alle nostre, combatta il nostro nemico comune e ci aiuti a tenere la Barriera.»

Bowen Marsh non parve sorpreso. «Quindi intendi lasciarlo passare.» Dal tono in cui lo disse, sembrava lo sapesse già da tempo. «Aprire le porte a lui e ai suoi seguaci. Centinaia, migliaia.»

«Ammesso e non concesso che siano rimasti così in tanti.»

Septon Cellador si fece il segno della stella. Othell Yarwyck grugnì.

Bowen Marsh disse: «C'è chi lo chiamerebbe tradimento. Sono bruti. Selvaggi, predoni, stupratori, più bestie che uomini».

«Tormund non è nessuna di queste cose» rispose Jon «come non lo era Mance Rayder. Ma anche se tutto quello che hai detto fosse vero, Bowen, i bruti sono comunque uomini. Uomini vivi, umani come te e me. L'inverno sta arrivando, miei lord, e quando sarà qui, noi uomini vivi dovremo restare uniti contro gli uomini morti.»

«*Snow*» urlò il corvo di Mormont «*Snow, snow.*»

Jon lo ignorò. «Abbiamo interrogato tutti i bruti che sono tornati con noi dalla radura degli alberi-diga. Alcuni di loro ci hanno raccontato una storia interessante, di una strega dei boschi chiamata Madre Talpa.»

«Madre Talpa?» commentò Bowen Marsh. «Un nome insolito.»

«Sembra che la sua casa sia in un crepaccio sotto un albero cavo. Qualunque sia la verità, quella strega avrebbe avuto la visione di una flotta di navi che arriva per portare il popolo libero al sicuro dall'altra parte del Mare Stretto. Migliaia di quelli che sono sopravvissuti alla battaglia sotto la Barriera sono così disperati da crederle. Madre Talpa li ha condotti tutti fino ad Aspra Dimora, a pregare e ad aspettare l'arrivo della salvezza dal mare.»

Othell Yarwyck aggrottò la fronte. «Io non sono un ranger, ma... si dice che Aspra Dimora sia un luogo empio, maledetto. Lo diceva anche tuo zio Benjen, lord Snow. Per quale motivo i bruti vorrebbero andare là?»

Jon aveva sul tavolo una mappa: la ruotò, in modo che gli altri potessero vedere. «Aspra Dimora si trova in una baia protetta e ha un porto naturale abbastanza profondo da permettere l'ingresso anche alle navi più grandi. Nei dintorni c'è abbondanza di legname e pietre. Le acque pullulano di pesci, e a poca distanza ci sono colonie di foche e di vacche marine.»

«Tutto vero, non ne dubito» disse Yarwyck «ma non è comunque un posto dove vorrei trascorrere la notte. Conoscerai di certo la storia.»

Sì, Jon la conosceva. Aspra Dimora era stata sul punto di diventare una vera e propria città, l'unica a nord della Barriera. Almeno fino a quella notte di seicento anni prima, quando gli inferi l'avevano inghiottita. La sua gente era stata portata via in schiavitù o uccisa per essere mangiata, dipendeva a quale versione della storia si voleva credere, le loro case e palazzi arsi da un olocausto talmente incandescente che le sentinelle sulla Barriera, molto più a sud, avevano pensato che il sole stesse sorgendo da nord. Per metà dell'anno successivo, tormente di ceneri calarono sulla Foresta Stregata e sul Mare dei Brividi. Là dove sorgeva Aspra Dimora, i mercanti dissero di non aver trovato altro che una devastazione da incubo: un paesaggio di alberi anneriti e ossa bruciate, fiumi ostruiti da cadaveri rigonfi, urla da far gelare il sangue riecheggianti dalle imboccature delle caverne che punteggiavano la grande scogliera che incombeva sull'insediamento.

Sei secoli erano passati da allora, ma Aspra Dimora rimaneva ancora un luogo da cui stare lontano. La natura aveva preso il sopravvento, era stato riferito a Jon, ma i ranger dicevano che le rovine sommerse dalla vegetazione erano infestate di divoratori di cadaveri, demoni e spettri infuocati, tutti perennemente assetati di sangue.

«Non è il genere di rifugio che sceglierei neppure io» ammise Jon «ma Madre Talpa è stata udita predicare che il popolo libero troverà salvezza là dove un tempo trovò dannazione.»

Septon Cellador increspò le labbra. «La salvezza può essere trovata solo attraverso i Sette Dèi. Quella strega li ha condannati tutti a morire.»

«E forse ha salvato la Barriera» disse Bowen Marsh. «Loro sono i nemici di cui parliamo. Che continuino pure a pregare tra le rovine e, se i loro dèi manderanno navi per trasportarli in un mondo migliore, tanto meglio. Io in questo mondo non ho di certo cibo per nutrirli.»

Jon piegò le dita della mano della spada. «Di tanto in tanto, le galee di Cotter Pyke veleggiano nei pressi di Aspra Dimora. Lui mi dice che l'unico riparo sono le caverne. I suoi uomini le chiamano "le caverne urlanti". Madre Talpa e quelli che l'hanno seguita moriranno lì dentro, a centinaia, a migliaia.»

«Migliaia di nemici. Migliaia di bruti.»

"Migliaia di persone" pensò Jon. "Uomini, donne, bambini."

Dentro di lui cresceva la rabbia, ma quando parlò la sua voce era calma, glaciale. «Siete ciechi, oppure vi rifiutate di vedere? Che cosa pensate che accadrà una volta che tutti questi nemici saranno morti?»

Sopra la porta, il corvo bofonchiò: «*Morti, morti, morti*».

«Lasciate che vi dica io che cosa accadrà» disse Jon Snow. «I morti si rialzeranno, a centinaia, a migliaia. Torneranno come non-morti, con le mani nere e pallidi occhi azzurri… e verranno a cercarci.» Si alzò di scatto, le dita della mano sulla spada si aprivano e si chiudevano. «Avete il mio permesso di andare.»

Septon Cellador si alzò, grigio in faccia e sudato, Othell Yarwyck più rigido del solito, Bowen Marsh con le labbra tirate e pallido. «Grazie per averci concesso il tuo tempo, lord Snow.»

Uscirono senza aggiungere altro.

TYRION

La scrofa aveva un temperamento molto più mite di alcuni dei cavalli che aveva montato.

Paziente e dal passo sicuro, quando Tyrion Lannister le si era arrampicato in groppa aveva accettato il suo peso senza protestare ed era poi rimasta ferma mentre lui prendeva lancia e scudo. Quando invece afferrò le redini, e le diede di talloni nei fianchi, l'animale si mosse all'istante. Si chiamava Carina, diminutivo di Carina Porcellina, ed era stata addestrata a sella e briglie fin da quando era una maialina.

L'armatura di legno dipinto rumoreggiava mentre Carina trotterellava su e giù per la tolda. Tyrion sentiva formicolare le ascelle in traspirazione e una goccia di sudore scendeva lungo la cicatrice sotto l'elmo troppo grosso e tutto sformato. Eppure, per un assurdo momento, Tyrion si sentì quasi come Jamie, mentre cavalcava lancia in resta verso il campo di un torneo con l'armatura dorata scintillante nel sole.

Alle prime risate, il sogno si dissolse. No, non era un campione di torneo, soltanto un nano in groppa a un maiale, con un bastone in pugno, che si esibiva per il sollazzo di un branco di marinai rissosi, fradici di rum, nella speranza di ammansire il loro umore. Da qualche parte giù negli inferi, suo padre stava schiumando e Joffrey ridacchiava. Tyrion poteva sentire i loro freddi occhi morti che fissavano la sua faccia da guitto, avidi come la ciurma della *Selaesori Qhoran*.

Ed ecco arrivare l'avversario. Penny cavalcava il suo grosso cane grigio, la lancia striata ondeggiava come se fosse impugnata da un ubriaco mentre l'animale attraversava la tolda. Scudo e corazza erano dipinti di rosso, anche se la vernice era sbiadita e scrostata. La corazza di Tyrion invece era azzurra. "Non è mia, e prego che non lo diventi mai. Questa è la corazza di Groat..."

Tyrion calciò i fianchi di Carina Porcellina, facendola accelerare a passo di carica, mentre i marinai lo incitavano con fischi e urla. Non avrebbe saputo dire con certezza se fossero grida d'incoraggiamento oppure di scherno, anche se aveva comunque un'idea abbastanza precisa. "Perché mi sono lasciato tirare dentro in questa farsa?"

Però conosceva la risposta. Erano ormai dodici giorni che il vascello galleggiava nella bonaccia del Golfo della Sofferenza. L'umore della ciurma era pessimo, e sarebbe ulteriormente peggiorato una volta che la razione quotidiana di rum fosse stata prosciugata. Un uomo non poteva trascorrere più di un certo numero di ore a rammendare vele, rattoppare fessure e gettare lenze. Jorah Mormont aveva sentito spesso mugugnare che la buona sorte del nano li aveva abbandonati. Anche se di tanto in tanto il cuoco di bordo dava ancora una lisciata sulla testa di Tyrion nella speranza che quel gesto scaramantico potesse far alzare il vento, il resto dell'equipaggio lo fulminava con lo sguardo ogni volta che lo incrociava. La situazione di Penny era ancora peggiore, perché il cuoco aveva messo in giro la voce che strizzare le tette di una nana potesse scacciare il malocchio. Come se non bastasse, aveva cominciato a chiamare la scrofa "Pancetta", diminutivo di "Pancetta affumicata", sulle sue labbra la burla era meno spensierata di quando era stata abbozzata da Tyrion.

«Dobbiamo farli ridere» aveva detto Penny, implorante. «Dobbiamo farci ben volere. Se mettiamo in piedi uno spettacolo, li aiuterà a dimenticare. Ti prego, milord.» Così, chissà come e chissà perché, Tyrion aveva acconsentito. "Dev'essere stato il rum." Il vino del capitano era stata la prima cosa a finire. Comunque, Tyrion aveva scoperto che con il rum ti ubriacavi molto più in fretta che con il vino.

Così si era ritrovato con addosso l'armatura dipinta appartenuta a Groat, in groppa alla sua scrofa, con sua sorella che lo istruiva sulle finezze della giostra dei guitti, che erano state il loro pane e sale. Il tutto era venato da una certa squisita ironia, considerando che una volta Tyrion aveva quasi rischiato di perdere la testa quando si era rifiutato di montare in groppa a un cane per il divertimento distorto di suo nipote. Tuttavia era un umorismo che gli era difficile apprezzare dal dorso di una scrofa.

La lancia di Penny calò la traiettoria giusto in tempo perché la sua punta smussata sfiorasse la spalla di Tyrion; la sua lancia oscillò mentre lui l'abbassava a sua volta, mandandola a sbattere con fragore contro un angolo dello scudo di Penny. Lei rimase in sella. Lui no. Ma era così che doveva andare.

"Facile come cadere da un maiale..." anche se si rivelò più duro di quanto non sembrasse. Tyrion si chiuse a palla, memore della lezione, ma comunque l'impatto con il ponte fu così forte che si morse la lingua e sentì il sapore del sangue. Gli sembrò di avere ancora dodici anni, quando faceva le piroette sul tavolo da cena nella sala grande di Castel Granito. A quel tempo, zio Gerion era sempre stato pronto a lodare i suoi sforzi, al posto di quei rozzi marinai. Le loro risate risuonavano rade e poco convinte rispetto alle ovazioni che avevano accolto le acrobazie di Groat e Penny al banchetto nuziale di Joffrey, e alcuni delle ciurma lo avevano addirittura fischiato con irritazione.

«Naso Mozzo, tu cavalchi come cammini: male» gridò un uomo dal castello di poppa. «Mi sa che sei senza palle. Lasci che la ragazza te le suoni.» "Deve avere scommesso del conio contro di me" decise Tyrion. Si lasciò scivolare addosso quell'insulto. In passato ne aveva ricevuti di ben peggiori.

L'armatura di legno rendeva difficile rimettersi in piedi. Tyrion si ritrovò ad annaspare con le braccia, come una tartaruga rovesciata. Questo, quanto meno, fece ridere alcuni marinai. "Peccato che non mi sia spezzato una gamba, altrimenti sarebbero andati in visibilio. E se fossero stati in quella latrina, quando ho piantato il dardo di balestra nelle viscere del lord mio padre, avrebbero riso talmente tanto da cacarsi nelle brache assieme a lui. Ma questo e altro, pur di tenere buoni questi maledetti bastardi."

Jorah Mormont alla fine fu mosso a compassione dagli sforzi di Tyrion e lo rimise in piedi. «Sembravi un giullare.»

"L'idea era proprio quella." «Difficile sembrare un eroe in groppa a una scrofa.»

«Deve essere per questo che io mi tengo lontano dai porci.»

Tyrion si slacciò l'elmo, lo spostò di lato, sputò oltre la murata un grosso grumo di muco sanguinolento. «A quanto pare devo essermi quasi staccato la lingua.»

«La prossima volta mordi più forte.» Ser Jorah scrollò le spalle. «A dire il vero, ho visto cavalieri giostrare anche peggio.»

"Voleva essere un complimento?" «Sono caduto da quella maledetta scrofa e mi sono anche morso la lingua. Che cosa può esserci di peggio?»

«Beccarsi una verga di legno nell'occhio e crepare.»

Penny volteggiò giù dal cane, un grosso mastino grigio chiamato Scrocchio. «Il punto non è giostrare bene, Hugor.» Faceva sempre attenzione a chiamarlo Hugor se c'era qualcuno a portata di voce. «Il punto è farli ridere e indurli a lanciarci del conio.»

"Una misera ricompensa per sangue e lividi" pensò Tyrion, ma si tenne per sé la considerazione. «Allora abbiamo fallito. Nessuno ci ha lanciato del conio.» "Né un penny, né un groat."

«Quando miglioreremo, vedrai che il conio arriverà.»

Penny si tolse l'elmo. I capelli color topo le ricaddero sulle orecchie. Gli occhi erano anch'essi castani, sotto le pesanti arcate sopraccigliari, le guance lisce e arrossate. Aprì una bisaccia di cuoio e tirò fuori una manciata di ghiande. Carina Porcellina le mangiò dalla sua mano, grugnendo di felicità.

«Quando ci esibiremo per la regina Daenerys sarà una pioggia d'argento, vedrai.»

Alcuni marinai li stavano incitando a gran voce e battevano i piedi contro la tolda per avere un'altra tenzone. Il cuoco di bordo era quello che gridava più forte di tutti, come sempre. Tyrion aveva cominciato a disprezzare quell'individuo, anche se era l'unico giocatore di cyvasse decente di tutto il vascello. «Hai visto? Siamo piaciuti.» Penny fece un tenue sorriso speranzoso. «Ci vogliamo riprovare, Hugor?»

Tyrion stava per dire di no, quando fu anticipato dall'annuncio di uno degli ufficiali in seconda. Era metà mattina, e il comandante voleva che la nave si rimettesse in movimento. L'enorme vela a strisce pendeva inerte dall'albero maestro. Era così da giorni, ma il capitano sperava più a nord di trovare del vento. Il che significava mettersi a remare. Le scialuppe però erano piccole e il cargo era grosso; trainare una nave era un lavoro faticoso, che lasciava le mani coperte di vesciche e la schiena dolorante, senza ottenere un gran risultato. L'equipaggio detestava remare. Tyrion non li poteva biasimare. «La vedova avrebbe dovuto imbarcarci direttamente su una galea» mugugnò acidamente. «E se qualcuno potesse aiutarmi a togliermi di dosso queste maledette assi, gliene sarei grato. Forse mi è anche entrata una scheggia nello scroto.»

Mormont assolse al compito, per quanto di malagrazia. Penny richiamò cane e scrofa, e li condusse entrambi sottocoperta. «Farai bene a dire alla tua lady di tenere la porta chiusa e sbarrata quando è in cabina» disse ser Jorah, mentre apriva le fibbie delle cinghie che legavano la corazza anteriore e quella posteriore. «Sto cominciando a sentir parlare un po' troppo di costolette, prosciutti e pancetta affumicata.»

«Quella scrofa è metà del suo sostentamento.»

«Un equipaggio ghiscariano si mangerebbe anche il cane.» Mormont separò la piastra pettorale da quella dorsale. «Tu diglielo.»

«Come tu desideri...» Tyrion aveva la tunica madida di sudore e appiccicata al petto. Cercò di staccarla dalla pelle, sognando che si levasse un alito di vento. Quell'armatura di legno era pesante, calda e scomoda. Una metà sembrava essere stata dipinta molto tempo prima, una mano dopo l'altra, in almeno cento strati sovrapposti. Al banchetto nuziale di Joffrey, Tyrion ricordava che uno degli avversari esibiva il meta-lupo di Robb Stark, l'altro le insegne e i colori di Stannis Baratheon. «Avremo bisogno di entrambi gli animali, se dovremo giostrare per la regina Daenerys» aggiunse. Se i marinai avevano davvero intenzione di macellare Carina Porcellina, né lui né Penny sarebbero riusciti a impedirlo... ma quanto meno la spada lunga di ser Jorah avrebbe imposto loro una battuta d'arresto.

«È così che speri di tenerti la testa attaccata al collo, Folletto?»

«Ser Folletto, se ti compiace. E la risposta è sì. Una volta che sua grazia avrà capito quanto valgo realmente, mi porterà in palmo di mano. Dopotutto sono un tipetto amabile, e so molte cose utili sui miei consanguinei. Ma fino ad allora, è meglio che la faccia divertire.»

«Fa' pure tutte le capriole che vuoi, tanto non servirà comunque a cancellare i tuoi crimini. Daenerys Targaryen non è un'ingenua fanciulla pronta a farsi ingannare da lazzi e piroette. Farà i conti con te secondo giustizia.»

"Oh, spero di no." Il Folletto scrutò Mormont con i suoi occhi di colore diverso. «E dimmi un po' come ti accoglierà, questa tua regina così attaccata alla giustizia? Con un caldo abbraccio, un risolino da femmina o l'ascia del boia?» Sogghignò nel notare l'evidente disagio del cavaliere. «Ti aspettavi veramente che io credessi che ti trovavi in quel bordello per incarico della regina? Per difenderla a mille leghe di distanza? O non potrebbe essere che anche tu sei in fuga, che la tua Regina dei Draghi ti ha bandito? Ma per quale ragione... oh, aspetta, la stavi per caso *spiando*?» Tyrion emise un grugnito di derisione. «Tu speri di rientrare nei suoi favori offrendole in cambio me. È un piano destinato a fallire, dammi retta. Qualcuno potrebbe addirittura definirlo un atto di avvinazzata disperazione. Magari, se io fossi Jaime... ma Jaime ha ucciso suo padre, io ho sterminato solo quelli della mia famiglia. Tu pensi che Daenerys giustizierà me e perdonerà te, ma potrebbe anche succedere il contrario. Forse, ser Jorah, dovresti essere tu a salire in groppa a quella scrofa. Indossa una bella armatura a sonagli, come Florian il...»

Il colpo del grosso cavaliere gli fece voltare tutta la testa e lo scaraventò di lato, così forte che il cranio rimbalzò contro le assi della tolda. Tyrion aveva la bocca piena di sangue, quando riuscì a sollevarsi puntellandosi con un ginocchio. Sputò un dente spezzato. "Divento sempre più attraente ogni giorno che passa, ma questa volta credo proprio di essermela andata a cercare."

«Il nano ha forse detto qualcosa che ti ha offeso, cavaliere?» chiese Tyrion con aria innocente, pulendosi con il dorso della mano dei grumi di sangue dal labbro inferiore spaccato.

«Sono stufo delle tue insolenze» rispose Mormont. «Ti rimangono ancora un po' di denti. Se vuoi conservarli, stammi lontano per il resto del viaggio.»

«Non sarà facile: abbiamo la stessa cabina.»

«Trovati un altro posto per dormire. Giù nella sentina, su sul ponte, per me non fa differenza. Basta che rimani fuori dalla mia vista.»

Tyrion si rimise in piedi. «Come vuoi» rispose con la bocca nuovamente piena di sangue, ma l'alto cavaliere se n'era già andato, i suoi stivali rimbombavano sulle assi della tolda.

Giù nel quadrato sottocoperta, Tyrion si stava sciacquando la bocca con acqua e rum, quando arrivò Penny. «Ho saputo che cosa è successo. Oh, ti fa male?»

Lui alzò le spalle. «Un po' di sangue e un dente rotto.» "Però credo di aver fatto più male io a lui." «E pensare che è un cavaliere. Triste a dirsi, ma non farei conto su ser Jorah se avessimo bisogno di protezione.»

«Che cosa hai fatto? Oh, ti sta sanguinando il labbro.» Lei tirò fuori dalla manica un fazzoletto e l'asciugò. «Che cosa gli hai detto?»

«Alcune sgradevoli verità che il nostro ser Bezoar non ha voluto ascoltare.»

«Non devi deriderlo. Ma non hai proprio imparato niente? Non puoi parlare così a una persona grande e grossa. Possono farti del male. Ser Jorah avrebbe potuto buttarti a mare. E vedendoti annegare, i marinai si sarebbero messi a ridere. Devi fare attenzione quando hai persone grandi intorno. Sii allegro e giocoso con loro, falli sorridere, falli ridere, mio padre diceva sempre così. Tuo padre non ti ha mai detto come comportarti con le persone grandi?»

«Per mio padre erano il popolino» disse Tyrion «e lui non era certo un tipo allegro.» Bevve un altro sorso di rum allungato con acqua, lo fece gorgogliare in bocca, poi risputò. «Eppure, condivido quello che dici. Devo imparare a fare i conti con il fatto di essere un nano. Forse tu sarai tanto gentile da insegnarmi, tra una giostra e una galoppata sulla scrofa.»

«Con piacere, mio lord. Ma... le cose che gli hai detto erano vere? Perché ser Jorah ti ha colpito così forte?»

«Per amore, che altro? La stessa ragione per cui ho fatto arrosto quel cantastorie.»

Tyrion ripensò a Shae, al terrore nei suoi occhi quando le aveva stretto la catena di Primo Cavaliere attorno al collo. Una catena di mani d'oro. Perché sempre fredde sono le mani d'oro, sempre calde quelle di una donna.

«Penny, tu sei vergine?»

Lei arrossì. «Sì, certo. Chi mai avrebbe...»

«Rimani come sei. L'amore è follia, e la lussuria è veleno. Preserva la tua verginità. Sarai di certo più felice, e non rischi di ritrovarti in qualche fetido postribolo lungo la Rhoyne, in compagnia di una baldracca che forse assomiglia un po' al tuo perduto amore.» "O a vagare per mezzo mondo, cercando di capire dov'è che vanno le puttane." «Ser Jorah sogna di salvare la Regina dei Draghi e quindi di pascersi nella sua gratitudine, ma io ho imparato un paio di cose riguardo alla gratitudine dei sovrani... e, invece di quella gratitudine, preferirei avere un palazzo a Valyria.» Il Folletto s'interruppe di colpo. «Hai sentito? La nave si è mossa.»

«È vero.» Il viso di Penny s'illuminò di gioia. «Abbiamo ripreso la rotta. Il vento...» Corse verso la porta. «Voglio vedere. Vieni, a chi fa prima.» E si dileguò.

"È giovane" Tyrion dovette ricordare a se stesso. Penny si precipitò fuori e salì la scala di legno alla massima velocità consentita dalle sue gambette. "Quasi una bimba." Eppure, vedere il suo entusiasmo lo solleticava. La seguì in coperta.

La vela era tornata in vita, gonfiandosi, afflosciandosi, gonfiandosi di nuovo, le strisce rosse sulla tela si contorcevano come serpenti. I marinai correvano sulla tolda, cazzando le scotte, gli ufficiali ringhiavano ordini nella lingua di Vecchia Volantis. I rematori sulle scialuppe avevano mollato le gomene da rimorchio e stavano tornando in velocità verso il vascello. Il vento soffiava da ovest, a mulinelli e raffiche, strattonando cime e cappe come un bambino dispettoso. La *Selaesori Qhoran* era di nuovo in navigazione.

"Dopotutto, potremmo anche farcela ad arrivare fino a Meereen" ipotizzò Tyrion.

Ma quando salì sul castello di poppa e guardò in lontananza, il suo sorriso svanì. "Qui cielo azzurro e mare azzurro, ma verso occidente... Non ho mai visto un cielo di quel colore."

Una spessa fascia di nubi correva lungo l'orizzonte.

«Nubi minacciose» disse a Penny, indicando con la mano.

«Che cosa significa?» chiese lei.

«Significa che qualche grosso bastardo ci sta tendendo un agguato da dietro.»

Rimase sorpreso vedendo anche Moqorro e due dei suoi accoliti salire sul castello di poppa. Era solo mezzogiorno, e il prete rosso e i suoi uomini di solito non apparivano fino al crepuscolo. Il prelato gli fece un solenne cenno con il capo. «Ecco, Hugor Hill. La collera di dio. Il Signore della Luce non verrà deriso.»

Tyrion aveva un pessimo presentimento. «La vedova ha detto che questa nave non sarebbe mai arrivata a destinazione. Pensavo intendesse dire che, una volta in mare aperto, fuori dalla portata dei triarchi, il capitano avrebbe cambiato rotta, dirigendosi verso Meereen. O che magari tu avresti preso possesso del vascello con i tuoi uomini della Mano di Fuoco e ci avresti portato da Daenerys. Ma questo non c'entra affatto con quello che ha visto il tuo alto sacerdote, o sbaglio?»

«No.» La voce profonda di Moqorro echeggiava come una campana a morto. «Lui ha visto quello.» Il prete rosso levò il bastone e puntò l'estremità verso ovest.

Penny era persa. «Non capisco. Che cosa significa?»

«Significa che avremmo fatto meglio a restare sottocoperta. Ser Jorah mi ha estromesso dalla nostra cabina. Posso nascondermi da te, quando sarà il momento?»

«Certo» rispose lei. «Tu saresti... oh...»

Per le tre ore successive corsero davanti al vento, mentre la tempesta si avvicinava sempre più. Il cielo a occidente diventò verde, poi grigio, infine nero. Dietro di loro incombeva una muraglia di nubi oscure, che ribollivano come un bricco di latte lasciato troppo a lungo sulla fiamma. Tyrion e Penny restarono a guardare dal castello di prora, raggomitolati dietro la polena, mano nella mano, facendo attenzione di tenersi a distanza dal comandante e dalla ciurma.

L'ultima tempesta era stata emozionante, ipnotica, un assalto improvviso che lo aveva lasciato con un senso di freschezza e di pulizia. Ma questa si capì subito che era diversa. Se ne accorse anche il comandante. Deviò la rotta verso nord-nordest per cercare di togliersi dalla traiettoria dell'uragano.

Fu uno sforzo inutile. Il fronte della tempesta era troppo ampio. Il mare attorno a loro diventava sempre più mosso. Il vento urlava. La *Fetido attendente* si alzava e si abbassava, con le onde che martellavano lo scafo. Dietro di loro, le folgori calavano dal cielo come pugnali, accecanti scariche viola che danzavano sul mare in reticoli di luce. Seguivano i tuoni.

«È arrivato il momento di nascondersi.» Tyrion prese Penny per un braccio e la condusse sottocoperta.

Carina e Scrocchio erano entrambi terrorizzati. Il cane abbaiava, abbaiava, abbaiava. Appena entrarono nella cabina, mandò Tyrion a gambe all'aria. La scrofa invece aveva cacato da tutte le parti. Tyrion cercò di pulire meglio che poteva, mentre Penny si sforzava di calmare gli animali. Poi legarono o riposero tutto quello che poteva cadere.

«Sono spaventata» confessò Penny.

La cabina aveva cominciato a inclinarsi, a sussultare, da una parte e dall'altra, mentre le onde percuotevano lo scafo.

"Ci sono modi peggiori di morire che annegato. Tuo fratello Groat questo lo ha imparato, e anche il lord mio padre. E anche Shae, quella baldracca bugiarda, lo ha imparato. Perché sempre fredde sono le mani d'oro, sempre calde quelle di una donna."

«Giochiamo a qualcosa» suggerì Tyrion. «Ci aiuterà a non pensare alla tempesta.»

«Non a cyvasse» disse subito Penny.

«Non a cyvasse» concordò Tyrion, mentre il pavimento si alzava sotto i suoi piedi. Le pedine sarebbero volate in tutte le direzioni, ricadendo poi sulla scrofa e sul cane. «Da bambina giocavi mai a vieni-nel-mio-castello?»

«No, me lo puoi insegnare?»

Poteva farlo? Tyrion esitò. "Stupido nano. È ovvio che non ha mai giocato a vieni-nel-mio-castello. Lei non ha mai avuto un castello." Vieni-nel-mio-castello era un gioco per rampolli d'alto lignaggio, nel quale si volevano insegnare le buone maniere, l'araldica più un paio di cosette riguardo agli amici e agli avversari del lord loro padre.

«Be', quel...» cominciò Tyrion.

Un nuovo, violento sussulto della tolda li scaraventò l'uno nelle braccia dell'altra. Penny emise un gemito di paura.

«Quel gioco non va bene» disse Tyrion, digrignando i denti. «Mi dispiace, ma non saprei quale altro gioco...»

«Lo so io.» Penny lo baciò.

Fu un bacio goffo, affrettato, impacciato. Ma lo colse assolutamente di sorpresa. Le sue mani si alzarono di scatto e afferrarono le spalle di lei con l'intento di respingerla. Invece Tyrion esitò, poi l'attirò a sé, l'abbracciò più forte. Le labbra della ragazza erano secche, dure e più chiuse della borsa di un taccagno. "Un piccolo atto di misericordia." Non era però quello che lui voleva. Penny gli piaceva, provava per lei compassione, anche una certa ammirazione, ma non la desiderava. Al tempo stesso non voleva ferirla: gli dèi e la sua dolce sorella Cersei l'avevano già fatta soffrire abbastanza. Così lasciò proseguire quel bacio, tenendo delicatamente Penny per le spalle. Le sue labbra rimasero solidamente sigillate. Attorno a loro, la *Selaesori Qhoran* rollava e beccheggiava.

Alla fine, Penny si scostò da lui di un paio di pollici. Tyrion poté vedere la propria immagine riflessa nei suoi occhi. "Begli occhi." Ma in essi, oltre al riflesso, vide anche altre cose. "Tanta paura, un pizzico di speranza... ma neanche un briciolo di passione. Lei non mi desidera, come io non desidero lei."

Quando lei abbassò il viso, Tyrion la prese per il mento e la guardò di nuovo negli occhi. «Non possiamo giocare a quel gioco, mia lady.» Sopra ruggivano i tuoni, si erano fatti molto più vicini.

«Io non intendevo... Non avevo mai baciato nessuno, ma... pensavo solo, e se anneghiamo? E se io... io non...»

«È stato dolce» mentì Tyrion «io però sono sposato. Lei era con me al banchetto, forse te la ricordi: lady Sansa.»

«Era tua moglie? Lei... era molto bella...»

"E falsa. Sansa, Shae, tutte le mie donne... Tysha è stata l'unica che mi ha veramente amato. Dove vanno le puttane?" «Una fanciulla delicata» riprese Tyrion. «Lei e io siamo stati uniti in matrimonio al cospetto degli dèi e degli uomini. Può darsi che lei sia per me perduta, ma fino a quando non lo saprò per certo, devo esserle fedele.»

«Capisco» Penny guardò altrove.

"La mia donna perfetta" pensò Tyrion con amarezza. "Ancora abbastanza giovane da credere a simili evidenti menzogne."

Lo scafo scricchiolava, la tolda si muoveva, e Carina grugniva di paura. Penny attraversò la cabina carponi, passò le braccia attorno alla testa della scrofa, mormorandole parole rassicuranti. Guardandole, era difficile dire chi stesse rassicurando chi. Era un'immagine talmente grottesca da risultare quasi comica, ma Tyrion non riuscì nemmeno a sorridere. "Questa ragazza si merita qualcosa di meglio di un maiale" pensò. "Un bacio onesto, un po' di gentilezza, se li meritano tutti, piccoli o grandi che siano." Si guardò attorno cercando di localizzare la sua coppa di vino, ma quando finalmente la trovò, il rum si era tutto versato. "Annegare è già di per sé brutto" rimuginò con stizza "ma annegare tristi e sobri, è davvero atroce."

Alla fine, non annegarono... anche se in certi momenti la prospettiva di una quieta, serena morte per annegamento aveva avuto il suo fascino. La tempesta infuriò per l'intera giornata e per buona parte della notte. Venti umidi ululavano attorno a loro e le onde si levavano come pugni dei giganti dell'abisso per abbattersi sulla tolda. Sopra, Tyrion e Penny lo appresero in seguito, un ufficiale e due marinai erano stati scaraventati fuori bordo. Inoltre, il cuoco era stato accecato da una pentola di olio bollente che gli era volata in faccia, e il capitano era stato scaraventato dal castello di prora fino al ponte principale, rompendosi entrambe le gambe. Di sotto, Scrocchio ululava e ringhiava, e si rivoltò contro Penny. Carina Porcellina cominciò di nuovo a cacare, trasformando l'umida e angusta cabina in una cloaca. In mezzo a tutto questo, Tyrion riuscì a non vomitare, più che altro per l'assenza di vino. Penny non fu altrettanto fortunata, ma lui comunque la sostenne mentre lo scafo della nave intorno a loro gemeva e scricchiolava sinistramente, come una botte sul punto di esplodere.

Verso mezzanotte, i venti finalmente calarono e il mare si calmò abbastanza da permettere a Tyrion di arrancare fino al ponte. Ciò che vide non contribuì a rassicurarlo. Il cargo avanzava in un mare scuro come il vetro di drago, sotto una volta piena di stelle, ma tutto attorno continuava a infuriare la tempesta. Est, ovest, nord, sud, in qualsiasi direzione Tyrion volgesse lo sguardo, le nubi si ergevano come nere montagne, con le pendici scoscese e i giganteschi strapiombi percorsi da folgori azzurre e viola. Non pioveva, ma le tolde erano comunque bagnate e scivolose.

Tyrion udiva qualcuno di sotto che urlava: una voce esile e stridula, resa isterica dalla paura. Sentiva anche Moqorro. Il prete rosso era in piedi sul castello di prora, rivolto verso la tempesta, reggendo alto il bastone sopra la testa mentre recitava con voce tonante una preghiera. A mezza nave, una dozzina di marinai e due degli accoliti di Moqorro combattevano con scotte aggrovigliate e tele fradicie. Ma Tyrion non riuscì a capire se stessero tentando di alzare di nuovo la vela oppure di ammainarla. Qualsiasi cosa facessero, sembrava una pessima idea. E infatti lo era.

Il vento tornò come una minaccia sussurrata, freddo e umido, sfiorando le guance di Tyrion, facendo sbattere la vela umida, torcendo le tonache scarlatte di Moqorro. Un moto istintivo spinse Tyrion a reggersi al parapetto più vicino, appena in tempo. Dopo tre battiti di ciglia, la lieve brezza diventò un uragano. Moqorro urlò qualcosa, e delle fiamme verdi scaturirono dall'impugnatura a forma di testa di drago del suo bastone e svanirono nella notte. Poi riprese a battere anche la pioggia, nera e accecante. Entrambi i castelli, di prora e di poppa, scomparvero dietro a un muro d'acqua. Qualcosa di enorme sbatteva in alto. Tyrion alzò lo sguardo in tempo per vedere la vela mettere le ali, con due uomini che ancora pendevano dalle cime. Poi udì uno schianto. "Ah, per i Sette Inferi" ebbe il tempo di pensare "questo dev'essere l'albero maestro."

Tyrion trovò un cavo di sicurezza e si attaccò a quello, arrancando verso il boccaporto per scendere di nuovo sottocoperta e togliersi dalla tempesta, ma un colpo di vento gli portò via le gambe di sotto e un secondo lo mandò a sbattere contro il parapetto, al quale si avvinghiò. La pioggia gli flagellava il volto, accecandolo. La bocca era di nuovo piena di sangue. La nave sotto di lui gorgogliava e mugghiava come un ciccione stitico che si sforza di cacare.

A quel punto, l'albero maestro esplose.

Tyrion non lo vide, ma lo sentì. Di nuovo il suono di qualcosa che si schiantava, poi un grido di legno torturato, e d'un tratto l'aria fu piena di frammenti e di schegge. La prima mancò per meno di un pollice il suo occhio, la seconda gli si conficcò nel collo, la terza gli perforò il polpaccio, stivali e brache e tutto. Eppure Tyrion Lannister rimase aggrappato con la forza di una disperazione che non sapeva di possedere. "La vedova ha detto che questa nave non sarebbe mai arrivata a destinazione" ripensò. E poi rise, follemente, istericamente, mentre i tuoni rombavano, il fasciame gemeva e le onde si abbattevano intorno a lui.

Quando la tempesta tornò nuovamente a placarsi, i passeggeri superstiti e l'equipaggio uscirono timorosi sulla tolda, come pallidi vermi che si contorcono in superficie dopo un temporale. La *Selaesori Qhoran* era un relitto, inclinato di una decina di gradi a babordo, con la linea di galleggiamento bassa, la chiglia spezzata in cento punti, la stiva inondata d'acqua di mare, l'albero maestro ridotto a un moncone frastagliato non più alto di un nano. Neppure la polena era scampata: una delle braccia, quella che reggeva le pergamene, si era spezzata. Nove uomini erano dispersi, tra cui un ufficiale, due accoliti della Mano di Fuoco e lo stesso Moqorro.

"Benerro aveva visto tutto questo, nelle sue fiamme?" si domandò Tyrion, quando si accorse che il gigantesco prete rosso era morto. "E Moqorro? Lo aveva visto anche lui?"

«La profezia è come un mulo addestrato a metà» si lamentò il Folletto con Jorah Mormont. «Sembra essere utile, ma quando poi ti fidi di lei, ti prende a calci in testa. Quella maledetta vedova sapeva che la nave non sarebbe mai arrivata a destinazione, ci ha addirittura avvertito, ha detto che Benerro lo aveva visto nelle fiamme, solo che io l'avevo presa per... bah, ormai che cosa importa?» La sua bocca si deformò. «Quello che la vedova voleva dire, in realtà, è che qualche stramaledetta tempesta avrebbe ridotto il nostro albero maestro in briciole, mandandoci alla deriva nel Golfo della Sofferenza finché non avremo più cibo e cominceremo a divorarci gli uni con gli altri. Chi pensi che sbudelleranno per primo? Il cane, il maiale... o me?»

«Quello che fa più rumore, direi.»

Il comandante morì il giorno successivo, il cuoco di bordo tre notti dopo. Tutto quello che il resto dell'equipaggio poté fare fu di tenere a galla la nave. L'ufficiale che aveva assunto il comando valutò che la loro posizione fosse da qualche parte a sud dell'Isola dei Cedri. Decise quindi di abbassare le scialuppe, per raggiungere al traino la terra più vicina: una delle scialuppe affondò e gli uomini dell'altra tagliarono le gomene e remarono verso nord, abbandonando il cargo e tutti i loro compagni.

«Schiavi» li bollò Jorah Mormont con disprezzo.

A sentire lui, il grosso cavaliere aveva dormito durante tutta la tempesta. Tyrion aveva i suoi dubbi, ma se li tenne per sé. Magari un giorno avrebbe deciso di azzannare la gamba di qualcuno, e per farlo ci volevano i denti. Mormont pareva incline a ignorare il loro contenzioso, per cui Tyrion decise di fingere che non ci fosse mai stato.

Per diciannove giorni andarono alla deriva, mentre le riserve di acqua e cibo calavano. Il sole piombava a picco su di loro, implacabile. Penny restava chiusa in cabina, con il cane e la scrofa. Tyrion le portava da mangiare, zoppicando con il polpaccio fasciato e annusando ogni notte la ferita. Ser Jorah si teneva impegnato affilando ogni giorno la sua spada e lustrando la punta fino a farla scintillare. I tre accoliti del prete rosso superstiti accendevano il falò al tramonto, ma quando recitavano le preghiere per l'equipaggio indossavano le loro ornate armature, tenendo a portata di mano le lance. E nessun marinaio cercò più di lisciare la testa dei nani.

«Facciamo un'altra giostra per loro?» suggerì Penny una notte.

«Meglio di no» rispose Tyrion. «Servirebbe solo a ricordare che abbiamo un maiale bello grasso.» Anche se Carina Porcellina perdeva peso ogni giorno che passava e Scrocchio era ridotto a pelo e ossa.

Quella notte, Tyrion sognò di essere nuovamente ad Approdo del Re, con la balestra in mano. "Ovunque vadano le puttane" disse lord Tywin, ma quando Tyrion piegò il dito e la corda della balestra ringhiò, fu Penny a ritrovarsi con il dardo piantato nel ventre.

Lo svegliarono delle grida.

La tolda si muoveva sotto di lui. Per un attimo, Tyrion si sentì talmente confuso da pensare di essere ancora a bordo della *Fanciulla pudica*. Una zaffata di merda di maiale lo riportò alla realtà. Le Anse Dolenti erano alle sue spalle, a mille leghe di distanza, insieme alle gioie di quei giorni. Ricordò com'era incantevole Lemore dopo la nuotata mattutina, con le gocce d'acqua che le scintillavano sulla pelle nuda, invece lì l'unica vergine era la sua povera Penny, la ragazzina nana deforme.

Però stava succedendo qualcosa. Tyrion scivolò giù dall'amaca, sbadigliando, e cercò i suoi stivali. E il pensiero veramente folle fu che cercò anche la balestra, solo che ovviamente non la poteva trovare. "Un vero peccato: avrebbe potuto tornarmi utile quando arriverà la gente grande a mangiarmi." Infilò gli stivali e salì sul ponte, per capire quale fosse la ragione di quelle grida. Penny era già lì, con gli occhi spalancati dalla meraviglia. «Una vela» gridò. «Là, ecco, la vedi? Una vela, e anche loro ci hanno visto. Sì, ci hanno visto.»

Questa volta, Tyrion la baciò sul serio... un bacio su ciascuna guancia, uno in fronte, l'ultimo sulla bocca. E a quell'ultimo bacio, Penny arrossì e rise, tornando improvvisamente timida, ma lui non ci badò.

L'altro vascello si stava avvicinando. Era una galea di quelle grosse, notò Tyrion. I remi tracciavano una lunga scia bianca dietro lo scafo.

«Che nave è?» chiese a ser Jorah Mormont. «Riesci a leggere il nome?»

«Non ho bisogno di leggere il suo nome. Siamo sottovento. La riconosco dall'odore.» Mormont snudò la spada. «Quella è una nave schiavista.»

IL VOLTAGABBANA

I primi fiocchi cominciarono a cadere lentamente mentre il sole stava tramontando a occidente. Al calare delle tenebre, la neve scendeva così fitta che la luna si alzò dietro a un muro bianco, non vista.

«Gli dèi del Nord hanno scatenato il loro furore su lord Stannis» annunciò Roose Bolton il mattino successivo agli uomini raccolti a far colazione nella sala di Grande Inverno. «Qui lui è un estraneo, e gli antichi dèi non subiranno l'oltraggio di lasciarlo in vita.»

I suoi uomini ruggirono la loro approvazione, pestando i pugni sui lunghi tavoli di legno. Grande Inverno poteva anche essere in rovina, ma le sue mura di granito reggevano comunque l'assalto del gelo e del vento. L'esercito di Forte Terrore era ben rifornito di cibo e bevande; avevano fuochi per scaldarsi quando non erano di scolta, un posto in cui far asciugare i vestiti, angoli comodi dove sdraiarsi e dormire. Lord Bolton aveva ammassato abbastanza legna da alimentare i fuochi per almeno sei mesi, e la sala grande era sempre calda e accogliente. Stannis non aveva niente di tutto questo.

Theon Greyjoy non si unì al giubilo generale. E nemmeno lo fecero gli uomini della Casa Frey, come Theon non mancò di notare. "Qui anche loro sono estranei" pensò osservando ser Aenys Frey e il suo fratellastro, ser Hosteen. Nati e cresciuti nelle Terre dei Fiumi, i Frey non avevano mai visto una nevicata così. "Il Nord si è già preso il sangue di tre della loro genia." Theon pensò agli uomini che Ramsay aveva cercato invano, dispersi tra Porto Bianco e Barrowton.

Sulla piattaforma, lord Wyman Manderly sedeva tra due dei suoi cavalieri di Porto Bianco, infilando cucchiaiate di porridge nel suo grasso faccione. Non sembrava apprezzarlo nemmeno la metà di quanto aveva gradito gli sformati di maiale al banchetto nuziale. In un altro punto della sala, Harwood Stout, con un braccio solo, parlava a bassa voce con il cadaverico Umber il Flagello delle puttane.

Theon si mise in coda per la sua razione di porridge, servito a mestolate in ciotole di legno da una fila di pentole in rame. I lord e i cavalieri avevano latte, miele e persino un po' di burro per addolcire le loro porzioni, notò, ma nulla di tutto ciò sarebbe stato offerto a lui. Il suo dominio come principe di Grande Inverno era stato breve. Aveva recitato la sua parte nella farsa da guitti, portando la finta Arya Stark alle nozze, e adesso non era più di alcuna utilità a Roose Bolton.

«Il primo inverno che ricordo, la neve era più alta di me» disse un uomo degli Hornwood in fila davanti a lui.

«*Aye*, ma a quell'epoca eri alto solo tre piedi» rispose un guerriero della zona dei Rills.

La notte precedente, incapace di dormire, Theon si era ritrovato a pensare alla fuga, sparire mentre Ramsay e il lord suo padre rivolgevano la loro attenzione altrove. Solo che ogni porta della fortezza era chiusa, sbarrata e pesantemente sorvegliata: nessuno poteva entrare o uscire senza il consenso di lord Bolton. Quand'anche fosse riuscito a trovare una via segreta per andarsene, Theon non si sarebbe comunque fidato. Non aveva dimenticato Kyra e le sue chiavi. E una volta fuori, dove sarebbe andato? Suo padre era morto, i suoi zii non sapevano che farsene di lui. Pyke era perduta. La cosa che più si avvicinava a una casa per lui era proprio là, tra le ossa di Grande Inverno.

"Un uomo in rovina, un castello in rovina. Il mio posto è qui."

Stava ancora aspettando di ricevere il porridge quando Ramsay entrò nella sala con i Ragazzi del Bastardo, berciando che si facesse musica. Abel si sfregò via il sonno dagli occhi, prese il liuto e intonò *La moglie del dorniano,* con una delle sue lavandaie che lo accompagnava con il tamburo. Il trovatore, però, cambiò le parole. Invece di gustare la moglie del dorniano, preferì assaggiare la figlia dell'uomo del Nord.

"Per una cosa simile rischia la lingua" pensò Theon, mentre gli veniva riempita la ciotola. "È solo un cantastorie. Lord Ramsay potrebbe scuoiargli entrambe le mani e nessuno oserebbe dire qualcosa." Ma lord Bolton sorrise alle rime e Ramsay rise sguaiatamente. Quanto agli altri, sapevano che era meglio fare altrettanto. Dick Cazzo Giallo trovò la canzone così divertente da spruzzare vino dalle narici.

Lady Arya non era presente a condividere quell'allegria. Dalla prima notte di nozze non era più stata vista fuori dai suoi appartamenti. Alyn l'Acido andava in giro dicendo che Ramsay teneva la sua sposa nuda e incatenata a una delle colonne del baldacchino, ma Theon sapeva che erano solo parole. Non c'erano catene, per lo meno non di quelle che gli uomini potessero vedere. Solo un paio di guardie fuori dalla camera da letto, per evitare che la ragazza si mettesse a vagare. "Ed è nuda solo quando fa il bagno."

Però lo faceva quasi ogni sera. Lord Ramsay voleva che la sua sposa fosse pulita. «Non ha neppure un'ancella, poverina» aveva detto a Theon. «Il che ci riporta a te, Reek. Dovrei farti indossare la sottana?» Rise. «Forse lo farò, se m'implori. Per adesso basta che l'aiuti a fare il bagno. Non voglio che finisca per puzzare come te.» Così, ogni volta che Ramsay voleva sbattersi la moglie, Theon doveva farsi prestare delle servette da lady Walda o da lady Dustin e andare a prendere l'acqua calda nelle cucine. Anche se Arya non parlava mai con nessuno di loro, non si poteva fare a meno di notare i numerosi lividi. "È colpa sua. Non riesce a compiacerlo." «Cerca solo di essere Arya» le disse un giorno, aiutandola a entrare nella vasca. «Lord Ramsay non vuole farti del male. Ci fa del male solo quando noi... dimentichiamo. Non mi ha mai punito senza una ragione.»

«Theon...» sussurrò lei, piangendo.

«Reek.» Lui la prese per un braccio e la scosse. «Qui dentro, io sono Reek. Te lo devi ricordare... Arya.» Ma la ragazza non era una vera Stark, solo la cucciola di un attendente. "Jeyne, il suo nome è Jeyne. Non deve guardarmi come se fossi il suo salvatore." Un tempo, Theon Greyjoy avrebbe cercato di aiutarla. Ma Theon Greyjoy era un uomo di ferro, e molto più coraggioso di Reek. "Reek, Reek, che fa rima con *weak*, debole."

Ora Ramsay aveva un nuovo giocattolo con cui trastullarsi, un giocattolo munito di tette e fregna... ma ben presto le lacrime di Jeyne avrebbero perso il loro sapore, e Ramsay avrebbe voluto di nuovo il suo Reek. "Continuerà a scuoiarmi, una striscia di pelle dopo l'altra. E quando delle mie dita non rimarrà più nulla, passerà alle mani. Dopo le dita dei piedi, passerà ai piedi. Ma solamente se sarò io a supplicarlo, quando la sofferenza diventa talmente atroce che lo devo implorare di darmi sollievo." No, non ci sarebbe stato nessun bagno caldo per Reek. Sarebbe tornato a rotolarsi nella merda, con la proibizione di lavarsi. I vestiti che indossava si sarebbero tramutati in stracci, fetidi e puzzolenti, e lui sarebbe stato costretto a indossarli fino a quando non fossero marciti. Il meglio che poteva sperare era di fare ritorno ai canili di Forte Terrore, in compagnia delle cagne di Ramsay. "Kyra" ricordò Theon. "La nuova cagna si chiama Kyra."

Andò con la sua ciotola piena di porridge fino in fondo alla sala e trovò posto su una panca vuota, a iarde di distanza dalla torcia più vicina. Giorno e notte, le panche sotto gli scranni di riguardo erano sempre mezze piene di uomini che bevevano, giocavano a dadi, parlavano o dormivano vestiti negli angoli tranquilli. I sergenti venivano a svegliarli a calci quando era di nuovo il loro turno di gettarsi addosso il mantello e salire di guardia sulle mura. Ma nessuno di loro era interessato alla compagnia di Theon Voltagabbana, né lui gradiva la loro.

Il porridge era grigio e brodoso, e alla terza cucchiaiata, Theon lo spinse via, lasciando che si congelasse nella ciotola. Al tavolo accanto, gli uomini parlavano della tormenta e si domandavano ad alta voce per quanto tempo ancora sarebbe nevicato.

«Per tutto il giorno e tutta la notte, forse anche di più» dichiarò un grosso arciere dalla barba nera, con l'ascia dei Cerwyn cucita sul petto. Alcuni degli uomini più anziani ricordarono ben altre tempeste di neve, insistendo che quella era poco più di una spruzzata rispetto a quello che avevano visto negli inverni della loro gioventù. Quelli delle Terre dei Fiumi erano sbalorditi. "Non hanno idea di che cosa siano la neve e il freddo, queste spade del Sud." Gli uomini che entravano nella sala si radunavano attorno ai camini, oppure battevano le mani l'una contro l'altra sopra i bracieri incandescenti, mentre i loro mantelli gocciolavano appesi a dei pioli.

L'aria era densa e fumosa, e la superficie del porridge si era già ispessita, quando una voce di donna dietro di lui esclamò: «Theon Greyjoy».

"Il mio nome è Reek" stava quasi per rispondere. «Che cosa vuoi?»

La donna gli si sedette accanto, riallineando la panca, e si allontanò dagli occhi un'arruffata massa di capelli rosso castani. «Perché mangi da solo, milord? Forza, alzati, unisciti alle danze.»

Theon tornò al suo porridge. «Non so ballare.» Il principe di Grande Inverno era stato un ballerino aggraziato, ma Reek, con le dita dei piedi amputate, si sarebbe mosso in modo grottesco. «Lasciami stare. Non ho conio.»

La donna gli rivolse un sorriso distorto. «Mi prendi forse per una baldracca?» Era una delle lavandaie del trovatore, quella alta e magra, troppo secca e coriacea per essere definita graziosa... anche se c'era stato un tempo in cui Theon l'avrebbe scopata comunque, giusto per vedere che effetto faceva avere quelle lunghe gambe avvinghiate attorno al corpo. «E che cosa me ne faccio del conio, qui? Che cosa ci potrei comprare, un po' di neve?» La donna rise. «Perché non mi ripaghi con un sorriso? Non ti ho mai visto sorridere, nemmeno durante il festino di nozze di tua sorella.»

«Lady Arya non è mia sorella.» "E io non sorrido" avrebbe potuto dirle. "Ramsay odiava i miei sorrisi, per questo mi ha rotto i denti a colpi di mazza. Adesso riesco a stento a mangiare." «Non è mai stata mia sorella.»

«Però è graziosa.»

"Non sono mai stata bella come Sansa, ma tutti dicevano che ero graziosa." Le parole di Jeyne parevano riecheggiargli nella testa, al ritmo dei tamburi che le altre due ragazze di Abel stavano percuotendo. Un'altra ragazza aveva trascinato il Piccolo Walder Frey su un tavolo per insegnargli a ballare. Tutti gli uomini ridevano. «Lasciami stare» ripeté Theon.

«Non sono di gradimento al mio lord? Posso mandarti Myrtle, se vuoi. Oppure Holly, magari lei potrebbe piacerti di più. A tutti gli uomini piace Holly. Nemmeno loro sono le mie sorelle, ma sono gentili.» La donna si chinò in avanti. Il suo alito sapeva di vino. «Visto che non vuoi farmi un sorriso, dimmi allora come hai fatto a prendere Grande Inverno. Abel ne farà una canzone e tu vivrai in eterno.»

«L'ho presa con il tradimento, come Theon Voltagabbana.»

«Perché non Theon l'Astuto, invece? È stata un'impresa temeraria, a quanto ho sentito dire. Quanti uomini avevi? Cento? Cinquanta?»

"Meno." «È stata una follia.»

«Una follia gloriosa. Stannis ha cinquemila uomini, così dicono, ma secondo Abel nemmeno dieci volte tanti riuscirebbero a fare breccia in queste mura. Quindi, come ci sei riuscito, milord? Conoscevi forse una via segreta?»

"Avevo le funi, i grappini, le tenebre dalla mia, e la sorpresa. Il castello era difeso da una piccola guarnigione, e io li presi alla sprovvista." Ma Theon non disse nulla di tutto ciò. Se Abel avesse fatto una canzone su di lui, quasi certamente Ramsay gli avrebbe strappato i timpani, per essere sicuro che lui non l'avrebbe mai ascoltata.

«Di me ti puoi fidare, milord. Abel lo fa.» La lavandaia posò una mano sulla sua. Le mani di Theon erano avvolte nella lana e nel cuoio. Quelle della donna erano nude, le dita affusolate, ruvide, le unghie mangiate fino ai polpastrelli. «Non hai nemmeno chiesto come mi chiamo. Il mio nome è Rowan.»

Theon tolse la mano. Era un inganno, lui lo sapeva. "È stato Ramsay a mandarla. È un altro dei suoi scherzi, come Kyra con le chiavi. Uno scherzo divertente, nient'altro. Ramsay vuole che io scappi, in modo da potermi punire."

Theon voleva darle uno schiaffo, toglierle quel sorriso di scherno dalla faccia. Voleva baciarla, fotterla lì, su quel tavolo, sentirla gridare il suo nome. Ma sapeva che non osava toccarla, né per rabbia né per lussuria. "Reek, Reek, il mio nome è Reek. Non devo dimenticare il mio nome."

Si alzò di scatto e andò verso la porta della sala, senza parlare, zoppicando con i piedi mutilati.

Fuori continuava a cadere la neve. Umida, pesante, silente, stava già cancellando le orme lasciate dagli uomini che entravano e uscivano dalla sala. I tumuli gli arrivavano fin quasi al bordo degli stivali. "Sarà ancora più alta nella Foresta del Lupo... e lungo la Strada del Re, dove tira vento, sarà impossibile sfuggire." Nel cortile era in corso una battaglia: i Ryswell bombardavano dei ragazzi di Barrowton con palle di neve. Più in alto, Theon vide alcuni scudieri che costruivano pupazzi di neve sui camminamenti. Li armavano con scudi e lance, mettevano loro in testa mezzi elmi di ferro e li allineavano lungo le mura interne, come una fila di sentinelle nevose.

«Lord Inverno è arrivato con le sue truppe» scherzò una delle guardie fuori della sala grande... finché non vide Theon in faccia, e si accorse con chi stava parlando. Allora voltò la faccia e sputò.

Oltre le tende militari, i grossi destrieri dei cavalieri di Porto Bianco e delle Torri Gemelle rabbrividivano nelle linee dei cavalli. Saccheggiando Grande Inverno, Ramsay aveva bruciato le stalle, così il lord suo padre ne aveva fatte costruire di nuove, grosse il doppio di quelle andate distrutte, sistemandovi i cavalli da battaglia e i palafreni dei suoi lord alfieri e dei suoi cavalieri. Gli altri cavalli erano allineati negli spazi comuni. Stallieri con i cappucci sollevati stavano gettando loro in groppa delle coperte per tenerli al caldo.

Theon si addentrò di più nelle rovine della fortezza. Mentre perlustrava le pietre demolite che un tempo erano state la torretta di maestro Luwin, i corvi lo guatavano dallo squarcio nella parete sopra di lui, bisbigliavano tra loro. A tratti, uno lanciava un grido roco.

Si fermò sulla soglia di una stanza che un tempo era stata la sua camera da letto (la neve trasportata dal vento attraverso una finestra sfondata gli arrivava fino alle caviglie), visitò le rovine della forgia di Mikken e del piccolo tempio di lady Catelyn. Sotto la

Torre Bruciata oltrepassò Roger Ryswell intento a succhiare il collo di un'altra delle lavandaie di Abel, quella cicciotta con le guance rotonde e il naso schiacciato. La ragazza era a piedi nudi nella neve, avvolta in un mantello di pelliccia. Theon pensò che sotto fosse nuda. Quando lei lo vide, disse a Ryswell qualcosa che lo fece ridere rumorosamente.

Theon arrancò lontano da loro. Dietro le stie dei polli c'era una scala, usata di rado: i suoi piedi lo portarono là. I gradini erano ripidi, scivolosi. Salì con cautela. Si ritrovò da solo sulle fortificazioni delle mura interne, molto distante dagli scudieri e dai loro uomini di neve. Nessuno gli aveva dato il permesso di muoversi liberamente per il castello, ma al tempo stesso nessuno glielo aveva neppure vietato. All'interno delle mura poteva andare dove voleva.

Il muro interno della doppia cinta di Grande Inverno era il più antico e il più alto, e le sue merlature ancestrali s'innalzavano fino a cento piedi d'altezza, con torrioni quadrati a ogni angolo. Il muro esterno, eretto molti secoli dopo, era più basso di venti piedi, ma più spesso e in condizioni strutturali migliori, munito di torri ottagonali al posto di quelle quadrate. Tra le due muraglie c'era un fossato, ampio, profondo... e congelato. Cumuli di neve avevano cominciato a formarsi sulla sua superficie ghiacciata. La neve si accumulava anche sulle fortificazioni, riempiendo i vuoti fra i merli e depositando pallidi, soffici berretti bianchi su ogni vertice.

Al di là delle mura, fin dove riusciva a vedere, il mondo stava diventando bianco. I boschi, i campi, la Strada del Re: la neve ricopriva tutto sotto un morbido e candido mantello, seppellendo i resti di Città dell'Inverno, celando le mura annerite delle case a cui gli uomini di Ramsay avevano dato fuoco. "Le ferite che Snow ha aperto, la neve le cancella": ma questo era sbagliato. Ramsay adesso era un Bolton, non uno Snow, mai.

Ancora più in lontananza, la Strada del Re, solcata dalle ruote dei carri, era semplicemente svanita, persa tra i campi e le colline, un'unica vasta distesa bianca. E la neve continuava a cadere, fluttuando in silenzio da un cielo senza vento. "Stannis Baratheon è da qualche parte là fuori, a congelare." Avrebbe davvero tentato, lord Stannis, di prendere Grande Inverno d'assalto? "Se dovesse farlo, la sua causa è perduta." Il castello era troppo solido. Anche con il fossato ghiacciato, le difese di Grande Inverno rimanevano comunque formidabili. Theon aveva catturato il castello in modo furtivo, mandando i suoi uomini migliori a scalare le mura e ad attraversare il fossato a nuoto con il favore delle tenebre. I difensori non si erano nemmeno resi conto di essere sotto attacco finché non fu troppo tardi. Ma per Stannis un simile sotterfugio non era possibile.

Forse avrebbe scelto di tagliare fuori il castello dal mondo esterno e prenderlo per fame. I magazzini e le cantine di Grande Inverno erano vuote. Una lunga colonna di rifornimenti era salita dall'Incollatura con Bolton e i suoi amici Frey, lady Dustin aveva portato cibo e vettovaglie da Barrowton, e lord Manderly era arrivato ben rifornito da Porto Bianco… ma l'esercito era comunque grande. Con così tante bocche da sfamare, le loro scorte non sarebbero durate a lungo. "Però anche lord Stannis e i suoi uomini saranno altrettanto affamati. Inoltre avranno freddo, con i piedi piagati, non in grado di combattere… ma la tempesta farà sì che vorranno disperatamente entrare nel castello."

La neve cadeva anche sul parco degli dèi, sciogliendosi a contatto con il suolo. Sotto gli alberi ammantati di bianco, la terra era diventata fango. Riccioli di nebbia aleggiavano nell'aria simili a nastri spettrali. "Perché sono venuto qui? Questi non sono i miei dèi. Questo non è il mio posto." Davanti a lui si ergeva l'albero del cuore, pallido gigante con un volto scolpito nel tronco e foglie simili a mani insanguinate.

Un esile strato di ghiaccio ricopriva lo stagno sotto l'albero-diga. Theon cadde in ginocchio accanto a esso. «Ti supplico…» mormorò tra i denti spezzati. «Io non volevo…» Le parole gli si arenarono in gola. «Salvami…» riuscì a dire alla fine. «Dammi…» "Che cosa? Forza? Coraggio? Pietà?" La neve cadeva attorno a lui, bianca e silenziosa, tenendo un suo arcano concilio. L'unico suono era un debole singhiozzare. "Jeyne… è lei a singhiozzare nel suo talamo nuziale. Chi altri potrebbe essere?" Gli dèi non piangono. "Oppure sì?"

Quel suono era troppo penoso da sopportare. Theon afferrò un ramo e si rimise in piedi, si spazzolò via la neve dalle gambe, quindi tornò a dirigersi verso le luci. "A Grande Inverno si aggirano degli spettri. E io sono uno di loro."

Altri uomini di neve erano spuntati anche nello spiazzo principale quando Theon Greyjoy tornò ad attraversarlo. Per comandare le sentinelle di neve sulle fortificazioni, gli scudieri avevano eretto una dozzina di lord di neve. Uno intendeva evidentemente alludere a lord Manderly: era il pupazzo di neve più grasso che Theon avesse mai visto. Il lord con un braccio solo rappresentava lord Harwood Stout, la lady di neve era Barbrey Dustin. E quello più vicino alla porta, con la barba di stalattiti, doveva essere Umber il Flagello delle puttane.

All'interno, i cuochi stavano distribuendo uno stufato di manzo e orzo, con pezzi di carote e cipolle, servito in mezze forme svuotate di pane del giorno prima. Tozzi raffermi venivano gettati sul pavimento, per le cagne di Ramsay e per gli altri cani.

Le "ragazze" furono liete di rivedere Theon. Lo riconoscevano dall'odore. Jeyne la Rossa si avvicinò a leccargli la mano. Helicent scivolò sotto il tavolo e si acciambellò ai suoi piedi, rosicchiando un osso. Erano brave cagne. Ed era facile dimenticare che ognuna di loro portava il nome di una ragazza a cui Ramsay aveva dato la caccia e quindi ucciso.

Malridotto com'era, Theon aveva comunque abbastanza appetito da mangiare un po' di stufato, annaffiato da qualche sorso di birra chiara. A quel punto, la sala si stava sbracando. Due esploratori di Roose Bolton erano rientrati in tempi diversi dalla Porta dei Cacciatori. Riferirono che l'avanzata di lord Stannis si era rallentata fino ad arrancare. I suoi cavalieri montavano dei destrieri, e i pesanti cavalli da guerra rischiavano di azzopparsi nella neve. I piccoli ronzini dal passo sicuro dei clan delle colline se la cavavano meglio, dissero gli esploratori, ma gli uomini dei clan non osavano avanzare troppo per non dividere l'esercito. Lord Ramsay ordinò ad Abel di suonare il canto di marcia in onore di Stannis che arrancava nella neve, così il bardo riprese il liuto mentre una delle sue lavandaie si faceva prestare la spada da Alyn l'Acido e imitava Stannis che andava all'assalto dei fiocchi di neve.

Theon stava fissando gli ultimi liquami ristagnanti sul fondo del suo terzo boccale quando lady Barbrey Dustin fece il proprio ingresso nella sala e ordinò a due delle sue spade giurate di andare a prenderle il Voltagabbana. Quando Theon arrivò al suo cospetto sotto la piattaforma, lady Dustin lo osservò da capo a piedi, con le narici contratte.

«Quelli sono gli stessi vestiti che indossavi alle nozze.»

«Sì, mia lady. I vestiti che mi sono stati dati.» Una delle lezioni che aveva imparato a Forte Terrore: prendere quello che veniva dato e non chiedere mai di più.

Lady Dustin vestiva in nero, come sempre, le maniche foderate color vaio. Un alto collare saliva a incorniciarle il viso. «Tu conosci questo castello.»

«Lo conoscevo un tempo.»

«Da qualche parte sotto di noi si trovano le cripte dove gli antichi re Stark siedono nelle tenebre. I miei uomini non sono stati in grado di trovare la via d'accesso. Hanno esplorato cunicoli e scantinati, perfino le segrete, ma...»

«Dalle segrete non è possibile accedere alle cripte, mia lady.»

«Puoi indicarmi, allora, la strada per arrivare là sotto?»

«Là sotto non c'è niente, se non...»

«... degli Stark morti? *Aye.* E tutti i miei Stark prediletti sono morti, guarda caso. Allora, sai come arrivare alle cripte sì o no?»

«Sì.» Lui non amava le cripte, non gli erano mai piaciute, non gli erano comunque estranee.

«Allora guidami. Sergente, porta una lanterna.»

«Alla mia lady occorrerà un mantello caldo» la mise in guardia Theon. «Dobbiamo passare all'esterno.»

La neve cadeva fitta come non mai quando lasciarono la sala, con lady Dustin avvolta nello zibellino. Rattrappite sotto i loro mantelli con il cappuccio, le scolte erano quasi irriconoscibili dai pupazzi di neve. Solo il condensarsi del loro respiro nell'aria gelida dimostrava che erano ancora in vita. Dei fuochi ardevano lungo le fortificazioni, un vano tentativo di scacciare le tenebre. Il gruppetto si trovò ad attraversare una liscia, intonsa distesa di bianco che arrivava loro fino ai polpacci. Le tende nel cortile erano già mezze sepolte, piegate sotto il peso dell'accumulo.

L'ingresso alle cripte si trovava nella parte più antica del castello, vicino alla base della Prima Fortezza, abbandonata da centinaia di anni. Quando aveva saccheggiato Grande Inverno, Ramsay aveva dato fuoco a tutto, e gran parte di ciò che non era bruciato era crollato. Di essa rimaneva soltanto un guscio vuoto, un lato aperto all'assalto degli elementi era già pieno di neve. Tutto attorno era disseminato di detriti: grosse pietre spaccate, travi bruciate, gargoyle mutilati. La neve incessante aveva ormai ricoperto quasi tutto, ma uno dei gargoyle si ostinava a sporgere dal manto bianco, e la sua faccia grottesca fissava il cielo con occhi ciechi.

"È qui che trovarono Bran quando cadde." Quel giorno Theon era andato a caccia insieme a lord Eddard e re Robert, senza alcun sospetto della terribile notizia che li aspettava di ritorno al castello. Ricordava ancora l'espressione di Robb quando glielo dissero. Nessuno si aspettava che il ragazzino spezzato sarebbe sopravvissuto. "Gli dèi non sono riusciti a ucciderlo, e nemmeno io." Era un pensiero strano, soprattutto per il fatto che Bran poteva essere ancora vivo.

«Là.» Theon indicò un punto in cui un tumulo di neve si arrampicava lungo il muro della fortezza. «Là sotto. Fate attenzione alle pietre spaccate.»

Gli uomini di lady Dustin impiegarono non meno di mezz'ora per disseppellire l'ingresso, scavando nella neve e rimuovendo le pietre. Quando finirono, la porta era bloccata dal ghiaccio. Il sergente dovette andare a prendere un'ascia per riuscire finalmente ad aprirla, con i cardini che ululavano, rivelando i gradini di pietra che scendevano a spirale verso le tenebre.

«È una discesa molto lunga, mia lady» avvertì Theon.

Lady Dustin non aveva intenzione di desistere. «Beron, la luce.»

Il cunicolo era stretto e ripido, i gradini al centro consunti da secoli di usura. Scesero l'uno dopo l'altro in fila: il sergente davanti, poi Theon, lady Dustin e l'altro uomo di retroguardia. Theon aveva sempre pensato alle cripte come un luogo freddo, e così sembravano in estate, ma adesso mentre scendevano l'aria si faceva sempre più calda. In realtà, non era propriamente calda, ma comunque meno fredda di quella esterna. Laggiù, sottoterra, il gelo rimaneva costante, immutabile.

«La sposa piange» disse lady Dustin, mentre avanzavano cautamente. «La nostra piccola lady Arya.»

"Adesso stai attento. Stai attento, stai attento." Theon appoggiò una mano contro la parete. Al chiarore incerto emanato dalla torcia, i gradini sembravano muoversi sotto i suoi piedi. «Come... come tu dici, mia lady.»

«Roose non è compiaciuto. Dillo al tuo bastardo.»

"Non è il mio bastardo" avrebbe voluto rispondere Theon. Ma dentro di lui, un'altra voce disse: "Lo è, lo è. Reek appartiene a Ramsay, e Ramsay appartiene a Reek. Non devi dimenticare il tuo nome".

«È inutile farla vestire di grigio e bianco se la fanciulla viene lasciata a singhiozzare. Ai Frey potrà anche non importare, ma gli uomini del Nord... temono Forte Terrore, ma amano gli Stark.»

«Tu no» disse Theon.

«Io no» ammise la lady di Barrowton «ma gli altri, sì. Il vecchio Flagello delle puttane si trova qui solo perché i Frey tengono prigioniero il Grande Jon. E tu pensi davvero che gli uomini degli Hornwood abbiano dimenticato il precedente matrimonio del Bastardo, e come la lady sua moglie è stata lasciata morire di fame, a nutrirsi delle sue stesse dita? Che cosa credi che passi per la testa di quegli uomini quando sentono piangere la sua nuova sposa? La preziosa figlioletta del valoroso Ned Stark?»

"No" pensò lui "non è del sangue di lord Eddard Stark, si chiama Jeyne, ed è solo la figlia di un attendente." Theon non dubitava che lady Dustin nutrisse dei sospetti, ma comunque...

«I singhiozzi di lady Arya ci danneggiano più di tutte le spade e di tutte le lance di lord Stannis. Se il Bastardo intende rimanere lord di Grande Inverno, farà meglio a insegnare a sua moglie come si fa a ridere.»

«Mia lady» la interruppe Theon. «Siamo arrivati.»

«Ma i gradini continuano a scendere» osservò lady Dustin.

«Ci sono dei livelli più bassi, più antichi. Quello più profondo, a quanto ne so, è crollato. Non sono mai stato là sotto.»

Theon aprì la porta e li condusse all'interno di un lungo tunnel con il soffitto a volta, dove possenti pilastri di granito marciavano a due a due verso le tenebre.

Il sergente di lady Dustin sollevò la lanterna. Le ombre scivolarono, cambiando forma. "Una piccola luce in un'oscurità immensa." Theon non era mai stato a proprio agio nelle cripte. Sentiva i re di pietra che lo fissavano con i loro occhi di pietra, le dita di pietra contratte attorno alle impugnature delle spade lunghe arrugginite. Nessuno di loro amava gli uomini di ferro. In lui cominciò a crescere un familiare senso di terrore.

«Sono tantissimi» disse lady Dustin. «Ricordi i loro nomi?»

«Un tempo… ma sono passati tanti anni.» Theon indicò. «Da questa parte ci sono i re del Nord. L'ultimo è stato Torrhen Stark.»

«Il re in ginocchio.»

«*Aye*, mia lady. Dopo il suo atto di sottomissione ad Aegon il Conquistatore, Grande Inverno non ebbe più re, ma solamente lord.»

«Fino al Giovane Lupo. Dov'è la tomba di Ned Stark?»

«In fondo. Da questa parte, mia lady.»

I loro passi echeggiarono nella cripta mentre avanzavano tra i filari di pilastri. Gli occhi di pietra degli uomini in morte parevano seguirli. E anche gli occhi dei loro meta-lupi di pietra. I volti di granito fecero riaffiorare in Theon delle memorie. Alcuni nomi tornarono quasi per volontà propria, come sussurrati dalla voce spettrale di maestro Luwin. Re Edrick Barba-di-neve, che aveva dominato sul Nord per cento anni. Brandon il Navigatore, che aveva navigato oltre il tramonto. Theon Stark, il Lupo Famelico. "Mio omonimo." Lord Beron Stark, che aveva fatto causa comune con Castel Granito contro Dagon Greyjoy, lord di Pyke, questo all'epoca in cui i Sette Regni erano dominati in tutto, tranne che di nome, da un negromante nato bastardo chiamato Corvo di Sangue.

«A quel re manca la spada» rilevò lady Dustin.

Era vero. Theon non ricordava di quale re si trattasse, ma la spada lunga che avrebbe dovuto avere era sparita. Al suo posto restavano solo delle striature di ruggine. La cosa lo inquietò. Aveva sempre sentito dire che il ferro delle spade sigillava gli spiriti dei morti nelle loro tombe. Ma se una spada mancava...

"Grande Inverno è pieno di spettri. E io sono uno di loro."

Proseguirono. Il viso di Barbrey Dustin sembrava indurirsi a ogni passo. "Questo luogo non le piace così come non piace a me." Theon udì se stesso dire: «Mia lady, per quale motivo odi gli Stark?».

Lei lo scrutò. «Per lo stesso motivo per cui tu li ami.»

Theon fu colto alla sprovvista. «Li amo? Io non ho mai... Ho tolto loro questo castello, mia lady. Ho messo a morte Bran e Rickon Stark, infilzato le loro teste sulle picche, ho...»

«... hai cavalcato a sud con Robb Stark, hai combattuto al suo fianco al Bosco dei Sussurri e a Delta delle Acque, hai fatto ritorno alle Isole di Ferro quale suo emissario per negoziare con il tuo stesso padre. Certo, anche Barrowton ha mandato uomini con il Giovane Lupo. Gliene diedi il meno possibile, ma ero consapevole di doverlo farlo, se non volevo rischiare il furore di Grande Inverno. Ma nell'esercito del Nord avevo comunque i miei occhi e le mie orecchie. Furono loro a tenermi informata. Io so chi sei. E so che cosa sei. Per cui rispondi alla mia domanda. Perché ami gli Stark?»

«Io...» Theon appoggiò una mano guantata contro uno dei pilastri. «Io volevo essere uno di loro...»

«E non hai mai potuto diventarlo. Noi abbiamo più cose in comune di quello che pensi, mio lord. Ma adesso, vieni.»

Poco più avanti c'erano tre tombe molto vicine l'una all'altra. Si fermarono di fronte a esse.

«Lord Rickard» rilevò lady Dustin, osservando la figura al centro. La statua funeraria torreggiava su di loro: il volto allungato, barbuto, solenne. Aveva gli occhi di pietra come le altre statue, ma i suoi erano tristi. «Nemmeno lui ha la spada.»

In effetti era vero. «Qualcuno è venuto qui sotto a rubare le spade. Anche quella di Brandon è sparita.»

«Come s'infurierebbe.» Lady Dustin si tolse un guanto e toccò il ginocchio della statua, carne pallida contro la scura pietra. «Brandon adorava la sua spada. E adorava affilarla. "La voglio così affilata da poter rasare i peli di una fica" soleva dire. E come adorava usare la sua spada. "Una spada insanguinata è bellissima" mi disse una volta.»

«Tu lo conoscevi» disse Theon.

La luce della lanterna negli occhi di lady Dustin sembrava incendiarli. «Brandon venne educato a Barrowton dal vecchio lord Dustin, padre dell'uomo che in seguito io sposai, ma passava la maggior parte del tempo a cavallo sulle Rills. Adorava cavalcare.

La sua sorella minore in questo gli assomigliava. Erano una bella coppia di centauri. E il lord mio padre era sempre lieto di calarsi nella parte di ospite dell'erede di Grande Inverno. Mio padre aveva grandi ambizioni per la Casa Ryswell. Era più che pronto a offrire la mia verginità a qualsiasi Stark si fosse presentato, ma non ce ne fu mai bisogno. Brandon non aveva esitazioni nel prendersi quello che voleva. Adesso sono vecchia e inaridita, vedova da troppo tempo, ma ricordo ancora il sangue della mia verginità sul suo cazzo, la notte in cui venne da me. Penso che quel sangue sia piaciuto anche a Brandon. Una spada insanguinata è bellissima, sì. Fu doloroso, certo, ma fu un dolore dolce.

«Il giorno in cui venni a sapere che Brandon avrebbe sposato Catelyn Tully, però... in quel dolore non ci fu nulla di dolce. Brandon non voleva Cat, te lo garantisco. Me lo disse, l'ultima notte che passammo insieme... ma Rickard Stark aveva grandi ambizioni. Ambizioni che riguardavano il Sud, e che non sarebbero state soddisfatte se il suo erede avesse sposato la figlia di uno dei suoi vassalli. In seguito, mio padre nutrì la speranza di potermi dare in moglie a Eddard, il fratello di Brandon, ma Catelyn Tully si prese anche lui. A me rimase solo il giovane lord Dustin, finché Ned Stark non me lo strappò.»

«La Ribellione di Robert...»

«Lord Dustin e io eravamo sposati da sei mesi quando Robert si sollevò e Ned Stark chiamò a raccolta i vessilli. Implorai mio marito di non andare. Aveva dei parenti che avrebbero potuto farlo in sua vece. Uno zio celebre per la sua abilità con l'ascia, un prozio che aveva combattuto nella guerra dei Re da Nove Soldi. Ma alla fine era pur sempre un uomo, ed era pieno d'orgoglio, nulla lo rendeva più felice di mettersi al comando delle truppe di Barrowton. Gli diedi un cavallo, il giorno che partì, uno stallone rosso dalla criniera infuocata, orgoglio degli allevamenti di mio padre. Il mio lord giurò di riportarlo a casa non appena la guerra fosse finita.

«Fu Ned Stark a riportarmi il cavallo, mentre tornava a Grande Inverno. Mi disse che il mio lord era caduto con onore, che il suo corpo era stato tumulato nel riposo eterno ai piedi delle rosse montagne di Dorne. Ned Stark riportò al Nord anche le ossa di sua sorella, e infatti riposa qui... ma ti prometto che le ossa di lord Eddard non riposeranno mai vicino alle sue. Intendo darle da rosicchiare ai miei cani.»

Theon non comprendeva. «Le... ossa di lord Eddard?»

Le sue labbra si torsero. Un sorriso sgradevole, che gli ricordò quello di Ramsay. «Prima delle Nozze Rosse, Catelyn Tully diede ordine che le ossa di lord Eddard venissero portate al Nord, ma il tuo ferreo zio prese il Moat Cailin e chiuse così l'Incollatura. È da quel giorno che scruto l'orizzonte. Se quelle ossa dovessero mai emergere dalle paludi, non arriveranno mai oltre Barrowton.» Lady Dustin gettò un ultimo, lungo sguardo al simulacro di Eddard Stark. «Qui abbiamo finito.»

La tormenta di neve infuriava ancora quando emersero dalle cripte. Durante la risalita, Lady Dustin era rimasta in silenzio, ma quando furono nuovamente sotto le rovine della Prima Fortezza rabbrividì e disse: «Farai bene a non ripetere una sola parola di quanto ti ho detto là sotto. È chiaro?».

Lo era. «O tengo a freno la lingua o la perdo.»

«Roose ti ha ammaestrato proprio bene» disse e se ne andò.

IL TROFEO DEL RE

L'esercito del re partì da Deepwood Motte nella luce di un'alba dorata, snodandosi da dietro le palizzate di tronchi come un lungo serpente d'acciaio che emerge dalla sua tana.

I cavalieri del Sud cavalcavano in armatura e cotta di maglia, con il metallo ammaccato e segnato dalle battaglie combattute, ma ancora lucente quanto bastava per scintillare quando intercettava i raggi del sole. Sbiaditi e macchiati, laceri e rammendati, i vessilli e le sopratuniche erano comunque un tripudio di colori in mezzo al bosco invernale: turchese e arancione, rosso e verde, viola e azzurro e oro baluginavano tra il marrone degli alberi spogli, il grigioverde degli alberi-sentinella, il grigio dei tumuli di neve sporca.

Ogni cavaliere aveva scudieri, servi e armigeri. Dietro di loro venivano armieri, cuochi, stallieri; ranghi di soldati muniti di lance, asce, archi, veterani brizzolati di cento battaglie e ragazzi inesperti che ancora dovevano combattere la prima. Davanti a loro marciavano gli uomini dei clan delle colline; i capi e i campioni in sella a ronzini dal pelo lungo e ispido, al loro fianco camminavano con passo veloce gli irsuti guerrieri ricoperti di pellicce, cuoio bollito e vecchia maglia di ferro. Alcuni avevano la faccia dipinta di verde e di marrone, e fronde di arbusti in testa, per mimetizzarsi tra gli alberi.

In coda alla colonna principale seguiva la colonna di salmerie: muli, cavalli, buoi, un miglio di carriaggi e carretti, carichi di cibo, foraggio, tende e altre provviste. Infine la retroguardia, composta da altri cavalieri in armatura e cotta di maglia, con torme di fiancheggiatori a cavallo di pattuglia, seminascosti, per assicurarsi che l'avversario non potesse coglierli di sorpresa.

Asha Greyjoy viaggiava con le salmerie, su un carretto coperto, con due enormi ruote bordate di ferro, con i ceppi al polso e alla caviglia, sorvegliata giorno e notte dall'Orsa, che russava addirittura peggio di un uomo. Sua grazia re Stannis non voleva correre alcun rischio che il suo trofeo riuscisse a fuggire. Intendeva portare Asha a Grande Inverno, per mostrare ai lord del Nord la figlia della piovra incatenata e spezzata, come prova del potere del sovrano.

Squilli di tromba salutarono la partenza della colonna. Le punte delle lance scintillavano nella luce del sole nascente, e tutto attorno l'erba brillava nella brina del mattino. Tra Deepwood Motte e Grande Inverno c'erano cento leghe di foresta. Trecento miglia a volo di corvo. «Quindici giorni» si dicevano i cavalieri.

«Robert Baratheon ce ne avrebbe messi dieci» Asha udì affermare lord Fell con orgoglio. Suo nonno era stato abbattuto da Robert in persona a Sala dell'Estate, il che per qualche ragione aveva elevato agli occhi del nipote l'uccisore a livello di dio della guerra. «Robert sarebbe già entrato a Grande Inverno due settimane fa, scaccolandosi alla faccia di Bolton dall'alto delle fortificazioni.»

«È meglio che tu questo a Stannis non lo dica» suggerì Justin Massey «altrimenti potrebbe farci marciare non solo di giorno ma anche di notte.»

"Questo re vive nell'ombra del fratello" pensò Asha.

La caviglia le infliggeva fitte lancinanti ogni volta che cercava di caricare il peso del corpo. Qualcosa dentro doveva essersi rotto, Asha non aveva dubbi. Il gonfiore a Deepwood era diminuito, ma il dolore restava. A quel punto, una semplice storta si sarebbe già sistemata. Ogni volta che si muoveva, i suoi ferri tintinnavano. I bracciali le scorticavano il polso, e anche l'orgoglio. Ma era il prezzo della sottomissione.

«Nessuno è mai morto per aver piegato il ginocchio» le aveva detto una volta suo padre. «Chi s'inginocchia può risollevarsi, con una lama in pugno. Chi non s'inginocchia resta morto, con le gambe rigide e basta.» Balon Greyjoy aveva confermato la verità di quelle parole quando la sua prima ribellione venne schiacciata: la piovra si era inginocchiata al cospetto del cervo e del metalupo, ma solo per risollevarsi nuovamente una volta che Robert Baratheon e Eddard Stark erano morti.

E così, a Deepwood Motte, la figlia del kraken, la piovra abissale, aveva fatto lo stesso quando era stata gettata davanti al re, incatenata e zoppa (anche se miracolosamente non stuprata), con la caviglia in un inferno di sofferenza. «Mi arrendo, vostra grazia. Fa' di me quello che vuoi. L'unica cosa che ti chiedo è di risparmiare i miei uomini.» Qarl, Tristifer e i pochi altri sopravvissuti al mattatoio notturno nella Foresta del Lupo erano tutto quello che ad

Asha importava. Ne rimanevano soltanto nove. "Noi nove straccioni" li chiamava Cromm. E lui era quello ferito più gravemente.
Stannis le aveva concesso le loro vite. Eppure, Asha non percepiva in quell'uomo alcuna reale misericordia. Era determinato, oltre ogni dubbio. E non mancava di coraggio. Gli uomini dicevano che era giusto... e se la sua era una giustizia dura, brutale, be', Asha Greyjoy vivendo sulle Isole di Ferro ci era già abituata. In ogni caso, lei non riusciva proprio a farsi piacere quel re. I suoi occhi azzurri, infossati, sembravano sempre stringersi nel sospetto e, appena sotto la loro superficie, ribolliva una furia glaciale. Per Stannis Baratheon, la vita di Asha Greyjoy valeva poco o nulla. Era solo un ostaggio, un trofeo per dimostrare al Nord che era in grado di schiacciare gli uomini di ferro.
"Che stupido!" Esibire una donna in catene non avrebbe messo in soggezione nessun uomo del Nord, se Asha aveva capito com'era fatta quella genia, e il suo valore come ostaggio assolutamente nullo. Adesso sulle Isole di Ferro suo zio regnava, e a Occhio di Corvo della vita o della morte di Asha non importava un accidente. Forse importava qualcosa a quel vecchio rottame di marito che Euron le aveva appioppato, ma Erik il Fabbro non aveva abbastanza conio per pagare il suo riscatto. Ma non c'era modo di spiegare queste cose a Stannis Baratheon. La sua stessa femminilità sembrava oltraggiarlo. Agli uomini delle terre verdi piacevano le loro donne morbide e delicate, ammantate di seta, Asha lo sapeva, non amazzoni rivestite di cuoio e cotta di maglia, con un'ascia da lancio per mano. Ma la sua breve conoscenza del re a Deepwood Motte l'aveva convinta che Stannis non avrebbe avuto un'opinione migliore di lei neanche se avesse indossato un abito scollato. Perfino con la moglie di Galbart Glover, la pia lady Sybelle, Stannis era corretto e cortese, ma visibilmente a disagio. Questo re del Sud sembrava essere uno di quegli uomini secondo i quali le donne appartengono a un'altra razza, estranea ed enigmatica come i giganti, gli elfi e i figli della foresta. Anche l'Orsa gli faceva digrignare i denti.
Esisteva un'unica donna a cui Stannis Baratheon desse ascolto, e quella donna l'aveva lasciata alla Barriera. «Per quanto io preferirei che anche lei fosse qui con noi» aveva ammesso ser Justin Massey, il cavaliere con i capelli biondi che comandava la colonna di salmeria. «L'ultima volta che siamo andati in battaglia senza lady Melisandre fu alle Acque Nere, quando lo spettro di lord Renly ci calò addosso e mandò metà del nostro esercito in fondo alla baia.»
«L'ultima volta?» disse Asha perplessa. «Quella negromante era anche a Deepwood Motte? Io non l'ho vista.»

«Quella non è neanche stata una battaglia» rispose ser Justin sorridendo. «I tuoi uomini di ferro hanno combattuto valorosamente, mia lady, ma noi eravamo molti di più di voi, e vi abbiamo anche colti di sorpresa. Grande Inverno sa che stiamo arrivando. E Roose Bolton ha lo stesso numero di uomini che abbiamo noi.»

"Se non di più" pensò Asha.

Anche i prigionieri hanno le orecchie, e Asha aveva sentito tutti i discorsi a Deepwood Motte, quando re Stannis e i suoi comandanti discutevano di quella marcia. Ser Justin era stato contrario fin dall'inizio, e così molti cavalieri e lord arrivati dal Sud insieme a Stannis. Ma i lupi delle colline avevano insistito: non si doveva tollerare che Roose Bolton occupasse Grande Inverno, inoltre bisognava salvare la figlioletta di Ned Stark dalle grinfie del suo bastardo. Così dissero Morgan Liddle, Brandon Norrey, Wull Grosso Secchio, i Flint e perfino l'Orsa. «Cento leghe tra Deepwood Motte e Grande Inverno» disse Artos Flint, la notte in cui le discussioni nella sala lunga di Galbart Glover ribollirono fino a tracimare. «Trecento miglia a volo di corvo.»

«Una lunga marcia» commentò un cavaliere di nome Corliss Penny.

«Non più di tanto» insisté ser Godry, il grosso cavaliere che altri chiamavano lo Sterminatore di Giganti. «Abbiamo già fatto molta strada. Il Signore della Luce illuminerà il nostro cammino.»

«E quando saremo arrivati a Grande Inverno?» ribatté Justin Massey. «Due cinte di mura con un fossato in mezzo, e le mura interne alte cento piedi. Bolton non marcerà di certo fuori dalla fortezza per affrontarci in campo aperto, e noi non abbiamo abbastanza scorte per reggere un assedio.»

«Arnolf Karstark unirà le sue forze alle nostre, questo non va mai dimenticato» disse Harwood Fell. «Lo stesso farà Mors Umber. Avremo tanti uomini del Nord quanti ne ha lord Bolton. E i boschi a nord del castello sono fitti. Assedieremo i torrioni, costruiremo arieti...»

"E morirete a migliaia" pensò Asha.

«Faremmo meglio a svernare qui» suggerì lord Peasebury.

«Svernare qui?» ruggì Grosso Secchio. «Quanto cibo e quante vettovaglie pensi che ci siano nei magazzini di lord Glover?»

A quel punto, fu ser Richard Horpe, il cavaliere dal volto sfigurato e con le falene testa di morto sulla tunica, a rivolgersi a Stannis. «Vostra grazia, tuo fratello Robert...»

Il re lo interruppe. «Quello che mio fratello Robert avrebbe fatto lo sappiamo tutti. Robert sarebbe andato al galoppo fino alle porte di Grande Inverno da solo, le avrebbe abbattute con la sua mazza da guerra per poi cavalcare tra le rovine, sgozzare Roose Bolton con la mano sinistra e sfondare il cranio al suo bastardo con la destra.» Stannis si alzò in piedi. «Io non sono Robert. Ma noi marceremo, noi libereremo Grande Inverno... o moriremo nel tentativo.»

Per quanti dubbi potessero avere i lord, gli uomini del popolo invece sembravano confidare nel loro re. Stannis aveva annientato i bruti di Mance Rayder alla Barriera e sbaragliato Asha e i suoi uomini di ferro a Deepwood Motte: era il fratello di Robert, vincitore nella famosa battaglia navale al largo di Isola Bella, l'uomo che aveva retto l'assedio di Capo Tempesta durante la Ribellione di Robert. E portava al fianco la spada di un eroe, la lama magica chiamata Portatrice di luce, il cui chiarore illuminava la notte.

«I nostri nemici non sono affatto formidabili come sembrano» garantì Justin Massey ad Asha il primo giorno di marcia. «Roose Bolton è temuto, ma poco amato. Quanto ai suoi amici Frey... il Nord non ha certo dimenticato le Nozze Rosse. Ogni lord a Grande Inverno ha perduto dei parenti in quel massacro. A Stannis basterà far pagare a Bolton un tributo di sangue, e gli uomini del Nord lo abbandoneranno.»

"Questo è quello che tu speri" pensò Asha "ma il re deve prima riuscirci. Solo uno stolto diserta la parte vincente."

Ser Justin tornò al carro di Asha almeno una dozzina di volte, quel giorno, per portarle cibo, bevande e notizie sulla marcia. Era un uomo facile al sorriso e dalle infinite facezie, grosso e in carne, con le guance rosate, gli occhi azzurri e una massa di capelli biondi, pallidi come lino, perennemente scompigliati dal vento: un carceriere sollecito, sempre attento al benessere della sua prigioniera.

«Ti vuole» commentò l'Orsa, dopo la terza visita di ser Justin.

Il suo vero nome era Alysanne della Casa Mormont, ma quel soprannome le calzava a pennello, proprio come la cotta di maglia che indossava. Bassa di statura, massiccia, muscolosa, l'erede dell'Isola dell'Orso aveva cosce grosse, seni grossi e mani grosse disseminate di calli. Anche per dormire indossava la cotta di maglia sotto le pellicce, e sotto di essa il cuoio bollito, e sotto il cuoio bollito una vecchia pelle di pecora, rivoltata all'interno per tenere più caldo. Tutti quegli strati la facevano apparire tanto larga quanto alta. "E altrettanto feroce." Certe volte per Asha era difficile ricordare che lei e l'Orsa avevano quasi la stessa età.

«Vuole le mie terre» replicò Asha. «Vuole le Isole di Ferro.» Riconosceva i segnali. Li aveva già visti in precedenza in altri pretendenti. I possedimenti ancestrali dei Massey, nel lontano Sud, erano per ser Justin da considerarsi ormai perduti, quindi doveva sperare in un matrimonio vantaggioso oppure rassegnarsi a essere nulla di più di un cavaliere al seguito del re. Stannis aveva frustrato le sue speranze di sposare quella principessa dei bruti di cui Asha aveva tanto sentito parlare, così ora ser Justin aveva messo gli occhi addosso a lei. Sognava senza dubbio di metterla sul Trono del Mare a Pyke e di dominare per interposta persona, quale suo lord e signore. Il che avrebbe evidentemente implicato sbarazzarsi del suo attuale lord e signore... per non parlare poi dello zio che aveva imposto quel matrimonio. "Poco credibile: Occhio di Corvo si mangerebbe il carnoso ser Justin a colazione, e senza poi neanche ruttare."

Comunque non aveva importanza. Chiunque lei avesse sposato, le terre di suo padre non le sarebbero mai appartenute. Gli uomini di ferro non conoscevano il perdono, e Asha era stata sconfitta due volte: la prima all'acclamazione di re da suo zio Euron, la seconda a Deepwood Motte da Stannis. Era più che sufficiente per bollarla come inadatta a regnare. Sposare Justin Massey, o uno qualsiasi dei signorotti di Stannis Baratheon, avrebbe fatto più danni che altro. "La figlia della piovra dopotutto ha dimostrato di essere soltanto una donna" avrebbero detto i capitani e il re. "Guarda come apre le gambe a quel lord delle molli terre verdi."

Tuttavia, se ser Justin voleva cercare di ottenere i suoi favori con cibo, vino e parole, Asha non lo avrebbe certo scoraggiato. Era una compagnia migliore della taciturna Orsa, e Asha era comunque sola in mezzo a cinquemila nemici. Tristifer Botley, Qarl la Fanciulla, Cromm, Roggon e il resto della sua banda coperta di sangue, il loro stesso sangue, erano rimasti a Deepwood Motte, nelle segrete di Galbart Glover.

Il primo giorno l'esercito coprì ventidue miglia, guidato dagli uomini che lady Sybelle aveva loro concesso, esploratori e cacciatori che avevano giurato fedeltà a Deepwood, appartenenti a clan dai nomi evocativi, come Forrester e Woods, Branch e Bole, foresta e boschi, ramo e tronco. Il secondo giorno l'esercito avanzò di altre ventiquattro miglia, mentre la sua avanguardia passava dalle terre dei Glover per addentrarsi nella Foresta del Lupo. «R'hllor, concedi a noi la tua luce affinché ci guidi in questa oscurità» pregarono quella sera i credenti, raccolti attorno a un gigantesco fuoco davanti al padiglione del re. Cavalieri del Sud e armigeri: erano davvero tanti. Asha li avrebbe definiti uomini del re, ma altri provenienti dalle Terre della Tempesta e dalle Terre della Corona li chiamavano uomini della regina... anche se la regina che seguivano era la strega rossa al Castello Nero, non la moglie che Stannis Baratheon aveva lasciato al Forte Orientale.

«Oh, Signore della Luce, t'imploriamo, posa su di noi il tuo sguardo infuocato, e tienici al sicuro e al caldo» cantarono alle fiamme «perché la notte è oscura e piena di terrori.»

L'invocazione fu guidata da un grosso cavaliere, chiamato ser Godry Farring. "Godry lo Sterminatore di Giganti. Un grande nome per un piccolo uomo." Sotto la corazza e la cotta di maglia, Farring era largo di torace e aveva muscoli poderosi. Ad Asha sembrava anche arrogante e vanesio, avido di gloria, sordo alla cautela, goloso di lodi e sprezzante verso il popolino, i lupi e le donne. In sostanza, non dissimile dal suo re.

«Procurami un cavallo» disse Asha a ser Justin, quando si avvicinò al carro con mezzo prosciutto. «Queste catene mi fanno impazzire. Non tenterò di fuggire. Hai la mia parola.»

«Vorrei poterlo fare, mia lady. Ma tu sei prigioniera del re, non mia.»

«Quindi il tuo re non accetta la parola di una donna?»

L'Orsa grugnì. «Perché dovremmo fidarci della parola di un uomo o di una donna di ferro, dopo quello che tuo fratello Theon ha fatto a Grande Inverno?»

«Io non sono Theon» insisté Asha… ma le catene restarono al loro posto.

Ser Justin ripartì al galoppo verso il fondo della colonna, e Asha si ritrovò a ricordare l'ultima volta che aveva visto sua madre. Era stato a Harlaw, nella fortezza di Dieci Torri. Nella stanza di sua madre brillava una candela, ma sotto il baldacchino polveroso, il grande letto scolpito era vuoto. Lady Alannys sedeva vicino alla finestra, a guardare il mare. «Hai portato il mio piccolino?» le aveva chiesto, con le labbra tremanti. «Theon non è potuto venire» aveva risposto Asha, osservando la rovina della donna dalla quale era nata, una madre che aveva perso due dei suoi figli. E il terzo…

"Mando a ciascuno di voi un pezzo del principe."

Qualsiasi cosa fosse accaduta nella battaglia a Grande Inverno, Asha Greyjoy non pensava che suo fratello sarebbe sopravvissuto. "Theon Voltagabbana. Perfino l'Orsa vuole la sua testa su una picca."

«Tu hai dei fratelli?» chiese alla sua guardiana.

«Sorelle» rispose Alysane Mormont, brusca come sempre. «Eravamo cinque. Tutte femmine. Lyanna è tornata all'Isola dell'Orso. Lyra e Jory sono con nostra madre. Dacey è stata uccisa.»

«Alle Nozze Rosse.»

«*Aye.*» Alysane osservò Asha per qualche momento. «Ho un figlio. Ha solo due anni. Mia figlia ne ha nove.»

«Hai cominciato presto.»

«Troppo presto. Ma è sempre meglio che troppo tardi.»

"Questa frecciata era per me" pensò "ma così sia." «Sei sposata, quindi.»

«No. Il padre dei miei figli è un orso.» Alysane sorrise. Aveva i denti storti, ma nel suo sorriso c'era qualcosa di solidale. «Le donne Mormont sono metamorfi. Ci tramutiamo in orse e andiamo ad accoppiarci nella foresta. Lo sanno tutti.»

Asha rispose al suo sorriso. «Le donne Mormont sono anche guerriere.»

Il sorriso di Alysane svanì. «Ciò che noi siamo è ciò che voi uomini di ferro ci avete costretto a essere. Sull'Isola dell'Orso ogni bambino impara a temere le piovre che emergono dagli abissi.»

"L'Antica Via." Asha guardò altrove, le sue catene tintinnarono debolmente.

Il terzo giorno di marcia, la Foresta del Lupo cominciò a stringersi attorno a loro, e le strade scavate da solchi si ridussero a piste di animali, che presto si rivelarono troppo strette per i carri più grossi. Qua e là, il loro tragitto si dipanava oltre punti di riferimento conosciuti: un'altura pietrosa che se osservata sotto una certa angolazione sembrava una testa di lupo, una cascata semicongelata, un arco di pietra naturale incorniciato da muschio grigioverde. Asha conosceva tutti quei posti. Ci era già passata, cavalcando verso Grande Inverno per convincere suo fratello Theon ad abbandonare la propria conquista e a tornare con lei sano e salvo a Deepwood Motte. "Ma ho fallito anche in questo."

Quel giorno percorsero quattordici miglia, e furono soddisfatti.

All'imbrunire il conduttore portò il carro fuori dal tracciato, sotto un albero. Mentre l'uomo toglieva i finimenti ai cavalli, ser Justin arrivò al trotto e tolse i ceppi ad Asha. Lui e l'Orsa la scortarono attraverso l'accampamento fino alla tenda del re. Anche se era una prigioniera, rimaneva pur sempre una Greyjoy di Pyke, e Stannis era compiaciuto di nutrirla gettandole i suoi resti mentre cenava assieme ai capitani e ai comandanti.

Il padiglione del re era ampio quasi quanto la sala lunga di Deepwood Motte, ma a parte le dimensioni aveva ben poco di grandioso. Le pareti di rigida tela gialla erano assai sbiadite, macchiate dal fango e dall'acqua, costellate da visibili chiazze di muffa. Sulla sommità del palo centrale pendeva lo stendardo reale, una testa di cervo all'interno di un cuore fiammeggiante in campo oro. Su tre lati era attorniato dai padiglioni dei signorotti del Sud che avevano seguito Stannis nella sua marcia verso nord. Sul quarto lato ruggiva il grande fuoco notturno, turbini di fiamme salivano verso il cielo che via via si oscurava.

Una dozzina di uomini stava spaccando la legna per alimentare il fuoco quando Asha fece il suo ingresso zoppicante insieme alla scorta. "Uomini della regina." Il loro dio era R'hllor il Rosso, un dio molto geloso. Ai loro occhi, il dio di Asha, il Dio Abissale delle Isole di Ferro, era un demone, e se lei non si fosse convertita al Signore della Luce sarebbe stata dannata e condannata. "Mi brucerebbero volentieri come quei ciocchi di legna e quei rami spezzati." Dopo lo scontro a Deepwood Motte, Asha stessa aveva udito alcuni di loro invocare per lei proprio quel genere di esecuzione. Stannis aveva rifiutato.

Il re era in piedi all'esterno della tenda, a fissare le fiamme. "Che cosa vede in quelle fiamme? Vittoria? Disastro? Il volto del suo rosso dio furibondo?" Gli occhi di Stannis erano come due baratri, la sua barba rasata non più di un'ombra scura sulle guance e sulla mascella ossuta. Eppure nel suo sguardo c'era molta determinazione, una ferrea ferocia che disse ad Asha che quell'uomo non avrebbe mai, e poi mai, deviato dalla propria strada.

Mise un ginocchio a terra al suo cospetto. «Sire.» "Sono abbastanza umile per te, vostra grazia? Sono sconfitta, sottomessa e spezzata proprio come piace a te?" «Toglimi questi ferri dai polsi, t'imploro. Permettimi di cavalcare. Non tenterò di fuggire.»

Stannis la guardò nello stesso modo in cui si guarda un cane che pensi stia per saltarti addosso. «Quei ferri te li sei meritati.»

«È vero. Ora ti offro i miei uomini, le mie navi, la mia perizia.»

«Le tue navi sono già mie, oppure sono state bruciate. I tuoi uomini… quanti ne rimangono? Dieci? Dodici?»

"Nove. Sei, contando solo quelli abbastanza in forze per combattere." «Dagmar Mascella Spaccata tiene ancora Piazza di Thorren. È un grande guerriero, e un leale servitore della Casa Greyjoy. Io posso consegnarti quel castello, assieme alla sua guarnigione.» "Forse" avrebbe potuto aggiungere Asha, ma sapeva che esplicitare dubbi al re non avrebbe aiutato la sua causa.

«Piazza di Thorren non vale nemmeno le croste di fango sotto i miei stivali. Quello che conta è Grande Inverno.»

«Toglimi questi ceppi e lascia che ti aiuti a prenderla, sire. Il reale fratello di vostra grazia era celebre per tramutare gli avversari sconfitti in amici. Fa' di me un tuo uomo.»

«Gli dèi non ti hanno fatta uomo. Come potrei farlo io?» Stannis tornò a fissare le fiamme arancioni, e tutto ciò che vedeva nel loro torcersi.

Ser Justin Massey prese Asha per un braccio, e la tirò all'interno della tenda reale. «È stato poco saggio, da parte tua, mia lady» le disse. «Non bisogna mai parlare a sua grazia di Robert.»

"Avrei dovuto pensarci meglio." Asha sapeva come andavano le cose con i fratelli minori. Si ricordava di Theon da ragazzo, un bambino timido che viveva nella soggezione, nella paura di Rodrik e di Maron. "Anche crescendo, non riescono mai a gettarsi realmente queste cose alle spalle. Un fratello minore può vivere anche fino a cento anni, ma resterà sempre un fratello minore." Fece tintinnare i suoi gioielli di ferro, e immaginò come sarebbe stato bello arrivare alle spalle di Stannis Baratheon e strangolarlo con la catena che le legava i polsi.

La cena fu uno stufato di cacciagione fatto con le carni di un cervo macilento abbattuto da un esploratore di nome Benjicot Branch. Ma questo solo nella tenda reale. Oltre a quelle pareti di tela, a ognuno degli uomini dell'esercito reale spettò un tozzo di pane e un pezzo di salsiccia scura, non più grosso di un dito, mandato giù con gli ultimi fondi della birra chiara di Galbart Glover.

Cento leghe tra Deepwood Motte e Grande Inverno. Trecento miglia a volo di corvo. «Se solo fossimo dei corvi» commentò Justin Massey il quarto giorno di marcia: il giorno in cui cominciò a nevicare. Sulle prime, poche spruzzate. Una neve fredda e umida, nulla che potesse rallentare l'avanzata.

Ma nevicò anche il giorno successivo, e quello dopo, e quello dopo ancora. In breve, le folte barbe dei lupi del Nord furono incrostate di ghiaccio, là dove si era congelato il loro respiro, e quanto ai ragazzotti del Sud cominciarono tutti a farsi crescere i peli per tenere la faccia al caldo. Nel giro di poco il terreno che si stendeva davanti alla colonna si ammantò di bianco, celando pietre, radici affioranti e buche profonde, tramutando ogni passo in un'avventura. Anche il vento soffiava più forte, spingendo avanti la neve. L'esercito del re diventò una colonna di pupazzi bianchi barcollanti fra tumuli alti fino al ginocchio.

Al terzo giorno di tormenta l'esercito del re cominciò a disgregarsi. Mentre i cavalieri e i signorotti del Sud arrancavano, gli uomini delle colline del Nord se la cavavano meglio. I loro ronzini erano animali dal passo sicuro che mangiavano meno dei palafreni, e molto meno dei grossi destrieri, inoltre gli uomini che li cavalcavano erano abituati alla neve. Molti guerrieri del Nord misero ai piedi delle calzature stranissime. Le chiamavano zampe d'orso: bizzarre cose allungate, fatte con legno incurvato e cinghie di cuoio. Legate sotto le suole degli stivali, permettevano loro di camminare nella neve senza romperne la crosta e sprofondare quindi fino alle cosce.

Alcuni avevano zampe d'orso anche per i cavalli, e quei piccoli ronzini pelosi le portavano con la stessa facilità con cui altri animali portano i ferri agli zoccoli… invece palafreni e destrieri non ne volevano sapere. Alcuni cavalieri del re tentarono comunque di fissarle alle loro zampe, ma i grandi cavalli del Sud o rifiutarono e non si mossero, o cercarono di scalciarle via. Un destriero, cercando di avanzare con quelle cose sotto gli zoccoli, finì per fratturarsi una caviglia.

Ben presto, gli uomini del Nord, con le loro zampe d'orso, cominciarono a distanziare il resto dell'esercito. Superarono i cavalieri del grosso della colonna, quindi ser Godry Farring e la sua avanguardia. Intanto, carri e carriaggi di salmeria rimanevano sempre più indietro, tanto che gli uomini della retroguardia li spronavano di continuo ad aumentare il passo.

Il quinto giorno di tormenta la colonna di salmerie attraversò una bianca distesa increspata che celava uno stagno gelato. Quando il ghiaccio nascosto si ruppe sotto il peso dei carri, tre conduttori e quattro cavalli vennero inghiottiti dalle acque gelide, assieme a due degli uomini che cercarono di salvarli. Uno di loro era Harwood Fell. I suoi cavalieri riuscirono a tirarlo fuori prima che annegasse, ma nel giro di poco le labbra diventarono bluastre e la pelle pallida come latte. Nulla riuscì poi a riscaldarlo. Harwood Fell fu scosso da tremiti violenti, anche dopo che gli tagliarono via gli abiti fradici, lo avvolsero in pellicce e lo fecero sedere accanto al fuoco. Quella notte stessa scivolò in un sonno febbrile, dal quale non si risvegliò più.

Fu la stessa notte in cui Asha udì per la prima volta gli uomini della regina confabulare di un sacrificio: un'offerta al loro dio rosso, affinché ponesse fine alla tempesta. «Sono stati gli dèi del Nord a scatenarcela addosso» disse ser Corliss Penny.

«I falsi dèi» precisò ser Godry lo Sterminatore di Giganti.

«R'hllor è con noi» dichiarò ser Clayton Suggs.

«Melisandre no» aggiunse ser Justin Massey.

Il re non disse nulla. Ma ascoltava. Asha ne era certa. Sedeva al tavolo dei lord, con davanti a sé un piatto di zuppa di cipolle che si raffreddava, quasi intonso, a fissare la fiamma della candela più vicina con gli occhi socchiusi, ignorando i discorsi attorno a lui. Al posto suo parlò il comandante in seconda, un cavaliere alto e snello chiamato Richard Horpe.

«La tempesta finirà presto.»

Ma la tempesta non fece che peggiorare. Il vento diventò una sferza più brutale e crudele come la frusta di un mercante di schiavi. Asha pensava di aver conosciuto il freddo a Pyke, quando il vento arrivava urlando dal mare, ma non era nulla rispetto a questo. "Questo è un freddo che fa impazzire."

Nemmeno quando si dipanava lungo la colonna il grido di accamparsi per la notte, era facile riuscire a riscaldarsi. Le tende erano umide e pesanti, difficili da montare, ancora più difficili da togliere, e inclini a schiantarsi all'improvviso per via della troppa neve accumulata. A ogni nuovo accampamento, c'erano sempre meno fuochi, e quelli accesi generavano più fumo che calore. Il più delle volte il cibo veniva consumato freddo, o addirittura crudo.

Con scorno degli uomini della regina, perfino il fuoco notturno in onore del dio R'hllor si contraeva, diventando sempre più flebile. «Signore della Luce, preservaci da questo male» pregavano, guidati dalla voce profonda di ser Godry lo Sterminatore di Giganti. «Torna a mostrarci il fulgore del sole, placa questi venti e sciogli queste nevi, affinché noi possiamo raggiungere i nostri avversari e sconfiggerli. La notte è oscura e piena di terrori, ma tuoi sono il potere e la gloria della luce. R'hllor, riempici del tuo fuoco.»

Più tardi, quando ser Corliss Penny si domandò ad alta voce se un intero esercito fosse mai morto congelato, i lupi del Nord si fecero una risata.

«Questo non è mica l'inverno» dichiarò Wull Grosso Secchio. «Su nelle colline noi diciamo che l'autunno ti bacia, mentre l'inverno di fotte duro. Questo è solo il bacio dell'autunno.»

"Dio Abissale, se è davvero così, allora fa in modo che io non debba mai conoscere il vero inverno." Ma ad Asha fu comunque risparmiato il peggio: dopotutto, lei era il trofeo del re. Mentre gli altri soffrivano la fame, lei veniva nutrita. Mentre gli altri tremavano di freddo, lei stava al caldo. Mentre gli altri arrancavano nei tumuli bianchi in sella a cavalli stremati, lei viaggiava su un giaciglio di pellicce nel carro dalle grandi ruote, con un tetto di tela rigida che la proteggeva dalla neve, comoda seppure con le catene.

I cavalli e gli uomini comuni furono quelli più duramente colpiti. Due scudieri provenienti dalle Terre della Tempesta pugnalarono a morte un armigero durante un litigio per chi dovesse stare più vicino al fuoco. La notte seguente, alcuni arcieri, nel disperato tentativo di scaldarsi finirono per dare fuoco alla tenda, il che ebbe quanto meno il vantaggio di scaldare le tende adiacenti. I destrieri cominciarono a morire di fatica e di assideramento. «Che cos'è un cavaliere senza cavallo?» si domandavano gli uomini per gioco. «Un pupazzo di neve con la spada.» Ogni cavallo che moriva, veniva macellato sul posto per mangiare la sua carne. Intanto, anche le provviste cominciarono a scarseggiare.

Peasebury, Cobb, Foxglove e altri lord del Sud chiesero al re di restare accampati fino a quando la tempesta non fosse passata. Stannis non volle nemmeno sentirne parlare. Ma non prestò ascolto nemmeno agli uomini della regina, quando questi insistettero per fare un'offerta al loro famelico dio rosso.

Asha lo venne a sapere da Justin Massey, anche lui credente ma meno devoto della maggior parte degli altri.

«Un sacrificio sarà la prova che la nostra fede resta incrollabile, sire» aveva detto al re Clayton Suggs. E ser Godry lo Sterminatore di Giganti aggiunse: «Gli antichi dèi del Nord hanno scatenato su di noi questa tempesta. Solo R'hllor può porvi fine. Dobbiamo consegnargli un miscredente».

«Metà del mio esercito è composta da miscredenti» aveva risposto Stannis. «Non manderò al rogo nessuno. Pregate con più fervore.»

"Nessun rogo oggi e nessun rogo domani... ma se continua a nevicare, quanto tempo ci vorrà prima che la determinazione del re cominci a incrinarsi?" Asha non aveva mai abbracciato la fede di Aeron nel Dio Abissale, ma quella notte pregò Colui-che-dimora-sotto-le-onde con il medesimo ardore di Capelli Bagnati.

La tempesta non si placò. La marcia continuò, rallentando fino ad arrancare, poi fino a strisciare.

Cinque miglia, in una buona giornata. Poi tre miglia. Poi due.

Il nono giorno di tormenta ogni accampamento vide i capitani e i comandanti entrare nella tenda del re stremati e fradici, piegare il ginocchio e procedere a elencare le perdite della giornata.

«Un uomo morto, tre dispersi.»

«Sei cavalli perduti, tra cui anche il mio.»

«Due uomini morti, uno era un cavaliere. Quattro cavalli a terra. Siamo riusciti a farne alzare uno. Gli altri sono andati: due destrieri e un palafreno.»

"La conta del freddo", Asha l'aveva sentita chiamare così. La colonna di salmerie subiva i danni peggiori: cavalli morti, uomini dispersi, carri rovesciati e rotti.

«I cavalli si azzoppano nella neve» disse Justin Massey al re. «Gli uomini vagano nel nulla, o semplicemente si siedono a morire.»

«E che muoiano» esclamò il re in uno scatto d'ira. «Noi proseguiamo.»

Gli uomini del Nord, con i loro ronzini e le loro zampe d'orso, se la cavavano molto meglio. Donnel Flint il Nero e il suo fratellastro Artos avevano perso soltanto un uomo. I Liddle, i Wull e i Norrey non ne avevano perso nessuno. Uno dei muli di Morgan Liddle era dato per disperso, ma lui sembrava convinto che fossero stati i Flint a rubarlo.

Cento leghe tra Deepwood Motte e Grande Inverno. Trecento miglia a volo di corvo. Quindici giorni.

Il quindicesimo giorno di marcia arrivò e passò, ma l'esercito del re aveva coperto meno della metà della distanza. Alle loro spalle un'ecatombe di carri distrutti e di cadaveri congelati, il tutto sepolto sotto la neve che non cessava di turbinare. Il sole, la luna, le stelle erano svaniti da così tanto tempo che Asha cominciò a pensare di averli sognati.

Fu il ventesimo giorno dell'avanzata che Asha riuscì finalmente a liberarsi della catena alla caviglia. Nel tardo pomeriggio, uno dei cavalli che trainavano il suo carro morì lungo il tragitto. Non fu possibile sostituirlo, perché i cavalli da tiro rimasti servivano per trainare i carriaggi del cibo e del foraggio. Quando arrivò ser Justin Massey diede ordine di macellare il cavallo per ricavarne carne da mangiare e di distruggere il carro per farne legna da ardere. Poi rimosse i ceppi dalle caviglie di Asha, massaggiando anche i suoi polpacci irrigiditi. «Non ho una cavalcatura da darti, mia lady» fu costretto a dirle. «E se cercassimo di montare in sella insieme, sarebbe la fine anche per il mio cavallo. Dovrai camminare.»

La caviglia di Asha pulsava a ogni passo, sotto il suo peso. "Il freddo la anestetizzerà presto. Tra poco non sentirò più nemmeno i piedi."

E in realtà accadde ancora prima del previsto. Quando le tenebre fecero fermare la colonna, Asha barcollava alla cieca, agognando le comodità della sua prigione su ruote. "Quei ferri mi hanno indebolito." A cena era talmente esausta che si addormentò sul tavolo.

Il ventiseiesimo giorno di quella marcia che avrebbe dovuto durare quindici giorni vennero consumate le ultime verdure. Il trentaduesimo giorno finirono grano e foraggio. Asha si chiese per quanto tempo si potesse sopravvivere mangiando solo carne di cavallo, cruda e congelata.

«Branch giura che siamo solo a tre giorni da Grande Inverno» disse ser Richard Horpe quella notte al re, una volta ultimata la conta del freddo.

«Se lasciamo indietro gli uomini troppo indeboliti» aggiunse Corliss Penny.

«Gli uomini troppo indeboliti non hanno alcuna speranza di salvezza» insisté Horpe. «Quelli ancora abbastanza in forze devono raggiungere Grande Inverno, o finiranno per morire anche loro.»

«Il Signore della Luce ci consegnerà il castello» dichiarò ser Godry Farring. «Se lady Melisandre fosse con noi...»

Alla fine, dopo una giornata da incubo nella quale la colonna era avanzata di nemmeno un miglio al prezzo di una dozzina di cavalli e quattro uomini, lord Peasebury se la prese con gli uomini del Nord. «Questa marcia è una follia. Ogni giorno ci sono sempre più morti, e per cosa? Per una ragazzina?»

«La ragazzina di Ned Stark» gli rispose Morgan Liddle. Era il secondo di tre figli, per questo gli altri lupi delle colline lo chiamavano il Medio Liddle, ma per lo più quando lui non sentiva. Era lui che per poco non aveva abbattuto Asha durante la battaglia a Deepwood Motte. In seguito, era andato a implorare il suo perdono... per averla chiamata "puttana" nel furore dello scontro, non certo per aver cercato di spaccarle in due il cranio con un'ascia.

«La ragazzina di Ned Stark» fece eco Wull Grosso Secchio. «E adesso avremmo sia la ragazzina sia il castello, se non era per voi ridicoli guitti del Sud, che vi pisciate nelle vostre brache di raso per un po' di neve.»

«Un po' di neve?» La rabbia distorse la bocca di lord Peasebury, morbida ed effemminata. «È stato il vostro stolto suggerimento a imporci questa marcia, Wull. E io sto cominciando a sospettare che tu sia da sempre una creatura di Bolton. Non è forse così? Non è stato lui a mandarti qui a sussurrare parole velenose all'orecchio del re?»

Grosso Secchio gli rise in faccia. «Lord principessa del mio pisello. Se tu fossi un vero uomo, ti ammazzerei per questo, ma l'acciaio della mia spada è troppo raffinato perché io lo imbratti con il sangue di un codardo.» Mandò giù una sorsata di birra chiara e si asciugò la bocca. «*Aye*, tanti uomini stanno morendo. E altri ancora moriranno prima di arrivare a Grande Inverno. E allora? Questa è la guerra. E in guerra gli uomini muoiono. Così dev'essere. E così è sempre stato.»

Ser Corliss Penny lanciò al capoclan uno sguardo incredulo. «Nel senso che tu *vuoi* morire, Wull?»

Quelle parole parvero divertire l'uomo del Nord. «Io voglio vivere per sempre in una terra dove l'estate dura mille anni. Io voglio un castello nelle nuvole da dove guardo giù il mondo. Io voglio avere di nuovo ventisei anni. Quando avevo ventisei anni, potevo combattere tutto il giorno e scopare tutta la notte. Quello che un uomo vuole non importa niente.

«L'inverno ci è quasi addosso, ragazzo. E l'inverno significa morte. Da parte mia, vorrei che i miei uomini cadessero combattendo per la giovane figlia di Ned Stark, piuttosto che crepare da soli e affamati nella neve, piangendo lacrime che ghiacciano sulle guance. Nessuno canta delle canzoni su uomini che muoiono così. Quanto a me, io sono vecchio. Questo sarà il mio ultimo inverno. Ma prima di andarmene, voglio fare il bagno nel sangue di un Bolton. Voglio sentirlo che mi schizza in faccia quando pianto la mia ascia nel cranio di un Bolton. E voglio leccarmelo via dalle labbra e morire sentendone il gusto sulla lingua.»

«*Aye!*» urlò Morgan Liddle. «Sangue e battaglia!»

E a quel punto, tutti gli uomini delle colline del Nord si misero a urlare, pestando boccali e corni sul tavolo, riempiendo di clamore la tenda del re.

Anche Asha Greyjoy avrebbe voluto combattere. "Una battaglia per mettere termine a questa agonia. Acciaio contro acciaio, neve rossa, scudi spezzati, arti mozzati... e sarebbe tutto finito."

Il giorno seguente, gli esploratori del re raggiunsero per caso un villaggio abbandonato, tra due laghi: un luogo aspro e miserabile, solo poche capanne, una sala comune e una torre di guardia. Richard Horpe diede ordine di fermarsi, anche se quel giorno la colonna non era avanzata per più di mezzo miglio e mancavano ancora parecchie ore prima del buio. La luna si era levata da un pezzo quando finalmente anche i carriaggi di salmerie e la retroguardia arrivarono arrancando. Asha era con loro.

«In questi laghi c'è del pesce» disse Horpe al re. «Praticheremo dei buchi nel ghiaccio. Gli uomini del Nord sanno come fare.»

Perfino sotto lo spesso pastrano e la massiccia armatura, Stannis Baratheon sembrava un uomo già con un piede nella fossa. La poca carne che portava sulla sua alta, snella figura a Deepwood Motte si era dissipata nel corso della marcia. Sotto la pelle si riconosceva la forma del teschio, e aveva la mascella talmente contratta da far temere ad Asha che i suoi denti potessero frantumarsi.

«E pesce sia» decretò il re, scandendo ogni parola come un colpo di frusta. «Ma alle prime luci ci rimettiamo in marcia.»

Quando però arrivarono le prime luci, l'accampamento si risvegliò nella neve e nel silenzio. Il cielo, che da nero era diventato bianco, non sembrava affatto più chiaro.

Asha Greyjoy si svegliò, piena di crampi e di freddo, sotto la montagna di pellicce che usava per dormire, e sentiva l'Orsa russare. Non aveva mai incontrato una donna che russava così forte, ma durante quella marcia ci si era abituata e adesso le era quasi di conforto. I suoi ceppi tintinnarono mentre si metteva in piedi, respirando l'aria gelida del mattino. La neve continuava a cadere, addirittura più fitta di quando lei si era infilata nella tenda. I laghi erano svaniti e anche le foreste. Asha riusciva a vedere le forme delle altre tende e l'incerto bagliore arancione del fuoco di segnalazione che ardeva sulla cima della torre di guardia, ma non la torre di guardia. La tempesta aveva inghiottito tutto il resto.

Più in là, da qualche parte, Roose Bolton li aspettava dietro le mura di Grande Inverno, ma l'esercito di Stannis Baratheon era bloccato in una morsa, circondato dal ghiaccio e dalla neve, a morire di fame.

DAENERYS

La candela era quasi consumata. Ne restava meno di un pollice, che si ergeva da una pozza di calda cera liquefatta proiettando la sua luce sul letto della regina. La fiamma cominciava a languire.

"Tra non molto si spegnerà" si rese conto Dany "e quando questo accadrà, un'altra notte avrà avuto fine."

L'alba arrivava sempre troppo presto.

Daenerys Targaryen non aveva dormito, non poteva dormire, non voleva dormire. Non aveva neppure osato chiudere gli occhi, nel timore che quando li avesse riaperti fosse già mattina. Se ne avesse avuto il potere, avrebbe fatto sì che le loro notti durassero in eterno, ma il massimo che poteva fare era rimanere sveglia per cercare di assaporare tutti quei singoli, dolci istanti, prima che la luce del giorno li trasformasse in sbiaditi ricordi.

Al suo fianco, Daario Naharis dormiva tranquillo e sereno come un neonato. Lui aveva la capacità di dormire sempre e dovunque, si vantava, sorridendo in quel suo modo spavaldo. In battaglia dormiva il più delle volte anche in sella, diceva, così da essere ben riposato all'inizio degli scontri. Sole o tempesta, per lui non faceva differenza. «Un guerriero che non riesce a dormire» sosteneva «presto non avrà più la forza di combattere.» E non aveva mai incubi. Quando Dany gli raccontò la storia di Serwyn dallo Scudo a Specchio che era tormentato dagli spettri di tutti i cavalieri che aveva ucciso, Daario aveva risposto con una sonora risata. «Se quelli che ho ucciso dovessero tornare ad assillarmi, li ucciderei di nuovo.» "Ha la coscienza di un mercenario" capì a quel punto Dany. "Vale a dire: nessuna."

Daario era sdraiato sulla pancia, con le raffinate lenzuola di lino attorcigliate intorno alle lunghe gambe, la faccia affondata nei cuscini.

Dany fece scorrere una mano lungo la sua schiena, seguendo la linea della colonna vertebrale. La pelle di Daario era liscia al tatto, pressoché glabra. "La sua pelle è raso e seta." Dany adorava quella sensazione sotto le dita. Amava passargli le mani tra i capelli, massaggiargli i polpacci per lenire i crampi dopo una lunga giornata trascorsa in sella. Adorava prendergli il membro, e sentirlo irridigirsi nel palmo della sua mano.

Se Daenerys Targaryen fosse stata una donna come tutte le altre, non avrebbe chiesto di meglio che passare la vita ad accarezzare Daario Naharis, sfiorare le sue cicatrici, facendosi raccontare in che modo se le era procurate. "Rinuncerei alla mia corona, se solo lui me lo chiedesse" pensò... ma Daario non glielo aveva chiesto, e non glielo avrebbe chiesto mai. Daario poteva sussurrarle parole d'amore quando loro due erano una cosa sola, ma lei sapeva che in realtà amava la Regina dei Draghi. "Se io dovessi rinunciare alla corona, lui rinuncerebbe a me." Inoltre, i re che perdevano la corona spesso perdevano anche la testa. Dany non vedeva alcuna ragione perché le regine dovessero fare eccezione.

La candela tremolò un'ultima volta e poi si spense, annegata nella propria cera. L'oscurità inghiottì il letto di piume e i suoi occupanti, dilagando in ogni angolo della stanza. Dany avvolse le braccia attorno al suo capitano, premendo il corpo contro quello di lui. S'inebriò del suo odore, del tepore della sua carne, del contatto della sua pelle. "Ricordati" si disse. "Ricordati di tutte queste sensazioni." Lo baciò su una spalla.

Daario si voltò verso di lei, con gli occhi aperti. «Daenerys» disse, e le rivolse un sorriso pigro. Ecco un altro dei suoi talenti: svegliarsi di colpo e del tutto, come un gatto. «È già l'alba?»

«No, abbiamo ancora un po' di tempo.»

«Stai mentendo. Te lo leggo negli occhi. E riuscirei a vedere i tuoi occhi, se fossimo nel cuore della notte?» Daario calciò via le coperte e si mise seduto. «Sono le prime luci. Presto farà giorno.»

«Non voglio che questa notte finisca.»

«No? E perché, mia regina?»

«Lo sai.»

«Il matrimonio?» Daario rise. «Sposa me, invece di lui.»

«Sai che non posso.»

«Tu sei una regina, puoi fare quello che vuoi.» Le fece scivolare una mano sulla gamba. «Quante notti ci restano?»

"Due, soltanto due." «Sai anche questo. Questa e la prossima, poi sarà finita.»

«Sposa me, e avremo tutte le notti che vorremo, per sempre.»

"Se potessi, lo farei." Khal Drogo era stato il suo sole-e-stelle, ma era morto da così tanto tempo che Daenerys aveva quasi dimenticato che cosa si provava ad amare e a essere amata. Daario l'aveva aiutata a ricordare. "Ero morta, e lui mi ha riportato in vita. Dormivo, e lui mi ha risvegliato. Il mio coraggioso capitano." In ogni caso, Daario negli ultimi tempi si era fatto sempre più temerario. Il giorno in cui era rientrato dalla sua ultima sortita, aveva gettato ai piedi di lei il cranio mozzato di un lord yunkai e l'aveva baciata lì, nella sala della piramide, sotto gli occhi di tutti, finché ser Barristan Selmy non era intervenuto a staccarli. Ser Nonno era così inferocito che Dany aveva temuto di veder scorrere il sangue. «Non ci possiamo sposare, amore mio. E tu sai il perché.»

Daario si alzò dal letto della regina. «Allora sposa Hizdahr. Come regalo di nozze gli darò un bel paio di corna. Agli uomini di Ghis piace andare in giro mostrando le corna. Se le fanno apposta con i loro capelli, più qualche pettinino, della cera e un po' di fil di ferro.» Trovò le sue brache e le indossò. Non perse nemmeno tempo con gli indumenti intimi.

«Una volta che sarò sposata, anche solo desiderarmi sarà alto tradimento.» Dany si coprì i seni con le lenzuola.

«Allora devo essere un traditore.» Daario s'infilò la tunica di seta blu dalla testa e raddrizzò i rostri della barba con le dita. Per lei aveva rifatto da poco la tinta, e dal viola era tornato al blu, come il giorno in cui si erano incontrati per la prima volta. «Ho addosso il tuo odore» disse annusandosi i polpastrelli e sogghignando.

Dany amava come il suo dente d'oro scintillava quando lui sogghignava. Amava la leggera peluria dorata del suo petto. Amava la forza delle sue braccia, il suono della sua risata, il modo in cui la guardava sempre negli occhi e pronunciava il suo nome mentre la penetrava.

«Sei bello» gli disse, guardandolo mentre infilava gli stivali e si allacciava le stringhe. Certe volte Daario aveva permesso di farlo a lei, ma non quel giorno, a quanto pareva. "Un'altra cosa che è finita."

«Ma non bello abbastanza da sposarmi.» Daario tolse il cinturone con la spada dal piolo al quale lo aveva appeso.

«E adesso dove vai?»

«In giro per la tua città. A bermi un barile o due, e a cercare una lite. È da un po' che non ammazzo qualcuno. Chissà, potrei anche andare alla ricerca del tuo promesso sposo.»

Dany gli tirò un cuscino. «Lascia stare Hizdahr!»

«Come la mia regina comanda. Terrai corte, quest'oggi?»

«No. Domani mattina sarò una donna sposata, e Hizdahr sarà re. La terra à lui. Questa è la sua gente.»

«Solo una parte. L'altra è gente tua. Quelli ai quali hai ridato la libertà.»

«Ti stai prendendo gioco di me?»

«Quelli che tu chiami figli. Quelli che vogliono la loro madre.»

«Dunque è così, ti stai prendendo gioco di me.»

«Solo un po', cuore luminoso. Terrai ancora corte in futuro?»

«Dopo il matrimonio, forse. Dopo la pace.»

«Questo *dopo* di cui parli non verrà mai. Dovresti continuare a tenere corte. I miei nuovi guerrieri non credono che tu esista realmente. Parlo di quelli provenienti dalla Compagnia del Vento. Per la maggior parte sono nati e cresciuti nel continente occidentale, pieni di storie sui Targaryen. Be', vorrebbero vederne uno con i propri occhi. Ranocchio ha un regalo per te.»

«Ranocchio?» Daenerys fece una risatina. «E chi sarebbe?»

Lui alzò le spalle. «Un ragazzotto di Dorne. Fa lo scudiero a un cavaliere grande e grosso che chiamano Frattaglie Verdi. Gli ho detto di darmi pure il suo regalo, che te lo avrei consegnato io, ma non c'è stato verso.»

«Be', un ranocchio astuto. "Dammi pure il tuo regalo."» Gli tirò un altro cuscino. «Lo avrei poi visto, quel regalo?»

Daario si accarezzò i baffi dorati. «Ruberei alla mia dolce regina? Se fosse un regalo degno di te, lo adagerei di persona tra le tue morbide mani.»

«Quale pegno del tuo amore?»

«Questo non l'ho detto, ma gli ho promesso che potrà consegnartelo lui stesso. Non vorrai dare del bugiardo a Daario Naharis?» A quel punto Daenerys non poté rifiutare. «E sia: domani porta il tuo Ranocchio a corte. E anche gli altri dell'Occidente.» Sarebbe stato piacevole ascoltare di nuovo la lingua comune parlata da qualcuno che non fosse ser Barristan.

«Come la mia regina comanda.» Daario Naharis fece un profondo inchino, sogghignò e se ne andò, con la cappa che svolazzava dietro di lui.

Daenerys rimase seduta sul letto sfatto, con le braccia attorno alle ginocchia, così piena di malinconia che non udì neppure Missandei avvicinarsi con pane, latte e fichi.

«Vostra grazia? Non ti senti bene? Nel buio della notte questa scriba ti ha udito urlare.»

Dany prese un fico. Era nero e polposo, ancora umido di rugiada. "Hizdahr riuscirà mai a farmi urlare?" «Quello che hai sentito urlare era il vento.» Diede un morso, ma il frutto aveva perso ogni sapore, ora che Daario se n'era andato. Emise un sospiro, si alzò e chiamò Irri, chiedendole di portarle una tunica. La indossò e uscì a passeggiare sulla terrazza.

Era circondata dai nemici. Non c'era mai meno di una dozzina di navi tirate in secca sulla spiaggia. Certi giorni, mentre sbarcavano i soldati, le navi arrivavano anche a cento. Gli yunkai stavano addirittura trasportando il legname via mare. Dietro i loro fossati, costruivano catapulte, scorpioni, imponenti trabucchi. Nelle notti quiete, Dany poteva udire il battere delle mazze dilatarsi nell'aria calda e secca. "Niente torri d'assedio, però, né arieti." No, gli yunkai non avrebbero cercato di prendere Meereen d'assalto. Avrebbero aspettato dietro le loro linee d'assedio, lanciando pietre fino a quando carestia e pestilenze non avessero fatto crollare i suoi abitanti in ginocchio.

"Hizdahr mi porterà la pace. Deve farlo."

Quella notte, i suoi cuochi le prepararono un capretto arrosto con datteri e carote, ma Dany non riuscì a mangiarne nemmeno un boccone. La prospettiva di essere alle prese ancora una volta con Meereen la stava prostrando. Le riuscì difficile prendere sonno, anche dopo che Daario fu tornato da lei, talmente ubriaco da non riuscire a reggersi in piedi. Dany continuò a voltarsi e a rivoltarsi sotto le lenzuola, sognando Hizdahr che la baciava... ma le sue labbra erano bluastre, tumefatte e, quando la penetrò, la sua virilità era gelida come il ghiaccio. Si mise seduta, con i capelli arruffati, le lenzuola aggrovigliate. Il suo capitano dormiva di fianco a lei, ma Dany era sola. Avrebbe voluto scuoterlo, svegliarlo, farsi abbracciare, scopare, aiutare a dimenticare, ma Daario si sarebbe limitato a sorridere, sbadigliare e dirle: "Era solo un sogno, mia regina. Rimettiti a dormire".

Allora Dany preferì indossare una tunica munita di cappuccio, e uscì di nuovo sulla terrazza della piramide. Andò a fermarsi vicino al parapetto e abbassò lo sguardo, osservando la città, come aveva fatto centinaia di altre volte. "Questa non sarà mai la mia città. Non sarà mai la mia casa."

La pallida luce rosata dell'alba la trovò ancora fuori sulla terrazza, addormentata sull'erba sotto un esile manto di rugiada.

«Ho promesso a Daario che quest'oggi avrei tenuto corte» disse alle sue ancelle, quando vennero a svegliarla. «Aiutatemi a trovare la mia corona. Oh, e anche qualcosa da indossare, qualcosa di leggero e di fresco.»

Scese un'ora dopo nella sala grande. «Tutti s'inginocchino al cospetto di Daenerys Nata dalla Tempesta, la Non-bruciata, regina di Meereen, regina degli andali e dei rhoynar e dei primi uomini, khaleesi del grande mare d'erba, Distruttrice di Catene e Madre dei Draghi» annunciò Missandei.

Reznak mo Reznak fece un inchino. «Magnificenza, diventi ogni giorno più bella. Penso che la prospettiva del matrimonio ti dia una luce speciale, mia radiosa regina!»

Dany sospirò. «Convoca il primo postulante.»

Era passato così tanto tempo dall'ultima volta in cui aveva tenuto corte, che il numero dei casi era quasi soverchiante. Il fondo della sala era un ammasso compatto di persone, e scoppiarono dei tafferugli per l'ordine di precedenza. Inevitabilmente, fu Galazza Galare a farsi avanti, con la testa ben eretta, il viso celato dietro uno scintillante velo verde. «Vostro splendore, sarebbe opportuno che noi si conferisse in privato.»

«Vorrei averne il tempo» rispose Dany con dolcezza. "Ma devo sposarmi domani." Il suo ultimo incontro con la Grazia Verde non era andato bene. «Di che cosa dovremmo parlare?»

«Dell'atteggiamento di un certo capitano mercenario.»

"E osa dire questo in un'udienza pubblica?" Dany sentì una vampata di rabbia. "Ha coraggio, glielo riconosco, ma se crede che mi piegherò ad ascoltare un nuovo rimprovero, si sbaglia di grosso." «L'infamia di Ben Plumm il Marrone ci ha sconvolti tutti» disse «ma il tuo avvertimento arriva troppo tardi. E adesso so quanto tu desideri ritornare nel tuo tempio, a pregare per la pace.»

La Grazia Verde s'inchinò. «Pregherò anche per te.»

"Un altro oltraggio." Dany sentì il viso infiammarsi.

Il resto dell'udienza fu una noia che alla regina era ben nota. Daenerys sedeva sugli ampi cuscini e ascoltava, facendo oscillare un piede per l'impazienza. A mezzogiorno Jhiqui le portò un vassoio di fichi e prosciutto. La processione dei postulanti sembrava non avere mai fine. Per ogni due che se ne andavano sorridendo soddisfatti, un terzo abbandonava la sala con gli occhi rossi oppure mugugnando.

Era quasi il tramonto quando Daario Naharis ricomparve con i nuovi Corvi della Tempesta, i guerrieri dell'Occidente che erano passati nelle sue file dopo aver disertato la Compagnia del Vento. Dany si ritrovò a osservarli mentre l'ennesimo postulante recitava la sua litania. "Questa è la mia gente. Io sono la loro regina di diritto." Avevano l'aspetto di una masnada di bassa lega, ma tanto ci si doveva aspettare da dei mercenari. Il più giovane sembrava avere al massimo un anno più di lei, il più vecchio doveva essere sulla sessantina. Alcuni esibivano i simboli della ricchezza: bracciali d'oro, tuniche di seta, cinturoni con borchie d'argento. "Frutti di razzie." Per lo più gli abiti erano di fattura comune e visibilmente usurati.

Quando Daario li fece avanzare, Daenerys notò in mezzo a loro una donna, grossa e bionda, con una lunga cotta di maglia. «Meris la Bella» la presentò il suo capitano, anche se *bella* era l'ultimo aggettivo che Dany avrebbe scelto per definirla. Era alta sei piedi e senza un orecchio, aveva il naso aperto in due, profonde cicatrici su entrambe le guance e gli occhi più raggelanti che la Regina dei Draghi avesse mai visto. Quanto agli altri...

Hugh Hungerford era magro e cupo, con le gambe lunghe, la faccia lunga e indossava abiti costosi ora tutti sbiaditi. Webber era di bassa statura e muscoloso, con ragni tatuati su testa, braccia e torace. Orson Stone, con la faccia rossa, dichiarò di essere un cavaliere, e così anche lo slanciato Lucifer Long. Will dei Boschi le rivolse un sogghigno allusivo perfino mentre faceva atto di ossequio. Dick Paglia aveva gli occhi azzurri come i fiori del grano, i capelli bianchi come il lino e un sorriso inquietante. Ginger Jack aveva la faccia nascosta da un'ispida barba tinta di arancione e parlava in modo incomprensibile. «Si è mozzato la lingua con un morso alla sua prima battaglia» spiegò Hungerford.

I dorniani, invece, sembravano in qualche modo diversi. «Se compiace a vostra grazia» disse Daario «questi sono Frattaglie Verdi, Gerrold e Ranocchio.»

Frattaglie Verdi era gigantesco e calvo come una pietra, con braccia abbastanza grosse da rivaleggiare con quelle di Belwas il Forte. Gerrold era un giovane alto e snello, con i capelli striati di biondo e ridenti occhi verdeazzurri. "Scommetto che quel sorriso avrà sciolto il cuore di molte fanciulle." Il suo mantello era di morbida lana marrone foderata di seta cruda, un indumento raffinato.

Ranocchio, lo scudiero, era il più giovane dei tre e anche quello meno appariscente, un ragazzo serio, tarchiato, con i capelli e gli occhi castani. Aveva il viso squadrato, la fronte alta, la mascella pronunciata e il naso largo. La rada peluria sulle guance e sul mento gli dava l'aria di uno che sta cercando di farsi crescere la prima barba. Dany non capì per quale motivo lo chiamassero Ranocchio. "Forse è capace di saltare più lontano degli altri."

«Potete alzarvi» concesse la regina. «Daario mi dice che venite da Dorne. I dorniani saranno sempre benvenuti alla mia corte. Lancia del Sole rimase leale al re mio padre mentre l'Usurpatore s'impossessava del suo trono. Dovete aver affrontato molti pericoli per raggiungermi.»

«Troppi» rispose ser Gerrold, il bel giovane con i capelli striati di biondo. «Quando abbiamo lasciato Dorne eravamo in sei, vostra grazia.»

«Sono dolente per le perdite che avete subito.» La regina si rivolse al gigante dorniano. «Frattaglie Verdi è uno strano nome.»

«Uno scherzo, vostra grazia. Per via delle navi. Ho avuto un colorito verdastro per tutto il tragitto da Volantis. Con conati e... be', non posso spiegare.»

Dany ridacchiò. «Penso di poter immaginare, *ser*. Daario mi dice che sei un cavaliere.»

«Se compiace a vostra grazia, siamo tutti e tre cavalieri.»

Dany lanciò uno sguardo a Daario e notò un lampo di rabbia attraversare i suoi lineamenti. "Non lo sapeva." «Io ho bisogno di cavalieri nelle mie file.»

Ser Barristan Selmy tornò a farsi sospettoso. «Così lontano dall'Occidente è facile proclamarsi cavalieri. Siete preparati a difendere ciò che sostenete con la spada o la lancia?»

«Se necessario» rispose Gerrold «anche se non è mia intenzione proclamare che anche uno solo di noi possa eguagliare ser Barristan il Valoroso. Vostra grazia, chiedo il tuo perdono, ma noi ci presentiamo a te sotto falso nome.»

«Conoscevo qualcun altro che una volta ha fatto lo stesso» rievocò Dany «un uomo chiamato Arstan Barbabianca. Ditemi, dunque, i vostri veri nomi.»

«Con piacere, ma... se posso invocare l'indulgenza della regina, c'è un luogo con meno occhi e orecchie?»

"Inganni dentro inganni." «Come tu desideri. Skahaz, fa' sgomberare la mia corte.»

Il Testarasata ruggì degli ordini. Le sue Belve d'Ottone fecero il resto, spingendo gli altri occidentali e il resto dei postulanti fuori dalla sala. Rimasero soltanto i consiglieri.

«Dunque» riprese Dany «i vostri nomi.»

Il giovane avvenente s'inchinò. «Ser Gerris Drinkwater, vostra grazia. La mia spada è tua.»

«Lo stesso vale per la mia mazza da guerra.» Frattaglie Verdi incrociò le braccia sul petto. «Sono ser Archibald Yronwood.»

«E tu, ser?» chiese la regina al ragazzo chiamato Ranocchio.

«Se compiace a vostra grazia, posso prima presentarti il mio dono?»

«Come desideri» rispose Dany incuriosita, ma come Ranocchio avanzò, Daario Naharis gli sbarrò la strada, protendendo la mano guantata. «Da' a me quel regalo.»

Con la faccia impietrita, il ragazzo corpulento si chinò in avanti, slacciò uno stivale e da un piega interna nascosta estrasse una pergamena ingiallita.

«È questo il tuo regalo? Un brandello scarabocchiato?» Daario strappò la pergamena dalle mani del giovane dorniano e la srotolò, socchiudendo gli occhi nel tentativo di decifrare firme e sigilli. «Proprio carino, tutto l'oro e i nastri, ma io non riesco a leggere i vostri scarabocchi occidentali.»

«Consegnalo subito alla regina» ordinò ser Barristan.

Dany sentì la tensione montare nella sala. «Sono solamente una fanciulla, e le fanciulle devono avere i loro regali» disse in tono svagato. «Daario, per favore, non stuzzicarmi. Da' qui.»

La pergamena era scritta nella lingua comune. La regina la dispiegò con lentezza, studiando a sua volta firme e sigilli. Quando vide il nome di ser Willem Darry il suo cuore accelerò. Lesse una volta, e poi di nuovo.

«Possiamo sapere che cosa dice, vostra grazia?» chiese ser Barristan.

«È un patto segreto» spiegò Daenerys «stipulato nella città libera di Braavos quando ero bambina. Per noi firmò ser Willem Darry, l'uomo che portò via di nascosto mio fratello e me da Roccia del Drago prima che gli uomini dell'Usurpatore potessero catturarci. Il principe Oberyn Martell firmò per Dorne, il Signore del Mare di Braavos testimone.» Tese la pergamena a ser Barristan, in modo che potesse leggerla di persona. «L'alleanza dev'essere suggellata da un matrimonio, dice. In cambio dell'appoggio di Dorne nel rovesciare l'Usurpatore, mio fratello Viserys dovrà prendere Arianne, figlia del principe Doran Martell, come sua regina.»

L'anziano cavaliere lesse il patto lentamente. «Se Robert Baratheon ne fosse stato a conoscenza, avrebbe distrutto Lancia del Sole così come aveva distrutto Pyke e reclamato le teste sia del principe Doran sia della Vipera Rossa, e quasi certamente... anche della principessa dorniana.»

«Senza dubbio è il motivo per cui il principe Doran ha preferito mantenere questo patto segreto» suggerì Daenerys. «E se mio fratello Viserys avesse saputo che c'era una principessa dorniana ad aspettarlo, sarebbe corso a Lancia del Sole non appena raggiunta l'età per maritarsi.»

«Attirando così su se stesso la mazza da guerra di Robert, e anche su Dorne» intervenne Ranocchio. «Mio padre si accontentò allora di aspettare il giorno in cui Viserys avesse trovato un suo esercito.»

«Tuo padre?»

«Il principe Doran.» Il giovane chiamato Ranocchio mise un ginocchio a terra al cospetto di Daenerys. «Vostra grazia, ho l'onore di essere Quentyn Martell, principe di Dorne e vostro più leale suddito.»

Dany rise.

Il principe dorniano diventò paonazzo, la corte e i consiglieri della regina si scambiarono sguardi perplessi. «Vostro splendore?» chiese Skahaz Testarasata in lingua ghiscariana. «Perché ridi?»

«Lo chiamano Ranocchio» rispose la regina «e abbiamo appena capito il perché. Nei Sette Regni ci sono favole per bambini che parlano di rospi tramutati in principi dal bacio del vero amore.» Sorridendo ai cavalieri dorniani, Dany tornò alla lingua comune. «Dimmi, principe Quentyn, sei forse incantato da un sortilegio?»

«No, vostra grazia.»

«Quello che temevo.» "Né incantato né incantatore, purtroppo. Peccato che il principe sia lui, e non quello con le spalle larghe e i capelli color sabbia." «Però sei venuto per avere un bacio. Intendi sposarmi. Non è così? Il dono che mi porti è la tua dolce persona. Invece di Viserys e di tua sorella, dovremmo essere tu e io a onorare il patto, se voglio avere Dorne.»

«Mio padre si augura che tu mi trovi accettabile.»

Daario Naharis scoppiò in una risata di scherno. «Io dico che sei un cucciolotto. La regina ha bisogno di un uomo al suo fianco, non di un ragazzetto miagolante. Dimmi, principe, quando ti passi la lingua sulle labbra, senti ancora il latte materno?»

A quelle parole, ser Gerris Drinkwater s'incupì. «Attento alla tua lingua, mercenario. Ti stai rivolgendo a un principe di Dorne.»

«A lui e alla sua balia asciutta, penso.» Daario fece scorrere i pollici sulle impugnature delle sue due lame, sorridendo con aria minacciosa.

Skahaz fece la faccia feroce, come soltanto lui sapeva fare. «Questo ragazzo andrà anche bene per Dorne, ma Meereen deve avere un re di sangue ghiscariano.»

«Io so com'è questa Dorne» intervenne Reznak mo Reznak. «Dorne è sabbia e scorpioni, e tetre montagne rosse cotte dal sole.»

Fu il principe Quentyn a rispondergli. «Dorne è cinquantamila lance e spade, che hanno giurato fedeltà alla regina.»

«Cinquantamila?» Daario sogghignò. «Io ne conto tre.»

«*Basta così*» disse Daenerys. «Il principe Quentyn ha fatto tanta strada per offrirmi il suo dono, e io non permetterò che venga trattato con scortesia.» Si rivolse ai dorniani. «Avrei voluto tu fossi arrivato qui un anno fa. Sono promessa sposa al nobile Hizdahr zo Loraq.»

Ser Gerris obiettò: «Non è troppo tardi...».

«Questo, ser, spetta a me giudicarlo» disse Daenerys. «Reznak, vedi che il principe e i suoi cavalieri abbiano degli alloggi degni del loro lignaggio, e che ci si prenda cura delle loro necessità.»

«Come tu comandi, vostro splendore.»

La regina si alzò. «Allora abbiamo finito, per adesso.»

Daario e ser Barristan la seguirono su per i gradini che conducevano ai suoi appartamenti.

«Questo cambia tutto» osservò l'anziano cavaliere.

«Questo non cambia niente» replicò Dany, mentre Irri le toglieva la corona. «A che ci servono tre uomini?»

«Tre cavalieri» precisò Selmy.

«Tre bugiardi» disse Daario, cupamente. «Mi hanno ingannato.»

«E ti hanno anche comprato, non ne dubito.» Daario non osò negarlo.

Daenerys tornò a esaminare la pergamena. "Braavos. Questo patto è stato stipulato a Braavos, mentre Viserys e io vivevamo a Pentos nella casa dalla porta rossa." Perché tutto ciò le sembrava così strano? Si trovò a ripensare al suo incubo. "A volte i sogni dicono la verità." Forse Hizdahr zo Loraq era alleato con gli stregoni: poteva essere quello il significato del sogno? Poteva contenere un messaggio? Gli dèi volevano forse dirle di lasciar perdere Hizdahr e sposare invece questo principe dorniano? Qualcosa solleticava la sua memoria. «Ser Barristan, qual è l'emblema della Casa Martell?»

«Un sole splendente attraversato da una lancia.»

"Il figlio del sole." Dany fu percorsa da un tremito. «Ombre e sussurri.» Che cos'altro le aveva detto Quaithe? "La giumenta pallida e il figlio del sole. Ma ha parlato anche di un leone e di un drago. O forse il drago sono io?" «Attenta al siniscalco profumato.» Questo ricordava. «Sogni e profezie. Ma perché sono sempre in forma di enigmi? Come lo detesto. Oh, ritirati pure, cavaliere. Domani è il giorno delle mie nozze.»

Quella notte, Daario la prese in tutti i modi in cui un uomo può prendere una donna, e Dany si abbandonò a lui volentieri. L'ultima volta, quando stava per sorgere il sole, lei usò la bocca per eccitarlo di nuovo, come Doreah le aveva insegnato molto tempo prima. Poi si mise sopra di lui e lo montò con tale foga che la ferita di lui riprese a sanguinare, e per un solo, dolce istante, Daenerys non poteva dire se era lui dentro di lei, o lei dentro di lui.

Ma quando il sole si alzò sul giorno delle nozze, anche Daario Naharis si alzò, indossò i suoi vestiti e chiuse il cinturone della spada, con le oscene impugnature d'oro.

«Dove stai andando?» gli chiese Dany. «Ti proibisco di compiere delle sortite, non oggi.»

«La mia regina è crudele» disse il suo capitano. «Se non posso sterminare i tuoi nemici, come mi divertirò mentre tu vai a sposarti?»

«Al calar delle tenebre non avrò più nessun nemico.»

«È solamente l'alba, dolce regina. E la giornata è lunga. C'è tempo per un'ultima sortita. Come dono di nozze, ti porterò la testa di Ben Plumm il Marrone.»

«Niente teste» insisté Dany. «Una volta mi portavi fiori.»

«Lascio che sia Hizdahr a portarteli. Non è tipo da fermarsi a cogliere un dente di leone, è vero, ma ha tanti servi che saranno ben lieti di farlo al posto suo. Ho il tuo consenso di andare?»

«No.»

Voleva che lui restasse e la prendesse. "Un giorno andrà là fuori, e non tornerà più. Un giorno un arciere gli pianterà una freccia nel petto, o dieci uomini si avventeranno su di lui con lance, spade e asce, dieci aspiranti eroi." Cinque di loro sarebbero morti, ma questo non avrebbe attenuato il dolore di Daenerys Targaryen. "Un giorno perderò anche lui, così come ho perduto il mio sole-e-stelle. Ma, dèi, vi supplico: che quel giorno non sia oggi."

«Torna qui e baciami.» Nessuno sapeva baciarla come Daario Naharis. «Io sono la tua regina, e tu farai quello che ti ordino.»

Dany aveva parlato in tono scherzoso, ma a quelle parole lo sguardo di Daario si indurì. «Chiavare le regine è un compito da re. Ci penserà il tuo nobile Hizdahr. E qualora lui si riveli di troppo alto lignaggio per abbassarsi a un simile, sudato sforzo, ha dei servi che saranno ben lieti di provvedere al posto suo. O forse puoi chiamare quel ragazzotto dorniano nel tuo letto, e anche il suo compare, perché no?»

E con questo, Daario Naharis lasciò la camera da letto della regina.

"Sta andando a fare quella sortita" pensò Dany. "E se dovesse riuscire a prendere la testa di Ben Plumm, arriverà nella sala del banchetto per gettarla ai miei piedi. Sette Dèi siate misericordiosi. Ma non poteva nascere in una famiglia migliore?"

Una volta che Daario se ne fu andato, Missandei portò alla regina un pasto frugale a base di formaggio di capra e olive, con dell'uvetta come dolce.

«Vostra grazia ha bisogno di qualcosa di più sostanzioso di una coppa di vino per colazione. Sei talmente magra, e oggi ti occorreranno di certo tutte le tue forze.»

Parole che, pronunciate da una ragazza così piccola, strapparono a Daenerys una risata. Faceva talmente conto sulla piccola scriba da dimenticare spesso che Missandei aveva soltanto undici anni. Condivise il cibo con lei sulla terrazza. Mentre Dany assaggiava un'oliva, la ragazzina di Naath la scrutò con i suoi occhi simili a oro fuso. «Non è troppo tardi per dire a tutti che hai deciso di non sposarti.»

"Invece lo è" pensò tristemente la regina. «Il sangue di Hizdahr è antico e nobile. Il nostro matrimonio suggellerà l'unione tra i miei uomini liberi e la sua gente. Quando lui e io saremo una cosa sola, lo sarà anche la nostra città.»

«Vostra grazia non ama il nobile Hizdahr. Questa tua scriba pensa che faresti bene a prendere un altro marito.»

"Oggi non devo pensare a Daario." «Una regina ama chi deve amare, non chi desidera amare.» Daenerys aveva perso l'appetito. «Porta via questo cibo» disse a Missandei. «È tempo che faccia il bagno.»

Più tardi, mentre Jhiqui asciugava Daenerys, Irri le si avvicinò con un tokar. Daenerys invidiava le ragazze dothraki con le loro ampie brache di seta cruda e le loro giubbe dipinte. Sarebbero state molto più a proprio agio di lei con il tokar, con tutte quelle frange pesanti e quelle perle nane. «Cortesemente, aiutami a girarmelo attorno. Da sola non ci riesco, con tutte queste perle.»

Dany sapeva che avrebbe dovuto essere in trepidante attesa delle nozze e della notte che sarebbe seguita. Ripensò alla sua prima notte di nozze, quando Khal Drogo aveva preso la sua verginità sotto costellazioni sconosciute. Ricordò quanto era spaventata ed eccitata. Sarebbe stato lo stesso anche con Hizdahr? "No. Non sono più la fanciulla di allora, e Hizdahr non è il mio sole-e-stelle."

Missandei emerse da dentro la piramide. «Reznak e Skahaz chiedono l'onore di poter scortare vostra grazia al Tempio delle Grazie. Reznak ha dato ordine di approntare il tuo palanchino.»

Di rado i meerensi andavano a cavallo all'interno delle mura della città. Preferivano palanchini, portantine e scranni, caricati sulle spalle dei loro schiavi. «I cavalli lordano le strade» le aveva spiegato un uomo di Zhak «gli schiavi no.» Dany aveva ridato agli schiavi la libertà, tuttavia palanchini, portantine e scranni continuavano a intasare le strade esattamente come prima, e nessuno di essi aveva la magica facoltà di fluttuare nell'aria.

«È una giornata troppo calda per chiudersi in un palanchino» rispose Dany. «Fate sellare la mia purosangue argentata. Non arriverò dal lord mio marito sulle schiene dei portatori.»

«Vostra grazia» obiettò Missandei «questa tua scriba è spiacente, ma non è possibile cavalcare indossando il tokar.»

La piccola scriba aveva ragione, aveva quasi sempre ragione. Il tokar non era un indumento concepito per la sella di un cavallo.

«Sia come tu dici» Dany fece una smorfia. «Ma non il palanchino. Dietro quelle tende soffocherei. Che preparino uno scranno.»

Dal momento che doveva mettersi le orecchie flosce, che almeno tutti i conigli si godessero lo spettacolo.

Quando Dany scese dal vertice della piramide, Reznak e Skahaz si prostrarono in ginocchio. «Vostra magnificenza risplende così luminosa da accecare chiunque oserà levare lo sguardo su di te» dichiarò Reznak. Il siniscalco profumato indossava un tokar di sciamito amaranto con frange dorate. «Hizdahr zo Loraq è oltremodo fortunato ad avere te... e tu ad avere lui, se posso avere l'ardire. Questa unione salverà la nostra città, vedrai.»

«Tale è infatti la nostra preghiera. Voglio piantare i miei ulivi e vedere i loro frutti.» "Ha davvero importanza che i baci di Hizdahr non mi piacciano? Mi piacerà la pace. Sono una regina... o soltanto una donna?"

«La gente, oggi, sarà numerosa come le mosche.» Il Testarasata era fasciato in una gonna nera a pieghe e dalla piastra pettorale con i muscoli scolpiti, con l'elmo di bronzo a forma di testa di serpente sotto il braccio.

«Nel senso che dovrei temere le mosche? Le tue Belve d'Ottone mi proteggeranno da qualsiasi pericolo.»

All'interno della base della Grande Piramide regnava sempre la penombra. Mura spesse trenta piedi attutivano il frastuono delle strade e tenevano lontano il calore del mondo esterno, per cui all'interno era sempre fresco e in penombra. La scorta della regina si stava formando al di qua delle porte. Le stalle per cavalli, muli e asini erano allineate lungo le mura occidentali, quelle per gli elefanti lungo le mura orientali. Dany aveva ricevuto tre di quelle enormi strane bestie insieme alla piramide. Le sembravano grigi mammut glabri, anche se le loro zanne erano state accorciate e ornate d'oro, e i loro occhi erano tristi.

Daenerys trovò Belwas il Forte che stava mangiando dell'uva, mentre ser Barristan Selmy teneva d'occhio un giovane stalliere che stringeva il sottopancia al suo pezzato grigio. I tre dorniani erano con lui, immersi in una conversazione, ma s'interruppero all'apparire della regina. Il loro giovane principe pose un ginocchio a terra. «Vostra grazia, devo invocare il tuo perdono. Le forze di mio padre stanno venendo a mancare, ma la sua devozione alla tua causa resta più forte che mai. Se i miei modi o la mia persona non ti hanno compiaciuto, ne sono dolente, ma...»

«Se desideri compiacermi, cavaliere, sii felice per me» lo fermò Daenerys. «Questo è il giorno del mio matrimonio. Nella città gialla di Yunkai staranno già ballando nelle strade, non ne dubito.» Sospirò. «Ora alzati, mio principe, e sorridi. Verrà il giorno in cui tornerò in Occidente per riprendere quello che era il trono di mio padre, e allora chiederò l'aiuto di Dorne. Ma oggi sono gli yunkai a cingere la mia città d'acciaio. Potrei morire prima di rivedere i Sette Regni. Potrebbe morire Hizdahr. L'Occidente potrebbe svanire inghiottito dalle onde.» Daenerys lo baciò sulla guancia. «Vieni. È tempo che io mi sposi.»

Ser Barristan l'aiutò a salire sullo scranno. Quentyn raggiunse i suoi compagni dorniani. Con voce tonante, Belwas il Forte ordinò l'apertura delle porte, e Daenerys Targaryen venne trasportata fuori nel sole. Selmy la seguì da vicino, in sella al pezzato grigio.

«Dimmi» gli chiese Dany, mentre la processione avanzava verso il Tempio delle Grazie «se mio padre e mia madre fossero stati liberi di seguire i loro cuori, chi avrebbero sposato?»

«È stato molto tempo fa. Vostra grazia non poteva conoscerli.»

«Ma tu sì. Dimmi, dunque.»

L'anziano cavaliere inclinò il capo da un lato. «La regina tua madre è sempre stata conscia del proprio dovere.» Ser Barristan faceva una splendida figura nella sua armatura d'oro e d'argento, con la cappa bianca che fluttuava dalle spalle, ma la sua voce era quella di un uomo che soffre, ogni parola era come un macigno sul cuore. «Da ragazza, però... rimase molto colpita da un giovane cavaliere proveniente dalle Terre della Tempesta che portò un suo pegno in un torneo, nominandola regina dell'amore e della bellezza. Un breve incontro.»

«E che cosa ne fu di quel cavaliere?»

«Il giorno che tua madre andò in sposa a tuo padre, depose la lancia. In seguito diventò uomo di fede, e qualcuno lo udì dire che, nel suo cuore, solamente la Fanciulla poteva sostituire la regina Rhaella. La sua, ovviamente, era una passione impossibile. Un cavaliere con terre non è all'altezza di essere consorte di una principessa di sangue reale.»

"E Daario Naharis è solo un mercenario, neppure all'altezza di affibbiare gli speroni dorati di un cavaliere con terre." «Che cosa puoi dirmi di mio padre? C'è mai stata una donna che ha amato più della sua regina?»

Ser Barristan si agitò sulla sella. «Non... non amato. Forse voluto è una parola più adatta, ma... si trattò solo di pettegolezzi da cucina, bisbigli di lavandaie e stallieri...»

«Devo sapere. Non ho mai conosciuto mio padre. Devo sapere tutto di lui. Le cose buone e... anche il resto.»

«Come tu comandi.» Il cavaliere bianco scelse le parole con cura. «Il principe Aerys... da giovane fu attratto da una certa lady di Castel Granito, una cugina di lord Tywin Lannister. Quando lei e Tywin si sposarono, tuo padre bevve troppo vino al banchetto di nozze e qualcuno disse di averlo udito dichiarare che era un vero peccato che il diritto della prima notte fosse stato abolito. La battuta di un ubriaco, nulla di più, ma Tywin Lannister non era uomo da dimenticare simili parole, né... le libertà che tuo padre si prese durante il trasporto degli sposi al talamo.» Era rosso in viso. «Ho detto troppo, vostra grazia. Io...»

«Graziosa regina, lieto d'incontrarti!»

Un'altra processione si era affiancata alla loro, e Hizdahr zo Loraq sorrideva dal proprio scranno. "Il mio re." Dany si domandò dove fosse in quel momento Daario Naharis, che cosa stesse facendo. "Se questa fosse una fiaba, arriverebbe al galoppo proprio quando giungiamo al tempio, sfidando Hizdahr a duello per la mia mano."

Fianco a fianco, la processione della regina e quella di Hizdahr zo Loraq avanzarono lentamente per Meereen, finché il Tempio delle Grazie non si stagliò davanti a loro, con le cupole dorate fiammeggianti nel sole. "Che meraviglia" cercò di dire a se stessa la regina, ma la sciocca ragazzina dentro di lei non faceva altro che guardarsi attorno alla ricerca di Daario. "Se davvero ti amasse, piomberebbe qui a rapirti in punta di spada, come Rhaegar rapì la sua fanciulla del Nord" insisteva la ragazzina sciocca dentro di lei, ma la regina sapeva che era una follia. E se anche il suo capitano fosse stato così temerario da osare una cosa del genere, le Belve d'Ottone lo avrebbero abbattuto prima che arrivasse a cento iarde da lei.

Galazza Galare aspettava fuori dalle porte del tempio, circondata dalle sue sorelle in bianco e rosa e rosso, azzurro e oro e viola. "Sono meno del solito." Dany cercò Ezzara, ma non la vide. "Che la dissenteria emorragica si sia presa anche lei?" Anche se, per evitare il diffondersi del morbo, la regina aveva lasciato gli astaporiani a morire di fame fuori delle sue mura, esso dilagava ugualmente. Molti ne erano stati colpiti: liberti, mercenari, Belve d'Ottone, perfino dothraki, anche se nessuno degli Immacolati era stato contagiato. Dany pregava che il peggio fosse passato.

Le grazie portarono uno scranno d'avorio e una coppa d'oro. Sollevando il tokar per non inciampare nelle frange, Daenerys Targaryen si adagiò sul morbido velluto dello scranno, e Hizdahr zo Loraq si mise in ginocchio, le slacciò i sandali e le lavò i piedi, mentre cinquanta eunuchi cantavano in coro e diecimila occhi osservavano. "Le sue mani sono delicate" pensò Dany, mentre l'olio profumato scorreva tra le sue dita. "Se lo è anche il suo cuore, potrei riuscire ad amarlo."

Una volta che i suoi piedi furono puliti, Hizdahr li asciugò con un morbido drappo, allacciò nuovamente i sandali e l'aiutò ad alzarsi. Mano nella mano, seguirono la Grazia Verde all'interno del tempio, dove l'aria era satura d'incenso e gli dèi di Ghis stavano nascosti nelle loro nicchie.

Quattro ore più tardi, emersero di nuovo dal tempio come marito e moglie, con polsi e caviglie legati da catene d'oro giallo.

JON

La regina Selyse arrivò all'improvviso al Castello Nero con la figlia e il giullare della figlia, serve e cortigiane, una falange di cinquanta guerrieri composta da cavalieri, spade giurate e armigeri. "Tutti uomini della regina" Jon Snow ne era consapevole. "Saranno anche al seguito di Selyse, ma in realtà sono al servizio di Melisandre." La sacerdotessa rossa lo aveva avvertito della loro venuta con quasi una giornata di anticipo rispetto al corvo messaggero recante la notizia dal Forte Orientale.

Jon incontrò la regina e il suo seguito vicino alle stalle, accompagnato da Satin, Bowen Marsh e da una mezza dozzina di guardie con lunghi mantelli neri. Se anche solo la metà di quanto si diceva era vero, non sarebbe stato opportuno presentarsi alla regina senza avere anche lui un seguito. Selyse avrebbe potuto scambiarlo per un ragazzo di stalla e consegnargli le redini del proprio cavallo.

Le tormente di neve si erano finalmente spostate verso sud, dando loro un po' di tregua. Nell'aria c'era addirittura un alito di tepore, quando Jon Snow pose un ginocchio al suolo al cospetto della regina proveniente dal Sud. «Vostra grazia, il Castello Nero dà il benvenuto a te e ai tuoi.»

«I miei ringraziamenti» la regina Selyse lo osservò dall'alto della sella. «Cortesemente, scortami dal tuo lord comandante.»

«I miei confratelli hanno conferito a me quell'onore. Sono Jon Snow.»

«Tu? Mi avevano detto che eri giovane, ma...» La regina Selyse aveva il volto pallido e tirato. Portava una corona d'oro rosso con le punte simili a fiamme guizzanti, identica a quella di Stannis. «Puoi alzarti, lord Snow. Questa è Shireen, mia figlia.»

«Principessa.» Jon chinò il capo.

Shireen era una bambina sgraziata, resa ancora più brutta dal morbo grigio, che le aveva lasciato il collo e parte della guancia rigidi, grigi e squamati. «I miei confratelli sono al tuo servizio» le disse Jon.

Shireen arrossì. «Ti ringrazio, mio lord.»

«Ritengo tu abbia già conosciuto il mio consanguineo, ser Axell Florent» proseguì la regina.

«Solo tramite i corvi messaggeri.» "E i resoconti." I messaggi che aveva ricevuto dal Forte Orientale la dicevano lunga su ser Axell Florent, ben poco in senso positivo. «Ser Axell.»

«Lord Snow.» Florent era un uomo tozzo, con le gambe corte e il torace massiccio. Una folta peluria gli ricopriva guance e mascella, fuoriuscendo anche da orecchie e narici.

«I miei leali cavalieri» aggiunse la regina. «Ser Narbert, ser Benethon, ser Brus, ser Patrek, ser Dorden, ser Malegorn, ser Lambert, ser Perkin.»

Uno dopo l'altro, ciascuno rivolse a Jon un breve cenno del capo. La regina tralasciò di dire il nome del giullare, ma i sonagli sul berretto con le corna e i tatuaggi colorati sulle guance paffute, rendevano pressoché impossibile non vederlo. "Macchia." Nei resoconti dal Forte Orientale, Cotter Pyke menzionava anche lui. A suo dire era corto di cervello.

A quel punto la regina indicò un altro bizzarro membro del suo seguito: un uomo alto e scheletrico, la cui statura era ulteriormente accentuata da uno stravagante cappello di feltro viola con tre punte.

«Ed ecco l'onorabile Tycho Nestoris, emissario della Banca di Ferro della città libera di Braavos, venuto a trattare con sua grazia il re Stannis.»

Il banchiere si tolse il cappello viola e fece un ampio inchino. «Lord comandante. I miei ringraziamenti a te e ai tuoi confratelli per la vostra ospitalità.» Parlava perfettamente la lingua comune, con appena un leggero accento. Alto mezzo piede più di Jon, il braavosiano sfoggiava un pizzetto sottile come una stringa che dal mento arrivava fin quasi alla cintola. Indossava scure tonache viola, bordate di ermellino. Un alto collare rigido incorniciava il suo viso allungato. «Spero che non vi creeremo troppi fastidi.»

«Per nulla, mio lord. Sei quanto mai benvenuto.» "Di certo più di questa regina, a dire il vero." Cotter Pyke lo aveva avvertito anche della venuta del banchiere. Jon però non ci aveva troppo pensato.

Tornò a rivolgersi alla regina. «Gli appartamenti reali nella Torre del Re sono stati approntati per tutto il tempo che vostra grazia vorrà trascorrere con noi. Bowen Marsh, il nostro lord attendente. Provvederà ad acquartierare i tuoi uomini.»

«Gentile da parte tua trovare dello spazio per noi.» Le parole della regina erano abbastanza cortesi, ma il suo tono diceva: non è che il tuo dovere, e farai bene a sperare che gli appartamenti di cui parli mi soddisfino. «Non resteremo con voi a lungo, al massimo qualche giorno. Intendiamo proseguire verso la nostra nuova sede al Forte della Notte non appena ci saremo riposati a sufficienza. Il viaggio dal Forte Orientale è stato assai faticoso.»

«Come tu dici, vostra grazia» rispose Jon. «Avrete freddo e fame, ne sono certo. Un pasto caldo vi attende nella nostra sala comune.»

«Molto bene.» La regina gettò uno sguardo al cortile degli addestramenti. «Prima, però, vorremmo conferire con lady Melisandre.»

«Naturalmente, vostra grazia. Anche i suoi appartamenti si trovano nella Torre del Re. Cortesemente, da questa parte.»

La regina Selyse annuì, prese la figlia per mano e permise a Jon di farle strada. Ser Axell, il banchiere da Braavos, e il resto del suo gruppo li seguirono, come tanti anatroccoli ricoperti di lana e pellicce.

«Vostra grazia» riprese Jon Snow «i miei costruttori hanno fatto tutto il possibile per far sì che il Forte della Notte fosse pronto a riceverti... tuttavia, molto di esso rimane in rovina. È una grande fortezza, la più grande di tutta la Barriera, per cui siamo stati in grado di restaurarla solo in parte. Forse saresti più a tuo agio al Forte Orientale.»

La regina Selyse alzò il naso. «Ne abbiamo abbastanza del Forte Orientale. Quel luogo non ci aggrada. Una regina deve essere tale sotto il proprio tetto. Riteniamo che quel tuo uomo, Cotter Pyke, sia un personaggio rozzo e sgradevole, nonché avaro e litigioso.»

"Dovresti sentire quello che Cotter dice di te." «Dolente di apprenderlo, ma temo che vostra grazia troverà le sistemazioni al Forte della Notte anche meno gradevoli. Parliamo di una fortezza, non di un palazzo. Un luogo tetro e freddo. Mentre il Forte Orientale...»

«Il Forte Orientale non è sicuro!» La regina appoggiò una mano sulla spalla della figlia. «Questa è la vera erede del re. Un giorno sarà Shireen a sedere sul Trono di Spade e a dominare i Sette Regni. Deve essere tenuta lontano da ogni minaccia, e il Forte Orientale è proprio il luogo in cui si scatenerà l'attacco. Questo Forte della Notte è il posto che il re mio marito ha scelto quale nostra sede, ed è là che noi ci stabiliremo. Noi... oh!»

Un'ombra immane emerse da dietro la crisalide annerita della Torre del Lord comandante. La principessa Shireen lanciò uno strillo, e tre cavalieri della regina restarono senza fiato. Un altro imprecò. «Sette Dèi salvateci...» esclamò dimenticandosi completamente per lo spavento del suo nuovo dio fatto di fuoco.

«Non abbiate paura» li rassicurò Jon. «Non è pericoloso, vostra grazia. Si chiama Wun Wun.»

«Wun Weg Wun Dar Wun.» La voce del gigante era come il boato di un masso che rotola giù per il fianco di una montagna. Wun Wun andò in ginocchio al loro cospetto. Eppure, anche così sovrastava tutti. «Regina grossa. Regina piccola.» Parole che gli aveva senza dubbio insegnato Cinghia.

Gli occhi della principessa Shireen diventarono grandi come vassoi da banchetto. «È un gigante! Un vero gigante, come quelli delle fiabe. Ma perché parla in questo modo così strano?»

«Per ora conosce solo poche parole della lingua comune» spiegò Jon. «Nella loro terra, i giganti parlano l'antica lingua.»

«Posso toccarlo?»

«Meglio di no» avvertì la regina. «Guardalo. È una creatura immonda.» Si rivolse a Jon, con la fronte aggrottata. «Lord Snow, che cosa fa questo bestione sul nostro lato della Barriera?»

«Wun Wun è un ospite dei guardiani della notte, come lo siete tu e il tuo seguito.»

La regina non gradì quella risposta. Così come non la gradirono i suoi cavalieri. Ser Axell fece una smorfia di disgusto, ser Brus soffocò una risatina nervosa.

«Mi avevano detto che i giganti erano morti» disse ser Narbert.

«Quasi tutti.» "Ygritte pianse per loro."

«I morti stanno danzando nelle tenebre.» Macchia strisciò i piedi in un grottesco passo di danza. «Io lo so, io lo so, oh oh oh.» Al Forte Orientale, qualcuno gli aveva cucito un mantello da giullare, composto da losanghe di pelli di castoro, di pecora e di coniglio. Sul cappello svettavano le corna di cervo da cui pendevano le campanelle e lunghe strisce di pelo di coniglio gli calavano fino alle orecchie. A ogni passo che faceva Macchia tintinnava.

Wun Wun lo fissò affascinato, ma quando il gigante allungò il braccio, il giullare saltellò indietro, tintinnando. «Oh no, oh no, oh no.» Questo fece balzare in piedi il gigante. La regina afferrò la principessa Shireen e la tirò indietro, i suoi cavalieri si prepararono a estrarre le spade e Macchia arretrò, spaventato, perse l'equilibrio e finì con il culo in un tumulo di neve.

Wun Wun cominciò a ridere. La risata di un gigante svergognava il ruggito di un drago. Macchia si coprì le orecchie. La principessa Shireen affondò il viso nelle pellicce della madre. Il più temerario dei cavalieri della regina si fece avanti, con l'acciaio in pugno.

Jon alzò un braccio, tagliandogli la strada. «È meglio non farlo arrabbiare, cavaliere. Rinfodera il tuo acciaio. Cinghia, riporta Wun Wun alla Torre di Hardin.»

«Mangia adesso, Wun Wun?» chiese il gigante.

«Mangia adesso» acconsentì Jon. Si rivolse a Cinghia. «Mando su un barile di verdure per lui e della carne per voi. Accendete un fuoco.»

Cinghia sogghignò. «Sarà fatto, mio lord, ma nella torre fa un gran freddo. Forse il mio lord può mandare anche un po' di vino per riscaldarci?»

«Per voi, ma non per lui.»

Prima di arrivare al Castello Nero, Wun Wun non aveva mai assaggiato il vino, ma poi aveva cominciato a piacergli... enormemente. "Gli piace troppo." In quel momento, Jon Snow aveva già abbastanza grattacapi per aggiungerci anche un gigante ubriaco. Si rivolse di nuovo ai cavalieri della regina.

«Il lord mio padre diceva che un uomo non dovrebbe mai estrarre la spada, a meno che non intenda usarla.»

«Infatti, era proprio quella la mia intenzione.» Il cavaliere era ben rasato e con la faccia cotta dal vento; sotto una cappa di pelliccia bianca, portava una sopratunica di stoffa intessuta d'argento con l'emblema di una stella a cinque punte di colore azzurro. «Mi era parso di capire che il dovere dei guardiani della notte fosse quello di difendere la Barriera da mostri del genere. Nessuno ha mai detto di tenerli come animali da compagnia.»

"Un altro fottuto idiota del Sud." «E tu saresti...?»

«Ser Patrek della Montagna del Re, se compiace al mio lord.»

«Io non so come voi osserviate il diritto di ospitalità sulla vostra montagna, ser. Nel Nord quel diritto è sacro. E qui, come ho già detto, Wun Wun è un ospite.»

Ser Patrek sorrise. «Quindi dimmi, lord comandante, se si presentassero gli Estranei, estenderesti l'ospitalità anche a loro?» Il cavaliere si girò verso la sua regina. «Vostra grazia, quella se non erro è la Torre del Re. Posso avere l'onore?»

«Sia come desideri.» La regina accettò il braccio offerto dal cavaliere e superò gli uomini dei guardiani della notte senza più degnarli di un'occhiata.

"Quelle fiamme sulla corona sono la cosa più calda che ha." «Lord Tycho» chiamò Jon. «Un momento, cortesemente.»

Il braavosiano si fermò. «Non sono un lord. Solo un semplice servitore della Banca di Ferro di Braavos.»

«Cotter Pyke m'informa che sei arrivato al Forte Orientale con tre navi: un galeone, una galea e un cargo.»

«È così, mio lord. La traversata può rivelarsi perigliosa, in questa stagione. Una nave da sola può trovarsi in difficoltà, mentre tre vascelli possono aiutarsi a vicenda. La Banca di Ferro è sempre prudente in situazioni del genere.»

«Forse, prima che tu riparta, potremmo avere qualche parola in privato?»

«Considerami al tuo servizio, lord comandante. E a Braavos diciamo: non c'è tempo migliore del presente. A te sta bene?»

«Sì, ottimo. Vogliamo trovare rifugio nel mio solarium, o preferisci vedere la sommità della Barriera?»

Il banchiere guardò in alto, dove il ghiaccio, pallido e immane si stagliava contro il cielo. «Temo che lassù faccia un freddo inclemente.»

«Sì, e c'è molto vento. S'impara a camminare tenendosi a una certa distanza dal margine. Alcuni uomini sono stati spazzati via. Tuttavia, la Barriera è un luogo che non ha uguali sulla terra. Potresti non avere un'altra possibilità per vederla.»

«Sul letto di morte rimpiangerò questa cautela, non ne dubito, ma dopo una lunga giornata in sella, ritengo che una stanza calda sia quanto mai preferibile.»

«Nel solarium, allora. Satin, cortesemente, del vino speziato.»

Gli alloggi di Jon dietro l'armeria erano piuttosto tranquilli, anche se non particolarmente caldi. Il fuoco si era spento da parecchio tempo: Satin non era diligente ad alimentarlo come Edd l'Addolorato. Il corvo di Mormont salutò il loro ingresso con il solito grido: «*Grano!*».

Jon appese il mantello. «Sei venuto a cercare Stannis, vero?»

«Sì, mio lord. La regina Selyse suggeriva che potremmo mandare un corvo messaggero a Deepwood Motte, così da informare sua grazia che rimarrò a sua disposizione ad attenderlo al Forte della Notte. L'argomento del quale intendo conferire con lui è troppo delicato per essere affidato a pergamene scritte.»

«Un debito.» "Di quale altro argomento potrebbe trattarsi?" «Un debito suo? O di suo fratello?»

Il banchiere strinse le dita a pugno. «Non sarebbe appropriato da parte mia discutere dell'indebitamento di lord Stannis o del suo non indebitamento. Per quanto concerne re Robert… è stato in effetti nostro piacere assistere sua grazia nel bisogno. Finché re Robert è stato in vita, tutto è andato bene. Ora, per contro, il Trono di Spade ha interrotto qualsiasi rimborso.»

"Che i Lannister siano davvero così stolti?" «Non starai implicando che la Banca di Ferro ritiene Stannis responsabile per i debiti del fratello?»

«I debiti appartengono al Trono di Spade» dichiarò Tycho «e chiunque sieda su tale scranno deve pagarli. Dal momento che il giovane re Tommen e i suoi consiglieri sono diventati inavvicinabili, intendiamo affrontare l'argomento con il re Stannis. Qualora egli si rivelasse più meritevole della nostra fiducia, sarà ovviamente nostro piacere fornire a lui tutto l'aiuto di cui possa avere necessità.»

«*Aiuto*» urlò il corvo. «*Aiuto, aiuto, aiuto.*»

Gran parte di tutto ciò, Jon l'aveva intuito quando era stato informato dell'arrivo alla Barriera di un emissario della Banca di Ferro. «Stando agli ultimi messaggi, sua grazia sta marciando verso Grande Inverno per affrontare lord Bolton e i suoi alleati. Puoi andare a cercarlo là, se è questo che desideri. C'è però un rischio: trovarti coinvolto in quella guerra.»

Tycho chinò il capo. «Noi che siamo al servizio della Banca di Ferro sappiamo di dover affrontare la morte tanto quanto voi che siete al servizio del Trono di Spade.»

"Io sono davvero al loro servizio?" Jon Snow non ne era più sicuro. «Posso fornirti cavalli, provviste, guide, tutto ciò di cui avrai bisogno per arrivare fino a Deepwood Motte. Ma una volta là, dipenderà da te riuscire a raggiungere Stannis.» "O forse potresti trovare la sua testa mozzata sulla punta di una picca." «E questo ha un prezzo.»

«*Prezzo*» ripeté il corvo di Mormont. «*Prezzo, prezzo.*»

«C'è sempre un prezzo, non è forse vero?» Il braavosiano sorrise. «Quali sono le richieste della confraternita in nero?»

«Le tue navi, per cominciare. Con gli equipaggi.»

«Tutte e tre? E come ritornerò a Braavos?»

«Mi servono solo per un viaggio.

«Un viaggio pieno di rischi, immagino. Hai detto: per cominciare?»

«Ci serve anche un prestito. Quanto basta per rifornirci di vettovaglie fino a primavera. Un prestito per comprare del cibo e per pagare le navi che lo trasporteranno.»

«Fino a primavera?» Tycho sospirò. «Non è possibile, mio lord.»

Che cosa gli aveva detto Stannis? "Tu mercanteggi come una vecchia che tira sul prezzo del merluzzo, lord Snow. Lord Eddard ti ha forse generato con una pescivendola?" Forse sua grazia non aveva tutti i torti.

Ci volle quasi un'ora per rendere possibile l'impossibile, e un'altra ora per arrivare a un accordo sulle condizioni. La caraffa di vino speziato portata da Satin li aiutò a sciogliere i punti più controversi. Una volta che Jon ebbe firmato la pergamena vergata dal banchiere, erano entrambi mezzi ubriachi e abbastanza scontenti. Jon pensò che era buon segno.

I tre vascelli braavosiani avrebbero portato la flotta della confraternita in nero al Forte Orientale a undici imbarcazioni, inclusa la baleniera di Ibben che Cotter Pyke aveva requisito per ordine di Jon, una galea commerciale di Pentos che aveva subito la stessa sorte e tre malridotte navi da battaglia lyseniane, resti della flotta di Salladhor Saan, spinte a nord dalle tempeste d'autunno. Tutte e tre le navi di Saan avevano urgente bisogno di riparazione, lavori che ormai dovevano essere stati completati.

Undici vascelli non erano comunque abbastanza. Ma se Jon avesse atteso ancora, tutti quelli del popolo libero che si erano radunati ad Aspra Dimora sarebbero morti prima dell'arrivo della flotta di salvataggio. "Salpa ora, o non salpare affatto." Per contro, Madre Talpa e le sue genti erano davvero disperate al punto da affidare le loro vite ai guardiani della notte?...

La luce del giorno era ormai calata, quando Jon e Tycho Nestoris lasciarono il solarium. La neve aveva ripreso a cadere. «La tregua che ci ha dato, a quanto pare, è stata di breve durata» commentò Jon, avvolgendosi nella cappa.

«L'inverno ormai è vicino. Il giorno in cui ho lasciato Braavos, c'era del ghiaccio nei canali.»

«Tre dei miei uomini sono transitati per Braavos, non molto tempo fa» disse Jon. «Un anziano maestro, un cantastorie e un giovane attendente. Scortavano una fanciulla dei bruti e il suo bambino fino a Vecchia Città. Mi domando se tu li hai incontrati, anche solo per caso.»

«Temo di no, mio lord. Persone dall'Occidente transitano quasi ogni giorno per Braavos, ma la maggior parte arriva e riparte dal Porto degli Stracci. I vascelli della Banca di Ferro attraccano al Porto Viola. Se lo desideri, posso fare delle indagini su di loro al mio rientro.»

«Non serve. Ormai dovrebbero già essere al sicuro a Vecchia Città.»

«Speriamo. Il Mare Stretto in questo periodo dell'anno è periglioso, e di recente sono state segnalate strane presenze fra le Stepstones.»

«Salladhor Saan?»

«Il pirata lyseniano? Pare che sia tornato nelle sue vecchie acque, così almeno si dice. E anche la flotta di lord Redwyne è stata avvistata nel Braccio Spezzato. Di ritorno a casa, senza dubbio. Ma quegli uomini e quelle navi sono a noi ben noti. No, queste vele... forse vengono dal lontano oriente... qualcuno ha sentito anche strane storie di draghi.»

«Come ci piacerebbe averne uno quassù. Almeno ci scalderebbe un po'.»

«Il mio lord vuole scherzare. Mi perdonerai se non rido alla tua battuta. Noi braavosiani discendiamo da coloro che fuggirono da Valyria e dal furore dei suoi signori dei draghi. Noi non scherziamo sui draghi.»

"No, immagino di no." «Le mie scuse, lord Tycho.»

«Non occorre, lord comandante. Ora mi rendo conto di avere appetito. Prestare simili ingenti somme d'oro fa venire appetito. Vuoi essere così cortese da indicarmi la vostra sala comune?»

«Ti accompagno io stesso.» Jon fece un cenno. «Da questa parte.»

Una volta là, sarebbe stato scortese non spezzare il pane con il banchiere, per cui Jon spedì Satin a prendere loro del cibo. La presenza dei nuovi arrivati aveva attirato quasi tutti gli uomini della confraternita che non fossero o di scolta o di riposo, per cui la sala comune era affollata e calda.

La regina era assente, e anche per sua figlia. Verosimilmente, si stavano sistemando nella Torre del Re. C'erano però ser Brus e ser Malegorn, intenti a intrattenere i confratelli con le ultime notizie dal Forte Orientale e da oltre il Mare Stretto. Tre cortigiane della regina sedevano insieme, riverite dalle loro servette e ammirate da una dozzina di uomini dei guardiani della notte.

Vicino alla porta d'ingresso, il Primo Cavaliere della regina andava all'assalto di un fortilizio di cosciotti di cappone alla brace, risucchiando la carne da ogni osso e mandando giù ogni boccone con un sorso di birra chiara. Quando vide Jon Snow, ser Axell Florent buttò via un osso ben rosicchiato, si ripulì la bocca con il dorso della mano e si avvicinò. Con le sue gambe arcuate, il torace a botte e le orecchie a sventola, Florent aveva un aspetto comico, ma Jon aveva altro da fare che ridere di lui. Zio della regina Selyse, era stato fra i primi a convertirsi al dio rosso di Melisandre. "Se anche non è un assassino di consanguinei, ci va vicino." Maestro Aemon gli aveva riferito che il fratello di Axell Florent era stato bruciato sul rogo da Melisandre, eppure ser Axell aveva fatto poco o nulla per evitarlo. "Che razza d'uomo può rimanere lì a guardare mentre il proprio fratello viene bruciato vivo?"

«Nestoris» salutò ser Axell. «Lord comandante. Posso unirmi a voi?» Si lasciò cadere sulla panca prima che potessero rispondere. «Lord Snow, se posso permettermi di chiedere... la principessa dei bruti di cui ha scritto sua grazia il re Stannis... dove si trova, mio lord?»

"A molte leghe da qui" pensò Jon. "Se gli dèi sono misericordiosi, dovrebbe già aver trovato Tormund Veleno dei Giganti." «Val è la sorella minore di Dalla, che era moglie di Mance Rayder e madre di suo figlio. Dopo che Dalla è morta di parto, re Stannis ha preso Val e il piccolo in prigionia, ma Val non è una principessa, non nel modo che intendi tu.»

Ser Axell alzò le spalle. «Qualsiasi cosa sia, al Forte Orientale gli uomini dicono che è una bella figliola. Vorrei vederla con i miei occhi. Alcune di queste donne dei bruti, be', un uomo dovrebbe metterle al loro posto per riuscire a compiere il suo dovere di marito. Con la compiacenza del lord comandante, falla venire qui, che le diamo una bella occhiata.»

«Non è un cavallo a cui si guarda in bocca, ser.»

«Prometto di non mettermi a contare quanti denti ha.» Florent sogghignò. «Oh, non temere, la tratterò con le dovute cortesie.»

"Sa che Val non è qui." Un villaggio non ha segreti, e tanto meno il Castello Nero. Dell'assenza di Val non si parlava apertamente, ma alcuni uomini ne erano al corrente, e di notte, nella sala comune, i confratelli chiacchieravano. "E Florent che cosa avrà sentito dire?" si domandò Jon. "Che cosa pensa?" «Perdonami, ser, ma Val non sarà dei nostri.»

«Allora sarò io ad andare da lei. Dove tenete questa donzella?»

"Ben lontano da te." «In un luogo sicuro. Basta così, ser.»

Il cavaliere diventò paonazzo. «Mio lord, hai forse dimenticato chi sono?» Il suo fiato puzzava di birra e cipolle. «Devo riferire di questo alla regina? Una sola parola di sua grazia, e io posso avere quella ragazza dei bruti qui dentro nuda, pronta per essere esaminata.»

"Una mossa geniale, perfino per una regina." «La regina non abuserebbe mai della nostra ospitalità.» Jon si augurava che fosse vero. «Ora temo di dovervi lasciare, prima di trascurare i miei doveri di ospite. Lord Tycho, chiedo venia.»

«Certo, lord Snow» rispose il banchiere. «È stato un piacere.»

Fuori nevica più di prima. Dall'altra parte del cortile, la Torre del Re era diventata un'ombra incombente, le luci dietro le finestre erano oscurate dalla neve.

Rientrando nel solarium, Jon trovò il corvo di Mormont appollaiato sullo schienale dello scranno di legno e cuoio dietro al tavolo con cavalletti. L'uccello cominciò a gracchiare, chiedendo cibo, appena lui entrò. Jon prese una manciata di chicchi di grano dal sacchetto vicino alla porta e li gettò per terra, quindi riprese possesso dello scranno.

Tycho Nestoris aveva lasciato sul tavolo una copia del loro accordo. Jon lo rilesse tre volte. "È stato semplice" pensò. "Più semplice di quanto osassi sperare, più ancora di quanto avrebbe dovuto essere."

Il che gli procurò un certo senso di disagio. Il conio braavosiano avrebbe permesso alla confraternita in nero di comprare cibo dal Sud quando le scorte avessero cominciato a scarseggiare, il necessario per superare l'inverno, indipendentemente da quanto lungo questo sarebbe stato. "Un lungo, rigido inverno lascerà i guardiani della notte così indebitati che non riusciremo più a risollevarci" ricordò Jon a se stesso "ma se la scelta è tra il debito e la morte, meglio fare un prestito."

Ma la cosa non doveva piacergli per forza. E a primavera, quando fosse arrivato il momento di restituire tutto quell'oro, gli sarebbe piaciuto ancora di meno. Tycho Nestoris gli aveva fatto l'impressione di un uomo colto e garbato, ma quanto a farsi ripagare i prestiti, la Banca di Ferro di Braavos aveva fama di essere inclemente. Ognuna delle nove città libere aveva la propria banca, alcune anche più di una, che si azzannavano tra loro per il conio come i cani per un osso. La Banca di Ferro, però, era la più ricca e la più potente di tutte le altre banche messe insieme. Quando i principi non riuscivano a ripagare i propri debiti alle banche minori, i banchieri in rovina vendevano moglie e figli in schiavitù e procedevano ad aprirsi le vene. Quando i principi non riuscivano a ripagare i loro debiti alla Banca di Ferro, nuovi principi apparivano come dal nulla e prendevano possesso del trono.

"Come il povero e paffuto Tommen potrebbe essere in procinto di imparare." I Lannister dovevano avere le loro buone ragioni per rifiutarsi di onorare i debiti contratti da re Robert, ma era comunque una follia. Se Stannis non era troppo ostinato per accettare le loro condizioni, i braavosiani gli avrebbero dato tutto l'oro e l'argento che voleva: abbastanza conio da assoldare una dozzina di compagnie mercenarie, corrompere un centinaio di lord e mantenere i suoi uomini pagati, nutriti, vestiti e armati. "Se Stannis non giace cadavere sotto le mura di Grande Inverno, potrebbe avere appena conquistato il Trono di Spade." Jon si domandò se Melisandre aveva visto anche questo nelle sue fiamme.

Jon si appoggiò allo schienale, sbadigliò, si stiracchiò. Al mattino avrebbe scritto gli ordini per Cotter Pyke. "Mandare undici navi ad Aspra Dimora. Riportare indietro quante più persone possibile, le donne e i bambini per primi." Era tempo che venissero alzate le vele. "Dovrei andare di persona, o lascio che se ne occupi Cotter?" Il Vecchio Orso aveva guidato un'uscita di ricognizione. "*Aye.* E non ha mai fatto ritorno."

Jon Snow chiuse gli occhi. Solo per un momento...

... e si svegliò, rigido come un pezzo di legno. Il corvo del Vecchio Orso gracchiava. «*Snow, Snow.*»

E Mully lo stava scuotendo. «Milord, ci vuole la tua presenza. Chiedo venia, milord. Abbiamo trovato una ragazza.»

«Una ragazza?» Jon si mise seduto, sfregandosi via il sonno dagli occhi. «Val? È tornata Val?»

«Non è Val, milord. L'abbiamo trovata da questo lato della Barriera.»

"Arya!" Jon si raddrizzò. Doveva essere lei.

«*Ragazza*» urlò il corvo. «*Ragazza, ragazza.*»

«Ty e Dannel l'hanno incrociata due miglia a sud di Città della Talpa. Stavano inseguendo dei bruti che sono scappati giù lungo la Strada del Re. Quelli li hanno portati indietro, ma poi hanno trovato questa ragazza qua. È di sangue nobile, milord, e chiede di te.»

«Quanti erano con lei?» Jon raggiunse il bacile e si gettò dell'acqua in faccia. Dèi, com'era stanco.

«Nessuno, mio lord. Era da sola. Il suo cavallo stava morendo sotto di lei. Tutto pelle e ossa, zoppo e coperto di schiuma. Ty e Dannel lo hanno finito, e hanno portato la ragazza qui per interrogarla.»

"Una ragazza grigia su un cavallo moribondo." Sembrava che le fiamme di Melisandre non avessero mentito. Ma che ne era stato di Mance Rayder e delle sue mogli di lancia? «Dov'è adesso la ragazza?»

«Nelle stanze di maestro Aemon, milord.» Gli uomini del Castello Nero continuavano a chiamarle così, anche se l'anziano maestro doveva ormai trovarsi al caldo e al sicuro, a Vecchia Città. «La ragazza era blu per il freddo, tremava da capo a piedi, per cui Ty ha voluto che Clydas le desse un'occhiata.»

«Bene.» A Jon parve di avere di nuovo quindici anni. "Sorellina." Si alzò e indossò il mantello.

La neve continuava a cadere mentre lui e Mully attraversavano il cortile. A oriente, si vedevano le prime luci di un'alba dorata, ma dietro alla finestra di lady Melisandre nella Torre del Re tremolava ancora un bagliore rossastro. «Ma non dormi mai? A quale gioco stai giocando, sacerdotessa? Avevi forse altri incarichi per Mance Rayder?»

Jon voleva credere che la ragazza fosse Arya. Voleva rivedere il suo viso, sorriderle e arruffarle i capelli, dirle che adesso era al sicuro. "Anche se non è vero. Grande Inverno è bruciato e in rovina, e nessun posto è sicuro."

E poi, non avrebbe potuto tenerla con sé, neanche volendo. La Barriera non era un posto adatto a una donna, tanto meno a una ragazza di sangue nobile. Non aveva però nemmeno intenzione di consegnarla a Stannis o a Melisandre. Il re l'avrebbe subito data in sposa a uno dei suoi uomini, Horpe, o Massey o ser Godry lo Sterminatore di Giganti, e solo gli dèi sapevano che cosa Melisandre aveva in mente di farle.

La soluzione migliore che Jon riusciva a immaginare era di mandarla al Forte Orientale, chiedendo a Cotter Pyke di metterla su una nave per qualche destinazione dall'altra parte del Mare Stretto, lontano da tutti quei re litigiosi. Ma per farlo bisognava attendere che le navi tornassero da Aspra Dimora, questo era certo. "Arya potrebbe andare a Braavos con Tycho Nestaris. Forse la Banca di Ferro riuscirebbe a trovarle una famiglia nobile pronta ad accoglierla." Braavos era la città libera più vicina, solo che... questo la rendeva la scelta migliore e anche peggiore. "A Lorath o al Porto di Ibben potrebbe essere più al sicuro." Ma ovunque lui l'avesse mandata, per sopravvivere Arya avrebbe avuto bisogno di argento, di un tetto sopra la testa, di qualcuno che la proteggesse. Era solo una bambina.

Nei vecchi alloggi di maestro Aemon faceva così caldo che quando Mully aprì la porta restarono entrambi accecati da una densa nube di vapore. All'interno, un fuoco appena acceso ardeva nel focolare, i ciocchi di legna scoppiettavano e sibilavano. Jon girò intorno a un mucchio di indumenti fradici. «*Snow, Snow, Snow*» chiamò il corvo da qualche parte sopra di lui. La ragazza era raggomitolata vicino al camino, profondamente addormentata, avvolta in un mantello di lana nera tre volte più grande di lei.

In effetti assomigliava ad Arya quanto bastava perché Jon si fermasse, ma solo per un momento. Una ragazza alta, magra, quasi una puledra, tutta gambe e gomiti, con i capelli castani raccolti in una spessa treccia chiusa da lacci di cuoio. Aveva un viso lungo, il mento appuntito, le orecchie piccole.

Era, però, molto più grande. "Questa ragazza ha quasi la mia età." «Ha mangiato?» Jon chiese a Mully.

«Solamente pane e brodo, mio lord.» Clydas si alzò da uno scranno. «Meglio procedere lentamente, diceva sempre maestro Aemon. Di più magari non sarebbe stata in grado di digerirlo.»

Mully annuì. «Dannel aveva una delle salsicce di Hobb e gliene ha offerto un morso, ma lei non l'ha voluto.»

Jon non poteva certo biasimarla. Le salsicce di Hobb erano fatte con grasso, sale e altri ingredienti che era meglio non sapere. «Forse dovremmo solo lasciarla riposare.»

Fu a quel punto che la ragazza si riscosse, stringendo la cappa sui piccoli seni pallidi. Sembrava confusa. «Dove?...»

«Al Castello Nero, mia lady.»

«La Barriera.» I suoi occhi si riempirono di lacrime. «Sono qui.»

Clydas le andò più vicino. «Povera piccola. Quanti anni hai?»

«Sedici al mio prossimo compleanno. E non sono una bambina, ma una donna cresciuta e fertile.» Sbadigliò, coprendosi la bocca con il mantello. Un ginocchio nudo apparve tra le pieghe della lana scura. «Tu non porti la catena al collo. Sei un maestro?»

«No» rispose Clydas «ma ne ho servito uno.»

"Assomiglia vagamente ad Arya" pensò Jon. "Scarna e affamata, ma ha i capelli dello stesso colore, e anche gli occhi." «Mi hanno detto che hai chiesto di me. Io sono...»

«... Jon Snow.» La ragazza gettò indietro la treccia. «La mia casata e la tua sono legate dall'onore e dal sangue. Ascoltami, consanguineo. Mio zio Cregan mi sta dando la caccia. Non devi permettergli di riportarmi a Karhold.»

Jon la stava fissando. "Io conosco questa ragazza." Qualcosa nei suoi occhi, il modo in cui si poneva, il modo in cui parlava. Per un momento, il ricordo gli sfuggì. Ma poi ritornò. «Alys Karstark.»

Parole che portarono lo spettro di un sorriso sulle sue labbra. «Non ero sicura che ti saresti ricordato di me. Avevo sei anni l'ultima volta che ci siamo visti.»

«Eri arrivata a Grande Inverno insieme a tuo padre.» "Il padre che Robb ha decapitato." «Non ricordo per quale motivo.»

Alys arrossì. «Perché potessi incontrare tuo fratello. Oh, ci fu un altro pretesto, ma la vera ragione era quella. Avevo circa la stessa età di Robb, e mio padre pensava che potesse esserci un'unione. Ci fu un banchetto. Io danzai con lui, e anche con te. Lui fu molto cortese, e disse che danzavo molto bene. Tu eri cupo. Mio padre disse che non c'era da aspettarsi altro da un bastardo.»

«Ricordo.» Era solo in parte una bugia.

«Un po' cupo lo sei ancora» riprese la ragazza «ma se mi salvi da mio zio ti perdonerò.»

«Tuo zio... parli di lord Arnolf?»

«Non è lord» replicò Alys con rabbia. «Mio fratello Harry è lord di diritto, e secondo la legge io sono la sua erede. Una figlia viene prima di uno zio. Zio Arnolf è soltanto il castellano. In realtà è un mio prozio, lo zio di mio padre. Cregan è suo figlio. Immagino che questo ci renda cugini, ma noi lo abbiamo sempre chiamato zio. Adesso loro vogliono che lo chiami marito.» Strinse il pugno. «Prima della guerra ero promessa a Daryn Hornwood. Per sposarci aspettavamo solo il mio primo sangue mestruale, ma Daryn è caduto al Bosco dei Sussurri, per mano dello Sterminatore di Re. Mio padre scrisse che mi avrebbe trovato un altro lord del Sud da sposare, ma non riuscì a farlo. Tuo fratello Robb gli tagliò la testa per aver ucciso dei Lannister.» La sua bocca si distorse. «Pensavo che la ragione per cui avevano marciato verso sud fosse per uccidere dei Lannister.»

«Non... è andata proprio così. Lord Karstark uccise dei prigionieri, mia lady. Due ragazzi disarmati, degli scudieri detenuti in una cella.»

Alys non parve sorpresa. «Mio padre non ha mai fatto la voce grossa come il Grande Jon, ma il suo furore non era meno pericoloso. Adesso, però, lui è morto. E anche tuo fratello. Ma tu e io siamo qui, ancora in vita. C'è una faida di sangue tra noi, lord Snow?»

«Quando un uomo prende il nero della confraternita, si getta alle spalle tutte le sue faide. I guardiani della notte non hanno ostilità nei confronti di Karhold, né io nei tuoi.»

«Bene. Io temevo che... Ho implorato mio padre di lasciare uno dei miei fratelli come castellano di Karhold, ma nessuno di loro voleva perdere la gloria e i riscatti che avrebbero conquistato nella guerra contro il Sud. Adesso Torr e Edd sono morti. Harry era prigioniero a Maidenpool, l'ultima volta che abbiamo avuto sue notizie, ma questo risale a oltre un anno fa. Nel frattempo potrebbe essere morto anche lui. Non so a chi altro rivolgermi, se non all'ultimo figlio di Eddard Stark.»

«Perché non al re? Karhold si è schierata con Stannis.»

«Mio zio si è schierato con Stannis, nella speranza di provocare i Lannister a prendersi la testa del povero Harry. Se mio fratello dovesse morire, Karhold passerebbe a me, ma i miei zii vogliono impossessarsi del mio diritto di nascita. Quando Cregan avrà un figlio da me, io non gli servirò più. Ha già seppellito due mogli.» Si asciugò una lacrima con rabbia, così come avrebbe fatto Arya. «Mi aiuterai?»

«Matrimoni ed eredità sono questioni che spettano ai re, mia lady. Scriverò a Stannis a tuo nome, ma...»

Alys Karstark rise, era però una risata di disperazione. «Scrivi pure, ma non aspettarti una risposta. Prima di ricevere il tuo messaggio, Stannis sarà morto. A questo provvederà mio zio.»

«Che cosa intendi?»

«Arnolf sta marciando verso Grande Inverno, solo per poter piantare un pugnale nella schiena del tuo re. Si è alleato con Roose Bolton già da molto tempo... per l'oro, per la promessa del perdono e per la testa del povero Harry. Lord Stannis sta marciando verso una carneficina. Quindi non mi può aiutare e, anche se potesse, non lo farebbe comunque.» Alys s'inginocchiò al cospetto di Jon, con il mantello nero stretto al petto. «Sei la mia unica speranza, lord Snow. Nel nome di tuo padre, t'imploro. Proteggimi.»

LA FANCIULLA CIECA

Le sue notti erano illuminate da stelle lontane e dal riflesso dei raggi della luna sulla neve, ma a ogni alba lei si risvegliava nelle tenebre.

Aprì gli occhi e osservò ciecamente il nero che la circondava, il suo sogno si era già dissolto. "Era così bello." Si passò la lingua sulle labbra al ricordo. Il belare delle pecore, il terrore negli occhi del pastore, il suono emesso dai cani mentre li uccideva l'uno dopo l'altro, il ringhiare del suo branco. Da quando aveva cominciato a nevicare, le prede si erano fatte più rare, ma la notte precedente lei e il branco avevano banchettato: agnello, cane, montone, carne di uomo. Alcuni dei suoi cugini grigi più piccoli avevano paura degli uomini, perfino degli uomini morti: lei no. La carne era carne, e gli uomini erano prede. Lei era il lupo della notte.

Solo però quando dormiva.

La fanciulla cieca rotolò sul fianco, si mise seduta, poi in piedi, si stiracchiò. Il suo giaciglio era un materasso di stracci sopra una lastra di pietra gelida, e ogni mattina quando si svegliava sentiva il corpo rigido e contratto. Andò fino al bacile con i piedi piccoli, nudi, callosi, silenziosa come un'ombra. Si gettò dell'acqua fredda sul viso, si asciugò con un telo. "Ser Gregor" pensò. "Dunsen, Raff Dolcecuore, ser Ilyn, ser Meryn, regina Cersei." La sua preghiera del mattino. Ma lo era ancora? "No" pensò "non più. Io non sono nessuno. Quella è la preghiera del lupo della notte. Un giorno il lupo li troverà, darà loro la caccia, annuserà la loro paura, berrà il loro sangue. Un giorno."

Trovò i suoi indumenti intimi in mezzo a un mucchio, li annusò, verificando che fossero abbastanza puliti per essere indossati, e se li mise nelle tenebre. I suoi abiti da serva erano là dove li aveva appesi: una lunga tunica di lana, grezza e ruvida. La prese e se la infilò dalla testa in un unico movimento limato dall'abitudine. La calze per ultime: una nera e una bianca. Quella nera aveva sulla parte superiore una cucitura, quella bianca no, in modo che lei potesse distinguerle al tatto, infilandole nel piede giusto. Per quanto scarne, le sue gambe erano forti e scattanti, ogni giorno di più. Ne era contenta. Un danzatore dell'acqua deve avere gambe forti. Beth la Cieca non era una danzatrice dell'acqua, però lei non sarebbe stata Beth per sempre.

Conosceva la strada per arrivare alle cucine, ma se anche non l'avesse conosciuta, il suo naso l'avrebbe condotta là comunque. "Peperoni piccanti e pesce fritto" decise, annusando lungo il corridoio "e pane appena uscito dal forno di Umma." Gli aromi fecero borbottare il suo stomaco. Il lupo della notte aveva banchettato, ma la pancia della fanciulla cieca era vuota. La carne del sogno non poteva nutrirla, questo lei lo aveva imparato da tempo.

Fece colazione con sardine e gallette fritte in olio piccante, servite così calde da scottare le dita. Raccolse l'olio rimasto con un pezzo del pane che Umma aveva cotto quel mattino e mandò giù il tutto con una coppa di vino allungato con acqua, gustando i vari sapori e odori: la sensazione della crosta fra le dita, l'unto dell'olio, il bruciore del peperone piccante quando entrò nella scorticatura solo in parte rimarginata sul palmo della sua mano. "Udito, olfatto, gusto, tatto" ricordò a se stessa. "Quelli che non vedono hanno tanti altri modi per conoscere il mondo."

Qualcuno dietro di lei era entrato nella stanza, spostandosi con morbide babbucce imbottite, silenzioso come un topo. Le narici della fanciulla cieca si dilatarono. "L'uomo gentile." Gli uomini avevano un odore diverso da quello delle donne, e nell'aria c'era anche un vago aroma di arance. All'officiante piaceva masticare le bucce d'arancio per addolcire l'alito, quando le trovava.

«E tu chi sei, questa mattina?» lo udì chiedere mentre l'uomo gentile prendeva posto a capotavola. *Tap, tap,* sentì la ragazza, poi il rumore di qualcosa di fragile che si spezza. "Ha rotto il guscio del suo primo uovo."

«Nessuno» rispose la fanciulla cieca.

«È una menzogna. Io ti conosco. Sei la ragazzina cieca che fa la mendicante.»

«Beth.» La fanciulla cieca un tempo aveva conosciuto una Beth a Grande Inverno, quando era ancora Arya Stark. Forse era quello che l'aveva spinta a scegliere quel nome. O forse era stato semplicemente perché suonava bene con *blind,* cieca.

«Povera piccola» disse l'uomo gentile. «Vorresti avere di nuovo i tuoi occhi? Chiedi, e potrai tornare a vedere.»

Le faceva ogni mattina la stessa domanda. «È possibile che li voglia domani. Oggi no» rispose la fanciulla cieca. Il suo viso era acqua stagnante, nascondeva tutto, non rivelava niente.

«Come tu desideri.»

La fanciulla cieca udì che pelava l'uovo, poi riconobbe anche il breve suono argentino di quando prese il cucchiaio del sale. Le uova gli piacevano saporite.

«E la mia povera fanciulla cieca dov'è andata a mendicare ieri notte?»

«Alla Locanda dell'Anguilla Verde.»

«E quali sono le tre cose nuove che sai che ancora non sapevi l'ultima volta che sei uscita da qui?»

«Il Signore del Mare è ancora malato.»

«Questa non è una novità. Il Signore del Mare era malato ieri e sarà malato anche domani.»

«Oppure morto.»

«Ecco, quando sarà morto, quella sarà una novità.»

"Quando sarà morto, bisognerà scegliere un successore, e allora verranno fuori i coltelli." Nella città libera di Braavos funzionava così. Nel continente occidentale, quando moriva un re gli succedeva il figlio maggiore, ma i braavosiani non avevano re.

«Il nuovo Signore del Mare sarà Tormo Fregar.»

«È questo che si dice alla Locanda dell'Anguilla Verde?»

«Sì.»

L'uomo gentile diede un morso all'uovo. La fanciulla cieca lo udì masticare. L'uomo gentile non parlava mai con la bocca piena. Inghiottì e disse: «Certi uomini dicono che nel vino c'è saggezza. Sono degli stolti. In altre locande vengono senza dubbio citati altri nomi». Diede un altro morso all'uovo, masticò, inghiottì. «Quali sono le tre cose nuove che sai che prima non sapevi?»

«So che alcuni uomini dicono che Tormo Fregar sarà *sicuramente* il nuovo Signore del Mare» rispose la fanciulla cieca. «Alcuni uomini ubriachi.»

«Così va meglio. E che cos'altro sai?»

"Che nevica sulle Terre dei Fiumi, nel continente occidentale" stava quasi per dire la fanciulla cieca. Ma allora l'uomo gentile le avrebbe chiesto come faceva a saperlo, e la fanciulla cieca dubitava che la risposta gli sarebbe piaciuta. Si morse il labbro, ripensando alla notte precedente. «La puttana S'vrone aspetta un bambino. Non è sicura di chi sia il padre, ma pensa che potrebbe essere un mercenario di Tyrosh che lei stessa ha ucciso.»

«Buono a sapersi. Che altro?»

«La regina Merling ha scelto una nuova sirena per rimpiazzare quella che è annegata. È la figlia di una serva del capitano Prestyan, tredici anni e senza un soldo, ma bella.»

«Lo sono tutte, all'inizio» disse l'uomo gentile «solo che tu non puoi sapere che è bella a meno che tu non l'abbia vista con i tuoi occhi, e tu non hai occhi. Chi sei, bambina?»

«Nessuno.»

«Io vedo Beth la Cieca, la ragazzina mendicante. Ed è una gran bugiarda. Ora procedi con i tuoi doveri. *Valar morghulis.*»

«*Valar dohaeris.*»

La fanciulla cieca raccolse ciotola, coppa, coltello e cucchiaio, e si rimise in piedi. Da ultimo, prese il bastone. Era lungo cinque piedi, sottile e flessuoso, spesso quanto il suo pollice, con del cuoio avvolto per circa un piede di altezza attorno all'estremità superiore. "È meglio degli occhi, una volta che hai imparato a usarlo" le aveva detto l'orfana.

Era una menzogna. Le mentivano spesso, per metterla alla prova. Nessun bastone è meglio di un paio d'occhi. Però è utile averlo, così la fanciulla cieca se lo teneva sempre accanto. Umma aveva iniziato a chiamarla Bastone, ma i nomi non avevano importanza. Lei era lei. "Nessuno. Io non sono nessuno. Solo una fanciulla cieca, solo una serva del Dio dai Mille Volti."

Ogni sera, a cena, l'orfana le portava una coppa di latte e le diceva di berlo tutto. Era una strana bevanda, con un gusto amaro che la fanciulla cieca aveva presto iniziato a odiare. Perfino il tenue odore che l'avvertiva di ciò che la sua lingua stava per toccare le dava un senso di vomito, ma lei svuotava la coppa comunque.

«Per quanto tempo dovrò essere cieca?» chiedeva la fanciulla cieca.

«Finché le tenebre non saranno per te dolci come la luce» rispondeva l'orfana «oppure fino a quando non ci chiederai di riavere gli occhi. Chiedi, e tornerai a vedere.»

"E poi mi manderete via." Meglio allora la cecità. Non l'avrebbero indotta ad arrendersi.

Il giorno in cui si era svegliata cieca, l'orfana l'aveva presa per mano e l'aveva condotta nelle cripte e nei tunnel scavati dentro la roccia su cui era costruita la Casa del Bianco e del Nero, quindi su per gli scalini di pietra, fino al tempio vero e proprio. «Mentre sali, conta gli scalini» le aveva detto l'orfana. «E lascia scorrere le dita lungo il muro. Ci sono dei segni, invisibili allo sguardo, ma percettibili al tatto.»

Era stata la sua prima lezione. Ne erano seguite molte altre.

I veleni e le pozioni erano nel pomeriggio. La fanciulla cieca aveva l'olfatto, il tatto e il gusto che l'aiutavano, ma tatto e gusto potevano essere pericolosi quando si macinano veleni e, nel caso di certi miscugli tossici dell'orfana, perfino l'odorato era rischioso. I polpastrelli bruciati e le labbra piagate diventarono per lei una consuetudine, e ci fu una volta in cui si sentì così male che per giorni non riuscì a tenere niente nello stomaco.

La cena era dedicata alle lezioni di lingua. La fanciulla cieca capiva il braavosiano, e lo parlava in modo passabile, aveva perfino perso quasi del tutto il suo accento barbaro, anche se l'uomo gentile non era soddisfatto. Insisteva che doveva migliorare il suo alto valyriano e imparare anche le lingue di Lys e di Pentos.

La sera giocava con l'orfana al gioco della menzogna, ma senza occhi per vedere, il gioco era molto diverso. Certe volte tutto quello che aveva per proseguire erano il tono della voce e la scelta delle parole; altre volte l'orfana le permetteva di passarle le mani sul viso. All'inizio il gioco era difficilissimo, quasi impossibile... ma proprio quando stava per arrivare al punto di mettersi a urlare per la frustrazione, tutto diventò più facile. Imparò ad *ascoltare* le menzogne, a percepirle nei movimenti dei muscoli attorno alla bocca e agli occhi.

Molti degli altri suoi doveri erano rimasti gli stessi, ciononostante mentre li eseguiva finiva per inciampare contro la mobilia, picchiare contro le pareti, far cadere vassoi, smarrirsi disperata e indifesa all'interno del tempio. Una volta, per poco non cadde a capofitto giù per le scale, ma in un'altra vita, quando era ancora la ragazzina chiamata Arya, Syrio Forel le aveva insegnato l'equilibrio e in qualche modo riuscì a non cadere.

Certe notti avrebbe voluto piangere fino a scivolare nel sonno, come faceva quando era ancora Arry, o Donnola, o Cat, o addirittura Arya della Casa Stark... ma nessuna di loro aveva più lacrime. Senza occhi, perfino il compito più semplice diventava pericoloso. Si scottò almeno una dozzina di volte, mentre lavorava con Umma nelle cucine. Un giorno, affettando le cipolle, si tagliò un dito fino all'osso. In due circostanze, non riuscì più a ritrovare la sua stanza nello scantinato, e dovette dormire per terra in fondo alle scale. Tutte quelle nicchie e quelle alcove trasformavano il tempio in un luogo infido, anche dopo che la fanciulla cieca aveva imparato a usare le orecchie; il modo in cui i suoi passi rimbombavano sotto la volta e riecheggiavano tra le gambe delle trenta alte statue degli dèi faceva credere che le pareti si spostassero, e anche la vasca piena d'acqua nera e stagnante aveva strani effetti sui suoni.

«Hai cinque sensi» le disse l'uomo gentile. «Impara a usare gli altri quattro, avrai meno tagli, scorticature e vesciche.»

La fanciulla cieca adesso poteva percepire le correnti d'aria sulla propria pelle. Riusciva a trovare le cucine con l'olfatto, distinguere gli uomini dalle donne in base all'odore. Riconosceva Umma, i servitori e gli adepti dalla cadenza dei loro passi, poteva distinguere l'uno dall'altro con certezza prima di arrivare sufficientemente vicino per sentirne l'odore (però non l'orfana o l'uomo gentile, i quali, a meno che non lo volessero, non emettevano pressoché alcun suono). Anche le candele accese nel tempio avevano un loro odore; perfino quelle non aromatiche rilasciavano esili fili di fumo dai loro stoppini. Erano come dei richiami, una volta che la fanciulla cieca aveva imparato a usare il naso.

Anche i morti avevano un loro odore. Una delle mansioni della fanciulla cieca era andare ogni mattina a cercarli all'interno del tempio, ovunque avessero scelto di chiudere gli occhi dopo aver bevuto dalla vasca.

Quella mattina ne trovò due.

Un uomo era morto ai piedi dello Sconosciuto, un'unica candela pulsava sopra di lui. La fanciulla cieca percepì il suo calore, e l'odore che emanava le fece prudere il naso. La candela ardeva di una fiamma rosso scuro, lei lo sapeva; per quelli dotati di occhi, il cadavere sarebbe sembrato avvolto da un alone purpureo. Prima di chiamare i servitori perché lo portassero via, la fanciulla cieca s'inginocchiò e gli tastò la faccia, seguendo il profilo della mascella, sfiorando con le dita le guance e il naso, toccando i capelli. "Ricci e folti. Un bel viso senza rughe. Era giovane." Si domandò che cosa lo avesse portato là a cercare il dono della morte. I bravacci moribondi arrivavano spesso alla Casa del Bianco e del Nero per accelerare la propria fine, ma su quell'uomo lei non trovò alcuna ferita.

Il secondo corpo era di una vecchia. Si era addormentata su un divano del sogno, dentro una delle alcove nascoste dove speciali candele evocavano visioni delle cose amate e perdute. Una morte dolce e delicata, come quasi con affetto la definiva l'uomo gentile. Le dita dissero alla fanciulla cieca che la vecchia era morta con il sorriso sulle labbra. Non era morta da molto. Il suo corpo era ancora caldo al tatto. "La sua pelle è così morbida, come un sottile cuoio stagionato piegato e raggrinzito mille e mille volte."

Quando i servitori arrivarono per portare via il cadavere, la fanciulla cieca li seguì. Lasciò che fossero i loro passi a guidarla, ma quando i servitori iniziarono a scendere contò i gradini. Questo anche se conosceva a memoria il numero di tutti i gradini. Sotto il tempio c'era un labirinto di cripte e di tunnel dove perfino uomini con due occhi buoni spesso si perdevano, ma la fanciulla cieca conosceva ogni più recondito anfratto di quel labirinto, e qualora nella sua memoria fosse apparsa una lacuna, aveva con sé il bastone per ritrovare la strada.

I cadaveri venivano sistemati nel sepolcro. La fanciulla cieca si mise al lavoro nell'oscurità, togliendo ai morti stivali, abiti e altri beni, svuotando le loro borse e contando il loro conio. Distinguere al tatto una moneta dall'altra era stata una delle prime cose che l'orfana le aveva insegnato, dopo che le avevano portato via gli occhi. Le monete di Braavos erano ormai delle vecchie amiche: per riconoscerle, le bastava passare le dita sulle loro facce di metallo. Con le monete di altre terre, di altre città era più difficile, specialmente quelle dei paesi lontani. Gli onori di Volantis erano le più comuni, piccole monete non più grandi di un soldino, con una corona da una parte e un teschio dall'altra. Le monete lyseniane erano ovali e mostravano una donna nuda. Altre monete recavano impresse navi, elefanti, caproni. Le monete dell'Occidente avevano la testa di un re su una faccia e un drago sull'altra.

La vecchia non aveva borsa, né altri beni, a parte un anello a uno dei mignoli. Sul bell'uomo trovò quattro dragoni d'oro del continente occidentale. Stava facendo scorrere il pollice sul conio più usurato, cercando di capire quale re vi fosse raffigurato, quando udì la porta aprirsi silenziosamente alle sue spalle.

«Chi c'è?» chiese.

«Nessuno.» La voce era profonda, aspra, fredda.

E si spostava. Lei afferrò il bastone, lo alzò per proteggersi il viso. Il legno sbatté contro il legno. La violenza dell'impatto le fece quasi sfuggire di mano il bastone. Mantenne la presa, rispose all'attacco… e al suo posto trovò soltanto il vuoto. «Non lì» disse la voce. «Sei cieca?»

Lei non rispose. Parlando avrebbe coperto qualsiasi rumore dell'avversario. Sapeva che lui continuava a muoversi. "Destra o sinistra?" La fanciulla cieca fece un balzo a sinistra e falciò a destra, il nulla. Un fendente obliquo da dietro la colpì alle gambe. «Sei sorda?»

Lei girò su se stessa, con il bastone nella sinistra, vorticando, senza colpire. Da sinistra il suono di una risata. Falciò a destra.

Questa volta colpì. Il suo bastone picchiò contro quello dell'avversario. L'urto le provocò una scossa lungo tutto il braccio. «Bene» disse la voce.

La fanciulla cieca non sapeva a chi appartenesse quella voce. A uno degli adepti, suppose. Non ricordava di averla mai udita prima, ma chi poteva dire se i servitori del Dio dai Mille Volti non fossero in grado di cambiare voce con la medesima facilità con cui cambiavano faccia? Oltre a lei, la Casa del Bianco e del Nero ospitava due servitori, tre adepti, la cuoca Umma e due officianti che lei chiamava l'orfana e l'uomo gentile. C'erano altri che andavano e venivano, a volte per vie segrete, ma quelli erano gli unici a vivere nel tempio. La sua nemesi poteva essere uno qualunque di loro.

La ragazza scartò di lato, facendo roteare il bastone, udì un rumore dietro di lei, si voltò di scatto in quella direzione, cercando di colpire l'aria. E d'un tratto si ritrovò con il proprio bastone fra le gambe, che la ostacolava mentre cercava di girarsi ancora, battendo contro lo stinco. Lei inciampò e cadde con un ginocchio a terra, così forte che si morse la lingua.

A quel punto si fermò. "Immobile come pietra. Dov'è finito?"

L'avversario, alle sue spalle, rise. La grattò offensivamente dietro un orecchio, poi la colpì sulle nocche mentre lei cercava di rialzarsi. Il bastone le cadde rumorosamente sulla pietra. La ragazza sibilò furibonda.

«Forza. Raccoglilo. Ho finito di suonartele, per oggi.»

«A me non le suona nessuno!» La ragazza avanzò carponi finché non ritrovò il suo bastone, allora balzò in piedi, piena di lividi e sporca. Il sepolcro era immoto e silente. L'avversario se n'era andato. Davvero? Poteva essere ancora lì, accanto a lei, non lo avrebbe mai saputo. "Cerca di sentire il suo respiro" disse a se stessa. Ma non c'era nessun respiro da sentire. Lasciò passare ancora qualche momento, poi posò il bastone e riprese il lavoro. "Se avessi avuto gli occhi, lo avrei pestato a sangue." Un giorno, l'uomo gentile le avrebbe ridato gli occhi, e lei avrebbe dato una lezione a tutti quanti.

Ormai il cadavere della vecchia era freddo, quello del bravo si stava irrigidendo. La ragazza ci era abituata. La maggior parte dei giorni trascorreva più tempo con i morti che con i vivi. Sentiva la mancanza degli amici che aveva quando era Cat, la Gatta dei Canali: il vecchio Brusco con la schiena malandata, le sue figlie Talea e Brea, i guitti della Nave, Merry e le sue puttane al Porto Felice, tutti gli altri furfanti e la feccia del porto. Ma più di tutto sentiva la mancanza di Cat stessa, addirittura più che degli occhi. Le era piaciuto essere Cat, più di quanto le fosse piaciuto essere Salty o Squab o Donnola o Arry. "Ho ucciso Cat quando ho ucciso quel cantastorie." L'uomo gentile l'aveva avvertita che le avrebbero comunque preso gli occhi, per aiutarla a imparare a usare gli altri sensi, ma non prima di altri sei mesi. Gli adepti ciechi erano frequenti nella Casa del Bianco e del Nero, anche se pochi erano giovani come lei. Ma alla ragazza non dispiaceva. Daeron aveva disertato dai guardiani della notte: meritava di morire.

E questo, lei, all'uomo gentile lo disse. «E tu sei forse un dio, per decidere chi deve vivere e chi deve morire?» ribatté lui. «Noi concediamo il dono solo a coloro che vengono segnati dal Dio dai Mille Volti, dopo preghiere e sacrifici. Così è sempre stato fin dall'inizio. Ti ho parlato della fondazione del nostro ordine, di come il primo di noi rispose alle preghiere degli schiavi che invocavano la fine. Il dono venne concesso soltanto a coloro che lo imploravano, all'inizio... ma un giorno, uno di noi udì uno schiavo invocare non la morte propria, ma quella del suo padrone. La desiderava così ferventemente da offrire tutto ciò che possedeva pur di far sì che la sua preghiera venisse accolta. E al nostro confratello parve che quel sacrificio avrebbe comunque compiaciuto il Dio dai Mille Volti, per cui quella notte esaudì l'invocazione. Poi andò dallo schiavo e disse: "Tu hai offerto tutto quello che possiedi in cambio della morte di quest'uomo, ma gli schiavi non possiedono nulla se non la loro stessa vita. Questo è quindi ciò che il dio desidera da te. Per il resto dei tuoi giorni sulla terra, lo servirai". E da allora, fummo in due.» L'uomo gentile strinse la presa al suo braccio, gentilmente ma con fermezza. «Tutti gli uomini devono morire. Non siamo altro che gli strumenti della morte, non la morte stessa. Uccidendo quel cantastorie, tu ti sei arrogata i poteri di dio. Noi uccidiamo gli uomini, ma non abbiamo la presunzione di giudicarli. Capisci?»

"No" pensò. «Sì» disse.

«Tu menti. Ed è per questo che adesso devi continuare a camminare nelle tenebre fino a quando non avrai trovato la strada. Devi solo chiedere, e potrai riavere gli occhi.»

"No" pensò. «No» disse.

Quella sera, dopo la cena e una breve sessione del gioco della menzogna, la fanciulla cieca si legò una striscia di tessuto intorno alla testa, coprendo gli occhi inutili, cercò la ciotola delle elemosine e chiese all'orfana di aiutarla a indossare la faccia di Beth. Dopo che le avevano preso gli occhi, l'orfana le aveva rasato il cranio; lo chiamava il taglio dei guitti, in quanto molti di loro lo adottavano per poter indossare più facilmente le parrucche. Ma andava bene anche per i mendicanti, evitando che sulla testa si annidassero pulci e pidocchi. Però ci voleva qualcosa di più di una parrucca.

«Potrei coprirti di piaghe purulente» disse l'orfana «ma poi i locandieri e i tavernieri ti caccerebbero fuori dai loro locali.» Al posto delle piaghe, l'orfana le diede delle butterazioni da vaiolo e una verruca da guitti su una guancia, una verruca finta, ma con tanto di peli neri che spuntavano.

«È abbastanza brutta?» domandò la fanciulla cieca.

«Non certo graziosa.»

«Bene.»

Non le era mai importato di essere graziosa, nemmeno quando era ancora la stupida Arya Stark. Solo suo padre la definiva carina. "Lui, e a volte anche Jon Snow." Sua madre diceva sempre che avrebbe potuto essere graziosa, se solo si fosse lavata e spazzolata i capelli, e avesse messo una maggior cura nel vestire, come faceva sua sorella. Per sua sorella, per le amiche di sua sorella e per tutti gli altri, lei era sempre stata Arya Faccia-da-cavallo. Ma adesso loro erano morti, anche Arya, tutti tranne il suo fratellastro, Jon. Certe notti sentiva parlare di lui nelle taverne e nei bordelli del Porto degli Stracci. Qualcuno lo aveva definito il Bastardo Nero della Barriera. "Scommetto che neppure Jon riuscirebbe a riconoscere Beth la Cieca." Questo la rattristava.

I vestiti che indossò erano degli stracci, sbiaditi e laceri, ma caldi e puliti. Sotto di essi, nascose tre coltelli: uno in uno stivale, un altro dentro una manica, il terzo in un fodero dietro la schiena. I braavosiani erano per lo più persone gentili, disponibili ad aiutare quella povera ragazzina cieca che chiedeva l'elemosina, piuttosto che a cercare di farle del male, ma potevano sempre esserci degli infami che vedevano in lei un facile bersaglio da rapinare o da stuprare. Le lame erano per loro, anche se fino a quel momento la fanciulla cieca non era mai stata costretta a usarle. A completare il suo abbigliamento c'erano la ciotola delle elemosine e un pezzo di fune usato come cintura.

Uscì mentre il Titano di Braavos ruggiva l'annuncio del tramonto, contando i gradini che scendevano dalla Casa del Bianco e del Nero, poi trovando la strada picchiando ritmicamente l'estremità del bastone contro il ponte che oltrepassava il canale, arrivando all'Isola degli Dèi. Riuscì a capire che c'era una fitta nebbia dal modo in cui gli stracci le si appiccicavano addosso e dalla sensazione di umidità dell'aria sulle mani nude. Aveva scoperto che le nebbie di Braavos avevano anche strani effetti sui suoni. "Metà della città sarà mezza cieca, questa notte."

Superando i templi, poté udire gli adepti del Culto della Saggezza Stellare che levavano canti alle stelle della sera dalla sommità della loro torre medianica. Nell'aria aleggiava un sottile fumo aromatico che guidò la fanciulla cieca in un cammino tortuoso fino ai grandi bracieri di ferro che i preti rossi avevano acceso davanti al tempio del Signore della Luce. Ben presto poté anche sentire il calore nell'aria, mentre gli adoratori di R'hllor univano le loro voci nella preghiera. «Perché la notte è oscura e piena di terrori» pregavano.

"Non per me." Le sue notti erano illuminate dalla luna e riempite dal canto del suo branco, con il gusto della carne rossa strappata dalle ossa, con il caldo odore familiare dei suoi cugini grigi. Solo di giorno lei era sola e cieca.

Non era un'estranea, al fronte del porto. Cat era solita aggirarsi tra i moli e i vicoli del Porto degli Stracci vendendo molluschi, ostriche e cozze per Brusco. Ora, con i suoi stracci, la sua testa rasata e la sua verruca da guitti, non aveva più lo stesso aspetto di allora, ma per maggior sicurezza si tenne a distanza dalla Nave e dal Porto Felice e da tutti gli altri luoghi dove Cat era più conosciuta.

Sapeva riconoscere ogni locanda e ogni taverna dall'odore. Il Barcaiolo Nero aveva un odore salmastro. Da Pynto sapeva di vino inacidito, formaggio puzzolente e dello stesso Pynto, il quale non si cambiava mai i vestiti e non si lavava mai i capelli. Al Rammendatore di Vele l'aria fumosa era sempre carica dell'odore di carne arrostita. La Casa delle Sette Lanterne odorava d'incenso, il Palazzo di Raso dei profumi delle ragazze giovani e belle che sognavano di diventare cortigiane.

Ciascuno di quei luoghi aveva anche i propri suoni. Da Moroggo e alla Locanda dell'Anguilla Verde quasi ogni sera si esibivano cantastorie. Alla Locanda del Reietto erano gli avventori stessi a esibirsi, con voci da ubriachi e in decine di lingue diverse. La Casa della Nebbia era sempre affollata di rematori delle barche-serpente che discutevano di dèi, cortigiane, e se il Signore del Mare fosse un idiota oppure no. Il Palazzo di Raso era molto più tranquillo, un luogo di tenerezze sussurrate, soffici fruscii degli abiti di seta, risatine delle ragazze.

Beth andava a mendicare ogni notte in un posto diverso. Aveva imparato molto in fretta che locandieri e tavernieri erano più portati a tollerare la sua presenza se non diventava troppo assidua. La notte precedente l'aveva passata davanti alla Locanda dell'Anguilla Verde, per cui quella sera, dopo aver oltrepassato il Ponte Insanguinato, svoltò a destra invece che a sinistra, raggiungendo Da Pynto, all'estremità opposta del Porto degli Stracci, proprio al margine della Città Annegata. Sarà anche stato rumoroso e puzzolente, ma sotto quei vestiti non lavati e quelle croste di sporco Pynto aveva comunque un cuore gentile. Il più delle volte, se il locale non era troppo affollato, le permetteva di entrare, certe volte le dava addirittura un boccale di birra chiara e un tozzo di pane, mentre le raccontava le sue storie. Da giovane, Pynto era stato il più famigerato pirata delle Stepstones, almeno a sentire lui; e non c'era nulla che gli piacesse di più che magnificare le proprie imprese.

Quella notte, lei ebbe fortuna. La taverna era quasi vuota, e poté trovare un angolino tranquillo non lontano dal fuoco. Si era appena seduta, accavallando le gambe, che qualcosa le sfiorò la coscia. «Di nuovo qui?» disse la fanciulla cieca.

Gli grattò la testa dietro un orecchio, il gatto le saltò in grembo e cominciò a fare le fusa. Braavos era piena di gatti, e Da Pynto ancora di più che altrove. Il vecchio pirata credeva che i gatti, oltre a portare fortuna, tenessero lontani i topi dal locale, topi a quattro e a due zampe.

«Tu mi conosci, vero?» sussurrò la fanciulla cieca. I gatti non si facevano ingannare da una verruca da guitti. Si ricordavano della Gatta dei Canali.

Fu una notte fruttuosa. Pynto, di ottimo umore, le diede una coppa di vino annacquato, un pezzo di formaggio puzzolente e mezzo sformato d'anguilla. «Pynto è proprio un brav'uomo» dichiarò, dopo essersi seduto con lei a raccontarle di quando aveva abbordato la nave delle spezie, una storia che lei aveva già sentito almeno una dozzina di volte.

Con il passare delle ore, la taverna si riempì. Pynto fu troppo occupato per prestarle attenzione, ma parecchi dei suoi clienti abituali lasciarono cadere del conio nella sua ciotola da mendicante. Altri tavoli erano occupati da forestieri: balenieri di Ibben che puzzavano di sangue e di grasso di balena, un paio di bravacci con oli profumati nei capelli, un uomo grasso di Lorath che si lamentava che le panche nel locale di Pynto erano troppo strette per la sua mole. Più tardi, arrivarono tre lyseniani, dei marinai sbarcati dalla *Buoncuore,* una galea danneggiata dalla tempesta che era arrancata fino a Braavos la notte precedente e che quella mattina era stata sequestrata dalle guardie del Signore del Mare.

I lyseniani occuparono il tavolo più vicino al fuoco e si misero a parlare sommessamente sopra coppe di rum nero catrame, tenendo la voce talmente bassa che nessuno poteva origliare. Ma la fanciulla cieca non era nessuno, e udì quasi ogni parola. E per un attimo ebbe l'impressione di riuscire anche a vederli: attraverso gli occhi gialli a fessura del gatto che, acciambellato sul suo grembo, continuava a fare le fusa. Uno dei tre lyseniani era anziano, l'altro giovane e al terzo mancava un orecchio, ma tutti e tre avevano i capelli biondo pallido e la tipica pelle chiara di Lys, città libera in cui scorreva ancora forte il sangue dell'antica Valyria.

La mattina seguente, quando l'uomo gentile le chiese quali tre cose nuove lei avesse saputo che prima non sapeva, la fanciulla cieca era pronta.

«So per quale ragione il Signore del Mare ha sequestrato la *Buoncuore*. La nave trasportava schiavi. Centinaia di schiavi, donne e bambini, legati insieme nella stiva.» Braavos era stata fondata da schiavi in fuga, e il traffico degli schiavi era proibito.

«So da dove arrivano quegli schiavi. Erano bruti del continente occidentale, prelevati in un posto chiamato Aspra Dimora. Un antico insediamento in rovina, un luogo maledetto.» A Grande Inverno, quando lei era ancora Arya Stark, la Vecchia Nan le aveva narrato delle storie su Aspra Dimora. «Dopo la grande battaglia, in cui il Re oltre la Barriera è rimasto ucciso, i bruti sono fuggiti, e questa strega dei boschi chiamata Madre Talpa ha detto loro che se fossero andati ad Aspra Dimora sarebbero arrivate delle navi per portarli al sicuro in un posto caldo. Ma non è arrivata nessuna nave, tranne quelle dei pirati lyseniani, la *Buoncuore* e la *Elefante*, spinte verso nord da una tempesta. Hanno gettato l'ancora ad Aspra Dimora per compiere le riparazioni e hanno visto i bruti, ma erano migliaia e loro non avevano posto per tutti, per cui hanno detto che avrebbero preso solamente le donne e i bambini. I bruti non avevano niente da mangiare, per cui gli uomini hanno fatto imbarcare mogli e figlie. Ma una volta che le navi sono state al largo, i lyseniani le hanno fatte scendere nella stiva e le hanno legate. La loro intenzione era di rivenderle a Lys. Dopo di che sono finiti in un'altra tempesta e le due navi si sono separate. La *Buoncuore* è rimasta talmente danneggiata che il comandante non ha avuto altra scelta che puntare su Braavos, mentre la *Elefante* potrebbe essere riuscita a raggiungere Lys. Quei lyseniani Da Pynto hanno detto che forse la *Elefante* sarebbe tornata ad Aspra Dimora con altre navi schiaviste. Il prezzo degli schiavi sta aumentando, dicevano, e là ci sono altre migliaia di donne e di bambini.»

«Questo è bene a sapersi. Sono due cose, e la terza?»

«Sì, la terza è che sei stato tu a colpirmi nel sepolcro.» Il bastone della fanciulla cieca vorticò e si abbatté sulle dita dell'uomo gentile, scaraventando il suo bastone a terra.

L'officiante del Dio dai Mille Volti contrasse il volto per il dolore. «E come fa una fanciulla cieca a saperlo?»

"Ti ho visto." «Ti ho detto tre cose che ho saputo. Non sono obbligata a dirtene una quarta.»

Forse, il mattino dopo, gli avrebbe parlato del gatto che l'aveva seguita Da Pynto fino al tempio e si era nascosto fra le travature della volta del sepolcro, per osservarli dall'alto. "O forse no." Se l'uomo gentile aveva dei segreti, poteva averne anche lei.

Quella sera, per cena, Umma le servì zuppa di granchio in crosta salata. Quando le venne posta davanti la coppa, la fanciulla cieca arricciò il naso e la scolò con tre lunghe sorsate. Poi ansimò e posò la coppa. La sua lingua era infuocata e, quando bevve del vino, quelle fiamme si dilatarono dalla gola su fino al naso.

«Il vino non serve, e l'acqua non farà altro che attizzare le fiamme» le disse l'orfana. «Mangia questo.» Le mise in mano un tozzo di pane. La fanciulla cieca se lo cacciò in bocca, masticò, inghiottì. In effetti aiutò. Il secondo boccone aiutò ancora di più.

E quando arrivò il mattino, quando il lupo della notte la lasciò e lei aprì gli occhi, vide una candela di sego ardere là dove prima non c'era stata nessuna candela; la sua fiamma incerta ancheggiava avanti e indietro come una baldracca del Porto Felice. Lei non aveva mai visto nulla di più meraviglioso.

UNO SPETTRO A GRANDE INVERNO

L'uomo morto venne trovato ai piedi delle mura interne, con il collo spezzato, e solamente la gamba sinistra spuntava dalla neve che aveva ricoperto il corpo durante la notte.

Se le cagne di Ramsay non lo avessero disseppellito, forse sarebbe rimasto là sotto fino a primavera. Quando finalmente Ben Bones le richiamò, Jeyne la Grigia aveva divorato a tal punto la faccia del cadavere che ci volle metà della giornata prima di capire per certo chi fosse: un armigero di quarantaquattro anni, arrivato a nord al seguito di Roger Ryswell. «Un ubriaco» sentenziò Ryswell. «Stava pisciando giù dalle mura, ne sono certo. È scivolato, ed è caduto.» Nessuno lo contraddisse. Ma Theon Greyjoy si ritrovò a domandarsi per quale motivo un uomo dovrebbe salire dei gradini resi quasi impraticabili dalla neve e raggiungere nel cuore della notte le fortificazioni in alto solo per pisciare.

Quella mattina, mentre la guarnigione faceva colazione con del pane raffermo fritto nel grasso della pancetta (i lord e i cavalieri mangiavano la pancetta), sulle panche si parlava praticamente solo del cadavere.

«Stannis ha degli amici all'interno del castello» Theon udì un sergente mugugnare. Era un vecchio uomo dei Tallhart, aveva tre alberi cuciti sulla sopratunica sdrucita. C'era appena stato il cambio di guardia. Gli uomini rientravano dal freddo, picchiando i piedi sul pavimento per liberare gli stivali e le brache dalle incrostazioni di neve mentre veniva servito il pasto del mattino: salsicce di sanguinaccio, porri e pane nero caldo appena uscito dal forno.

«Stannis?» rise uno degli esploratori a cavallo di Ryswell. «Stannis, ormai, sarà morto congelato nella neve. Altrimenti se ne starà tornando di corsa alla Barriera con la coda tra le gambe.»

«Invece potrebbe essere accampato con centomila uomini a cinque piedi di distanza dalle nostre mura» ribatté un arciere che indossava i colori dei Cerwyn. «E con questa tormenta, non riusciremmo a vedere nessuno.»

La neve continuava a cadere, giorno e notte senza fine, senza requie, senza pietà. I tumuli davano la scalata alle mura e riempivano i vuoti tra le merlature delle fortificazioni, bianche coperte calavano su ogni tetto, le tende si schiantavano sotto il peso. Da una sala all'altra erano state tese delle funi per evitare che gli uomini si perdessero anche solo cercando di attraversare il cortile principale. Le scolte andavano ad ammassarsi nelle torrette di guardia per scaldarsi le mani mezze congelate sopra bracieri ardenti, lasciando i camminamenti sulle mura alle altre sentinelle, quelle di neve fatte dagli scudieri, che ogni notte diventavano sempre più grosse e strane sotto l'incessante assalto del vento e degli agenti atmosferici. Frastagliate barbe di ghiaccio crescevano dalle picche serrate nei loro pugni nevosi. Niente meno che Hosteen Frey, il quale era stato udito ringhiare che a lui un po' di neve non faceva nessuna paura, aveva finito con il perdere un orecchio per un principio di congelamento.

Quelli che pativano di più erano i cavalli nel cortile. Se non venivano cambiate regolarmente, le coperte gettate su di loro per tenerli al caldo diventavano fradicie e poi congelavano. I fuochi che venivano accesi per scacciare il freddo facevano più male che bene. I cavalli da guerra avevano paura delle fiamme e scalciavano per scappare, ferendo se stessi e anche gli altri cavalli, dibattendosi nelle linee. Gli unici animali al sicuro e al caldo erano quelli nelle stalle, che però erano già strapiene.

«Gli dèi si sono rivoltati contro di noi» fu udito il vecchio lord Locke dire nella sala grande. «Questo è il loro furore. Un vento freddo quanto gl'inferi e nevi che non hanno fine. Noi siamo maledetti!»

«No, Stannis è maledetto» insisté un uomo di Forte Terrore. «È lui là fuori, nella tempesta.»

«Lord Stannis potrebbe stare più al caldo di quello che noi pensiamo» dichiarò uno stolto guerriero errante. «La sua sacerdotessa può evocare il fuoco. E forse il suo dio rosso può anche sciogliere queste nevi.»

"Parole poco sagge" pensò subito Theon Greyjoy. Quell'uomo aveva parlato a voce troppo alta, e a portata d'orecchio di Dick Cazzo Giallo, Alyn l'Acido e Ben Bones. La cosa arrivò a lord Ramsay, che mandò i suoi Ragazzi del Bastardo a prendere l'uomo e buttarlo fuori nella neve. «Visto che nutri così tanto affetto per Stannis, ti mandiamo da lui.»

Damon-danza-per-me diede al guerriero errante qualche colpo

con la sua lunga frusta oleata. Poi, mentre Skinner e Dick Cazzo Giallo scommettevano su quanto tempo ci avrebbe messo il sangue di quell'uomo a congelare, Ramsay diede ordine di trascinarlo su fino alla Porta Fortificata.

Le porte principali di Grande Inverno erano tutte chiuse e sbarrate, talmente strangolate dal ghiaccio che le grate d'acciaio avrebbero dovuto essere liberate a colpi di scure per poter essere sollevate. Lo stesso valeva per la Porta dei Cacciatori, anche se lì il ghiaccio non era un problema, perché la porta era stata usata di recente. La Porta della Strada del Re no, e il ghiaccio duro come pietra inchiodava le catene del ponte levatoio. Restava la Porta Fortificata, una piccola pusterla ad arco nelle mura interne. Solo una mezza porta, in verità, dotata di un ponte levatoio che scavalcava il fossato intermedio congelato, però non di una porta corrispondente nelle mura esterne, per cui consentiva l'accesso alle fortificazioni superiori esterne ma non al mondo al di là di esse.

Il guerriero errante fu trasportato, sanguinante, oltre il ponte levatoio e su per gli scalini, mentre continuava a protestare. Skinner e Alyn l'Acido lo presero per le gambe e le braccia e lo scaraventarono giù dalle mure, ottanta piedi più in basso. I tumuli si ammucchiavano talmente alti che l'uomo fu completamente inghiottito... ma gli arcieri sulle fortificazioni dichiararono di averlo visto qualche tempo dopo allontanarsi trascinando una gamba fratturata. Uno degli arcieri incoccò una freccia. «Sarà morto nel giro di un'ora» garantì lord Ramsay.

«O magari invece succhierà l'uccello di Stannis prima del calar del sole» ribatté il vecchio Umber il Flagello delle puttane.

«Allora farà meglio a stare attento a non staccarglielo» rise Roger Ryswell. «Chiunque se ne sta là fuori ha già l'uccello congelato.»

«Lord Stannis si è perso nella tormenta» disse lady Dustin. «È a leghe di distanza, morto o moribondo. Che l'inverno dia il peggio di sé. Ancora qualche giorno di neve, e sia lui sia il suo esercito saranno sepolti.»

"E anche noi" pensò Theon, incredulo di fronte a tanta stolta superficialità. Lady Barbrey era una donna del Nord, avrebbe dovuto sapere di che cosa stava parlando. Gli antichi dèi potevano essere in ascolto.

La cena fu porridge di piselli e pane raffermo, il che creò dei mugugni tra gli uomini comuni: sulla piattaforma si vedevano lord e cavalieri mangiare prosciutto.

Theon era chino su una ciotola di legno, intento a finire quel che restava della sua porzione di porridge di piselli, quando un tocco leggero sulla spalla gli fece cadere il cucchiaio. «Mai toccarmi» sibilò, chinandosi a raccogliere il cucchiaio prima che una delle ragazze di Ramsay arrivasse a prenderlo. «Mai toccarmi.»

Accanto a lui si sedette, troppo vicina, un'altra delle lavandaie di Abel. Questa era giovane, quindici anni, forse sedici, capelli biondi arruffati che avevano bisogno di una bella lavata e un paio di labbra carnose che avevano bisogno di un bel bacio. «A certe ragazze piace toccare» disse con un mezzo sorriso. «Se compiace a milord, io sono Holly.»

"Holly la puttana" pensò, ma era abbastanza graziosa. In un altro tempo, Theon si sarebbe fatto una risata e se la sarebbe messa sulle ginocchia, quel tempo però era svanito. «Che cosa vuoi?»

«Vedere le cripte. Dove stanno, milord? Me le fai vedere?» Holly giocherellò con una ciocca di capelli, attorcigliandoli attorno al mignolo. «Dicono che sono scure e profonde. Un buon posto dove toccarsi. Con tutti quei re morti che guardano.»

«È Abel che ti ha mandato da me?»

«Forse. O forse mi mando da sola. Ma se vuoi Abel, ti posso portare da lui. Canterà a milord una dolce canzone.»

Ogni parola che diceva convinceva Theon che si trattava di una trappola. "Ma quale, e a quale fine?" Che cosa poteva mai volere Abel da lui? Quell'uomo era solo un cantastorie, un ruffiano con un liuto e un sorriso falso. "Vorrà sapere come ho preso il castello, ma non per ricamarci sopra una canzone, no..." Poi trovò la risposta. "Vuole sapere come siamo entrati, così da poter lui uscire." Lord Bolton aveva sigillato Grande Inverno come i pannolini di un infante. Nessuno poteva entrare o uscire senza il suo permesso. "Abel vuole scappare, insieme alle sue lavandaie." Theon non poteva biasimarlo, ma questo non gli impedì di rispondere: «Non voglio avere niente a che fare né con Abel né con te né con nessuna delle tue sorelle. Lasciami in pace e basta».

Fuori, la neve turbinava, danzava. Theon raggiunse il muro a tentoni, poi lo seguì fino alla Porta Fortificata. Se non fosse stato per le nuvolette del loro respiro, avrebbe scambiato le guardie per due pupazzi di neve del Piccolo Walder.

«Voglio camminare sulle mura» disse loro, anche il suo respiro congelò nell'aria.

«Fa un freddo fottuto, lassù» disse uno.

«Fa un freddo fottuto anche quaggiù» fece l'altro «ma tu fa' pure come vuoi, Voltagabbana.» Fece cenno a Theon di passare.

I gradini erano innevati e scivolosi, infidi, al buio. Una volta raggiunto il camminamento, non impiegò molto a trovare il punto da cui avevano gettato nel vuoto il guerriero errante. Sgombrò la neve appena caduta e si sporse tra due merli. "Potrei saltare" pensò. "Lui è sopravvissuto, perché non potrei farcela anch'io?" Poteva saltare, e poi... "E poi cosa? Spezzarsi una gamba e morire sotto la neve? Allontanarsi strisciando e morire congelato?"

Era una follia. Ramsay gli avrebbe dato la caccia, con le sue ragazze. Se gli dèi erano misericordiosi, Jeyne la Rossa, Jez e Helicent lo avrebbero dilaniato. O peggio, sarebbe stato riportato indietro vivo. «Devo ricordare il mio nome» sussurrò.

Il mattino dopo, lo scudiero brizzolato di ser Aenys Frey venne trovato, nudo e morto per il freddo, nel terreno di sepoltura del vecchio castello: la sua faccia era così scura per il congelamento che il cadavere sembrava indossare una maschera. Ser Aenys disse subito che aveva bevuto troppo e si era perso nella tormenta, anche se nessuno poté spiegare per quale motivo, prima di uscire là fuori, si fosse tolto i vestiti. "Un altro ubriaco" pensò Theon. Il vino poteva annegare una gran quantità di sospetti.

Poi, prima della fine della giornata, fu la volta di un balestriere che aveva giurato fedeltà ai Flint, trovato nelle stalle con il cranio sfondato. Il calcio di un cavallo, dichiarò lord Ramsay. "Più probabilmente un bastone" decise Theon.

Tutto appariva familiare, come una macabra farsa, già vista. Cambiavano solo i guitti. Roose Bolton interpretava il ruolo che Theon stesso aveva interpretato la volta precedente, e gli uomini morti rappresentavano Aggar, Gynir Nasorosso e Gelmarr il Tetro. "C'era anche Reek" ricordò Theon "ma era un altro Reek, un Reek dalle mani grondanti sangue e dalle labbra stillanti menzogne dolci come miele. Reek, Reek, che fa rima con *sneak*, furbo."

Quelle morti portarono i lord di Roose Bolton a litigare apertamente nella sala grande. Alcuni stavano cominciando a perdere la pazienza. «Per quanto tempo ancora dovremo restare rintanati qui dentro ad aspettare questo re che non arriva mai?» sbottò ser Hosteen Frey. «Dovremmo essere noi ad attaccare Stannis ponendo fine a tutto questo.»

«Lasciare il castello?» disse con voce roca Harwood Stout, senza un braccio. Da come lo disse, era chiaro che avrebbe preferito farsi mozzare anche l'altro.

«Per combattere lord Stannis, dobbiamo prima trovarlo» obiettò Roger Ryswell. «I nostri esploratori escono dalla Porta dei Cacciatori, ma negli ultimi tempi nessuno di loro fa ritorno.»

Lord Wyman Manderly si diede una pacca sul ventre poderoso. «Porto Bianco non ha paura di cavalcare al tuo fianco, ser Hosteen. Portaci fuori, e i miei cavalieri ti seguiranno.»

Ser Hosteen si voltò verso il grassone. «Sì, vicini quanto basta per piantarmi una lancia nella schiena, *aye*. Dove sono i miei parenti, Manderly? Dimmelo. I tuoi ospiti, quelli che ti hanno riportato tuo figlio.»

«Le sue ossa, vorrai dire.» Manderly infilzò un trancio di prosciutto con la daga. «Me li ricordo bene, i tuoi parenti. Rhaegar dalle spalle rotonde, con la lingua sciolta. Lo spavaldo ser Jared, così rapido a snudare la spada. Symond, maestro delle spie, sempre lì a fare tintinnare il conio. Loro mi hanno riportato le ossa di Wendel. Mentre Tywin Lannister mi ha restituito Wylis, sano e integro, come aveva promesso. Un uomo di parola, lord Tywin, i Sette Dèi salvino la sua anima.» Lord Manderly si cacciò il prosciutto in bocca, masticò rumorosamente, schioccò le labbra e disse: «La strada è piena di pericoli, ser. Io ho dato ai tuoi fratelli i doni che spettano agli ospiti, quando siamo partiti da Porto Bianco. Avevamo fatto giuramento d'incontrarci di nuovo alle nozze. Moltissimi hanno assistito a quella partenza».

«Moltissimi?» ripeté Aenys Frey in tono di scherno. «O forse solo tu e i tuoi?»

«Che cosa staresti insinuando, Frey?» Il lord di Porto Bianco si ripulì la bocca con la manica. «Non mi piace neanche un pezzetto del tuo tono.»

«Esci in cortile, sacco di lardo, e ti servirò tutti i fottuti pezzetti che riesci a ingoiare» ringhiò ser Hosteen.

Wyman Manderly rise, ma una dozzina dei suoi cavalieri scattarono in piedi come un sol uomo. Toccò a Roger Ryswell e Barbrey Dustin calmarli con parole pacate. Roose Bolton non disse nulla. Ma Theon vide nei suoi pallidi occhi azzurri qualcosa che non aveva mai visto prima: disagio, forse addirittura un po' di paura.

Quella notte la nuova stalla crollò sotto il peso della neve che l'aveva sepolta. Ventisei cavalli e due stallieri morirono schiacciati dalle travature del tetto o soffocati sotto la neve. Ci volle quasi tutta la mattina per estrarre i corpi. Lord Bolton fece una rapida comparsa nel cortile esterno a ispezionare la scena, quindi diede ordine di portare all'interno i cavalli superstiti, e anche quelli ancora nel cortile. Avevano appena finito di disseppellire gli uomini morti e di macellare i cavalli che venne trovato un altro cadavere.

Questo non poteva essere liquidato come la caduta di un ubriaco o il calcio di un cavallo. Il morto era uno dei preferiti di Ramsay, il tozzo, foruncoloso, lercio armigero chiamato Dick Cazzo Giallo. Difficile dire se il suo cazzo fosse effettivamente giallo: qualcuno glielo aveva reciso di netto e poi cacciato in gola con tale ferocia da spezzargli tre denti. Quando i cuochi lo trovarono fuori dalle cucine, sepolto fino al collo in un tumulo di neve, sia il cazzo sia Dick Cazzo Giallo erano bluastri per il gelo.

«Bruciate quella carcassa» ordinò lord Bolton «e vedete di non parlarne in giro. Non voglio che la storia si diffonda.»

Ma la storia si diffuse comunque. A mezzogiorno, la maggior parte di Grande Inverno ne aveva avuto notizia, molti dallo stesso Ramsay Bolton, visto che Dick Cazzo Giallo era uno dei suoi "ragazzi". «Quando troveremo l'uomo che l'ha fatto» promise lord Ramsay «lo scuoierò dalla testa ai piedi, arrostirò la sua pelle, croccante, e gliela farò mangiare fino all'ultimo boccone.» Si sparse anche la voce che il nome dell'assassino valeva un dragone d'oro.

Il tanfo nella sala grande, ora di sera, era palpabile. Con centinaia fra cavalli, cani e uomini ammassati sotto un unico tetto, i pavimenti viscidi di fango e neve disciolta, merda di cavallo, escrementi di cane e perfino feci umane, l'aria maleodorante di cani umidi, lana bagnata e coperte da cavallo fradicie, non era gradevole stare su quelle panche affollate, ma almeno c'era cibo in abbondanza. I cuochi servirono grandi tagli di carne di cavallo fresca, abbrustolita fuori e al sangue dentro, con cipolle arrostite e rape... e per una volta i soldati comuni mangiarono bene come i lord e i cavalieri.

La carne di cavallo era troppo coriacea per i denti devastati di Theon. I suoi tentativi di masticare gli procurarono atroci dolori. Allora Theon schiacciò le rape e le cipolle con il piatto della lama del pugnale e si preparò una porzione, quindi tagliò la carne di cavallo in piccoli pezzetti, li succhiò uno alla volta, per poi sputarli fuori. Così facendo aveva quanto meno sentito il sapore della carne, e preso anche un po' di nutrimento da grasso e sangue. Spolpare l'osso era al di là delle sue possibilità, per cui lo gettò alle cagne e guardò Jeyne la Grigia che lo addentava e scappava via, con Sara e Willow alle calcagna.

Lord Bolton ordinò ad Abel di suonare per loro mentre mangiavano. Il bardo cantò *Lance di ferro,* poi *La fanciulla dell'inverno.* Barbrey Dustin chiese qualcosa di più allegro, e Abel passò alla *Regina si tolse i sandali, il Re si tolse la corona* e *L'orso e la fanciulla bionda.* I Frey si misero a loro volta a cantare, e perfino alcuni uomini del Nord cominciarono ad accompagnare il coro pestando ritmicamente i pugni sul tavolo, berciando: «Un orso, un orso!». Ma tutto quel frastuono spaventò i cavalli, per cui in breve i cantanti tacquero e la musica svanì.

I Ragazzi del Bastardo si radunarono sotto una nicchia dove ardeva una torcia fumosa. Luton e Skinner giocavano a dadi. Grugnito aveva una donna sulle ginocchia, e le teneva una mano sulla tetta. Damon-danza-per-me se ne stava seduto a ungere la sua frusta. «Reek» chiamò. Batté la frusta un paio di volte contro lo stinco, come quando si chiama un cane. «Stai ricominciando a puzzare, Reek.»

Theon non trovò altra risposta se non un esile «Sì.»

«Lord Ramsay intende tagliarti le labbra, quando tutto questo sarà finito» aggiunse Damon, passando uno straccio bisunto lungo la frusta.

"Le mie labbra sono state in mezzo alle gambe della sua lady. Un'insolenza che non resterà impunita." «Come tu dici.»

Luton sghignazzò. «A me sa che quasi gli piace.»

«Levati dai piedi, Reek» disse Skinner. «Il tuo tanfo mi fa rivoltare lo stomaco.» Gli altri risero.

Theon si dileguò subito, prima che i Ragazzi cambiassero idea. I suoi torturatori non lo avrebbero seguito all'esterno. Non fino a quando all'interno c'erano cibo e bevande, donne compiacenti e fuochi caldi. Mentre lasciava la sala, udì Abel cantare *Le fanciulle che fioriscono in primavera*.

Fuori, la neve stava scendendo così fitta che Theon non poteva vedere a più di tre piedi davanti a sé. Si ritrovò da solo in una landa bianca, con muraglie di neve alte fino al petto da entrambi i lati. Quando alzò la testa, i fiocchi gli sfiorarono le guance come morbidi baci freddi. Poteva ancora udire il suono della musica dalla sala dietro di lui. Una canzone dolce, questa volta, e triste. Per un momento si sentì quasi in pace.

Più avanti, incrociò un uomo che arrivava dalla direzione opposta, il suo mantello con cappuccio sbatteva nel vento. Quando si trovarono faccia a faccia, i loro sguardi s'incontrarono brevemente. L'uomo portò la mano al pugnale. «Theon Voltagabbana. Theon assassino di consanguinei.»

«Non è vero. Io non ho mai... Io sono un uomo di ferro.»

«Sei un traditore. Come mai respiri ancora?»

«Gli dèi non hanno ancora finito con me» rispose Theon, domandandosi se quello potesse essere l'assassino, il visitatore notturno che aveva cacciato il cazzo in bocca a Dick Cazzo Giallo e buttato dall'alto delle fortificazioni lo stalliere di Roger Ryswell. Stranamente, non aveva paura. Si tolse il guanto sinistro. «Lord Ramsay non ha ancora finito con me.»

L'uomo guardò e rise. «Allora ti lascio a lui.»

Theon arrancò nella tormenta finché non ebbe gambe e braccia incrostate di neve, mani e piedi intorpiditi dal freddo. Salì di nuovo fino alle fortificazioni delle mura interne. Lassù, a cento piedi di altezza, soffiava un po' di vento, che agitava la neve. Tutti gli spazi fra le merlature erano ostruiti. Theon diede dei pugni per aprire un varco in quel muro bianco... solo per scoprire che non riusciva a vedere oltre il fossato. Delle mura esterne restava un'ombra vaga e poche luci indefinite che fluttuavano nell'oscurità.

"Il mondo è svanito." Approdo del Re, Delta delle Acque, Pyke e le Isole di Ferro, i Sette Regni, i luoghi che lui aveva conosciuto, di cui aveva letto, di cui aveva sognato, era tutto svanito. Restava soltanto Grande Inverno.

Era intrappolato là, assieme agli spettri. I vecchi spettri delle cripte e quelli più giovani, che lui stesso aveva generato: Mikken e Farlen, Gynir Nasorosso, Aggar, Gelmarr il Tetro, la moglie del mugnaio sul fiume Acorn e i suoi due figlioletti, a cui aveva mozzato la testa, e poi tutti gli altri. "I miei delitti. I miei spettri. Sono ancora tutti qui, e sono rabbiosi." Ripensò alle cripte e a quelle spade scomparse.

Theon tornò ai suoi alloggi. Stava togliendosi gli abiti bagnati quando arrivò Walton Gambali d'Acciaio. «Vieni con me, Voltagabbana. Sua signoria il lord vuole parlarti.»

Theon non aveva abiti asciutti, per cui s'infilò di nuovo negli stracci fradici e lo seguì. Gambe d'Acciaio lo precedette fino alla Grande Fortezza e nel solarium che un tempo era appartenuto a Eddard Stark. Lord Bolton non era solo. Vicino a lui sedeva lady Dustin, pallida in volto e severa; un fermaglio di ferro a forma di testa di cavallo chiudeva il mantello di Roger Ryswell; Aenys Frey era in piedi accanto al fuoco, con le guance arrossate dal freddo.

«Mi è stato riferito che hai vagabondato per il castello» esordì lord Bolton. «Gli uomini hanno detto di averti visto nelle stalle, nelle cucine, nei baraccamenti, sulle fortificazioni. Sei stato alle rovine dei manieri crollati, all'esterno del vecchio tempio di lady Catelyn, dentro e fuori dal parco degli dèi. Lo neghi?»

«No, milord.» Theon fece in modo di impastare le parole. Sapeva che questo a lord Bolton piaceva. «Non riesco a dormire, milord, così cammino.» Tenne la testa bassa, lo sguardo fisso sulle vecchie lenzuola ammuffite sparse sul pavimento. Non era cosa saggia guardare sua signoria in faccia.

«Ero ragazzo, qui, prima della guerra. Ero il protetto di Eddard Stark.»

«Eri un ostaggio» precisò Bolton.

«Sì, milord. Un ostaggio.» "E questa era la mia casa. Non una vera casa, ma comunque la migliore che abbia mai avuto."

«Qualcuno sta uccidendo i miei uomini.»

«Sì, milord.»

«Non tu, voglio credere.» La voce di Bolton si fece più bassa. «Tu non ripagheresti tutte le mie cortesie con una simile infamia.»

«No, milord, no. Io non farei mai… Io cammino e basta.»

Parlò lady Dustin. «Togliti i guanti.»

Theon alzò di colpo lo sguardo. «Vi prego, no. Io… io…»

«Fa' come dice» intervenne ser Aenys. «Mostraci le tue mani.»

Theon si tolse i guanti e sollevò le mani, in modo che tutti potessero vederle. "Non è come stare nudo davanti a loro. Non è altrettanto indecente." La mano sinistra aveva tre dita, la destra quattro. Da quella Ramsay aveva staccato soltanto il mignolo, dall'altra indice e anulare.

«Il Bastardo ti ha fatto questo» disse lady Dustin.

«Se compiace la mia lady, io… gliel'ho chiesto io.» Ramsay lo costringeva sempre a chiedere. "Mi costringe sempre a implorare."

«E per quale motivo tu chiedi cose del genere?»

«A me… a me non servono tutte queste dita.»

«Quattro sono sufficienti.» Ser Aenys Frey si grattò la spelacchiata barbetta castana che gli spuntava dal mento sfuggente come pelo di ratto. «Quattro dita alla mano destra. Può ancora stringere una spada. Un pugnale.»

Lady Dustin gli rise in faccia. «Ma siete tutti così idioti, voi Frey? Ma guardatelo. Stringere un pugnale? Quasi non ha nemmeno la forza di stringere un cucchiaio. Tu credi davvero che sia stato in grado di avere ragione di quel ripugnante Ragazzo del Bastardo, arrivando addirittura a infilargli la virilità in gola?»

«Questi morti erano tutti uomini vigorosi» aggiunse Roger Ryswell «e nessuno di loro è stato pugnalato. Il Voltagabbana non è l'assassino che cerchiamo.»

I pallidi occhi di Roose Bolton erano fissi su Theon, affilati come la lama da scuoiatore di Skinner. «Sono incline a concordare. A parte la forza fisica, il Voltagabbana non ha la forza interiore per tradire mio figlio.»

Roger Ryswell grugnì. «E allora, se non lui, chi? Stannis ha degli uomini all'interno del castello, è evidente.»

"Reek non è un uomo. E nemmeno io." Theon si chiese se lady Dustin avesse parlato loro delle cripte, delle spade scomparse.

«È a Manderly che dobbiamo guardare» brontolò ser Aenys Frey. «Lord Wyman non ha affetto per noi.»

Ryswell non era convinto. «In compenso ha molto affetto per le bistecche, le costolette e gli sformati di carne. Aggirarsi nel castello di notte significherebbe allontanarsi dal cibo. E l'unico momento in cui lo fa, è per andare alla latrina, a godersi una delle sue cacate da un'ora.»

«Non sto dicendo che lord Wyman compia questi crimini di persona. Ha portato con sé trecento uomini. Un centinaio di cavalieri. Chiunque di loro potrebbe...»

«Uccidere gente nel mezzo della notte non è cosa degna di un cavaliere» interruppe lady Dustin. «Inoltre lord Wyman non è l'unico ad aver perso dei parenti alle vostre Nozze Rosse. Credi forse che il Flagello delle puttane nutra un affetto maggiore per te e per la tua genia? Se non teneste prigioniero il Grande Jon, Umber prima ti strapperebbe le viscere e poi te le farebbe mangiare, così come lady Hornwood si è mangiata le dita. Flint, Cerwyn, Tallhart, Slate... tutti loro avevano uomini al seguito del Giovane Lupo.»

«Lo stesso vale per la Casa Ryswell» completò Roger Ryswell.

«E per i Dustin di Barrowton.» Lady Dustin dischiuse le labbra in un esile e funereo sorriso. «Il Nord ricorda, Frey.»

La bocca di Aenys Frey si mise a tremare per l'oltraggio. «Stark ci ha disonorati. È questo che voi del Nord fareste bene a ricordare.»

Roose Bolton si passò le dita sulle labbra screpolate. «Queste diatribe non ci aiutano.» Fece un gesto all'indirizzo di Theon. «Sei libero di andare. Sta' attento a dove cammini. Altrimenti domani mattina potremmo trovare te con un sorriso rosso in faccia.»

«Come tu dici, mio lord.» Theon tornò a infilare i guanti sulle mani mozzate e se ne andò zoppicando sul piede mutilato.

L'ora del lupo lo trovò ancora sveglio, avvolto in strati di lana pesante e pellicce, intento a vagare per l'ennesima volta lungo le mura interne, sperando di stancarsi abbastanza da riuscire a dormire. Le sue gambe erano incrostate di neve fino alle ginocchia, la testa e le spalle erano ammantate di bianco. Lungo quel tratto delle mura, aveva il vento in faccia, e neve disciolta gli colava lungo le guance come lacrime di ghiaccio.

Fu allora che udì il corno.

Un lungo, basso lamento che parve sovrastare le fortificazioni, ristagnando nell'aria nera, penetrando nelle ossa di chiunque lo udiva. Sulle mura del castello, le sentinelle si voltarono nella direzione da cui arrivava il suono, le mani strette attorno al manico delle loro lance. In tutte le sale, in tutti i manieri in rovina di Grande Inverno, i lord bisbigliarono ad altri lord, i cavalli si agitarono e gli uomini addormentati si svegliarono nei loro angoli bui. L'ululato del corno da guerra era appena svanito che iniziò a battere un tamburo: *BOOM doom BOOM doom BOOM doom*. E un nome passò dalle labbra di ogni uomo a quelle del vicino, scritto in piccole nuvole bianche di respiro. "Stannis" sussurravano. "Stannis è qui, Stannis è arrivato, Stannis, Stannis, Stannis."

Theon fu percorso da un tremito. Baratheon o Bolton, per lui non faceva differenza. Stannis aveva fatto causa comune con Jon Snow alla Barriera, e Jon gli avrebbe staccato la testa in un battito di ciglia. "Strappato alle grinfie di un bastardo per morire per mano di un altro bastardo, che beffa." Theon avrebbe riso forte, se solo si fosse ricordato come si faceva.

Il suono del tamburo sembrava provenire da qualche parte nella Foresta del Lupo, oltre la Porta dei Cacciatori. "Sono appena al di là delle mura." Theon avanzò lungo il camminamento alla base delle mura, era uno dei molti uomini che accorrevano da quella parte. Ma quando raggiunsero i torrioni che fiancheggiavano la porta, non c'era nulla da vedere oltre al velo di bianco.

«Hanno intenzione di abbattere le nostre mura soffiando?» scherzò un Flint quando il corno da guerra suonò di nuovo. «O magari credono di aver trovato il Corno di Joramun.»

«Stannis è così folle da assaltare il castello?» chiese una scolta.

«Stannis non è Robert» dichiarò un uomo di Barrowton. «Se ne starà là fuori, vedrai. Cerca di prenderci per fame.»

«Si congelerà le palle, prima di riuscirci» rispose un'altra scolta.

«Dovremmo essere noi ad attaccare lui» sentenziò un Frey.

"Grande idea" pensò Theon. "Cavalcate pure là fuori... e crepate. Lasciate Grande Inverno a me e ai miei spettri." Roose Bolton anelava a una battaglia simile, Theon lo sentiva. "Deve porre fine a tutto questo." Il castello era troppo affollato per reggere un lungo assedio, e troppi lord erano di incerta lealtà. Il grasso Wyman Manderly, Umber il Flagello delle puttane, gli uomini della Casa Hornwood e della Casa Tallhart, i Locke e i Flint e i Ryswell, erano tutti del Nord e giuravano fedeltà alla Casa Stark, da generazioni e generazioni, dalla notte dei tempi. Era la ragazzina a tenerli lì, sangue del sangue di lord Eddard. Ma in realtà la ragazzina era un trucco da guitti, un agnello nella pelle di un meta-lupo. E allora perché non mandare gli uomini del Nord contro Stannis, prima che la farsa venisse rivelata? "Una carneficina nella neve. E ogni uomo che cade è un nemico di Forte Terrore in meno."

Theon si domandò se gli sarebbe stato permesso di combattere. Così, per lo meno, sarebbe morto da uomo, con la spada in pugno. Un dono che Ramsay non gli avrebbe mai concesso, ma forse lord Bolton sì. "Se lo implorassi... Ho fatto tutto quello che mi ha chiesto, ho recitato la mia parte, ho consegnato la ragazzina."

La morte era la più dolce liberazione che poteva sperare.

Nel parco degli dèi, la neve continuava a dissolversi appena toccava il suolo. Il vapore si alzava dalle sorgenti calde, saturo dell'odore del muschio, del fango e della decomposizione. Nell'aria ristagnava una bruma tiepida, che tramutava gli alberi in sentinelle, alti soldati avvolti in cappe di oscurità. Durante le ore del giorno, quel giardino nebbioso era affollato di uomini del Nord che venivano a pregare gli antichi dèi, ma a quell'ora Theon Greyjoy lo aveva tutto per sé. E, nel cuore della foresta, l'albero del cuore aspettava, con i suoi sagaci occhi rossi. Theon si fermò sul bordo dello stagno e chinò il capo al cospetto del rosso volto scolpito. Il pestare del tamburo arrivava fin là: *boom DOOM boom DOOM boom DOOM boom DOOM*. Come un tuono lontano, il suono sembrava provenire simultaneamente da tutte le direzioni

Era una notte senza vento, la neve scendeva diritta dal freddo cielo nero, eppure le foglie dell'albero del cuore stormivano il suo nome. "Theon" sembravano sussurrare. "Theon."

"Gli antichi dèi. Loro sanno chi sono. Loro conoscono il mio nome. Ero Theon della Casa Greyjoy. Ero il protetto di Eddard Stark, amico e fratello dei suoi figli." Cadde in ginocchio. «Una spada, è tutto quello che chiedo. Lasciatemi morire come Theon, non come Reek.» Lacrime rotolarono lungo le sue guance, lacrime assurdamente calde. «Ero un uomo di ferro. Un figlio... un figlio di Pyke, delle isole.»

Una foglia volò davanti a lui, gli sfiorò la fronte e atterrò sulla superficie dello stagno. Galleggiò sull'acqua, rossa, a cinque rostri, simile a una mano insanguinata.

"... Bran" sussurrò l'albero.

"Loro sanno. Gli dèi sanno. Hanno visto quello che ho fatto." E per un momento sembrò che la faccia scolpita nel tronco pallido dell'albero-diga fosse la faccia di Bran, che lo fissava con occhi rossi, saggi e tristi. "Lo spettro di Bran" pensò Theon, ma era una follia. Perché Bran avrebbe dovuto tormentarlo? Lui aveva voluto bene a quel ragazzino, non gli aveva mai fatto del male. "Non era Bran che abbiamo ucciso. Non era Rickon. Erano solo i figli del mugnaio, del mulino sul fiume Acorn." «Io dovevo avere due teste mozzate, altrimenti tutti mi avrebbero schernito... avrebbero riso di me... avrebbero...»

«Con chi stai parlando?» disse una voce.

Theon si girò, terrorizzato che Ramsay lo avesse trovato. Ma erano solo le lavandaie: Holly, Rowan, un'altra di cui Theon non ricordava il nome. «Gli spettri» gorgogliò. «Bisbigliano… conoscono il mio nome.»

«Theon Voltagabbana.» Rowan gli prese un orecchio e glielo torse. «Dovevi proprio avere quelle due teste, non è così?»

«Altrimenti gli uomini avrebbero riso di lui» aggiunse Holly.

"Non si rendono conto." Theon si divincolò con uno strattone. «Che cosa volete?»

«Te» disse la terza lavandaia, una donna anziana, dalla voce profonda, con i capelli striati di grigio.

«Te l'ho già detto, Voltagabbana, voglio toccarti.» Holly sorrise. Nella sua mano balenò una lama.

"Potrei urlare" pensò Theon. "Qualcuno sentirà. Il castello è pieno di uomini armati." Ma prima che potessero raggiungerlo, lui sarebbe morto di certo, il suo sangue sarebbe penetrato nel terreno nutrendo l'albero del cuore. "E che cosa ci sarebbe di sbagliato in questo?"

«Toccami» disse Theon Greyjoy. «Uccidimi.» Nella sua voce c'era più un senso di sfida che disperazione. «Forza. Fate come avete fatto con gli altri. Dick Cazzo Giallo e il resto. Siete state voi.»

Holly rise. «Come potremmo essere state noi? Siamo donne. Tette e fighette. Siamo qui per scopare, non per spaventare.»

«È stato il Bastardo a farti del male?» chiese Rowan. «Ti ha mozzato le dita, vero? E ti ha scuoiato le dita dei piedi? Spaccato i denti? Poverino.» Gli diede un colpetto sulla guancia. «Non succederà più, promesso. Tu hai pregato, e gli dèi ti hanno mandato noi. Vuoi morire come Theon? Te lo concederemo. Una bella morte rapida, che quasi non fa male.» Sorrise. «Ma non prima di aver cantato per Abel. Ti sta aspettando.»

TYRION

«Lotto novantasette.» Il banditore fece schioccare la frusta. «Una coppia di nani ben addestrati per il vostro divertimento.»

La piattaforma d'asta era stata eretta dove l'ampio e fangoso fiume Skahazadhan andava a gettarsi nella Baia degli Schiavisti. Tyrion Lannister sentiva nell'aria l'odore di salmastro, mescolato con il tanfo delle latrine scavate dietro le gabbie degli schiavi. Pativa non tanto il caldo quanto l'umidità. L'aria stessa sembrava schiacciarlo, come una coperta calda e fradicia gettata sulla testa e sulle spalle.

«Cane e maiale sono inclusi nel lotto» annunciò il banditore. «I nani montano loro in groppa. Deliziate gli ospiti al vostro prossimo festino, oppure usateli a vostro piacimento.»

I compratori sedevano su panche di legno sorseggiando bevande alla frutta. Gli schiavi facevano vento ad alcuni di loro. Molti indossavano il tokar, quell'indumento singolare così amato dall'antico sangue della Baia degli Schiavisti, indubbiamente elegante ma poco pratico. Altri vestivano in modo più ordinario: uomini in tunica e mantello con cappuccio, donne avvolte in sete colorate. Con ogni probabilità, o baldracche o sacerdotesse; lì nel lontano Oriente era difficile distinguere le une dalle altre.

Dietro le panche, a scambiarsi battute e a ridere su quanto stava accadendo, c'era un gruppo di occidentali. "Mercenari" dedusse Tyrion. Scorse spade lunghe, stiletti e pugnali, parecchie asce da lancio e maglie di ferro sotto i mantelli. Capelli, barbe e facce suggerivano che erano per lo più uomini delle città libere, ma qua e là ce n'erano alcuni che potevano venire dal continente occidentale. "Sono qui per comprare? O si godono solo lo spettacolo?"

«Chi fa la prima offerta per questa coppia?»

«Trecento» disse una corpulenta matrona su un vecchio palanchino.

«Quattrocento» gridò uno yunkai mostruosamente grasso dal palanchino su cui stava stravaccato come un leviatano. Interamente ricoperto di seta gialla con frange dorate, sembrava grosso come quattro Illyrio messi assieme. Tyrion provò compassione per gli schiavi costretto a trasportarlo. "Almeno questo è un compito che mi sarà risparmiato. Che gioia essere un nano."

«E uno» rilanciò una vecchiaccia con un tokar viola. Il banditore la fulminò con un'occhiata ostile, ma accettò l'offerta.

I marinai schiavi della *Selaesori Qhoran*, venduti individualmente, erano stati aggiudicati a prezzi tra i cinquecento e i novecento pezzi d'argento. Gli uomini di mare esperti erano merce di valore. Nessuno aveva opposto resistenza quando gli schiavisti avevano abbordato il cargo che andava alla deriva. Per loro si trattava solo di cambiare padrone. Gli ufficiali del vascello erano uomini liberi, ma la vedova del fronte del porto li aveva inclusi nel contratto, garantendo di pagare il loro riscatto in un caso come quello. I tre adepti superstiti non erano ancora stati venduti, ma erano di proprietà del Signore della Luce e potevano contare di venire riconsegnati a qualche tempio rosso. Le fiamme tatuate in faccia erano il loro contratto.

Tyrion e Penny non avevano simili rassicurazioni.

«Quattro e cinquanta» l'offerta salì.

«Quattro e ottanta.»

«Cinquecento.»

Certi rilanci erano pronunciati in alto valyriano, altri nel dialetto imbastardito di Ghis. Alcuni compratori facevano cenni con un dito, ruotando il polso o facendo ondeggiare il ventaglio dipinto.

«Sono contenta che ci tengano insieme» bisbigliò Penny.

Il mercante di schiavi lanciò loro un'occhiata. «Non si parla.»

Tyrion appoggiò la mano sulla spalla di Penny. Ciocche di capelli, biondo pallido e neri, aderivano alla fronte del nano, i resti stracciati della tunica alla sua schiena. In parte era sudore, in parte sangue rappreso. Tyrion non era stato così stupido come Jorah Mormont da battersi contro gli schiavisti, ma questo non gli aveva risparmiato di essere punito. Nel suo caso, le frustate erano dovute alla parlantina.

«Ottocento.»

«E cinquanta.»

«E uno.»

"Valiamo quanto un marinaio" rimuginò Tyrion. Ma forse i compratori volevano Carina Porcellina. "Non è facile trovare una scrofa ben addestrata." Di certo non stavano offrendo a peso.

A novecento pezzi d'argento, l'asta cominciò a rallentare. A novecentocinquantuno (offerti dalla vecchiaccia) si fermò. Il banditore, però, aveva intuito e capì che l'unica cosa da fare era dare alla folla un assaggio dello spettacolo dei nani. Scrocchio e Carina Porcellina vennero portati sulla piattaforma. Stare loro in groppa senza né selle né briglie non era facile. Appena la scrofa si mosse, Tyrion scivolò giù dal suo didietro e atterrò sul proprio, suscitando una marea di risate fra i compratori.

«Mille» rialzò il grassone grottesco.

«E uno.» Ancora la vecchiaccia.

La bocca di Penny era inchiodata in un sorriso di circostanza. "Ben addestrati per il vostro divertimento." Suo padre avrebbe avuto molto da ridire, qualsiasi fosse la piccola sezione degl'inferi riservata ai nani.

«Milleduecento.» Il leviatano in giallo. Uno schiavo al suo fianco gli porse una bevanda. "Limone, senza dubbio." Il modo in cui quegli occhi gialli fissavano la piattaforma mise Tyrion a disagio.

«Milletrecento.»

«E uno.» La vecchiaccia.

"Mio padre diceva sempre che un Lannister vale dieci volte un uomo comune."

Ma a milleseicento l'asta accennò a fermarsi di nuovo, per cui lo schiavista invitò alcuni dei compratori a salire sulla piattaforma per dare ai nani un'occhiata più da vicino. «La femmina è giovane» garantì. «Potreste anche farli accoppiare e ricavare valido conio dalla cucciolata.»

«Al maschio manca metà naso» si lagnò la vecchiaccia dopo averlo esaminato a poca distanza. Sulla sua faccia rugosa c'era una smorfia di malcontento. La carne era livida come i vermi della putrefazione; avvolta nel tokar viola sembrava una prugna ricoperta di muffa. «E ha anche gli occhi spaiati. Non è un buon articolo.»

«La mia lady non ha ancora visto la mia parte migliore.» Tyrion si afferrò il cavallo delle brache, qualora non avesse capito bene l'allusione.

L'arpia avvizzita emise un sibilo scandalizzata, e Tyrion si beccò un colpo secco di frusta sulla schiena, una sferzata mordace che lo fece cadere in ginocchio. In bocca sentì il sapore del sangue. Sogghignò e sputò.

«Duemila» dichiarò una voce nuova, dalle panche in fondo.

"E che cosa ci farà mai un mercenario con un nano?" Tyrion si trascinò in piedi per vedere meglio. Il nuovo offerente era un uomo anziano, con i capelli bianchi, ma alto e in ottima forma fisica, la pelle tinta cuoio e la barba sale e pepe tagliata corta. Seminascosti sotto una sbiadita cappa viola c'erano una spada lunga e un arsenale di pugnali.

«Duemilacinquecento.» Questa volta una voce femminile; una ragazza, di bassa statura, con un ampio girovita e il seno pesante, chiusa in un'armatura riccamente decorata. La piastra pettorale d'acciaio nero con i muscoli scolpiti era istoriata d'oro e mostrava un'arpia che risorgeva, con le catene degli artigli penzolanti. Due soldati schiavi la tenevano sollevata su uno scudo all'altezza delle spalle.

«Tremila.» L'uomo con la pelle tinta cuoio avanzò, mentre i suoi compagni mercenari spingevano di lato la folla per aprirgli la strada. "Sì, vieni più vicino." Tyrion sapeva come trattare i mercenari. Non pensò nemmeno per un istante che quell'uomo lo volesse per allietare i suoi festini. "Lui sa chi sono. Vuole riportarmi in Occidente e vendermi a mia sorella." Il Folletto si passò la mano sulla bocca per nascondere un sorriso. Cersei e i Sette Regni erano a mille leghe da lì. Prima che lui ci arrivasse poteva accadere di tutto e di più. "Sono riuscito a portare Bronn dalla mia. Se si creasse l'occasione, potrei fare lo stesso anche con lui."

La vecchiaccia e la ragazza sullo scudo si fermarono a tremila, non così il grassone in giallo. Scrutò i mercenari con i suoi occhi giallognoli, si passò la lingua sui denti giallastri e disse: «Cinquemila pezzi d'argento per la coppia».

Il mercenario corrugò la fronte, alzò le spalle, si ritirò.

"Per i Sette Inferi." Tyrion era quanto mai sicuro di non voler diventare proprietà dell'immenso Lord Panzagialla. Anche il solo guardarlo, sbracato sulla sua portantina, una montagna di carne flaccida con occhietti gialli porcini e le mammelle grosse quanto quelle di Carina Porcellina che premevano contro la seta del tokar, era più che sufficiente per fargli torcere le viscere. Inoltre, il tanfo che emanava arrivava fino alla piattaforma.

«Se non ci sono altre offerte…»

«Settemila!» ringhiò Tyrion.

Un gorgoglio di risate tra le panche. «Il nano vuole comprare se stesso» osservò la ragazza sullo scudo.

Tyrion le rivolse un sogghigno lascivo. «Un abile schiavo si merita un abile padrone, e tutti voi sembrate una massa d'idioti.»

Questo provocò risate ancora più forti da parte degli offerenti, e un'occhiata torva del banditore, che tastava l'impugnatura della frusta, incerto se usarla di nuovo o se invece aspettare di vedere se la situazione potesse volgere a suo favore.

«Cinquemila è un insulto!» tuonò ancora Tyrion. «Io so giostrare, so cantare e so dire cose divertenti. Posso chiavarmi vostra moglie e farla urlare di piacere. Oppure se preferite, chiavarmi la moglie del vostro nemico: quale modo migliore per coprirlo di vergogna? Sono infallibile con una balestra, e uomini grossi il triplo di me se la fanno sotto e si mettono a tremare quando devono confrontarsi con me a un tavolo da cyvasse. Sono anche noto come cuoco, di tanto in tanto. Offro per me stesso diecimila pezzi d'argento! Li valgo, sì, che li valgo. Mio padre mi ha insegnato che devo sempre ripagare i miei debiti.»

Il mercenario con il mantello viola tornò sui propri passi. I suoi occhi incontrarono quelli di Tyrion, oltre le file degli altri offerenti, e sorrise. "Un sorriso caldo" rifletté il Folletto. "Amichevole. Ma, per gli dèi, gli occhi sono gelidi. Forse dopotutto non voglio che sia lui a comprarmi."

La flaccida enormità gialla tremolava sulla sua portantina, con un'espressione seccata sull'immensa faccia da luna piena. Mugugnò qualcosa di acido in lingua ghiscariana, che Tyrion non capì, ma il tono lasciava adito a pochi dubbi.

«Che cos'era quella, un'altra offerta?» Il Folletto inclinò il capo da un lato. «Io offro tutto l'oro di Castel Granito!»

Udì la frusta prima ancora di essere colpito, un sibilo nell'aria, sottile e tagliente. Tyrion grugnì sotto la sferzata, ma questa volta riuscì a restare in piedi. I suoi pensieri andarono indietro nel tempo, agli inizi del suo viaggio, quando il problema più pressante era decidere quale vino bere con lo spuntino di lumache a metà mattina. "Ecco che cosa succede a dare la caccia ai draghi." Una risata gli eruttò dalle labbra, irrorando di bava e sangue i compratori della prima fila.

«Venduti» annunciò il banditore. Poi lo colpì di nuovo, tanto per togliersi lo sfizio. Questa volta Tyrion andò al tappeto.

Una delle guardie lo tirò su. Un'altra, con il fondo della picca, spinse Penny a scendere dalla piattaforma. Il lotto successivo era già pronto a prendere il loro posto. Una ragazza di quindici o sedici anni, non della *Selaesori Qhoran*. Tyrion non l'aveva mai vista. "La stessa età di Daenerys Targaryen, o poco ci manca." In breve, lo schiavista la fece stare nuda davanti a tutti. "Almeno questa umiliazione a noi è stata risparmiata."

Tyrion lasciò spaziare lo sguardo oltre l'accampamento yunkai, fino alle mura di Meereen. Le porte della città sembravano così vicine... e a voler dare credito alle voci che giravano tra le gabbie degli schiavi, Meereen rimaneva ancora una città libera. All'interno di quelle mura che si stavano sgretolando, la schiavitù e la tratta degli schiavi erano ancora proibite. Tutto quello che lui doveva fare era raggiungere quelle porte e passare al di là, e sarebbe stato di nuovo un uomo libero.

Ma era un'impresa difficilmente realizzabile, a meno che non avesse abbandonato Penny. "Lei vorrebbe portare con sé anche il cane e il maiale."

«Non sarà poi così terribile, non credi?» bisbigliò Penny. «Ha pagato così tanto, per noi. Sarà gentile, vero?»

"Solo finché lo faremo divertire." «Valiamo troppo per essere maltrattati» la rassicurò Tyrion, anche se dopo le ultime due frustate continuava a colargli il sangue lungo la schiena. "Però una volta che il nostro spettacolino diventerà stantio... perché, prima o poi, è questo che accade..."

Il sorvegliante del loro padrone aspettava, su un carretto trainato da un mulo e due guardie, di prenderli in consegna. Aveva una faccia lunga e stretta, un pizzetto legato con filo d'oro, e i suoi capelli rossi e neri rigidi partivano dalle tempie come due mani ad artiglio. «Ma quanto siete carucci. Mi ricordate i miei figlioletti... o meglio, me li ricordereste, se non fossero morti. Mi prenderò cura di voi. Ditemi i vostri nomi.»

«Penny» la sua voce era un sussurro, esile e spaventata.

"Tyrion, della Casa Lannister, erede di diritto di Castel Granito, razza di viscido verme che non sei altro." «Yollo.»

«Prode Yollo, radiosa Penny. Voi ora siete di proprietà del nobile e valoroso Yezzan zo Qaggaz, erudito e guerriero, riverito fra i Saggi Padroni di Yunkai. Ritenetevi fortunati, perché Yezzan è un padrone gentile e benevolo. Pensate quindi a lui come a un padre.»

"Con piacere" pensò Tyrion, ma questa volta tenne a freno la lingua. Sarebbero stati chiamati ben presto a esibirsi per il loro padrone, ne era certo, e non avrebbe retto un'altra frustata.

«Vostro padre ama i suoi tesori speciali più di qualsiasi altra cosa e avrà cura di voi» continuò il sorvegliante. «Quanto a me, consideratemi un po' come la balia che si occupava di voi quando eravate bimbi. E Balia è per l'appunto il modo in cui vengo chiamato da tutti i miei bambini.»

«Lotto novantanove» annunciò il banditore. «Un guerriero.»

La ragazza era stata venduta in fretta e stava già per essere portata via dal suo nuovo proprietario, con la tunica stretta a coprire i piccoli seni. Al suo posto, due schiavisti trascinarono sulla piattaforma Jorah Mormont. Il cavaliere era nudo tranne le pudenda, aveva la schiena solcata dalle frustate, il volto talmente tumefatto da essere quasi irriconoscibile. Le catene gli legavano polsi e caviglie. "Un piccolo assaggio del pranzo che mi hai servito" pensò Tyrion, però si accorse di non poter trarre alcun piacere dalla miserevole sorte toccata al cavaliere.

Perfino in catene, Jorah Mormont appariva pericoloso: un gigantesco bruto, con grosse braccia muscolose e le spalle spioventi. Tutta quella ispida peluria nera sul petto lo faceva sembrare più una belva che un uomo. Aveva entrambi gli occhi pesti: due oscure voragini in quella faccia grottescamente rigonfia per i colpi. Su una guancia aveva un marchio a fuoco: la maschera di un demone.

Quando gli schiavisti si erano avventati contro la *Selaesori Qhoran*, ser Jorah li aveva affrontati con la spada in pugno, sventrandone tre prima di essere sopraffatto. Gli altri schiavisti erano pronti a ucciderlo, ma il comandante della nave li aveva fermati: un combattente valeva pur sempre ottimo argento. Così Mormont era stato incatenato a un remo, picchiato quasi a morte, lasciato senza cibo e infine marchiato a fuoco.

«Ecco un bel lotto, grande e forte» dichiarò il banditore. «E anche pieno di rabbia. Darebbe di certo un bello spettacolo nelle fosse da combattimento. Si parte da trecento. Chi offre di più?»

Nessuno.

Mormont non prestava nemmeno attenzione a quella folla meticcia: i suoi occhi erano fissi oltre le linee d'assedio yunkai, sulla città lontana dietro le ancestrali mura di mattoni multicolori. Tyrion poteva leggere quello sguardo come un libro aperto: "Così vicina, eppure così lontana". Quel povero rottame umano era arrivato troppo tardi. Daenerys Targaryen si era sposata, le guardie delle gabbie li avevano informati, ridendo. Aveva scelto come suo re uno schiavista di Meereen, tanto ricco quanto aristocratico, e una volta che la pace con Yunkai fosse stata stipulata, le fosse da combattimento di Meereen sarebbero state riaperte. Altri schiavi, però, sostenevano che le guardie mentivano, che mai e poi mai Daenerys Targaryen avrebbe fatto pace con gli schiavisti. La chiamavano "Mysha". Qualcuno disse a Tyrion che voleva dire "Madre". Ben presto l'argentea regina sarebbe uscita da quelle mura, annientando gli yunkai e spezzando le loro catene, sussurravano gli uni agli altri.

"Certo, dopo di che preparerà per tutti noi una bella torta al limone e ci darà un bacino sulle ferite lasciate dalle fruste per farle guarire prima" pensò il Folletto. Non aveva alcuna fiducia nei soccorsi da parte di re o regine. Se necessario, ci avrebbe pensato lui alla loro liberazione. I funghi che teneva nascosti nella punta dello stivale sarebbero stati forse sufficienti sia per lui sia per Penny. Scrocchio e Carina Porcellina avrebbero dovuto arrangiarsi.

Balia continuava a concionare i nuovi trofei del padrone. «Fate tutto quello che vi viene detto e nulla più, e vivrete come piccoli lord, coccolati e adorati» promise. «Disobbedite… ma voi non fareste mai una cosa simile, vero? Non i miei tesorucci.» Allungò una mano e diede un pizzicotto a Penny sulla guancia.

«Allora duecento» disse il banditore. «Un bruto grande e grosso come questo, ne vale tre volte tanto. E che guardia del corpo sarebbe! Nessun nemico oserebbe più molestarvi!»

«Venite, miei piccoli amici» li esortò Balia. «Vi porto nella vostra nuova dimora. A Yunkai abiterete nella piramide dorata di Qaggaz e cenerete in piatti d'argento, ma qui viviamo nella frugalità, nelle umili tende dei soldati.»

«Chi offre cento, quindi?» ripeté il banditore.

Questo in effetti portò a un'offerta, ma al ribasso: solo cinquanta pezzi d'argento. Il compratore era un uomo magro con un grembiule di cuoio.

«E uno» la vecchiaccia con il tokar viola.

Uno dei soldati issò Penny sul carretto trainato dal mulo. «Chi è quella vecchia?» chiese Tyrion.

«Zahrina» rispose il soldato. «I suoi sono combattenti da poco. Carne da macello per i campioni. Tuo amico morto presto.»

"Non è un mio amico." Eppure Tyrion Lannister si ritrovò comunque ad apostrofare Balia: «Non puoi lasciarglielo prendere».

Balia lo guardò di traverso. «Perché fai tutto questo rumore?»

Tyrion indicò. «Lui fa parte del nostro spettacolo. *L'orso e la fanciulla bionda*. Jorah è l'orso, Penny la fanciulla e io sono il valoroso cavaliere che la salva dall'orso. Prima faccio un balletto, poi lo sistemo con un calcio nelle palle. Da crepare dalle risate.»

Il servo strinse gli occhi, osservando la piattaforma. «Quello?» Le offerte per Jorah Mormont erano arrivate a duecento pezzi d'argento.

«E uno» rilanciò la vecchiaccia con il tokar viola.

«Il tuo orso. Capisco.» Balia ciabattò attraverso la folla, si chinò sul colossale yunkai giallo sulla portantina e gli sussurrò all'orecchio. Il padrone annuì, vari menti tremolarono, poi sollevò il ventaglio. «Trecento» dichiarò con voce ansimante.

La vecchiaccia tirò in su con il naso e rinunciò.

«Ma perché l'hai fatto?» chiese Penny in lingua comune.

"Bella domanda" pensò Tyrion. "Perché l'ho fatto?" «Il nostro spettacolo stava perdendo mordente. E ogni guitto ha bisogno di un orso che balla.»

Penny gli lanciò un'occhiata di rimprovero, quindi si ritirò verso il fondo del carretto, con le braccia attorno a Scrocchio, come se il cane fosse l'ultimo vero amico che le rimaneva al mondo. "Forse ha ragione."

Balia tornò con Jorah Mormont. I due soldati del padrone lo scaraventarono nel carretto trainato dal mulo, in mezzo ai due nani. Il cavaliere non oppose alcuna resistenza. "Tutto il suo spirito combattivo si è dileguato, quando ha appreso che la sua regina si è sposata" capì Tyrion. Una parola sussurrata aveva fatto quello che pugni, fruste e bastoni non erano riusciti a ottenere: spezzare quell'uomo. "Avrei dovuto lasciare che lo prendesse la vecchia. Mi sarà utile quanto i capezzoli su un'armatura."

Balia si arrampicò sulla parte anteriore del carretto, afferrò le redini e si avviarono, attraverso il campo d'assedio, verso la tenda del loro nuovo padrone, il nobile Yezzan zo Qaggaz. Quattro soldati schiavi marciavano di fianco a loro, due per ogni lato del carretto.

Penny non piangeva, ma i suoi occhi erano rossi e disperati, e non si staccava mai da Scrocchio. "Forse lei crede che non guardando, tutto questo si dissolverà?" Ser Jorah Mormont non guardava niente e nessuno. Rimase curvo su se stesso, a rimuginare sulle sue catene.

Tyrion invece guardava tutto e tutti.

L'accampamento yunkai non era un solo accampamento, ma cento accampamenti diversi, l'uno attaccato all'altro, disposti a mezzaluna attorno alle mura di Meereen; una città fatta di seta e di tela, con strade e vicoli, taverne e baldracche, quartieri belli e quartieri brutti. Nella fascia di terra fra le linee d'assedio e la baia, le tende erano spuntate come funghi giallastri. Alcune erano piccole e rozze, solo un lembo di tela sbiadita per ripararsi dal sole e dalla pioggia, ma accanto a queste sorgevano tende a baraccamento abbastanza grandi da ospitare cento uomini, e padiglioni di seta grandi come palazzi, con i vessilli delle arpie che garrivano sui pali centrali. Certi accampamenti erano ben ordinati, con le tende disposte a cerchi concentrici attorno alla fossa del fuoco, le armi e le armature collocate nell'anello centrale, linee dei cavalli all'esterno. Altri invece sembravano governati dal caos allo stato puro.

Le pianure attorno a Meereen, aride e bruciate dal sole, erano piatte, spoglie e senza alberi per molte leghe, ma le navi yunkai avevano trasportato abbastanza legname e cuoio dal Sud per costruire sei enormi catapulte. Erano schierate su tre lati della città, escluso quello del fiume, circondate da tumuli di pietre spezzate e barili di catrame e resina che aspettavano soltanto una torcia. Uno dei soldati che marciavano a fianco del carretto notò che Tyrion le stava osservando e gli disse con orgoglio che a ognuna di esse era stato dato un nome: Domatrice di Draghi, Strega, Figlia dell'Arpia, Sorella Crudele, Fantasma di Astapor, Pugno di Mazdhan. Alte quaranta piedi, incombenti sopra le tende, le catapulte erano i principali punti di riferimento del campo d'assedio. «Solo a guardarle la Regina dei Draghi è caduta in ginocchio» si vantò il soldato schiavo. «E in ginocchio farà bene a restare, a succhiare il cazzo del nobile Hizdahr, se non vuole che riduciamo in polvere le sue mura.»

Tyrion vide uno schiavo che veniva frustato, un colpo dopo l'altro, finché la sua schiena fu soltanto sangue e carne viva. Una fila di uomini in catene marciò nella direzione opposta, con un tintinnare metallico a ogni passo. Brandivano delle lance ed erano armati di spade corte, ma i ceppi li vincolavano polso a polso, caviglia a caviglia. Nell'aria c'era odore di carne arrostita, e un uomo stava scuoiando un cane per preparare uno stufato.

Tyrion vide anche i morti e udì i morenti. Sotto il fumo portato dal vento, l'odore dei cavalli e l'acre sentore salmastro della baia, ristagnava una puzza di sangue e merda. "Dissenteria emorragica" dedusse Tyrion, osservando due mercenari trasportare fuori da una tenda il corpo di un compagno. Contrasse le dita: un morbo può annientare un esercito più in fretta di qualsiasi battaglia, diceva spesso suo padre.

"Ragione di più per andarsene via di qui, e alla svelta."

Un quarto di miglio più avanti, però, Tyrion ebbe motivo di ripensarci. Una folla si era formata attorno a tre schiavi catturati mentre cercavano di fuggire. «Io so che i miei piccoli tesori saranno dolci e obbedienti» disse Balia. «Guardate a quale destino vanno incontro quelli che tentano di scappare.»

I prigionieri erano stati legati a una fila di travi a croce, e un paio di frombolieri li stava utilizzando per dimostrare la propria abilità. «Toloshi» li informò una delle guardie. «I migliori frombolieri del mondo. Invece delle pietre lanciano palle di piombo morbido.»

Tyrion non aveva mai capito il significato delle frombole, visto che archi e frecce arrivavano ben più lontano... ma non aveva ancora visto i frombolieri di Tolos all'opera. Le loro palle di piombo erano molto più devastanti delle pietre lisce generalmente usate dagli altri frombolieri, e anche delle frecce. Uno di quei proiettili colpì un prigioniero al ginocchio, facendo esplodere l'articolazione in un'eruzione di sangue e ossa che lasciò la parte inferiore della gamba dell'uomo appesa a un tratto di tendine rosso scuro. "Be', ecco uno che ha smesso di correre" ammise Tyrion, mentre l'uomo cominciava a gridare. Nell'aria del mattino, le sue urla si mescolarono alle risate delle baldracche al seguito dell'esercito e alle bestemmie di quelli che avevano scommesso buon conio contro il fromboliere. Penny distolse lo sguardo, ma Balia l'afferrò per il mento e le fece girare di nuovo la testa. «Guarda» le ordinò. «E anche tu, orso.»

Jorah Mormont alzò gli occhi e fissò Balia. Tyrion notò le braccia del cavaliere contrarsi. "Adesso gli stacca la testa, e per noi tutti è la fine." Ma ser Jorah si limitò a fare una smorfia, poi si voltò a guardare lo spettacolo cruento.

Verso oriente, le massicce mura di mattoni di Meereen tremolavano nel calore del mattino. Era quello il rifugio che i tre sventurati avevano sperato di raggiungere. "Ma per quanto tempo rimarrà un rifugio?"

Tutti e tre gli schiavi catturati erano morti prima che Balia tornasse a impugnare le redini. Il carretto trainato dal mulo si rimise in moto scricchiolando.

L'accampamento del padrone si trovava a sudest della catapulta chiamata Strega, quasi nella sua ombra, che si estendeva su parecchi acri di terreno. L'umile tenda di Yezzan zo Qaggaz si rivelò un vero e proprio palazzo di seta giallo limone. Arpie smaltate svettavano scintillanti nel sole sulla sommità dei pali centrali di ciascuno dei nove tetti a punta. Tende più piccole circondavano il padiglione su ogni lato.

«Quelli sono gli alloggi dei cuochi, delle concubine e dei guerrieri del nostro nobile padrone, nonché di alcuni suoi parenti di rango inferiore» illustrò Balia «ma voi tesorucci avrete il raro privilegio di dormire niente meno che nel padiglione del nobile Yezzan. A lui compiace tenersi vicini i suoi trofei.» Spostò lo sguardo su Mormont. «Tu, orso, no. Tu sei grosso e brutto, resterai incatenato fuori.» Nessuna risposta da Mormont. «Ma per prima cosa, vi verrà preparato un collare.»

Erano collari di ferro, leggermente smaltati perché scintillassero alla luce. Nel metallo era inciso in glifi valyriani il nome di Yezzan e sotto le orecchie c'erano due campanelle, in modo che ogni passo di chi lo portava producesse un allegro tintinnio. Jorah Mormont accettò il collare in un cupo silenzio. Penny, invece, cominciò a piangere mentre il fabbro sistemava il suo. «È così pesante» si lamentò.

Tyrion le fece coraggio stringendole la mano. «È d'oro massiccio» mentì. «Nel continente occidentale, le lady d'alto lignaggio sognano di avere una collana come questa.» "Meglio un collare di un marchio a fuoco. Un collare può essere rimosso." Ripensò a

Shae, a come scintillava la catena di mani d'oro del Primo Cavaliere, mentre lui la torceva sempre più stretta attorno al suo collo, fino a strangolarla.

Più tardi, Balia fece fissare le catene di ser Jorah a un palo vicino al fuoco, mentre lui accompagnava i due nani nel padiglione del padrone, per mostrare loro dove avrebbero dormito: un'alcova separata dallo spazio principale da pareti di seta gialla. Avrebbero condiviso quello spazio con gli altri tesori di Yezzan: un ragazzo con "gambe di capra", storte e pelose; una ragazza con due teste di Mantarys, una donna barbuta e una creatura chiamata Dolcezza, esile come un giunco e addobbata con pietre di luna e pizzi di Myr.

«State cercando di capire se sono uomo o donna» disse Dolcezza, quando venne accompagnata davanti ai due nani. Sollevò le gonne e mostrò quello che c'era sotto. «Sono sia l'uno che l'altra, ed è a me che il padrone vuole il bene più grande.»

"Una parata di esseri grotteschi" capì Tyrion. "Da qualche parte un dio sta ridendo." «Adorabile» disse a Dolcezza, che aveva i capelli viola e gli occhi azzurri «ma per una volta tanto speravamo di essere noi quelli carini.»

Dolcezza soffocò una risata, ma Balia non era divertito. «Farai meglio a risparmiare le tue facezie per questa sera, quando ti esibirai per il nostro nobile padrone. Se lo compiacerai, sarai ben ricompensato. In caso contrario...» Servì a Tyrion un ceffone in piena faccia.

«È meglio che siate cauti con Balia» avvertì Dolcezza, quando il sorvegliante se ne fu andato. «L'unico vero mostro qui dentro è lui.»

La donna barbuta parlava un incomprensibile dialetto ghiscariano, il ragazzo-capra un gergo gutturale da marinai chiamato "lingua dei commerci". La ragazza con due teste era corta di comprendonio: una delle teste non era più grossa di un'arancia e non parlava affatto, l'altra aveva denti limati come zanne e ringhiava a chiunque si avvicinasse troppo alla gabbia. In compenso, Dolcezza parlava correntemente quattro lingue, tra cui l'alto valyriano.

«Ma il padrone com'è?» domandò ansiosamente Penny.

«I suoi occhi sono gialli e puzza» rispose Dolcezza. «Dieci anni fa fece un viaggio fino a Sothoros, e da allora va in decomposizione da dentro a fuori. Fategli dimenticare che sta morendo, anche solo per breve tempo, e saprà essere molto generoso. Non negategli nulla.»

Ebbero solamente il pomeriggio per apprendere le usanze della casa. Gli schiavi personali di Yezzan riempirono una vasca d'acqua bollente, e i nani poterono fare il bagno: prima Penny, poi Tyrion.

Dopo di che, un altro schiavo spalmò un unguento che bruciava sulle ferite lasciate dalla frusta, per evitare la necrosi, quindi le coprì con un impacco rinfrescante. I capelli di Penny vennero tagliati e la barba di Tyrion fu spuntata. Vennero date loro morbide pantofole e indumenti nuovi, semplici ma puliti.

Al calare della sera, Balia riapparve, annunciando che era tempo d'indossare le armature da guitti. Yezzan avrebbe avuto come ospite il nobile Yurkhaz zo Yunzak, comandante supremo dell'esercito yunkai, e volevano assistere al loro spettacolo.

«Dobbiamo togliere le catene al vostro orso?» chiese infine Balia.

«Stasera, no» rispose Tyrion. «Oggi giostreremo solo noi per il nostro padrone e terremo l'orso per un'altra occasione.»

«D'accordo. E quando avrete finito con le vostre capriole, servirete il vino. Fate attenzione a non rovesciarlo addosso agli ospiti, altrimenti finite male.»

Un giocoliere aprì i numeri della serata. Poi fu la volta di tre atletici acrobati. Poi toccò al ragazzo-capra, il quale si esibì in una giga grottesca, mentre uno degli schiavi di Yurkhaz suonava il flauto ricavato da un osso. Tyrion stava quasi per chiedergli se conosceva *Le piogge di Castamere*. Nell'attesa che arrivasse il loro turno, Tyrion osservò Yezzan e i suoi ospiti. La prugna umana al posto d'onore era evidentemente il comandante supremo yunkai, dall'aspetto minaccioso quanto una scarica di diarrea. Al suo seguito c'erano almeno una dozzina di lord yunkai. C'erano anche due capitani mercenari, ciascuno accompagnato da una dozzina di guerrieri della propria compagnia. Uno era un elegante soldato di Pentos, con i capelli grigi, interamente vestito di seta tranne il mantello, tutto sbrindellato, ricavato cucendo insieme svariate strisce di stoffa lacera e chiazzata di sangue. L'altro capitano mercenario era l'uomo che aveva cercato di comprare Tyrion quella stessa mattina, l'offerente dalla pelle tinta cuoio e con la barba sale e pepe. «Ben Plumm il Marrone» lo identificò Dolcezza «capitano dei Secondi Figli.»

"Un occidentale, e un Plumm. Di bene in meglio."

«I prossimi siete voi» li informò Balia. «Siate divertenti, miei tesorucci, o desidererete di esserlo stati.»

Tyrion non aveva appreso nemmeno la metà dei vecchi trucchi di Groat, ma sapeva cavalcare la scrofa, cadere quando doveva cadere, rotolare e balzare di nuovo in piedi. Tutto questo venne bene accolto. La spettacolo dei piccoletti che corrono avanti e indietro come ubriachi, picchiandosi con armi di legno, si rivelò divertente in un campo d'assedio nella Baia degli Schiavisti quanto lo era stato al banchetto di nozze di Joffrey ad Approdo del Re. "Il disprezzo" pensò Tyrion Lannister "è un linguaggio universale."

Ogni volta che uno dei nani finiva a terra o incassava un colpo, il loro padrone Yezzan rideva più a lungo e più forte di tutti, il suo corpo immane si scuoteva come sugna durante un terremoto; prima di ridere a loro volta, i suoi ospiti aspettavano di vedere come reagiva Yurkhaz zo Yunzak. Il comandante supremo aveva un aspetto così fragile che Tyrion temeva che ridere troppo forte avrebbe potuto ucciderlo. Quando l'elmo di Penny venne colpito e volò in grembo all'austero yunkai con il tokar a strisce verdi e oro, Yurkhaz strillò come un pollo. E quando il suddetto lord si mise a rovistare nell'elmo e tirò fuori un grosso pezzo d'anguria viola gocciolante, sghignazzò fino a quando la sua faccia non diventò del medesimo colore del frutto. Poi si chinò verso il suo ospite e gli sussurrò all'orecchio qualcosa che indusse il padrone a sorridere e a inumidirsi le labbra... anche se a Tyrion sembrò di vedere in quegli occhietti gialli a fessura accendersi un lampo di rabbia.

Quindi i nani si tolsero le armature di legno e gli abiti madidi di sudore che portavano sotto, e indossarono delle tuniche gialle pulite che vennero date loro per farli servire. A Tyrion fu affidata una caraffa di vino viola, a Penny una caraffa d'acqua. Si aggirarono per la grande tenda riempiendo le coppe, con le pantofole ai loro piedi che sussurravano sugli spessi tappeti. Si rivelò un compito più faticoso del previsto. Tyrion si ritrovò in breve le gambe doloranti e una delle ferite alla schiena ricominciò a sanguinare, la macchia rossa si allargava sul lino della tunica. Tyrion si morse la lingua e continuò a versare.

La maggior parte degli ospiti non prestava loro più attenzione di quella che riservavano agli altri schiavi... ma uno degli yunkai, mezzo ubriaco, suggerì che Yezzan facesse chiavare i due nani, e un altro chiese in che modo Tyrion avesse perduto il naso. "L'ho infilato nella fregna putrida di tua moglie, e lei me lo ha staccato con un morso" fu sul punto di rispondere, ma la tempesta lo aveva convinto che non era ancora pronto a morire, per cui si limitò a dire: «Mi è stato tagliato come punizione per la mia insolenza, lord».

Poi un lord in un tokar azzurro con frange a occhi di tigre ricordò di come Tyrion, durante la vendita all'asta, si fosse vantato della sua abilità al gioco della cyvasse. «Vediamo se è davvero così bravo» dichiarò. In breve, furono preparati tavolo e pezzi. Solo poche mosse, e l'inferocito lord buttò il tavolo per aria, disseminando le pedine sui tappeti fra le risate degli altri yunkai.

«Dovevi lasciarlo vincere» bisbigliò Penny.

Sorridendo, Ben Plumm il Marrone raddrizzò il tavolo rovesciato. «Adesso veditela con me, nano. Quando ero giovane, i Secondi Figli erano sotto contratto a Volantis. Ho imparato a giocare là.»

«Io sono soltanto uno schiavo. È il mio nobile padrone che decide quando e contro chi devo giocare» Tyrion si rivolse a Yezzan. «Padrone?»

Il lord in giallo parve divertito dalla proposta. «E quale posta proponi, capitano?»

«Se vinco io, mi darai questo schiavo» rispose Ben Plumm.

«No» ribatté Yezzan zo Qaggaz. «Ma se saprai battere il mio nano, potrai avere il prezzo che ho pagato per lui, in oro.»

«Affare fatto» disse il mercenario. I pezzi vennero raccolti dai tappeti, e i due contendenti si sedettero a giocare.

Tyrion vinse la prima partita. Plumm si aggiudicò la seconda, per il doppio della posta. Mentre si preparavano per il terzo confronto, il nano studiò il suo avversario. Pelle scura, guance e mascella ricoperte da una ispida barba brizzolata tagliata corta, il volto scavato da migliaia di rughe e da svariate cicatrici, Plumm aveva comunque un aspetto simpatico, soprattutto quando sorrideva. "Lo scagnozzo fedele" decise Tyrion. "Lo zio preferito di chiunque, tutto sorrisi accattivanti, vecchi proverbi e semplice saggezza." Era solo una finzione. Quei sorrisi accattivanti non arrivavano mai fino agli occhi di Ben Plumm, nei quali l'avidità era nascosta dietro a un velo di prudenza. "Questo è affamato, ma prudente."

Il mercenario era scarso quasi quanto il lord yunkai, ma il suo gioco era flemmatico, più tenace che audace. Lo schema di apertura cambiava ogni volta, eppure rimaneva identico: conservativo, difensivo, passivo. "Non sta giocando per vincere" capì Tyrion "sta giocando per non perdere." Nella seconda partita, quando il Folletto aveva osato troppo con un attacco errato, quello schema aveva portato alla vittoria. Non così nella terza partita, e nemmeno nella quarta e nella quinta, che fu quella conclusiva.

Verso la fine dello scontro, con le torri in rovina, il drago abbattuto, gli elefanti davanti e i cavalli pesanti alle spalle, Plumm alzò lo sguardo e con un sorriso disse: «Yollo vince ancora. Morte in quattro mosse».

«Tre mosse.» Tyrion picchiò con il dito sul suo drago. «Sono stato fortunato. Forse, capitano, prima della prossima partita dovresti passarmi la mano sulla testa. Un po' della fortuna di nano potrebbe rimanerti attaccata alle dita.» "Perderesti lo stesso, ma almeno mi faresti giocare una partita migliore."

Con un sogghigno, Tyrion si alzò dal tavolo da cyvasse, prese di nuovo la caraffa del vino e ricominciò a versare, con Yezzan zo Qaggaz decisamente più ricco e Ben Plumm il Marrone decisamente più povero. Durante la terza partita, il suo pantagruelico padrone era scivolato in un sonno ubriaco, la coppa gli era scivolata dalle dita ingiallite, rovesciando il vino sul tappeto, ma forse al risveglio sarebbe stato comunque compiaciuto.

Quando il comandante supremo Yurkhaz zo Yunzak se ne andò, sostenuto da un paio di schiavi muscolosi, quello sembrò essere il segnale di ritirata per tutti gli ospiti. Una volta che la tenda si fu svuotata, riapparve Balia, dicendo che ora i servi potevano banchettare con gli avanzi. «Mangiate in fretta. Prima che andiate a dormire dovrà essere di nuovo tutto pulito.»

Tyrion era in ginocchio, con le gambe doloranti e la schiena coperta di sangue, a cercare di togliere la macchia che il vino del nobile Yezzan aveva lasciato sul tappeto del nobile Yezzan. Balia gli diede un paio di colpetti sulla spalla con l'impugnatura della frusta.

«Yollo. Vi siete comportati bene, tu e tua moglie.»

«Non è mia moglie.»

«La tua puttana, allora. In piedi, tutti e due.»

Tyrion faticò ad alzarsi, una gamba tremante non reggeva il suo peso. Aveva le cosce annodate, scosse da crampi così violenti che Penny dovette aiutarlo a mettersi in piedi. «Che cosa abbiamo fatto?»

«Di tutto e di più» disse il sorvegliante. «Balia aveva detto che se aveste compiaciuto vostro padre sareste stati ricompensati, non è forse vero? Per quanto il nobile Yezzan detesti privarsi dei suoi tesorucci, come avrete certo notato, Yurkhaz zo Yunzak lo ha persuaso che sarebbe un atto di egoismo tenersi simili eccellenti esibizioni tutte per sé. Gioite, dunque! Per celebrare la stipulazione della pace con Meereen, avrete l'onore di esibirvi nella Grande Fossa di Daznak. Migliaia di spettatori accorreranno per vedervi! Decine di migliaia! E noi rideremo, quanto rideremo!»

APPENDICE

I RE E LE LORO CORTI

Il re bambino

RE TOMMEN BARATHEON, primo del suo nome, re degli andali, dei rhoynar e dei primi uomini, lord dei Sette Regni, bambino di nove anni

Regina Margaery della Casa Tyrell, sua moglie, tre volte sposata, tre volte vedova, accusata di alto tradimento, prigioniera nel Grande Tempio di Baelor

Megga, Alla ed **Elinor Tyrell**, sue cugine e dame di compagnia, accusate di fornicazione

Alyn Ambrose, scudiero, promesso sposo di Elinor

Cersei della Casa Lannister, madre di Tommen, regina reggente, lady di Castel Granito, accusata di alto tradimento, prigioniera nel Grande Tempio di Baelor

I fratelli e le sorelle di Tommen

(**Re Joffrey**), il suo fratello maggiore, avvelenato alla propria festa di nozze

Principessa Myrcella, sua sorella maggiore, dieci anni, sotto la tutela del principe Doran Martell a Lancia del Sole, promessa sposa a suo figlio Trystane

I suoi gattini, **Ser Balzo, Lady Vybrisse, Quattro Calzini**

Gli zii di Tommen

Ser Jaime Lannister, detto "Sterminatore di Re", gemello della regina Cersei, lord comandante della Guardia reale

Tyrion Lannister, detto "Folletto", un nano, accusato e condannato per regicidio e parricidio

Altri parenti di Tommen

Tywin Lannister, suo nonno, lord di Castel Granito, Protettore dell'Ovest e Primo Cavaliere del re, assassinato nella sua latrina dal figlio Tyrion

Ser Kevan Lannister, suo prozio, lord reggente e Protettore del Reame, sposo di Dorna Swyft

I loro figli

Ser Lancel Lannister, un cavaliere del Sacro ordine dei Figli del Guerriero

(Willem), gemello di Martyn, assassinato a Delta delle Acque

Martyn, gemello di Willem, scudiero

Janei, bambina di tre anni

Lady Genna Lannister, prozia di Tommen, sposa di ser Emmon Frey

I loro figli

(Ser Cleos Frey), ucciso da dei fuorilegge

Ser Tywin Frey, figlio di Cleos, detto "Ty"

Willem Frey, figlio di Cleos, scudiero

Ser Lyonel Frey, secondogenito di lady Genna

(Tion Frey), scudiero, assassinato a Delta delle Acque

Walder Frey, detto "Walder il Rosso", paggio a Castel Granito

(Ser Tygett Lannister), prozio di Tommen, sposo di Darlessa Marbrand

I loro figli

Tyrek Lannister, scudiero, scomparso durante le sommosse della carestia ad Approdo del Re

Lady Ermesande Hayford, moglie bambina di Tyrek

Gerion Lannister, prozio di Tommen, disperso in mare

Joy Hill, sua figlia bastarda

Il concilio ristretto di re Tommen

Ser Kevan Lannister, lord reggente

Lord Mace Tyrell, Primo Cavaliere del re

Ser Jaime Lannister, lord comandante della Guardia reale

Gran maestro Pycelle, consigliere e guaritore

Lord Paxter Redwyne, grand'ammiraglio e ministro della flotta

Qyburn, maestro in disgrazia, noto come negromante, maestro delle spie

Il precedente concilio ristretto della regina Cersei

(**Lord Gyles Rosby**), lord tesoriere, maestro del conio, morto di tisi

Lord Orton Merryweather, maestro di giustizia e delle leggi, fuggito a Lunga Tavola dopo la cattura della regina Cersei

Aurane Waters, il "Bastardo di Driftmark", grand'ammiraglio e maestro della flotta, fuggito in mare con la flotta reale dopo l'arresto della regina Cersei

Guardia reale di Tommen

Ser Jaime Lannister, lord comandante

Ser Meryn Trant

Ser Boros Blount, esautorato e in seguito riammesso

Ser Balon Swann, a Dorne con la principessa Myrcella

Ser Osmund Kettleblack

Ser Loras Tyrell, il Cavaliere di Fiori

(**Ser Arys Oakheart**), morto a Dorne

La corte di Tommen ad Approdo del Re

Ragazzo di Luna, giullare e buffone di corte

Pate, bambino di otto anni, allevato con re Tommen e punito in sua vece

Ormond di Vecchia Città, arpista reale e bardo

Ser Osfryd Kettleblack, fratello di ser Osmund e ser Osney, capitano della Guardia cittadina

Noho Dimittis, emissario della Banca di Ferro di Braavos

(**Ser Gregor Clegane**), detto "la Montagna che cavalca", morto per una lama avvelenata

Rennifer Longwaters, capocarceriere delle segrete della Fortezza Rossa

I presunti amanti della regina Margaery

Wat, cantastorie che si fa chiamare "Bardo Blu", prigioniero diventato folle sotto tortura

(**Hamish l'Arpista**), anziano cantastorie, morto in prigione

Ser Mark Mullendore, che perse una scimmia e mezzo braccio nella Battaglia delle Acque Nere

Ser Tallad, chiamato l'Alto, **ser Lambert Turnberry, ser Bayard Norcross, ser Hugh Clifton**

Jalabhar Xho, principe della Valle del Fiore Rosso, esiliato delle Isole dell'Estate

Ser Horas Redwyne, riconosciuto innocente e liberato

Ser Hobber Redwyne, riconosciuto innocente e liberato

Il principale accusatore della regina Cersei
Ser Osney Kettleblack, fratello di ser Osmund e ser Osfryd, tenuto in prigionia dal Credo

La gente del Credo
L'Alto Septon, Sommo Padre del Credo, Voce dei Sette Dèi sulla terra, vecchio e fragile
Septa Unella, septa Moelle, septa Scolera, carceriere della regina
Septon Torbert, septon Raynard, septon Luceon, septon Ollidor, dei Più Devoti
Ser Theodan Wells, detto "Theodan il Sincero", pio comandante dei Figli del Guerriero
I Reietti, i più umili tra gli uomini, implacabili nella loro compassione

La gente di Approdo del Re
Chataya, tenutaria di un costoso bordello
Alayaya, sua figlia
Dancy, Marei, due delle ragazze di Chataya
Tobho Mott, maestro armaiolo

Vari lord delle Terre della Corona, che hanno giurato fedeltà al Trono di Spade
Renfred Rykker, lord di Duskendale
Ser Rufus Leek, cavaliere con una gamba sola al suo servizio, castellano di Forte Dun a Duskendale
(**Tanda Stokeworth**), lady di Stokeworth, morta per una frattura all'anca
(**Falyse**), sua figlia maggiore, morta urlando di follia nelle celle buie
(**Ser Balman Byrch**), marito di lady Falyse, morto durante una giostra
Lollys, sua figlia minore, debole di mente, stuprata in branco nelle sommosse della carestia, lady di Stokeworth
Tyrion Tanner, dei cento padri, l'infante di Lollys
Ser Bronn delle Acque Nere, marito di Lollys, mercenario nominato cavaliere
Maestro Frenken, in servizio a Stokeworth

Lo stemma di re Tommen mostra il cervo incoronato dei Baratheon, nero in campo oro, e il leone dei Lannister, oro in campo porpora, che si affrontano.

Il re alla Barriera

RE STANNIS BARATHEON, primo del suo nome, secondogenito di lord Steffon Baratheon e di lady Cassana della Casa Estermont, lord di Roccia del Drago, si fa chiamare re dell'Occidente.

Con re Stannis al Castello Nero

- **Lady Melisandre di Asshai**, detta "Donna Rossa", sacerdotessa di R'hllor, Signore della Luce
- **Ser Richard Horpe**, secondo in comando di Stannis
- **Ser Godry Farring**, detto "Sterminatore di Giganti"
- **Ser Justin Massey**
- **Lord Robin Peasebury**
- **Lord Harwood Fell**
- **Ser Clayton Suggs, ser Corliss Penny**, uomini della regina e ferventi adoratori del Signore della Luce
- **Ser Willam Foxglove, ser Humfrey Clifton, ser Ormund Wylde e ser Harys Cobb**, cavalieri
- **Devan Seaworth** e **Bryen Farring**, scudieri di Stannis
- **Mance Rayder**, il Re oltre la Barriera, prigioniero e condannato a morte
  - "il principe dei bruti", neonato senza nome, figlio di Rayder
  - **Gilly**, balia del piccolo, ragazza dei bruti

"l'abominio", neonato senza nome, figlio di Gilly e del padre di lei (Craster)

Al Forte Orientale della Barriera

Regina Selyse della Casa Florent, moglie di Stannis

Principessa Shireen, loro figlia, dodici anni

Macchia, giullare tatuato di Shireen, dalla mente incerta

Ser Axell Florent, zio della regina Selyse, capo degli uomini della regina, si fa chiamare Primo Cavaliere della regina

Ser Narbert Grandison, ser Benethon Scales, ser Patrek della Montagna del Re, ser Dorden, ser Malegorn di Lago Rosso, ser Lambert Whitewater, ser Perkin Follard e **ser Brus Buckler**, cavalieri della regina e sue guardie del corpo

Ser Davos Seaworth, detto "Cavaliere delle Cipolle", lord di Bosco delle Piogge, ammiraglio del Mare Stretto e Primo Cavaliere del re

Salladhor Saan della città libera di Lys, comandante della *Valyrian* e di una flotta di galee

Tycho Nestoris, emissario della Banca di Ferro di Braavos.

Re Stannis ha scelto come proprio stemma il cuore fiammeggiante del Signore della Luce: un cuore rosso circondato da lingue di fuoco arancioni in campo giallo brillante. All'interno del cuore, è ritratto il cervo incoronato della Casa Baratheon, in nero.

Il re delle isole e del Nord

I Greyjoy di Pyke sostengono di discendere dal grande re dell'Età degli Eroi. La leggenda narra che il Re Grigio governasse il mare e che avesse preso in sposa una sirena. Aegon il Drago pose fine alla discendenza dell'ultimo re delle Isole di Ferro, ma permise agli uomini di ferro di far rivivere la loro antica usanza e quindi di scegliere in autonomia chi fra loro dovesse detenere il potere supremo. Scelsero lord Vickon Greyjoy di Pyke. Lo stemma dei Greyjoy mostra una piovra dorata in campo nero. Il loro motto è: "Noi non seminiamo".

EURON GREYJOY, terzo del suo nome dopo il Re Grigio, re delle Isole di Ferro e del Nord, Re del Sale e della Roccia, Figlio del Vento di Mare, lord protettore di Pyke, capitano della *Silenzio*, detto "Occhio di Corvo"

- (**Balon**), suo fratello maggiore, re delle Isole di Ferro e del Nord, nono del suo nome dopo il Re Grigio, Re del Sale e della Roccia, Figlio del Vento di Mare, lord protettore di Pyke, morto in mare cadendo da una passerella sospesa
- **Lady Alannys**, della Casa Harlaw, vedova di re Balon
- I loro figli
  - (**Rodrik**), ucciso nel corso della prima ribellione di Balon
  - (**Maron**), ucciso nel corso della prima ribellione di Balon
  - **Asha**, loro figlia, comandante della *Vento nero* e conquistatrice di Deepwood Motte, sposa di Erik il Temibile Fabbro
  - **Theon**, detto "Theon il Voltagabbana" dagli uomini del Nord, prigioniero a Forte Terrore

Victarion, fratello minore di Euron, lord comandante della Flotta di Ferro, commodoro della *Vittoria di ferro*
Aeron, fratello minore di Euron, detto "Capelli Bagnati", prete del culto del Dio Abissale

Capitani e guerrieri che hanno giurato fedeltà a Euron
Torwold il Dentescuro, Jon Myre Facciastorta, Rodrik Freeborn, il Rematore Rosso, Lucas Codd il Mancino, Quellon Humble, Harren Mezzo Remo, Kemmett Pyke il Bastardo, Qarl lo Schiavo, Manodipietra, Ralf il Pastore e **Ralf di Lordsport**

I membri dell'equipaggio di Euron
(**Cragorn**), morto dopo avere soffiato nel "corno degli inferi"

Lord alfieri di Euron
Erik il Terribile Fabbro, detto anche **Erik il Distruttore di incudini** ed **Erik il giusto**, lord attendente delle Isole di Ferro, castellano di Pyke, uomo anziano un tempo vigoroso, sposo di Asha Greyjoy

Lord di Pyke
Germund Botley, lord di Lordsport
Waldon Wynch, lord di Iron Holt

Lord di Vecchia Wyk
Dunstan Drumm, il Drumm, lord di Vecchia Wyk
Norne Buonfratello, di Shatterstone
Gli Stonehouse

Lord di Grande Wyk
Gorold Buonfratello, lord di Hammerhorn
Triston Farwynd, lord di Punta di Pelle di Foca
Gli Sparr
Meldred Merlyn, lord di Pebbleton

Lord di Orkmont
Alyn Orkwood, detto **Orkwood di Orkmont**
Lord Balon Tawney

Lord di Saltcliffe:
Lord Donnor Saltcliffe
Lord Sunderly

Lord di Harlaw

Rodrik Harlaw, detto "il Lettore", lord di Harlaw, lord di Dieci Torri, Harlaw di Harlaw

Sigfryd Harlaw, detto Sigfryd "Capelli d'argento", suo prozio, signore di Harlaw Hall

Hotho Harlaw, detto "Hotho il Gobbo", di Torre di Glimmering, un cugino

Boremund Harlaw, detto "Boremund il Blu", signore di Harridan Hill, un cugino

Lord di isole minori e scogli

Gylbert Farwynd, lord di Luce Solitaria

I conquistatori di ferro

sulle Isole Scudo

Andrik il Triste, lord di Scudo del Sud

Nute il Barbiere, lord di Scudo di Quercia

Maron Volmark, lord di Scudo Verde

Ser Harras Harlaw, lord di Scudo Grigio, cavaliere di Giardino Grigio

al Moat Cailin

Ralf Kenning, castellano e comandante

Adrack Humble, uomo senza metà braccio

Dagon Codd, che non si arrende a nessuno

a Piazza di Thorren

Dagmar, detto "Mascella Spaccata", comandante della *Bevitrice di schiuma*

a Deepwood Motte

Asha Greyjoy, figlia della piovra, comandante della *Vento nero*

Qarl la Fanciulla, amante di Asha, uomo d'armi

Tristifer Botley, precedente amante di Asha, erede di Lordsport, privato delle sue terre

membri dell'equipaggio di Asha: **Roggon Barba Rugginosa, Linguatetra, Rolfe il Nano, Lorren Lunga Ascia, Rook, Dita, Harl Sei Dita, Dale Occhi Chiusi, Earl Harlaw, Cromm, Hagen del Corno** e la sua splendida figlia dai capelli rossi

Quenton Greyjoy, cugino di Asha

Dagon Greyjoy, detto "Dagon l'Ubriacone", cugino di Asha

ALTRE NOBILI CASE

Nobile Casa Arryn

Gli Arryn sono discendenti dei re delle Montagne e della Valle. La Casa Arryn non ha preso parte alla guerra dei Cinque Re. Il loro stemma mostra un falcone che sormonta la luna, bianco in campo azzurro cielo. Il loro motto è: "In alto quanto l'onore".

ROBERT ARRYN, lord del Nido dell'Aquila, Protettore della Valle, un ragazzino di nove anni di salute cagionevole, a volte chiamato "Pettirosso"

- **(Lady Lysa)** della Casa Tully, sua madre, vedova di lord Jon Arryn, spinta giù dalla Porta della Luna e perita nella caduta
- **Petyr Baelish**, detto "Ditocorto", suo patrigno, lord di Harrenhal, lord supremo del Tridente e lord Protettore della Valle
  - **Alayne Stone**, figlia naturale di lord Petyr, ragazza di tredici anni, in realtà Sansa Stark
  - **Ser Lothor Brune**, mercenario al servizio di lord Petyr, comandante delle guardie al Nido dell'Aquila
  - **Oswell**, uomo d'arme brizzolato al servizio di lord Petyr, chiamato a volte Kettleblack
  - **Ser Shadrick di Valle Ombrosa**, detto "Topo pazzo", cavaliere errante al servizio di lord Petyr
  - **Ser Byron il Bello** e **ser Morgarth l'Allegro**, cavalieri erranti al servizio di lord Petyr

La corte di lord Robert

Maestro Colemon, consigliere, guaritore e tutore
Mord, carceriere brutale con i denti d'oro
Gretchel, Maddy e Mela, donne di servizio

Gli alfieri di lord Robert, signori delle Montagne e della Valle

Yohn Royce, detto "Yohn il Bronzeo", lord di Runestone
Ser Andar, suo figlio, erede di Runestone
Lord Nestor Royce, alto attendente della Valle e castellano delle Porte della Luna
Ser Albar, figlio ed erede di lord Nestor
Myranda, detta "Randa", figlia di lord Nestor, vedova ma pressoché illibata
Mya Stone, guida e conduttrice di muli al servizio di lord Nestor, figlia bastarda di re Robert I Baratheon
Lyonel Corbray, lord di Focolare
Ser Lyn Corbray, suo fratello ed erede, brandisce la famosa spada Signora piangente
Ser Lucas Corbray, suo fratello minore
Triston Sunderland, lord delle Tre Sorelle
Godric Borrell, lord di Dolcesorella
Rolland Longthorpe, lord di Grandesorella
Alesandor Torrent, lord di Piccolasorella
Anya Waynwood, lady di Ironoaks
Ser Morton, suo primogenito ed erede
Ser Donnel, suo secondogenito, cavaliere della Porta Insanguinata
Wallace, suo figlio minore
Harrold Hardyng, scudiero posto sotto la sua tutela, spesso detto "Harry l'Erede"
Ser Symond Templeton, cavaliere di Nove Stelle
Jon Lynderly, lord di Bosco della Serpe
Edmund Waxley, cavaliere di Wickenden
Gerold Grafton, lord di Città del Gabbiano
Eon Hunter, lord di Longbow Hall, morto di recente
Ser Gilwood, figlio maggiore di lord Eon e suo erede, ora chiamato "Giovane lord Hunter"
Maestro Willamen, consigliere, guaritore e tutore, al suo servizio
Ser Eustace, secondogenito di lord Eon
Ser Harlan, figlio minore di lord Eon
Horton Redfort, lord di Redfort, sposatosi tre volte

Ser Jasper, ser Creighton e **ser Jon**, suoi figli
Ser Mychel, suo figlio minore, appena nominato cavaliere, sposo di Ysilla Royce di Runestone
Benedar Belmore, lord di Strongsong

I capi clan delle Montagne della Luna
Shagga figlio di Dolf, dei Corvi di Pietra, alla testa di una banda di predoni nel Bosco del Re
Timett figlio di Timett, degli Uomini bruciati
Chella figlia di Cheyk, delle Orecchie nere
Crawn figlio di Calor, dei Fratelli della Luna

Nobile Casa Baratheon

È la più recente delle grandi casate dei Sette Regni, nata durante le guerre di conquista, quando Orys Baratheon, del quale si dice fosse un figlio bastardo di Aegon Targaryen il Conquistatore, sconfisse e uccise Argilac l'Arrogante, ultimo dei re della Tempesta. Aegon lo ricompensò concedendogli il castello, le terre e la figlia di Argilac. Orys prese la ragazza in moglie e adottò il vessillo, gli onori e i motti della sua linea dinastica. Nel 283° anno dopo la Conquista di Aegon, Robert della Casa Baratheon, lord di Capo Tempesta, rovesciò il Re Folle, Aerys II Targaryen, impossessandosi del Trono di Spade. Tale pretesa al trono derivava dalla nonna di Robert, una delle figlie di re Aegon V Targaryen, per quanto Robert abbia sempre preferito sostenere che la sua pretesa fosse la mazza da guerra. Lo stemma dei Baratheon mostra un cervo incoronato, nero in campo oro. Il loro motto è: "Nostra è la furia".

(**ROBERT BARATHEON**), primo del suo nome, re degli andali, dei rhoynar e dei primi uomini, lord dei Sette Regni e Protettore del Reame, ucciso da un cinghiale

Regina Cersei, sua moglie, della Casa Lannister

I loro figli

(**Re Joffrey**), primo del suo nome, assassinato al suo banchetto di nozze

Principessa Myrcella, protetta a Lancia del Sole, promessa sposa del principe Trystane Martell

Re Tommen, primo del suo nome

I fratelli di Robert

Stannis, lord ribelle della Roccia del Drago e pretendente al Trono di Spade

Shireen, sua figlia, ragazzina di undici anni

(Renly), lord ribelle di Capo Tempesta e pretendente al Trono di Spade, assassinato a Capo Tempesta nel mezzo del suo esercito

I figli bastardi di Robert

Mya Stone, ragazza di tredici anni, al servizio di lord Nestor Royce, alle Porte della Luna

Gendry, fuorilegge nelle Terre dei Fiumi, ignaro delle proprie origini

Edric Storm, figlio bastardo riconosciuto, generato da lady Delena della Casa Florent, nascosto nella città libera di Lys

Ser Andrew Estermont, cugino e tutore di Edric

Ser Gerald Gower, Lewys detto "Moglie di Pesce", **ser Triston di Collina di Tally** e **Omer Blackberry**, guardie e protettori di Edric

(Barra), figlia bastarda, generata da una puttana ad Approdo del Re, assassinata per ordine della vedova di Robert

Altri parenti di Robert

Ser Eldon Estermont, prozio di Robert, lord di Greenstone

Ser Aemon Estermont, cugino di Robert, figlio di Eldon

Ser Alyn Estermont, cugino di Robert, figlio di Aemon

Ser Lomas Estermont, cugino di Robert, figlio di Eldon

Ser Andrew Estermont, cugino di Robert, figlio di Lomas

Gli alfieri che hanno giurato fedeltà a Capo Tempesta, i lord della Tempesta

Davos Seaworth, lord di Bosco delle Piogge, ammiraglio del Mare Stretto e Primo Cavaliere del re

Marya, sua moglie, figlia di un carpentiere

I loro figli

(Dale, Allard, Matthos e Maric), i loro quattro figli maggiori, caduti nella Battaglia delle Acque Nere

Devan, scudiero di re Stannis

Stannis e Steffon, scudieri alla Roccia del Drago

Ser Gilbert Farring, castellano di Capo Tempesta

Ser Godry Farring, cugino di ser Gilbert, detto lo "Sterminatore di Giganti"

Elwood Meadows, lord di Mastio Erboso, siniscalco di Capo Tempesta

Brienne, la Vergine di Tarth, sua figlia, chiamata anche "Brienne la Bella"

Podrick Payne, scudiero di Brienne, ragazzino di dieci anni

Ser Ronnet Connington, detto "Ronnet il Rosso", cavaliere del Posatoio del Grifone

Raymund e **Alynne**, fratelli minori di Ronnet

Ronald Storm, figlio bastardo di Ronnet

Jon Connington, cugino di Ronnet, un tempo lord di Capo Tempesta e Primo Cavaliere del re, esiliato da Aerys II Targaryen, ritenuto morto per il troppo bere

Lester Morrigen, lord di Nido dei Corvi

Ser Richard Morrigen, suo fratello ed erede

(**Ser Guyard Morrigen**, chiamato il Cavaliere Verde), fratello di Lester, caduto nella Battaglia delle Acque Nere

Arstan Selmy, lord di Sala del Raccolto

Ser Barristan Selmy, suo prozio, un tempo comandante della Guardia reale, esiliato dalla regina Cersei

Casper Wylde, lord di Castello della Pioggia

Ser Ormund Wylde, suo zio, cavaliere in età avanzata

Harwood Fell, lord di Felwood

Hugh Grandison, chiamato "Barbagrigia", lord di Grandview

Sebastian Errol, lord di Casa del Pagliaio

Clifford Swann, lord di Stonehelm

Beric Dondarrion, lord di Acque Nere, chiamato il Lord della Folgore, fuorilegge nelle Terre dei Fiumi, ucciso più volte e ritenuto morto

(**Bryce Caron**), lord di Canto Notturno, ucciso da ser Philip Foote nella Battaglia delle Acque Nere

Ser Philip Foote, il suo uccisore, cavaliere con un solo occhio

Ser Rolland Storm, fratellastro bastardo di Bryce, chiamato il "Bastardo di Canto Notturno", pretendente al titolo di lord di Canto Notturno

Robin Peasebury, lord di Poddingfield

Mary Mertyns, lady di Bosco delle Brume

Ralph Buckler, lord di Porta di Bronzo

Ser Brus Buckler, suo cugino

NOBILE CASA FREY

I Frey sono alfieri della Casa Tully, ma non sono sempre stati diligenti nel compiere il loro dovere. Allo scoppio della guerra dei Cinque Re, Robb Stark si conquistò la fedeltà di lord Walder con la promessa di sposare una delle sue figlie o nipoti. Quando invece sposò lady Jeyne Westerling, i Frey cospirarono con Roose Bolton e uccisero il Giovane Lupo e i suoi seguaci in quelle che divennero note con il nome di Nozze Rosse.

WALDER FREY, lord del Guado

Dalla sua prima moglie, **lady Perra** della Casa Royce
(**Ser Stevron**), morto dopo la Battaglia di Oxcross
Ser Emmon, secondogenito di lord Walder
Ser Aenys, terzogenito di lord Walder, al comando delle forze militari dei Frey nel Nord
Aegon il Sanguinario, figlio di Aenys, fuorilegge
Rhaegar, figlio di Aenys, emissario a Porto Bianco
Perriane, figlia maggiore di lord Walder, sposa di ser Leslyn Haigh

Dalla sua seconda moglie (**lady Cyrenna** della Casa Swann)
Ser Jared, emissario a Porto Bianco
Septon Luceon, quinto figlio di lord Walder

Dalla sua terza moglie (**lady Amarei** della Casa Crakehall)
Ser Hosteen, cavaliere di ottima reputazione
Lythene, seconda figlia di lord Walder, sposa del lord Lucias Vypren
Symond, settimo figlio di lord Walder, maestro del conio, emissario a Porto Bianco
Ser Danwell, ottavo figlio di lord Walder
(**Merrett**), nono figlio di lord Walder, impiccato a Vecchie Pietre
Walda, detta "Walda la Grassa", figlia di Merrett, sposa di Roose Bolton, lord di Forte Terrore
Walder, detto "Piccolo Walder", figlio di Merrett, otto anni, scudiero al servizio di Ramsay Bolton
(**Ser Geremy**), decimo figlio di lord Walder, morto affogato
Ser Raymund, undicesimo figlio di lord Walder

Dalla sua quarta moglie (**lady Alyssa** della Casa Blackwood):
Lothar, dodicesimo figlio di lord Walder, detto "lo Storpio"
Ser Jammos, tredicesimo figlio di lord Walder
Walder, detto "Grande Walder", figlio di Jammos, otto anni, scudiero al servizio di Ramsay Bolton
Ser Whalen, quattordicesimo figlio di lord Walder
Morya, terza figlia di lord Walder, sposa di ser Flement Brax
Tyta, quarta figlia di lord Walder, detta "la Vergine"

Dalla sua quinta moglie (**lady Sarya** della Casa Whent):
nessuna progenie

Dalla sua sesta moglie (**lady Bethany** della Casa Rosby)
Ser Perwyn, quindicesimo figlio di lord Walder
(**Ser Benfrey**), sedicesimo figlio di lord Walder, morto in seguito a una ferita infertagli alle Nozze Rosse
Maestro Willamen, diciassettesimo figlio di lord Walder, in servizio a Longbow Hall
Olyvar, diciottesimo figlio di lord Walder, un tempo scudiero di Robb Stark
Roslyn, quinta figlia di lord Walder, sposa di lord Edmure Tully alle Nozze Rosse, gravida del di lui figlio

Dalla sua settima moglie (**lady Annara** della Casa Farring):
Arwyn, sesta figlia di lord Walder, fanciulla di quattordici anni
Wendel, diciannovesimo figlio di lord Walder, paggio a Seagard

Colmar, ventesimo figlio di lord Walder, undici anni e promesso al Credo
Waltyr, detto "Tyr", ventunesimo figlio di lord Walder, dieci anni
Elmar, ventiduesimo e ultimo figlio di lord Walder, nove anni, per breve tempo promesso sposo di Arya Stark
Shirei, figlia minore di lord Walder, bimba di sei anni

Dalla sua ottava moglie, **lady Joyeuse** della Casa Erenford: gravidanza in corso

Figli naturali di lord Walder, da varie madri
Walder Rivers, detto "Walder il Bastardo"
Maestro Melwys, in servizio a Rosby
Jeyne Rivers, Martyn Rivers, Ryger Rivers, Ronel Rivers, Mellara Rivers e altri.

Nobile Casa Lannister

I Lannister di Castel Granito rimangono i principali sostenitori della pretesa di re Tommen al Trono di Spade. Si vantano di risalire a Lann l'Astuto, leggendario maestro d'inganni dell'Età degli Eroi. L'oro di Castel Granito li ha resi la più ricca tra tutte le nobili case dei Sette Regni. Lo stemma dei Lannister mostra un leone dorato in campo porpora. Il loro motto è: "Udite il mio ruggito!".

(TYWIN LANNISTER), lord di Castel Granito, difensore di Lannisport, Protettore dell'Ovest e Primo Cavaliere del re, assassinato dal figlio nano con un dardo di balestra nelle viscere

Figli di lord Tywin

Cersei, gemella di Jaime, vedova di re Robert I Baratheon, prigioniera nel Grande Tempio di Baelor

Ser Jaime, gemello di Cersei, detto lo "Sterminatore di Re", lord comandante della Guardia reale

Josmyn Peckledon, Garrett Paege e **Lew Piper**, scudieri di Jaime

Ser Ilyn Payne, cavaliere senza lingua, nominato Giustizia del re e boia di corte

Ser Ronnet Connington, detto "Ronnet il Rosso", cavaliere del Posatoio del Grifone, inviato a Maidenpool con un prigioniero

Ser Addam Marbrand, ser Flement Brax, ser Alyn Stackspear, ser Steffon Swyft, ser Humfrey Swyft, ser Lyle Crakehall,

detto "Cinghiale Selvaggio" e **ser Jon Bettley**, chiamato "Jon il Glabro", cavalieri dell'esercito di ser Jaime a Delta delle Acque

Tyrion, detto "il Folletto", nano, assassino di re e parricida, fuggiasco in esilio oltre il Mare Stretto

La corte di Castel Granito

Maestro Creylen, guaritore, tutore e consigliere

Vylarr, comandante delle guardie

Ser Benedict Broom, maestro d'armi

Wat Biancosorriso, cantastorie

Altri parenti stretti di lord Tywin

Ser Kevan, sposo di Dorna della Casa Swyft

Lady Genna, sposa di ser Emmon Frey, ora lord di Delta delle Acque

(**Ser Cleos Frey**), primogenito di Genna, sposo di Jeyne della Casa Darry, ucciso da dei fuorilegge

Ser Tywin Frey, detto "Ty", primogenito di Cleos, ora erede di Delta delle Acque

Willem Frey, secondogenito di Cleos, scudiero

Ser Lyonel Frey, (**Tion Frey**) e **Walder Frey**, chiamato "Walder il Rosso", altri figli di Genna

(**Ser Tygett Lannister**), morto di vaiolo

Tyrek, figlio di Tygett, scomparso e ritenuto morto

Lady Ermesande Hayford, moglie bambina di Tyrek

Gerion Lannister, disperso in mare

Joy Hill, figlia bastarda di Gerion, dieci anni

Altri fratelli e sorelle di lord Tywin e i loro figli

(**Ser Stafford Lannister**), cugino e fratello della defunta moglie di lord Tywin, caduto nella Battaglia di Oxcross

Cerenna e **Myrielle**, figlie di Stafford

Ser Daven Lannister, figlio di Stafford

Ser Damion Lannister, cugino, sposo di lady Shiera Crakehall

Ser Lucion, loro figlio

Lanna, loro figlia, sposa di lord Antario Jast

Lady Margot, cugina, sposa di lord Titus Peake

Alfieri e spade che hanno giurato fedeltà, i lord dell'Ovest

Damon Marbrand, lord di Ashemark

Roland Crakehall, lord di Crakehall

Sebaston Farman, lord di Isola Bella

Tytos Brax, lord di Hornvale
Quenten Banefort, lord di Banefort
Ser Harys Swyft, padrino di ser Kevan Lannister
Gawen Westerling, lord del Crag
Lord Selmond Stackspear
Terrence Kenning, lord di Kayce
Lord Antario Jast
Lord Robin Moreland
Lady Alysanne Lefford
Lewys Lydden, lord di Deep Den
Lord Philip Plumm
Ser Garrison Prester
Ser Lorent Lorch, nominato cavaliere
Ser Garth Greenfield, nominato cavaliere
Ser Lymond Vikary, nominato cavaliere
Ser Raynard Ruttiger, nominato cavaliere
Ser Manfryd Yew, nominato cavaliere
Ser Tybolt Hetherspoon, nominato cavaliere.

NOBILE CASA MARTELL

Dorne fu l'ultimo dei Sette Regni a giurare fedeltà al Trono di Spade. Il sangue, le usanze, la geografia e la storia sono tutti elementi che differenziano quello dorniano dagli altri regni. Allo scoppio della guerra dei Cinque Re, Dorne non si schierò, ma quando Myrcella Baratheon venne promessa in sposa al principe Trystane, Lancia del Sole dichiarò il proprio sostegno a re Joffrey. Lo stemma dei Martell mostra un sole rosso attraversato da un giavellotto dorato. Il loro motto è: "Mai inchinati, mai piegati, mai spezzati".

DORAN NYMEROS MARTELL, lord di Lancia del Sole, principe di Dorne
- **Mellario,** sua moglie, della città libera di Norvos
- I loro figli
  - **Principessa Arianne**, figlia maggiore, erede di Lancia del Sole
  - **Principe Quentyn**, appena nominato cavaliere, allevato a Yronwood
  - **Principe Trystane**, promesso sposo di Myrcella Baratheon
    - **Ser Gascoyne di Sangue Verde**, suo difensore che ha giurato fedeltà

I fratelli e le sorelle del principe Doran
- **(Principessa Elia)**, stuprata e assassinata durante il saccheggio di Approdo del Re

(**Rhaenys Targaryen**), una bambina uccisa durante il saccheggio di Approdo del Re

(**Aegon Targaryen**), suo figlio, un infante ucciso durante il saccheggio di Approdo del Re

(**Principe Oberyn**), detto "Vipera Rossa", ucciso da ser Gregor Clegane durante un processo per duello

Ellaria Sand, amante del principe Oberyn, figlia naturale di lord Harmen Uller

Le **Serpi delle Sabbie**, figlie bastarde di Oberyn:

Obara, figlia di Oberyn e di una puttana di Vecchia Città, ventotto anni

Nymeria, detta "Lady Nym", figlia avuta da una nobildonna di Vecchia Volantis, venticinque anni

Tyene, figlia avuta da una septa, ventitré anni

Sarella, figlia avuta da una donna mercante, comandante della nave *Bacio di piuma*, diciannove anni

Elia, figlia avuta da Ellaria Sand, quattordici anni

Obella, figlia avuta da Ellaria Sand, dodici anni

Dorea, figlia avuta da Ellaria Sand, otto anni

Loreza, figlia avuta da Ellaria Sand, sei anni

La corte del principe Doran

Ai Giardini dell'Acqua

Areo Hotah, mercenario della città libera di Norvos, comandante delle guardie del principe Doran

Maestro Caleotte, consigliere, guaritore e tutore

A Lancia del Sole

Maestro Myles, consigliere, guaritore e tutore

Ricasso, siniscalco, vecchio e cieco

Ser Manfrey Martell, castellano di Lancia del Sole

Lady Alyse Ladybright, maestra del conio

La protetta del principe Doran

Principessa Myrcella Baratheon, promessa sposa del principe Trystane Martell

(**Ser Arys Oakheart**), cavaliere della Guardia reale che ha giurato fedeltà a Myrcella, ucciso da Areo Hotah

Rosamund Lannister, cameriera personale di Myrcella e sua compagna, lontana cugina

Gli alfieri del principe Doran, i lord di Dorne

Anders Yronwood, lord di Yronwood, protettore della Strada di Pietra, il Sangue Reale

Ynys, sua figlia maggiore, sposa di Ryon Allyrion

Ser Cletus, suo figlio ed erede

Harmen Uller, lord di Hellholt

Delonne Allyrion, lady di Grazia degli Dèi

Ser Ryon Allyrion, suo figlio ed erede

Dagos Manwoody, lord di Tomba Reale

Larra Blackmont, lady di Blackmont

Nymella Toland, lady di Collina Fantasma

Quentin Qorgyle, lord di Sandstone

Ser Deziel Dalt, cavaliere di Bosco dei Limoni

Franklyn Fowler, lord di Cieloalto, detto "Vecchio Falcone", protettore del Passo del Principe

Ser Symon Santagar, cavaliere di Spottswood

Edric Dayne, lord di Stelle al Tramonto, scudiero

Trebor Jordayne, lord del Tor

Tremond Gargalen, lord di Costa Salata

Daeron Vaith, lord di Dune Rosse

Nobile Casa Stark

Gli Stark fanno risalire le loro origini a Brandon il Costruttore e ai re dell'Inverno. Per migliaia di anni governarono da Grande Inverno quali re del Nord, finché Torrhen Stark, il Re-in-ginocchio, giurò fedeltà ad Aegon il Drago piuttosto che opporvisi. Quando lord Eddard Stark di Grande Inverno venne mandato a morte da re Joffrey, gli uomini del Nord non giurarono lealtà al Trono di Spade e proclamarono Robb, figlio di lord Eddard, re del Nord. Durante la guerra dei Cinque Re, Robb vinse tutte le battaglie, ma venne tradito e assassinato dai Frey e dai Bolton alle Torri Gemelle, nel corso del matrimonio dello zio Edmure Tully, evento noto come le Nozze Rosse. Lo stemma degli Stark mostra un meta-lupo grigio in corsa su campo bianco ghiaccio. Il loro motto è: "L'inverno sta arrivando".

(ROBB STARK), re del Nord, re del Tridente, detto il "Giovane Lupo", ragazzo di sedici anni ucciso alle Nozze Rosse
 (Vento Grigio), il suo meta-lupo, ucciso alle Nozze Rosse

I genitori di Robb
 (Eddard), suo padre, lord di Grande Inverno, Primo Cavaliere del re di Robert I Baratheon, decapitato ad Approdo del Re per ordine di re Joffrey
 (Lady Catelyn) della Casa Tully, sua madre, vedova di lord Eddard Stark, uccisa alle Nozze Rosse

I fratelli e le sorelle di Robb

Sansa, sua sorella, sposa di Tyrion della Casa Lannister

(Lady), la sua meta-lupa, uccisa al Castello di Darry

Arya, ragazzina di undici anni, scomparsa e ritenuta morta

Nymeria, la sua meta-lupa, che vaga nelle Terre dei Fiumi

Brandon, detto "Bran", nove anni, storpio, erede di Grande Inverno e ritenuto morto

Estate, il suo meta-lupo

Rickon, bimbo di cinque anni, ritenuto morto

Cagnaccio, il suo meta-lupo, nero e selvaggio

Osha, donna dei bruti, in passato prigioniera a Grande Inverno

Jon Snow, fratellastro bastardo di Robb, dei guardiani della notte

Spettro, il suo meta-lupo albino

Gli zii e i cugini di Robb

Benjen Stark, zio di Robb, fratello minore di lord Eddard, primo ranger dei guardiani della notte, disperso a nord della Barriera, ritenuto morto

(Lysa Arryn), zia di Robb, sorella di lady Catelyn, lady del Nido dell'Aquila

Robert Arryn, figlio di Lysa, lord del Nido dell'Aquila e Protettore della Valle, bambino di otto anni cagionevole di salute

Edmure Tully, zio di Robb, fratello di lady Catelyn, lord di Delta delle Acque, preso prigioniero dopo le Nozze Rosse

Lady Roslyn della Casa Frey, sposa di Edmure, gravida di suo figlio

Ser Brynden Tully, detto il Pesce Nero, prozio di Robb, zio di lady Catelyn, castellano di Delta delle Acque, adesso in fuga e braccato

Gli alfieri di Grande Inverno, i lord del Nord

Jon Umber, detto "Grande Jon", lord di Ultima Terra, prigioniero alle Torri Gemelle

(Jon, detto il "Piccolo Jon"), primogenito ed erede del Grande Jon, ucciso alle Nozze Rosse

Mors, detto "Cibo di Corvo", zio di Grande Jon, castellano di Ultima Terra

Hother, detto il "Flagello delle puttane", zio di Grande Jon, anch'egli castellano di Ultima Terra

(Cley Cerwyn), lord di Cerwyn, ucciso a Grande Inverno
Jonelle, sua sorella, fanciulla di ventitré anni
Roose Bolton, detto anche il "Lord Sanguisuga", lord di Forte Terrore
(Domeric), suo erede, morto di febbri addominali
Walton, detto "Gambali d'Acciaio", comandante militare di Roose
Ramsay Bolton, figlio naturale di Roose, detto il "Bastardo di Bolton", lord di Hornwood
Walder Frey e **Walder Frey**, detti "Grande Walder" e "Piccolo Walder", scudieri di Ramsay
Ben Bones, maestro dei canili a Forte Terrore
Reek, detto il "Fetido" o il "Puzzone"

I "Ragazzi del Bastardo", uomini d'arme di Ramsay
Dick Cazzo Giallo, Damon-danza-per-me, Luton, Alyn l'Acido, Skinner, Grugnito

(Rickard Karstark), lord di Karhold, decapitato dal Giovane Lupo per avere assassinato prigionieri Frey
(Eddard), suo figlio, ucciso al Bosco dei Sussurri
(Torrhen), suo figlio, ucciso al Bosco dei Sussurri
Harrion, suo figlio, prigioniero a Maidenpool
Alys, sua figlia, fanciulla di quindici anni
Arnolf, zio di lord Rickard, castellano di Karhold
Wyman Manderly, lord di Porto Bianco, spropositatamente grasso
Ser Wylis Manderly, suo primogenito ed erede, molto grasso, prigioniero ad Harrenhal
Leona della Casa Woolfield, sposa di Wylis
Wynafryd, loro figlia, fanciulla di diciannove anni
Wylla, loro figlia, fanciulla di quindici anni
(Ser Wendel Manderly), secondogenito di lord Wyman, ucciso alle Nozze Rosse
Ser Marlon Manderly, cugino di lord Wyman, comandante della guarnigione a Porto Bianco
Maestro Theomore, consigliere, tutore e guaritore
Wex, ragazzo di dodici anni, muto, un tempo scudiero di Theon Greyjoy
Ser Bartimus, vecchio cavaliere, una sola gamba, un solo occhio, spesso ubriaco, castellano di Tana del Lupo

Garth, suo capo-carceriere e carnefice

Lady Lu, l'ascia di Garth

Therry, giovane carceriere

Maege Mormont, lady di Isola dell'Orso, detta l'"Orsa"

(Dacey), sua primogenita ed erede, uccisa alle Nozze Rosse

Alysane, secondogenita, detta "Giovane Orsa"

Lyra, Jorelle, Lyanna, figlie più giovani di lady Maege

(Jeor Mormont), fratello di lady Maege, lord comandante dei guardiani della notte, ucciso dai suoi stessi uomini

Ser Jorah Mormont, figlio di lord Jeor, ora cavaliere in esilio oltre il Mare Stretto

Howland Reed, lord di Torre delle Acque Grigie, uomo delle paludi

Jyana, sua moglie

I loro figli

Meera, giovane cacciatrice

Jojen, suo fratello, ragazzo dannato dalla "visione verde"

Galbart Glover, signore di Deepwood Motte, celibe

Robett Glover, suo fratello ed erede

Sybelle, sposa di Robett, della Casa Locke

Benjicot Branch, Ned Woods Senzanaso, uomini della Foresta del Lupo che hanno giurato fedeltà a Deepwood Motte

(Ser Helman Tallhart), signore di Piazza di Torrhen, ucciso a Duskendale

(Benfred), suo figlio ed erede, ucciso dagli uomini di ferro sulla Costa Pietrosa

Eddara, sua figlia, prigioniera a Piazza di Torrhen

(Leobald), suo fratello, ucciso a Grande Inverno

Berena della Casa Hornwood, sposa di Leobald, prigioniera a Piazza di Torrhen

Brandon e **Beren**, i loro figli, anch'essi prigionieri a Piazza di Torrhen

Rodrik Ryswell, lord dei Rills

Barbrey Dustin, sua figlia, lady di Barrowton, vedova di lord Willam Dustin

Harwood Stout, suo vassallo, lord di secondo rango a Barrowton

Bethany Bolton, sua figlia, seconda moglie di lord Roose Bolton, morta di febbri

Roger Ryswell, Rickard Ryswell, Roose Ryswell, i suoi litigiosi cugini e alfieri

Lyessa Flint, lady di Capo della Vedova

Ondrew Locke, lord di Antico Castello, uomo anziano

I capi clan delle montagne del Nord

Hugo Wull, detto "Grosso Secchio" o "Wull"

Brandon Norrey, detto "Norrey"

Brandon Norrey, il Giovane, suo figlio

Torren Liddle, detto "Liddle"

Duncan Liddle, suo primogenito, detto "Grande Liddle", uomo dei guardiani della notte

Morgan Liddle, suo secondogenito, detto "Medio Liddle"

Rickard Liddle, suo terzogenito, detto "Piccolo Liddle"

Torghen Flint, dei primi Flint, detto "Flint" o anche "Vecchia Selce"

Donnel il Nero, suo primogenito ed erede

Artos Flint, suo secondo figlio, fratellastro di Donnel il Nero

Nobile Casa Tully

Lord Edmyn Tully di Delta delle Acque fu uno dei primi lord dei Fiumi a giurare fedeltà ad Aegon il Conquistatore. Il re Aegon lo ricompensò estendendo il dominio della Casa Tully su tutte le terre del Tridente. Lo stemma dei Tully mostra una trota argentea che guizza su uno sfondo a strisce blu e rosse. Il loro motto è: "Famiglia, dovere, onore".

EDMURE TULLY, lord di Delta delle Acque, catturato in occasione del suo matrimonio e tenuto prigioniero dai Frey
- **Lady Roslin** della Casa Frey, sposa di Edmure, gravida di suo figlio
- (**Lady Catelyn Stark**), sorella di Edmure, vedova di lord Eddard Stark di Grande Inverno, uccisa alle Nozze Rosse
- (**Lady Lysa Arryn**), sorella di Edmure, vedova di lord Jon Arryn della Valle, morta in seguito a una spinta che l'ha fatta precipitare nel vuoto da Nido dell'Aquila
- **Ser Brynden**, detto "Pesce Nero", zio di Edmure, un tempo castellano a Delta delle Acque, diventato un fuorilegge

La corte di Edmure a Delta delle Acque
- **Maestro Vyman**, consigliere, guaritore e tutore
- **Ser Desmond Grell**, maestro d'armi
- **Ser Robin Ryger**, comandante della guardia
  - **Lew il Lungo**, **Elwood** e **Delp**, guardie
- **Utherydes Wayn**, attendente di Delta delle Acque

Gli alfieri di Edmure, i lord del Tridente

Tytos Blackwood, lord di Raventree

Brynden, suo primogenito ed erede

(Lucas), suo secondogenito, ucciso alle Nozze Rosse

Hoster, suo terzogenito, un ragazzo amante dei libri

Edmund e **Alyn**, i suoi figli minori

Bethany, sua figlia, una bambina di otto anni,

(Robert), suo ultimogenito, morto di febbri viscerali

Jonos Bracken, lord di Stone Hedge

Barbara, Jayne, Catelyn, Bess e **Alysanne**, le sue cinque figlie

Hildy, donna aggregata ai soldati di lord Jonos

Jason Mallister, lord di Seagard, prigioniero nel proprio castello

Patrek, suo figlio, imprigionato con il padre

Ser Denys Mallister, zio di lord Jason, uomo dei guardiani della notte

Clement Piper, lord del Castello di Pinkmaiden

Ser Marq Piper, suo figlio ed erede, catturato alle Nozze Rosse

Karyl Vance, lord di Riposo del Viandante

Norbert Vance, lord cieco di Atranta

Theomar Smallwood, lord di Sala delle Ghiande

William Mooton, lord di Maidenpool

Eleanor, sua figlia ed erede, tredici anni, sposa di Dickon Tarly di Collina del Corno

Shella Whent, privata del titolo di lady di Harrenhal

Ser Halmon Paege

Lord Lymond Goodbrook

Nobile Casa Tyrell

I Tyrell sono ascesi al potere quali attendenti dei re dell'Altopiano, sebbene facciano risalire le loro origini a Garth Manoverde, re giardiniere dei primi uomini. Quando l'ultimo re della Casa Gardener venne ucciso nella battaglia chiamata Campo di Fuoco, il suo attendente Harlen Tyrell consegnò Alto Giardino ad Aegon il Conquistatore. Aegon gli assegnò il castello e il dominio sull'Altopiano. Mace Tyrell dichiarò il suo sostegno a Renly Baratheon allo scoppio della guerra dei Cinque Re, e gli concesse la mano della figlia Margaery. Alla morte di Renly, Alto Giardino si alleò con Casa Lannister e Margaery venne promessa a re Joffrey. Lo stemma dei Tyrell mostra una rosa dorata in campo verde erba. Il loro motto è: "Crescere forti".

MACE TYRELL, lord di Alto Giardino, Protettore del Sud, difensore delle Terre Basse, gran maresciallo dell'Altopiano

- **Lady Alerie**, della Casa Hightower di Vecchia Città, sposa di lord Tyrell
- I loro figli
  - **Willas**, primogenito, storpio, erede di Alto Giardino
  - **Ser Garlan**, detto "il Galante", secondogenito, appena nominato lord di Acquachiara
    - **Lady Leonette** della Casa Fossoway, moglie di ser Garlan
  - **Ser Loras**, detto "Cavaliere di Fiori", il loro figlio più giovane, confratello della Guardia reale, ferito alla Roccia del Drago

Margaery, loro figlia, due volte andata in sposa e due volte rimasta vedova

Parenti e cortigiane di Margaery:

Megga, Alla ed **Elinor Tyrell**, le sue cugine

Alyn Ambrose, scudiero, promesso sposo di Elinor

Lady Alysanne Bulwer, lady Alyce Graceford, lady Taena Merryweather, Meredyth Crane detta "Merry"e **septa Nysterica**, cortigiane di Margaery

Lady Olenna della Casa Redwyne, madre vedova di Mace, detta la "Regina di Spine"

Le sorelle di lord Mace

Lady Mina, sposa di Paxter Redwyne, lord di Arbor

Ser Horas Redwyne, suo figlio, gemello di Hobber, detto "Orrore"

Ser Hobber Redwyne, suo figlio, gemello di Horas, detto "Fetore"

Desmera Redwyne, sua figlia, fanciulla di sedici anni

Lady Janna, sposa di ser Jon Fossoway

Gli zii e i cugini di lord Mace

Garth, detto "il Grosso", zio di lord Mace, lord siniscalco di Alto Giardino

Garse e **Garrett Flowers**, figli bastardi di Garth

Ser Moryn, zio di lord Mace, lord comandante della Guardia cittadina di Vecchia Città

Maestro Gormon, zio di lord Mace, erudito della Cittadella

La corte di lord Mace ad Alto Giardino

Maestro Lomys, consigliere, guaritore e tutore

Igon Vyrwel, comandante della guardia

Ser Vortimer Crane, maestro d'armi

Palla di Burro, giullare e giocoliere, enormemente grasso

Gli alfieri di Mace, i lord dell'Altopiano

Randyll Tarly, lord di Collina del Corno, comandante dell'esercito di re Tommen sul Tridente

Paxter Redwyne, lord di Arbor

Ser Horas e ser Hobber, i suoi figli gemelli

Maestro Ballabar, guaritore di lord Paxter

Arwyn Oakheart, lady di Vecchia Quercia

Mathis Rowan, lord di Goldengrove
Leyton Hightower, Voce di Vecchia Città, lord del Porto
Humfrey Hewett, lord di Scudo di Quercia
Falia Flowers, sua figlia bastarda
Osbert Serry, lord di Scudo del Sud
Guthor Grimm, lord di Scudo Grigio
Moribald Chester, lord di Scudo Verde
Orton Merryweather, lord di Lunga Tavola
Lady Taena, sua moglie, della città libera di Myr
Russell, suo figlio, bambino di sei anni
Lord Arthur Ambrose
Lorent Caswell, lord di Ponteamaro

I cavalieri e le spade giurate di lord Mace
Ser Jon Fossoway, dei Fossoway della Mela Verde
Ser Tanton Fossoway, dei Fossoway della Mela Rossa

RIBELLI E CONFRATERNITE

I CONFRATELLI DELL'ORDINE DEI GUARDIANI DELLA NOTTE

JON SNOW, il Bastardo di Grande Inverno, novecentonovantottesimo lord comandante dei guardiani della notte
Spettro, il suo meta-lupo albino
Eddison Tollett, attendente di Jon, detto "Edd l'Addolorato"

CONFRATELLI AL CASTELLO NERO
Maestro Aemon (Targaryen), guaritore e consigliere, cieco, centodue anni
Clydas, assistente di Aemon
Samwell Tarly, detto "il Distruttore", assistente di Aemon, grasso e studioso
Bowen Marsh, lord attendente della confraternita in nero
Hobb Tre Dita, attendente e capo cuoco
(Donal Noye), armaiolo e fabbro, caduto in combattimento contro Mag il Possente
Owen detto "il Muflone", **Tim Linguarotta, Mully, Cugen, Donnel Hill** detto "Donnel il Dolce", **Lew il Mancino, Jeren, Ty, Dannel** e **Wick Whittlestick**, attendenti
Othell Yarwyck, Primo Costruttore
Stivale, Halder, Albett, Kegs e **Alf di Runnymudd**, costruttori
Septon Cellador, devoto ubriacone
Jack Bulwer il Nero, primo ranger
Dywen, Kedge Occhiobianco, Bedwyck detto "Gigante", **Matthar, Garth Piumagrigia, Ulmer di Bosco del Re, Elron, Garrett, Lanciaverde, Fulk la Pulce, Pypar** detto "Pyp", **Grenn** detto "Uri",

Bernarr detto "Bernarr il Nero", **Tim Stone, Rory, Ben il Barbuto, Tom Barleycorn, Goady Big Liddle, Luke di Lunga Città** e **Hal il Peloso,** ranger
Cinghia, un bruto diventato guardiano della notte
Ser Alliser Thorne, un tempo maestro d'armi
Lord Janos Slynt, in passato comandante della Guardia cittadina di Approdo del Re, per breve tempo lord di Harrenhal
Iron Emmett, detto "Emmett il Ferrigno", in passato al Forte Orientale, maestro d'armi
Hareth detto "Cavallo", i gemelli **Arron** ed **Emrick, Satin** e **Hop-Robin,** reclute in addestramento

CONFRATELLI ALLA TORRE DELLE OMBRE
Ser Denys Mallister, comandante
Wallace Massey, suo attendente e scudiero
Maestro Mullin, consigliere guaritore
(Qhorin il Monco, Scudiero Dalbridge, Eggen), caduti in combattimento a nord della Barriera
Stonesnake, disperso in marcia sul Passo Skirling

CONFRATELLI AL FORTE ORIENTALE
Cotter Pyke, bastardo delle Isole di Ferro, comandante del Forte Orientale
Maestro Harmune, guaritore e consigliere
Il vecchio Tattersalt, capitano della *Uccello nero*
Ser Glendon Hewett, maestro d'armi
Ser Maynard Holt, capitano della *Artiglio*
Russ Barleycorn, capitano della *Corvo tempestoso*

I BRUTI O IL POPOLO LIBERO

MANCE RAYDER, Re oltre la Barriera, prigioniero al Castello Nero
(Dalla), sua moglie, morta di parto
Il loro figlio appena nato in battaglia, ancora senza nome
Val, sorella minore di Dalla, "la principessa dei bruti", prigioniera al Castello Nero
(Jarl), amante di Val, morto per una caduta alla Barriera

I capi, i comandanti e i predoni dei bruti:
Il Lord delle Ossa, deriso con il nome di "Rattleshirt", predone e capo di una banda di guerrieri, prigioniero al Castello Nero
(Ygritte), giovane moglie di lancia, amante di Jon Snow, uccisa durante l'attacco al Castello Nero
Ryk, detto "Lungapicca", componente della sua banda
Ragwyle e **Lenyl**, componenti della sua banda
Tormund, Re della birra di Sala Fangosa, detto anche "Veleno dei Giganti", Grande Affabulatore, Soffiatore di Corno e Distruttore del Ghiaccio, "Pugno di Tuono", "Marito di Orse", "Voce degli Dèi" e "Padre di Eserciti"
Toregg l'Alto, Torwyrd il Mansueto, Dormund e **Dryn**, figli di Tormund, e sua figlia **Munda**
Il Piagnone, predone e capo di una banda di guerrieri
(Harma, detta "Testa di Cane"), caduta in battaglia sotto la Barriera
Halleck, suo fratello
(Styr), maknar di Thenn, caduto durante l'attacco al Castello Nero

Sigorn, figlio di Styr, nuovo maknar di Thenn

Varamyr, detto "Seipelli", metamorfo, padrone di tre lupi, una pantera-ombra e un'orsa bianca, da bambino chiamato "Lump"

Un-occhio, Sly e Stalker, i suoi lupi

(**Bump**), fratello di Varamyr, sbranato da un cane

Thisle, moglie di lancia, dura ma compassionevole

(**Briar e Grisella**), metamorfo, morti da lungo tempo

Borroq, detto "il Cinghiale", metamorfo, molto temuto

Gerrick Sanguereale, del sangue di Raymun Barbarossa

le sue tre figlie

Soren Spezzascudi, celebre guerriero

Morna Maschera Bianca, strega guerriera e predona

Ygon Vecchiopadre, capoclan con diciotto mogli

Il Grande Tricheco, capo della Costa Congelata

Madre Talpa, strega delle foreste, profetessa

Brogg, Gavin in Mercante, Harle il Cacciatore, Harle il Bello, Howd il Viandante, Doss il Cieco, Kyleg Orecchio di legno e **Dewyn Scuoiatore di Foche**, capi e comandanti del popolo libero

(**Orell**), detto "Orell l'Aquila", metamorfo, ucciso da Jon Snow al Passo Skirling

(**Mag Mar Tun Doh Weg**), detto "Mag il Possente", gigante, ucciso da Donal Noye nell'attacco al Castello Nero

Wun Weg Wun Dar Wun, detto Wun Wun, un gigante

Rowan, Holly, Scoiattolo, Willow Occhio-di-strega, Frenya e **Myrtle**, mogli di lancia, prigioniere alla Barriera

Oltre la Barriera

Nella Foresta Stregata

BRANDON STARK, chiamato Bran, principe di Grande Inverno ed erede del Nord, un bambino storpio di nove anni

Compagni e protettori di Bran

Meera Reed, fanciulla di sedici anni, figlia di lord Howland Reed della Torre delle Acque Grigie, nell'Incollatura

Jojen Reed, suo fratello, tredici anni, con la maledizione della "visione verde"

Hodor, ragazzone dalla mente semplice, alto più di due metri

La guida di Bran:

Manifredde, un tempo, forse, uomo dei guardiani della notte, ora un enigma

Al Castello di Craster

Traditori, un tempo uomini dei guardiani della notte

Dirk, che ha assassinato Craster

Ollo Lophand, che ha assassinato Jeor Mormont, il Vecchio Orso

Garth di Greenaway, Mawney, Grubbs e **Alan di Rosby**, un tempo ranger

Karl Piededuro, Oss l'Orfano, Bill Balbuziente, un tempo attendenti

Nelle caverne sotto un'altura

Il corvo con tre occhi, chiamato anche "L'ultimo degli esseri verdi", negromante e viandante del sogno, un tempo guardiano della notte chiamato **Brynden**, ora più albero che uomo

Foglia, Cenere, Coltello Nero, Capelli di Neve e **Braci**, figli della foresta

OLTRE IL MARE STRETTO

Nella città libera di Braavos

FERREGO ANTARYON, signore del mare di Braavos, malato e in declino
Qarro Volentin, primo spadaccino di Braavos, suo protettore
Bellegere Otherys detta "la Perla Nera", cortigiana discendente della omonima regina pirata
La Lady Velata, la Regina degli Scogli, Ombra di Luna, la Figlia delle Tenebre, l'Usignolo e **la Poetessa**, famose cortigiane
L'uomo gentile e **l'orfana**, servitori del Dio dai Mille Volti presso la Casa del Bianco e del Nero
Umma, cuoca del tempio
Il Bello, Compare Grasso, il Signorotto, Faccia Dura, lo Strabico e **l'Affamato**, servitori segreti del Dio dai Mille Volti
Arya, della Casa Stark, ragazza con la moneta di ferro, conosciuta anche come "Arry", "Nan", "la Donnola", "Squab", "Salty" e "Cat, la Gatta dei Canali"
Brusco, mercante di pesce
  Talea e **Brea**, sue figlie
Meralyn, detta "Merry", tenutaria di Porto Felice, un bordello vicino al Porto degli Stracci
La Moglie del Marinaio, prostituta di Porto Felice
  Lanna, sua figlia, giovane prostituta
Roggo il Rosso, Gyloro Dothare e **Gyleno Dothare**, uno scrittore di farse chiamato **Quill** e **Cossomo il Prestigiatore**, clienti del Porto Felice
Tagganaro, ladruncolo del porto
  Casso, "Re delle Foche", la sua foca ammaestrata
S'vrone, prostituta del porto con tendenze omicide
La Figlia Ubriaca, prostituta dal temperamento incerto

Nella città libera di Vecchia Volantis

I triarchi regnanti

Malaquo Maegyr, triarca di Volantis, tigre

Doniphos Paenymion, triarca di Volantis, elefante

Nyessos Vhassar, triarca di Volantis, elefante

Gente di Volantis

Benerro, Alto Septon di R'hllor, Signore della Luce

Moqorro, suo braccio destro, prete rosso di R'hllor

La Vedova del fronte del porto, ricca donna liberta, chiamata anche "la puttana di Vogarro"

i figli della Vedova, suoi feroci difensori

Penny, ragazza nana e guitta

Carina Porcellina, il suo maiale

Scrocchio, il suo cane

(Groat), fratello di Penny, nano e guitto, assassinato e decapitato

Alios Qhaedar, candidato a futuro triarca

Parquello Vaelaros, candidato a futuro triarca

Belicho Staegone, candidato a futuro triarca

Grazdan mo Eraz, emissario della città schiavista di Yunkai

Nella Baia degli Schiavisti

A Yunkai, la città gialla

Yurkhaz zo Yunzak, comandante supremo delle armate e degli alleati di Yunkai, schiavista e anziano nobiluomo di impeccabili ascendenze

Yezzan zo Qaggaz, chiamato in modo derisorio "la Balena Gialla", mostruosamente obeso, malaticcio, ricchissimo

- **Nutrice**, la sua badante schiava
- **Dolcezza**, schiavo ermafrodito, il suo tesoro
- **Cicatrice**, sergente e soldato schiavo
- **Morgo**, soldato schiavo

Morghaz zo Zherzyn, nobiluomo amante del vino, chiamato in modo derisorio "Conquistatore Sbronzo"

Gorzhak zo Eraz, nobiluomo e schiavista, chiamato in modo derisorio "Faccia-di-budino"

Faezhar zo Faez, nobiluomo e schiavista, conosciuto come "il Coniglio"

Ghazdor zo Ahlaq, nobiluomo e schiavista, chiamato in modo derisorio "Lord Guanciapendula"

Paezhar zo Myraq, nobiluomo di bassa statura, chiamato in modo derisorio "Piccolo Piccione"

Chezdhar zo Rhaezn, Maezon zo Rhaezn e **Grazdhan zo Rhaezn**, nobiluomini e fratelli, chiamati in modo derisorio "Lord Sferraglianti"

L'Uomo dei Carri, il Signore delle Bestie e **l'Eroe Profumato**, nobiluomini e schiavisti

Ad Astapor, la città rossa

Cleon il Grande, chiamato "Re Macellaio"

Cleon II, suo successore, re per otto giorni

Re Tagliagola, barbiere per professione, che ha sgozzato Cleon II per rubargli la corona

Regina Puttana, concubina di Cleon II, salita sul trono dopo la sua morte

La regina al di là del mare

DAENERYS TARGARYEN, prima del suo nome, regina di Meereen, regina degli andali, dei rhoynar e dei primi uomini, signora dei Sette Regni, Protettrice del Regno, khaleesi del Grande mare d'erba, detta "Daenerys Nata dalla Tempesta", la "Non-bruciata, "Madre dei Draghi".

- **Drogon, Viserion** e **Rhaegal**, i suoi draghi
- (**Rhaegar**), suo fratello, Principe di Roccia del Drago, ucciso da re Robert nella Battaglia del Tridente
  - (**Rhaenys**), figlia di Rhaegar, uccisa durante il saccheggio di Approdo del Re
  - (**Aegon**), figlio di Rhaegar, un infante, ucciso durante il saccheggio di Approdo del Re
- (**Viserys**), fratello di Daenerys, terzo del suo nome, detto "Re Mendicante", incoronato con oro fuso a Vaes Dothrak
- (**Drogo**), sposo di Daenerys, un khal dothraki, morto per una ferita infettatasi
- (**Rhaego**), figlio nato morto di Daenerys, generato con Drogo, ucciso in grembo dalla *maegi* Mirri Maz Duur

La Guardia della regina

- **Ser Barristan Selmy**, detto "Barristan il Valoroso", un tempo lord comandante della Guardia reale di re Robert I Baratheon, ora lord comandante della Guardia della regina

I suoi giovani discepoli, addestrati per diventare cavalieri
Tumco Lho, delle Isole del Basilisco
Larraq, chiamato "la Frusta", della città di Meereen
l'Agnello Rosso, un liberto lhazareno
i Ragazzi, tre fratelli ghiscariani
Belwas il Forte, eunuco, in passato schiavo gladiatore

I suoi cavalieri di sangue
Jhogo, la frusta, sangue del suo sangue
Aggo, l'arco, sangue del suo sangue
Rakharo, l'arakh, sangue del suo sangue

I suoi capitani e com andanti
Daario Naharis, rutilante mercenario tyroshi, al comando della Compagnia dei Corvi della Tempesta
Ben Plumm, detto "Ben il Marrone", mercenario senza onore, al comando della Compagnia dei Secondi Figli
Verme Grigio, eunuco, al comando degli Immacolati, compagnia di giovani eunuchi
Eroe, capitano degli Immacolati, secondo in comando
Scudo Coraggioso, lanciere degli Immacolati
Mollono Yos Dob, comandante della Compagnia degli Scudi Coraggiosi
Symon Schiena Striata, comandante della Compagnia dei Fratelli Liberi
Marselen, comandante della Compagnia degli Uomini della Madre, eunuco, fratello di Missandei
Groleo, di Pentos, un tempo capitano della grande caracca *Saduleon*, ora ammiraglio senza flotta
Rommo, un *jaqqah rhan* (guerriero che pone fine ai morenti) dei dothraki

La sua corte a Meereen
Reznak mo Reznak, suo siniscalco, calvo e untuoso
Skahaz mo Kandaq, detto "il Testarasata", con il cranio rasato, comandante delle Belve d'Ottone, la Guardia cittadina di Meereen

Le sue ancelle e i suoi servitori
Irri e **Jhiqui**, due ragazze dothraki
Missandei, del popolo naathi, scriba e traduttrice
Grazdar, Qezza, Mezzara, Kezmya, Azzak, Bhakaz, Miklaz, Dhazzar, Draqaz e **Jhezane**, figlie e figli delle piramidi di Meereen, coppiere e paggi di Daenerys

Gente di Meereen, di alto lignaggio e del popolo
Galazza Galare, la Grazia Verde, alta sacerdotessa del Tempio delle Grazie
Grazdan mo Galare, suo cugino, nobiluomo
Hizdahr zo Loraq, ricco nobiluomo meerense, di antico lignaggio
Marghaz zo Loraq, suo cugino
Rylona Rhee, liberta e arpista
(**Hazzea**), figlia di un contadino, quattro anni
Goghor il Gigante, **Khrazz**, **Belaquo Spaccateste**, **Camarron del Conteggio**, **Ithoke l'Impavido**, **Gatto Maculato** e **Barsena la Mora**, gladiatori delle fosse da combattimenti e liberti

I suoi ambigui alleati, falsi amici e nemici manifesti
Ser Jorah Mormont, in passato lord di Isola dell'Orso
(**Mirri Maz Duur**), sacerdotessa e *maegi*, al servizio del Grande Pastore di Lhazar
Xaro Xhoan Daxos, principe mercante di Qarth
Quaithe, sacerdotessa mascherata di Asshai delle Ombre
Illyrio Mopatis, magistro della città libera di Pentos che combinò il matrimonio di Daenerys con Khal Drogo
Cleon il Grande, Re Macellaio di Astapor

Pretendenti alla mano della regina
Nella Baia degli Schiavisti:
Daario Naharis, mercenario tyroshi, al comando della Compagnia dei Corvi della Tempesta
Hizdahr zo Loraq, ricco nobiluomo meerense
Skahaz mo Kandaq, detto "il Testarasata", nobiluomo di inferiore lignaggio, comandante delle Belve d'Ottone
Cleon il Grande, Re Macellaio di Astapor

Nella città libera di Volantis:
Principe Quentyn Martell, primogenito di Doran Martell, lord di Lancia del Sole e principe di Dorne
Compagni e difensori di Quentyn:
(Ser Cletus Yronwood), erede di Yronwood, ucciso dai corsari
Ser Archibald Yronwood, cugino di Cletus, chiamato "il Bestione"
Ser Gerris Drinkwater
(Ser William Wells), ucciso dai corsari
(Maestro Kedry), ucciso dai corsari

Sul Fiume Rhoyne:

Griff il Giovane, ragazzo di diciotto anni con i capelli tinti di blu

Griff, suo padre adottivo, mercenario un tempo appartenente alla Compagnia Dorata

Compagni, insegnanti e difensori di Griff il Giovane:

Ser Rolly Duckfield, chiamato "Papero", cavaliere

Septa Lemore, donna appartenente al Credo

Haldon, chiamato "Mezzo-maestro", tutore

Yandry, proprietario e capitano della chiatta *Fanciulla pudica*

Ysilla, sua moglie

Per mare:

Victarion Greyjoy, lord comandante della Flotta di Ferro, detto "Capitano di Ferro"

la sua concubina, una donna dalla carnagione scura e priva di lingua, dono di Euron Occhio di Corvo

Maestro Kerwin, guaritore, un tempo a Scudo Verde, dono di Euron Occhio di Corvo

L'equipaggio di Victarion a bordo della *Vittoria di ferro*

Wulfe Un-Orecchio, Ragnor Pyke, Acqualunga Pyke, Tom Tidewood, Burton Humble, Quellon Humble e **Steffan Stammerer**

I capitani di Victarion

Rodrik Sparr, chiamato "il Sorcio", comandante della *Lutto*

Ralf Stonehouse il Rosso, comandante della *Giullare Rosso*

Manfryd Merlyn, comandante della *Aquilone*

Ralf lo Zoppo, comandante della *Lord Quellon*

Tom Codd, detto "Tom Senzasangue", capitano della *Lamentazione*

Daegon Shepherd, detto "Pastore Nero", comandante della *Daga*

I Targaryen sono sangue del drago e discendono dagli alti lord dell'antica fortezza di Valyria. I loro tratti ereditari, infatti, sono occhi violetti, lilla e indaco e i capelli dorati e argentei. Per preservare la purezza del loro sangue, Casa Targaryen ha spesso fatto maritare fratello e sorella, cugino e cugina, zio e nipote. Il fondatore della dinastia, Aegon il Conquistatore, sposò entrambe le sue sorelle e da entrambe ebbe dei figli. Lo stemma dei Targaryen mostra un drago a tre teste, rosso in campo nero; le tre teste rappresentano Aegon e le sue sorelle. Il loro motto è: "Fuoco e sangue".

I MERCENARI
GLI UOMINI E LE DONNE DELLE CITTÀ LIBERE

LA COMPAGNIA DORATA, forte di diecimila uomini, di incerta lealtà.
Harry Strickland il Senzacasa, capitano-generale
Watkyn, suo scudiero e coppiere
(**Ser Myles Toyne**, detto "Cuore Nero"), morto da quattro anni, precedente capitano-generale
Balaq il Nero, uomo delle Isole dell'Estate con i capelli bianchi, comandante degli arcieri
Lysono Maar, mercenario della città libera di Lys, capo delle spie
Gorys Edoryen, mercenario della città libera di Volantis, ufficiale pagatore
Ser Marq Mandrake, esiliato fuggito alla schiavitù, sfregiato dal vaiolo
Ser Laswell Peake, lord in esilio
Torman e **Pykewood**, suoi fratelli
Ser Tristan Rivers, bastardo, esiliato, fuorilegge
Caspor Hill, Humfrey Stone, Malo Jayn, Dick Cole, Will Cole, Lorimas Mudd, John Lothson, Lymond Pease, ser Brendel Byrne, Duncan Strong, Denys Strong, Catene e **John Mudd il Giovane**, sergenti
(**Ser Aegor Rivers**, detto "Acreacciaio"), figlio bastardo del re Aegon IV Targaryen, fondatore della Compagnia Dorata
(**Maelys I Blackfyre**, detto "Maelys il Mostruoso"), capitano-generale della Compagnia, pretendente al Trono di Spade del continente occidentale, membro della Banda dei Nove, ucciso durante la guerra dei Re da Nove Soldi

LA COMPAGNIA DEL VENTO, duemila uomini a cavallo e di fanteria, ha giurato fedeltà a Yunkai

Il Principe Straccione, un tempo nobiluomo della città libera di Pentos, capitano e fondatore

Caggo, detto "l'Ammazzacadavere", il suo braccio destro

Denzo D'Han, il bardo guerriero, il suo braccio sinistro

Hugh Hungerford, sergente, un tempo capo delle spie, punito con l'amputazione di tre dita per avere rubato

Ser Orson Stone, ser Lucifer Long, Will dei Boschi, Dick Paglia e **Ginjer Jack**, mercenari dell'Occidente

Meris la Bella, torturatrice

Libri, spadaccino di Volantis e amante delle pagine scritte

Fagioli, balestriere della città libera di Myr

Bill Osso, vecchio guerriero delle Isole dell'Estate

Myrio Myrakis, mercenario della città libera di Pentos

LA COMPAGNIA DEL GATTO, forte di tremila uomini, ha giurato fedeltà a Yunkai

Barbarossa, capitano e comandante

LE LUNGHE LANCE, ottocento uomini a cavallo, hanno giurato fedeltà a Yunkai

Gylo Rhegan, capitano e comandante

I SECONDI FIGLI, cinquecento uomini a cavallo, hanno giurato fedeltà alla regina Daenerys

Ben Plumm il Marrone, capitano e comandante

Kasporio, detto "Kasporio l'Astuto", bravaccio, secondo in comando

Tybero Istarion, chiamato "Calamaio", ufficiale pagatore

Martello, fabbro e armaiolo, ubriacone

Chiodo, il suo apprendista

Lesto, sergente, una sola mano

Kem, giovane mercenario, proveniente dal Fondo delle Pulci ad Approdo del Re

Bokkoko, uomo d'ascia di formidabile reputazione

Uhlan, sergente

I CORVI DELLA TEMPESTA, cinquecento uomini a cavallo, hanno giurato fedeltà alla regina Daenerys

Daario Naharis, capitano e comandante

Il Vedovo, suo secondo in comando

Jokin, comandante degli arcieri

RINGRAZIAMENTI

L'ultimo è stato una cagna. Questo è stato tre cagne più un bastardo. Ancora una volta, i miei ringraziamenti vanno ai miei editor e editori, che troppo a lungo hanno sofferto: Jane Johnson e Joy Chamberlain di Voyager, Scott Shannon, Nina Taublib e Anne Groell di Bantam. La loro comprensione, il loro buonumore e il loro saggio consiglio mi sono stati d'aiuto nei tratti narrativi più duri, e non cesserò mai di essere grato per la loro pazienza.

I ringraziamenti vanno anche ai miei agenti, altrettanto pazienti, per il loro infinito sostegno: Chris Lotts, Vince Gerardis, la favolosa Kay McCauley e lo scomparso Ralph Vicinanza. Ralph, davvero desidererei che tu fossi qui a condividere con tutti noi questo giorno.

E grazie a Stephen Boucher, l'australiano errante che mi aiuta a tenere il computer ben lubrificato e canticchia ogni volta che passa per Santa Fe per una prima colazione a base di burrito (a Natale), con contorno di pancetta affumicata ai peperoncini piccanti.

Qui sul fronte di casa, ringraziamenti sono dovuti anche ai miei cari amici Melinda Snodgrass e Daniel Abraham per il loro incoraggiamento e il loro supporto; a Pati Nagle, il webmaster, che mantiene attivo il mio angolo in Internet, e alla straordinaria Raya *Golden* per i pasti, l'arte e l'inestinguibile sostegno che mi ha aiutato a rendere più luminosi perfino i giorni più oscuri intorno alla Terrapin Station. E tutto ciò a dispetto del fatto che abbia cercato di impossessarsi del mio gatto.

Quanto lungo il tempo che mi è stato necessario a danzare questa danza… di sicuro avrei impiegato il doppio senza l'aiuto del mio fedele (e giovane) assistente, e a volte compagno di viaggio, Ty Franck, che si occupa del mio computer quando Stephen non è con me, tenendo a distanza le aggressive folle virtuali dalla mia residenza virtuale, mi aiuta nelle faccende domestiche, si prende cura del mio archivio, prepara il caffè, corre dappertutto e mi spara fatture da diecimila dollari anche solo per cambiare una lampadina. E questo mentre prosegue nella stesura dei suoi fenomenali romanzi, ogni mercoledì.

Infine, ma assolutamente prima di ogni altra cosa, tutto l'amore e la gratitudine a mia moglie, Parris, che ha danzato ogni singolo passo al mio fianco.

Ti amo, Phipps.